COURT

LEXI RYAN

COURT OF SUN

Übersetzt von
Friedrich Pflüger und
Violeta Topalova

CARLSEN

Für Brian – sie sind alle für dich

KAPITEL 1

Kühle Schatten schieben sich über meine Haut, heißen mich willkommen und verschleiern mich. Ich könnte schwelgen in der Dunkelheit – selig unter den Sternen ausgebreitet liegen, während die Nachtlüfte meine verkrampften und überanstrengten Muskeln lösen – aber ich werde diese Nacht nicht für Ruhe oder flüchtige Wonne vergeuden. Dies sind die Stunden der Spione und Diebe. Dies sind *meine* Stunden.

Ich lasse zwei Haarnadeln in das Schloss gleiten, und meine aufgesprungenen Hände tanzen über sie wie über die Saiten einer Bratsche. Tausendmal habe ich dieses Lied geprobt, habe es in Momenten der allergrößten Verzweiflung gespielt. Besser für geschickte Finger beten, für Schatten und Tarnung, als zu den alten Göttern. Lieber stehlen als sterben.

In der Ferne geben Frösche ein Konzert, und ihr Chor überdeckt fast vollständig das satte Klicken, mit dem das Schloss aufspringt. Die Tür am Dienstboteneingang zu Creighton Gorsts Herrenhaus schwingt auf.

Gorst hat diese Nacht andernorts zu tun. Dafür habe ich gesorgt. Trotzdem halte ich in meiner Umgebung Ausschau nach Anzeichen von ihm oder seinen Bediensteten. Die meisten Reichen leisten sich eine Wachmannschaft, aber nur bei wenigen – wie Gorst – ist der Verfolgungswahn so stark, dass sie selbst Leute aus ihrem inneren Kreis nicht ohne Begleitung in die Nähe ihrer Schatzkammer lassen. Ich habe Monate auf eine Gelegenheit wie diese gewartet.

Über die steinerne Wendeltreppe tappe ich hinunter in den Keller. Mit jedem Schritt wird es kälter, aber meine Haut ist vom Adrenalin und meiner Kletterei über die Umfassungsmauer erhitzt, und der kühle Lufthauch, der mir über die Haut streicht, ist mir nur zu willkommen.

Am Fuß der Treppe nimmt ein Glimmstein meine Bewegung wahr, geht an und wirft einen schwachen Lichtschein auf den Boden. Ich steche mit dem Messer in sein weiches Herz und setze ihn so außer Gefecht. Die Finsternis, die sich über den Raum legt, ist so vollständig, dass ich kaum die eigene Hand vor dem Gesicht erkennen kann. *Gut*. Ich bewege mich ohnehin lieber im Dunkeln.

Ich folge der Kellerwand mit den Händen, bis ich den kühlen Stahl der Tür zur Schatzkammer spüre und sie blind mit den Fingerspitzen untersuche – drei Schlösser, aber keines davon allzu kompliziert. Nach weniger als fünf Minuten haben sie sich meiner Klinge und den Haarnadeln ergeben und ich kann fühlen, wie sich meine Muskeln entspannen. Diesen Monat werden wir die Rate bezahlen. Madame Vivias wird uns keine neuen Strafen auferlegen können.

Mein triumphierendes Lächeln währt nur kurz, als mir eingravierte Zeichen auf der Schwelle ins Auge fallen. So schnell ist der Rausch meines Erfolgs vorüber.

Gorsts Schatzkammer ist durch einen Bann geschützt.

Natürlich.

Ein reicher Mann, der so paranoid ist, einer Wachmannschaft

nicht zu vertrauen, wäre sehr schnell arm, wenn er seinen Wohlstand nicht mit ein bisschen Magie absichern würde.

Mein Vorhaben heute Nacht ist gefährlich, und ich kann es mir nicht leisten, das auch nur für einen Moment zu vergessen. Ich bestehle nur jene, die mehr haben, als sie brauchen, aber Besitz bringt Macht mit sich – die Macht, Diebe wie mich hinrichten zu lassen, wenn wir erwischt werden.

Ich weiche den Zeichen aus und ziehe einen Sternenwurm aus meinem Beutel. Seine Haut fühlt sich seidig und glitschig zwischen meinen Fingern an, aber ich lege ihn an mein Handgelenk und zucke kurz zusammen, als er sich dort festhakt. Langsam saugt er ein bisschen Blut aus meinen Adern, fängt an zu glühen und beleuchtet den Boden vor mir. Die Dunkelheit gebe ich nur ungern auf, aber ich muss die Symbole erkennen. Ich gehe in die Hocke, fahre jede Linie und Kurve nach und vergewissere mich ihrer Form und Absicht. *Listige Magie, keine Frage.*

Die Runen würden mir den Weg in die Schatzkammer nicht verwehren. Sie würden mich einlassen, dort einschließen und zur Gefangenen machen, bis sich der Schlossherr um mich kümmern kann. Ein gewöhnlicher, nur in Schutzrunen bewanderter Dieb könnte irrtümlicherweise glauben, der Bann wäre fehlerhaft, wenn er ihn passiert. Ein gewöhnlicher Dieb würde eingeschlossen werden. Nur gut, dass ich alles andere als gewöhnlich bin.

In Gedanken suche ich nach einem geeigneten Gegenzauber. Eine Magierin bin ich nicht. Schon möglich, dass ich es gern wäre, aber mein Schicksal ist, den ganzen Tag Böden zu schrubben und hinter meinen verwöhnten Cousinen herzuputzen. Ich habe weder die Zeit noch das nötige Kleingeld für eine solche Ausbildung und werde deshalb niemals die Magie in Form von Zauberformeln, Tränken und Ritualen nutzen können. Ich muss schon froh sein, dass ich weiß, wie ich aus dieser Schatzkammer wieder herauskomme, wenn ich mir genommen habe, was ich brauche.

Ich ziehe das Messer aus dem Gürtel, beiße mir auf die Lippe und fahre mir mit der Klinge über meine Hand ohne Sternenwurm. Der stechende Schmerz verdrängt jeden Gedanken aus meinem Kopf. Zu viele Augenblicke lang taumele ich, und mein Körper fleht darum, sich in die Bewusstlosigkeit zu verabschieden.

Atmen, Abriella. Du musst atmen. Sauerstoff lässt sich auch durch noch so viel Mut nicht ersetzen.

Die Erinnerung an die Stimme meiner Mutter ist es, die mich wieder mühevoll Luft holen lässt. Was ist heute nur mit mir los? Ich bin doch sonst nicht so zimperlich, wenn es um Blut und Schmerz geht. Aber nach dem langen Arbeitstag ohne Pause bin ich erschöpft und ausgehungert. Und ich bin ausgedörrt.

Ich habe nicht mehr viel Zeit.

Ich tauche den Finger in das Blut, das in meiner Handfläche zusammenläuft, und male sorgsam die Runen für den Gegenzauber über die eingeritzten Zeichen. Dann wische ich die blutige Hand an der Hose ab und betrachte mein Werk, bevor ich wieder aufstehe.

Ich gestatte mir nicht, den Atem anzuhalten, während ich über die Schwelle trete; ich gehe rasch in beide Richtungen, um sicher zu sein, dass meine Runen wirken. Als ich die Schatzkammer betrete und der Lichtschein des Sternenwurms in den Raum fällt, stockt mir der Atem.

Creighton Gorsts Schatzkammer ist größer als mein Zimmer. In den Regalen an den Wänden sehe ich Raqon-Münzbeutel, Juwelen und schimmernde Waffen. Es juckt mich in den Händen, so viel mitzunehmen, wie ich tragen kann, aber das werde ich nicht. Wenn ich meiner Verzweiflung nachgebe, wird er wissen, dass jemand hier war. Vielleicht wird er das ohnehin. Vielleicht unterschätze ich, wie genau der Trunkenbold über den Wohlstand Bescheid weiß, den er im Handel mit Vergnügen und Fleischeslust angehäuft hat, aber wenn ich Glück habe, wird er nie erfahren, dass jemand seinen Bann überwunden hat.

Ich wusste, dass Gorst reich ist, doch Schätze wie diese habe ich nicht erwartet. Prostitution und Trinken machen Männer reich, aber *so* reich? Ich verschaffe mir einen Überblick über die Regale und strecke instinktiv die Hand aus, als ich die einzig mögliche Erklärung entdecke. Nur kurz bleibt meine Hand über einem Stapel von Lebensurkunden stehen; dann zuckt sie zurück vor der magischen Hitze, die von ihnen ausstrahlt.

Wäre ich in ein anderes Leben geboren worden, dann wäre ich allein wegen solcher Verträge eine machtvolle Magierin geworden. Dann würde ich den Zauber auflösen, der diese Leben an böse Menschen wie Gorst bindet. Ich würde all meine Kräfte dazu einsetzen, so viele Mädchen wie möglich zu befreien, bevor man mich fängt und hinrichtet. Obwohl ich genau weiß, dass ich nicht die Fähigkeit habe, die Magie in diesen Dokumenten aufzuheben, bringe ich es kaum über mich, sie dort liegen zu lassen. Jeder Gedanke in mir schreit förmlich, dass ich es wenigstens *versuchen* sollte.

Du kannst sie nicht retten.

Ich reiße mich mit Gewalt los und finde ein vollgestopftes Regal, wo ein fehlender Münzbeutel vielleicht nicht bemerkt wird. Ich suche nach Markierungen. Da sind keine. Vielleicht sollte Gorst mich dafür bezahlen, dass ich ihm beibringe, wie er seine Schätze richtig sichern kann. Ich greife mir einen Beutel und prüfe seinen Inhalt – mehr als genügend Raqon für unseren Tribut. Vielleicht sogar genug für die nächste Monatsrate.

Er verfügt über diesen gewaltigen Reichtum. Würde er es wirklich bemerken, wenn ich mehr nähme?

Wieder lasse ich den Blick über die Regale wandern und suche vorsichtig zwei weitere Beutel aus, die hinter einem Durcheinander von Schätzen versteckt liegen. Solchen Reichtum bekommen die Leute von Fairscape nur zu Gesicht, wenn sie mit den Fae Geschäfte machen. Vor diesem Hintergrund bekommen die magischen Verträge eine andere Bedeutung. Es ist schlimm genug, dass Gorst diese Leute dazu zwingen kann, seinen Willen zu erfüllen, schlimm genug, dass sie ihr Leben damit zubringen, eine unmöglich zu begleichende Schuld abzutragen, aber wenn er mit den Fae Handel treibt, verschachert er Menschen in ein anderes Reich, wo sie als Sklaven leben müssen. *Wenn nicht noch schlimmer.*

Da liegen drei Stapel mit Verträgen. Ich darf sie nicht anrühren, aber ich betrachte jeden Stapel. *Eines Tages* werde ich mir meine Freiheit erkaufen, und wenn meine Schwester nicht mehr auf mich angewiesen ist, werde ich hierher zurückkommen. Irgendwann werde ich einen Weg finden.

Mein Blick bleibt an dem Stapel in der Nähe der Tür der Schatzkammer hängen, und an dem Namen, der ganz oben steht. Ich lese den Namen noch einmal und das Datum, wann die Zahlung fällig ist. Einmal. Zweimal. Dreimal. Und mit jedem Mal schnürt es mir die Brust enger zusammen. Ich glaube nicht an die alten Götter, aber beim Anblick des Namens sende ich trotzdem ein Stoßgebet nach oben. Ein Kind hat ihn gekritzelt. Dazu das morgige Datum, unterstrichen mit seinem eigenen Blut.

Oben sind Schritte zu vernehmen, das Hallen von Männerstiefeln, und ich höre eine tiefe Stimme. Worte kann ich hier unten nicht verstehen, aber das brauche ich auch nicht, um zu wissen, dass ich verschwinden muss.

Das Diebesgut wiegt schwer in meinem Beutel und ich presse ihn eng an meine Hüfte, damit der Inhalt nicht rasselt, während ich aus der Schatzkammer laufe. Ich nehme den Sternenwurm von meinem Handgelenk und möchte schreien, als er sich wehrt, weil er mehr Blut haben will.

»Geduld«, flüstere ich und setze ihn auf den Boden. Der Blutegel kriecht über die Schwelle und leckt dort mit seiner kleinen Zunge mein Blut wieder auf.

Wieder Schritte dort oben. Dann Gelächter und Gläserklingen. Er ist nicht allein, aber wenn ich Glück habe, sind alle dort oben zu berauscht, um meine Flucht zu bemerken.

»Schnell, schnell«, flüstere ich dem Sternenwurm zu. Ich muss die Schatzkammer wieder schließen, aber wenn ich mein Blut zurücklasse, wird Gorst vielleicht bemerken, dass jemand hier war. Oder noch schlimmer – er bringt etwas davon zu einem Magier und macht mich damit ausfindig.

Die Stimmen kommen näher; dann hallen Schritte auf den Stufen.

Mir bleibt keine Wahl. Ich reiße den Sternenwurm von seinem blutigen Mahl weg und lasse ihn in meinen Beutel gleiten.

Dann spritze ich ein bisschen Wasser aus meiner Feldflasche auf die Steine und schwinge die Tür zu.

»Ich hole noch eine Flasche«, ruft Gorst vom oberen Treppenabsatz. Wie gut kenne ich diese Stimme. Ich habe in seinem Bordell sauber gemacht. Habe bis vor einem Monat dort Böden aufgewischt und Toiletten geschrubbt, bis er mich dazu drängte, in anderer Weise für ihn zu arbeiten.

Die letzten neun Jahre habe ich nach zwei Regeln gelebt: Stiehl nicht von denen, die ehrlich arbeiten, und arbeite nicht für Leute, die dich bestehlen. In jener Nacht kam eine neue Regel auf die

Liste: Ich arbeite nicht für Leute, die mich zur Prostitution erpressen wollen.

Mit jedem Stiefeltritt kommt er näher, aber ich bleibe geschmeidig und bewege mich stetig weiter.

Ich lasse ein Schloss zuschnappen. *Klick.*

Schlurf, schlurf.

Das zweite Schloss. *Klick.*

Schlurf, schlurf.

Das dritte –

»Was zum Teufel?«

Klick.

»Diese Glimmsteine sind nutzlos«, knurrt er am Fuß der Treppe.

Ich atme ganz flach und drücke mich gegen die Wand, wo es am dunkelsten ist.

»Kommst du jetzt oder nicht?« Eine weibliche Stimme oben an der Treppe. Sie kichert. »Wir haben die andere Flasche gefunden, Creighton. Komm schon!«

»Ich komme.«

Ich zähle seine Schritte auf dem Weg nach oben und schiebe mich näher an die Treppe, während er weiter hinaufstolpert. Er ist betrunken. Vielleicht ist das Glück heute Nacht auf meiner Seite.

Ich lausche aufmerksam und verfolge ihren Weg durch das Herrenhaus, bis im Dienstbotentrakt über mir nichts mehr zu hören ist und nur noch Geräusche von weiter vorn im Haus zu mir dringen. Ich kann die Schatzkammer nicht noch einmal öffnen, um den Rest von meinem Blut zu entfernen. Das darf ich heute Nacht nicht riskieren.

Lautlos gehe ich die Treppe hinauf, auf demselben Weg, den ich gekommen bin.

Wie verkrampft meine Muskeln sind, wird mir erst klar, als ich aus dem Haus bin und die Anspannung schlagartig nachlässt. Hier unter dem kühlen Nachthimmel trifft mich eine Welle der Erschöpfung. Ausruhen kann ich jetzt nicht, aber ich habe meinem Körper diese Woche sehr viel abverlangt und kann seine Signale nicht mehr lange ignorieren.

Ich brauche Schlaf. Und Nahrung. Und am Morgen vielleicht ein paar unbekümmerte Minuten, in denen ich Sebastian beim Training im Hof hinter Madame Vivias' Haus beobachte. Das wäre vielleicht sogar besser als Schlaf *oder* Essen.

Der Gedanke ist wie ein Adrenalinstoß für mein System und treibt mich weiter, das zu vollenden, was ich tun muss. Die Schatten geleiten mich aus dem Herrenhaus – ein verschlungener Weg um Büsche und Bäume herum, immer auf der Hut vor dem Mondlicht, als wäre dies alles ein Spiel.

Das Haupttor steht weit offen, und meine müden Muskeln flehen darum, diesen leichten Weg zu nehmen, aber das kann ich nicht riskieren. Ich ziehe das Seil aus meinem Beutel und werfe es über die Mauer, die Gorsts Besitz umschließt. Die Fasern graben sich in meine wunden Hände, und meine Arme schreien bei jedem Zug nach oben.

Auf der anderen Seite springe ich hinunter und lande weich in den Knien. Meine Schwester sagt, ich wäre wie eine Katze, weil ich schon immer auf diese Weise von Bäumen oder Dächern heruntergesprungen bin, ohne mich zu verletzen. Ich sehe mich eher als ein Schatten, unbemerkt und nützlicher, als es den Leuten erscheint.

Zu Fuß sind es nur zehn Minuten nach Hause und ich humple fast unter dem Gewicht meiner Diebesbeute. Es wäre so einfach, Madame Vivias' Rate zu bezahlen, ins Bett zu gehen und dann zwölf Stunden zu schlafen.

Aber das kann ich nicht – nach allem, was ich in diesem letzten Stapel von Verträgen gesehen habe. Ich biege vom Nachhauseweg ab und gehe vorbei am Kleidergeschäft, wo meine Schwester Jas arbeitet, die Gasse hinunter. Um die Ecke von Gorsts Taverne, hinter einer überquellenden Mülltonne, schlüpfe ich durch den Eingang in die »Familienunterkunft« der Stadt. Der blanke Hohn. In dem viergeschossigen Gebäude gibt es zwölf Wohnungen mit zwei Zimmern und auf jedem Stockwerk ein Gemeinschaftsbad und eine Küche. Es ist ein Obdachlosenheim – und es gibt bedeutend schlimmere – aber jetzt wo ich Gorsts riesiges Anwesen gesehen habe, widert mich die Ungerechtigkeit geradezu an.

Bei meiner Freundin Nik ist die Tür angelehnt, und innen hört man jemanden schluchzen. Durch den Türspalt sehe ich ihre Tochter Fawn an die Wand gekauert sitzen; sie wankt und ihre Schultern beben. Fawn hat den dunklen Teint und die Locken von ihrer Mutter geerbt. Nik hat mir einmal erzählt, für sie hätte sich mit der Geburt ihrer Tochter alles verändert – von diesem Moment wäre ihr nur noch wichtig gewesen, eine bestmögliche Mutter zu sein, auch wenn sie dafür Grenzen überschreiten musste, die ihre Tochter nie überschreiten sollte.

Ich schiebe mich hinein und Fawn schreckt hoch. »Schhh. Ich bins nur, Kleine«, flüstere ich und gehe in die Hocke. »Wo ist deine Mama?«

Sie hebt den Kopf. Über ihre Wangen laufen Tränen. Ihr Schluchzen wird noch lauter und stärker; der ganze Körper zittert und schwankt, als müsse sie den Böen eines unsichtbaren Sturms standhalten. »Meine Zeit läuft ab«, sagt Fawn.

Ich frage nicht, was sie damit meint. Das weiß ich bereits. Ich höre Schritte, drehe mich um und sehe, dass Nik hinter mir steht. Sie hat die Arme verschränkt und ihr Blick ist voller Entsetzen.

»Sie hat es getan, um mich zu retten«, sagt Nik mit kratzender Stimme, als hätte sie geweint, aber ihre Tränen durch reine Willenskraft getrocknet. »Sie hat von Gorst Geld für Medizin von der Heilerin bekommen«

»Du lagst im Sterben«, sagt Fawn und wischt sich wütend die Tränen ab. Sie blickt mich an. »Ich hatte keine Wahl.«

»Doch, hattest du. Du hättest es mir sagen müssen. Ich hätte nicht zugelassen, dass du den Vertrag unterschreibst.«

Ich fasse die Hand meiner Freundin und drücke sie. Das Schlimme an der Verzweiflung ist, dass sie die richtige Entscheidung von der Liste der Möglichkeiten streicht. Nik weiß das nur zu gut.

»Ich werde an deiner Stelle gehen, Fawny. Verstanden?«, sagt Nik. Ihr ruhiger, entschlossener Gesichtsausdruck bricht mir das Herz.

»Und was geschieht dann mit mir?«, fragt Fawn.

Ich wünschte, sie wäre zu jung, um zu begreifen, dass ihre Mutter sie möglicherweise einem noch schlimmeren Schicksal aussetzt, wenn sie für sie einspringt. Niemand in Fairscape will ein zusätzliches Maul stopfen. Die Einzigen, die sich solche Wohltaten leisten könnten, sind zu gierig, um das auch nur in Betracht zu ziehen.

»Kannst du sie nicht aufnehmen, Brie?«, fragt Nik. »Du weißt, ich frage, weil mir keine andere Wahl bleibt. Nimm sie doch zu dir.«

Ich schüttle den Kopf. Ich würde es gerne tun, aber es würde entsetzliche Folgen haben, wenn Madame Vivias herausfindet, dass Fawn bei uns im Keller wohnt – nicht nur für Jas und mich. Auch für Fawn. »Es muss doch irgendjemanden geben …«

»Es gibt niemanden, das weißt du nur zu gut«, erwidert Nik ganz ohne jeden Vorwurf, aber resignierend.

»Wie viel schuldet sie?«

Nik verzieht das Gesicht und blickt weg. »Zu viel.«

»Wie. Viel.«

»Achttausend Raqon.«

Ich zucke unwillkürlich zusammen. Das sind zwei Monatsraten für Madame Vivias, einschließlich all ihrer »Zusatzstrafen«. Ich weiß nicht, wie viel ich heute Nacht aus Gorsts Schatzkammer geholt habe, aber es ist gut möglich, dass ich genügend in meinem Beutel habe.

Fawn sieht mich mit diesen großen Augen an, denen sie ihren Namen verdankt, und fleht darum, dass ich sie rette. Wenn ich mich weigere, dann ist Niks Leben zu Ende und Fawns wahrscheinlich auch. Im besten Fall endet sie dann als Dienstmagd bei irgendeiner reichen Adligen. Und schlimmstenfalls? Den Gedanken lasse ich nicht zu.

Nik erträumte sich etwas Besseres für ihre Tochter. Die Chance, etwas Besseres zu sein, es einmal besser zu haben. Aber wenn ich Madame V die Rate nicht bezahle, dann macht es für mich keinen Unterschied. Wir schulden zu viel und unser Leben ist zu sehr mit der Hexe verstrickt, von der wir seit Onkel Devlins Tod abhängig sind. Mich und Jas kann der Inhalt meines Beutels nicht retten – Fawn und Nik aber schon.

Ich greife in den Beutel und ziehe zwei Säckchen heraus. »Hier.«

Nik reißt die Augen auf. »Wo hast du das her?«

»Spielt keine Rolle. Nimm es.«

Mit großen Augen und offenem Mund späht Nik in die Säckchen und schüttelt den Kopf. »Brie, das geht nicht.«

»Doch, das geht. Ich will es so.«

Nik starrt mich einen langen Augenblick an, und ich sehe, wie in ihren Augen Verzweiflung und die Angst um mich miteinander ringen. Schließlich schließt sie mich in ihre Arme und drückt mich fest. »Ich zahle das zurück. Irgendwann. Irgendwie. Das schwöre ich.«

»Du schuldest mir nichts.« Ich mache mich los, möchte nur nach Hause und mich frisch machen. Und endlich schlafen. »Du würdest für mich und Jas dasselbe tun, wenn du könntest.«

Ihre Augen werden feucht und ich sehe, wie eine Träne hervorquillt, über ihre Wange läuft und ihr das Make-up verschmiert. Als sie meine blutige Hand sieht, verwandelt sich ihre Dankbarkeit in Sorge. »Was ist passiert?«

Ich mache eine Faust, um meine aufgeschlitzte Handfläche zu verbergen. »Ach, nichts. Nur eine Schramme.«

»Nur eine Schramme? Das ist eine üble Infektion.« Sie nickt in Richtung Schlafzimmer. »Komm. Ich kann da helfen.«

Da ich weiß, dass sie mich nicht ohne Streit gehen lässt, folge ich ihr in das winzige Zimmer mit der wackeligen Kommode und dem Bett, das sie sich mit ihrer Tochter teilt. Ich setze mich auf die Bettkante und sehe zu, während sie die Tür hinter sich schließt und das Nötige zusammensucht.

Sie hockt sich vor mich hin und streicht eine Salbe auf meine Wunde. »Das hast du dir beim Beschaffen des Geldes geholt.« Sie fragt gar nicht, also gebe ich mir keine Mühe, zu lügen. »Sonst bist du okay?«

Ich versuche stillzuhalten, während die Salbe einzieht. Meine Haut juckt, während sich die Wunde schließt. »Geht schon. Ich brauche jetzt nur was zu essen und ein Nickerchen.«

Ihre dunklen Augen blitzen ungläubig auf. »Ein *Nickerchen?* Brie, du bist so ausgelaugt, dass dich höchstens ein Koma wieder aufpäppeln würde.«

Ich lache – ich versuche es wenigstens, bringe aber nur ein lächerliches Maunzen zustande. *So müde.*

»Bei deiner Tante wieder eine Rate fällig?«

»Morgen.« Bei dem Gedanken muss ich heftig schlucken. Mit gerade mal siebzehn bin ich magisch an einen Vertrag gebunden, durch den ich, wenn alles so bleibt, für den Rest meines Lebens von Madame Vivias abhängig sein werde. Onkel Devlin war gerade gestorben und Mama hatte uns verlassen, als meine Schwester und ich uns vor neun Jahren zum Dienst verpflichteten. Die von Madame V geforderten Zahlungen erschienen vernünftig – jedenfalls besser als das unsichere Schicksal als Waisen –, aber wir waren nur kleine Mädchen, die nichts von Zinseszins verstanden oder der hinterhältigen Falle, die sie uns mit ihren Zusatzstrafen stellte. Genau wie Fawn, die den mit Gorst geschlossenen Vertrag im Grunde nicht verstand.

»Und dank uns«, sagt Nik, während sie nach der Gaze greift, »habt ihr jetzt wieder zu wenig.«

»Das ist es wert«, flüstere ich.

Nik kneift die Augen zu. »Diese Welt ist so verkorkst.« Fawn kann uns unmöglich hören, es sei denn, sie lauscht an der Tür, aber Nik senkt trotzdem die Stimme. »Ich habe da eine Freundin, die dir Arbeit geben könnte.«

Ich runzele die Stirn. »Was für eine Arbeit?« Es gibt keine Arbeit, bei der ich genug verdienen könnte. Keine außer – »Da könnte ich gleich für Creighton Gorst arbeiten, wenn ich das täte.«

»Creighton würde deinen halben Lohn für sich behalten.« Nik verbindet meine Hand und lächelt mich traurig an. »Es gibt Fae, die für die Gesellschaft einer schönen Frau gut bezahlen – und noch besser, wenn man einen Bund mit ihnen eingeht. Viel mehr, als Creighton bieten kann.«

»Fae?« Ich schüttle den Kopf. Eher würde ich mich auf Creightons grapschende Kunden einlassen, als mich einem Fae auszuliefern. Früher glaubte unser Volk, die Fae wären unsere Beschützer. Bevor sie den Himmel spalteten und die Portale öffneten, kamen sie nur im Zwielicht und in Geistergestalt zum Vorschein – nur Schatten oder Umrisse in den Bäumen, die wie etwas Lebendiges aussahen.

Die meisten Leute nannten sie Engel. Sie gingen auf die Knie und beteten, dass die Engel in der Nähe blieben, sie beschützten und über ihre kranken Kinder wachten. Als aber die Portale aufgingen und die Engel kamen und blieben, beschützten sie uns ganz und gar nicht.

Weil die Fae keine Engel sind. Sie sind Dämonen, und sie kamen, um uns auszubeuten, um Babys zu rauben und Menschen als Sklaven und als ihr Zuchtvieh zu benutzen. Tausende verleiteten sie dazu, ihnen ihr Leben zu übereignen, um in ihren Kriegen zu kämpfen. Erst als die Sieben Magier von Elora, die sieben wichtigsten dieser Welt, zusammenkamen, konnten wir ihnen an den Portalen den Zutritt verwehren. Jetzt können sie das Leben eines Menschen nur übernehmen, wenn es freiwillig geschenkt oder rechtmäßig dafür bezahlt wird – ein magischer Schutz, für den sich die schlauen Fae hundert Schlupflöcher haben einfallen lassen. Letztlich werden nur die Reichen und Mächtigen geschützt.

»Besser als nichts«, sagen viele Unterstützer der Sieben. »Es ist ein Anfang.« Oder schlimmer: »Wenn Leute nicht an die Fae verkauft werden wollen, sollten sie nicht so viele Schulden machen.«

»Warum sollten sie bezahlen, wenn sie Frauen einfach nur vorzugaukeln brauchen, dass sie bekommen, was immer sie sich wünschen?«, frage ich.

»Nicht so laut!« Nik wendet den Kopf, um zu sehen, ob die Tür immer noch geschlossen ist. »Es stimmt nicht alles, was man hört. Und meine Freundin kann –«

»Kommt nicht infrage. Ich werde eine andere Lösung finden.« Wenn ich eines mit Sicherheit weiß, dann, dass ich den Fae niemals trauen werde.

»Ich mache mir Sorgen um dich«, sagt Nik. »Die einzige Macht, die wir in dieser Welt haben, ist unsere Selbstständigkeit. Lass nicht zu, dass dich jemand in die Enge drängt. Lass nicht deine Verzweiflung Entscheidungen für dich treffen.«

Wie es bei Fawn gewesen ist. »Werde ich nicht«, verspreche ich, aber es fühlt sich an, als wüsste ich bereits, dass es eine Lüge ist. Ich bin ständig am Arbeiten und stehle so viel, wie ich ungestraft kann, und doch komme ich nicht über die Runden.

Und selbst wenn ich einverstanden wäre, meinen Körper zu verkaufen – was ich nicht bin –, ich würde trotzdem nichts mit den Fae zu tun haben wollen. Es ist mir egal, wie viel Geld sie bieten. Im Leben gibt es wichtigere Dinge als Geld. Sogar wichtigere Dinge als die Freiheit – wie zum Beispiel, sich um seine zwei kleinen Mädchen zu kümmern und sie nicht im Stich zu lassen, damit man sich mit seinem Fae-Liebhaber aus dem Staub machen kann.

***

»Ich kann dich hören, Mädchen«, sagt Madame Vivias noch im selben Moment, als ich die Hand auf den Türknauf zum Keller lege.

Ich kneife die Augen zu. Ich hätte durch die Kellertür hineingehen sollen, und es ist schon nach Mitternacht und ich habe keine

Kraft für das, was auch immer sie mir jetzt auftragen wird. Ich senke den Kopf, drehe mich zu ihr um und mache einen kleinen Knicks. »Guten Abend, Tante V.«

»Guten Abend. Morgen ist Vollmond.«

»Ja, gnädige Frau.«

»Hast du mein Geld?«

Mein Blick bleibt an der Hand hängen, die sie in ihre Hüfte gestemmt hat – einen funkelnden Ring an jedem Finger. Jeder einzelne würde für die Monatsrate reichen. Ich hebe den Kopf nicht, gönne ihr nicht die Befriedigung, die Angst in meinen Augen zu sehen. »Morgen werde ich es haben, Madam.«

Sie schweigt so lange, dass ich wage, den Blick zu heben. Sie zupft die Juwelenketten zurecht, die ihr um den Hals hängen, und blickt mich mürrisch an. »Wenn du es heute nicht hast, wie stehen die Chancen, dass du es morgen haben wirst?«

Nicht besonders gut. Aber zugeben werde ich das erst, wenn es wirklich zu spät ist. Jedes Mal, wenn wir nicht pünktlich zahlen, läuft der Vertrag länger und die Raten steigen. Aus diesem Teufelskreis kommen wir nicht heraus. »Ich werde morgen bezahlen, Madam.«

»Abriella!«, hallt es schrill die Treppe herunter und ich zucke fast zusammen, als ich die Stimme meiner Cousine Cassia höre. »Meine Kleider müssen gewaschen werden!«

»In deinem Zimmer liegen frische Kleider«, antworte ich. »Ich habe sie heute Morgen erst gebügelt.«

»Das sind die falschen. Die kann ich morgen nicht zum Abendessen anziehen.«

»In meinem Zimmer muss sauber gemacht werden«, sagt ihre Schwester Stella, damit ich um Himmels willen nicht mehr für eine verzogene Cousine tue als für die andere. »Beim letzten Mal war sie nur ganz kurz dort drin, und es fühlt sich schon wieder schmutzig an.«

Madame V runzelt die Stirn und dreht sich zu mir um. »Du hast gehört, was sie sagen, Mädchen. Mach dich an die Arbeit.«

Der Schlaf muss noch ein paar Stunden warten. Ich drücke den Rücken durch und mache mich auf den Weg die Treppe hoch.

KAPITEL 2

Als ich unser gemeinsames Schlafzimmer im Keller betrete, fliegt Jas auf mich zu. »Brie! Du bist zu Hause!« Unser Zimmer ist kaum mehr als eine Abstellkammer mit einem Bett. Anfangs, nachdem Madame V uns hier unten einquartiert hatte, bekam ich zwischen den steinernen Wänden regelrecht Platzangst, aber inzwischen haben wir es uns gemütlich gemacht. Über dem Bett hängt ein Wandteppich, den Jas selbst genäht hat, und auf der klapprigen Kommode sorgt eine Auswahl persönlicher Kleinigkeiten – seltsame Steine und glänzende Stoffreste, die nur für uns einen Wert haben – für ein bisschen Atmosphäre.

Ich nehme meine Schwester fest in die Arme und sauge ihren Duft nach frischem Leinen ein. Sie mag nur drei Jahre jünger sein als ich, aber für mich wird sie immer das Kleinkind sein, das ich in meinen Armen aus dem brennenden Haus getragen habe.

Jas macht sich los und grinst. Ihre braunen Augen leuchten und ihr glattes, kastanienbraunes Haar ist auf dem Kopf zu einem Knoten zusammengedreht. Meine Schwester ist genau das Gegenteil von mir – ganz die sanfte Schönheit passend zu ihrem fröhlichen Wesen. An mir ist alles eckig, ich habe einen eisernen Willen und Haar wie ein loderndes Feuer, so wie die Wut, die ich in mir trage.

»Ich habe euch oben gehört«, sagt sie. »Ich wäre gekommen und hätte dir geholfen, aber ich war hier mit neuen Kleidern für Stella und Cassia beschäftigt.« Jas nickt in Richtung der Roben, die jetzt auf dem Kleiderständer in der Ecke hängen.

»Und was ist verkehrt an den anderen achtzig Kleidern, die sie haben?«

»Die gehen *gar nicht!*«, äfft sie unsere Cousinen mit Fistelstimme nach.

Trotz meiner Erschöpfung muss ich lachen. Egal, welche Verluste dieser Tag gebracht hat und welche neuen Strafen die verpasste Rate morgen bringen wird, bin ich doch froh, zu Hause zu sein. Hier mit Jas, die für diese späte Stunde ungewöhnlich aufgekratzt ist. Ich ziehe die Augen zusammen. »Warum bist du denn so zapplig?«

»Hast du nicht gehört?« Ein Pokerface ist absolut nicht ihr Ding und ihr Strahlen verrät sofort, dass es aufregende Neuigkeiten gibt.

Ich habe den ganzen Tag gearbeitet. Außer meinem kurzen Besuch bei Nik und Fawn am Abend habe ich mit keiner Menschenseele geredet. Die Leute, bei denen ich arbeite, finden, dass man Dienstboten weder sehen noch hören sollte. »*Was* gehört?«

Sie ist kurz davor, herumzuhüpfen. »Noch ein Tag, dann wird Königin Arya die Türen zum Hof der Sonne öffnen. Sie gewährt Menschen freies Geleit nach Faerie, um die Feierlichkeiten auf ihrem Schloss zu besuchen.«

»Was? Warum?«

»Sie sucht eine menschliche Braut für ihren Sohn.«

Ich schnaube angewidert. »Hätte ich mir denken können.« Fae können vieles gut, aber Fortpflanzung gehört nicht dazu, und ohne Nachkommen sterben ihre Geschlechter aus. Besonders seit so viele von ihnen im Großen Fae-Krieg ums Leben gekommen sind. *Zum Glück.*

»Und du hast wirklich nichts davon gehört? Bei der Arbeit haben die Mädchen heute über nichts anderes geredet. Ein Fae-Ball. Wir werden mit dringenden Bestellungen für neue Kleider förmlich überschwemmt.«

»Erinnere mich daran, dass ich mich von den Portalen fernhalte.«

Jas muss über meine höhnische Bemerkung kichern. »Brie! Das ist *Seelie*. Dort sind die guten Fae! Die Elfen des Lichts und der Freude.«

»Das weißt du doch gar nicht«, schnauze ich sie an. »Du weißt doch gar nicht, ob sie gut sind.«

Ihr Lächeln erstirbt. *Ich bin so blöd.*

Eigentlich will ich jetzt auf keinen Fall einen Streit anfangen. »Entschuldige. Ich bin einfach müde.« *So müde.*

»Schau deine Hände an.« Sie fährt mit dem Daumen über meine aufgerissenen Knöchel, wo die Haut vom Putzen der feinen Anwesen wund ist. »Willst du wirklich, dass wir für den Rest unseres Lebens in diesem Keller feststecken?«

»Jeder, der an diesen Hof geht, hat Todessehnsucht, Jas. Du weißt so gut wie ich, dass es keine *guten* Fae gibt. Nur verschiedene Grade von Bosheit und Grausamkeit.«

»Dann sind sie nicht viel anders als Menschen.« Sie lässt meine Hand wieder los. »Ich habe gehört, wie du mit Madame V gesprochen hast. Ich weiß, dass die nächste Rate fällig ist, und obwohl du dir Mühe gibst, es vor mir zu verbergen –«

»Ich will nicht, dass du dir Sorgen machst.« Ich will sie nur beschützen, meine wunderbare Schwester mit ihrer Freude und ihrem Optimismus. Auch wenn ich ein verabscheuungswürdiger

Griesgram bin, liebt sie mich. Ich bin mir nicht sicher, ob ich sie überhaupt verdiene.

»Ich kenne den Vertrag ebenso gut wie du«, sagt sie. »Ständig kommt sie mit neuen Zusatzstrafen, und ohne irgendeine Art von Wunder werden wir ihr niemals entkommen.«

»Und das Wunder, auf das du hoffst, sind wohlmeinende Fae? Ich glaube, da wären wir bei illegalen Spielen besser dran – vielleicht bringen uns die Karten ja Glück.«

Sie wendet sich einem lavendelfarbenen Kleid in der Ecke zu und streicht am tiefen Ausschnitt den Stoff glatt. »Eines der Mädchen bei der Arbeit hat eine Cousine, die sich in einen adligen Goldenen Fae-Lord verliebt hat. Sie kommt immer wieder ihre Familie besuchen. Sie ist glücklich.«

»Es ist immer die Freundin einer Freundin – ist dir das schon einmal aufgefallen?« Ich versuche, diesmal nicht zu scharf zu klingen. »Keiner, der solche Geschichten erzählt, *kennt* die Person wirklich, die bei den guten Fae ihr Glück gefunden haben soll.«

Sie wendet sich von dem Kleid ab und sieht mich ernst an. »Es gibt mehr gute als böse von ihnen, genau wie bei den Menschen.«

Ich bin in beiden Fällen nicht davon überzeugt, dass es so ist. »Und wennschon, aber ein *Ball?* Mit prächtigen Kleidern und dem ganzen Zeug? Abgesehen von dem Unsinn über die Fae, soll ich ernsthaft versuchen, irgendeinen eingebildeten adligen Prinzen zu beeindrucken? Da lasse ich mich doch lieber von dir an den Zehennägeln aufhängen!«

Jas verdreht die Augen und setzt sich auf die Bettkante. »Du musst ja nicht mit, aber *ich*, ich möchte hingehen.«

Die Sturheit, mit der sie das sagt, entgeht mir nicht. Ob ich nun will oder nicht, sie wird hingehen. Ich brauche nicht einmal einen ganzen Schritt zu machen, um mich neben ihr aufs Bett sinken zu lassen. Ich liege auf dem Rücken und starre an die Decke. »Ich habe kein gutes Gefühl dabei.«

»Dachte ich mir doch, dass ihr zwei noch wach seid.«

Jas und ich reißen die Köpfe herum. Die Art, wie Sebastian mit seinem breiten Kreuz den Türrahmen füllt, bringt das bisschen Adrenalin, das ich noch übrig habe, in Wallung. Mein Herz schlägt ein bisschen schneller, mein Blut strömt ein bisschen heißer und mein Bauch zieht sich vor Sehnsucht zusammen. Sebastian ist nichts als ein Freund, mehr wird er in einem dürren, rauflustigen Ding wie mir niemals sehen, aber ich kann das meinem Herzen noch so oft einhämmern, es weigert sich einfach, es zu glauben.

Er zieht den Kopf ein und lehnt sich an den Türrahmen. Seine meergrünen Augen mustern den Raum, als wäre er nicht schon Hunderte Male hier gewesen. Madame V hat uns bald nach Onkel Devlins Tod in den Keller verbannt mit der Begründung, hier hätten wir mehr Privatsphäre. Schon damals wussten wir, dass sie uns in die Schranken weisen will mit dieser kalten, dunklen, fensterlosen Kammer aus Betonwänden und Platz für kaum mehr als eine Kommode und ein Doppelbett.

Jas und ich sind nicht so groß, dass die niedrige Decke ein Problem ist, aber Sebastian mit seinen gut eins achtzig hat sich den Kopf schon mehrfach angeschlagen. Was ihn aber nicht davon abhält, uns zu besuchen. Er schleicht sich schon hierher, seit er vor zwei Jahren bei Magier Trifen in die Lehre eingetreten ist. Wenn unsere Cousinen wieder einmal grausam sind und uns hier einschließen, sperrt er die Tür auf und bringt uns heimlich zu essen und zu trinken.

»Wach schon«, sage ich und gähne trotz des Energiestoßes, den ich bei seinem Erscheinen gespürt habe, »aber nicht mehr lange.«

»Wobei hast du kein gutes Gefühl?«, fragt er und runzelt die Stirn. »Worüber habt ihr gesprochen, als ich kam?«

»Jas möchte die Braut von irgendeinem Fae-Prinzen werden«, antworte ich und rutsche auf dem Bett zur Seite, um ihm Platz zu machen.

Meine Schwester bekommt feuerrote Wangen. »Nett von dir, Brie.«

Sebastian setzt sich zwischen uns, streckt dann den Fuß aus und schließt die Tür mit einem Tritt. Er murmelt eine Zauberformel, schnippt mit den Fingern und grinst dann selbstzufrieden, als sich der Riegel auf unserer Seite schließt. *Angeber.*

Unsere Cousinen haben sich schon häufig über Sebastians Freundschaft mit mir und Jas lustig gemacht. Als sie ihn das erste Mal hier unten erwischten, erpressten sie uns monatelang, aber im Grunde sind sie nur neidisch, weil der Magierlehrling aus einfachen Verhältnissen keinen Blick für sie übrig hat. Was Sebastian an Geld und Verbindungen fehlt, macht er durch sein Aussehen mehr als wett. Groß und breitschultrig, das schimmernde weiße Haar im Nacken zusammengebunden, die Augen wie eine tosende See, ist er der schönste Mann, den ich je gesehen habe.

Objektiv gesehen natürlich.

Übermorgen beginnt der nächste Teil seiner Lehre und er verlässt uns. Dann werde ich mich nicht mehr auf solche Besuche am späten Abend freuen können – neben Jas der erfreulichste Teil meines Lebens. Er ist für die Ausbildung bereits öfter verreist, aber diesmal wird er über Monate fort sein. Mir graut schon davor.

»Ich will nicht die Braut von einem Fae-Prinzen werden«, sagt Jas und holt mich damit in die Gegenwart zurück. Sie schüttelt den Kopf. »Ich möchte doch nur … Deswegen ist es jedenfalls nicht.«

Ich schiebe die Augenbrauen hoch. »Wirklich? Warum würdest du *sonst* hinwollen?« Als sie auf ihre Hände blickt, wird es mir so schlagartig klar, dass mir die Luft wegbleibt. »Du hoffst, dass du unsere Mutter findest.«

»Wenn es stimmt, was sie uns erzählt hat, und der Fae, den sie liebt, ein Adliger ist, dann müssten sie auch auf den Ball kommen.«

»Und was *dann,* Jas? Glaubst du vielleicht, sie würde uns besuchen und ihre Meinung darüber ändern, was für eine Art von Mutter sie ist? Sie hat uns *verlassen.*«

»Sie wusste, dass es für uns in Faerie nicht sicher ist.«

Als ich ihr einen finsteren Blick zuwerfe, hebt sie die Hände.

»Sie musste eine schwere Entscheidung treffen und ich behaupte ja gar nicht, dass sie das Richtige getan hat. Ich behaupte nicht einmal, dass sie nicht egoistisch war. Aber sie ist immer noch unsere Mutter und wenn sie über unser Leben hier und den Vertrag mit Madame V Bescheid wüsste …« Sie schüttelt den Kopf. »Ich weiß nicht. Vielleicht hat sie ja kein Geld. Vielleicht hat dieser Lord, von dem sie sagte, dass sie ihn liebt, kein Geld, kein Land – nichts, das uns helfen könnte. Aber vielleicht hat er es ja doch. Vielleicht stellt sie sich vor, wir wären glücklich und gut versorgt.«

Mir zieht es den Magen zusammen. Ich begreife nicht, wie Jas so viel *Hoffnung* bewahren kann, obwohl unser Leben diese längst aus ihr herausgeprügelt haben müsste. »Würde sie sich wirklich sorgen, hätte sie dann nicht während der letzten neun Jahre mal irgendwann bei uns vorbeigeschaut?«

Sie schluckt. »Dann werden wir uns eben ihr schlechtes Gewissen zunutze machen. Vielleicht sind wir ihr ja egal, aber sie fühlt sich verpflichtet, uns zu helfen. Wir müssen es wenigstens versuchen. So können wir jedenfalls nicht weiterleben.« Diesmal nimmt sie meine andere Hand und mustert finster den Verband. »*Du* kannst so nicht weiterleben.«

Meinen Einwand verkneife ich mir. Sie hat recht, etwas muss sich ändern, aber ich bin nicht die Art von Mädchen, die in Faerie nach Antworten sucht. Ich wende mich an Sebastian. »Du bist furchtbar still.«

Er steht auf und versucht, auf dem knappen Meter zwischen Bett und Tür auf und ab zu gehen. Würde er nicht so ernst schauen, wäre es fast komisch. »Es ist gefährlich.«

Jas wirft die Hände in die Höhe. »Tausende von Menschen werden dort sein und würden sterben für die Chance, Braut eines Fae-Prinzen zu werden.«

»Mit Betonung auf *sterben*«, murmle ich. Aber sie hat recht. Manche werden die Mädchen belächeln, die dorthin wollen, aber mindestens doppelt so viele werden ihre besten Kleider anziehen und sich einreihen in der Hoffnung, eine Fae-Prinzessin zu werden.

»Die Goldene Königin ist mächtig«, sagt Sebastian und faltet die Hände in seiner typischen Denkpose hinter dem Kopf. »Mit ihrer Magie wird sie die Menschen in ihrem Palast schützen, aber mir gefällt die Vorstellung nicht, dass ihr beide nach Faerie geht, um nach eurer Mutter zu suchen. Dort gibt es allzu viele Kreaturen, die euch bei der erstbesten Gelegenheit liebend gerne schnappen würden, um ihre schändlichen Gelüste zu befriedigen.«

Ich kichere zur Decke hinauf, rolle mich auf die Seite und schaue meine Schwester an. »Weißt du noch, wie sich Cassia in die Sonnwendfeier der Goldenen Königin geschlichen hat und der Kobold ihr das ganze Haar stahl?«

Jas lacht. »Ach Gott, ja, die Glatze konnte sie nicht einfach wieder ausziehen. Und dann die Perücken, die V ihr gekauft hat, bis alles wieder nachgewachsen war …«

»Grauenhaft.« Ich seufze. Es stört mich nicht, wenn ich oberflächlich und gehässig wirke, wenn ich so über meine Cousinen spreche. Von dem Moment an, als uns Mutter in die Obhut von Onkel Devlin gab, haben sie uns das Leben nur schwer gemacht. Beide sind grausam und wünschen anderen nur das Schlimmste. Bei so jemandem ist es schwer, sich über gelegentliche Missgeschicke *nicht* zu freuen.

»Ich rede über viel schlimmere Kreaturen als *Kobolde*«, sagt Sebastian. Er weiß, dass uns Kobolde keine Angst einjagen. Als Boten zwischen den verschiedenen Reichen sind sie die einzigen Wesen, die nach Belieben hin und her reisen können. Kobolde sind wir gewohnt. Selbst Madame Vivias hat einen Hauskobold, der im zweiten Stock unter der Treppe wohnt. Er ist ein gieriges kleines Wesen, der sich für sein Schweigen bezahlen lässt und eine verstörende Sammlung von Menschenhaar besitzt.

»Ich weiß«, antworte ich, weil er recht hat mit dem, was in Faerie lebt. Böse Fae, wilde Bestien und Ungeheuer jenseits aller Vorstellung. Es gibt einen guten Grund, weshalb die Reiche voneinander getrennt sind – und vielleicht sogar einen Grund, warum unsere Mutter uns zurückgelassen hat.

Mit gedämpfter Stimme fügt er an: »Wenn euch ein Fae vom Hof der Schatten in die Hände bekommt …«

»Verträge nicht taugen mit Silberaugen«, leiern Jas und ich im Chor. Das stimmt – Schatten-Fae sind so gefährlich, dass man den Kindern Lieder darüber beibringt.

»Wir sollten es riskieren«, sagt Jas. »Ich weiß, dass es gefährlich ist, aber *noch* gefährlicher wäre es, wenn ich mich blind auf den Schutz der Königin verlassen würde. Ich werde mit offenen Augen hingehen und ich werde Mutter finden.«

»Glaubst du wirklich, du könntest sie unter all den Gästen finden, die dort zusammenströmen werden?«, frage ich.

»Man muss nur ein Schloss durchsuchen, nicht ein ganzes Reich.« Sie zuckt mit den Schultern. »Und selbst wenn wir unsere Mutter dort nicht sehen, Brie, stell dir nur vor, was für andere Schätze wir finden könnten.«

So viel von dem, was ich über Faerie weiß, stammt aus den Gutenachtgeschichten, die uns Mutter beim Einschlafen früher zuflüsterte.

Es war einmal eine Goldene Fae-Prinzessin, die sich in den König der Schatten verliebte. Doch ihre Reiche hatten Hunderte von Jahren gegeneinander gekämpft, und ihre Eltern waren erbitterte Feinde des Schattenkönigs und seines Hofes …

Was wir sonst über Faerie wissen, stammt aus Legenden, die jeder kennt – Bruchstücken aus Wahrem und aus Aberglauben, von Menschen über Generationen weitergegeben. Und eine dieser Legenden handelt von der Königin des Lichts und den Juwelen, die sie hortet.

»Du glaubst doch wohl nicht, dass ihre Wachleute dich auch nur in die Nähe ihrer Schätze lassen würden«, sagt Sebastian und bemerkt mein Schmunzeln.

»*Erlauben* würden sie es niemandem«, sagt Jas in gemessenen Worten, während sie mich beobachtet. »Einen Menschen kenne ich allerdings, der sich dort unbemerkt umsehen könnte.«

Sebastian schüttelt den Kopf. »Unmöglich.«

Ich lächele. »Es würde aber *Spaß* machen, es zu versuchen.«

Mit gerunzelter Stirn sieht er mich an und wirft dann Jas einen ernsten Blick zu. »Siehst du, was du angerichtet hast?«

»Sie hat recht«, sage ich. »Ich könnte es tun.« Der Gedanke, den Fae-Adel zu bestehlen, ist verführerisch und bringt mein Blut in

Wallung. Und wenn mir das größere Genugtuung verschafft als die Aussicht, meine Mutter zu finden, na und?

»Ihr beide vergesst eine Möglichkeit.« Sebastian gleitet an der Wand bis auf den Boden herunter, stützt die Ellenbogen auf die Knie und blickt zwischen uns hin und her.

»Was denn?«, fragt Jas ärgerlich.

Er schaut mir in die Augen und ich sehe seine Sorge.

Ich fasse Jas an der Hand und drücke sie. »Er meint, dass Mama vielleicht tot ist. Dass sie deswegen nie zurückgekommen ist.«

Jas zuckt mit den Achseln. »Man darf ja hoffen. Es wäre der einzige verzeihliche Grund, nicht zu uns zurückzukommen.« Sie sagt das so leichthin, dass ich es glauben könnte, würde ich sie nicht so gut kennen. Aber ich kenne sie besser als irgendwer sonst, und sie hofft ganz bestimmt nicht, dass unsere Mutter tot ist. Nein, eher verzeiht sie ihr, dass sie uns als Kinder im Stich gelassen hat, als zu akzeptieren, dass sie sie niemals wiedersehen wird.

Ich dagegen, ich hoffe nicht. Nie. Hoffnung macht süchtig und man beginnt, sich darauf zu verlassen. In dieser grausamen Welt kann ich es mir nicht leisten, eine Krücke zu brauchen.

»Es wäre schon schön, Bescheid zu wissen«, räume ich ein. »Doch bin ich noch nicht davon überzeugt, dass ein Besuch in Faerie wirklich in unserem Interesse ist. Immerhin sind wir Menschen. Selbst Mutter hat uns, bei all ihren romantischen Vorstellungen über die Fae, immer gewarnt, ihr Reich sei gefährlich.«

Jas beißt sich auf die Lippe und ihre Augen tanzen. »Aber *vielleicht* –«

»Ich kann das jetzt nicht entscheiden.« Zu lange schon habe ich den Schlaf aufgeschoben und die Erschöpfung legt sich wie eine schwere Decke über mich. Gähnend recke ich die Arme über den Kopf und rolle mich dann auf der Seite zusammen. »Vielleicht bläst jemand die Kerzen aus. Oder auch nicht. Ist mir egal. Ich schlafe jetzt.«

»Abriella! Jasalyn!«, ruft Cassia von oben. »Da ist ein *Viech* in meinem Zimmer!«

»Ich mache das«, sagt Jas und drückt meinen Arm. »Schlaf du.«

»Danke, Schwesterherz«, antworte ich, ohne die Augen zu öffnen. Ich bekomme vage mit, wie sie aus dem Zimmer geht, höre ihre Füße auf den Stufen und dann einen leisen Atemstoß, der die Kerzen löscht.

»Gute Nacht, Brie«, sagt Sebastian sanft.

»Gute Nacht«, murmle ich im Halbschlaf.

Aber dann ist da eine Hand auf meiner Stirn, die mir die Haare nach hinten streicht, und Lippen kitzeln mein Ohr. »Geht nicht auf den Ball.«

Ich lächle. Süß, dass er so beunruhigt ist. »Keine Sorge. Ich will mit diesem Ort nichts zu tun haben.«

Dann ein Kuss. Lippen auf meiner Stirn – und einen Atemzug später wieder fort.

Ich schlage die Augen auf und sehe Sebastians Gestalt in Richtung der Kellertür verschwinden.

Und schon bin ich hellwach.

***

Beim Klingeln der Raqon krampft sich mein Magen zusammen. Seit neun Jahren zählen Jas und ich Monat für Monat unser Geld, um es Madame Vivias zu geben. Manchmal haben wir genug. Manchmal haben wir sogar mehr, als wir brauchen, und gehen mit einem Vorsprung in den neuen Monat. Aber nur allzu oft fehlt etwas. Und mit jedem solchen Monat steigt die Rate, weil sich der

Zinseszins anhäuft, sodass es ohne mein Diebesgut unmöglich ist, die Rate zusammenzubekommen.

»Wie viel?«, fragt Jas mit bebender Stimme.

»Uns fehlen siebzehnhundert.«

Sie krümmt sich zusammen. Es schmerzt mich, dass sie begreift, was das für uns bedeutet. Gern würde ich ihr das ersparen. Vielleicht brauche ich das einfach – ihren beständigen Glauben an das Gute. Die Vorstellung, dass diese Welt ihr das austreibt, lässt mich den Schmerz im Magen nur noch stärker spüren.

»Wir müssen nach Faerie gehen«, sagt sie leise.

Ich schüttle den Kopf. »Sebastian hat recht. Es ist zu gefährlich.«

Sie schluckt. »Für Menschen schon.« Sie hebt den Blick von dem Haufen Raqon auf dem Bett und sieht mir in die Augen. »Aber wenn wir als Fae hingehen? Wir könnten uns bei Magier Trifen doch Tränke für einen Zauber kaufen, damit wir aussehen wie Fae-Adel. Würde uns das nicht zusätzlich schützen?«

Ich fahre mit den Fingern durch die Münzen; das Geklingel ist eine süße Folter. Wir bringen uns fast um, um aus diesem Vertrag herauszukommen, aber der Boden senkt sich schneller, als wir klettern können. Irgendetwas muss sich ändern. »Also schön«, sage ich und nicke. »Versuchen wir's.«

Sie grinst breit und ich weiß, dass ich eigentlich keine Chance hatte, ihr den Wunsch abzuschlagen. Ich liebe meine Schwester, und wenn ihr die Suche nach Mutter das Gefühl gibt, ihren Teil zum Wiedergewinnen unserer Freiheit beigetragen zu haben, dann werden wir es durchziehen.

»Dann brauchen wir Kleider«, sagt sie. »Um nicht aufzufallen!«, fügt sie hinzu, als ich das Gesicht verziehe. Sie angelt einen Ballen Musselin unter dem Bett hervor und quietscht vor Vergnügen. »Schon *ewig* will ich dir mal ein Kleid nähen.«

»Aber gewöhn dir das lieber nicht an«, erwidere ich. Trotzdem muss ich lächeln.

»Wenn ich erst mit dir fertig bin, wird Prinz Ronan die Augen nicht mehr von dir lassen können – ob du ihn nun haben willst oder nicht.«

Ich ziehe mich bis auf die Unterwäsche aus und sie wickelt mich in den Stoff, den sie immer zum Entwerfen der Kleider unserer Cousinen verwendet. Sie hat ihn gerade nach Art eines Kleides an mir festgesteckt, als es an der Tür klopft.

Drei Schläge. Pause. Zwei Schläge. Sebastians Klopfzeichen.

»Komm rein!«, rufen Jas und ich gleichzeitig. Ihre Hände bleiben auf meiner Taille liegen.

Wir drehen uns beide um, als die Tür aufgeht. Als Sebastian mich sieht, macht er große Augen und reißt die Hand vors Gesicht. »Entschuldigung, ich … Entschuldigung.«

»Alles okay, ich bin salonfähig.« Ich muss über seine geröteten Wangen lachen. »Na komm schon.«

»Und mach die Tür hinter dir zu«, bemerkt Jas leise. »Wir wollen ja nicht, dass Madame V hier auftaucht.«

Sebastian nickt kurz, tritt ein und schließt wie verlangt die Tür. »Du siehst wirklich hübsch aus«, sagt er. Er klingt dabei wie erstickt, als wäre er nicht sicher, wie er mir ein Kompliment machen soll. Aber wie könnte er auch? Er hat mich nie in etwas Ausgefallenerem als einem Putzkittel oder der engen schwarzen Hose gesehen, die ich bei meinen nächtlichen Ausflügen trage.

»Danke.« Ich betrachte das feine braune Gewebe, das mit Stecknadeln um mich festgesteckt ist. Er will einfach nur höflich sein. *Hübsch* sehe ich bestimmt nicht aus. Höchstens … peinlich.

»Warte, bis du es mit dem richtigen Stoff siehst – stell dir feinen Samt in tiefem Smaragdgrün vor«, sagt Jas und lächelt zu mir hoch. »Du wirst umwerfend aussehen.«

Nun bin ich es, die rot anläuft. Ich lasse den Kopf so tief hängen, dass es Sebastian nicht sieht.

Ich kann nicht glauben, dass ich wegen des neuen Kleides tatsächlich aufgeregt bin. Jas weiß, was ich von Kleidern halte, in denen ich mich nicht frei bewegen kann, und deshalb hat sie für meines weit geschnittene Hosen vorgesehen, die als Rock durchgehen können, wenn ich stehe. Das Oberteil ist ein ärmelloses Mieder mit einem für meinen Geschmack etwas zu tiefen Ausschnitt. Unsere Cousinen würden für so etwas bedenkenlos morden – auf jeden Fall aber jammern und betteln, bis wir es ihnen überlassen.

»Und was ist der Anlass?«, fragt Sebastian.

Jas macht sich wieder daran, den Musselin um meine Hüften zu drapieren, und steckt sich, während sie die Nähte zurechtzieht, eine Nadel in den Mund und überlässt mir die Antwort.

Schuldbewusst muss ich an vergangene Nacht denken, Sebastians zarten Kuss auf meine Stirn und seine Bitte, nicht zum Ball zu gehen. »Uns bleibt keine Wahl, Sebastian«, sage ich leise. »Wenn es irgendeine Möglichkeit gibt –«

»Das meinst du nicht im Ernst.« Sebastians Blick pendelt zwischen mir und Jas hin und her, bis er bei mir hängen bleibt. »Aber du *hasst* doch die Fae. Sage mir, wie soll da etwas Gutes dabei herauskommen? Und erzähl mir nicht, dass du die Königin bestehlen wirst. Ich sage dir, das ist ein Todesurteil.«

»Ich werde vorsichtig sein.« Sein enttäuschter Blick macht mir zu schaffen. »Wir müssen endlich irgendetwas unternehmen.«

Er starrt mich an, sein Kiefer klickt und seine wilden Meeraugen leuchten vor Ärger. Ich bin mir schon sicher, dass er gleich etwas erwidern wird, da macht er auf dem Absatz kehrt und stürmt hinaus.

Ich stürze los, um ihm nachzurennen, aber Jas packt mich am Arm. »Das Kleid.«

»Hilf mir«, rufe ich verzweifelt. Ich weiß nicht, was ich Sebastian sagen soll. Ich habe Jas versprochen, dass wir zum Ball gehen, und werde jetzt nicht kneifen, aber Sebastian ist seit zwei Jahren mein Fels in der Brandung, und ich ertrage es nicht, wenn er wütend auf mich ist.

Jas zieht in Windeseile die Nadeln heraus und ich kann mich aus dem feinen Baumwollgewebe befreien. Rasch schlüpfe ich in Hose und Oberteil und eile die Kellertreppe hinauf in den Hof, den sich Madame V mit Magier Trifen teilt.

Aus dem Augenwinkel nehme ich einen weißen Haarschopf wahr. Sebastian sitzt auf der Treppe gleich vor dem Hof und spitzt mit seinen großen Händen seinen Stab an.

Bei seinem Anblick spielt immer aufs Neue mein Magen verrückt – nicht nur ein paar Zuckungen, sondern komplette Purzelbäume, einen endlosen Abhang hinunter.

Im Gegensatz zu meinen Cousinen war ich während meiner Pubertät zu sehr mit *Überleben* beschäftigt, um mich in irgendwen zu vergucken oder mir Sorgen über eine erste Liebe zu machen. Aber dann zog Sebastian nebenan ein, und schon als ich ihn das erste Mal sah, fühlte ich etwas Neues, ganz anderes … in meinem Bauch. In meinen Lungen. Auf der ganzen Haut.

Als er mich das erste Mal anlächelte, war es, als würde mir die Brust aufspringen und mein Herz sich recken und versuchen, ihn festzuhalten. Irgendwie überwand ich meine Befangenheit, wir wurden Freunde und ich konnte ihn fast jeden Morgen sehen. Viel Zeit verbrachten wir nicht zusammen – gerade genug, sodass er ein Lichtblick in meinem Leben wurde – und sein Lächeln half mir durch viele schwere Tage.

Jetzt lächelt er nicht.

Ich lasse mich neben ihm auf der Treppe nieder, ziehe die Knie bis an die Brust und schlinge die Arme darum. So bleibe ich viele Minuten sitzen. Er schnitzt, bis der Stab eine tödliche Spitze hat, und ich sehe ihm dabei zu. Das Reden überlassen wir den Vögeln im Hof.

Alles, was mit Gefühlen zu tun hat, fällt mir schwer. Arbeiten dagegen, etwas *tun*, überhaupt nicht, und nur mit einem Menschen konnte ich je über Gefühle reden, und das ist Jas. Sonst war mir niemand wichtig genug, dass es mir der Mühe wert war.

»Es tut mir leid«, sage ich schließlich. Das ist nicht genug und sagt nicht, was ich eigentlich erklären will – dass uns die Möglichkeiten ausgehen, dass mir seine Sorge um unsere Sicherheit unendlich viel bedeutet, dass ich alles in meiner Macht Stehende tun werde, um wieder nach Hause zurückzukommen – schon deshalb, weil ich ihn unbedingt wiedersehen will.

Sebastian hebt den Kopf, und die meergrünen Augen scheinen geradewegs durch mich hindurchzusehen. Er mustert mein Gesicht. »Hast du *überhaupt* eine Vorstellung, wie gefährlich es in Faerie für Menschen ist?«

»Schon, aber –«

»Dann geht nicht hin.«

In meinen Fingern kribbelt es, ihn zu berühren. Ihm über die Wange zu streichen oder seine muskulösen Unterarme zu fassen. Nie hat er angedeutet, dass er dieselben Gefühle für mich hegt wie ich für ihn, und deshalb habe ich diese Art von Nähe niemals zugelassen. Ich war nicht mutig genug, eine Zurückweisung zu riskieren, und habe stattdessen meine Gefühle vor allen geheim gehalten – selbst vor Jas. »Wenn unsere Schulden noch mehr anwachsen, werden wir sie niemals loswerden. Schon jetzt bräuchten wir …«

Er presst die Augen zu. Ich weiß, wie sehr es ihn schmerzt, dass er uns nicht helfen kann. Dabei hat er uns sogar schon selbst Geld gegeben, aber er ist nur ein Lehrling. Er hat nicht genug, um unsere Abhängigkeit von Madame V entscheidend zu ändern.

Sebastian öffnet die Augen und betrachtet mich lange. So lange, dass meine Wangen heiß werden. Meine Haut kribbelt. Mein Atem stockt, während ich darauf warte, dass seine weichen Lippen den Weg zu meinen finden.

»Haltet einfach noch ein bisschen durch«, meint er schließlich. »Haltet durch, bis ich helfen kann. Eines Tages werde ich euren Vertrag auflösen. Ich werde euch von ihr befreien.«

Ich weiß, dass er daran glaubt, aber –

»Ich verspreche, dass uns nichts zustoßen wird«, antworte ich. Es ist nicht das Versprechen, das er sich wünscht, deshalb stehe ich auf und wische mir die verschwitzten Hände an der Hose ab. Es war dumm von mir zu glauben, er würde mich küssen, dumm, daran zu denken, während wir so eine wichtige Auseinandersetzung hatten. »Ich muss mich für die Arbeit fertig machen.«

Da ist etwas in seinen Augen, das ich nie zuvor gesehen habe. Verzweiflung.

Weil ich dieses Gefühl nur zu gut verstehe, wende ich mich ab.

Ich bin drei Schritte weit gekommen, als er sagt: »Und wenn er nun nicht das ist, was du glaubst?«

Ich halte an, drehe mich um und sehe ihn aufstehen. »Was?«

»Prinz Ronan. Was ist, wenn du … wenn du merkst, dass du ihn vielleicht *magst?*«

Ich schüttle den Kopf. »Bash, ich gehe nicht in der Hoffnung, eine Fae-Prinzessin zu werden. So ein Mädchen bin ich nicht.«

»Aber wenn er nicht so ist, wie du erwartest … wenn er *besser* ist, als du erwartet hast?«

Ich verschränke die Arme. »Hast du Angst, ich könnte mich in einen Fae verlieben?« Hast du Angst, ich könnte dich vergessen? Das werde ich nicht, versprochen. Ich könnte dich nicht vergessen.

»Abriella …«

»Was?«

Sein Hals bebt, während er schluckt. »Aber versprich mir, dass du alles dafür tun wirst, dass euch nichts passiert. Wenn ihr zum Ball geht, dann steht ihr unter dem Schutz der Königin, aber sobald ihr ihre Ländereien verlasst, gilt dieser Schutz nicht mehr.«

»Ich kenne die Regeln, Sebastian. Ich verspreche es.«

Mit einem einzigen Schritt steht er bei mir. Er berührt meine Wange mit zwei Fingern und streicht mir eine lose Haarsträhne hinters Ohr. Ich bin von der Berührung seiner schwieligen Finger wie gebannt.

Gackerndes Lachen zerschneidet hinter mir die Luft. Ich wirbele herum und sehe Cassia im Hof stehen, die Hände in die Hüften gestützt. Ihr blondes Haar ist sorgfältig in Locken auf dem Kopf festgesteckt, und ihre Brüste bersten beinahe aus dem mintgrünen Kleid. »Ich dachte, du würdest weinen und klagen, aber offenbar vergießt du ihretwegen keine Träne, was?«

Was plappert sie da nun schon wieder?

Sebastian legt mir die Hand auf den Arm und ich schüttle nur den Kopf, entschlossen, das eifersüchtige Geschwätz meiner Cousine zu ignorieren.

»Kaum ist die kleine Schwester aus dem Weg, reißt du dir auch schon den stattlichen Lehrling unter den Nagel? Habe ich recht?«

Ich verdrehe die Augen. »Wovon redest du überhaupt?«

Sie grinst mit strahlenden blauen Augen. »Das weißt du nicht? Ihr seid offiziell mit euren Raten zu weit im Rückstand, und Mutter hat es jetzt gereicht. Bakken hat Jasalyn gerade zu den Fae-Händlern gebracht.« Sie ballt die Hände zu Fäusten und lässt diese theatralisch auseinanderfliegen. »Puff! Verschwunden. Einfach so.«

KAPITEL 3

Ich stürze in Madame Vivias' Büro und knalle dabei die Tür so heftig gegen die Wand, dass die Bilder dort scheppern. »Wo ist sie?«

Meine Tante erschrickt nicht einmal. Sie legt ihren Füller weg, tätschelt sich den Kopf und rückt den perfekten Knoten aus dunklem Haar zurecht, den sie mit Zauberformeln glänzend und dicht erhält. »Hallo Abriella. Herzlichen Glückwunsch zu deiner Freiheit.«

»Nein«, keuche ich, aber dann sehe ich ihn – den Aschehaufen auf der Ecke ihres Schreibtisches – alles was von einem erfüllten magischen Vertrag übrig bleibt. »Warum?«

»Irgendwann musste ich ja einmal den Schaden begrenzen.« Sie faltet die Arme vor der Brust und lehnt sich in ihrem Stuhl zurück. »Ich hätte das schon vor Monaten tun können, aber ich wollte abwarten, ob du noch einmal aufholen könntest.«

Mir ist, als hätte jemand alle Luft aus mir herausgequetscht und würde mich so festhalten, dass ich die Lungen nicht wieder auffüllen kann. Erst jetzt wird mir klar, dass ich gehofft habe, Cassia hätte gelogen. Mir wird klar, dass ich … *Hoffnung gehegt* hatte.

Madame V winkt mit der Hand, als wäre das alles so unbedeutend wie die Frage, wer das Abendessen vorbereitet, und es ginge nicht um das Leben meiner Schwester. »Deiner Schwester wird es in Faerie gut gehen. Ich bin mir sicher, sie wird dort alle bezaubern, genau wie hier.«

»Sie haben sie zur *Sklavin* gemacht. Man wird sie zu Tode schinden oder zum Vergnügen foltern … oder …« Den Rest kann ich gar nicht aussprechen, bringe es gar nicht fertig, die anderen entsetzlichen Möglichkeiten aufzuzählen. *Das ist einfach nicht möglich.*

»Jetzt mach hier kein Theater. Es ist wirklich das Beste, was sie sich für ihre Zukunft wünschen kann angesichts der Grube, die ihr beide euch geschaufelt habt. Was hätte sie denn tun sollen? Böden schrubben für den Rest ihres Lebens wie du? Oder sich an Männer verkaufen, die auf billige Zerstreuung aus sind?«

»Sie hätten mich warnen müssen. Ich hätte –«

»Was denn? *Gestohlen,* was zum Begleichen eurer Schulden fehlt?« Ihre hochgezogene Augenbraue lässt vermuten, dass sie alle meine Geheimnisse kennt. »Das hättest selbst du nicht geschafft, Abriella. Offen gestanden kannst du von Glück sagen, dass ich all diese Jahre darüber hinweggesehen habe. Ebenso gut hätte ich dich für dein verbotenes Treiben anzeigen können.«

»Aber das haben Sie nicht. Sie haben das Geld genommen, ganz egal, woher ich es hatte. *Tausende* haben Sie Monat für Monat an diesem ungerechten Vertrag verdient und Jas jetzt trotzdem verkauft.« Mein ganzer Körper brennt vor Wut und mein Blut kocht, dass ich nahe daran bin, mich zu vergessen.

»Komm schon. Sei nicht lächerlich. Sie werden ihr Fae-Wein zu trinken geben und ihr wird alles wie ein Traum vorkommen.«

Mir kommt es vor, als würde ich vibrieren. Ich möchte ihr die Juwelen herunterreißen und mit bloßen Händen zu Staub zermahlen. Ich will toben und schreien, bis ich aufwache und erfahre, dass das alles nur ein schrecklicher Albtraum ist.

»Jasalyn hat dich mit ihrem Opfer heute aus der Schuld erlöst – sei froh.«

»Wohin?«, frage ich. »Wo haben Sie sie hingebracht?« Ich werde sie finden. Um meine Schwester zurückzubekommen, werde ich das ganze gottverdammte Reich absuchen.

»Vielleicht verliebt sie sich ja in einen Fae-Lord«, sagt meine Tante, ohne auf meine Frage einzugehen. »Vielleicht lebt sie glücklich bis ans Ende ihrer Tage, wie in den Geschichten, die eure Mutter immer erzählt hat.« Jedes ihrer Worte trieft vor Abscheu. Ich will Madame Vivias in keiner Weise ähneln. Aber in diesem sind wir uns einig – ihrem Abscheu, ihrem Urteil. Ich hasse meine Mutter dafür, dass sie uns verlassen hat, dass sie uns bei ihrem Bruder gelassen hat, damit sie bei ihrem Fae-Geliebten bleiben kann. Dass sie uns zu einem Leben verurteilt hat, das uns an diesen Punkt gebracht hat.

»Wenn Jas stirbt, dann wird ihr Tod Sie hoffentlich bis zum letzten Tag Ihres Lebens verfolgen«, flüstere ich. »Und wenn sie verletzt wird, bitte ich, dass das Schicksal Sie doppelt so tief schneidet.«

»Jetzt hörst du dich wie eine von *denen* an, belegst wahllos anständige Leute mit Flüchen.«

»Anständige Leute verkaufen keine Mädchen an die Fae.«

Sie gackert. »Hast du denn nicht gesehen, in was für einer Welt wir leben, Abriella? Hast du gesehen, wovor ich euch bewahrt habe, als ich euch unter diesem Dach Schutz gewährte? Vielleicht hat deine Schwester ja Glück. Vielleicht solltest du dir wünschen, du hättest an ihrer Stelle gehen können.« Sie wedelt in Richtung Tür. »Aber jetzt hinaus. Geh und genieße deine Freiheit. Aber wenn du nicht einen Mietvertrag unterschreiben willst, wirst du dir einen neuen Platz zum Schlafen suchen müssen, und zwar ab sofort.«

Keine Nacht würde ich hierbleiben, selbst wenn sie mich dafür bezahlte, aber ich mache mir gar nicht die Mühe zu antworten. Ich ziehe die Bürotür hinter mir zu und eile in den Keller hinunter.

Unser Zimmer sieht eigentlich aus wie immer. Jas' Nähzeug liegt ausgebreitet neben der Wand. Sie muss am Arbeiten gewesen sein, als Bakken sie geholt hat. Das Musselin-Modell für mein Kleid liegt zusammengefaltet am Fuß des Bettes, und ich presse es an meine Brust und achte nicht auf die pikenden Stecknadeln im Stoff.

Ich krabble ins Bett und rolle mich auf der Seite zusammen. Ich bin zu müde, um zu weinen, zu bestürzt, aber meine Augen brennen. *Sie ist wirklich fort.*

Es klickt an der Tür. Mit quietschen Angeln geht sie auf und schließt sich wieder mit einem Zischen. Ich spüre seine Gegenwart, ohne aufzublicken. Die Matratze bewegt sich, als Sebastian sich aufs Bett sinken lässt, das Gesicht mir zugewandt. Er fasst mich am Kinn und schiebt es hoch, sodass wir uns in die Augen sehen. »Hey …« mit dem Daumen wischt er meine Tränen ab. »Dann stimmt es also?«

Ich kann ihn nur anstarren – diese Augen wie eine stürmische See, diese Falte zwischen seinen Augenbrauen, die mehr über seine Angst und Sorge verrät, als es seine Worte wahrscheinlich tun werden.

»Brie?«

»Es stimmt.« Ich schlucke und versuche, mit ruhiger Stimme zu antworten. »Madame V hat sie verkauft.«

Er schließt die Augen und murmelt einen Fluch. »Ein Jahr«, flüstert er und beißt die Zähne zusammen. »Nur ein Jahr noch, dann hätte ich euch freikaufen können.«

»Das ist nicht deine Schuld, Bash. Gibt dir nicht die Schuld für das, was Madame V getan hat.«

Er atmet lange aus, öffnet die Augen, zieht meine Hand weg vom Musselin und fasst sie mit beiden Händen. »Bitte versprich mir, dass du nicht dort nach ihr suchen wirst. Ich ertrage den Gedanken nicht, was mit dir geschehen könnte, wenn du nach Faerie gehst.«

»Und was geschieht Jas dort jetzt?«

»Gib mir einfach eine Chance. Lass mich sehen, was ich herausfinden kann.«

Sebastian zieht morgen weiter und beginnt den nächsten Teil seiner Ausbildung. Ich weiß nicht, was er denkt, dass er für sie tun kann, aber ich nicke. Obwohl ich nicht glaube, dass er sie retten kann, werde ich seine Hilfe nicht ausschlagen.

Er lässt meine Hand los und blickt sich um in dem Raum, den ich mit meiner kleinen Schwester neun Jahre lang geteilt habe. »Wo wirst du hingehen?«, fragt er.

Ich besitze nicht viel. Ich könnte zusammenpacken und noch vor Sonnenuntergang von hier fort sein. »Meine Freundin Nik schuldet mir einen Gefallen. Ich werde bei ihr bleiben.« *Bis ich mir einen Plan ausgedacht habe, wie ich Jas zurückbekommen kann.*

Nik wird ein furchtbar schlechtes Gewissen haben wegen dem, was Madame V getan hat. Sie wird sich vielleicht sogar die Schuld geben, aber im Grunde weiß ich, wenn nicht heute, dann hätten wir schon bald eine andere Zahlung versäumt. Das Geld, das ich Nik gegeben habe, hätte Jas nicht retten können, wenn eine seelenlose Hexe ihr Leben in Händen hält.

»Es tut mir so leid«, sagt er und sieht mich fragend an.

»Mir auch.«

»Ich habe Magier Trifen versprochen, ihm mit seinem nächsten

Kunden zur Hand zu gehen. Ist es okay, wenn ich gehe? Ich komme später wieder vorbei.«

Ich nicke und mir kommt die nächste Träne. Sebastian beobachtet, wie sie mir über die Wange läuft, und folgt ihr mit dem Daumen auf ihrem Weg. Seine Berührung ist so sanft, dass ich die Arme um ihn schlingen, mein Gesicht an seiner Brust vergraben und so tun möchte, als würde das alles gar nicht geschehen.

Stattdessen verabschiede ich mich von ihm und bin froh, dass er geht, wenn auch nur, damit ich einen Plan schmieden kann.

***

Madame Vivias' Hauskobold wohnt unter der Treppe neben der Küche. Während ich leise mit der einen Hand klopfe, ziehe mit der anderen das Band aus meinem Haar.

Kobolde lieben Menschenhaar, -zähne und -nägel. Sie sammeln sie in der Art, wie die Königin von Seelie den Gerüchten nach Juwelen hortet. Wenn ich etwas aus Bakken herausbekommen will, brauche ich dafür mein Haar. Ich kann nur hoffen, dass er es umso mehr begehrt, weil ich es ihm all diese Jahre versagt habe.

Bei meinem zweiten Klopfen reißt er die Türe auf, und es weht ein schwacher Geruch nach faulem Obst aus seiner winzigen Kammer. Bakken ist ein typischer Hauskobold – klein, mit einem runden Bauch, spindeldürren Gliedmaßen und dünnen Lippen, die sich über seinen spitzen Zähnen nicht ganz schließen. »Guten Tag, Feuermädchen. Wie kann ich dir helfen?«

Ich ignoriere den Spitznamen, den ich bei ihm habe, seit wir bei Onkel Devlin eingezogen sind und ich Bakken zum ersten Mal getroffen habe. Damals nahm er meine Hand und schielte lüstern auf die Narbe an meinem Handgelenk – der einzige Beweis für die

Verbrennungen, die mich hätten umbringen sollen. Damals war ich schockiert, dass er über das Feuer und mein überraschendes Überleben Bescheid wusste, während er mir völlig unbekannt war. Damals wusste ich nicht, dass Kobolde mit Geschichten handeln – Historien, Geheimnissen und Informationen. Bescheid zu wissen ist ihr Geschäft. »Bring mich zu meiner Schwester.«

Mehrmals kneift er die Augen zu, als würde er meine Forderung verarbeiten, schüttelt aber dann den Kopf. »So funktioniert das nicht.«

»Cassia hat gesagt, du hättest sie zu den Händlern gebracht. Du musst mir sagen, wer sie gekauft hat – und wie man sie retten kann.« Mein Herz rast viel zu schnell und ich kann mir nicht verkneifen, über die Schulter zu schauen, ob Madame V noch in ihrem Büro ist. Sie würde bestimmt nicht wollen, dass ich mit Bakken rede, und würde garantiert eine Möglichkeit finden, mich auch für dieses Recht bezahlen zu lassen – oder es mir gerade zum Trotz zu verweigern. Aber wenn ich nicht jetzt mit ihm spreche, werde ich wahrscheinlich keine Gelegenheit mehr dazu haben. »Bitte!«

»Das hat seinen Preis.« Er leckt sich mit spitzer Zunge die Lippen und kommt ganz nahe heran. Er späht in beiden Richtungen in den Korridor, zieht mich dann in seinen winzigen Raum und schließt hinter mir die Tür. Als sie mit einem Klick zuschnappt, fährt er mir mit einem langen, spitzen Fingernagel vom Ohr bis hinunter zur Schulter durchs Haar. Mir kribbelt vor Ekel die Haut, aber ich weiche nicht zurück. Er kichert selig. »So ein faszinierendes Rot. Als hätte dein Haar an jenem Tag die Farbe des Feuers angenommen.«

»Bring mich zu dem, der Jasalyn gekauft hat.«

Er runzelt die Stirn. »Warum denn das?«

»Ich möchte sie … Ich werde sie zurückkaufen.« Wenn ich die Summe irgendwie zusammenbringen will, muss ich wieder in Gorsts Schatzkammer einbrechen. Vielleicht muss ich sie diesmal ganz ausräumen. Aber das ist es wert.

»Es geht nicht immer nur um Geld, Sterbliche.« Bakken zieht die Augen zu Schlitzen zusammen und neigt den Kopf zur Seite. »In eurer Welt wäre man doch froh, man hätte ein Maul weniger zu stopfen, aber du scheinst … untröstlich zu sein? Merkwürdig.«

Unwillkürlich balle ich die Fäuste. Es ist bekannt, dass sich Kobolde zwischen den Reichen bewegen und Informationen sammeln. *Nicht* bekannt sind sie für ihr Mitgefühl. »*Wo?*«

»Lass es sein, Feuermädchen. Du willst dieses Schicksal nicht erleiden, das dich in Faerie erwartet.«

»Ich *will* meine Schwester zurückhaben. Sag mir, wo du sie hingebracht hast. Bitte.«

»Was gibst du mir für diese Information?«

Alles, was du willst, liegt mir wie eine saure Frucht auf der Zunge. Ich will es aussprechen, aber Kobolde nehmen einen beim Wort. Ich mache nicht den Fehler, mehr anzubieten, als ich geben kann. »Eine Locke meines Haars.«

»Ah, aber *all* dein Haar wäre mir lieber.« Er streckt die Hand aus, lässt sie aber sinken, bevor er mich berührt. »Es würde wirklich einen schönen Schal ergeben. Was soll ich mit einer einzelnen Locke anfangen?«

»Was könntest du mit *nichts* anfangen?«

Er grinst, aber ich sehe die Gier in seinen Augen, das verzweifelte Funkeln. »Zeige mir, wie viel.«

Ich nehme eine Strähne zwischen die Finger und halte sie ihm hin. »Von hier«, sage ich und zeige auf einen Punkt auf der Locke gleich unter meinem Auge, »bis zum Ende.« Jas trug ihr Haar um die Augen kürzer, sodass sie ihr Gesicht umrahmten. Mir hat immer gefallen, wie das die Aufmerksamkeit auf ihre Augen lenkt. Bakken darf natürlich nicht wissen, dass ich ihm etwas anbiete, was ich nicht vermissen werde; sonst würde er nur noch mehr fordern.

»Ja, das genügt.« Bevor ich Atem schöpfen kann, hat er schon ein Messer in der Hand und nimmt sich das Haar mit einem einzigen Klingenhieb.

Ich lasse mir den Schreck über seine Geschwindigkeit nicht anmerken. »Sage es mir.«

»Ich habe sie auf den Markt der Händler dem Gesandten des Königs gebracht, der sie zum Schattenkönig bringen sollte. Madame Vivias konnte der gebotenen Summe nicht widerstehen.«

Zum König? Das Blut in meinen Adern wird augenblicklich zu Eis und ich friere bis auf die Knochen. »Zu welchem König?«

»Der Gesandte brachte sie zu Seiner Hoheit König Mordeus«, sagt er, »der für das Leben deiner Schwester eine Menge bezahlt hat.«

Nein. Das darf nicht sein. Meine Schwester irgendeinem Fae abzukaufen oder zu stehlen ist eine Sache, aber sie von einem König zurückzubekommen – von Mordeus, dem Herrscher der Unseelie, dem Schattenkönig persönlich? Während Sterbliche die Seelie als »gute« Fae betrachten, ist das Königreich Unseelie der gefährlichste, tödlichste Ort für Menschen. Ihr König genießt den Ruf, am Foltern von Kreaturen aller Art großes Vergnügen zu finden. Menschen, die dieses Königreich betreten, kehren selten zurück – und wenn doch, dann nur als leere Hüllen ihrer selbst. Andererseits verfügt Mordeus über zahllose menschliche Sklaven. Vielleicht würde er ihr Fehlen nicht einmal bemerken. »Ein Menschenmädchen ist so gut wie das andere. Warum hat der König nicht eins der Mädchen gekauft, das nach Faerie gehen *will?*«

»Weil er Jasalyn Kincaid haben will, die Schwester des Feuermädchens, Tochter der schönen Sterblichen, die –«

»Ich weiß selbst, wer meine Schwester ist«, schnauze ich. Das hier muss ein Albtraum sein. Es ergibt keinen Sinn. »Warum will er ausgerechnet sie? Warum Jasalyn?«

»Es ist nicht an mir, den König infrage zu stellen. Vielleicht möchte er sie zu seiner Königin machen.« Sein Seufzer könnte als verträumt durchgehen, wenn er dabei nicht so … *lüstern* aussehen würde. »Vielleicht gefällt ihm ja einfach ihr kastanienbraunes Haar.«

»Wenn er kein Geld haben will, was will er dann? Was kann ich ihm sonst als Bezahlung anbieten?«

Bakken tippt sich mit einem langen, schmutzigen Fingernagel an die Schneidezähne. »Nichts ist König Mordeus so wichtig, wie seinen Platz auf dem Thron zu sichern.«

Ich schüttle den Kopf. »Aber er ist doch *König*. Was gibt es da abzusichern?«

»Manche behaupten, er wäre nicht König, nicht wirklich. Vor vielen Jahren hat Mordeus seinem Bruder den Thron gestohlen und nun wartet er auf den Tag, an dem sein Neffe – Prinz Finnian, Sohn von König Oberon und rechtmäßiger Erbe des Schattenthrons – aus dem Exil zurückkehrt und die Krone für sich beansprucht. Auch seine Untertanen warten darauf. Manche haben ihm Treue geschworen und werden für den Erhalt seiner Macht kämpfen. Andere glauben, der Hof der Schatten liegt wegen Mordeus' Betrug im Sterben und wird sich erst erholen, wenn der rechtmäßige Erbe mit Oberons Krone auf dem Thron sitzt.«

Normalerweise wäre mir die Politik von Faerie egal, aber ich verstaue das Gesagte für den Fall, dass es mir später nützlich sein könnte. »Aber was hat das damit zu tun, wie ich Jas zurückbekommen kann?«

Er zieht die Lippen auseinander und lächelt mit seinen gelben, spitzen Zähnen. »Du darfst König Mordeus nicht unterschätzen. Er tut nichts zufällig. Bei jeder seiner Entscheidungen geht es um Macht – *seine* Macht.«

Was er sagt, ergibt in meinem Kopf einfach keinen Sinn. Jasalyn hatte nie mit den Fae zu tun – jedenfalls nicht, soweit ich weiß. Welche Macht gewinnt er durch ihre Versklavung? Hat es vielleicht etwas mit unserer Mutter zu tun? Aber das ergibt keinen Sinn. Hätte er sie aus irgendeinem Grund für unsere Mutter gefordert, würde sie dann nicht ihre beiden Töchter haben wollen, und nicht nur die jüngere? Und warum sollte sie sich nun plötzlich um uns kümmern, nach neun Jahren? »Bring mich zu meiner Schwester. Bitte.«

Bakken konzentriert sich auf die abgeschnittene Haarlocke in seinen Händen und streichelt sie liebevoll. »Das Reich der Schatten ist ein gefährlicher Ort für ein Menschenmädchen, sogar für ein Feuermädchen. Du wärst besser dran, wenn du deine Schwester vergisst und deine neue Freiheit genießt.«

»Das ist keine Option.«

Er lässt mein Haar in einer Tasche verschwinden. »Hinbringen kann ich dich nicht, aber für eine weitere Locke kann ich es dir *erzählen.*«

Ich denke nicht einmal darüber nach, als ich ihm eine fast identische Locke von der anderen Seite anbiete.

Seine Augen tanzen, als er sie abschneidet. »Um Mitternacht wird sich das Flussportal für die Feier der Geburt des Seelie-Prinzen öffnen. Dort kannst du den Hof der Sonne betreten und das geheime Portal der Königin zum Hof des Mondes. Es öffnet sich nur einmal am Tag, wenn die Uhr Mitternacht schlägt.«

Ich stutze. »Warum sollte die Königin der Seelie ein Portal zum Hof der Unseelie haben? Ich dachte, die beiden Reiche wären erbitterte Feinde.«

Bakken streicht über die zweite Locke und beachtet mich kaum. Er antwortet abwesend, so wie man eine Melodie summt, die man schon tausendmal gehört hat. »Einst war die Goldene Königin nur eine Prinzessin. Sie liebte Oberon, den Schattenkönig, und setzte viel aufs Spiel, um sich heimlich mit ihm zu treffen. Ihr Königreich führte seit Jahrhunderten Krieg gegen das Reich der Schatten, und ihre Eltern hätten niemals einen Besuch erlaubt.«

Ich runzle die Stirn. Das ist genau die Geschichte, die uns meine Mutter vor dem Schlafengehen immer erzählt hat – die Goldene Prinzessin und der Schattenkönig. »Ich dachte, das wäre nur eine Legende. Ist etwas davon wirklich wahr?«

»Was glaubst du, wovon Legenden ihren Ausgang nehmen, wenn nicht von der Wahrheit?«

Mit einem Mal wünsche ich mir, ich hätte mehr von den Geschichten meiner Mutter behalten, aber das ist alles sehr lange her, und jahrelang habe ich mich nur mit Widerwillen daran erinnert. Ich schüttle den Kopf und versuche, mich auf das Naheliegende zu konzentrieren. »Wo ist das Portal?«

»Du findest es in ihrem Kleiderschrank aus Kindertagen – einem massiven Stück mit Flügeln auf den Türen. Sie hat es nie über sich gebracht, ihn zu zerstören.«

Ich muss heftig schlucken. Das Reich des Lichts betreten, das geheime Portal der Königin suchen, um an den gefährlichsten Ort von Faerie zu gelangen, dann meine Schwester finden und sie vor einem machthungrigen König retten. *Kinderspiel.*

Bakken fängt meinen Blick auf und sieht mich verwundert an. Dann greift er in seine Tasche und zieht ein aus feinen Silberfäden gewirktes Armband heraus. Er bietet es mir auf der flachen Hand an. »Nimm es. Niemand außer dir wird es sehen oder an deinem Handgelenk fühlen können.«

Zwar habe ich schon von Koboldarmbändern gehört, aber noch nie eines gesehen. Die Silberfäden sind so fein, dass man sie kaum sieht, aber sie funkeln im Kerzenlicht.

»Jeder Faden steht für eine Geschichte in Faerie. Geschichten sind Macht, Feuermädchen. Wenn du mich brauchst, zerreiß einfach einen Faden, dann werde ich erscheinen.«

»Wenn ich einen von diesen zerreiße« – ich betrachte die Fäden vorsichtig, bevor ich ihn anblicke –, »dann wirst du mir helfen?«

Er nickt. »Ja. Aber aus tödlicher Gefahr kann ich dich nicht retten, also gib dir keine Mühe, wenn du drauf und dran bist, die nächste Mahlzeit von irgendeinem Untier zu werden. Aber mit Informationen über das Reisen im Reich kann ich helfen.«

»Zu welchem Preis?«

Sein Grinsen ist eher verschlagen als beruhigend. »Nur eine Haarlocke. Oder Zähne, wenn dir das lieber ist.«

Meine Hand zittert, als ich das Armband nehme. »Was ist, wenn ich einen Faden versehentlich abreiße?«

»Koboldfäden reißen nicht versehentlich. Es muss absichtlich geschehen.«

Ich schiebe das Armband über mein Handgelenk, wo es sich durch Magie augenblicklich zusammenzieht. »Ich danke dir, Bakken.« Ich greife nach der Tür und trete hinaus in den Gang.

»Feuermädchen!«, sagt Bakken und ich bleibe stehen. »Vergiss nicht: Der Schattenkönig ist schlau. Er wird dein Schicksal zu seinem Vorteil gegen dich ausspielen.«

Mich gegen mein Schicksal ausspielen? Was soll das überhaupt bedeuten? *Fae-Rätsel.* »Ich glaube nicht an das Schicksal, Bakken. Alles, woran mir liegt, ist meine Schwester.«

»Und genau das weiß der König.«

KAPITEL 4

»Du musst Sebastian von deinem Plan erzählen«, sagt Nik, die an der Mauer von Magier Trifens Haus lehnt.

»Hast du mich deshalb hierhergebracht?«

Ich war am Morgen bei Madame V ausgezogen und direkt zu Nik gegangen, die sich meine mit neuer Panik vorgetragene Geschichte und meinen halbgaren Plan zuerst geduldig anhörte und dann darauf bestand, dass ich mit ihr zu Magier Trifen gehe, um einen Schlaftrank zu besorgen. Das Portal öffnet sich erst um Mitternacht, argumentierte sie, und es wäre gut, wenn ich bis dahin ein bisschen Ruhe bekäme.

Jetzt kriecht die Sonne in Richtung Horizont und es fühlt sich an, als würde die Zeit gleichzeitig zu schnell und zu langsam verstreichen. Wenn es nach mir ginge, wäre ich bereits in Faerie auf der Suche nach meiner Schwester, aber ich habe schreckliche Angst, dass ich nicht stark oder schlau genug bin, wenn ich dort hinkomme. Ich habe schreckliche Angst zu versagen.

»Ich habe dich wegen des Tranks hergebracht«, sagt sie und tätschelt ihre Geldbörse, »aber du solltest es ihm wirklich erzählen. Vielleicht könnte er ja mit dir mitgehen.«

Ich schüttle den Kopf. »Er wird versuchen, mich zu beschützen, und mich dadurch behindern. Außerdem macht er sich morgen auf zur nächsten Station seiner Ausbildung. Ich will ihm dabei nicht in die Quere kommen.«

Sie reckt sich gerade und sieht mich fragend an. »Mir gefällt es nicht, dass du das alleine machen willst. Genau genommen gefällt mir nicht, dass du es überhaupt machen willst.«

»Würdest du denn gehen, wenn du in meiner Lage wärst? Wenn Fawn an den König der Unseelie verkauft worden wäre?«

In ihren dunklen Augen glitzern sofort Tränen und sie schluckt. »Noch im selben Moment.«

»Dann weißt du, dass ich keine Wahl habe.«

»Ich stelle mir nur vor, wie viel du schon getan hast, weil du keine Wahl hattest«, bemerkt sie leise. Sie spielt mit einer ihrer dunklen Locken und scheint zu überlegen, bevor sie anfügt: »Ich muss dich da noch etwas fragen.«

»Okay.«

Sie blickt zuerst in beide Richtungen in die Gasse, und obwohl wir die Einzigen hier draußen sind, senkt sie die Stimme. »Das Geld, das du mir für Fawns Vertrag gegeben hast … das hast du von Gorst gestohlen, nicht wahr?«

Mir dreht sich der Magen um. Woher kann sie das wissen? »Sehe ich so blöd aus?«

»Brie.« Sie zieht die Augen zusammen.

Ich reibe mir das Genick, wo sich die ganze Anspannung der vergangenen vierundzwanzig Stunden offenbar zu einem einzigen Knoten zusammengezogen hat. »Wäre es nicht besser, wenn du nicht wüsstest, wo ich es herhabe?« Ich kann gar nicht glauben, dass das erst letzte Nacht gewesen ist. So viel ist seither geschehen – meine ganze Welt ist aus dem Gleichgewicht geraten.

Sie schiebt die Lippen vor. »*Jemand* ist bei Gorst eingebrochen, hat es an seinen Wachen vorbeigeschafft und seine Schatzkammer geplündert. Er ist stinksauer.«

»Kann ich mir vorstellen.«

»Und wer immer es war, hat Blut dort zurückgelassen«, flüstert sie, »es ist nur eine Frage der Zeit, bis ein Magier herausfindet, wer es war, und den Dieb aufspürt.«

Mist. Ich war so sehr mit allem anderen beschäftigt, dass ich das Blut ganz vergessen habe. »Gorst ist die kleinste meiner Sorgen.«

»Ach ja? Nun, dann solltest du hoffen, dass die Magie nur langsam wirkt, sonst wirst du nie die Chance bekommen, durch das Portal einzutreten.«

»Brie?«, ruft Sebastian, der vom Hof die Gasse herunterkommt.

»Wir unterhalten uns später«, sagt Nik, lächelt mich traurig an und drückt mein Handgelenk, bevor sie sich zurückzieht. »Ich sehe dich zu Hause. Bis dahin, pass auf dich auf.«

»Danke, Nik.« Mit einem tiefen Atemzug drehe ich mich zu Sebastian um. Mein Herz zieht sich zusammen, als ich ihn sehe. Er trägt einen weißen Kittel, dazu eine dunkle Hose aus Leder, die an seinen kräftigen Oberschenkeln eng anliegt, und sein weißes Haar strahlt ein bisschen golden im Sonnenlicht.

»Meister Trifen sagte, dass du nach mir suchst.«

Ich kämpfe gegen den Kloß in meinem Hals an. Wie gern würde ich ihm von meinem Plan erzählen und ihn darauf vorbereiten, dass wir uns vielleicht niemals wiedersehen werden. Ich hasse es, ihn zu täuschen, aber ich sehe keine andere Möglichkeit. »Ich wollte dich noch einmal sehen, bevor du gehst.«

Sebastian tritt näher heran, fasst meine Hände und drückt sie. »Ich wäre nicht gegangen, ohne mich zu verabschieden.«

»Ich weiß.« Ich betrachte sein Gesicht und präge mir jeden einzelnen Zentimeter ein. Seine Augen wirken im Licht der untergehenden Sonne eher blau als grün. *Vielleicht sehe ich diese Augen nie wieder.*

Er greift in seine Tasche und zieht eine Halskette mit einem Kristallanhänger hervor. »Ich habe etwas für dich gemacht.«

»Bash …« Die Kette ist schlicht, aus fein geflochtenem Silber, aber der Kristall ist lupenrein. »Das ist … das Schönste, das ich je gesehen habe.«

»Dann passt es zu dir.« Er klingt heiser, und die Zärtlichkeit in seinen Augen bricht mir das Herz, zerreißt mich fast. »Es ist ein Schutzamulett. Wenn ich nicht hier sein kann, um dich zu schützen, dann …« Er krümmt sich, als würde ihm schon der Gedanke körperliche Schmerzen bereiten, aber dann legt er mir behutsam die Kette um. »Versprich mir, dass du sie immer tragen wirst.«

»Das verspreche ich.« Der Kristall liegt zwischen meinen Brüsten und glitzert in der Sonne. Ich balle meine Faust darum. »Wann wirst du aufbrechen?«

»Gleich morgen früh.« Sein Blick schweift hinauf zum Himmel, als würde er prüfen, ob ihm noch Zeit bleibt.

»Danke, dass du so ein guter Freund bist. Ich weiß nicht, ob ich es die vergangenen zwei Jahre ohne dich geschafft hätte.«

»Tu das nicht.« Er schüttelt den Kopf. »Tu nicht, als würdest du mich niemals wiedersehen.«

Ich senke den Blick zu meinen Füßen und starre auf meine abgewetzten schwarzen Stiefel, damit er mir nicht in die Augen sehen kann, denn ich fürchte, dass dort die Wahrheit geschrieben steht.

Er hebt mein Gesicht an. »Da ist so viel, was ich dir noch sagen muss.«

»Was zum Beispiel?«

Wieder blickt er mir ins Gesicht, immer wieder. »Über meine Vergangenheit … über mich.«

Ich öffne den Mund und lasse ihn wieder zuschnappen. Sebastian hat nie über seine Familie gesprochen. Nie wollte er etwas verraten über sein Leben, bevor er nach Fairscape gekommen ist, und ich habe ihn nie dazu gedrängt.

»Ich werde alles tun, was in meiner Macht steht, um dich wiederzusehen«, sagt er sanft. »Aber ich bin noch nicht bereit, dich zu verlassen.« Seine Hände sind groß und warm. Insgeheim habe ich mir so oft vorgestellt, dass er mich auf diese Weise berührt, aber nichts von dem, was ich mir erträumte, lässt sich mit dem Gefühl vergleichen, als seine schwieligen Finger in meinen Nacken und weiter in mein Haar gleiten und sein Blick auf meinen Mund fällt. »Gibt es etwas, das du mir sagen möchtest? Etwas, das ich wissen sollte, bevor ich morgen aufbreche?«

Meint er damit meine Gefühle für ihn? Oder vermutet er, dass ich mich um Mitternacht auf den Weg mache in ein anderes Reich und alles für die unwahrscheinliche Chance riskiere, dass ich meine Schwester retten kann? »Sebastian, du bist mein bester Fr–«

Bevor ich das Wort aussprechen kann, senkt er den Kopf. Weiche Lippen finden die meinen und mir stockt der Atem. Es durchfährt mich wie Elektrizität, weckt mich auf und zuckt hier zwischen uns hin und her, sodass sich dieser Kuss anfühlt, als könnte er ganz Fairscape erleuchten, ja ganz Elora.

Als sich seine Zunge über meine Lippen und dann in meinen Mund schiebt, erwidere ich den Kuss mit allem, was ich habe. Allem, was ich bin. Ich spüre seine Sorge in seinem Kuss und ich frage mich, ob er meine Angst spürt. Ich muss meine Schwester retten, aber ich will nicht sterben. Ich will auch *ihn* nicht verlieren.

Meine Gefühle sind ein verworrenes Durcheinander, das durch seinen Kuss noch verstärkt wird. Als er sich von mir löst, bin ich wie benommen, als wäre der Boden unter mir weggezogen. Seit zwei Jahren bin ich Sebastian nun verfallen und die ganze Zeit dachte ich, er würde meine Gefühle nicht erwidern. Und jetzt wo ich ihn vielleicht niemals wiedersehe, erfahre ich, dass er es doch tut. Das Schicksal spielt mit mir.

»Warte auf mich«, flüstert er.

Das werde ich nicht. Ich kann es nicht. Obwohl mir mein schlechtes Gewissen einen Stich versetzt, fühlen sich seine Worte gut an. Ich darf aber nicht zulassen, dass meine Gefühle für Sebastian meine Konzentration trüben. Es zählt jetzt nur Jas.

***

»Brie.« Ein Flüstern in meinem Ohr, während die Stute immer schneller galoppiert und Mama und mich Richtung Strand trägt. »Brie, sie kommen.«

Mein Puls rast und mein Haar fliegt mir in wilden Strähnen im Gesicht herum. Meine Mutter hält die Zügel so fest, dass sich ihr Ehering in meinen kleinen Finger gräbt.

»Brie.« Der Wind wird immer heißer, der Rauch, der mich im Hals kratzt, immer dichter. »Abriella, wach auf!«

Mit brennenden Augen krieche ich auf Händen und Knien über den Boden. Der beißende Rauch bohrt sich in meine Lunge, und ringsum lodert das Feuer. Die Hitze leckt an meiner Haut. Flammen schießen hervor und versengen meine nackten Beine. Jasalyn lächelt mich an und blinzelt durch den Rauch. Ich reiße sie vom

Bett herunter, aber sie ist zu schwer für meine dürren Arme und ich stürze unter ihrem Gewicht nach hinten. Ich fasse sie noch fester, aber sie zerfällt zu einem Haufen Asche.

»Brie!« Jemand schüttelt mich heftig.

Ich zwinge mich, die Augen zu öffnen. Zwinge Luft in meine Lungen.

Im Zimmer ist es dunkel und kühl. Da ist kein Feuer, abgesehen von der flackernden Kerzenflamme auf dem Nachttisch. Nik hockt neben mir auf dem Boden; sie hat immer noch das hautenge Kleid an, das sie für das Treffen mit ihrem Kunden getragen hat.

»Was ist denn?« Der Schlaf droht mich wieder zu übermannen – der Trank, den mir Nik nach dem Abendessen gegeben hat, wirkt noch immer.

»Gorst ist hier.«

Ich schlage die Hand vor den Mund und springe auf. Fawn liegt zusammengerollt auf ihrer Bettseite, ihr ausgestopftes Kaninchen an die Brust gepresst. Mein Bauch zieht sich zusammen bei dem Gedanken, Gorst könnte meinetwegen das Zuhause des kleinen Mädchens auseinandernehmen.

Die ganze Wohnung scheint unter dem dröhnenden Pochen an der Tür zu erzittern und ich wirble mit aufgerissenen Augen zu Nik herum. »Verschaffe mir ein bisschen Zeit. Ich werde durchs Fenster verschwinden.«

Sie nickt, denn sie ist mir schon einen Schritt voraus. »Ich habe eins von meinen Kleidern in deinen Beutel gesteckt.« Sie blickt zur Tür, als es erneut klopft. »Es ist nicht so fein, wie es deine Schwester nähen könnte, aber unter den anderen Mädchen, die zum Ball gehen, wirst du damit nicht auffallen.«

»Vielen Dank.« Ich drücke sie fest an mich. »Du hast was bei mir gut.«

»Wenn ihr jetzt nicht aufmacht, schlagen wir die Tür ein!«, ist eine tiefe Stimme zu hören.

»Ich komme schon!«, ruft Nik. Die Angst in ihren Augen ist ihrer Stimme nicht anzumerken. Zu mir sagt sie: »Die Portale sollten sich in weniger als einer Stunde öffnen. Pass auf dich auf und komm zu uns zurück, hörst du? Fawn braucht ihre Tante Brie.«

Mir brennen die Augen; ich nicke nur und hänge mir den Beutel über die Schulter.

Nik stampft hinüber zur Tür. Mit jedem Schritt streift sie etwas von der Angst ab und ersetzt sie durch Wagemut. »Was glaubt ihr, wer ihr seid, dass ihr mitten in der Nacht so an meiner Tür poltert?«

Ich ziehe die Schlafzimmertür so leise wie möglich zu, nehme dann Kissen und Decken von meiner Schlafmatte und lege sie ordentlich auf dem Bett zusammen.

»Uns wurde gesagt, dass Abriella Kincaid hier wohnt.«

»Na, da hat man euch etwas Falsches gesagt. Nur ich und meine Tochter wohnen hier.«

Ich schiebe die Matte mit dem Fuß unters Bett und blase die Kerze aus. Die Dunkelheit ist wie ein kühlender, beruhigender Balsam für meine Sinne.

»Wenn es Ihnen nichts ausmacht, gnädige Frau, dann würden wir uns gern selbst davon überzeugen.«

Nik schnaubt: »Es *macht* mir aber etwas aus. Meine Tochter schläft.«

Ich steige zum Fenster hinaus und schließe es gerade hinter mir, als vom Gang her Licht ins Schlafzimmer fällt. Ich renne die Gasse hinunter, biege in die nächste ein und laufe weiter im Zickzack, wie sie es nie vermuten würden. Der Vollmond scheint hell über Fairscape; ich meide die Hauptstraßen und halte mich an die dunklen und schmalen Durchgänge zwischen den Gebäuden, um nicht gesehen zu werden. Ich drücke mich gegen Mauern und zwänge mich falls nötig auch zwischen Mülltonnen hindurch. Ich laufe und laufe immer weiter, ich schwitze und meine Lunge brennt. Stehen bleibe ich erst, als sich am Stadtrand schützend der Wald um mich schließt.

Am Flussufer hat sich schon eine aufgeregt kichernde Reihe junger Frauen zusammengefunden. Manche tragen prächtige Ballkleider, andere einfache Kittelkleider aus Baumwolle – wahrscheinlich das Beste, was sie haben. Und alle warten darauf, dass das Portal aufgeht; sie starren auf das Flussufer, als wäre es ihr Pfad zur Erlösung. *Närrinnen.*

Ich halte auf ein dichtes Wäldchen abseits der Menge zu, wo ich vor dem Mondlicht geschützt bin. Dort streife ich blind die Kleider ab, ziehe mir Hemd und Hosen von den schweißnassen Gliedern und taste dann im Beutel nach dem Kleid, das Nik eingepackt hat. Es ist aus feinem, seidigem Stoff, und als ich es über den Kopf ziehe, gleitet es wie frisches Wasser über meine Haut.

Ich greife nach dem Kristall vor meiner Brust. Ich weiß nicht, wie gut Schutzamulette wirken, aber Gorsts Männern bin ich diese Nacht jedenfalls entkommen. Wenn mich diese Halskette sicher nach Faerie bringen kann, werde ich sie vielleicht niemals mehr ablegen.

Ich bleibe dicht an einen Baum gekauert im Dunkeln und beobachte, wie der Mond am Himmel hinaufsteigt, bis schließlich erfreute Rufe und Gelächter zu mir herüberdringen.

»Es ist offen.«

»Das Portal hat sich geöffnet!«

»Die Goldene Königin heißt uns willkommen!«

»Prinz Ronan erwartet uns!«

Ich schiebe das Amulett zurück ins Kleid, trete langsam aus dem Schatten hervor und reihe mich bei den Frauen ein. Wir warten, bis wir an der Reihe sind, um einzeln durch das Portal zu schreiten. Ich halte meine Hände fest, um dem Drang nicht nachzugeben, mein Haar glatt zu streichen und den Schweiß von der Stirn zu wischen. Wenn ich den Kopf gesenkt halte, bemerken die anderen vielleicht nicht, dass ich nicht so fein gekleidet bin wie sie.

Ich bin nicht wie diese Frauen. Ich wollte nie eine Fae-Prinzessin sein, habe nie davon geträumt, eines Tages mit den Unsterblichen auf einem ihrer sagenumwobenen Bälle tanzen zu können. Aber jetzt in dieser Nacht wird mir mein Glück bewusst. Wenn ich erst auf der anderen Seite des Portals bin, können mir Gorsts Männer nichts mehr anhaben.

Bei diesem Gedanken hebe ich den Kopf und sehe, wie die Frau vor mir einen Schritt über die mannshohe senkrechte Uferböschung macht – und augenblicklich verschwindet.

»Los, geh schon«, drängt die Frau hinter mir. »Du bist dran. Halte den Betrieb nicht auf.«

»Und ich muss … einfach springen?«, frage ich.

Sie lacht. »Nein, Dummchen. Wenn du springst, dann fällst du ins Wasser. Du musst über dem Wasser zum Portal gehen. Du musst daran glauben, dass es da ist, sonst funktioniert es nicht.«

Ich starre ungläubig auf den reißenden Fluss. Mich beschleicht lähmende Angst.

»Los jetzt«, sagt sie. »Was kann schon passieren?«

»Dass ich ins Wasser falle, untergehe und die Strömung mich so lange unter die Felsen presst, bis ich ertrinke?«

Sie lacht, als hätte ich gerade etwas wahnsinnig Komisches gesagt. »Na los jetzt.«

»Also gut. Nur *daran glauben.*« Ganz einfach.

»Hat eine von den Damen vielleicht eine rothaarige junge Frau mit einer Narbe am Handgelenk gesehen?«, fragt jemand weiter hinten in der Schlange. »Sie ist eine Diebin, und die Erste, die uns dabei hilft, sie zu finden, bekommt eine Belohnung ausbezahlt.«

Die Frau hinter mir lässt ihren Blick auf mein Handgelenk sinken.

Ich drücke die Hand auf mein Amulett, und dann trete ich nicht einfach nur über den Uferrand. Ich renne.

KAPITEL 5

Meine Zähne schlagen aufeinander, als ich auf die Knie stürze. Der Schmerz schießt meine Beine hinauf, und als ich die Augen öffne, scheint vom klaren Himmel der Mond herab. Ich rapple mich auf und drehe mich zum Fluss um, aber er ist verschwunden. Auch der Wald dahinter ist verschwunden. Nur in der Ferne sind Bäume zu sehen. Ringsumher tauchen wie aus dem Nichts Frauen auf, aus Portalen in ganz Elora.

Das ist es. Hier ist Faerie. Ich habe es geschafft.

Energie kribbelt auf meiner Haut. Als wäre die Luft hier anders, irgendwie geladen – ein elektrisches Spinnennetz, das nur darauf wartet, menschliche Fliegen zu fangen.

Ich mustere die Gesichter in meiner Umgebung, suche nach der Frau, die so aussah, als hätte sie mich für die Belohnung nur allzu gern angezeigt. Ich kann sie in der Menge aber nicht finden – nicht, dass sie auf dieser Seite des Portals noch etwas hätte ausrichten können. Stattdessen sehe ich, wie junge Frauen selig in Richtung einer goldenen Fußgängerbrücke eilen, die zu einem gewaltigen Schloss hinüberführt. Der Horizont ist von goldenen Turmspitzen gesäumt, die in den Nachthimmel ragen. Im Sternenlicht schimmern Steinmauern. Genauso hat es Mutter in ihren Gutenachtgeschichten beschrieben – Schlossmauern aus gebrochenem Quarz, Böden aus Marmor und ein Nachthimmel wie eine unendliche Decke aus schimmernden Sternen.

Als wir klein waren, träumten Jas und ich häufig von diesem Ort. Das war für uns wie ein Spiel. Wir stellten uns vor, durch das Portal der Sonnenwende nach Faerie zu fliegen und dort unsere Mutter zu finden. Wir beschrieben uns dann gegenseitig, wie erfreut sie wäre, uns wiederzusehen, und nannten zahllose Gründe, die ihre Rückkehr verhindert hatten. Als die Jahre vergingen und Mutter nie zu Besuch kam, als sie uns nicht aus unserem Vertrag befreite, verlor das Spiel für mich allmählich seinen Reiz. Ich wollte nicht mehr an meine Mutter denken und auch nicht an die Gründe, weshalb sie uns im Stich gelassen hatte. Ich wollte nicht mehr über sie sprechen, und wenn ich mir ein Wiedersehen mit ihr vorstellte, schmerzte mein Magen.

Aber jetzt wo ich hier bin, frage ich mich unwillkürlich, ob sie auch hier ist, ob sie in diesem gefährlichen Land all diese Jahre überleben konnte, ob sie … glücklich ist.

Ich bin noch mindestens hundert Meter von der Brücke und dem Schlosstor entfernt, aber selbst in dieser Entfernung reihen sich Schwärme junger Frauen eifrig in die Warteschlange ein. Ich hatte eine überwältigende Menschenmenge erwartet, aber so hatte ich es mir nicht vorgestellt. Die Frauen drängeln für einen Platz in der Reihe rücksichtslos aneinander vorbei. Angesichts ihrer Verzweiflung bin ich gleichermaßen traurig und auf der Hut.

»Ach, Mädchen«, sagt die Frau hinter mir. »So wirst du aber nicht hineinkommen.«

Ich erstarre, als ich mich zu ihr umdrehe. »Was meinst du damit, dass ich nicht hineinkommen werde?«

Sie runzelt die Stirn, mustert mich und zieht dann ein Taschentuch aus ihrer Handtasche. Ich weiß nicht, wie ich aussehe, aber *sie* strahlt – ein kanariengelbes Kleid mit engem Mieder und einem weiten Rock, dazu das dunkle Haar, das ihr in perfekt federnden Locken über die Schultern fällt.

Ich sehe mich zum ersten Mal an, seit Nik mich aufgeweckt hat. Ihr hellrotes Seidenkleid trifft meine Haarfarbe fast genau. Über meiner Brust hängt es, spannt dafür an meinen eckigen Hüften und schwingt dann über den Knien weit aus. Der dünne Stoff stellt jeden unterernährten Winkel meines Körpers bloß, von den hervorstehenden Beckenknochen bis zu meinem eingefallenen Bauch. Bei Nik wirkt es in seiner Schlichtheit wahrscheinlich sinnlich und verführerisch. Bei mir sieht es dagegen lächerlich und unpassend aus. Normalerweise habe ich keine Zeit, mir über oberflächliche Dinge wie mein Aussehen Sorgen zu machen, aber neben dieser blendend schönen Frau fühle ich mich ziemlich befangen.

»Keine Sorge. Ich werde dir helfen«, sagt sie und bietet mir das Taschentuch an. »Machen wir dich erst einmal sauber.«

Meine Arme sind verschrammt und dreckverschmiert. Als ich mich in die Schatten der Gassen drückte, dachte ich ans Verstecken, ans Überleben, nicht an Peinlichkeit. »Danke schön.« Ich nehme das weiche Tuch an und wische mir vorsichtig den Schmutz von der Haut. »Ich muss wohl so in Eile gewesen sein, hierherzukommen, dass ich es gar nicht bemerkt habe.« Unter dem Schmutz zeichnen sich kreuz und quer laufende rosafarbene Kratzer ab, vom Rennen durch das Gestrüpp im Wald. Ein Bild der Schönheit gebe ich nicht gerade ab. »Was meinst du damit, dass sie mich wohl nicht hineinlassen werden? Lassen sie denn nicht alle rein?«

Sie kramt wieder in ihrer Handtasche und zieht ein kleines Fläschchen Balsam heraus. »Das Schloss der Königin ist zwar riesig, aber alle Frauen, die sich für die Chance auf die Hand des Prinzen hier einfinden, passen unmöglich hinein.« Sie nimmt mir das Taschentuch ab und drückt etwas vom milchigen Balsam darauf. Damit tupft sie auf eine besonders hässliche Abschürfung auf meiner Schulter, und schon sehe ich, wie die Haut heilt und wieder ihre gesunde elfenbeinfarbene Tönung annimmt.

»Es tut mir wirklich leid, aber ich kann dir nichts geben dafür.«

Lächelnd setzt sie die Behandlung fort, den ganzen Arm hinunter. »Ich brauche dein Geld nicht, wenn ich erst Prinz Ronans Braut bin.« Sie zwinkert mir zu, als wäre das ein Witz, bei dem nur ich in die Pointe eingeweiht bin. »Ich heiße übrigens Pretha.«

Ich schlucke und weiß immer noch nicht, womit ich ihre Güte verdient habe. »Abriella.«

»Das ist ein schöner Name.« Sie macht sich an meinen anderen Arm.

»Danke.« Ich mustere die lange Schlange vor uns. »Aber wie entscheiden sie, wer hineindarf?«

»Die meisten Frauen werden zurückgeschickt, bevor sie das Schloss betreten haben. Die Torwachen treffen eine erste Auswahl, nur nach dem Aussehen.« Sie muss meinem Gesicht die Empörung ansehen, denn sie sagt: »Ich weiß. Ganz schön oberflächlich, nicht wahr? Aber sie suchen eben eine gesunde und hübsche menschliche Braut für ihren Prinzen.«

Die Warteschlange schiebt sich langsam vorwärts, und obwohl ich es kaum erwarten kann, ins Schloss zu kommen und mit der Suche zu beginnen, bin ich für die zusätzliche Zeit dankbar. Ich hatte nicht damit gerechnet, dass ich es vielleicht gar nicht durchs Schlosstor schaffen würde.

»So.« Sie ist mit dem letzten Kratzer an meinem Handgelenk fertig. »Und jetzt … darf ich mich an dein Gesicht machen?« Sie zieht einen kleinen Spiegel hervor und dreht ihn so, dass ich mich sehen kann.

Mein Gesicht ist kaum besser als meine Arme, aber schlimmer als Dreck und Kratzer sind die dunklen Ringe unter meinen Augen und die eingefallenen Wangen. *Gesund* ist nicht das Wort, das mir bei meinem Anblick in den Sinn kommt.

Pretha tupft mein Gesicht mit einem sauberen Tuch ab und fischt dann verschiedene Kosmetika aus den unergründlichen Tiefen ihrer Handtasche. Sie zieht meine Augen mit Lidstrich nach, tuscht mir die Wimpern, betont meine Wangen mit Rouge und malt mir die Lippen tiefrot. Als ich wieder in den Spiegel blicke, sind meine roten Locken das Einzige, das mir bekannt vorkommt. »Du bist ja eine Künstlerin!«, sage ich und berühre die Stellen, wo eben noch Tränensäcke unter meinen Augen waren. »Bist du dir sicher, dass du mich nicht verzaubert hast?«

Sie lacht. »Gegen ein bisschen Magie zur Betonung der natürlichen Schönheit ist überhaupt nichts einzuwenden.«

Ich hätte die Haarbürste erwarten müssen, die sie plötzlich in der Hand hält, aber als sie sich an meiner Mähne zu schaffen macht, muss ich lachen. »Wenn diese Bürste meine Locken bändigt, dann kannst du dich getrost unter den Sieben von Elora einreihen.«

»Ich würde es nicht wagen, deine wilde Schönheit zu dämpfen. Gerade damit wirst du den Blick des Prinzen auf dich ziehen.« Mit einer Haarspange aus Kristall fasst sie meine Locken auf meinem Kopf zusammen und drapiert sie sorgfältig um mein Gesicht.

Ich versuche, wie ein Mädchen zu lächeln, das sich nach der Aufmerksamkeit eines Fae-Prinzen sehnt. In Wahrheit will ich, wenn ich erst drin bin, genau das Gegenteil erreichen.

Als sie mit dem Herumzupfen an meinem Haar fertig ist, tritt sie zurück und legt den Kopf auf die Seite. »Und jetzt das Kleid?«

Die Reihe bewegt sich langsam nach vorn, und der Mond zieht seine Bahn über den Himmel. Wenn es so weitergeht, werden wir bis Sonnenaufgang anstehen müssen, vielleicht noch länger. »Bestimmt hast du auch Nadel und Faden in deinen Taschen und wirst das hier zu etwas Prächtigerem umnähen, was?«

»Psst.« Sie winkt mit der Hand. »Ich bin doch keine Näherin.«

Das Wort trifft mich wie ein Schlag in die Magengrube, und die Erinnerung lässt mein Lächeln ersterben. »Ich auch nicht.«

Sie runzelt die Stirn, denn mein Stimmungswandel ist ihr nicht entgangen. »Habe ich etwas Falsches gesagt?«

»Nein, das nicht. Aber meine Schwester war ... *ist* eine Näherin. Das ist alles.«

Sie blickt mich mitfühlend an. »Das tut mir wirklich leid. Was ist mit ihr geschehen?«

»Sie wurde in die Sklaverei verkauft.«

In ihren Augen blitzt etwas auf, und für eine Sekunde fürchte ich, sie könnte meinetwegen laut aufbrüllen vor Wut, aber dann zwinkert sie kurz und es ist vorbei. »Und deswegen bist du hier?«

Ich seufze. Ich könnte eine Freundin gebrauchen, aber ich kann es nicht riskieren, dieser Fremden von meinen Plänen zu erzählen. »Ich glaube, jedes Mädchen in dieser Schlange träumt davon, was es mit der Macht und den Privilegien einer Fae-Prinzessin bewirken könnte.«

»Hmm.« Sie öffnet die Hand, und zum Vorschein kommen eine Reihe von Stecknadeln. »Darf ich?«

»Ich dachte, du sagtest, du wärst keine Näherin.« Ich sehe zu, wie sie die Nadeln nebeneinander rings um meine Taille feststeckt. Ich drehe mich langsam, damit sie an meinem Rücken weitermachen kann.

»Bin ich auch nicht, aber die Frau, die diese Nadeln verzaubert hat, schon.« Sie steckt die letzte Nadel ein und schließt damit den Kreis. Dann schnippt sie mit den Fingern.

Und mit einem Mal ist es nicht mehr das Kleid, das ich mir im Wald übergezogen habe. Es ist ein Ballkleid und es ist entzückender als alles, was ich je getragen habe, vielleicht sogar schöner als alles, was Jas je hervorgebracht hat. Der weite Rock streicht über das Gras, wenn ich gehe. Er ist rings um den Saum und an einer Seitennaht aufwärts mit Rosenknospen bestickt, als wäre es eine Art magisches Spalier. Das passgenaue Mieder ist nun mit Stäben verstärkt, die meine nicht vorhandene Oberweite unter dem herzförmigen Ausschnitt vorteilhaft ausschwingen lassen. Mein Amulett ist nur knapp verdeckt.

Ich bin so in die Bewunderung meines neuen Kleides vertieft, dass Pretha mich auf die Schulter tippen muss, damit ich bemerke, dass wir die Brücke überquert haben. Wir haben es endlich bis zum Schlosstor geschafft.

Ich weiß nicht, was ich erwartet hatte, aber auf dem üppigen grünen Rasen ist ein Fest im Gange. Kreaturen aller Art ziehen auf der Fläche ihre Kreise. Feen, die mit ihren durchsichtigen Flügeln und winzigen menschenähnlichen Körpern wie Schmetterlinge aussehen, gaukeln durch die Menge, und ihre Flügel summen dabei wie eine Flöte im Wind. Rothäutige Feuer-Fae mit glühenden Augen tanzen um ein Feuer und wirbeln ihre menschlichen Partner dabei so schnell herum, dass meine Augen den Bewegungen kaum folgen können. Fae-Edelleute bewegen sich überall in der Menge, und wären nicht ihre spitzen Ohren und ihre himmlische Anmut, so würden sie sich beinahe unerkannt unter den Menschen einfügen – aber nicht, dass sie das wünschten.

»Wir kommen näher.« Pretha drückt meine Hand und ich verspüre plötzlich große Zuneigung.

»Warum bist du nur so nett zu mir?«

»Vielleicht brauche ich ja auch eine Freundin.«

Woher weiß sie, dass *ich* eine Freundin brauche? Niemand hat je so etwas von mir gedacht. Wenn überhaupt, dann wirke ich eher kalt und abweisend. Eine Einzelgängerin, die keine Lust hat, ihre Farben zu wechseln. »Also … danke. Für alles.« Ich beiße mir auf die Lippe, während ich noch einmal mein Kleid betrachte. Es ist wirklich schön, und mit ein bisschen Glück wird es mir dabei helfen, hineinzukommen, aber was dann? Mit diesem ausladenden Rock kann ich doch nicht heimlich durch dunkle Gänge schleichen.

»Es gefällt dir nicht«, sagt sie. Sie klingt dabei nicht beleidigt, sondern bemerkt es neutral, fast schon amüsiert.

»Ich bin keine Kleidung gewohnt, die meine Bewegung einschränkt. Ich meine, mein ganzes Leben hat man mich gelehrt, vorsichtig in Faerie zu sein, falls ich weglaufen muss oder so …«

Sie reckt ihr Kinn hoch. »Kluges Mädchen.«

Ich verziehe das Gesicht. »Oder vielleicht doch ein undankbares Miststück?«

»Die Nadeln stecken noch alle im Rockbund. Ziehst du auch nur eine heraus, ist der Bann gebrochen. Dann nimmt das Kleid wieder seine ursprüngliche Form an.«

Ich fahre mit den Fingern vorsichtig über meine Taille, bis ich eine Nadel spüre. »Wunderbar. Danke.«

Dann unterhalten wir uns noch Stunden über Belangloses, während sich die Schlange immer näher an die Schranke schiebt. Die ganze Zeit versuche ich, mir so viel wie möglich von meiner Umgebung einzuprägen; ich ignoriere meine schmerzenden Füße und meinen knurrenden Magen, während ich die Fae im Garten beobachte und auch die Wachleute, die auf der Umfassungsmauer patrouillieren.

Ich habe keinerlei Zweifel, dass der leichteste Weg ins Schloss durch das große Tor führt, aber als wir es schließlich erreichen, stehen meine Chancen nicht mehr gut. Die Sonne steht jetzt hoch am Himmel, und ich habe Dutzende von Frauen gesehen, die man durch das Portal neben den Wachleuten fortgeschickt hat; nur wenige wurden ins Schloss eingelassen.

»Viel Glück«, flüstert Pretha, als ich vortrete.

Der Mann am Tor hat lange, spitze Ohren und hellblaue Augen. Er mustert mich, zuckt mit den Achseln und winkt mich herein. Ich drehe mich zu Pretha um. »Wie kann ich dir das nur vergelten?«

Sie grinst. »Oh, ich lass mir was einfallen, bis wir uns wiedersehen.«

Ich trete ein, ein anderer Fae nimmt mich am Arm und führt mich einen glitzernden Korridor entlang. Ich bin geblendet von den Kronleuchtern an der Decke und davon, wie das Licht von den glänzenden Blüten zurückgeworfen wird.

Ich riskiere einen Blick über die Schulter, um zu sehen, ob meine neue Freundin folgt, sehe aber stattdessen ein paar Schritte hinter mir nur ein mir unbekanntes Gesicht. Hat man Pretha heimgeschickt? Ich habe ein schlechtes Gewissen. Nach all dem, was sie für mich getan hat, wäre es nicht gerecht, mich hereinzulassen und sie nicht. Ich hätte sie vorausgehen lassen sollen – und vielleicht auf die Wachen einreden, falls sie sie durchs Portal zurückschicken wollten.

»Immer geradeaus. Genieße die Feier«, bemerkt mein Begleiter knapp. Bevor ich antworten kann, lässt er mich los und geht wieder zurück.

Ich mache noch ein paar Schritte und dann stockt mir der Atem, als ich einen Ballsaal betrete, der so groß ist wie ein ganzer Straßenblock in Fairscape. Durch die zwei Stockwerke hohen

Fenster flutet das Licht des vorangeschrittenen Morgens herein, und auf dem schimmernden Marmorboden tummeln sich sowohl Menschen als auch Fae. Langsam bewege ich mich in den Raum hinein, mische mich unter die Gäste und mustere meine Umgebung.

»Warum musste sie Jasalyn unbedingt wegschicken, bevor sie mein Kleid fertigstellen konnte?«, höre ich irgendwo hinter mir eine vertraute Stimme jammern. *Cassia.*

Mein Herz verfällt sofort in Galopp. *Nein. Bitte nicht.*

»Wenigstens hattest du etwas Passendes«, antwortet Stella. »Ich musste für das hier eines der Mädchen bei der Näherin bestechen, und sie hätte mich beinahe ohne etwas weggeschickt.«

Natürlich sind auch Cassia und Stella zum Ball gekommen. Deshalb waren sie auch so versessen darauf, dass Jas ihnen neue Kleider schneidert. Sie sind genau die Sorte Törinnen, die glauben, sie könnten Fae-Prinzessinnen werden.

Ich halte den Kopf gesenkt und schlängele mich durch die Menge von ihnen weg. Ich will gar nicht daran denken, was passiert, wenn sie mich entdecken. Sie würden sofort alles dafür tun, dass ich hinausgeworfen werde, und wenn sie wüssten, dass ich Jas retten will, würden sie darüber lachen.

Vor lauter Eile, den Ballsaal zu durchqueren, remple ich eine breite männliche Gestalt an. »Tut mir so leid. Bitte entschuldigen Sie.« Ich blicke gar nicht auf und gehe einfach weiter.

»Bei Euch alles in Ordnung?« Seine Stimme ist tief und melodisch. Etwas in mir spricht auf diesen Ton an und ich kann nicht umhin, mich zu ihm umzudrehen.

Mir stockt der Atem beim Anblick des hochgewachsenen Mannes mit hellbrauner Haut. Aber dies ist kein gewöhnlicher Fae. Er ist *umwerfend.* Dunkles Haar reicht ihm in verwuschelten Locken bis an das kantige Kinn. Seine silbernen Augen funkeln wie Mondlicht und werden von dichten, dunklen Wimpern eingerahmt. Wäre er ein Mensch, dann würde ich ihn auf Anfang zwanzig schätzen, aber etwas an seiner Haltung und dem scharfen Schnitt seines Gesichts lassen ihn älter erscheinen, sehr viel älter. Sein voller Mund verzieht sich etwas. Er betrachtet mich und bietet mir dann seine Hand. »Ein Tanz, Mylady?«

»Was? Nein.« Ich muss konzentriert bleiben. Ich darf mich jetzt nicht von diesem hinreißenden Fae ablenken lassen.

Er macht große Augen, so als wäre er noch nie abgewiesen worden. Bei diesem Aussehen würde mich das auch gar nicht wundern. »Dann vielleicht ein Spaziergang im Garten?«

»Lasst mich in Ruhe. Ich bin nicht interessiert an –«

Nun höre ich wieder das Gelächter meiner Cousinen. Ich spähe über die Schulter und sehe, dass sie näher kommen.

»Schön. Tanzen wir«, platze ich heraus und schiebe meine Hand in seine.

Seine Lippen zucken, aber er greift meine Hand und führt mich zur Tanzfläche. »Es wird mir ein Vergnügen sein.«

Das Sinfonieorchester auf der Bühne an der Stirnseite des Saals stimmt eine herzzerreißende Melodie an. Ich habe das Lied noch nie gehört, aber sofort sehnen sich meine Glieder, seinen Rhythmus aufzunehmen und sich im Takt zu bewegen.

Der Mann, mit dem ich tanze, erwidert meinen Blick, während er mich über die Fläche führt. Die Kronleuchter über uns glitzern wie Lichtkugeln, die in einer leichten Brise schweben. Irgendetwas an dem Tanz – die Art, wie wir uns gemeinsam wiegen – erinnert mich daran, wie frei ich mich fühle, wenn ich mich im Dunkeln bewege. Es ist entspannend und berauschend zugleich – ein Hochgefühl, von dem ich nicht genug bekommen kann. Und als er mein

Gesicht betrachtet und flüstert, »So wunderschön«, kann ich mich an keine einzige meiner Sorgen mehr erinnern.

Die Musik wechselt, ein anderer Fae drängt sich zwischen uns und fasst meine Hand, bevor mich der Silberäugige von der Tanzfläche führen kann.

Kann es denn schaden? Einen weiteren Tanz zu genießen, bevor ich mit der Suche nach meiner Schwester alles aufs Spiel setze? Kann es schaden, wenn ich mir für ein paar Augenblicke ein Leben vorstelle, in dem nicht jeder Tag ein Kampf ist, in dem ich wie diese Fae leben könnte – tanzen, Wein trinken und über belanglosen Unsinn lachen?

Mein Körper und die Melodie werden eins, und als das Orchester den Takt beschleunigt – als die Bögen schneller über die Saiten hüpfen und die Finger der Flötistin über die Klappen rasen –, da ahnen meine Muskeln jede einzelne Note und jeden Rhythmus voraus. Ich werde von einem Tanzpartner zum nächsten weitergereicht und fühle mich so elegant wie die Fae. Ich tanze und tanze und tanze, bis ich fast keine Luft mehr bekomme, bis meine Lunge brennt und meine Füße schmerzen.

Die Gesichter meiner Partner verschwimmen. Es ist mir gleich, wer oder was sie sind, denn diese magische Bewegung und die Melodie heben mich heraus aus meinen Problemen und aus meinem erbärmlichen Leben.

Ich lächle und fühle mich so leicht wie seit Monaten nicht; meine Hüften schwingen im Takt, ich rolle lässig in den Schultern. Bevor ich michs versehe, bin ich in der Mitte der Tanzfläche. Ich hebe die Arme über den Kopf und wiege sie im Takt der Musik. Das ungeheure Gewicht von Verantwortung hebt sich von meinen Schultern. Zum ersten Mal seit Jahren bin ich frei. Vielleicht zum ersten Mal überhaupt. Dieser Tanz *ist* Freiheit.

Jemand schiebt mir einen Kelch Wein in die Hand, und ich betrachte die Flüssigkeit, während ich mich weiter wiege. Ich fühle mich so gut und ich weiß, dass ich mich mit dem Wein noch besser fühlen werde. Dazu muss ich weiter nichts tun, als ihn zu *trinken*.

Etwas meldet sich in meinem Unterbewusstsein. Etwas, das mit diesem Wein zu tun hat. Etwas, das ich nicht vergessen darf. Aber ... ich hebe ihn an den Mund. Ich will noch mehr Tanz, mehr Freude, mehr köstliche *Freiheit*. Der Kelch wird mir weggerissen, bevor er meine Lippen berührt. Dann schließen sich starke Arme um mich und ziehen mich von der Tanzfläche.

Ich wehre mich dagegen und versuche, dorthin zurückzukehren, wo ich hingehöre – zur Musik, zum Rhythmus, zum beruhigenden Wiegen der Hüften und den verschwommenen Bewegungen, dem immer schnelleren Arpeggio.

»Genug«, flüstert er mir ins Ohr.

»Nein.« Es ist eine flehentliche Bitte.

Er zieht mich fort von den Tänzern und der wunderbaren Melodie und weiter in einen stillen Korridor neben dem Ballsaal. Am Ende des Ganges ist durch ein Fenster die Sonne zu sehen, die sich zum Horizont senkt und das Land in orange-gelb glühendes Zwielicht taucht.

Allmählich lässt die Musik meinen Verstand wieder los, ich schlucke heftig und komme wieder zu Sinnen. Tropfen für Tropfen, wie Wasser, das ein Glas füllt, ordnen sich meine Gedanken.

Jas. Ich muss Jas retten.

Der Fremde hält mich fest. Meine Arme sind an meine Seiten gepresst. Er ist zu kräftig. Zu groß. Ich kann mich nicht gegen ihn wehren.

»Du musst wieder zu Atem kommen«, sagt er nahe an meinem Ohr.

Mit einem Ruck befreie ich mich aus seinen Armen und drehe mich zu ihm um. Es ist der Silberäugige, mit dem ich zuerst getanzt hatte. »Ist das …« Ich zwinge mich zu einem tiefen Atemzug und starre entgeistert auf das Fenster am Ende des Ganges. »Ist das der Sonnenuntergang?«

Mit spöttischer Miene zieht er die Augen zusammen. »Hast du die Zeit vergessen?«

Ich presse die Augen zusammen und verfluche mich. Ich hätte es besser wissen müssen, habe mich aber durch ihre Musik verführen lassen. Ich habe *Stunden* vergeudet, die für meine Suche im Schloss gedacht waren – um Jas zu finden. Und beinahe hätte ich Fae-Wein getrunken. *Törin.* »Alles in Ordnung.«

»*Jetzt* schon.« Er deutet auf mein Handgelenk und nickt. »Eine interessante Narbe.«

Mein Herz zieht sich bei der Erinnerung an Jas zusammen. Sie hat die Narbe immer meine »Sonne und Mond« genannt. Die eine Seite sieht wie die gleißende Sonne aus, die andere wie eine Mondsichel. »Ich bin als Kind in ein Feuer geraten. Nur durch Glück habe ich überlebt.« Ich klappe den Mund zu. Ich brauche ihm überhaupt nichts zu erzählen, aber sein Charme geht mir unter die Haut. Und offenbar kann er den Blick nicht von dem Brandmal wenden.

»Aber war das –« Er reißt den Blick zum Ende des Korridors herum und verkrampft. »Die Königin kommt.«

Soll das nun eine Warnung sein oder möchte er nur, dass ich das nicht verpasse? Ich deute in Richtung Ballsaal. »Bitte, gehe zurück zum Fest.«

Es blitzt in seinen Augen. »Lass sie deine Narbe nicht sehen.«

Was? Warum? Ich habe keine Gelegenheit mehr, zu fragen, denn er verneigt sich tief – eine *förmliche Verbeugung* von einem Fae-Adligen, eine Ehrbezeugung, die ihren allerhöchsten Kreisen vorbehalten ist. Dann verschwindet er durch die Türen des Ballsaals in der Menge. Einerseits möchte ich ihm folgen und darauf bestehen, dass er mir erklärt, was es mit meiner Narbe auf sich hat, aber die Rückkehr zum Fest und der Musik will ich nicht riskieren. Ich darf keine Zeit mehr verlieren.

Ich ziehe eine Stecknadel aus meinem Rockbund, das Kleid fällt in sich zusammen und ich trage wieder das einfache Seidenkleid, in dem ich angekommen bin. Ich ziehe mich in die Schatten zurück und seufze erleichtert, dass die Begegnung vorüber ist – und ertappe mich doch beim Gedanken an den Tanz in seinen Armen und den Ausdruck in seinem Gesicht, als er *So wunderschön* flüsterte. Hatte das der Musik gegolten? Dem Tanz? Warum nur möchte ich glauben, dass *ich* damit gemeint war? Warum kümmert mich das überhaupt?

Und dann höre ich sie – schwere Schritte, die sich mir nähern. Ein Dutzend Wachen kommt in Sicht. Im Gleichschritt flankieren sie eine Fae-Frau in einer prächtigen Robe, die eine golden funkelnde Krone trägt.

Auch ich bin von ihrem Anblick überwältigt: Arya, die Goldene Königin, Herrscherin über das Reich der Sonne. Ihr Haar leuchtet wie gesponnenes Gold und ihre Haut schimmert wie die Morgensonne, die sich im Wasser spiegelt. Aber ihre Augen … ihre Augen wollen zum Übrigen nicht so recht passen. Das Blau sollte atemberaubend sein, aber stattdessen kommt es mir leer vor – einsam.

Es war einmal eine Goldene Fae-Prinzessin, die sich in den Schattenkönig verliebte …

Hat ihr der König das Herz gebrochen?

Ich schüttle den Kopf und zwinge mich dazu, mich zu konzentrieren. In einem hatte der Silberäugige recht: Die Königin und ihre Wachen dürfen mich nicht sehen. Ich muss im Verborgenen bleiben, damit ich durchs Schloss schleichen kann, während der Rest des Palastes durch den Ball abgelenkt ist.

Ich blicke auf meine Hände und mir stockt der Atem. Meine Hände, meine Beine, mein Körper – da ist nichts als Schatten. Ich wedele mit der Hand vor dem Gesicht, aber sie ist nicht da. Ich bin … unsichtbar?

Rückwärts taumele ich gegen die Wand – und falle geradewegs durch sie hindurch, mitten in eine geschäftige, sonnendurchflutete Küche.

»Was hast du denn hier verloren?«, knurrt mich ein muskulöser Zwerg mit Kochmütze an. Er hat eine riesige Schweineschnauze und gebogene Hörner aus Elfenbein.

Ich rappele mich vom Boden auf und starre auf die Wand, durch die ich – da bin ich mir ziemlich sicher – gerade *durchgefallen* bin.

»Willst du etwa etwas zu essen stehlen aus meiner Küche?« Er zieht mir schmerzhaft einen Kochlöffel über den Rücken. »Raus hier, Wildling.«

»Ja, Sir«, murmle ich. Ich finde den nächsten Ausgang, haste hinaus und gelange auf einen langen Korridor, einen anderen als den, in dem ich die Königin gesehen habe. Alle paar Meter hängen Leuchter mit flackernden Kerzen an der Wand. Es gibt keine Fenster, aber jede Menge Schatten.

Ich greife in einen Schatten und sehe, wie meine zitternde Hand verschwindet.

Ist das irgendeine seltsame Reaktion darauf, dass ich in Faerie bin? Wird meine Begabung dafür, mich in der normalen Welt unsichtbar zu machen, hier vielleicht zur Fähigkeit, völlig zu verschwinden?

Aus einem Zimmer ein Stück den Gang hinunter dringen Stimmen. Ich trete in die Schatten und gebe mir Mühe, unsichtbar zu werden, während ich lausche.

»Sie erwarten den Prinzen noch *heute Abend*«, höre ich eine tiefe Stimme sagen.

»Ja, Sir, ich verstehe«, antwortet ein anderer Mann mit quäkender Stimme. »Aber Prinz Ronan ist immer noch fort. Und wie Ihr wisst, ist er nicht begeistert davon, nach Hause zu kommen, und noch weniger, sich eine Braut auszusuchen.«

»Dann *findet ihn*«, sagt der Erste. »Wenn ich der Königin Euretwegen schlechte Nachrichten überbringen muss, werde ich sehr ungehalten sein.«

Typisch Fae! Der Palast läuft geradezu über vor Frauen, die dem Seelie-Prinzen ihr Leben widmen wollen – und der Herr lässt sich nicht einmal blicken? Egoistischer Unsinn.

Drei Männer verlassen das Zimmer und kommen auf mich zu. Sie sind große, elegante Fae-Adlige in gelb-grauen Uniformen – womöglich aus der Garde der Königin?

Ich bleibe im Schatten und bete, dass ich nicht nur für mich, sondern auch für sie unsichtbar bin. Sie gehen an mir vorbei und ich halte den Atem an, als einer mit seinem Ellenbogen sogar meinen Bauch streift.

Als sie um eine Ecke biegen, schöpfe ich wieder Atem. Vorsichtig spähe ich in den Raum, den sie verlassen haben. Es ist ein Büro mit zwei Schreibtischen, stapelweise Büchern und Karten an den Wänden, aber was mich am meisten interessiert, ist das Fenster und das schwindende Tageslicht.

Ich muss diesen Schrank finden. Ich habe schon zu viel Zeit verloren.

***

Ich habe ihn gefunden. Tief in den unteren Stockwerken des Palastes ganz hinten in der Ecke eines Lagerraums; dort steht ein sehr großer Schrank mit auf den Türen aufgemalten Flügeln.

Das Schloss der Königin ist riesig und erfüllt mit Fae und viel mehr Licht, als einem Mädchen, dessen Stärken in Schatten und Dunkelheit am besten zur Geltung kommen, lieb sein kann. Es gibt nur wenige Dinge und Zimmer, in denen niemand in der Nähe ist, aber ich habe alles abgesucht, was ich konnte. Ich hätte mir Stunden ersparen können, wenn ich gleich in den Lagerräumen begonnen hätte, aber angesichts der Größe des Palastes grenzt es an ein Wunder, dass ich überhaupt fündig geworden bin.

Dunkel und kühl ist es hier unten, und ich bin so müde, dass ich mich am liebsten in einer Ecke zusammenrollen und eine Woche lang schlafen würde. Ich bin jetzt fast seit vierundzwanzig Stunden wach, und meine Muskeln schmerzen von all den Stunden, die ich mich in den Fae-Tänzen verloren habe. Aber jetzt darf ich nicht rasten. Ich muss ins Reich der Schatten-Fae gelangen. Immer wieder geht mir der Name meiner Schwester durch den Kopf und erinnert mich daran, was auf dem Spiel steht. Daraus schöpfe ich die Kraft, die ich zum Weitermachen brauche.

Während ich die Schranktüren aufreiße, wird mir klar, dass ich gar nicht weiß, wonach ich eigentlich suche. Zumindest dem Aussehen nach ist es ein ganz gewöhnliches Möbelstück, in dem man Kleidung aufbewahrt. Blinkende Lichter mit der Aufschrift *Magisches Portal! Zum Finden verlorener Schwestern um Mitternacht hier eintreten!* habe ich zwar nicht erwartet, aber ich dachte, irgendeinen Hinweis, wie dieses Ding zu benutzen sei, würde es schon geben.

Natürlich ist hier überhaupt nichts offensichtlich. Bakken hat mir die Flügel beschrieben, aber vielleicht gibt es ja mehr als diesen einen Schrank, auf den diese Beschreibung passt. Was, wenn die Königin nun doch das Portal zerstört hat und dies hier nur ein ganz gewöhnlicher Schrank ist?

Ich ziehe alle Schubladen auf, fahre mit den Händen über die Schrankseiten und auch die Rückwand. Kein Durchgang, keine Geheimfächer, kein doppelter Boden. Vielleicht ist das hier ja wie das Portal am Fluss, und man muss nur eintreten und *daran glauben*.

Aber wo eintreten? Und wie?

Hinter mir höre ich tiefes, heiseres Lachen und drehe mich um.

Zuerst kann ich niemanden sehen, aber dann taucht eine Kugel aus Fae-Licht auf, schwebt auf mich zu, und ein dunkelhaariger Mann löst sich aus den Schatten. Seine Silberaugen erkenne ich sofort.

Ich greife nach dem Dolch, den ich aber nicht an der Hüfte trage. Ich wusste, dass ich mit Waffen nicht ins Schloss gelangen würde, und habe das gefährliche Reich wider besseres Wissen gänzlich unbewaffnet betreten. Klug wäre gewesen, zuerst einmal in der Waffenkammer der Königin vorbeizuschauen und mich erst *dann* auf die Suche nach dem Portal zu machen. Nein – wäre ich wirklich klug gewesen, dann hätte ich aus Bakken herausgebracht, wie man *direkt* zum Hof der Schatten kommt. Wenn ich dieses Portal nicht schnell entschlüssele, muss ich mich einen vollen Tag hier im Schloss verstecken, bis es sich wieder öffnet.

Mir läuft die Zeit davon.

»Bist du mir gefolgt?«, frage ich.

»Eine bezaubernde Menschenfrau kommt zu Prinz Ronans Ball und schleicht sich unbemerkt im Palast herum – natürlich verfolge ich dich.«

Nicht gänzlich unbemerkt, offensichtlich. Wenn er mir bis hier gefolgt ist.

»Ich bin wirklich fasziniert«, sagt er, aber er klingt nicht fasziniert. Er klingt irritiert.

Ich erstarre und erwarte, dass er die Wachen ruft, sich auf mich stürzt und zum Kerker zerrt – *irgendwas.* Aber er rührt sich nicht und erst jetzt begreife ich, dass dieser Fae mit seinen silbernen Augen und dem dunklen Haar nicht dem Goldenen Fae-Adel angehört. *Verträge nicht taugen mit Silberaugen.* Er stammt vom Hof der Schatten. »Wer bist du?«

Ein leises Lachen. »Ich könnte dich dasselbe fragen.«

Ich recke mein Kinn vor. Wenn er nicht dem Hof der Königin angehört, dann weiß er auch nicht, dass ich gar nicht hierher gehöre. »Ich bin eine Magd von Königin Arya, und man hat mich hierhergeschickt, um etwas für sie zu holen.«

Er verschränkt die Arme und neigt den Kopf zur Seite. »Du siehst mir aber nicht wie eins von Königin Aryas Mädchen aus.«

»Und die kennst du alle?«

»Wahrscheinlich nicht.« Er mustert mich. »Aber ich bilde mir ein, dass mir die Menschen an ihrem Hof bekannt sind.«

»Vielleicht bist du ja nicht so kundig, wie du glaubst.« Eigentlich weiß ich, dass ich mich mit einem Fae nicht auf eine Diskussion einlassen darf. Ich sollte *weglaufen,* nicht reden. Und dennoch werde ich zu ihm hingezogen – etwas an ihm sagt mir, näher heranzutreten, nicht wegzulaufen. In meinem Blut fühle ich wieder Kraft pulsieren, eine Spur von dem Hochgefühl, das ich beim Tanzen hatte.

Warum hat niemand gesagt, dass in Faerie auch Menschen über Kräfte verfügen?

Schmunzelnd tritt er näher, und schon mit diesem einzelnen Schritt wird klar, wie groß er ist. Er trägt eine feine schwarze Hose mit einem entsprechenden Kittelhemd, aber seine Schultern sind breit wie die eines Kriegers. Und ich habe keine Möglichkeit, mich zu verteidigen.

Du kannst durch Wände gehen, Brie. Du sitzt nicht in der Falle.

Bestärkt atme ich durch und lasse ihn mich mustern. So als hätte ich nichts zu verbergen.

»Wenn du dich schon für eine von Aryas Mägden ausgibst, hättest du wenigstens herausfinden sollen, in welche Farben sie sie kleidet.« Das Beben seiner Brust kann ich nur als stilles Kichern deuten. »Und außerdem wissen müssen, dass sie keine Mägde einstellt, die schöner sind als sie.«

Ich bekomme heiße Wangen und kämpfe gegen den Drang, an mir herunterzusehen. Ich hatte mich schon fast zu der Überzeugung durchgerungen, dass ich mir seine Worte beim Tanz eingebildet hatte. Aber findet dieser umwerfende Fae *mich* tatsächlich schön? Natürlich würde Prethas magisches Schminkzeug jede hübscher aussehen lassen, aber wenn er mich glauben machen will, er halte mich für schöner als die Königin, dann will er mir wohl schmeicheln. »Was willst du?«

»Ich würde nur zu gern wissen, wer du wirklich bist.«

»Das habe ich dir schon gesagt.«

»Du bist keine Magd, und ich lebe schon lange genug, um einen Dieb zu erkennen, wenn ich einen sehe.« Er schüttelt den Kopf. »Ich komme nur nicht dahinter, was du eigentlich stehlen willst. Was, glaubst du, verbirgt sich in diesem Schrank?«

Ich falte die Arme und erspare mir die Antwort.

»Vielleicht suchst du ja nach etwas, das wir beide haben wollen«, sagt er. »Vielleicht können wir uns gegenseitig helfen. Sag mir, was du suchst, schöne Diebin.«

Fast hüpft mir meine Geschichte über die Zunge – der Charme dieses Mannes würde es nur allzu leicht machen, ihm alles anzuvertrauen, was er wissen will – aber ich verkneife mir das. Natürlich ist er charmant. Er ist ein Fae. Schlimmer noch, ein Unseelie. Charme ist diesen Wesen ebenso angeboren wie ihre tödliche Grausamkeit.

Vermutlich hat er die Macht, mich zum Reden zu bringen, und das darf ich nicht riskieren. Mir schnürt sich die Brust zusammen und ich atme nur ganz flach. Ich fühle mich in die Enge getrieben – festgenagelt unter diesem forschenden Blick, dem nichts zu entgehen scheint.

Die Palastglocken läuten, dass die Wände zu erzittern scheinen. *Glocken.*

»Wie spät ist es?«

»Fast Mitternacht.« Er blickt mir in die Augen. »Solltest du jetzt irgendwo sein?«

Ich sehe ihm in die Augen, und für einen Moment weiß ich gar nicht mehr, warum ich von hier fortmuss. Nie habe ich Augen wie diese gesehen – silbern und weiß gesprenkelt. Sie sind außergewöhnlich und passen zum Rest von ihm. Bestechend. Die unerwartete Art von Schönheit, die einen verzückt. Gefährlich.

Die Glockenschläge dauern an. *Sechs. Sieben. Acht Mal.*

Ich stolpere nach hinten. »Ich muss los.« *Neun. Zehn.*

Seine Nasenflügel beben, als er Atem schöpft. »Lass mich dir helfen.«

Elf.

Panisch werfe ich mich in den Schrank.

Zwölf.

Ich stürze auf die Rückwand zu, gehe aber nicht hindurch. Ich falle nach unten – mitten in ein riesiges Himmelbett aus Ebenholz in einem eleganten Schlafzimmer. Ein halbes Dutzend Wachleute umringt mich, die Hände auf ihren Schwertgriffen.

Entsetzt blicke ich mich um. *Wo bin ich nur?*

Ein Mann tritt vor. »Abriella Kincaid, folgen Sie uns. König Mordeus erwartet Sie.«

KAPITEL 6

Ich erstarre vor Schreck. Die Männer, die um mich herumstehen, sind alle muskelbepackt, haben gedrehte Hörner auf den Köpfen und gespaltene Zungen, die alle paar Sekunden herausschnellen wie bei einer Eidechse. Obwohl ich weiß, dass die schönen Fae-Adligen ebenso tödlich gefährlich sind wie alle anderen, würde ich beim Anblick dieser Wachmänner am liebsten weglaufen.

Ich wünsche mir, ich könnte verschwinden oder zu einem Schatten werden, aber alle Macht, über die ich im Palast der Königin verfügte, ist fort. Eine Hand mit Klauen schließt sich um mein Handgelenk und ich versuche mich loszureißen. »Stopp!«

»Niemand lässt den König warten.«

»Ich werde nur mit ihm sprechen, wenn mir nichts geschieht.«

Der Mann, der mich festhält, schnaubt unbeeindruckt von meiner Drohung, und dann treten zwei weitere vor und packen meinen anderen Arm.

»Lasst mich los.« Meine Kühnheit verwandelt sich in Panik. »Lasst mich los, dann verspreche ich mitzukommen.«

Zwei Wachleute wechseln belustigt und etwas verwundert einen Blick. Der Dritte lacht und sagt zu den anderen: »Sie glaubt, wir würden ihr trauen.«

Ihre Hände drücken mir in Arme und Handgelenke, während sie mich in einen schwach beleuchteten Gang hinausführen. Meine Panik steigt mit jeder Wegbiegung.

Sie werden mich zum König bringen, und der wird mich in einen Kerker werfen. Sie werden mich zur Sklavin machen, wie schon viele andere Menschen. Mehr als die Gewissheit, dass mein eigenes Leben vorüber ist, macht mir zu schaffen, dass ich Jas nicht retten konnte.

Dann zerren sie mich unversehens in einen Raum, der heller ist als jeder Korridor, in dem ich bislang gewesen bin. Hoch über mir tanzen Lichtkugeln im Takt zur Musik. Im Mondlicht, das durch eine Glaskuppel hereinscheint, tanzen Fae aller Art.

Der Hof des Mondes ist unvorstellbar schön, und die Gesellschaft vor mir ist alles andere als ein Trinkgelage. Ich hatte mir Menschenopfer vorgestellt, gewaltige Scheiterhaufen, Folterszenen in allen Ecken, alles durchsetzt mit Schreien, die einem das Blut gefrieren lassen. Aber stattdessen? Hier findet ein *Ball* statt, ebenso wunderbar wie der am Goldenen Hof, und obwohl meine Eskorte furchterregend ist, sind die Fae hier in ihren feinen Gewändern genauso anmutig wie die Edelleute im Palast der Königin.

Wir treten ein, und die Wachen zerren mich nach vorn, als würde ich schon erwartet. Die Menge verstummt, weicht auseinander und gibt den Blick frei auf einen Thron aus poliertem Ebenholz auf einem Podium am anderen Ende des Saals. Und daneben steht mit verschränkten Armen ein Mann, der kein anderer als König Mordeus sein kann.

Selbst vom anderen Ende des Raums kann ich seine silbernen Augen erkennen. Er richtet sie auf mich, während ich näher komme. Hochmut und Standesbewusstsein strahlen in Wellen von ihm aus. Breitbeinig steht er da und verströmt Macht und Selbstvertrauen. Sein dunkles Haar ist im Nacken zusammengebunden, nur zwei Zöpfe hängen frei herunter, umrahmen sein scharfes Kinn und seine hohen Wangenknochen. Wäre da nicht die Grausamkeit, die in seinen Augen funkelt, würde ich ihn vielleicht sogar schön nennen. Aber diese Augen …

Mir läuft es eiskalt über den Rücken. Dieser Mann hat meine Schwester gekauft, als wäre sie ein Gegenstand, den man besitzen kann. Er ist ein Anführer, dem jedes Mittel recht ist, um zu bekommen, was er glaubt, dass ihm zusteht.

Er hebt die Hand und die Musik verstummt. Auch die Gästeschar schweigt. Er winkt mit dem Zeigefinger. »Bringt sie zu mir.«

Die Wache gehorcht und schleppt mich schneller zum Podium, als mich meine Füße tragen.

»Abriella, das Feuermädchen«, sagt der König und lässt besitzergreifend den Blick über mich wandern. »Niemand hat mir gesagt, wie hübsch die menschliche Diebin ist.«

Ich möchte ausspucken und ihn kratzen. Dieser Fiesling hier hat Jasalyn womöglich schon wehgetan – wenn nicht schlimmer. Vielleicht erkennt er das in meinem Gesicht, denn als mich die Wachen nach vorn stoßen, lacht er.

Ich stolpere, aber als ich mich wieder aufrichte, tritt mir eine der Wachen in die Kniekehlen, und ich stürze auf die kalten Marmorfliesen. »Wirst du dich wohl verneigen vor Seiner Majestät, dem König der Schatten, dem Herrn der Nacht, Herrscher über die Sterne.«

Schmerz fährt mir meine Beine hinauf, und als ich aufstehen will, kann ich es nicht. Unsichtbare Fesseln zwingen mich, vor diesem verruchten König zu knien.

Wut flammt in mir auf, so heiß wie das Feuer aus meinen Albträumen. Für einen Augenblick legt sich Dunkelheit über den

Saal, so undurchdringlich, dass in keiner Richtung etwas zu sehen ist.

Mir stockt der Atem, aber dann ist es wieder vorbei. Will der König angeben? Muss er einem gewöhnlichen Menschenmädchen seine Macht demonstrieren?

»Beeindruckend«, sagt der König und lächelt auf mich herunter. »Sehr beeindruckend.«

Lobt er da etwa seine eigene Magie? Ich hebe den Kopf. Sie können mich auf die Knie zwingen, aber ohne Widerstand werde ich mich nicht vor ihrem König verneigen.

»Sie sagten, es wäre nicht möglich«, erklärt der König. »Sie sagten, kein Mensch könnte sich unerkannt durch den Goldenen Palast bewegen. Aber *ich* wusste es. Du bist besonders.«

»Wo ist meine Schwester?« Meine Worte sind nur zischender Dampf im Vergleich zu all der Wut, die in mir brodelt.

Das Lächeln des Königs könnte man nur als freundlich und zuvorkommend beschreiben – wie bei einem Freund, der dir versichern möchte, dass alles in Ordnung kommen wird –, aber kein Lächeln kann das Eis in seinen Augen vergessen machen. »Deine Schwester ist in Sicherheit. Fürs Erste.«

»Warum wollt Ihr sie haben? Ihr seid ein König und könnt haben, wen Ihr wollt. Unzählige Frauen würden Schlange stehen für eine Gelegenheit, mit Euch zusammen zu sein.« *Die Närrinnen,* füge ich im Stillen an.

Ich frage mich, ob er meine Gedanken liest, denn er schmunzelt und kichert leise. »Ich will deine Schwester gar nicht haben.«

»Aber warum –«

»Ich will *dich.*«

Ich reiße an den unsichtbaren Fesseln. »Das ergibt keinen Sinn.«

»Ach?«

»Wenn Ihr *mich* wolltet, warum habt Ihr dann *sie* gekauft?«

»Wärst du denn hergekommen, wenn ich dich darum gebeten hätte? Hättest du meiner Aufforderung Folge geleistet, wenn ich *deinen* Vertrag gekauft hätte anstatt ihren?« Er blickt mich mit einer solchen Intensität an, dass es sich anfühlt, als würde er meine Seele betrachten. »Nein, ein Mädchen wie du würde mir nicht helfen, und ginge es um dein Leben. Aber um jemand anderem zu helfen … Wenn das Leben deiner Schwester davon abhängt …«

»Wozu solltet Ihr *meine* Hilfe brauchen?«

»Abriella, selbst du weißt, dass du viel mehr als ein einfaches Mädchen bist.« Er spielt mit dem Ende eines seiner weißen Zöpfe. »Dir ist es gelungen, dich durch das Schloss der Goldenen Königin zu schleichen und unentdeckt in den Gängen herumzuwandern. Du hast ihr Portal gefunden und hast es unbemerkt passiert. Damit hast du sogar mich beeindruckt, den König der Nacht. Ich glaube, du kannst eine Aufgabe für mich erledigen, zu der sonst niemand in der Lage ist.«

»Das bezweifle ich«, entfährt es mir wütend, aber dann wünsche ich, ich könnte die Worte wieder zurücknehmen. Solange er meine Schwester hat, bin ich in seiner Gewalt, und das weiß er. Wenn diese *Aufgabe* die einzige Möglichkeit für mich ist, Jas zu befreien, dann muss er glauben, dass ich alles tun kann, was er von mir verlangt. »Ich werde gar nichts tun, solange Ihr meine Schwester gefangen haltet. Lasst sie nach Hause, dann werde ich mit Euch über das sprechen, was Ihr von mir verlangt.«

»Nach Hause? Du meinst, ich soll sie zurückschicken in diesen moderigen Keller unter dem Hexenhaus?« Wieder lacht er, und diesmal stimmt der versammelte Hof in sein Lachen ein. *Ich hasse sie alle.*

»Ich soll dir vertrauen, dass du mir freiwillig zu Diensten bist, wenn ich deine Schwester freilasse?«

»Ihr erwartet von *mir,* Euch zu vertrauen, dass Ihr Jas freilasst, wenn ich Euch helfe?«

Er nickt. »Natürlich. Denn dir bleibt nichts übrig, als darauf zu vertrauen. Aber ich glaube, wir können uns einig werden – ein Handel, wenn du willst. Im Austausch gegen deine Dienste werde ich deine Schwester freilassen. Ich werde sie sicher nach Hause schicken. Aber erst *nachdem* du mir zurückholst, was der Goldene Hof gestohlen hat.«

»Warum tut Ihr das nicht selbst? Ihr seid doch der allmächtige König der Nacht.«

Er grinst, und wieder bringt mich seine finstere Schönheit ins Wanken. »Danke für das Kompliment, aber ich werde nicht meinen Thron verlassen, um den Botenjungen zu spielen.«

Ich nicke in Richtung des Wachmanns neben mir. »Dann schickt einen Eurer Leute.«

»Es ist keine Aufgabe für einen Fae.« Er tippt die Fingerspitzen mehrmals gegeneinander. »Königin Aryas Sohn sucht eine Braut, eine *menschliche* Braut. Ich glaube, Prinz Ronan wird durchaus Gefallen an dir finden.«

»Was hat denn der Prinz damit zu tun –«

Mit einer Handbewegung schneidet er mir das Wort ab. Sprichwörtlich. Ich bewege zwar die Lippen, aber es kommen keine Worte heraus. Ich fasse mir an den Hals und funkele ihn an mit allem Hass, den ich im Herzen trage.

»Morgen«, fährt der König fort, »wird der Prinz ein Dutzend junger Frauen auswählen, die als mögliche Bräute in seinem Palast bleiben. Du wirst dich ebenfalls als Braut anbieten und den Hof meiner Feinde infiltrieren. Während du dich um die Hand des jungen Ronan bemühst, wirst du mir einige Dinge wiederbeschaffen, die die Königin schon viel zu lang bei sich behalten hat.« Wieder lächelt er. »Du wirst Herz und Vertrauen des jungen Prinzen gewinnen müssen, um Zugang zu den magischen Gegenständen zu bekommen, die meinem Hof gestohlen wurden – alle drei musst du mir wiederbeschaffen, wenn deine Schwester nach Hause zurückkehren soll.«

Und dann ist der Bann wieder von meiner Stimme genommen. Mir kommt ein Schrei über die Lippen, bevor ich ihn aufhalten kann. »Ihr seid verrückt. Ich habe keine Ahnung, wie man das Herz eines Fae gewinnt.« Und selbst wenn ich das wüsste … *Schaudern*. Die Vorstellung, einen Fae zu verführen, dreht mir den Magen um. »Was macht Euch so sicher, dass er aus Hunderten von Bewerberinnen ausgerechnet mich auswählen wird?«

Der König lacht. »Eins musst du verstehen: In meinem Reich geschieht nichts zufällig, Menschenmädchen. Wenn du dich dem Prinzen vorstellst, wird er alles in seiner Macht Stehende tun, um dich in seiner Nähe zu halten. Und er wird dir den Zugang verschaffen, den du brauchst.«

»Ich könnte nicht einmal *so tun,* als läge mir etwas an einem Fae –«

»Willst du nun deine Schwester zurück oder nicht?«, blafft er. Sein Lächeln erstirbt und lässt sein gefährliches Temperament durchscheinen.

Ich schlucke. »Woher weiß ich überhaupt, dass Ihr sie habt? Woher weiß ich, dass das nicht alles nur ein Trick ist?«

Er zieht einen winzigen rosafarbenen Stofffetzen aus der Tasche und wirft ihn vor mich. »Mehr kann ich nicht für dich tun.«

Ich verkneife mir ein Schluchzen und klaube das Stückchen von Jas' Nähkittel vom Boden auf. »Ich will sie sehen.«

»Du willst, dass ich Eloras geschicktester Diebin meinen wertvollsten Besitz anvertraue? Das würde ich nicht wagen. Allerdings« – er ringt die Hände und tritt einen Schritt näher – »wird dir der erste Gegenstand, den du mir wiederbeschaffst, erlauben, deine Schwester zu sehen. Es handelt sich um einen magischen Spiegel. In diesem kannst du sehen, was immer du möchtest.«

»Ihr wollt, dass ich einem Spiegel vertraue?«

Der König runzelt die Stirn, als wollte er sagen: *Du glaubst, ich würde dir vertrauen?*

»Lasst mich meine Schwester sehen, dann können wir über diese Aufgabe sprechen.« Was, wenn er sie gar nicht in seiner Gewalt hat? Wenn er ihr gerade jetzt etwas antut? Oder wenn sie schon tot ist? Der Gedanke lässt mein Blut förmlich kochen. »Ihr habt einige Mühe auf Euch genommen, um mich hierher zu bekommen, also ist es doch das Mindeste, mich zu meiner Schwester zu bringen. Das ist nicht verhandelbar.«

»Du glaubst, *du wärst* in einer Position, um zu verhandeln?«

Wieder reiße ich an meinen unsichtbaren Fesseln. Als sie nicht nachgeben, spucke ich ihn an. Mordeus' Augen blitzen auf und seine Nasenflügel blähen sich. Er hebt die Handfläche in meine Richtung und schleudert einen dunklen, brodelnden Ball in meine Richtung.

Ich versuche noch auszuweichen, aber zu spät. Im selben Augenblick, in dem er mich trifft, befinde ich mich in einem hell erleuchteten Raum, der schwach nach Schimmel und Urin riecht. Mein dünnes Kleid schützt mich nicht vor der Eiseskälte des Steinbodens, und ich rapple mich mit klappernden Zähnen auf.

Wo bin ich?

Es gibt weder Fenster noch Türen. Jedenfalls kann ich keine sehen. Da sind nur gemauerte Wände, der Steinboden und grelles

Licht, das von der Decke herabflutet. Benutzt man am Hof der Schatten etwa *Licht,* um Gefangene zu quälen?

Zitternd – halb vor Kälte, halb vor Wut – gehe ich den Raum ab, drücke gegen die Wände und suche nach Rissen zwischen den Steinen, irgendetwas, aber ich sehe keinen Ausweg.

Ich schlinge die Arme um mich, kneife die Augen zusammen und suche an der Decke nach einer Falltür. Es scheint eine Art von Verlies zu sein, aber über mir ist nichts als blendendes Licht. »Hallo?« Meine Stimme hallt vom Gestein zurück. »Ist da jemand?«

Keine Antwort.

»Ich verlange den König zu sprechen!«

Keine Antwort.

Ich trete gegen die Wand, und sofort durchzuckt heftiger Schmerz meinen Fuß. »Lasst mich hier raus!«

Keine Antwort.

Ich starre auf meine Hände und beschwöre sie, im Schatten zu verschwinden, wie sie es im Schloss getan haben, aber hier ist kein Schatten. Hier ist keine Dunkelheit, in der ich mich verstecken oder durch die ich hindurchschlüpfen kann.

Müde gleite ich an der Wand herunter und lege die Arme um meine Beine. Seit den paar Stunden bei Nik auf dem Fußboden habe ich nicht mehr geschlafen. Dann musste ich vor Gorsts Männern durch das Portal flüchten. Seitdem ist ein ganzer Tag vergangen.

Für Tränen fehlt mir die Kraft, und meine Wut hat alles aufgezehrt, was ich noch hatte. Ich bin erschöpft von meiner Reise, will mir aber nicht eingestehen, dass ich feststecke. Ich bin nicht umsonst so weit gekommen.

Ich lege den Kopf auf die Knie und schließe die Augen. Ich stelle mir meine Schwester vor, wie sie irgendwo in einem Raum wie diesem zusammengerollt liegt. Ich muss an die Zärtlichkeit in Sebastians Augen denken, als er mir das Schutzamulett aus Kristall gab. Wenn er nach Fairscape zurückkehrt, was wird er denken, wenn ich fort bin?

***

Ich bin an zwei Orten gleichzeitig. Bin zwei Menschen gleichzeitig. Ich bin die Möchtegern-Retterin, die schlafend an der Wand von Mordeus' Verlies kauert, das Mädchen, das seine Schwester im Stich gelassen hat. Und ich bin die achtjährige Beschützerin, die sich mit ihrer kleinen Schwester unter der Decke zusammenkauert, ihr Mut zuspricht, damit sie nicht in Trauer versinkt.

Träume können wirklich seltsam sein. Obwohl ich weiß, dass ich träume, will ich nicht aufwachen. Weil Jas in diesem Traum bei mir ist. Und wenn sie bei mir ist, ist sie in Sicherheit.

Wir sind oben im Schlafzimmer, das wir uns vor Onkel Devlins Tod geteilt haben, und ich trockne ihr die Tränen, während sie weint. Sie vermisst Mutter. Ich auch, aber mein Kummer würde ihren nur noch schlimmer machen, und deshalb schließe ich ihn weg und streiche ihr das kastanienbraune Haar aus den Augen.

»Ich vermisse sie«, schluchzt Jas und bebt dabei.

»Ich wette, sie vermisst uns auch«, flüstere ich. »So sehr, dass sie plant, wie sie uns zu sich holen kann.«

Jas schnieft. »Erzählst du mir eine Geschichte?«

Ich wische ihr das Haar aus dem Gesicht und denke mir eine Geschichte mit Fae-Schlössern und Edelleuten aus. Die Geschichte entspinnt sich und sie kommt mir wichtig vor, aber es ist fast, als würde ich mich aus einiger Entfernung beobachten. Ich kann meine Worte nicht ausmachen. Sie sind so verschwommen wie Gemurmel aus einem anderen Zimmer.

Jas packt meine Hand und ich weiß, dass ich an eine aufregende Stelle gekommen bin. »Und jetzt?«, fragt sie.

»Der grausame König erwartet den Tag, an dem die Prinzessin der Schatten auf sein Schloss kommen wird.« Ich hatte diese Geschichte vergessen – unsere Mutter hat sie nur ein einziges Mal erzählt, am Abend, bevor sie nach Faerie ging. »Der falsche König wusste, dass sie die Schatten beherrscht, aber er wusste nicht, dass ihr großes Herz und ihre endlose Liebe ihn den Thron kosten würden.«

Jasalyn schließt die Augen und im Schlaf werden ihre Gesichtszüge weich. Ich weiß nicht, ob sie träumt oder im Halbschlaf ist, als sie meint: »Der Prinz wird dir dabei helfen, mich zu finden.«

Ich kneife die Augen zusammen und starre ins Dunkel am Fuß meines Bettes. Der Silberäugige vom Ball ist dort, und dann ist er verschwunden, flackernd wie eine verblassende, wertvolle Erinnerung.

»Wer hat dir diese Geschichte erzählt?«, fragt er. Er ist mehr Schatten als körperlich anwesend.

Lächelnd setze ich mich auf, denn seine Gegenwart und die Worte meiner Schwester trösten mich. Unter dem eindringlichen Blick dieses Fae, der für mich eigentlich ein Fremder ist, fühle ich mich sicher. Ich bin nicht so allein. *Der Prinz wird dir dabei helfen, mich zu finden.* Ich steige aus dem Bett und stopfe die Decke um Jas herum fest. »Unsere Mutter. Sie hat uns viele Geschichten erzählt.«

»Weshalb fühlst du dich dann so ohnmächtig?«

Unversehens wird unser Schlafzimmer wieder zur kalten, tür- und fensterlosen Zelle im Schloss des bösen Königs. Und ich erinnere mich. *Ich bin eine Gefangene. Das ist ein Traum.* »Weil ich es bin.«

In seinen silbernen Augen blitzt etwas wie Wut auf, und dann stehe ich unter einem weiten Sternenhimmel, und der Mond scheint mir wie ein beruhigendes Leuchtfeuer über die Schulter.

Der Silberäugige nimmt feste Formen an, wie gestärkt durch das Licht der Sterne. Auf der Stirn stehen ihm Sorgenfalten. »Du bist nur ohnmächtig, wenn du das glaubst.« Spöttisch lächelt er mich an und ich sehe, wie sich in seinen Augen das Funkeln der Sterne spiegelt. »Wir haben nicht viel Zeit.«

»Was?«

»Er wird dich nicht gehen lassen – er wird *keine von euch* gehen lassen –, bis du einwilligst. Ich werde dir helfen, sie zurückzubekommen. Komm und suche mich.«

»Du bist ein Unseelie. Warum sollte ich deine Hilfe wollen? Wahrscheinlich arbeitest du für ihn.«

Seine Augen blitzen. »Niemals. Ich schwöre es bei meiner Magie.« Er zwinkert und reißt den Kopf herum. »Sie kommen.«

Er verschwindet, und die dunkle Nacht, die mich umgibt, wird durch allzu helles Licht ausgelöscht.

»Wach auf, Feuermädchen.« Auf den Befehl folgt trockenes Lachen und ich schlage die Augen auf.

Mitten in meiner Zelle steht ein Kobold. Er grinst auf mich hinunter und streckt mit verzückten Glupschaugen die knotigen Hände nach meinem Haar aus. Ich bin aber noch halb in meiner Traumwelt und kann mich kaum auf die Kreatur, die vor mir steht, konzentrieren.

Warum habe ich von diesem Mann geträumt? Er erschien mir so real. Warum habe ich nicht geträumt, dass mir Sebastian einen Rat gibt – oder Jasalyn? Oder sonst jemand, den ich kenne?

Der Kobold reicht mir die Hand und reißt mich aus meinen Träumen. »Der König glaubt, die Nachtruhe könnte bei dir einen Sinneswandel bewirkt haben. Wir gehen jetzt zu ihm.«

Eigentlich will ich mich weigern, aber was würde das schon bringen?

Ich nicke und ergreife die knochige Hand. Als wir wieder im Thronsaal erscheinen, hocke ich noch immer auf dem Boden. Anders als gestern Abend ist der Raum nun leer – abgesehen von Mordeus, der vor dem Thron steht, als wäre er bis eben dort auf und ab gegangen. Obwohl die helle Morgensonne durch die Fenster und die Glaskuppel hereinscheint, kommt mir der Saal nun größer und kälter vor.

»Hat die Sterbliche mein Angebot noch einmal überdacht?«, fragt König Mordeus mit hartem Blick seinen Kobold. Ein Anführer, der keinen Widerspruch duldet.

Mein Magen schmerzt, aber ich zwinge mich, tief durchzuatmen, einen Zug nach dem andern. Ich traue den Fae nicht, und diesem hier ganz besonders, aber ich traue meinen Träumen. *Ich schwöre es bei meiner Magie.* Hat mir meine Mutter einst erzählt, dass die Fae keinen Schwur auf ihre Magie brechen können? Ich muss es einfach glauben, dass mein Unterbewusstsein diese Information aus einem ganz bestimmten Grund aus meiner Erinnerung heraufbefördert hat.

Ich stütze mich vom Boden hoch, werde aber sofort wieder von unsichtbaren Fesseln zurückgehalten. Ich muss mir auf die Lippe beißen, um ihn nicht anzufauchen. »Ich habe es überdacht.«

So tun, als wolle ich den Prinzen heiraten, damit ich ins Schloss gelangen, ein paar magische Gegenstände stehlen und meine Schwester befreien kann. Das kriege ich hin.

»Wenn ich diese drei Gegenstände wiederbeschaffe und sie zurück nach …« Ich zögere. Rein gar nichts möchte ich diesem Mann geben, der Menschenmädchen für Gegenstände hält, die man kaufen kann, und aus einem Bauchgefühl heraus verändere ich die Bedingungen ein klein wenig. »Wenn ich die Gegenstände dem Hof der Schatten zurückbringe, werdet Ihr meine Schwester sicher zurückbringen, und zwar an einen Ort meiner Wahl im Reich der Menschen.« Das ist keine Frage. Das sind meine Bedingungen.

Mordeus' Silberaugen leuchten. Er weiß, dass er gewonnen hat. »Du hast mein Wort, Feuermädchen.«

»Schwört es bei Eurer Magie.«

Er zuckt, und seine Gesichtszüge verhärten sich für einen Moment, bevor die freundliche Maske wieder zum Vorschein kommt. »Wer hat dir denn *davon* erzählt?«

Ich zucke mit den Schultern. »Das weiß doch jeder«, lüge ich. »Leider ist das meine einzige Möglichkeit, Euch zu vertrauen.«

»Schön. Unter einer Bedingung. Solltest du irgendjemandem am Hof der Sonne von dieser Vereinbarung erzählen, dann verliert sie ihre Gültigkeit und ich werde deine Schwester meinen Kobolden übergeben, als Sonnwendgabe. Hast du das verstanden?«

Wem sollte ich davon erzählen? Die einzige Seele, der ich in diesem Reich vertraue, ist Jasalyn. »Ich habe verstanden.«

Er lächelt. »Dann haben wir eine Abmachung. Wenn die drei Gegenstände wieder hier am Hof zurück sind, wo sie hingehören, werde ich deine Schwester sicher an einen Ort deiner Wahl im Reich der Menschen bringen lassen.«

»Lebendig«, schnauze ich. In *sicher* sollte das enthalten sein, aber ich will auf jeden Fall verhindern, dass er sich eine Hintertür offen lässt.

»Lebendig. Ich schwöre es bei meiner Magie.« Auf ein Schnippen seiner Finger erscheint ein silberner Spiegel in seiner Hand.

»Dies ist eine Nachbildung des Spiegels der Entdeckung. Wenn du ihn findest, tausche ihn gegen diesen hier aus, damit die Königin sein Fehlen nicht bemerkt.«

»Was geschieht, wenn sie erkennt, dass er nicht echt ist?«

Er schüttelt den Kopf. »Nur jemand mit Unseelie-Blut könnte das erkennen.«

»Und wo finde ich diesen Spiegel?«

Er zuckt mit den Achseln. »Ich weiß nur, dass Arya ihn irgendwo am Hof der Sonne versteckt hat. Du musst möglicherweise suchen, um ihn in die Hände zu bekommen, aber das sollte kein Problem sein für jemanden, der ihr Portal gefunden hat.« Mit einem Schmunzeln reicht er mir den Spiegel. »Du darfst dich erheben.«

Ich bewege mich probeweise; die unsichtbaren Fesseln sind von mir abgefallen. Im Stehen bemerke ich, dass ich immer noch den Fetzen von Jas' Nähkittel in der Hand halte. Mit der anderen Hand greife ich nach dem Spiegel und versuche, dabei nicht zu zittern. »Kann ich ihn durch das Portal zurückbringen, wenn ich ihn gefunden habe?«

»Das Portal ist … außer Kraft gesetzt.« Sein Kobold lacht und Mordeus grinst in seine Richtung. »Mein Kobold wird dich und den Spiegel abholen, wenn die Zeit gekommen ist.«

Ich bin nicht gerne Zielscheibe des Spotts, aber ich habe mich letzte Nacht von meinem Stolz hinreißen lassen und dabei Stunden verloren – Stunden, in denen ich nach dem Spiegel hätte suchen können. Wenn ich meine Schwester mit nach Hause nehmen kann, sollen sie doch so viel über mich lachen, wie sie wollen. »Und was ist mit den anderen beiden Gegenständen?«

»Konzentriere dich auf eine Aufgabe nach der anderen, mein Mädchen. Ich werde dir vom zweiten erzählen, wenn wir den ersten haben.« Er klatscht in die Hände, woraufhin neben mir ein

Trio Fae-Frauen erscheint. Ihre Haut ist blass wie die des Königs, aber sie haben kurzes hellblaues Haar. »Kleidet Abriella ein für den Hof der Seelie. Lasst sie aussehen wie ihre künftige Königin und bringt sie dann zurück zum Goldenen Palast.«

Ergeben neigen die drei Frauen die Köpfe. »Ja, Eure Majestät«, sagen sie im Chor. Eine nimmt mich am Arm, und ich folge ihnen durch eine Tür an der Rückwand des Thronsaals.

»Abriella«, sagt der König. Ich bleibe stehen, drehe mich um und sehe ihm in die Augen. »Wenn du Prinz Ronan triffst, vergiss nicht, dass du ihn brauchst. Bewahre sein Vertrauen, sonst wirst du seinen Hof nicht unterwandern können.«

»Ich verstehe meine Aufgabe.«

Er spreizt die Hand, und zwischen seinen Fingern erscheint eine Kugel aus Dunkelheit, die an einen Tintenklecks erinnert. »Du wirst es schaffen, solange du nicht vergisst, was auf dem Spiel steht.« Die dunkle Kugel pulsiert, bis sie gar nicht mehr dunkel ist, sondern ein Bild von Jasalyn und mir, wie wir zusammen bei Madame V auf dem Boden sitzen. Sie trägt ihren Pyjama und sieht aus, als wäre sie eben aus dem Bett gekrochen. Das Lächeln in ihrem Gesicht lässt mich näher an das Bild herantreten – trotz des Mannes, der es in seiner Hand hält.

Er fügt an: »Oder sollte ich sagen … *wer.*«

KAPITEL 7

»Es muss doch einen anderen Weg geben«, sage ich und weiche vor dem Kobold an meiner Tür zurück. Nachdem ich Gelegenheit zum Baden hatte und die Dienerinnen des Königs mich wie eine Puppe angekleidet haben, schickte König Mordeus seinen Kobold, um mich zum Palast der Königin zu geleiten. Allerdings habe ich nicht allzu viel Vertrauen in eine Kreatur, die sich, seit sie mich gesehen hat, schon zweimal Sabber vom Mund wischen musste.

»Schon vor langer Zeit hat König Mordeus das Portal seines Bruders Oberon zum Reich der Seelies zerstört«, sagt eine der Mägde.

»Kann ich nicht mit der Kutsche fahren oder … hinreiten?«

Die Frauen wechseln überraschte Blicke. »Selbst mit dem schnellsten Pferd würde die Reise eine Woche dauern, Mylady.«

Anfangs musste ich jedes Mal fast losprusten, wenn sie mich eine Lady nannten. Eine solche zu sein hat man mir noch nie vorgeworfen, aber nachdem sie nun schon Stunden an mir herummachen, ärgert mich diese Anrede mehr als alles andere.

König Mordeus' Kobold brummt etwas vor sich hin und bietet mir dann noch einmal seine Hand. Jetzt begreife ich. Kobolde können sich nicht nur frei innerhalb und zwischen den Reichen bewegen, sie können das auch ohne jede Verzögerung. Wenn sie irgendwo hinwollen, dann *erscheinen* sie einfach dort. Neben dem Wissen, das sie anhäufen, ist das ihre wichtigste Fähigkeit. Mein Blick fällt auf das Armband an meinem Handgelenk. Während mich die Fae-Frauen wuschen, bestätigte sich Bakkens Versprechen, der Schmuck sei nur für mich sichtbar. Nun bin ich tatsächlich versucht, es zu benutzen. Viel lieber würde ich mich von Bakken transportieren lassen als von diesem unbekannten Kobold, aber ich möchte keinen Silberfaden vergeuden – oder, genau genommen, nicht noch mehr von meinem Haar verlieren. Immerhin soll ich einen Prinzen verführen, und meine wilden roten Locken sind äußerlich meine reizvollste Eigenschaft. Also atme ich tief durch und trete einen Schritt vor. »Einverstanden.«

Der Kobold fasst meine Hand. Seine Haut fühlt sich ledrig an, aber bevor ich noch viel darüber nachdenken kann, weicht die Welt hinter mir zurück. Es fühlt sich anders an als bei meinem Erscheinen vor dem König nach der Nacht in der Zelle. Es ist, als würde ich mich auf- und abwärts- und gleichzeitig vorwärtsbewegen; dann komme ich unversehens mit einem Ruck zum Stehen, dass mein Kopf vor- und wieder zurückschnellt. Ich stehe inmitten gepflegter Blumenbeete, und ganz in der Nähe schimmert das Schloss der Goldenen Königin im Abendlicht.

»Ich verlasse dich hier«, sagt der Kobold und lässt meine Hand los.

Ich drehe mich um und möchte ihn fragen, wie ich ihn herbeirufen kann, sobald ich den Spiegel wiederbeschafft habe, aber er ist bereits fort.

Im Schloss herrscht dasselbe emsige Treiben wie bei meiner Ankunft in Faerie; Menschen und Fae aller Art tummeln sich außer- wie innerhalb der Schlosstore. Mit den Fingern streiche ich über das Amulett, das zwischen meinen Brüsten hängt, und mache mich auf den Weg zur Fußgängerbrücke. Die Mägde fragten mich beim Anziehen nach dem Amulett und schlugen vor, es gegen Perlen einzutauschen, was ich aber nicht wollte. Ich weiß nicht, ob Sebastians Magie in diesem Reich wirkt, aber selbst wenn nicht, spendet mir das Gefühl des kühlen Kristalls zwischen meinen Brüsten Trost.

Sebastian. Meine Brust zieht sich zusammen und ich erlaube mir einen Augenblick voller Selbstmitleid. Ich schließe die Augen und denke an seinen Kuss und seine meergrünen Augen. Kaum zu glauben, dass noch vor wenigen Tagen die Schulden bei Madame V und meine heimliche Sehnsucht nach dem Zauberlehrling die größten Probleme in meinem Leben waren.

Ich weiß nicht einmal, ob ich Sebastian je wiedersehen werde, aber wenn es so ist, wird er mir hoffentlich verzeihen können, was immer ich tun muss, um Prinz Ronans Vertrauen zu gewinnen.

»Brie? Bist du das?«

Ich drehe mich nach der vertrauten Stimme um und sehe Sebastian auf mich zulaufen, als hätten ihn meine Gedanken heraufbeschworen. Beinahe sinke ich vor Erleichterung in die Knie, als ich sein wunderschönes Gesicht erblicke. Er trägt eine dunkle Hose aus Leder mit passender Weste und ein langes Schwert auf den Rücken geschnallt, als wäre es ein Tag wie jeder andere in Fairscape und er bereit zum Trainieren in Magier Trifens Hof. Doch dann bemerke ich seine spitzen Ohren, seine schimmernde Haut und die kantigeren Gesichtszüge. Er gleicht den Fae-Edelleuten, die ich in der vorletzten Nacht im Schloss der Königin tanzen gesehen habe, bis aufs Haar.

Magier Trifen muss ihm einen Zaubertrank gegeben haben – ich hatte das selbst erwogen, bis mir einfiel, dass ich mir so etwas niemals leisten könnte. Um das dafür Nötige zu stehlen, hatte mir dir Zeit gefehlt.

»Bash«, flüstere ich.

Er nimmt mich in die Arme. Seine Wärme tröstet mich. Ich hatte schon befürchtet, sie nie wieder zu spüren. »Du bist es *wirklich.*«

Als ich mich von ihm losmache, um ihn anzusehen, trübt eine Mischung aus Ehrfurcht und Ärger sein ebenmäßiges Gesicht. »Ich hätte nie gedacht, dass du dich für einen Fae ausgeben kannst«, sage ich und streiche mit den Fingerspitzen über seine wohlgeformten Wangenknochen. »Der Zauber ist wirklich makellos. Wenn ich dich nicht kennen würde, hätte ich nicht den geringsten Zweifel, dass du hierhergehörst.«

Er zuckt zusammen und schluckt hörbar. »Als ich hörte, dass Gorsts Leute nach dir suchen, bin ich gleich zu Nik gegangen. Sie sagte mir, dass du fort bist. Wohin wollte sie mir nicht verraten, aber das brauchte sie auch nicht. Ich wusste, dass du nach Jas suchst.« Er zieht mich wieder an seine Brust und atmet schwer. »Ich habe den Hof von Seelie den ganzen Tag abgesucht und konnte dich nicht finden. Verdammt noch mal, Brie, wo hast du nur gesteckt?«

Ich angle das Amulett aus meinem Kleid und zeige es ihm. »Ich bin in Sicherheit. Siehst du?«

Mit seinen großen Händen fährt er meine Arme auf und ab und betrachtet jeden Zentimeter von mir. Die Unseelie-Dienstmädchen haben zunächst mein Haar zu Zöpfen geflochten und auf dem Kopf zu einem Knoten zusammengelegt und mich dann in ein ärmelloses Kleid aus unzähligen Lagen gelber Seide gekleidet. Der Stoff liegt vom herzförmigen Ausschnitt bis zu meinen Hüften eng an, schwingt dann aus und umspielt bodennah meine mit gelben Tanzschuhen bekleideten Füße. Im Spiegel kam ich mir vor wie eine riesige Tulpe. Die Mägde beharrten aber darauf, so würde mich der Prinz unwiderstehlich finden, und ich hatte keinen Grund, ihnen zu misstrauen.

Vielleicht ist Prinz Ronan aber nicht der Einzige mit einer Schwäche für Tulpen. Sebastian ist sprachlos, als er mich betrachtet. Immer wieder kehrt sein Blick zu meinem Gesicht zurück, als müsse er sich davon überzeugen, dass mit mir alles in Ordnung ist. »Du siehst …« Er fasst sich ins Genick und grinst mich an wie ein kleiner Junge. »Ich sags mal so – ich kann mir nicht vorstellen, dass du dich hier unbemerkt bewegen könntest.«

Ich muss schlucken und laufe rot an. »Es ist mir dennoch gelungen.«

»Ich habe mir solche Sorgen gemacht.«

»Es ist alles in Ordnung.« Es liegt mir auf der Zunge, ihm die Wahrheit zu erzählen, aber was meinte der König noch über unsere Abmachung? Waren es nur die Seelie, denen ich nichts davon erzählen durfte, oder galt das für alle? Ich glaube, nur die Seelie, aber was geschieht, wenn einer von ihnen belauscht, was ich Sebastian erzähle? »Du hättest nicht nach mir suchen sollen. Was ist mit deiner Ausbildung?«

Er betrachtet mein Gesicht und fährt mit dem Daumen die Linie meines Kinns nach. »Nichts ist so wichtig wie du.«

Ich lege wieder meine Wange an seine Brust, schmiege mich an ihn und halte ihn fest. Vielleicht macht mich das schwach, aber ich bin unsagbar froh, dass er hier ist. Weil ich müde bin. Und weil ich Angst habe.

Und weil ich mich schäme.

Ich schäme mich, weil ein Teil von mir nach Hause gehen möchte – weil ich mir wünsche, dass ich diesen Ort mit seinen entsetzlichen Wesen hinter mir lassen könnte. Und weil ich mir wünsche, dass nicht ausgerechnet ich meine Schwester retten muss.

In einem hatte der König recht. Ich bin eine ausgezeichnete Diebin. Ich kann so gut wie alles stehlen. Aber das Herz eines Prinzen? Ich wüsste nicht einmal, wo ich anfangen soll.

Eigentlich sollte ich froh sein, dass der König nicht Schlimmeres von mir verlangt, aber stattdessen fühle ich mich zum Versagen bestimmt. Lieber hätte ich mich in die Tiefen der Wildnis von Unseelie vorgewagt – hätte gekämpft und wäre schrecklichen Ungeheuern aus dem Weg gegangen, um magische Schätze zu stehlen. Dabei hätte ich mehr Vertrauen in meine Fähigkeiten gehabt, aber so? So tun, als wolle ich die Braut eines Fae werden und andere Frauen dabei aus dem Feld schlagen? Selbst im hübschesten Kleid wüsste ich nicht, wie ich das anstellen soll.

Sebastian tritt zurück und hält mein Gesicht in einer Hand. »Sag mir, wo du gewesen bist.«

Ich schüttle den Kopf. Ich darf ihm nicht vom König erzählen. Das kann ich nicht riskieren. »Ich habe nach Jas gesucht. Und meine Suche hat mich … vom Land der Königin weggeführt.«

Er schließt die Augen und schüttelt den Kopf. »Vor dem Allerschlimmsten am Hof der Schatten kann dich mein Amulett nicht beschützen. Du machst dir keine Vorstellung, wie gefährlich diese Wesen sind. Hätte ein Unseelie dich dabei gesehen, dann hätte er dich gefangen genommen. Du hättest als Sklavin enden können. Oder schlimmer.«

Ich hasse es, dass meine Entscheidung ihn verletzt. Aber wie soll ich es ihm erklären? Wenn irgendjemand versteht, was Jas mir bedeutet, dann Sebastian. »Ich werde nicht nach Hause gehen, bevor ich sie gefunden habe. Aber *du* solltest das. Das ist nicht dein Kampf, Bash.«

Er mustert den üppigen Garten, in dem wir uns befinden, und flucht leise vor sich hin. »Ich brauche mehr Zeit«, sagt er, mehr zu sich selbst als zu mir.

Ich lege ihm meine Hand auf den Arm und nehme seine Stärke und Wärme nur allzu deutlich wahr. »Wofür?«

»Um das zu tun, was ich schon vor Monaten hätte tun sollen.« Er schluckt. »Gehst du ein Stück mit mir?«

Ich blicke zum Schloss. Eigentlich muss ich jetzt hineingehen und mich dem Prinzen als potenzielle Braut vorstellen, bevor er seine zwölf ausgewählt hat.

»Nur für ein paar Minuten«, sagt Sebastian. Er streicht mir eine lose Strähne hinters Ohr. »Tu es für mich.« Sein Lächeln ist wie Sonnenschein für mein vereistes Herz. Das kann ich ihm nicht abschlagen – nicht so einen einfachen Wunsch.

Er wendet sich zur Seite, bückt sich und pflückt die Knospe einer orangefarbenen Taglilie aus einem Beet. Sie blüht in seiner Handfläche auf und mir stockt der Atem. »So etwas habe ich dich noch nie tun sehen.«

»Meine Mutter liebt Taglilien. Immer wenn ich nach Hause kam, zog mich mein bester Freund damit auf, dass ich sie ständig anstarre. Er wusste, dass sie mich an dein Haar erinnern, aber in Wirklichkeit sind sie kein Vergleich.« Er steckt mir die Blume ins Haar und ich gestatte es mir, für einen Moment die Augen zu schließen. Das Gefühl seiner rauen Fingerspitzen an meinem Ohr lässt mich erschauern. Wie kann ich nur so begierig nach seiner Berührung sein – auch nach langen Blicken und zärtlichen Worten –, wenn Jas mich so dringend braucht?

»Du hast noch nie über deine Familie gesprochen.« Ich schüttle den Kopf. »Ich hätte dir mehr Fragen stellen sollen.«

»Ich habe dir keine Gelegenheit dazu gegeben.« Ein letztes Mal rückt er die Blume zurecht und senkt dann die Hand. »Ich bin umgeben von Macht und Wohlstand aufgewachsen und konnte nicht immer darauf vertrauen, dass sich diejenigen um mich herum wirklich für mich interessierten.«

Das überrascht mich. Natürlich hat nicht jeder das Glück, bei einem Magier in die Lehre zu gehen, aber eine einigermaßen mächtige Familie würde einen solchen Beruf nicht für standesgemäß erachten. »Welche Art von Macht?«

»Herrschaftliche Macht. Wie auch ich sie einmal ausüben soll.« Er nimmt meine Hand und betrachtet meine Finger in seiner Handfläche. Der Zauber hat zwar viele seiner Züge geschärft, aber seine Schwielen sind unverändert. »Schon bald.«

Verwundert rolle ich die Finger ein und drücke seine Fingerspitzen in meiner Handfläche. »Aber warum lässt du dich dann zum Magier ausbilden?«

»Das sind nützliche Fähigkeiten und ich ... In Wirklichkeit brauchte ich Abstand.«

Da begreife ich. »Du musstest gar nicht auf eine weitere Etappe deiner Lehrzeit, nicht wahr? Du musstest nach Hause.«

Er nickt und sieht mich forschend an. »Ich wollte dich fragen, ob du nicht mitkommst, aber ich wusste, dass du nicht die Art von Leben haben möchtest, das ich dir bieten kann.«

Mein Herz klopft und schmerzt gleichzeitig. »Warum sagst du so etwas?« Hält er mich für so wählerisch? Oder war es doch, weil er wusste, dass ich Jas niemals zurücklassen würde und nicht glaubte, dass er uns beide aufnehmen könnte?

Er stößt den Atem aus. »Ich kann es immer noch nicht glauben, dass sie sie verkauft hat.«

Ich lass meine Wange wieder an seiner Brust ruhen und genieße das Gefühl seiner Wärme und Stärke. Vielleicht kann Sebastian

Jas nicht retten und mich nicht vor meiner Aufgabe beschützen, aber in seiner Umarmung finde ich großen Trost. Ein Teil von mir möchte glauben, ich könnte all meine Probleme in seine fähigen Hände legen und er würde alles in Ordnung bringen. »Es ist nicht deine Schuld.«

»Es *ist* aber meine Schuld, dass ich dir nie gesagt habe, was ich fühle. Und jetzt, fürchte ich, ist es zu spät.« Er dreht den Kopf zur Seite, und nun sehe auch ich eine Gruppe gelb-grau gekleideter Wachleute aus dem Schloss marschieren. *Gelb,* wird mir klar, genau wie mein Kleid. Eine der Farben im Banner der Königin.

Als ich zu Sebastian aufsehe, starrt er auf meinen Mund.

Ich hebe die Hand und fasse einladend sein Kinn. Langsam – so langsam, dass es beinahe schmerzt – senkt er seinen Mund auf meinen. Seine Lippen sind weich, aber ich schiebe meine Hand in sein Haar, und der Kuss wird forscher. Die Zeit kommt stotternd zum Stehen. Die Sonne verweilt am Horizont, die Vögel schweigen und der Wind verharrt still zwischen den Blumen. Es existiert nichts auf der Welt als sein Mund und meiner, und mein Herz schmerzt, während ich versuche, mir jede einzelne vollkommene Sekunde einzuprägen. Dies könnte unser letzter Kuss sein.

Wie soll ich einen anderen Mann dazu bringen, sich in mich zu verlieben, wenn ich seit jeher *diesen* Mann liebe?

Als er sich von mir löst, bin ich ganz weich in den Knien und die Welt rückt nur langsam wieder in meinen Fokus.

»Bitte vergib mir«, flüstert er.

»Du musst dich für nichts entschuldigen.« Ich muss beinahe lächeln. »Ich bin mir ziemlich sicher, dass *ich dich* geküsst habe.«

»Seine Königliche Hoheit, Prinz Ronan, wird im Thronsaal gebraucht«, sagt ein Wachmann ganz in unserer Nähe.

Ich reiße mich los und blicke mich im Garten um. Ist der Prinz in der Nähe? Hat er gesehen, dass ich Sebastian geküsst habe? Wenn ja, wie soll er jemals glauben, dass ich *ihn* will?

Dumm und leichtsinnig, Brie. Reiß dich zusammen.

Aber außer Sebastian, den Wachen und mir ist sonst niemand im Garten. Erwartungsvoll sehen die Wachen Sebastian an und er beobachtet mich.

»Sir, entschuldigt bitte«, sagt eine der Wachen, »aber es ist Zeit zu gehen. Ihr werdet drinnen erwartet. Die Auswahl sollte schon vor Stunden beginnen.«

»Sagt meiner Mutter, ich werde in Kürze bei ihr sein.« Seine Stimme klingt streng und scharf, und mein verwirrtes Gehirn versucht verzweifelt, seinen Worten einen Sinn zu entnehmen.

Der Wachmann tritt unsicher von einem Bein aufs andere und blickt sich nach seinen Kameraden um. »Eure Hoheit –«

Sebastian reckt das Kinn vor. »Lasst uns alleine.«

Am Rande nehme ich das Geräusch sich entfernender Schritte auf dem Steinweg wahr, aber ich kann den Blick nicht von meinem Freund wenden. Ich kneife mehrmals die Augen zu. »Deine *Mutter?*« Prinz Ronan. Sie haben ihn mit *Prinz Ronan* angeredet. Und *Eure Hoheit.* »Bash, ich verstehe nicht. Was ist das für ein Zauber? Warum glauben sie, du seist der Prinz?«

Er nimmt meine Hand und drückt mir sanft die Fingerspitzen. »Weil ich es bin.«

Ich trete zurück und mache mich von ihm los. »Das ist nicht lustig.«

»Brie, hör mir zu. Ich konnte es dir nicht erzählen, weil ich wusste, was du von unseresgleichen hältst. Ich wollte, aber –«

»Nein.« Ich schüttele wie wild den Kopf. »Nein, du bist doch ein normaler Mensch. Du kannst nicht –«

»Bitte. Jetzt lass mich doch erklären …«

Unbewusst bin ich vor ihm zurückgewichen und stehe nun im Schatten einer Weide.

»Brie?« Er murmelt eine Verwünschung und wirbelt herum. »Abriella? *Bitte.*«

Ich sehe auf meine Hände, aber sie sind nicht da. Irgendwie bin ich wieder zu Schatten geworden, wie schon zuvor.

Ich halte mich nicht länger damit auf. Ich laufe einfach. Durch den Garten, durch das Schlosstor und weiter, hinein in dichten Nebel. Meine Lunge brennt und meine Beine schmerzen, aber ich bleibe nicht stehen – auch nicht, als sich die Landschaft verändert, von der unfassbaren Vollkommenheit des Palastgeländes hin zu einer Art Ruinenlandschaft, und auch nicht, als meine Gliedmaßen wieder sichtbar und die Magie, die mich verborgen hat, nachlässt. Langsamer werde ich erst, als mich Nebel so dicht wie eine Sturmwolke umgibt und die Sonne so tief am Himmel steht, dass ihre letzten Strahlen gerade noch den Horizont streifen.

Ich lehne mich an eine zerbrochene Marmorsäule und sinke auf den Boden. Dass ich weine, bemerke ich erst, als meine Wangen nass sind und mein Atem nur noch stoßweise kommt.

Er hat mich angelogen. Er hat mich glauben lassen, er sei jemand, der er nicht ist.

Ich war darauf vorbereitet, einen verwöhnten Prinzen zu bestehlen. Ich würde nicht zögern, einen Fae zu täuschen, um meine Schwester zu retten, und mein Herz war dabei meine geringste Sorge. Aber Prinz Ronan ist nicht irgendein Fae. Er ist Sebastian und ich weiß nicht, wie ich so tun soll, als könnte ich ihm vergeben – als wollte ich ihn *heiraten.*

Wenn du Prinz Ronan triffst, vergiss nicht, dass du ihn brauchst. Bewahre sein Vertrauen, sonst wirst du seinen Hof nicht unterwandern können.

Die Worte des Königs von diesem Morgen gehen mir im Kopf herum. Er sagte nicht, ich solle das Vertrauen des Prinzen *gewinnen*. Er sagte, ich solle es *bewahren*. Und gestern sagte er, es gebe in Faerie keine Zufälle. *Deshalb* wollte er mich für diese Aufgabe haben. Er weiß Bescheid. *Irgendwie* weiß König Mordeus von meiner Beziehung zu Sebastian, und genau deshalb benutzt er mich.

Ich weiß nicht, was mich mehr verärgert – die Vorstellung, meinen Kummer zu verbergen und so zu tun, als wären Sebastians Lügen verzeihlich, oder die Möglichkeit, dass mich diese Rolle, die ich mit Sebastian spiele, vielleicht auf eine Weise zerbricht, dass ich mich nicht mehr davon erholen werde.

Aber welche Wahl bleibt mir? Vor lauter Panik bin ich weggelaufen; hätte ich klar gedacht, dann wäre ich beim Prinzen geblieben – und hätte unsere Beziehung als Schlüssel benutzt. Ich werde *alles* daransetzen, um Jas zu retten. Meinen Stolz. Mein Herz. Mein Leben.

Ich muss zurückgehen. Muss Sebastian davon überzeugen, dass ich ihn immer noch will. Ich stütze mich hoch und wische mir die Tränen von den Wangen. Dann mache ich kehrt und suche mir durch die Trümmer den Weg zurück zum Schloss.

Aus dem Nebel tritt eine Gestalt mit Umhang und Kapuze. Ich erstarre, doch dann sehen mich vertraute Augen an. Ich lasse die Schultern sinken, spüre zunächst Erleichterung wie eine leichte Brise und dann Erschöpfung. *Ich kenne sie.*

Eine weitere Gestalt – hochgewachsen und bedrohlich, mit rot glühenden Augen, die mich unter der Kapuze hervor anzüglich angrinsen – taucht hinter ihr auf. Ich öffne den Mund, um sie zu warnen, aber bevor ich einen Ton herausbringe, übermannt mich der Schlaf und ich falle zu Boden.

Kapitel 8

Ich werde wachgerüttelt, weil ich von jemandem wie ein Getreidesack über der Schulter getragen werde. Ich unterdrücke einen Entsetzensschrei und zwinge mich zu drei tiefen Atemzügen, um mein pochendes Herz zu beruhigen. *Sei klug, Brie.*

Ich bin mir ziemlich sicher, dass ich meine Klugheit in dem Moment zurückgelassen habe, als ich aus dem sicheren Palast der Königin von Seelie ohne Plan und ohne Waffen geflohen bin. Und jetzt hat man mich gefangen genommen.

Nach den fleischigen Händen hinten auf meinem Rock und der Größe meines Entführers zu urteilen, ist es der Mann, der mich trägt. Aber die Frau, die ich sah, bevor ich in Ohnmacht fiel – ich dachte, sie wäre jemand, dem ich vertrauen kann.

»Halte die Tür auf«, knurrt der Mann, der mich trägt. »Sie wird jeden Moment aufwachen.«

»Grobian«, ist von vorn eine melodische Stimme zu vernehmen. *Pretha,* die schöne Frau, die mir half, ins Schloss der Königin zu kommen. Ich weiß, dass sie dieselbe Person ist, obwohl sie anders aussieht als die Frau, mit der ich in der Schlange stand. Sie hat zwar dieselben hübschen braunen Augen und das dunkle Haar, aber jetzt hat sie spitze, lange Ohren und dieses himmlische

Schimmern, das allen adligen Fae eigen zu sein scheint. »Du hättest sie ja nicht gleich umzuhauen brauchen«, sagt sie.

»Mit hysterischen Sterblichen komme ich nicht gut klar«, antwortet der Fae, als er mich auf der Schulter zurechtrückt.

Die Tür öffnet sich und laute Musik dringt heraus. Ich versuche, ganz schlaff zu bleiben, damit mein Entführer nicht merkt, dass ich wach bin. Während er eintritt, sehe ich mich um. Abgesehen von den Gästen unterscheidet sich die Schenke kaum von Gorsts Wirtshaus in Fairscape. Es stinkt nach schalem Bier und ist so laut, dass mir die Ohren schmerzen. Wo man hinsieht, tanzen Paare aller Art. Ein schlanker Elementargeist mit durchsichtigen Flügeln, bekleidet mit einem Nichts von einem Kleid, lässt sich von einem Troll eine Goldmünze zwischen die Brüste stecken. Eine junge Elfe in ledernem Reitzeug fährt ihrem korpulenten Tanzpartner durch den Irokesenkamm, während sie sich aneinander reiben. Männer wie Frauen tanzen auf den Theken und wirbeln unter dem aufmunternden Gebrüll der Menge um Stangen. Eine vollbusige Feuer-Fae in hautengem schwarzen Leder steht links von mir an der Wand und kneift Pretha im Vorbeigehen in den Hintern.

Pretha schlägt die Hand weg und ruft: »Ich bin am Arbeiten.«

Der Mann, der mich trägt, kichert. »Vielleicht solltest du dir Zeit dafür nehmen, Pretha«, bemerkt er. »Wenn du es nicht tust, dann vielleicht ich. Du weißt doch, was man über Feuer-Fae sagt.«

»Du bist so ein Schwein, Kane«, brüllt Pretha.

Sie geht ihm durchs Gedränge der Tänzer voraus, biegt dann unversehens zur Seite und bemerkt, dass ich sie unter Kanes Arm hindurch beobachte. »Ach, da ist unser Mädchen ja wieder.« Ja, sie sieht genauso aus wie die Frau, die mir ihre Freundschaft angeboten hat, aber ihre Ohren sind nicht das Einzige, das sich verändert hat. Jetzt ist ein silbernes Netz quer über ihre Stirn tätowiert, das an einen gesprungenen Spiegel erinnert.

Da ich nichts mehr vortäuschen muss, winde ich mich im Griff des Mannes. »Lass mich runter.«

Pretha zwinkert mir zu, schiebt sich an zwei Wachleuten vorbei und weiter durch eine schwere Holztür in ein spärlich möbliertes Büro, das nur von Straßenlaternen draußen vor den Fenstern erleuchtet wird.

Man stellt mich auf die Füße. Während sich meine Augen an die Dunkelheit gewöhnen, bekomme ich nun auch den Mann zu sehen, der mich getragen hat. Alles an ihm ist schreckenerregend. Er ist riesig, mit breiten, muskulösen Schultern und muskelbepackten Armen. Er muss annähernd zwei Meter zwanzig groß sein – die nach hinten eingerollten Hörner auf dem Kopf noch nicht mitgezählt. Seine Augen sind schwarz, wo sie eigentlich weiß sein müssten, mit feuerroten Pupillen. Sein langes Haar und der gestutzte Bart sind rot, und in einem seiner spitzen Ohren hat er einen Ring.

»Ich glaube, sie mag dich, Kane«, sagt Pretha. »Entweder das, oder du bist so hässlich, dass es ihr die Sprache verschlagen hat.«

»Ihr habt sie gefunden!«, höre ich eine tiefe melodische Stimme hinter mir sagen.

Entgeistert wirbele ich zum Urheber dieser Stimme herum und kann mir ein Ächzen nur knapp verkneifen, als ich den Fae vor mir erkenne. Er lümmelt auf einem Sessel, das eine Bein ausgestreckt, das andere gebeugt. Seine dunklen Locken sind wie in meinem Traum nach hinten gebunden, und er hält ein Buch in seinen großen Händen. Obwohl das Büro geräumig ist, scheint er es mit seinen durchdringenden Silberaugen und seiner Gegenwart ganz auszufüllen.

Mein Entführer stößt mich nach vorn. Ich stolpere und falle zum zweiten Mal an ebenso vielen Tagen vor einem bedrohlichen Unseelie auf die Knie.

Ich hasse diesen Ort.

»Sie ist aus dem Schloss abgehauen«, erklärt Pretha.

Ich sehe sie böse an. *»Du.«*

Sie rafft ihr Kleid und macht einen Knicks. »Abriella, ich sagte doch, dass wir uns wiedersehen werden.«

»Was willst du von mir?«

»Ich will –« Sie schnaubt und blickt sich um. »Warum ist es hier so dunkel?« Sie schnippt mit den Fingern, worauf die Kerzenhalter an den Wänden aufflackern. »Besser.« Mit zufriedenem Lächeln wendet sie sich wieder mir zu. »Ich will dir helfen. Was das betrifft, hat sich seit gestern nichts geändert.«

»Du hast mich glauben lassen, dass du ein Mensch bist«, fauche ich wütender, als ich sollte. Pretha war ja praktisch eine Fremde, aber ihr Vergehen ist dasselbe wie bei Sebastian, und es fühlt sich gut an, ein Ziel zu haben für den Schmerz, der an mir nagt. »Du bist eine gemeine Lügnerin.«

Der Mann auf dem Sessel lacht. »Das ist kühn für ein Menschenmädchen, das behauptet, es wäre Aryas Magd.«

Mit zusammengekniffenen Augen sehe ich ihn an. Mir gefällt es nicht, dass dieser seltsame Fae schon wieder auftaucht, und noch weniger gefällt mir, dass ich von ihm geträumt habe.

Nichts in Faerie geschieht zufällig.

»Ich glaube nicht, dass sie ihre Kraft unter Kontrolle hat«, sagt Pretha, kommt anmutig näher und streicht mir sanft das Haar hinter die Ohren.

Ich rucke den Kopf zurück. »Rühr mich nicht an.«

»Ebenso wenig wie ihre Gefühle.« Sie reißt ihren missbilligenden Blick von mir los und sieht dem Mann im Sessel in die Augen. »Ich glaube, sie ist tatsächlich in den Goldenen Prinzen verliebt.«

Meine Wangen werden heiß. Ich hasse es, wie diese Fae über mich reden und über meine Gefühle spekulieren. »Ihr wisst überhaupt nichts über mich.«

Der Mann im Sessel gibt ein beschwichtigendes *Tss* von sich und meint: »Lass sie in Ruhe, Pretha. Ich übernehme jetzt.«

»Finn!«, sagt Pretha gereizt.

Finn. Endlich ein Name für den rätselhaften silberäugigen Fae.

»Lass uns allein.« Er sagt das leiser als zuvor, aber seine Worte sind voller Autorität und lassen keinen Zweifel daran, wer in diesem kleinen Trio das Sagen hat.

Pretha spannt sich an. Offensichtlich will sie nicht gehorchen, aber dann nickt sie knapp und verlässt das Büro. Der gehörnte Grobian trottet ihr hinterher.

Ich beobachte ihren Abgang.

»Schwierige Nacht?«, fragt mich Finn. So eine zwanglose Frage, als würden wir beim Tee plaudern – dabei haben mich seine Leute bewusstlos geschlagen, um mich hierherzuschleppen.

Ich sehe ihn finster an. »Wer bist du – außer einem Unseelie-Entführer? Dir ist doch hoffentlich klar, dass niemand ein Lösegeld für mich bezahlen wird.«

Er schiebt eine Augenbraue in die Stirn. »*Ach?* Anscheinend weißt du mehr über mich, als du verrätst. Was weißt du denn noch?«

Gefährlich. Dieser Mann ist gefährlich und ich muss aufhören, mit ihm zu streiten und mich darauf konzentrieren, hier herauszukommen. »Nichts. Ich weiß nichts.«

Er hebt sein Kinn. »Ich bin neugierig. Warum bist du dir sicher, dass ich ein Unseelie bin?«

»Deine Augen.«

»Was ist mit ihnen?«

»Jeder weiß, dass die Unseelie silberne Augen haben. Verträge nicht taugen mit Silberaugen«, zitiere ich den alten Kinderreim. Und es ist mir doch wunderbar gelungen, diese uralte Weisheit zu beherzigen.

Er brummt: »Das ist das Lächerlichste, was ich je gehört habe. Man hat dir beigebracht, alle im Reich des Mondes hätten Augen wie ich?«

»Etwa nicht?«

»Nein. Nur sehr wenige.« Und noch während er das sagt, erinnere ich mich an die Wachen im Schloss von Mordeus. Hatten sie silberne Augen? Ich weiß es nicht mehr. Und ist Pretha eine Unseelie? Ihre Augen sind braun. Und die von Kane sind schwarz und rot.

»Darf ich jetzt gehen?«

Mit gespielter Unschuld reißt er die Augen auf. »Und wo wirst du hingehen? Du bist dir doch gar nicht sicher, ob du zu deinem Freund zurückkehren willst, obwohl du dir wünschst, du wärst nicht so hastig von ihm weggelaufen.«

Ich presse die Lippen aufeinander und recke das Kinn vor. »Kannst du meine Gedanken lesen?«

Er lacht finster. »Nein. Ich brauche deine Gedanken nicht zu lesen, um deine Sorgen zu kennen, obwohl das eine nützliche Fähigkeit wäre. Deine Gefühle stehen dir ins Gesicht geschrieben. Du bist dir nicht sicher, ob du die Rolle spielen kannst, die Mordeus von dir verlangt.«

Was hat er mit Mordeus zu schaffen? Arbeitet er für ihn? »Was weißt du?«

»Genug.« Mit einem tiefen Seufzer erhebt er sich aus dem Sessel und geht zu einer kleinen Bar in der anderen Büroecke hinüber.

Während er mir den Rücken zukehrt, nutze ich die Gelegenheit, um ihn zu mustern. Seine Gegenwart nimmt den ganzen Raum ein. Das liegt aber nicht nur an seiner Größe oder an seinem muskulösen Körper. Finn besitzt die Aura eines Anführers, der die unbedingte Aufmerksamkeit aller in seiner Umgebung hat. Ich frage mich, über welche Macht er verfügt, dass er sich als Unseelie hier am Hof der Sonne aufhalten kann.

Er entkorkt eine Flasche und schenkt zwei Gläser ein. Die blassgelbe Flüssigkeit perlt, als sie das Glas berührt. Mir läuft bei dem fruchtigen Duft das Wasser im Mund zusammen, aber als er sich herumdreht und mir ein Glas hinstreckt, schüttle ich den Kopf. Ich kann mir keine Situation vorstellen, in der ich Wein von einem Mann annehmen würde, den ich eben erst kennengelernt habe – Hallo, *gefährlicher Fremder* –, aber Fae-Wein? Er muss mich für eine komplette Idiotin halten.

Achselzuckend stellt er mein Glas auf einem langen Tisch am Fenster ab. Er trinkt einen Schluck, dann schließt er die Augen. »Ich verstehe, dass dein lieber Goldener Prinz mit seiner Täuschung deine Gefühle verletzt hat, aber wenn du wirklich deine Schwester retten willst, musst du tun, was Mordeus verlangt.«

Dasselbe hat er auch in meinem Traum gesagt. »Du bist ein Unseelie«, erwidere ich. »Da willst du natürlich, dass ich deinem König helfe.«

»Er ist nicht *mein* König«, faucht er zurück, dass es nur so von den Wänden hallt. »Niemals wird er mein König sein«, setzt er nach, nun weicher im Ton.

»Aber warum bist du dann hier? Ich dachte, Unseelie wären nicht willkommen auf Seelie-Gebiet.«

»Ich schlage dir einen Handel vor. Ich beantworte deine Frage, wenn du meine beantwortest.«

Das Wort *Handel* löst bei mir sofort Abwehrmechanismen aus, aber ich bin zu müde und durcheinander, um noch allen Möglichkeiten nachzuspüren, wie ich durch einen Handel mit einem Fae manipuliert werden könnte. »Also, was willst du wissen?«

»Was weißt du über den Fae, der dir deine Magie verliehen hat?«

Verwundert frage ich: »Welche Magie?«

Er trinkt noch einen Schluck Wein und mustert mich mit seinen quecksilbrigen Augen. »Zugegeben, es ist viele Jahre her, seit ich mich ins Menschenreich gewagt habe, aber willst du mir etwa weismachen, dass Menschen jetzt durch Wände gehen und sich in Schatten verwandeln können?«

Ich schüttle den Kopf. »Das ist doch nur eine seltsame Reaktion darauf, an einem magischen Ort zu sein.«

Finn neigt den Kopf zur Seite. »Ich weiß nicht, was ich interessanter finde: die Lüge, oder dass du das tatsächlich glauben willst.« Seine Lippen kräuseln sich, aber da ist kein Vergnügen in seinem Lächeln. Nur Abscheu. »Aber du weißt es schon. Du weißt, dass du die Kraft, über die du in meinem Reich verfügst, schon länger hast. Immerhin benutzt du sie seit Jahren.«

Aus mir bricht ein trockenes Lachen heraus. »Wenn du das sagst.«

»Du bist eine Diebin. Und eine gute dazu.«

Warum wissen diese Schatten-Fae nur so viel über mich? »Wenn ich magische Kräfte habe – und ich sage nicht, dass ich das tue –, warum nimmst du an, dass sie mir jemand *verliehen* hat?«

Er kneift die Augen zusammen und senkt die Stimme. »Weil Menschen keine Magie haben – es sei denn, sie wird ihnen von einer magischen Kreatur verliehen, die dazu mächtig genug ist.«

»Hexen verfügen über Magie. Und Magier.«

»Nein. Hexen und Magier *benutzen* Magie. Symbole, Zaubersprüche und Tränke. Auch manche Menschen können Magie *benutzen,* aber sie *haben* keine. Ganz anders als du. *Du* bist ein Mensch, der Dunkelheit beherrschen kann. Du kannst ein Schatten werden und durch Wände gehen – ohne Zauberspruch oder Zaubertrank, ohne Ritual. Die Magie ist Teil von dir, und das ist nur möglich, wenn sie dir ein Fae verliehen hat.«

»Ich weiß nicht, wo sie herkam«, räume ich ein. Denn er hat recht. Eigentlich habe ich, schon lange bevor ich nach Faerie kam, gewusst, dass meine Macht über Nacht und Schatten nicht normal ist – dass sie etwas Besonderes ist. Ich öffne den Mund und will ihm schon mehr erzählen, klappe ihn aber wieder zu. Sein Volk hat bewiesen, dass ihm nicht zu trauen ist. »Jetzt bist du an der Reihe.«

Er betrachtet seinen Wein so lange, dass ich glaube, dass er nicht mehr antworten wird. »Mordeus ist mein Onkel.«

In diesem Moment findet sein Name bei mir an der richtigen Stelle seinen Platz. Bakken hat mir erzählt, Prinz Finnian sei der rechtmäßige Erbe des Schattenthrons – und *er hier* ist Finn? »Du bist der Prinz.« Ich frage nicht einmal. Das erklärt alles. Wie er sich bewegt, wie sich seine Freunde ihm fügen, wie er sich immer wie die wichtigste Person im Raum anfühlt, ob ich das nun glauben will oder nicht. Ja, alles an Finn verströmt Königswürde. *Macht.*

Er hebt den Blick und sieht mir in die Augen. »Vielleicht hast du die Ähnlichkeit bemerkt.«

Die Silberaugen. Nicht alle Schatten-Fae haben diese silbernen Augen. Nur die königliche Familie.

»Ich halte mich nicht an meinem eigenen Hof auf, weil mich der gute alte Onkel Mord am liebsten tot sehen will. Herzerwärmend, nicht wahr?«

»Was hast du getan?«

Er schnaubt, als wäre mein Unwissen unterhaltsam. »Ich wurde *geboren,* und das genügte, seinen Anspruch auf die Macht zu bedrohen, nach der er sich gesehnt hat, seit sein eigener Vater die Krone *meinem* Vater überlassen hat. Und was meinen Aufenthalt im Reich der Seelie betrifft … ich bin vorübergehend hier, und das« – er schmunzelt – »*insgeheim.* Ich ziehe das Land der Wilden Fae dem Herrschaftsgebiet der Goldenen Königin vor, aber einige Angelegenheiten hier erfordern meine Aufmerksamkeit.«

Hundert Fragen gehen mir durch den Kopf, aber eine schafft es immer wieder ganz nach oben. »Warum erzählst du mir das? Was willst du von mir?«

»Ich weiß, dass Mordeus deine Schwester hat, und ich weiß, was er im Tausch gegen sie von dir fordert.« Er nippt an seinem Wein. »Ich möchte dich lehren, wie du deine Fähigkeiten benutzen kannst, um dich in diesem Land zu schützen. Ich möchte dir helfen.«

Genau das hat er in meinem Traum gesagt. Ich werde dir helfen, sie zurückzubekommen. Komm und suche mich.

»Du sagst das immer wieder, aber warum sollte ich dir glauben?« Ich schiebe mich rückwärts in Richtung Tür. »Deine Leute haben mich entführt und gegen meinen Willen hierhergebracht, und da soll ich dir *vertrauen?*«

In seinen silbernen Augen blitzt es auf, und sein Mund zieht sich zu einer feinen Linie zusammen. »Stattdessen hast du entschieden, Mordeus zu vertrauen, und in seinen Handel eingewilligt.«

»Ich habe keine *Wahl.* Wenigstens verstehe ich, was Mordeus von mir will, und warum. Soll ich vielleicht glauben, dass du einem Menschenmädchen nur aus reiner Herzensgüte helfen willst?«

Er macht einen bedrohlichen Schritt auf mich zu, und jeder Linie in seinem schönen Gesicht ist die Wut anzusehen. »Ich will dir helfen, weil es meinem Hof hilft. Jeder Angehörige meines Reiches ist schwächer, solange wir unsere magischen Gegenstände nicht zurückhaben. Solange die Goldene Königin …« Seine Nasenflügel beben und er keucht mehrmals, als verspüre er einen plötzlichen unsichtbaren Schmerz. »Sie sind verletzlich, solange die Macht der Höfe aus dem Gleichgewicht ist.«

»Und das soll ich dir glauben? Hier stehst du in deiner feinen Kleidung und trinkst teuren Wein in einer Schenke im Reich der Seelie. Der arme Prinz im Exil. Du scheinst wirklich *sehr hart* dafür zu kämpfen, Mordeus vom Thron zu stoßen.«

Das Weinglas zerspringt in seiner Hand zu Staub, und ich erstarre vor Angst, als mir klar wird, wie gefährlich er ist. In aller Ruhe reibt er die Hände aneinander und lässt die Reste von Wein und Glasstaub zu Boden tropfen. »Nimm meine Hilfe an, Sterbliche.«

»Ich brauche dich nicht.«

Kurz huscht sein Blick über mich, und ich schrecke zurück, denn aus meinen Händen fließt plötzlich Dunkelheit, wie Tinte, die in einen Teich strömt. »Hast du die Verbindung mit irgendjemandem geteilt?«, fragt er.

Als würde ich mich je einer Verbindung mit einem Fae unterwerfen. Als würde ich *irgendjemandem* eine solche Kontrolle über meinen Willen und mein Leben geben. *Niemals.*

»Vielleicht jemand zu Hause«, sagt er. »Ein Freund oder Geliebter, *irgendwer?*«

Mir liegt auf der Zunge, ihm unter die Nase zu reiben, dass Menschen solche absurden Rituale nicht ausüben. Ich weiß nicht einmal, wie und ob so etwas zwischen Menschen überhaupt funktionieren würde, aber ich verkneife mir, es abzustreiten. Eigentlich weiß ich über Fae-Verbindungen nur, dass es dabei auch irgendwie um Schutz geht. Wenn Finn glaubt, jemand sei mit mir verbunden, riskiert er vielleicht nicht, mich hier festzuhalten.

Er starrt mich lange an. »Das ist eine einfache Frage.«

Ich zucke mit den Achseln. »Und ich habe einfach entschieden, sie nicht zu beantworten.«

Er murmelt etwas Unverständliches. Ich sehe die Wut in seinen Augen, den Versuch, sein Temperament unter Kontrolle zu halten. »Du solltest wissen, dass Verbindungen auch Konsequenzen haben und nicht so leicht zu lösen sind, wie du vielleicht glaubst.«

Will mir dieser selbstgerechte Arsch jetzt eine ganze Vorlesung darüber halten? Ich verschränke die Arme. »Wenn ich jetzt gehe, schickst du mir dann deine Freunde hinterher?«

»Hast du vor, zum Sohn der Königin zurückzukehren?«

Die Worte treffen mich wie eine geballte Faust in den Magen. *Königin Aryas Sohn.* Prinz Ronan.

Sebastian.

Ich muss die Augen schließen, so sehr schmerzt es. Sein Verrat. Ich darf jetzt gar nicht über ihn nachdenken.

Als ich sie wieder aufschlage, starre ich auf die tintenartige Schwärze um meine Hände. Es ist genau die Erinnerung, die ich brauche. *Ich habe Macht. Ich bin hier nicht gefangen.*

Finn tritt nahe an mich heran und mustert mich, als wäre ich ein ziemlich interessantes Insekt. Seine Lippen verziehen sich zu einem Schmunzeln.

Ich trete in die Schatten zwischen den Wandleuchtern und wünsche mir, dort zu verschwinden, als die Bürotür aufgeht.

»Neuigkeiten aus dem Schloss«, sagt Pretha und lässt die Tür hinter sich zuschwingen. »Prinz Ronan hat seine Auswahl auf morgen verschoben. Wir müssen rasch einen Plan fassen und sie dorthin zurückschaffen.«

Finn verschränkt die Arme. »Ich bin mir nicht sicher, ob das Mädchen überhaupt mit uns zusammenarbeiten *will.*« Es klingt wie eine Herausforderung – als wäre ich ein Kind, bei dem er es mit umgekehrter Psychologie versucht.

Ich presse meinen Rücken gegen die Wand und wünsche mir verzweifelt, durch sie hindurchzugehen, zu entkommen. Aber es geschieht nichts. Wie habe ich denn zuvor meine Kraft benutzt?

Pretha kommt durchs Zimmer zu mir. »Du schaffst das nicht alleine«, sagt sie.

Ich schüttle den Kopf. »Du irrst dich.« Schon mein ganzes Leben lang arbeite ich alleine. Kein Grund, jetzt etwas daran zu ändern. Wie die Umkehrung einer flackernden Lampe verblasse ich erst zu Schatten, bevor ich wieder körperlich werde.

Entsetzt dreht sich Pretha zu Finn um. »Was macht sie da?«

Schatten. Verwandle dich in Schatten. Meine Hand verschwindet und erscheint wieder, aber die Wand hinter mir bleibt fest.

»Finn!« Pretha hat die Augen weit aufgerissen. »Sie entkommt!«

Schatten. Diesmal verschwindet meine Hand, und dann auch der Rest von meinem Arm. Ich verschmelze mit der Wand und stolpere hindurch. Mein Kleid verhakt sich an einem Rosenstrauch draußen vor der Schenke und es erweist sich einmal mehr, dass Hosen bei der Kleidung die klügere Wahl sind. Ich rappele mich auf, Dornen zerreißen meinen Rock und zerkratzen mir die Beine.

Ich kann Finn und Pretha durch das gesprungene Fenster zanken hören, aber ihre aufgebrachten Worte werden gedämpft, bis Finn am Ende wütend bellt: »Lass sie gehen!«

Ich raffe meinen Rock hoch und laufe los, aber ich weiß nicht, wo ich bin, und der Nebel ist so dicht, dass ich das Schloss in der Ferne nicht sehen kann.

Ich weiß, dass der Wald vor mir lag, als ich vor Sebastian weglief, aber jetzt liegt er links von mir. Ich kehre um und lasse den Wald im Rücken, aber in dieser Richtung kommt mir nichts vertraut vor.

Der Wald. Dort kann ich mich verstecken – ich kann mich in einen Schatten – in nichts – verwandeln, bis ich den Weg zum Schloss finde. *Denn ich muss zum Schloss zurückkommen.*

Wenn Sebastian die Wahl aufgeschoben hat, kann das vielleicht immer noch funktionieren. Es gibt immer noch eine Möglichkeit, Jas zu retten.

Der Wald hier ist dunkler als die Wälder in Fairscape – das Blätterdach ist dicht und die Lichter der Häuser längst nicht so hell wie in der dicht besiedelten Menschenwelt. Ein entsetzlicher Schrei hallt durch die Nacht, gefolgt von triumphierendem Geheul. Ich hatte nie Angst im Dunkeln, aber ich weiß genug, um mich in *dieser* Dunkelheit zu fürchten. Eigentlich habe ich keine Ahnung, was sich hier zwischen den Bäumen herumtreibt. Meine Schatten können mich vielleicht verbergen, aber können sie mich auch schützen?

Die Sommerhitze ist mit der Sonne verschwunden; ich schlinge die Arme um mich und mustere den Wald, während sich meine Augen an die Finsternis gewöhnen.

Wieder ein Heulen, näher diesmal, der Schreck lässt meine Muskeln zittern. Du weißt, dass du die Kraft, über die du in meinem Reich verfügst, schon länger hast. Immerhin benutzt du sie seit Jahren.

Normale Menschen können im Dunkeln nicht sehen, nicht so. Eigentlich wusste ich das schon immer, oder? Ich wollte es mir nur nicht eingestehen, nicht zugeben, dass ich etwas Magisches an mir habe.

Aber um eine Fähigkeit zu wissen, und sie nutzen zu können,

sind zweierlei Dinge. Ich habe keine Ahnung, wo ich bin. Keine Ahnung, wo es zum Schloss geht. Und keine Ahnung, wie ich meine Fähigkeit nutzen soll, um mich vor dem, was hier im Wald haust, zu schützen.

Zwanzig Meter hinter mir höre ich tiefes Knurren. Ich wirbele herum und erstarre vor Schreck. Aus dem Dunkel blitzen mich leuchtend blaue, mit Gold gesprenkelte Augen an, und dann schleicht sich ein schwarzer Wolf mit gebleckten Zähnen an mich heran.

KAPITEL 9

Kein Wolf. Selbst an den Boden gekauert sind dieses Wesen und ich fast auf Augenhöhe. Zwischen den langen Reißzähnen zuckt eine Zunge heraus, und dann schiebt sich das Tier einen Schritt nach dem anderen auf mich zu.

Ich habe keine Waffen außer meiner launischen Magie, und verstecken kann ich mich nur in einem Wald, in dem sich diese Kreatur ohne Zweifel besser zurechtfindet als ich.

Über mir breiten sich die Äste einer Eiche aus, aber die, die ich erreichen kann, sind ziemlich dünn und werden mein Gewicht wahrscheinlich nicht tragen. Ein paar Meter entfernt steht ein Ahorn mit kräftigen Ästen, die tiefer hängen. Mit einem kurzen Sprint könnte ich dort hingelangen und vielleicht schnell genug hinaufklettern, bevor das Wolf-Wesen mich erwischt.

Mit leisem Fauchen kriecht es näher, schwarz wie die Nacht, und seine Augen versprechen den Tod.

Atme tief durch und lauf, Brie.

Ich drehe mich um und jage los, biege so schnell nach links, wie es mein Kleid zulässt. Die Kreatur stürzt sich auf mich und bewegt sich viel zu schnell für etwas von dieser Größe. Ich schnelle los und recke mich, so hoch ich kann, während ich schon die Wärme der Bestie im Nacken spüre. Meine Fingerspitzen streifen den Ast, und die Rinde gräbt sich in meine Haut, während ich versuche, besseren Halt zu finden.

Ich krümme meine Finger zu Krallen, um mich festzuhalten, aber ich rutsche ab. Wie in Zeitlupe stürze ich hinunter auf den Waldboden, zu dem schnappenden Rachen der Bestie.

Ich trete mit den Füßen, um das Gebiss der Kreatur wegzustoßen, bewege es aber kaum.

Es schmerzt höllisch, als sich die Zähne in meine Wade bohren, und ich schreie auf, als mir der Muskel zerfetzt wird. *Ich bin dieser Sache nicht gewachsen. Ich habe an diesem Ort nichts verloren.*

Hinter der Kreatur ertönt ein weiteres Knurren, und schon stürzen sich zwei Wölfe auf das Untier. Vom Schmerz benebelt fantasiere ich für einen Moment, die Wölfe kämen mir zu Hilfe. Der vernünftige Teil meines Verstandes weiß, dass sie wahrscheinlich einen Revierkampf ausfechten.

Oder es geht ihnen um die Beute.

Ich versuche aufzustehen, während die kleineren Wölfe gemeinsam das große Untier angreifen, aber ich kann das verletzte Bein nicht belasten und stürze zu Boden.

Ich ziehe mich am Baum wieder hoch, als entsetzliches Gebrüll durch den Wald schallt. Die beiden Wölfe stutzen, wenden sich von der Bestie ab, jagen davon … und lassen mich mit der schwarzen, fauchenden Kreatur alleine.

Diese bewegt sich jetzt langsamer – Blut sickert aus Bisswunden auf ihrem Rücken –, aber nicht langsam genug für mein zermalmtes Bein. Rückwärtskriechend versuche ich, mein Gewicht auf das unversehrte Bein zu verlagern, breche aber erneut schreiend zusammen.

Die Bestie springt mit aufgerissenem Rachen los und ich weiß, dass sie mir jetzt an die Kehle will. Bevor sie mich erreicht, wird sie von einem unsichtbaren Wind vom Boden gehoben und gegen einen Baum auf der anderen Seite der Lichtung geschleudert.

Dort bricht sie mit einem letzten fürchterlichen Kreischen zusammen.

»Abriella.« Sebastian ist hier, atemlos. Er hebt mich auf, als wäre ich aus Luft, und birgt mich in seinen Armen. »Brie? Alles in Ordnung?«

Ich nicke an seiner Brust, aber nichts ist in Ordnung. Der Schmerz in meinem Bein raubt mir die Sinne und mir ist übel, aber all das ist nichts verglichen mit dem niederschmetternden Gefühl der Niederlage in meiner Brust. Ich bin einfach nicht in der Lage, es mit dieser bösartigen Welt aufzunehmen.

»Brie, dein Bein.« Er rückt mich in seinen Armen zurecht und ich zucke zusammen, als er nach der Wunde greifen will. »Schh. Ganz ruhig.« Nach einer einzigen Berührung schwindet der Schmerz.

Ich zittere heftig, atme tief aus und ein, um mich zu beruhigen.

Sebastian streicht mir das Haar aus dem Gesicht, steckt mir lose Strähnen hinters Ohr. Mir wird klar, dass er es ist, der zittert. »Ich wollte dir etwas Raum lassen, aber ich hätte dir folgen sollen. Es tut mir leid, dass ich nicht früher gekommen bin.«

Ich schlucke. Er sieht … verzweifelt aus. Sosehr mich sein Verrat auch schmerzt, er ist immer noch Sebastian. Er hat mein Vertrauen gebrochen, aber meine Gefühle für ihn sind nicht verschwunden, nur weil ich jetzt weiß, wer seine Mutter ist. Oder, weil er aus sich heraus mehr Magie bewirken kann als alles, was er bei Magier Trifen gelernt hat. »Ist schon gut.«

Mit dem Finger fährt er mir über die Wange und als er ihn wegzieht, klebt Blut daran. »Ich bringe dich zurück zum Palast, zu unseren Heilern.«

Der Schmerz ist fort, aber ich fühle mich *abwesend*, als würde ich das Gleichgewicht verlieren und der Wirklichkeit entgleiten – entweder wegen Sebastians Magie oder als Reaktion auf den Biss der Kreatur. Ich brauche Hilfe. Ich brauche Heiler. Ich nicke und werfe noch einen Blick auf den Kadaver der Bestie.

»Es tut mir leid, dass ich nicht früher gekommen bin«, sagt Sebastian noch einmal. »Es tut mir so leid.«

Er trägt mich durch den Wald bis zu einer Lichtung, wo im Mondschein ein weißer Hengst wartet. Sebastians große Hände sind sanft – geradezu ehrerbietig –, als er mich aufs Pferd hebt. Als er hinter mir aufsitzt, genieße ich seine beruhigende Stärke und die Wärme, die durch sein Hemd dringt. Wenn ich die Augen schließe, kann ich mir einbilden, wir wären zurück in Fairscape und nichts hätte sich geändert.

Er schlingt einen Arm um mich, greift die Zügel mit der anderen Hand und treibt das Pferd an zum Galopp.

Mit seinem Atem im Ohr, dem steten Pochen seines Herzens in meinem Rücken und dem Wiegen des Tiers unter mir werden meine Lider mit jedem Schritt schwerer. Ich würde vom Pferd gleiten, wenn er mich nicht hielte. Meine Muskeln versagen den Dienst. Ich schmiege mich in seine Wärme, seine schützende Umarmung und verabscheue mich zugleich für meine Schwäche.

Als wir beim Schloss anlangen, habe ich den Kampf, die Augen offen zu halten, fast verloren.

Er legt meine Hände um den Hals des Hengstes. »Halte dich für einen Moment fest«, weist er mich an. Er schwingt sich vom Pferd, springt auf den Boden und greift sofort nach mir. Selbst halb ohnmächtig und mit einem Bein ohne Gefühl nehme ich doch jede einzelne Berührung genau wahr, als er mich in die Arme nimmt. Er riecht nach Meersalz und dem Leder seiner Weste und Hose.

Ich schaukle an seiner Brust, während er mit mir in den Armen durchs Schlosstor läuft.

»Werde ich sterben?«, frage ich, aber ich bin so müde, dass keine Dringlichkeit in meinen Worten liegt.

»Der Speichel des Barghest senkt deinen Puls. Wenn wir dir nicht schnell das Gegengift geben …« Er rennt schneller und ich schließe die Augen, denn für Angst kann ich keine Energie mehr aufbringen. Die Geräusche der Menschen um uns herum, die raschen Schritte auf Steinfliesen, und Türen, die sich öffnen und wieder schließen, nehme ich nur aus der Ferne wahr.

»Ein Barghest hat sie im Wald erwischt –«, sagt er. »Ruft den Heiler.«

Ich öffne die Augen, als sich vor uns eine Doppeltür öffnet und Sebastian mich zu einem großen Himmelbett trägt. Das weiche Bettzeug mit seinen vielen Lagen sieht aus wie etwas aus einem Traum. Ich rolle mich auf der Seite zusammen. Ich kann an nichts als Schlaf denken.

Als ich die Augen schließe, sehe ich Jasalyn lächeln und werde von tiefer Trauer ergriffen.

»Sag Jas, dass es mir leidtut«, flüstere ich.

»Du sollst –«, er fasst mir mit seiner warmen, schwieligen Hand an die Schulter. »Du sollst nicht so reden.«

Weiß er denn nicht, dass es so ist? Ich spüre, wie sich mit dem Gift der Tod durch meine Adern schlängelt. Ich öffne den Mund. Ich muss reden, finde aber nicht die Kraft dazu.

Versprich mir, dass du sie finden wirst.

Mein Mund will die Worte nicht bilden.

Sebastian drückt meine Schulter fester. »Halte durch, Brie.«

Ich weiß nicht, wie lange ich daliege und immer wieder wegdämmere. Ich höre Sebastian mit jemandem sprechen. Vielleicht sind es viele. Er gibt Befehle und wird laut, wenn sie nicht schnell genug gehorchen.

»Sie hat viel Blut verloren«, bemerkt eine mir unbekannte Stimme. »Und das Gift breitet sich aus. Möglicherweise kann sie gar nicht trinken.«

»Abriella …«, sagt Sebastian. Wieder seine Hand an meiner Schulter. So warm. So stark. Mein einzig sicherer Ort. Selbst jetzt.

»Abriella, du musst trinken.«

Ein Glas an meinen Lippen. Warme Flüssigkeit läuft mir auf die Zunge und übers Kinn.

»Schlucken, verdammt noch mal! Du musst es hinunterschlucken.«

Ich verschlucke mich, würge, und dann gelingt es mir doch, etwas zu schlucken, bevor meine Kraft wieder schwindet und ich in seinen Armen erschlaffe.

»Gut«, murmelt Sebastian. »Tapferes Mädchen.«

»Ich muss dieses Bein heilen, bevor sie noch mehr Blut verliert«, sagt die unbekannte Stimme.

»Dann tu das«, schnauzt Sebastian.

Sengende Hitze holt mich ins Jetzt zurück. Das Früher und das Jetzt verschwimmen. Mamas Stimme. Und die von Sebastian. Ein Windspiel um Mitternacht. Die Versprechungen eines Fremden.

Flammen schlagen um mein Schlafzimmer – ich habe mich um Jasalyn geschlungen, um sie vor dem Feuer zu beschützen. Es fühlt sich an, als wolle es mich bei lebendigem Leibe verschlingen.

Mutters Stimme nehme ich kaum wahr. *Bitte rette sie.*

Das hat seinen Preis.

Ich werde ihn bezahlen. Ich möchte die Augen aufschlagen und ihr sagen, dass alles gut wird, aber ich kann nicht. Ihr verzweifeltes Schweigen wird unterbrochen durch ein Ächzen, das mir das

Herz schmerzhaft zusammenzieht. *Es muss eine andere Möglichkeit geben.*

Ich tue das für dich.

Das Schluchzen meiner Mutter hallt mir in den Ohren, und dann verklingt allmählich die Taubheit wie auch die Hitze der heilenden Hände auf meinen Brandwunden.

Schmerz. Peitschender, wahnsinniger, fürchterlicher Schmerz.

Dann Kühle, Erleichterung. Und … Leben – das mir in den Adern pulsiert und durch meine Glieder rauscht.

Ich sehe meine Mutter vor mir, erleichtert und verzweifelt zugleich. Als hätte sie einen Teil von sich verkauft.

***

Als ich die Augen öffne, erwarte ich fast, dass meine Mutter da ist, so wie sie vor neun Jahren da war, als ich, geheilt von meinen Verbrennungen, erwachte. Aber es ist nicht sie, die neben dem unvertrauten Bett auf dem Stuhl sitzt. Es ist Sebastian mit seinen spitzen Ohren und seiner Fae-Anmut. Er ist mit Blut besudelt und hat die Augen geschlossen.

»Bash?« Meine Kehle ist ausgedörrt und ich kann seinen Namen nur krächzen.

Sebastian schreckt hoch und seufzt dann tief, während er mich betrachtet. »Alles ist gut«, sagt er leise und legt seine Hand auf meine. »Alles wird wieder gut werden. Ich bin hier.«

Er ist hier. Und es fühlt sich verdammt noch mal gut an, mit völliger Sicherheit zu wissen, dass das wahr ist. Zumindest in diesem Augenblick, in *diesem* Kampf, bin ich nicht allein. »Danke.« Meine Stimme ist ganz rau. »Wie lange war ich bewusstlos?«

»Nur ein paar Stunden. Wie geht es dir?«

»Alles okay.« Mir dreht es fast den Magen um beim Anblick des Blutes an ihm. Nur an ihm allerdings. Ich stecke in einem sauberen hellblauen Nachthemd aus allerweichster Baumwolle.

Sebastian sieht, dass ich das Nachthemd betrachte. »Wir hätten dein Kleid gerne gerettet, aber es war voller Blut und ziemlich zerfetzt.«

»Hast du mich angezogen?« Eine alberne Frage angesichts der Umstände. Aber die Vorstellung, dass er mir das Blut abwäscht und mir saubere Kleidung anzieht …

Er schüttelt den Kopf, und als er begreift, was ich da frage, reißt er die Augen auf. »Eine der Mägde hat dich umgezogen. Ich habe nicht – ich war nicht – ich hätte nicht …« Wäre ich nicht so erschöpft, müsste ich wahrscheinlich lachen über die Röte, die seinen Hals überzieht. »Ich war nicht besorgt deswegen«, sage ich leise. Er hat sich so liebevoll um mich gekümmert. »Wurdest du verletzt?«

»Nein.« Er deutet auf die Blutflecke auf seinem Hemd. »Das ist alles deines, was dem Barghest zu verdanken ist. Zum Glück war mein Heiler zur Stelle, als wir hier eintrafen.«

Der Raum beginnt sich zu drehen. Ich presse die Augen zu, um ihn anzuhalten, aber dann dringt mir Blutgeruch in die Nase. Sein Geruch versetzt mich zurück in den Wald. In den Moment, als sich die wolfsähnliche Kreatur auf mich stürzte. »Barghest? So heißt dieses Wesen?«

»Manche nennen ihn den Todeshund.«

»Stammt er aus dem Reich der Unseelie?«

»Todeshunde gibt es in allen Reichen, aber einige besonders mächtige Unseelie halten sie als Vertraute – als Tiere, die durch Magie an sie gebunden sind und ihren bösen Willen ausführen.«

Hat Mordeus den Barghest auf mich gehetzt? Nein. Das ergibt keinen Sinn. Wenn er wirklich möchte, dass ich die gestohlenen Gegenstände an seinen Hof zurückhole, würde er mich wohl kaum durch ein ihm in Gedanken verbundenes Ungeheuer umbringen. Aber Finn … Hat Finn mich angegriffen, weil ich nicht mit ihm zusammenarbeiten will? »War dieser denn mit einem Unseelie verbunden?«

Sebastian schüttelt den Kopf. »Das weiß ich nicht.«

»Wenn diese Wölfe nicht aufgetaucht wären …«, dann wäre es mit mir zu Ende gewesen. Wieder bekomme ich den Geruch von meinem Blut in die Nase und muss den Kopf im Kissen verbergen. »Entschuldige … könntest du vielleicht etwas anderes anziehen?«

Einen Fluch murmelnd springt Sebastian auf. »Aber natürlich. Tut mir leid.« Er dreht mir den Rücken zu und macht sich an den Hemdknöpfen zu schaffen.

»Wir müssen reden«, sage ich. »Darüber, wie es weitergehen soll.«

Sebastian blickt über die Schulter und sieht mir in die Augen. »Du solltest dich erst einmal ausruhen.«

Ich schüttle den Kopf und stütze mich hoch. Seit ich nach Faerie gekommen bin, habe ich mir mehr Schwächen erlaubt als in den ganzen neun Jahren zuvor, das muss jetzt aufhören. »Mir gehts bestens.«

»Du erholst dich immer noch von einer schweren Verletzung. Übertreib es nicht.« Er dreht sich zu mir um, mit nacktem Oberkörper und … wunderschön.

Wieder beginnt sich der Raum zu drehen.

Ich möchte ihn hassen, so in seiner wahren Gestalt, aber trotz allem finde ich Sebastian noch genauso anziehend wie an jenem Tag, als ich ihn zum ersten Mal im Hof trainieren sah.

Widerstrebend wende ich den Blick von seiner gebräunten Haut und seinen wohlgeformten Armen. »Zum Reden bin ich gesund genug.« Eine Schublade wird geöffnet, und als ich mich wieder zu ihm hinwende, zieht er sich gerade ein frisches Hemd über den Kopf.

Der weiche weiße Stoff fällt über seine vollkommene goldene Haut. Es ärgert mich, dass diese Anziehungskraft nicht zusammen mit dem Vertrauen verschwunden ist, das ich verloren habe, als ich die Wahrheit herausfand.

Bevor er mich aus dem Wald rettete, waren meine Gefühle durcheinander, aber jetzt sind sie die reinste Katastrophe.

Er lässt sich wieder auf dem Stuhl neben meinem Bett nieder und beugt sich vor, die Ellenbogen auf die Knie gestützt. »Okay. Wir können reden, wenn du willst.«

»Du hast mich gerettet.« Ich schlucke. Die Erinnerung an das Entsetzliche lauert immer noch ganz dicht unter der Oberfläche, aber ich versuche, sie zu unterdrücken. »Vielen Dank.«

»Es tut mir leid, dass ich nicht früher kam.«

»Ich hatte gar nicht erwartet, dass du kommst.«

Er zuckt zusammen, als hätte ich ihn geschlagen. Dann lässt er den Kopf hängen. »Ich weiß, es gefällt dir nicht, wer ich bin, aber das ändert nichts an meinen Gefühlen für dich.«

Mein Inneres zieht sich zusammen. »Mir gefällt nicht, dass du mich *angelogen* hast, wer du bist.«

Er presst die Kiefer zusammen. Dann schnaubt er aus, streicht sich das weiße Haar nach hinten und bindet es mit einem Lederband zusammen. »Wann hätte ich es dir erzählen sollen? Niemand in Elora durfte die Wahrheit erfahren – man hätte mich gekreuzigt. Und als wir dann Freunde waren und ich dich gut genug kannte, um dir die Wahrheit anzuvertrauen, hast du mir klargemacht, was du von meiner Heimat *und* meinem Volk denkst.« Er schluckt. »Vielleicht war das egoistisch, aber ich konnte einfach die Vorstellung nicht ertragen, dich aufzugeben.«

»Wolltest du es mir überhaupt irgendwann erzählen? Oder wolltest du mich ewig anlügen? War das der Grund, weshalb du mich angefleht hast, nicht nach Jas zu suchen? Weil du nicht wolltest, dass ich die Wahrheit erfahre?«

»Ich *wollte* es dir sagen. Viele Male. Aber es waren ehrenwerte Gründe, weshalb ich wollte, dass du auf eurer Seite des Portals bleibst. Faerie ist ein gefährlicher Ort für dich.« Sein Blick fällt auf mein Bein, und obwohl ich geheilt bin, saubere Kleidung trage und zugedeckt bin, weiß ich, dass er den Schaden sehen kann, den der Barghest angerichtet hat. »Verstehst du jetzt? Begreifst du, warum es mir Angst macht, wenn du auf der Suche nach deiner Schwester in meiner Welt herumwanderst?«

Als er mir wieder in die Augen sieht, halte ich seinem Blick stand. »Ich werde sie nicht im Stich lassen.«

»Das verlange ich auch nicht von dir. Ich bitte dich, lass mich nach ihr suchen.« Als ich keine Antwort gebe, fasst er meine Hand und drückt meine Finger gegen seine Handfläche. »Ich habe alle meine Verpflichtungen für den Tag abgesagt, und wenn du ein bisschen geschlafen hast, werde ich dich nach Hause bringen.«

Ich reiße die Hand weg. »Nein.«

»Du hättest diese Nacht sterben können. Wie hätte das Jas geholfen?« Er schüttelt den Kopf. »Wenn ich sie finde, will ich ihr nicht sagen müssen, dass sie ihr einziges Familienmitglied verloren hat.«

»Bash –« Ich schließe die Augen und setze neu an. »Entschuldige. Ich meine, *Prinz Ronan.*«

»Nein.« Er setzt sich auf die Bettkante und presst seinen warmen Oberschenkel an meine Seite. »Nenn mich Sebastian. Wie du es immer getan hast. Das ist immer noch mein Name – jedenfalls der, den ich lieber mag. Nur meine Diener und Untergebenen nennen mich Prinz Ronan.«

Der bescheidene Lehrling, den ich zwei Jahre angehimmelt habe, verfügt über *Diener* und *Untergebene.*

Ich atme durch. *Vergiss nicht deine Abmachung mit Mordeus. Vergiss nicht, weshalb du hier bist.* »Also gut … *Sebastian.* Ich kann nicht nach Hause gehen. Gorsts Männer sind hinter mir her, und es ist dort nicht sicher für mich. Bitte lass mich hierbleiben. Ich werde vorsichtig sein, aber schicke mich nicht nach Hause. Dort gibt es nichts für mich.« Selbst wenn Gorsts Männer nicht nach mir suchten, würde ich nicht ohne meine Schwester gehen, aber wenn ich eher meinen Schutz betone als die Rettung von Jas, dann stimmt er vielleicht zu.

»Außerhalb dieser Palastmauern kann ich dich nicht beschützen.« Trotzdem hat er es vergangene Nacht getan. Entgegen allen Erwartungen war er da, als ich ihn brauchte.

»Das ist mir klar«, flüstere ich.

»Brie …«

Er sucht nach einem Grund, mich nach Hause zu schicken. Ich blicke mich in seinem prächtigen Schlafzimmer um, als sähe ich es zum ersten Mal – als hätte ich dieses Schloss nicht bereits fast bis in alle Einzelheiten abgesucht. Auch hier bin ich schon gewesen. Da wusste ich aber nicht, dass es sein Zimmer ist. »Das Schloss ist riesig, ich werde dir nicht im Weg sein. Hast du vielleicht ein kleines Zimmer für mich? Gibt es keine Möglichkeit, dass ich bleiben könnte?« Ich kann praktisch sehen, wie er nachdenkt. Ich halte den Atem an.

»Es gibt nur eine Möglichkeit«, antwortet er, »und ich glaube nicht, dass sie dir gefallen wird.«

Ich setze ein neugieriges Gesicht auf. Ich weiß natürlich schon, worauf das hinausläuft, und das ist genau, was ich brauche. »Sag es mir.«

»Heute Morgen werde ich ein Dutzend Frauen auswählen, die hier im Schloss bleiben. Zwölf Frauen, die … mich heiraten wollen.« Er verschluckt sich beinahe an den Worten. »Wenn ich dich meiner Mutter als mögliche Braut vorstellen würde, vielleicht …« Ich kann es seinem Gesicht ansehen. Er erwartet, dass ich auf ihn losgehe. Er weiß nichts von meiner Abmachung mit König Mordeus oder davon, dass ich den Zugang zu diesem Schloss *brauche,* und deshalb glaubt er natürlich, dass ich diese Möglichkeit zurückweisen werde.

»Und was müsste ich dafür tun?«

Er stößt die Luft aus. »Dich mit dem Hof vertraut machen, bei ein paar piekfeinen Abendgesellschaften erscheinen …« Er lächelt schüchtern und wirkt für einen Augenblick so verletzlich, dass ich vergesse, dass er nicht der Menschenjunge ist, in den ich mich verliebt habe. »So tun, als würdest du mich mögen.«

Zum Teil wünsche ich mir, ich müsste das tatsächlich vorspielen, aber meine widerstreitenden Gefühle sind nur allzu wirklich. »Also wenn ich mich wie eine dieser potenziellen Bräute benehme, kann ich im Palast bleiben?«

»Ja. Du würdest dann mit den anderen Mädchen im Gästeflügel wohnen.«

»Und während ich dort bin« – während ich nach den magischen Gegenständen suche, die der König haben will –, »wirst du nach Jas suchen?«

»Ja, natürlich. Ich suche nach ihr, ob du nun hierbleibst oder heimgehst.« Mit dem Daumen streicht er über meine Knöchel und lässt ihn dann dort liegen. »Du hast mein Wort.«

Ich starre lange auf unsere Hände, als müsste ich über seinen Vorschlag nachdenken. In Wirklichkeit wird es mir sehr wehtun, ihn bei der Wahl seiner Braut zu beobachten, und ich werde ständig an seinen Verrat und meine Gefühle für ihn erinnert werden, so irregeleitet sie auch sein mögen. Aber das wird es wert sein, wenn ich dem Schattenkönig die Gegenstände übergebe und Jasalyn mit nach Hause nehme. »Dann will ich bleiben.«

Er runzelt die Stirn.

»Warum machst du so ein Gesicht?«, frage ich.

»Als du erfahren hast, wer ich bin, und dann davongelaufen bist, war ich mir sicher, du willst nie wieder etwas mit mir zu tun haben. Ich dachte, ich hätte dich für immer verloren. Dass du hierbleibst …« Er zuckt mit den Achseln. »Vielleicht ist es einfach zu schön, um wahr zu sein.«

Mühsam ringe ich mir ein Lächeln ab, aber innerlich schäme ich mich zutiefst. Wenn ich hierbleibe, wenn ich das durchziehe, dann täusche ich nicht einfach irgendeinen Prinzen. Ich täusche meinen Freund. Ich habe gute Gründe für meine Lügen, doch die hatte er auch, und trotzdem hat es deshalb kein bisschen weniger wehgetan, die Wahrheit herauszufinden.

Ich schüttle den Kopf und versuche, dieses Gefühlswirrwarr loszuwerden.

»Schlafe eine Nacht drüber«, sagt er. »Ruhe dich aus. Denke darüber nach. Solange du in meinem Palast bist, kann ich nicht zulassen, dass du hinausschleichst und nach Jas suchst. Du musst entscheiden, ob du damit klarkommst.«

»Werde ich eine Gefangene sein?«

»Du wirst beschützt sein.« Er spielt mit meiner Hand, und die leichte Berührung seiner Fingerspitzen lässt mich sehnsüchtig erschauern. Ich schiebe es auf die Umstände, oder auf die Gewohnheit. Mein Körper begreift nicht, dass Sebastian nicht der ist, der ich dachte. »Ich weiß, es ist nicht deine Art, dich zurückzunehmen und jemand anderen die Arbeit machen zu lassen, aber ich kann hier nicht nachgeben. Es ist einfach zu gefährlich. Wenn du mir versprichst, nicht nach Jas zu suchen – das mir zu überlassen –, dann werde ich dich so lange hierbehalten, wie ich kann.«

»Okay«, flüstere ich. »Ich danke dir, Sebastian.«

Er steckt die Decken um mich fest, aber ich merke, dass er mit den Gedanken längst woanders ist. »Schlaf jetzt.«

KAPITEL 10

Ich träume von Feuer. Ich halte Jas, die noch ein Baby ist, in den Armen. Ich träume von den flehentlichen Bitten meiner Mutter, mich zu heilen, und vom Geräusch ihrer Tränen, als er einwilligt. Ich träume von einer Nacht, die so dunkel ist, dass ich nichts sehen kann außer den Reißzähnen des Barghest, als er mir an die Kehle will. Ich träume von Silberaugen und von der fünfjährigen Jas, die mir sagt, ich soll zählen, während sie sich versteckt. *Aber nicht gucken! Der Prinz wird dir dabei helfen, mich zu finden.*

Als ich aufwache, bin ich nicht mehr in Sebastians Gemächern. Durch eine riesige Fensterfront fällt Licht herein. Zwei Dienerinnen sind emsig am Werk – eine macht am Fuß des Bettes ein Frühstückstablett zurecht, die andere lässt in einem benachbarten Badezimmer die Wanne ein.

Hat Sebastian mich hergetragen oder hat er einem Kobold meinen Umzug befohlen? Das sollte keine Rolle spielen. *Es spielt keine Rolle.* Aber nachdem er mich vorige Nacht auf seinen Armen ins Schloss getragen hat, kann ich mir gut vorstellen, dass er mich im Schlaf hierhergebracht hat. Ich kann mir die Zärtlichkeit in seinen Augen vorstellen und wie er sich herunterbeugt und mir einen Kuss auf die Wange drückt. Ich ertappe mich dabei, wie ich mich an diesem Bild festhalte, bevor ich es abschüttle. *Deshalb bin ich nicht hier.*

Als ich mich im Bett aufsetze, arrangiert die Dienerin gerade einen Strauß orangefarbener Taglilien in einer Vase und dreht sich dann zu mir um. *Eine Menschenfrau.* Sie trägt ein schlichtes, blaues Kleid, das lose über ihren rundlichen Körper fällt, das blonde Haar hat sie zu einem einfachen, aber gepflegten Zopf geflochten. Ich streiche mir selbst übers Haar, das nach einer Nacht ruhelosem Schlaf in einem fremden Bett ohne Zweifel wild durcheinander ist.

»Guten Morgen, Miss Abriella. Ich bin Emmaline, und das dort ist Tess«, sagt die Frau und deutet auf die Magd im Badezimmer. »Möchte Mylady zuerst ein Bad oder erst frühstücken?«

Mein Magen knurrt und ich drücke die Hand dagegen. Viel zu lange schon habe ich nichts Anständiges mehr zu essen gehabt, und obwohl ich es gewohnt bin, lange ohne Nahrung auszukommen, bin selbst ich nun an meine Grenzen gekommen. »Frühstück bitte.«

Sie strahlt mich an, als hätte ich ihr eben ein Geschenk gemacht. »Gute Entscheidung.«

Tess kommt aus dem Badezimmer und wischt sich die Hände an einer beigefarbenen Schürze ab. Zwillinge, wird mir klar, als ich ihren blonden Zopf und ihr identisches Lächeln sehe. »Möchtet Ihr im Bett oder am Tisch essen?«

»Am Tisch ist gut.« Ich schwinge die Beine über die Bettkante, strecke mich und gähne. Gestern Abend beim Einschlafen war ich wirklich müde und geschwächt, aber jetzt fühle ich mich so gut wie seit Tagen nicht – vielleicht Monaten. Der Heiler muss mehr in Ordnung gebracht haben als den vom Barghest angerichteten Schaden. »Gibt es auch Kaffee?«

»Natürlich. Der Prinz hat uns verraten, dass Ihr Kaffee bevorzugt«, antwortet Tess. Sie verkneift sich ein Lächeln, und dann wechselt sie mit Emmaline einen bedeutungsvollen Blick. »Und Taglilien.«

»Wir haben uns umgehört …«, bemerkt Emmaline und beugt sich verschwörerisch näher. »Bei keinem anderen Mädchen hat er angeordnet, Blumen aufzustellen.«

»Und keine sonst hat ein Einzelzimmer bekommen«, fügt Tess an und zwinkert.

Ich muss gar keine Überraschung oder Freude spielen, während ich zum Tisch gehe. Mit dem Finger streiche ich über eine weiche orangefarbene Blüte. Ein rebellischer Schmetterling rührt sich in meinem Bauch bei der Erinnerung, wie Sebastian mir die Blume hinters Ohr gesteckt hat. Eigentlich will ich nichts für ihn empfinden, aber wie soll das gelingen?

Ich nehme an dem kleinen Tisch am Fenster Platz und genieße für einen Moment die Wärme der Sonne auf meinem Gesicht. Ich war immer viel zu sehr eine Nachteule, um den Morgen wirklich zu schätzen, aber jetzt, nach einer ganzen Nacht Schlaf, bin ich so ausgeruht, dass ich beinahe optimistisch gestimmt bin.

Ich beschwöre meine innere Jasalyn herauf. Sie wäre stolz auf mich.

Ich trinke einen Schluck aus meinem Becher. Es schmeckt ganz anders als das braune Wasser, das zu Hause als Kaffee durchgeht. Hier ist er dicker und der Genuss viel intensiver … wie in Schichten – als könnte ich den Sonnenschein schmecken, der die Bohnen und Beeren gewärmt hat. Als wäre es bei meiner Vorliebe für Kaffee bislang nur um sein Geschmackspotenzial gegangen, während ich ihn jetzt endlich so schmecke, wie er gedacht ist. Aber selbst das kann mich nicht ablenken von dem Festmahl, das mich erwartet. Ein ganzer Teller voller Gebäck, Beeren in allen Farben, ein Schälchen voll cremigem Joghurt und eine Platte mit feinem Aufschnitt und Käse. Ich nehme ein Blätterteigteilchen vom Tablett und stöhne beinahe, als es auf meiner Zunge zergeht. Alsbald verliere ich mich in all den Köstlichkeiten, während sich die Mägde um mich herum nützlich machen.

Ich habe mich fast bis zum Unwohlsein vollgestopft, als die beiden hinter mir plötzlich ganz still werden.

»Eure Hoheit«, flöten sie im Chor.

Als ich mich umdrehe, sind beide vor Sebastian in tiefen Knicksen erstarrt; er nickt ihnen kurz und mit einem freundlichen Lächeln zu. Eigentlich habe ich erwartet, dass menschliche Sklaven in Faerie unter Drogen gesetzt werden, stumpfsinnig dahinvegetieren oder wie Abfall behandelt werden. Doch wenn die Zwillinge repräsentativ für die hier lebenden Menschen sind, dann lag ich mit meinen Vorstellungen ziemlich daneben.

Vielleicht ist nichts so, wie ich dachte.

»Tess, Emmaline«, sagt er mit einem Nicken. »Wie geht es euch heute Morgen?«

»Gut, Eure Hoheit«, antwortet Tess und erhebt sich.

»Wir sind froh, dass wir Lady Abriella kennenlernen dürfen«, sagt Emmaline.

Die Frauen blicken Sebastian nicht an, als wäre er ihr Kerkermeister. Ihre Mienen erinnern eher an schwärmerische Tanten. Und Sebastian bedenkt sie mit demselben gewinnenden Lächeln, weswegen ihm halb Fairscape zu Füßen liegt.

»Könnten die Damen mich für einen Moment mit Lady Abriella allein lassen?«

»Aber natürlich«, antworten sie wieder einmütig. Beide machen einen kurzen Knicks, dann huschen sie davon.

Sebastian wartet, bis sich die Tür hinter ihnen geschlossen hat;

dann dreht er sich zu mir um. »Wie geht es dir heute Morgen?« Prüfend wandert sein Blick über mich und ich ziehe verlegen mein Nachthemd zurecht. Vergangene Nacht war ich für Verlegenheit noch zu müde.

»Mir gehts gut.« Ich schlinge die Arme um mich. »Ich bin erst vor einer halben Stunde aufgewacht und bin so gut wie neu.«

Er nickt, aber ich sehe, dass ihn das nicht überrascht. Er wusste, dass mit mir alles in Ordnung ist, sonst hätte er mich nicht aus seiner Obhut entlassen. Aber deswegen ist er jetzt nicht hier. »Worüber wir heute Nacht gesprochen haben – möchtest du das wirklich tun?«

Ich halte die Luft an und nicke. Bitte schicke mich nicht nach Hause. Bitte lass mich Jas nicht im Stich lassen.

Sebastian strafft die Schultern. »Also gut. Dann musst du heute Nachmittag vor meine Mutter und mich treten und deinen Wunsch äußern …« Er räuspert sich, beendet den Satz aber nicht.

»Dich zu heiraten?«, frage ich.

Er nickt. »Ich weiß, was du in Wahrheit fühlst, aber meine Mutter weiß das natürlich nicht.«

»Das verstehe ich.«

Er wendet sich den Taglilien zu, rückt sie in der Vase zurecht und weicht meinem Blick aus. »Ich muss dich um einen Gefallen bitten.«

»Und der wäre?«

Er schweigt so lange, bis ich anfange, am Besteck herumzunesteln. Als er dann doch ansetzt, spricht er leiser als zuvor. »Halte unsere Geschichte bitte geheim. Ich möchte nicht, dass meine Mutter weiß, dass wir uns schon kennen. Das würde … ihr Urteil über dich beeinflussen.«

Da es für mich und Sebastian keine Zukunft gibt, sollte das

nicht weiter schmerzen. Einen scharfen Stich in der Brust kann ich aber nicht verhehlen. »Du willst nicht, dass sie weiß, wo ich herkomme. Dass ich große Häuser geputzt anstatt in ihnen gewohnt habe?« Dass ich, abgesehen von Diebstählen und dem Verstecken im Dunkeln, über keine nennenswerten Talente verfüge.

»Ich möchte nicht, dass irgendetwas ihren Verdacht weckt, weshalb du wirklich hier bist.« Er schluckt und dreht sich wieder zu mir um. Zwischen seinen meergrünen Augen braut sich ein ganzer Sturm aus Sorgenfalten zusammen. »Wider besseres Wissen *will* ich gar nicht, dass du gehst, Brie. Mir gefällt die Vorstellung, dich in der Nähe zu haben.«

Wenn du nur endlich aufhören würdest, nette Dinge zu sagen. »Glaubst du, deine Mutter wird mir erlauben, hier zu bleiben?«

»Ich werde darauf bestehen. Alles wird gut.« Er greift meine Hand und fährt mit dem Daumen über meine Pulsadern. Ein Schauer durchfährt mich und als ich nach unten blicke, ist meine Narbe verschwunden. »Was – hast du …«

»Es ist ein Trugzauber«, sagt er schnell.

Verwundert starre ich auf die glatte Haut auf der Innenseite meines Handgelenks. Ich mag meine Narbe. Sie erinnert mich daran, wer ich bin, wo ich herkomme und was ich zu opfern bereit bin für diejenigen, die ich liebe. Sie steht für das einzig Gute an mir. »Ist das nötig?«

»Leider.« Ich höre das Bedauern in seiner Antwort.

Was für eine Mutter muss das sein, die ihrem Sohn nicht erlaubt, ein Mädchen mit so einer winzigen Narbe zu heiraten? »Also gut. Verstanden.«

»Ich muss jetzt gehen, aber wir sehen uns bald wieder. Vergiss nicht, behalte für dich, dass du mich schon vor deiner Ankunft im Schloss gekannt hast, und erzähle niemandem Einzelheiten aus deinem Leben. Deinen Namen dürfen sie erfahren und auch, dass du aus Fairscape kommst, aber das muss genügen.«

Ich nicke, und während ich ihm nachsehe, zieht sich mein Magen unangenehm zusammen.

Warum bedrückt mich der Gedanke, einer Position unwürdig zu sein, die ich nie haben wollte?

***

Ich spiele meine Rolle. Ein Menschenmädchen, das aufgeregt ist angesichts der Möglichkeit, einen Fae-Prinzen zu heiraten.

Ich werde gebadet, geschrubbt, gerupft und gecremt, und das nach Strich und Faden. Tess und Emmaline stellen mir Fragen über zu Hause, wollen wissen, was ich von Sebastian halte und wie es ist, seine Aufmerksamkeit zu haben. Ich gebe mich wie ein normales Mädchen, das Luxus gewohnt ist und ihn nicht anderen bereitet hat. Ich tue, als wüsste ich nicht mehr über den Prinzen, als ich sollte – dass er zum Beispiel gern draußen ist, wenn die Sonne scheint, oder wie sich auf seinem Rücken die Muskeln abzeichnen, wenn er ein Schwert schwingt. Für sie gebe ich vor, nicht zu wissen, wie es sich anfühlt, wenn seine weichen Lippen auf meine treffen, und für mich tue ich so, als würde ich das nicht noch einmal spüren wollen.

Der ganze Morgen ist irgendwie unwirklich. Die Mägde behandeln mich wie eine schöne Prinzessin aus einem fremden Land und nicht wie eine Diebin, die neun Jahre lang in einem Keller gewohnt hat. Wenn ich ehrlich bin, finde ich ihre Schwärmerei … *angenehm*. Mein ganzes bisheriges Leben habe ich unbeachtet zugebracht, war unscheinbar, und jetzt erkenne ich zu meiner Überraschung, dass es einem Teil von mir gefällt, wie sie das Feuerrot meine Haare bewundern und meine haselnussbraunen Augen, die ich immer ziemlich gewöhnlich fand.

Sie zeigen mir ein halbes Dutzend Kleider in verschiedenen Farben und Stilen, eines bezaubernder als das andere. Jas wäre darüber in Verzückung geraten, als wären es unbezahlbare Kunstwerke, während ich nur daran denken kann, dass ich viel lieber Hosen tragen würde. In Hosen hätte ich bei der Flucht vor dem Barghest vergangene Nacht vielleicht eine Chance gehabt. Aber jetzt ist eben nicht die Zeit dafür. Ich muss etwas anziehen, das die Königin für die potenzielle Braut ihres Sohnes angemessen findet.

»Das Haar ganz nach oben oder nur halb?«, fragt Emmaline. Sie lässt meine Locken fallen und verbirgt ein entzücktes Kichern hinter ihrer Hand. »Der Prinz findet Euch so oder so wunderschön, da bin ich mir sicher.«

Ich neige den Kopf zur Seite und mustere die Magd im Spiegel. »Warum musst du lachen, wenn du darüber sprichst, dass Prinz Ronan mich mag oder euch aufträgt, Dinge für mich zu tun? Ist das bei den Fae nicht üblich?«

Die Mägde wechseln einen langen Blick. »Doch, bei den Fae schon«, erklärt Tess. »Aber Prinz Ronan …«

Emmaline schüttelt kaum merklich den Kopf und lächelt betreten. »Wir sollten so was nicht sagen …«

»Ich wünschte, ihr würdet es.«

»Es kann ja nicht schaden«, raunt Tess ihrer Zwillingsschwester zu.

Emmaline unterdrückt ein Lächeln, lässt es aber dann doch heraus. »Unser Prinz hat lange gezögert, sich eine Braut auszusuchen. Er hat der Tradition wegen immer seine Pflicht getan, war aber nicht wirklich beteiligt. Nur seinetwegen gab es die ganzen Verzögerungen bei der Zeremonie.«

»Nicht einmal am ersten Abend des Balls ist er aufgetaucht«, sagt Test. »Den Gerüchten nach hat er seiner Mutter gesagt, er sei noch nicht bereit, aber sie hat das Programm trotzdem anlaufen lassen. Er musste schließlich mitspielen, wirkte aber … abwesend.«

»Bis Ihr aufgetaucht seid«, sagt Emmaline und steckt eine Locke an meinem Hinterkopf fest. »Und jetzt ist er *sehr* interessiert an der Zeremonie. So interessiert, dass man meinen könnte, er habe sich schon entschieden. *Sorgt dafür, dass Abriella Kaffee bekommt. Bitte macht Kleider für Abriella bereit. Könnt ihr bitte einen Strauß Taglilien auf ihr Frühstückstablett stellen?*«

»Und außerdem hat er Euch die schönsten Gästeräume gegeben«, fügt Tess an.

»Und die nettesten Mägde, wie mir scheint«, bemerke ich leise.

Die Zwillinge kichern selig über das Kompliment, aber es ist keine bloße Schmeichelei. Ich weiß, dass es stimmt. Sebastian hat all das für mich getan, und ich bin nicht sicher, ob ich es überhaupt verdiene.

Ich halte still, während sie an meiner Frisur arbeiten. Sie legen die obere Hälfte meines Haars nach hinten und stecken es fest, den Rest lassen sie herunter und bändigen meine Locken mit speziellen Cremes, damit sie perfekt fallen.

Diese Frauen wollen meine Freundinnen sein. Ihre Güte macht mir ein schlechtes Gewissen, wenn ich mir vorstelle, wie ich sie in den kommenden Tagen täuschen muss, aber ich sperre das Gefühl weg und schiebe es zur Seite. Ab jetzt werde ich jedes mir verfügbare Werkzeug benutzen, um Mordeus die Gegenstände zu verschaffen und Jas zu befreien.

Selbst die Freundlichkeit dieser menschlichen Dienerinnen.

Selbst Sebastians blindes Vertrauen.

KAPITEL 11

»Lady Abriella Kincaid aus Fairscape«, ruft der Haushofmeister von der Tür zum Thronsaal. »Ihre Majestät, Königin Arya über den Hof der Seelies und Seine Königliche Hoheit, Prinz Ronan, lassen bitten.«

Über die Schulter werfe ich einen Blick zu meinen Mägden. Ich brauche jetzt ihre Zuversicht. Sie schenken mir das Lächeln, auf das ich gehofft habe. Tief atme ich durch, raffe meine weichen weißen Röcke und folge dem Haushofmeister nach vorn.

Gelb-grau uniformierte Wachen stehen Spalier von der Tür bis zum Podium, wo die Königin in einem gelben Kleid, das in der Sonne funkelt, auf dem Thron sitzt. Die juwelenbesetzte goldene Krone auf ihrem Kopf sieht schwer genug aus, um einen Hals zu brechen, aber sie trägt ihren Kopf hoch. Sebastian steht leicht abgewandt neben ihr und unterhält sich mit dem bewaffneten Wachmann neben ihm. In seiner stahlgrauen Uniform mit der gelben Schärpe wirkt er wahrhaft königlich.

Schon der Saal alleine ist einschüchternd – viel zu groß für so wenige Menschen, und viel zu prächtig für ein Mädchen wie mich. Jeder Schritt kostet mich Überwindung, aber mir ist klar, dass es genau darum geht. Wenn sich ein Mädchen beim Eintritt in diesen Raum nicht würdig fühlt, braucht es nicht davon zu träumen, Seelie-Prinzessin zu werden.

Am Fuß des Podiums angekommen, mache ich einen tiefen Knicks. Ich wünschte, Sebastian würde mich anschauen. Ich könnte eine Bestätigung brauchen – irgendetwas –, dass er dafür sorgen wird, dass ich bleiben kann, dass alles gut wird. Aber er ist immer noch ins Gespräch mit seinem Wachmann vertieft. »Eure Majestät«, sage ich und erhebe mich wieder. »Danke, dass Ihr mich heute Nachmittag empfangt.«

Als ich das sage, fährt Sebastian herum, sieht mich an und kneift mehrmals die Augen zusammen. Offenbar hat er nicht aufgepasst, als mein Name ausgerufen wurde, denn er wirkt überrascht. Langsam wandert sein Blick über mich, und mit jedem Detail, das er in sich aufnimmt, wird meine Haut heißer. Meine Locken sind hübscher frisiert, als er je gesehen hat, meine Augen sind mit Kajal betont, meine Lippen tiefrot bemalt. Sebastians Augen schweifen zu meinen nackten Schultern und weiter über die Rundungen meines Dekolletés und den herzförmigen Ausschnitt des Mieders, das von goldenen und silbernen Kristallen nur so glitzert. Meine Wangen werden warm, und als sich sein Mund öffnet und er hörbar den Atem einsaugt, erfüllt die Wärme meinen ganzen Körper.

Meine Mägde haben klug gewählt. *Mit gerade der richtigen Menge Weiß können wir Euch aussehen lassen wie eine Braut, ohne dass Ihr ein Brautkleid tragt.* Ich hebe das Kinn und kämpfe gegen den Drang, die Anerkennung in seinen Augen zu genießen. Noch vor einer Woche hätte ich bestenfalls davon träumen können, dass Sebastian mich so ansieht. Es ist nicht leicht, mir zu vergegenwärtigen, was sich inzwischen alles verändert hat. Er ist nicht mehr der nette, schüchterne Lehrling von nebenan. Und ich bin kein unschuldiges Mädchen, das hofft, Fae-Prinzessin zu werden.

»Sage mir noch einmal deinen Namen, Mädchen«, sagt die Königin.

Ich reiße den Blick von ihrem Sohn los und sehe die Königin an. »Abriella Kincaid«, antworte ich. Den Titel *Lady,* mit dem ich aufgerufen wurde, lasse ich weg. Ich bin keine Lady, und so zu tun als ob, käme einer Beleidigung gleich – und diese Frau zu verärgern, kann ich nicht riskieren.

»Abriella. Was für ein hübscher Name. Mein Glückwunsch, dass du es so weit geschafft hast. Wie du gesehen hast, haben es zahllose Frauen versucht und wurden fortgeschickt. Heute werden weitere nach Hause geschickt werden. Sage mir, warum möchtest du meinen Sohn heiraten?«

Ich öffne den Mund, um zu antworten, klappe ihn aber wieder zu. Ich war natürlich auf diese Frage vorbereitet, aber in diesem Augenblick kommt mir meine vorbereitete Antwort oberflächlich vor. Sebastian hält offenbar die Luft an, während er auf meine Antwort wartet. Unsere Blicke treffen sich, und ich stelle mir eine andere Wirklichkeit vor, in der Sebastian nie eine geheime Identität hatte. In der er Magier wurde und mich seiner Familie vorstellte.

»Ich kann nicht behaupten, Euren Sohn gut zu kennen«, antworte ich. Das passt zu der Rolle, die ich spiele, aber es ist auch die Wahrheit. »Ich habe viele Männer getroffen, junge und alte, mächtige und machtlose.« Meine Stimmt bebt ganz leicht. »Und doch war es einzig Se– … Prinz Ronan, der mir schon mit seinem ersten Lächeln das Gefühl gegeben hat, besonders zu sein, und durch dessen bloße Nähe ich mich sicher fühlte.«

Die Königin kichert und blickt zu ihrem Sohn. »Sie scheint ziemlich betört von dir zu sein.« Dann sieht sie mich wieder an und verdreht die Augen mit einem derart jugendlichen und menschlichen Ausdruck, dass sie kaum als die unsterbliche Anführerin zu erkennen ist. »*Allen* Mädchen geht das so, meine Liebe. Komme dir nur nicht zu besonders vor.«

Sebastian ist sein Unbehagen anzusehen, aber er widerspricht ihr nicht. Wie könnte er auch, wenn er nicht möchte, dass sie erfährt, dass wir bereits eine Beziehung zueinander haben?

Sie runzelt die Stirn. »Und was denkst du, Liebling?«

Sebastian sieht mich wieder an und räuspert sich. »Ich hatte schon Gelegenheit, mich mit Abriella zu unterhalten, und ich wünsche, dass sie bleibt. Ich … genieße ihre Gesellschaft.«

Die Königin quittiert das mit einem Schmunzeln, als wollte sie sagen: *Ach, diese? Wirklich?* »Du würdest es riskieren, ein Mädchen zu heiraten, das dir möglicherweise keine Kinder gebären kann?«

»Mutter«, erwidert er leise, aber eindringlich.

»Ich entschuldige mich nicht für meine Feststellung, dass sie ziemlich dünn ist.« Sie tippt mit den Fingernägeln auf die Armlehne des Throns, während sie mich mustert. Als sie den Kopf wieder hebt, erstaunt mich die Leere in ihrem Blick. Die Trauer. Möglicherweise wird man so, wenn man unsterblich ist, aber mir scheint mehr dahinterzustecken. »Von der Braut meines Sohnes wird erwartet, dass sie ihm Kinder gebärt. Blutest du überhaupt regelmäßig?«

Ich werde bleich. »Wie bitte?«

»Dein Zyklus? Hast du denn einen? Ist er regelmäßig, oder doch unregelmäßig infolge von« – sie deutet auf meine Figur – »Unterernährung?«

Mir klappt der Mund auf – ohne recht zu wissen, was ich darauf erwidern soll –, aber Sebastian kommt mir zuvor. »Ich bin sicher, Lady Abriella ist es nicht gewohnt, über derlei Dinge offen zu sprechen, Mutter. Sie stammt aus einem Teil von Elora, wo von Frauen erwartet wird, nicht über solche Dinge zu sprechen.«

Ich bin mir nicht sicher, in welchem Teil von Elora das *nicht* erwartet wird. Allen Mädchen wird beigebracht, ihren Zyklus zu fürchten, niemals darüber zu sprechen und jeden Hinweis darauf zu verbergen. Zusätzlich zu den damit verbundenen Schwierigkeiten – und das Risiko einer Schwangerschaft steht, da es nie genug zu essen gibt, weit oben auf dieser Liste – wird die Blutung eher als Fluch denn als Zeichen für eine gute Gesundheit betrachtet.

»Das Recht auf Privatsphäre hat sie verwirkt, als sie entschied, deine Braut werden zu wollen.«

»Ich habe ihn«, platzt es aus mir heraus. »Ich meine, mein Monatszyklus ist … Er ist normal.«

Meine Wangen glühen. Wie es scheint, lag ich bei *einer* Sache richtig. Hier im Fae-Reich drehen sich die Traditionen allein um menschliche Fruchtbarkeit. Als würde mein Wert als Frau nur davon abhängen, ihnen Nachkommen zu liefern. Es ist nicht einfach, bei dieser Unterhaltung zu lächeln, aber ich gebe mein Bestes.

»Ist das wahr?«, fragt die Königin. »Wenn ich meinen Heiler dich nun untersuchen lasse und er herausfindet, dass du lügst –«

»Bitte, Mutter«, sagt Sebastian. »Ich bin sicher, mögliche Mängel in der Ernährung von Lady Abriella können während ihres Aufenthalts im Palast behoben werden.«

Die Königin berührt das Handgelenk ihres Sohnes mit den Fingern, behält mich aber im Blick. »Das zartfühlende Herz meines Sohnes wird seine zukünftige Braut sehr glücklich machen. Das hat er von seinem Vater. Mein Castan war voller Mitgefühl und Güte und wurde von seinem Volk geliebt.« Sie nickt mir zu. »Du darfst fürs Erste bleiben, Abriella. Aber nutze die Mahlzeiten zu deinem Vorteil, während du hier bist, hörst du?« Sie schmunzelt.

»Mein Heiler wird bei dir in zwei Wochen eine umfassende Untersuchung vornehmen. Für den Fall, dass mein Sohn deiner bis dahin nicht überdrüssig geworden ist.«

Ich nicke und mache einen Knicks. »Selbstverständlich, Eure Majestät.« Ich wage es nicht, Sebastian noch einmal anzusehen, bevor ich es dem Haushofmeister gestatte, mich aus dem Thronsaal zu führen. Zu groß ist meine Sorge, die Erleichterung in meinem Gesicht könnte die Königin an meinen wahren Absichten zweifeln lassen.

***

Als ich die Zimmertür hinter mir verriegelt habe, ziehe ich den Ärmel hoch und zerreiße einen Faden meines Koboldarmbandes.

Bakken erscheint mit mürrisch zusammengekniffenen Augen.

Ich habe mich von den Mägden fürs Bett fertig machen lassen und dann gewartet, bis sie gegangen sind, aber seit die Königin eingewilligt hat, dass ich bleiben darf, warte ich ungeduldig darauf, meine Suche zu beginnen. Beim Abendessen kam mir das Koboldarmband in den Sinn, und da wurde mir klar, dass ich möglicherweise gar nicht nach dem Spiegel suchen muss.

Bakken blinzelt ein paarmal, aber als er mich erkennt, hellt sich seine Miene auf. »Feuermädchen, wo ist meine Bezahlung?«

Ich ziehe das Messer hervor, das ich bei Tisch habe mitgehen lassen, und schneide mir damit eine Haarlocke ab. Bakken schnappt sie mir aus der Hand, bevor ich sie ihm anbieten kann. »Das nächste Mal rufst du mich nicht aus dem Palast zu dir. Ich bin hier nicht willkommen.«

»Ich brauche den Spiegel der Entdeckung.« Ich drehe mich zum Bett um und ziehe die Nachbildung unter der Matratze hervor.

»Er sieht aus wie dieser und es heißt, die Königin hätte ihn den Unseelie während des Krieges gestohlen.«

Bakken reckt das Kinn vor. »Die Königin bewahrt den Spiegel im Wintergarten gleich neben ihren Schlafgemächern auf.«

In der Nacht, als ich das Schloss nach dem Portal absuchte, konnte ich ihre Privatgemächer nicht durchsuchen. Sie waren gut bewacht und zu hell erleuchtet.

Bakken hält sich meine Locke an die Nase und zieht wie ein Süchtiger die Luft ein.

Ich will ihn gerade fragen, wie ich an ihren Wachen vorbeikommen kann, da schnippt er auch schon mit dem Finger und verschwindet so plötzlich, wie er aufgetaucht ist. Ich muss mir auf die Faust beißen, um nicht vor Ärger laut aufzuheulen.

Welch Fadenverschwendung. Welch Haarverschwendung.

Ich entriegle meine Tür, ziehe sie einen Spalt auf und spähe den Gang hinunter. Im Gästeflügel des Schlosses ist es still, aber nicht dunkel. Die Korridore werden von Lichtkugeln, die zwischen den Zimmern schweben, in fahles Licht getaucht. Leise schiebe ich mich aus dem Zimmer und schließe die Tür hinter mir.

Beim Abendessen habe ich die anderen elf Mädchen getroffen, aber während ich an ihren Zimmern vorüberschleiche, ist nichts von ihnen zu sehen. Ist Sebastian jetzt gerade möglicherweise bei einer von ihnen? Ich weise den eifersüchtigen Gedanken von mir und konzentriere mich auf mein Vorhaben.

Vielleicht muss ich mich in Schatten verwandeln, um manche Teile des Schlosses zu durchqueren, möchte das aber erst tun, wenn es wirklich sein muss. Ich kann meine Fähigkeit immer noch nicht ganz kontrollieren, und ein plötzlich auftauchendes Mädchen ist sehr viel verdächtiger, als wenn eine von Sebastians Brautanwärterinnen mitten in der Nacht im Palast herumirrt.

Die Gästezimmer liegen in einem besonderen Gebäudetrakt, und als ich endlich den Flügel mit den königlichen Gemächern erreiche, schmerzen mir die Fußknochen von den kalten Steinfliesen. Ich hatte nicht daran gedacht, mir beim Verlassen des Zimmers Hausschuhe anzuziehen.

Sebastians Zimmer liegt linker Hand am Ende der Treppe, aber ich biege nach rechts zu den Zimmern der Königin, schrecke aber vor dem Sonnenlicht, das in den Korridor flutet, sofort ein paar Schritte zurück. Nein, kein Sonnenlicht. Draußen vor dem Fenster am Ende des Ganges ist es immer noch dunkel. Es kommt mir aber vor, als wären die Wände hier verzaubert, um wie die Sonne zu leuchten. Und den ganzen Gang entlang ist alle zwei Meter ein Wachmann postiert. Selbst wenn ich meine Schatten lange genug unter Kontrolle hätte, um an diesen Männern vorbeizuschleichen, wäre es doch vergeblich. Was nützt es, zu Dunkelheit zu werden, wo es nur strahlendes Licht gibt?

»Brie?« Erschrocken drehe ich mich zu Sebastian um. Sein Blick wandert über mein weißes Nachthemd bis zu meinen nackten Füßen hinunter, dann hebt er das Kinn und blickt mir, ganz der Gentleman, ins Gesicht. »Suchst du etwas?«

Ja. Ich suche nach dem magischen Spiegel, den deine Mutter dem Hof des Mondes gestohlen hat. Würdest du ihn für mich holen? Wäre es nur so einfach.

Ich seufze und trage ihm meine vorbereitete Lüge vor. »Ich kann nicht schlafen. Ich dachte, ich könnte in der Küche vielleicht eine Tasse Tee bekommen, aber« – ich blicke mich um und zucke mit den Schultern – »ich fürchte, ich habe mich verlaufen.«

Ich erwarte, dass er an meiner Ausrede zweifelt. Man hat mir zwar offiziell nicht das ganze Schloss vorgeführt, aber doch so viel, dass ich wissen müsste, dass die Küche nicht in diesem Bereich liegt. Nicht einmal auf diesem Stockwerk.

Aber Sebastian ist vertrauensseliger, als ihm guttut. Er lächelt verständnisvoll. »Ich kann auch nicht schlafen. Komm mit, wir holen uns zusammen einen Tee.«

Auf dem Weg zur Küche wechseln wir kein einziges Wort. Sebastian hat kaum einen Blick für mich übrig, während er mich in den großen, leeren Küchenraum führt und einen Wasserkessel auf den Herd stellt. Zwei Nächte zuvor bin ich durch die Wand in diese Küche gefallen, und auf diesen glänzenden Arbeitsflächen stand genug Nahrung für Hunderte, während Diener in alle Richtungen unterwegs waren. Jetzt sind nur wir beide hier.

»Bist du wegen etwas verärgert?«, frage ich und lehne mich an den Küchentresen.

Sebastian nimmt den dampfenden Kessel vom Herd und gießt zwei Becher ein. Mit gerunzelter Stirn reicht er mir einen. »Warum fragst du das?«

»Du hast kaum etwas gesagt, seit wir heruntergekommen sind, und ich war überrascht, dass du nicht beim Abendessen warst.«

»Ich bin nicht verärgert. Ich bin beschäftigt. Entschuldige bitte.« Er seufzt. »Ich bin gerade erst von einem Treffen mit meinen Informanten vom Hof der Schatten zurückgekehrt.« Langsam hebt er den Blick, und ich sehe ihm die Sorge an. »Sie haben immer noch keine Spur von Jas gefunden.«

Ich kann gar keine Enttäuschung empfinden, weil meine Lunge von Panik eingeschnürt wird. »Du hast Spione am Hof von König Mordeus?« Weiß er, dass ich erst gestern dort war? Weiß er von meiner Abmachung mit dem König? Wenn Sebastian über seine Spione von unserem Handel erfährt, wird der König dann seine Versprechen brechen?

Sebastian zuckt mit den Achseln, aber die Antwort ist klar. Ja, er hat Spitzel am Hof der Schatten. *Natürlich* hat er Spitzel. »Ich verstehe einfach nicht, was er mit ihr will«, murmelte er.

Da habe ich die Antwort. Sebastian weiß nichts von meiner Vereinbarung mit dem verfeindeten Hof. »Und deine Spione haben auch keine Ahnung?«

»Nichts, was uns helfen würde.« Er zögert einen Moment. »Hat Mordeus versucht, Kontakt zu dir aufzunehmen?«

»Nein, hat er nicht. Könntest du mir helfen, mit ihm in Verbindung zu treten?« Das würde ich fragen, wenn meine Lüge die Wahrheit wäre. »Vielleicht würde er mir ja erzählen, wo er Jas festhält. Vielleicht wäre er ja auch interessiert an einer Art von –«

»Nein.« Sebastians Nasenflügel beben. »Auf keinen Fall. Selbst wenn ich ihn für vertrauenswürdig halten würde – und ich kann nicht oft genug wiederholen, dass er das *nicht* ist –, gibt es nichts, was er von dir fordern könnte, das ich dich ihm geben ließe.« Er flucht und fährt sich mit der Hand durchs Haar. »Das ist so eine verfahrene Geschichte.«

Dass er Jas nicht finden kann, nimmt ihn wirklich mit. Ich habe zwar immer noch Bedenken, Sebastian zu vertrauen, aber er tut alles, um meiner Schwester zu helfen. Es ist mir unmöglich, weiter wütend auf ihn zu sein. »Ich danke dir«, sage ich. Zumindest das hat er verdient. »Danke, dass du versuchst, sie zu finden.«

Er öffnet den Mund und möchte etwas sagen, aber dann überlegt er es sich anders und starrt auf seinen Tee. »Wie war das Abendessen?«

Ich verkneife mir ein Lächeln. »Es war auf jeden Fall … interessant. Bei den Göttern über und unter Elora, Bash, ich glaube, diese Frauen würden mir bei lebendigem Leib die Haut abziehen, wenn sie glaubten, dir so näherzukommen.« Ich schüttle den Kopf.

Elf schöne und gesunde Frauen mit leuchtenden Augen, und eine begeisterter als die andere, Sebastians Braut zu werden. »Wirst du wirklich eine Fremde heiraten?«

Er muss heftig schlucken. »Ich hoffe, diejenige wird mir nicht mehr fremd sein, wenn es Zeit zum Heiraten ist.«

»Du weichst meiner Frage aus.« Ich versuche, das möglichst beiläufig zu sagen, sehe aber an seinen Augen, dass ihm die Frage nahegeht.

Er trinkt einen Schluck Tee. »Das ist die Tradition.«

»Was? Eine Braut wie eine Zuchtstute auszusuchen?« So viel zu meinem Versuch, freundlich zu bleiben.

»So schrecklich das für dich aussehen mag, ist es wichtig, dass wir die königliche Blutlinie fortsetzen. Ich habe keine Geschwister, und meine Großeltern und Urgroßeltern wurden im Großen Fae-Krieg getötet. Meine Mutter und ich sind die Letzten mit königlichem Seelie-Blut. Manche meiner Vorfahren genossen das Vorrecht, aus Liebe zu heiraten und darauf zu hoffen, im Lauf der Zeit mit Kindern gesegnet zu werden – ich nicht. Wenn man in Privilegien hineingeboren wird, muss man auch die entsprechende Verantwortung tragen.«

Ich beiße mir auf die Lippe. Ich hasse dieses Gespräch. Ich hasse es, weil ich bei diesem Thema meine Gefühle nicht verbergen kann, ja dass ich überhaupt Gefühle dazu habe. »Wenn du die Wahl hättest, würdest du lieber eine Fae heiraten – vielleicht eine Adlige?«

Sebastian setzt den Becher ab, lehnt sich an den Küchentresen und faltet die Arme. »Offen gesagt würde ich am liebsten überhaupt nicht übers Heiraten nachdenken. Schließlich bin ich erst einundzwanzig, und das ist bei meinesgleichen ziemlich jung. In einer vollkommenen Welt würde ich mir vielleicht in zehn Jahren darüber Gedanken machen, aber meine Welt ist nicht vollkommen. Sie ist zerbrochen. Und ich bin in der schwierigen und demütigenden Lage, dass ich sie wieder in Ordnung bringen soll. Ein Teil von mir wäre viel lieber zurück in Fairscape und würde sich als Magierlehrling ausgeben, aber ich nehme die Verpflichtung gegenüber meinem Volk ernst. Sosehr ich mir das auch wünsche, ist es mir nicht gestattet, bei Heirat und dem Eingehen einer Verbindung dieselben romantischen Gefühle wie meine Mutter zu hegen, als sie in meinem Alter war.«

»Eine Verbindung eingehen? Was soll romantisch daran sein, jemanden zu kontrollieren?«

Er neigt den Kopf zur Seite und runzelt die Stirn. »Warum glaubst du, dass es dabei um Kontrolle geht?«

»Ist das nicht die Art und Weise, wie ihr eure Sklaven an euch bindet?«

Er schüttelt den Kopf. »Niemand von meinen Bediensteten ist einen Bund mit mir eingegangen. Es mag einige Fae gegeben haben, die den Bund dazu benutzten, Menschen zu einem Leben im Dienst zu zwingen, aber diese Verwendung war eigentlich nicht vorgesehen. Bei den Fae gehört die Verbindungsfeier schon seit Anbeginn der Zeiten mit zum Heiratsritus. Ihre Ursprünge sind rein. Lebenslang aneinander gebundene Fae spüren einander zu allen Zeiten. Es ist ein verstärktes Mitgefühl, das einen spüren lässt, wenn der Partner in Gefahr ist oder Schmerzen erleidet. Im Bund vereinte Eheleute wissen ständig um die Bedürfnisse des anderen. Sie spüren Schmerz und Glück des anderen wie bei sich selbst. Eigentlich ist das sehr schön.«

»Aber so ist das nicht, wenn du mit einem Menschen verbunden bist.«

Er wippt auf seinen Absätzen nach hinten und seufzt. »Die

ersten Fae, die mit Menschen einen Bund eingingen, wussten ja nicht, dass es anders sein würde. Aber du hast recht, es ist anders. Menschen verfügen über keine Bande, also ist der Bund eher eine Einbahnstraße. Der menschliche Partner erlebt nicht die Nähe der anderen Seite wie ein Fae.«

»Und dadurch erhalten Fae ein gewisses Maß an Kontrolle über ihre Menschen«, antworte ich, weil ich nicht will, dass er das unausgesprochen lässt. Ich schüttle den Kopf. »Ich kann mir nicht vorstellen, warum irgendwer so etwas zulassen würde.«

»Die Fae können die Menschen dabei aber nicht so kontrollieren, wie du glaubst. Der Mensch hat immer noch seinen freien Willen. Fae, die den Bund nicht respektieren, haben ihn allerdings schon dazu benutzt, ihre Menschen zu zwingen.«

»Das hört sich für mich ziemlich nach Kontrolle an.«

»Aber das ist es nicht.« Er massiert sich das Genick und überlegt. »Stell dir vor, ich wollte, dass du schläfst. Wenn du an mich gebunden wärst, könnte ich dich nicht dazu zwingen; allerdings könnte ich Ähnliches erreichen, indem ich das Licht lösche und dich in eine warme Decke hülle. Du könntest dann aber immer noch entscheiden, ob du die Augen schließen willst oder nicht.«

»Und wenn deine künftige Braut den Bund nicht eingehen will?«

Er lächelt mich traurig an, sieht mir in die Augen und berührt meine Wange. Meine Haut kribbelt unter seinen schwieligen Fingerspitzen. »Ich glaube, ich sehe vor mir die einzige Frau unter diesem Dach, die sich weigern würde, an mich gebunden zu werden.«

Will er, dass ich mich dafür entschuldige? Erwartet er, dass ich anders über diese und andere Dinge denke, nur weil er nicht der ist, als der er sich ausgegeben hat?

Aber er scheint keine Antwort zu erwarten, denn er fährt fort: »Es kann trotzdem schön sein – sogar zwischen Fae und Menschen.

Es hat damit zu tun, jemanden zu beschützen, der ein Teil von einem ist. Es ist eine Gabe, die einen zum bestmöglichen Partner macht, indem man für die Bedürfnisse des anderen … sensibilisiert wird.«

Sein Blick wandert hinunter zum Ausschnitt meines Nachthemds, und ich bekomme heiße Wangen.

»Das bedeutet dir viel«, sage ich.

»Das stimmt. Und wenn meine Braut Kinder bekommen hat, wird sie den Trank des Lebens trinken, und dann wird der Bund so sein wie zwischen zwei beliebigen Fae.«

»Der Trank des Lebens?«

»Das ist die besondere Magie, mit der wir Menschen in Fae verwandeln. Dann werden sie unsterblich. Du hast doch bestimmt schon davon gehört.«

Das habe ich, aber ich dachte, das wäre nur eine dieser Legenden, mit denen Menschen dazu gebracht werden sollen, den Fae, die sie ausbeuten, zu vertrauen. »Und wenn deine Braut gar keine Fae werden möchte?«

»Dann werde ich wohl entscheiden müssen, ob ich sie wirklich als meine Braut haben möchte. Dabei zuzusehen, wie meine Partnerin fürs Leben stirbt, während ich noch Jahrhunderte von Lebenszeit vor mir habe, wäre nicht leicht.« Er richtet sich auf und tritt einen Schritt zurück. »Ich bringe dich jetzt zu Bett. Für dich wird der Tag früh beginnen.«

KAPITEL 12

Im Schloss zu leben ist seltsam. Es *sollte* sich wie ein wahr gewordener Traum anfühlen. Tag für Tag werde ich verwöhnt, bekomme nur Köstlichkeiten zu essen und werde in prächtige Gewänder gekleidet. Ich versuche zwar, meine Dienerinnen dazu zu bringen, für mich Hosen aufzutreiben, aber eigentlich sind die in all diesem Luxus gar nicht nötig. Nachts schlafe ich unter allerweichsten Decken in einem warmen Bett.

Nie zuvor habe ich ein Leben wie dieses geführt und hätte auch nie gedacht, das einmal zu tun. Genießen kann ich es trotzdem nicht. Jeder Tag, an dem ich den Spiegel nicht finde, ist ein weiterer Tag, an dem meine Schwester eingesperrt bleibt. Der König sagt, sie sei in Sicherheit, aber was ist für *ihn* schon sicher?

Seit fünf Nächten bin ich bereits im Schloss, und trotz all der Pracht würde ich am liebsten aus der Haut fahren. Ich gehe mit den anderen Mädchen zu den Mahlzeiten, nehme Tanzstunden und höre mir lange Vorlesungen über die Geschichte des Seelie-Hofs und die Verbrechen der gesetzlosen Unseelie an. Kurz gesagt tue ich das Nötige, um diese Scharade als mögliche Braut fortzusetzen, und nutze jeden freien Augenblick, um Wege in die Gemächer der Königin zu erforschen. Dazu beobachte ich die

Wachleute und auch das Kommen und Gehen der anderen Bediensteten.

Ich komme zwar im Augenblick mit dem Spiegel nicht weiter, hoffe aber, dass mir alles, was ich über das Schloss jetzt erfahre, meine späteren Aufgaben erleichtern wird. Je schneller ich diese Mission erfüllen und Jas nach Hause holen kann, desto besser.

Ich sehe zu meinem Fenster hinaus und suche den darunter liegenden Garten ab. Die Taglilien recken die Köpfe in die Sonne und ich muss an Sebastian denken. »Hört man etwas, wann der Prinz wieder zurückkehren wird?«, frage ich meine Mägde. Zur großen Enttäuschung der Mädchen ist Sebastian nur selten im Schloss, und ich frage mich, wie er seine möglichen Bräute überhaupt kennenlernen will, wenn er so oft weg ist.

»Er ist nicht fort«, antwortet Tess, während sie mir die Haare flicht, damit sie mir nicht ins Gesicht hängen. »Er verbringt den Tag mit einem der anderen Mädchen.«

Die Eifersucht liegt mir wie ein Stein im Magen. »Oh. Muss wohl eine Favoritin sein, oder?«

Meine Miene muss mich verraten, denn Tess lächelt mein Spiegelbild im Fenster neckisch an. »Ihr braucht Euch keine Sorgen zu machen. Alle wissen, dass er Euch bevorzugt.«

Und doch haben wir uns seit unserem Gespräch beim Tee in der Küche nicht mehr unterhalten. Er hat auch keinen Grund, seine knappe Zeit mit mir zu verbringen, wenn er weiß, dass ich nicht daran interessiert bin, seine Braut zu werden. Eigentlich sollte ich froh darüber sein – denn so habe ich mehr Zeit für meine Suche –, aber es fällt mir nicht leicht, mich von den Gefühlen zu verabschieden, die ich zwei Jahre lang für Sebastian gehegt habe.

»Bestimmt wird er bald Zeit mit Euch verbringen«, bemerkt

Tess. Sie bindet den Zopf ab und beginnt auf der anderen Seite. »Außerdem weiß er womöglich, dass Ihr nicht verfügbar seid.«

»Ach, das bin ich nicht?«

»Ihr werdet heute Eure Lehrerin kennenlernen.«

»Meine Lehrerin?«, frage ich verwundert. »Für was?«

»Alle Mädchen bekommen Lehrerinnen zugewiesen. Sollte der junge Prinz Euch als seine Braut erwählen, müsst Ihr vorbereitet werden. Die Lehrerin wird Eure Manieren verbessern und dabei persönlich auf Euch eingehen.«

»Könnt *ihr* das nicht machen?«, frage ich. Ich mag meine Dienstmädchen gern und habe mich an sie gewöhnt. Ich will gar nicht, dass eine andere Person mich beobachtet.

Emmaline lacht im Badezimmer, wo sie gerade die Wanne schrubbt. »Wir sind doch keine *Damen*«, sagt sie und streckt den Kopf zur Tür heraus. »Nur Mägde.«

»Ich wette, ihr könntet mir alles beibringen, was eine Lehrerin kann.«

Die Zwillinge sehen sich an. Ich kann nicht sagen, ob sie nun belustigt oder verwundert sind. Vielleicht beides. »Jedenfalls«, sagt Tess, »muss Eure Lehrerin jeden Augenblick hier sein. Sie heißt Eurelody und arbeitet seit mehr als einem Jahrhundert mit den Historikern der Königin zusammen. Ihr könnt von Glück sagen, dass Ihr sie bekommt.«

Mehr als ein Jahrhundert. Vielleicht kennt sie ja auch den Terminplan der Königin und weiß, wann Arya das Schloss einmal für eine Reise verlässt. Wenn ich das nur diskret erfragen könnte …

»Können wir noch etwas für Euch tun, bevor wir gehen?«, fragt Emmaline.

»Nein, alles bestens. Vielen Dank.«

Ich weiß nicht, warum ich davon ausgegangen bin, dass Sebastian nicht im Schloss ist, nur weil er mich nicht besucht hat. Vielleicht habe ich ihn ja vor den Kopf gestoßen mit meinen Bemerkungen über seine heiligen Traditionen.

Oder er versucht eine Braut zu finden.

»In Gedanken verloren, wie ich sehe«, höre ich eine angenehme Stimme hinter mir sagen.

Ich drehe mich um zu einer kleinen und drallen Elfe mit rosigen Wangen und spitzen Ohren. Ihre durchsichtigen Flügel passen kaum durch die Tür. Ich setze ein Lächeln auf. Es ist ja nicht ihre Schuld, dass ich kein Interesse an unserem Zusammentreffen habe. »Hallo. Ihr müsst Eurelody sein. Ich bin Abriella.«

Die Frau mustert mich kurz, findet meinen Aufzug offenbar annehmbar und wendet sich gleich wieder um zur Tür. »Sehr gut. Dann wollen wir den Palast mal für eine Weile verlassen, nicht wahr?«

Mir stockt der Atem. Bis zu diesem Augenblick hatte ich gar nicht bemerkt, wie sehr ich mich zwischen diesen Mauern eingeschlossen fühlte. Nachdem ich im Wald beinahe umgekommen war, hatte ich nicht gewagt, mich Sebastians Anordnung, innerhalb der Palasttore zu bleiben, zu widersetzen, aber zusammen mit Eurelody kann bestimmt nichts passieren.

Sie ist schon auf dem Weg den Korridor hinunter, sodass mir nichts anderes übrig bleibt, als ihr zu folgen. »Wohin gehen wir denn?«

Sie macht sich nicht die Mühe, bei ihrer Antwort langsamer zu gehen oder sich zu mir umzublicken. »Wenn du eine Prinzessin werden willst, musst du deine künftigen Untertanen kennenlernen.«

***

Die Kutsche ist bequem mit Kissen gepolstert, und Vorhänge an den Fenstern sorgen für Privatsphäre. Als wir das Schloss verlassen, sitzen Eurelody und ich Knie an Knie, und es entgeht mir nicht, wie aufmerksam sie mich beobachtet, während ich die Landschaft draußen betrachte. Ich gebe mir keine Mühe, das Schweigen zu überbrücken, und sie ebenso wenig. Stattdessen konzentriere ich mich auf die sanften grünen Hügel, den Wald in der Ferne und die Berge jenseits davon. Obwohl ich weiß, wie gefährlich dieser Wald ist, finde ich ihn doch wunderschön. Alles im Reich der Seelies leuchtet im frischen Grün des Spätfrühlings. Ich frage mich, ob es im Reich der Schatten ebenso ist oder ob die Schatten-Fae im ewigen Winter leben.

Meilen vom Schloss entfernt biegen wir in ein nettes kleines Dorf ab. Die Kutsche holpert über Pflastersteine und ich werde hin und her geschüttelt, bis wir plötzlich stehen bleiben.

»Wir sind da«, sagt Eurelody.

Auf den von Fachwerkhäusern gesäumten Straßen bieten Fae aller Art den Passanten ihre Waren an. Der Duft nach frischem Brot und feinem Gebäck weht von einem Händlerkarren herüber. Ein Weinhändler schenkt einem Kunden eine Kostprobe ein, andere verkaufen Blumen, hübsche Stoffe oder Schmuck.

Fairscape hat auch einen solchen Markt. Als ich noch ein Kind war, nahm meine Mutter uns manchmal mit, wenn sie Besorgungen zu erledigen hatte für die reichen Leute, bei denen sie angestellt war. Sie wurde wegen Kerzen und Kleidung hergeschickt, oder wegen Gemälden für die Wände des großen Herrenhauses. Wenn wir brav waren, kaufte Mutter jeder von uns etwas Süßes. Ich stellte mir immer gern vor, dass wir für uns selbst einkaufen würden, dass *wir* uns solche Luxusartikel leisten könnten.

»Was sind das dort für kleine Wesen?«, frage ich Eurelody und nicke in Richtung winziger fliegender Wesen mit Schmetterlingsflügeln.

»Still, Mädchen.« Kopfschüttelnd zieht sie mich am Arm zu einer schmalen Gasse gegenüber dem Markt. Hier steht eine Reihe fast identischer Häuser, und sie führt mich die Eingangstreppe des dritten hinauf. Die Tür öffnet sich mit einem Quietschen, sie zieht mich hinein und wirft sich von innen dagegen, um sie zu schließen. »Elementargeister«, sagt sie und wedelt erbost mit dem Zeigefinger, »mögen es überhaupt nicht, wenn man sie *klein* nennt.«

»Aber sie –«

»Sie sind mächtiger, als sie aussehen, und boshafter, als du dir vorstellen kannst«, erklärt sie. »Manche nennen sie aus diesem Grund Gemeingeister, aber das ist abwertend, und viele Elementargeister empfinden das als Beleidigung. Wenn du einen Elementargeist verunglimpfst, wirst du möglicherweise von Feuerameisen angegriffen, oder ein Schwarm wild gewordener Bienen geht auf dich los.«

»Sie sind aber nicht *alle* so gemein«, höre ich eine tiefe Stimme sagen. »Manche sind ganz sanftmütig.«

Ich drehe mich nach rechts, weiche dann aber sofort zurück in Richtung Tür, als ich den Mann entdecke, der aus dem Zwielicht des Zimmers auftaucht. *Kane.* Der gehörnte Fae mit den roten Augen, der mich auf seiner Schulter zu Finn getragen hat.

Ich drehe mich weg von Kane und lächle meine Lehrerin an. Ich weiß nicht, wo wir sind, aber niemand von Königin Aryas Personal soll denken, ich würde mit dem Feind gemeinsame Sache machen. »Wir sollten gehen.«

Eurelody lächelt mich an, und dann beginnt die Luft um sie herum zu schimmern und ihre Haut leuchtet. Und plötzlich ist sie gar nicht mehr Eurelody, sondern *Pretha*. Offenbar hat diese Fae viele verschiedene Gesichter.

»Pretha … *du* –«, fauche ich sie an.

Sie lächelt und macht einen kleinen Knicks. »Nett von dir, dass du dich an meinen Namen erinnerst, Abriella.«

»Wo ist die echte Eurelody?«

»Sie hat die Stelle bei der Königin schon vor Jahren verlassen, aber jetzt zeige ich mich ab und zu in ihrer Gestalt und habe so problemlos Zugang zum Schloss. Die Königin hat so viele Bedienstete, dass es ihr gar nicht auffällt, dass ihre alte Gelehrte kaum noch forscht.«

Mein Blick geht zur Tür. Gehört die Kutsche, mit der wir gekommen sind, Pretha oder der Königin? Wenn ich hinausrenne, kann ich mich wohl nicht darauf verlassen, dass mich der Kutscher dorthin bringt, wo ich hinmöchte. »Sagt mir einen guten Grund, weshalb ich nicht zum Schloss zurückkehren und allen erzählen soll, wer du in Wirklichkeit bist.«

Sie verdreht die Augen und wendet sich an Kane. »Prinz Ronan findet sie so schlau und so besonders, aber wenn sie das wirklich wäre, dann würde sie doch *alle* Gründe wissen wollen, warum sie das der Königin nicht erzählen sollte, und nicht nur einen.«

»Der Prinz ist jung und geblendet von ihrer Schönheit«, sagt Kane. »Schon als sie nachts von der Schenke weggelaufen ist, hat sie bewiesen, dass es mit ihrem Verstand nicht so weit her ist.«

Ich verschränke die Arme. »Wenn ihr mich beleidigt, wird euch das nur einen Platz im Kerker der Königin einbringen.«

Meine Drohung scheint sie nicht weiter zu beunruhigen. Stattdessen streift Pretha lässig ihr Kleid ab und hängt es an den Haken neben der Tür. Sie zieht zuerst ihre Lederweste zurecht und dann den Degen an ihrer Seite. »Ich bin nicht deine Feindin, Abriella.«

»Aber als ich dir das letzte Mal entkam, wurde ich kurz darauf fast zum Abendessen eines Todeshundes. Soll ich das vielleicht für einen Zufall halten?«

»Glaubst du etwa, *ich* hätte den Barghest auf dich gehetzt?« Das silberne Tattoo auf ihrer Stirn scheint vor Entrüstung zu pulsieren.

»Du, Finn, Kane? Wo ist da der Unterschied?«

Kane schnaubt: »Warum sollten wir so etwas tun?«

»Weil ich nicht mit euch zusammenarbeiten will. Ganz ahnungslos bin ich auch nicht. Ich weiß, dass die Unseelie sich manchmal einen Barghest zum Gefährten nehmen.«

Kane lacht laut los, schüttelt dann den Kopf und geht. »Ich sage Finn, dass sie hier ist – und dass sie uns für Mörder hält, die über bösartige und mächtige Ungeheuer befehlen. Ein großartiger Beginn für eine neue Zusammenarbeit, da wird er mir zustimmen.«

»Wie kommst du nur auf diese Idee?«, fragt Pretha, ohne auf Kane zu achten. »War das etwa dein Prinz, der behauptet hat, das mit dem Barghest wäre unsere Schuld?«

»Das brauchte er gar nicht.«

»Du wolltest gehen, und wir haben dich gehen lassen«, meint Pretha verwundert. »Als du von der Schenke weggelaufen bist, bin ich dir in den Wald gefolgt. Finn hatte mir verboten, dir zu dicht auf den Fersen zu bleiben. Ich wollte nur sicherstellen, dass du sicher an deinem Ziel ankommst.«

»Ach? Hast du ihm denn erzählt, dass ich beinahe in Stücke gerissen worden wäre?«

»Ja.« Sie legt den Kopf auf die Seite. »Zum Glück sind diese Wölfe vorbeigekommen und haben das Untier abgelenkt.«

»Zum Glück ist *Sebastian* vorbeigekommen, um mich zu *retten*.«

»Dann hast du deinem Goldenen Prinzen seine Täuschung also schon vergeben?«, sagt Finn, der aus dem dunklen Flur in die Diele tritt. Ich war so mit Pretha beschäftigt, dass ich ihn im Gang gar nicht gehört habe. Aber vielleicht hätte ich das auch nicht, selbst wenn ich mir Mühe gegeben hätte. Er blickt Kane und Pretha an. »Ich sagte doch, es würde keine Woche dauern. Sieht aus, als schuldet mir jeder von euch fünf Golddukaten.«

»Wir schulden dir verdammt noch mal überhaupt nichts, Finn«, sagt Kane, der hinter ihm in die Diele tritt. »Das Mädchen hat die Frage nicht beantwortet.«

»Wenn das Mädchen diesem Jungen nicht vertrauen würde, wäre sie heute Morgen nicht mit Pretha in die Kutsche gestiegen«, bemerkt Finn.

Pretha schüttelt den Kopf. »Sie kann ihm vertrauen, ohne ihm zu vergeben. Das sind völlig verschiedene Gefühle.«

Sie haben darauf gewettet, ob ich Sebastian vergebe. *Frechheit.* »Wie schön, dass das alles so unterhaltsam für euch ist.«

Finns Silberaugen werden ganz hart und glitzern wie die Oberfläche eines gefrorenen Teichs im Mondschein. »Ich kann dir versichern, dass mich das nicht im Geringsten amüsiert«, sagt er. »Ich bin ungeduldig. Wenn man bedenkt, dass mein Onkel deine Schwester in seiner Gewalt hat, wundert es mich allerdings, dass es dir nicht genauso geht. Aber vielleicht bist du ja zufrieden damit, die Annehmlichkeiten des Lebens im Palast zu genießen, und bereitest dich eifrig auf dein Leben als die *Prinzessin* des Jungen vor.«

»Wie kannst du es wagen –« Ich weiche einen Schritt zurück, aber da bemerke ich zwei Paar leuchtender silberner Augen im dunklen Korridor. Zwei große Wölfe schleichen sich heran und bleiben zu beiden Seiten von Finn stehen.

Finn schnippt mit den Fingern, worauf sich die Wölfe hinsetzen, in meine Richtung schnuppern und leise winseln. Seit unserer Begegnung im Wald sind ihre Wunden verheilt, aber es besteht kein Zweifel, dass genau diese beiden Tiere dort den Barghest angegriffen haben.

Als ich weglief, war ihr silbergraues Fell blutbefleckt; jetzt ist es sauber und glänzt, und sie sind … viel größer als in meiner Erinnerung. Verglichen mit dem Barghest wirkten sie so klein, aber jetzt ist mir klar, wie gewaltig sie sind. Selbst im Sitzen sind sie nur einen Kopf kleiner als ich.

Ich reiße den Kopf zu Finn herum. »Das sind deine?«

»Sozusagen«, antwortet er und krault einen der beiden abwesend hinterm Ohr.

Pretha erklärt: »Ich habe dir doch gesagt, dass wir nicht deine Feinde sind, Abriella.«

Nachts im Wald hatte ich mich gefragt, ob die Wölfe den Barghest einfach nur aus dem Weg haben wollten, um an mich heranzukommen. Aber jetzt, wo ich sehe, wie sie freudig hechelnd die Aufmerksamkeit ihres Herrn genießen, wird mir klar, dass sie mir das Leben gerettet haben. Wenn Sebastian nicht aufgetaucht wäre, dann hätten sie weitergekämpft – bis entweder der Barghest tot gewesen wäre oder sie.

»Geht es ihnen wieder gut?«

»Jetzt schon«, antwortet Finn. »Dank meines Heilers.«

»Und wie heißen sie?«

»Dara und Luna«, sagt Finn. Die Wölfe stellen die Ohren auf, als sie ihren Namen hören.

»Darf ich?« Alle Augen im Raum sind auf mich gerichtet, als ich mich vorschiebe und ihnen meine Hand hinstrecke.

Auf einen von Finn leise gemurmelten Befehl erheben sich die Wölfe und kommen langsam auf mich zu. »Danke«, sage ich, gehe vor ihnen auf die Knie und strecke ihnen zum Beschnüffeln meine Handrücken hin. »Ihr habt mich beschützt.«

Die Wölfe lecken mir die Hände und reiben dann ihre Schnauzen daran wie große Katzen.

Als ich aufblicke, sehe ich etwas wie Verwunderung in Finns Augen, aber dann blinzelt er, und sie ist wieder dem gewohnten stahlharten Ausdruck gewichen. »Warum haben sie mich beschützt?«, frage ich.

»Weil ich es ihnen befohlen habe.«

»Das war furchtbar riskant. Sie hätten getötet werden können.«

Finn bestreitet das nicht. Stattdessen verschränkt er die Arme und lehnt sich mit der Schulter an die Wand. »Sie sind sehr treu, und da sie dich nun schon einmal beschützt haben, werden sie es auch weiterhin tun.«

Pretha seufzt theatralisch. »Obwohl es für alle Beteiligten sehr viel besser wäre, wenn du nicht wieder wegläufst und gerettet werden musst.«

Kane kichert. »Vielleicht gefällt es ihr ja, von ihrem Prinzen gerettet zu werden. Offenbar hatte er bei der Rückkehr in den Palast einen ziemlichen Auftritt, als er mit ihr in den Armen angerannt kam – als rettender Held einer Jungfer in Nöten.«

Das Bild, das er da zeichnet, lässt mir die Hitze in die Wangen schießen. Ich hasse es, wenn man mich so sieht, aber ich frage nicht, woher sie wissen, was sich im Schloss abgespielt hat. Offensichtlich spionieren sich hier alle gegenseitig nach. Ich wende mich an Finn: »Was wollt ihr von mir?«

»Das habe ich dir schon einmal gesagt.« Seine Stimme ist rau, als wäre er sehr, sehr müde. »Wir wollen dir helfen.«

»Warum wollt ihr mir helfen, wenn ich für den König arbeite, der sich deinen Tod wünscht?«

»Du meinst den *falschen* König«, bemerkt Kane scharf.

Finn schnippt mit den Fingern, und die Wölfe kommen gehorsam zurück an seine Seite. »Die fehlenden Gegenstände schwächen meinen Hof. Mein Volk leidet und ich tue, was ich kann, um ihm zu helfen.«

»Auch wenn das bedeutet, die … deinen Onkel zu stärken?« Ich rieche etwas, und Aufrichtigkeit ist es nicht.

»Mordeus«, sagt Finn ohne Kanes verächtlichen Tonfall, »könnte nur mächtiger werden, wenn er die Krone trägt.«

»Wo ist die Krone?«, frage ich verwundert.

»Dem Hof des Mondes fehlt die Krone meines Vaters schon viel zu lange«, sagt Finn. Er überlegt. »Ich vermute, du hast den Spiegel noch nicht gefunden?«

»Ich weiß, wo er ist, aber ich habe ihn noch nicht holen können«, räume ich ein.

»Und hast du versucht, deine Magie zu benutzen?«, fragt er. »Du weißt schon, diese Sache, die dich durch Wände und magische Schranken gehen lässt, als wären sie gar nicht da?«

Idiot.

»Wie sollte sie das tun, wenn sie nicht die geringste Kontrolle darüber hat?«, fragt Pretha, aber Finn bringt sie mit einem kurzen Blick zum Schweigen.

»Nein«, antworte ich auf Finns Frage. »Aber Pretha hat recht. Ich habe nicht genügend Kontrolle darüber. Das ist allerdings nicht das Problem. Die Königin lässt den Spiegel bewachen, und er ist immer von Licht umgeben. Selbst wenn ich voll über meine Fähigkeit verfügen könnte, würde sie mir dort nichts nutzen.«

Kane schnaubt: »Sie hat keine Ahnung, was?«

»Hört auf über mich zu reden, als wäre ich nicht im Zimmer«, schnauze ich ihn an. »Und wovon soll ich keine Ahnung haben?«

»Wie mächtig du bist«, antwortet Pretha. Sie neigt den Kopf zur Seite. »Keine Ahnung, wozu du imstande bist.«

»Wenn ich dir nun sage«, meint Finn leise, »dass deine Kraft niemals nutzlos ist. Dass du mächtig genug bist, eine so vollständige Finsternis heraufzubeschwören, dass es all ihr Licht völlig verschlingen würde?«

»Und wie geht so etwas?«, frage ich.

»Wir haben es beobachtet«, meint Finn achselzuckend.

»Was meinst du, Brie?«, fragt Pretha. »Wirst du dir von uns helfen lassen?«

Ich weiß nicht, ob ich Finn und seinen Leuten vertrauen kann. Auf keinen Fall aber kann ich es mir leisten, beim Versuch, den Spiegel zu holen, erwischt zu werden. Ich kann es mir nicht erlauben zu scheitern. Mit einem Blick auf die Wölfe treffe ich meine Entscheidung.

»Heute werde ich mit euch zusammenarbeiten. Bringt mir bei, was ich wissen muss, damit ich die Spiegel vertauschen kann.«

Finn zieht eine dunkle Augenbraue hoch. »Zuerst musst du wissen, dass du den Spiegel nicht benutzen darfst. Er ist kein Spielzeug für Menschenmädchen, hast du das verstanden?«

Na klar. Ich bin ja nur ein einfaches Menschenwesen und dieses kostbaren Spiegels unwürdig. *Na wennschon.* »Ich dachte, ihr bringt mir bei, wie ich meine Fähigkeiten einsetzen kann, um in den Wintergarten der Königin zu gelangen.«

»Warte.« Finn hält die Hand in die Höhe. »Du hattest nicht gesagt, dass der Spiegel in ihrem *Wintergarten* ist.«

Ich zucke mit den Achseln. »Nun, dort ist er. Und der Gang zu ihren Gemächern ist hell erleuchtet. In ihrem Wintergarten wird das wohl kaum anders sein, oder?«

»Das ist deine geringste Sorge«, sagt Finn.

Pretha hat die Stirn gerunzelt. »Wenn die Königin den Spiegel in ihrem heiligen Wintergarten aufbewahrt, dann kann ihn nur der Prinz oder die Königin selbst von dort holen.«

»Was passiert, wenn man es versucht?«, frage ich.

»Nichts«, antwortet Finn. »Du kannst ihn nicht mitnehmen. Die Gegenstände im Wintergarten der Königin können nicht bewegt werden, weder durch die stärksten noch die geschicktesten Hände. Du wirst noch erkennen, Prinzessin, dass in unserer Welt die wahre Magie an den freien Willen gebunden ist. Nicht einmal der stärkste Fae noch der größte Dieb können sich nehmen, was nur freiwillig gegeben werden kann.«

»Gibt es einen Gegenzauber?«, frage ich.

»Für alles gibt es einen Gegenzauber«, antwortet Kane.

Finn sieht Pretha an, aber sie schüttelt den Kopf. »Ich kenne ihn auch nicht«, sagt sie, »aber ich sehe mal, was ich darüber herausfinden kann. Inzwischen sollten wir uns aber etwas anderes überlegen.«

Ich kann nicht warten, bis Pretha einen Gegenzauber gefunden hat.

Nur der Prinz oder die Königin selbst können Gegenstände aus dem Wintergarten holen.

»Ist schon in Ordnung. Ich weiß, was ich tun muss«, antworte ich leise, und ich weiß wirklich nicht, warum mir das nicht schon früher eingefallen ist.

»Die Königin umbringen?«, fragt Kane und greift nach dem Dolch, der ihm im Gürtel steckt. »Dann lasst mich das bitte machen.«

Finn schüttelt den Kopf über seinen … seinen Freund? Seinen Leibwächter? »Sie würde dich in Stücke hacken und zur Abschreckung im Schlossgarten aufstellen.«

Kane macht ein mürrisches Gesicht.

Ich seufze. »Wenn nur die Königin oder der Prinz den Spiegel holen können, werde ich Prinz Ronan bitten, ihn für mich zu besorgen.«

»Im Ernst?«, fragt Kane. »Glaubst du, der Prinz wird dir einen derart wertvollen Gegenstand einfach so aushändigen?«

»Ja«, antworte ich und fühle schon jetzt mein schlechtes Gewissen. »Ihm liegt etwas an mir, und er möchte wiedergutmachen, dass er mich getäuscht hat.«

Pretha lächelt bedächtig und nickt. »Der einfachste Weg ist meistens der beste. Inzwischen werden wir wie geplant mit dir üben, und ich werde mich für alle Fälle nach dem Gegenzauber umhören. Wenn der Prinz dir den Spiegel nicht gibt, finden wir einen anderen Weg, wie du ihn stehlen kannst.«

»Du solltest ihn nett darum bitten, Prinzessin«, sagt Finn. »Du kannst mir glauben, wenn ich dir sage, dass du das nicht auf die harte Tour machen willst.«

KAPITEL 13

Ich finde Sebastian im Trainingsring ganz oben auf dem höchsten Turm – ohne Hemd, und seine nackte Brust glänzt im Schein der Abendsonne vor Schweiß.

Er übt mit einem anderen hemdlosen Fae. Ich versuche, mich auf das goldene Haar des Fremden zu konzentrieren und das Tattoo, das sich seitlich an seinem Hals über die Schulter hinunterzieht – aber ich kann den Blick kaum lang genug von Sebastian wenden, um etwas von seinem Trainingspartner wahrzunehmen. Und was noch schlimmer ist – mein Mund bringt die Worte nicht heraus, die es braucht, damit er von meiner Anwesenheit Notiz nimmt.

Es ist nicht nur seine Gestalt, die mich verstummen lässt. Es ist die Erinnerung an die Tage in Fairscape. An die Zeit, als ich so tat, als würde ich lesen, während ich ihn heimlich beim Trainieren im Hof beobachtete. Die Zeit, als er mich dabei ertappte und mir über die Schulter zuzwinkerte und mir diese einfache Geste eine ganze Folge von Schauern über den Rücken jagte. Er und Jas waren die Lichtblicke im Dunkel meines schwierigen Lebens; es fällt mir wirklich schwer, mich nicht an ihn zu klammern, jetzt, wo ich doch das Gefühl habe, dass ich beide verloren habe.

Sebastian bemerkt mich und gibt seinem Partner ein Zeichen, eine Pause einzulegen. Er schnappt sich ein Handtuch und wischt sich den Schweiß von der Stirn. »Ist alles in Ordnung?«

Wörter, Brie. Du musst Wörter benutzen. »Alles in Ordnung. Ich wollte nur …« Ich schlucke. »Ich wollte mit dir reden. Aber ich kann auch gehen, wenn es jetzt nicht passt.« Innerlich krümme ich mich zusammen. Ihn hier oben abzupassen war mir wie eine gute Idee erschienen, aber jetzt komme ich mir anmaßend vor. Ganz zu schweigen davon, dass ich möglichst wenig Aufmerksamkeit auf das lenken will, worum ich ihn bitten möchte. »Ich wollte dich nicht beim Training stören.«

»Geh nicht«, sagt Sebastian. »Wir wollten ohnehin gerade aufhören.« Er gießt ein Glas Wasser ein und bietet es mir an. Als ich den Kopf schüttle, setzt er es selber an die Lippen und trinkt aus. Ich bin wie gebannt davon, wie sich beim Schlucken sein Hals bewegt.

Der andere Mann ertappt mich beim Starren, und seine Brust bebt in lautlosem Lachen. Er zwinkert mir zu und zieht sich dann ein dunkles Hemd über den Kopf. »Er ist mir ohnehin nicht gewachsen«, sagt er. »Die Zeit im Reich der Menschen hat den Prinzen ziemlich verweichlicht.«

Sebastian schnaubt: »Von fünf Runden hast du drei verloren. An deiner Stelle würde ich den Mund nicht zu weit aufreißen.«

»Vor deiner Zeit dort hätte ich alle fünf verloren.« Lächelnd streckt er mir die Hand hin. »Ich bin Riaan. Und du musst die bezaubernde, Herzen raubende Abriella sein, von der ich schon so viel gehört habe.«

Meine Wangen werden feuerrot – bei dieser Beschreibung und dem Gedanken daran, dass Sebastian mit solchen Worten über mich redet –, aber ich bringe ein Nicken zustande. »Schön dich kennenzulernen, Riaan. Trainiert ihr beiden oft zusammen?«

Riaan schüttelt den Kopf. »Längst nicht so oft wie früher. Er hat leider kaum noch Zeit für mich. Muss sich darauf vorbereiten, König zu werden. Und sich eine Braut suchen.« Mit einem bedeutungsvollen Blick fügt er an: »Aber wenn du mich fragst, dann sollte er einfach weiter katzbuckeln, bis du die Stelle annimmst.«

Ich klappe den Mund auf und wieder zu und wende mich dann an Sebastian, bevor ich etwas Verfängliches sage.

»Riaan ist mein ältester Freund«, sagt Sebastian und schmunzelt.

»Euer Geheimnis ist bei mir sicher.« Riaan zwinkert noch einmal. Er gießt sich ebenfalls ein Glas ein, hebt es, als wolle er anstoßen, und verschwindet dann die Treppe hinunter, sodass Sebastian und ich alleine auf dem Dach zurückbleiben.

»Ich hätte euch nicht unterbrechen sollen«, sage ich und muss immer noch an das denken, was Riaan gesagt hat. Vielleicht wäre es leichter, böse auf Sebastian zu sein, wenn ich nicht wüsste, dass er die Gefühle erwidert, die ich seit unserem ersten Zusammentreffen für ihn hege, aber jede Erinnerung daran ist eine Prüfung für meine Überzeugung.

Er wischt meine Bedenken beiseite. »Wir waren ohnehin gerade fertig. Und meine Mutter möchte, dass er sie heute Nachmittag in den Norden begleitet.«

»Was ist denn im Norden?«

»Ein anderer Palast.«

Ich muss lachen.

»Was denn?«, fragt er.

»Du sagst das so, als würde Jas über ein *anderes Kleid* für meine verwöhnten Cousinen reden.« Ich sehe mich um und nehme den Blick über die Ländereien rings um den Goldenen Palast in mich auf. »Ich kann mir kaum vorstellen, einen Ort wie diesen zu besitzen, aber einen weiteren –«

Als ich mich Sebastian wieder zuwende, macht er ein ernstes Gesicht. »Es ist absurd, nicht wahr?«, sagt er. »Der Überfluss hier, während in Elora so viele leiden müssen. Mir war das nicht klar … bis ich bei Magier Trifen einzog.«

»Warum hast du das überhaupt getan? Du besitzt Magie – stärkere Magie als Menschen sich erträumen können. Warum musstest du bei einem Menschen in die Lehre gehen?«

»Die Magie der Menschen ist anders, und ich bin nicht hochmütig genug mir einzubilden, dass ich sie nicht gebrauchen kann.« Sein Blick geht in die Ferne. »Ich werde jeden Vorteil benötigen, den ich mir verschaffen kann, wenn ich meinem Volk der bestmögliche Anführer sein möchte.«

»Und wann wird es so weit sein? Wann wirst du die Herrschaft übernehmen?«

Er schüttelt den Kopf. »Nur die alten Götter kennen den Zeitpunkt, aber ich möchte vorbereitet sein.« Er füllt sein Glas wieder auf, trinkt noch einmal und fügt an: »Du bist aber nicht hergekommen, um über meine Lehrzeit zu sprechen.«

»Nein. Das hatte einen anderen Grund. Aber … er kommt mir nun albern vor.«

Er grinst, denn er spürt, dass es mir peinlich ist. »Worum geht es denn?«

Ich greife mir eine meiner Locken und spiele nervös daran herum. »Ich habe darüber nachgedacht, wie wir Jas finden können, und da sind mir die alten Legenden über diesen magischen Spiegel in den Sinn gekommen, der einem jeden zeigen kann, den man sehen möchte.«

Er reißt die Augen auf. »Den Spiegel der Entdeckung?«

»Ich wusste nicht, dass er so genannt wird«, sage ich lächelnd, um die Lüge zu überspielen. »Aber wenn man in ihn hineinsieht, kann man darum bitten, jemanden zu sehen. Vielleicht könnten wir ihn verwenden, um Jas aufzuspüren.«

»Es ist unklar, was man sieht, wenn man ihn benutzt.« Er macht ein ernstes, nachdenkliches Gesicht. »Er kann ziemlich unberechenbar sein.«

Ich schlucke. *Bitte hole ihn für mich her. Bitte.* »Aber sollten wir es nicht wenigstens probieren?« Ich seufze. »So ein uralter magischer Gegenstand. Ich bin wirklich … neugierig.«

Er muss lachen. »Das ist die Diebin in dir – jetzt mach nicht so ein Gesicht. Das war als Kompliment gemeint. Aber ich kann ja nicht zulassen, dass du in den heiligen Wintergarten meiner Mutter einbrichst, nur um deine Neugier zu befriedigen. Mal sehen, was sich da machen lässt.«

***

»Werden sich die Leute im Palast nicht fragen, warum ich so oft fort bin?«, frage ich am nächsten Tag, als mich Pretha in Gestalt von Eurelody wieder durch die Eingangstür von Finns Haus führt.

»Sie werden denken, dass du bei deiner Lehrerin zu Hause am Lernen bist. Finn hat die Familie der alten Gelehrten gut dafür bezahlt, dass wir diesen Ort nutzen können.« Sie schließt die Tür hinter mir und biegt ihre Schultern durch. Die Flügel verschwinden und Eurelodys Körper verwandelt sich wieder in Pretha.

»Ist das deine … wahre Gestalt?«, frage ich mit einem Nicken.

»Diese hier?« Sie lächelt nachdenklich, und ihr Gesicht beginnt förmlich zu leuchten. Sie sieht einfach großartig aus. Ich frage mich, ob sie Finns Frau oder Partnerin ist, oder – ich verbanne den unpassenden Gedanken. Was kümmert es mich, mit wem er zusammen ist? »Ja, das ist meine wahre Gestalt.«

»Kannst du fliegen, wenn du Flügel hast?«

Sie prustet los und gibt mir ein Zeichen, mir in den dunklen Gang nach hinten zu folgen. »Das kommt auf die Gestalt an, die ich annehme. Wenn ich mich in Eurelody verwandle, kann ich nicht fliegen, weil Eurelody nicht fliegen kann. In anderer Gestalt …« Sie zuckt mit den Schultern. »Schon. Manchmal. Es ist aber eine Menge Energie nötig, sich so vollständig zu verwandeln.«

Durch eine Doppeltür folge ich ihr in eine große, zwei Stockwerke hohe Bibliothek. Alle Wände sind mit Bücherregalen bedeckt. In der Mitte des Raumes sitzen drei männliche Fae um einen Tisch und sind in ein leises Gespräch vertieft. Ich erkenne Kane und glaube, die anderen beiden standen als Wachen vor dem Büro an dem Abend, als Kane mich in die Schenke trug. Finn ist nirgends zu sehen, aber seine beiden Wölfe machen weiter hinten in der Bibliothek ein Nickerchen.

»Hallo-o«, trällert Pretha, und die drei Männer recken sich hoch.

Kane schnappt sich etwas vom Tisch – eine Karte vielleicht? –, rollt es zusammen und schiebt es sich hinten in die Hose. »Die Prinzessin ist wieder da«, grummelt er.

Ich runzele die Stirn. »Wenn ihr mich nicht hier haben wollt, warum schickt euer Prinz *sie* dann ständig los, um mich zu holen?«

»Kane solltest du gar nicht beachten«, sagt Pretha. »Der ist notorisch schlecht gelaunt.«

Kane blickt sie mürrisch an, und die anderen beiden kichern.

Pretha zeigt auf den dunkelhäutigen Mann mit den kurzen schwarzen Dreadlocks. Seine Stirn ist, ähnlich wie Prethas, mit einem silbernen Netz tätowiert. »Abriella, das ist Tynan«, sagt sie. Er streckt mir lächelnd die Hand hin und ich schüttele sie. »Und Jalek«, fährt sie fort, deutet auf den anderen mit blasser Haut, kurzer weißer Haarkrause und dunkelgrünen Augen. Er streckt mir die Hand nicht hin, nickt stattdessen nur kurz und weicht einen Schritt zurück, als wolle er mir nicht zu nahe kommen.

Ich räuspere mich. »Es … freut mich, euch alle kennenzulernen.«

Jalek brummt: »Sie ist eine lausige Lügnerin. Glaubt ihr wirklich, sie kann den Prinzen an der Nase herumführen?«

»Sei still«, sagt Pretha. »Abriella ist die beste Möglichkeit für Finns Hof.«

Finns Hof, schießt es mir durch den Kopf. »Dann seid ihr gar keine Unseelie?«, entfährt es mir.

Sie verzieht das Gesicht und wechselt einen Blick mit Tynan. »Nicht von Geburt an.« Seufzend fügt sie an: »Ich wurde als Wilde Fae geboren, habe mich aber schon vor Langem auf Finns Seite geschlagen.«

Ich blicke auf die anderen. »Und ihr drei?«

»Unseelie durch und durch«, antwortet Kane und schlägt sich mit der Faust auf die Brust.

»Aber keine Sorge«, bemerkt Tynan. »Nicht alle Unseelie sind so hässlich wie der da.«

Kane antwortet mit einer obszönen Geste, und Jalek verkneift sich ein Lächeln.

Pretha beachtet die drei gar nicht. »Tynan ist ein Wilder Fae wie ich. Und Jalek ist als Seelie zur Welt gekommen. Vor vielen Jahren war er Höfling beim Vater der Goldenen Königin.«

»Alter Sack«, brummt Kane.

»Lieber alt und klug als jung und dumm«, erwidert Jalek, lässt mich dabei aber nicht aus den Augen und beobachtet, wie ich auf diese Information reagiere.

Ich versuche, die Männer nicht anzuglotzen. Ich hatte immer gedacht, alle Fae wären dem Hof treu ergeben, in den sie hineingeboren wurden, aber Finn scheint hier eine kleine Bande von

Außenseitern um sich geschart zu haben. »Und ihr arbeitet alle für Finn?«

»Wir arbeiten zum Wohl von ganz Faerie«, antwortet Pretha, zieht ihr langes Haar über die Schulter nach vorn und fängt an, es zu flechten. »Und da Finn diese Bemühungen anführt, arbeiten wir für ihn. Wir arbeiten *mit ihm zusammen.*«

Jalek zieht die stechend grünen Augen zusammen und sieht mich an. »Hast du im Palast viel Zeit mit Königin Arya verbracht?«

Ich schüttele den Kopf. Seit dem Tag, als ich vor ihr stand und vorgegeben habe, ihren Sohn heiraten zu wollen, habe ich die Königin nicht mehr zu Gesicht bekommen. »Nein. Sie ist selten da.«

Jalek und Tynan wechseln einen Blick, und Kane murmelt etwas Unverständliches.

»Ich glaube, ihr habt heute Morgen alle noch etwas vor«, erklärt Pretha spitz, aber anstatt wütend zu werden, weil eine Frau sie herumkommandiert, nicken die drei Männer und gehen los in Richtung der Tür zur Bibliothek. Frauen haben in Elora so selten wirklich Einfluss, dass ich Pretha unwillkürlich ein bisschen mehr Respekt entgegenbringe.

Tynan geht als Letzter. In der Tür dreht er sich noch einmal zu Pretha um. »Misha und Amira haben ein Treffen mit Finn verlangt. Amira hat extra darum gebeten, dass du mit dabei bist. Ich dachte, du möchtest vielleicht darauf vorbereitet sein.«

Prethas Lächeln erstirbt, aber sie gewinnt schnell wieder die Fassung und nickt. »Danke für die Warnung.«

Er wendet sich ab, und die Türen schwingen hinter ihm zu.

»Wer sind Misha und Amira?«, frage ich.

»Der König und die Königin der Wilden Fae. Sie waren während der letzten beiden Jahrzehnte entscheidend für unser Vorhaben.«

Wenn die beiden so entscheidend waren, warum ist Pretha dann so erschüttert, dass sie mit ihnen zusammentreffen soll?

Sie atmet tief durch und strafft die Schultern. »Wie läuft es bei deiner Suche nach dem Spiegel? Hast du den jungen Prinzen schon fragen können?«

Ich nicke. »Er arbeitet daran.«

Pretha lächelt angespannt. »Gut. Nun, dann machen wir uns mal ans Training, was?«

KAPITEL 14

»Noch mal«, sagt Pretha.

Nach fünf Stunden Training am dritten Tag in Folge ist mir dieses Wort so zuwider, dass ich mich übergeben könnte. Außer der kurzen Mittagspause verbringen wir den gesamten Tag hier in der Bibliothek damit, dass sie mich drillt, Dunkelheit zu erzeugen. Angefangen haben wir mit Tropfen an meinen Fingerspitzen und dann einer Kugel, die ich auf der Handfläche festhalten soll. Fazit? Trotz Prethas unendlicher Geduld kann ich die Kugel zwar erscheinen lassen, bin aber ein hoffnungsloser Fall, wenn es darum geht, sie zu kontrollieren, aufrechtzuerhalten oder ganz allgemein etwas *Nützliches* damit anzustellen.

Ich hole tief Luft, konzentriere mich auf meine Handfläche und versuche, Dunkelheit heraufzubeschwören. Doch als es mir gelingt, eine Schattenkugel zu erzeugen, wächst sie viel zu schnell an, läuft über, rinnt mir wie Sand durch die Finger und verschwindet wieder.

»Schlampig«, knurrt Finn hinter mir. Seine durchdringenden Silberaugen schießen Dolche in meine Richtung.

Erschrocken drehe ich mich zu ihm um. Abgesehen von der kurzen Begegnung mit den drei Fae-Männern, als mich Pretha zum ersten Mal in die Bibliothek gebracht hat, waren wir beide beim Training hier immer alleine.

Offenbar hat Finn beschlossen, mich heute mit seiner Anwesenheit zu beehren. »Was hast du gesagt?«, frage ich.

»Finn«, sagt Pretha. »Wie schön, dass du –«

Er unterbricht sie mit einem Kopfschütteln. »Heute nicht, Pretha. Lass uns allein.«

Sie lächelt mir entschuldigend zu. »Lass dir nichts von ihm gefallen«, sagt sie leise.

»*Lass uns allein,* Pretha«, faucht Finn kaum hörbar.

Ihr Blick wird eiskalt, als sie sich zu ihm umsieht, während sie weiter mit mir spricht. »Du darfst seine Launen nicht persönlich nehmen. Er sinnt jetzt schon seit zwanzig Jahren auf Rache.«

Sie wendet sich zum Gehen und ein klügerer, auf Selbsterhalt bedachter Teil meines Gehirns schreit, dass ich ihr folgen soll. Aber das tue ich nicht. Finn jagt mir keine Angst ein. Vielleicht sollte er das, aber … es war kein Zufall, dass das Dunkel in meiner Hand wuchs, als er hier auftauchte. Ich weiß zwar nicht, wie oder warum, aber meine Kraft reagiert auf ihn. Sie summt und fordert mich auf, sie einzusetzen, auch wenn er nur einfach dasteht.

Als wir alleine sind, stoße ich nur ein einzelnes Wort hervor. »Was?«

»Du bist schlampig bei deiner Magie, und dir fehlt es an Konzentration. Wenn du das nicht bald hinbekommst, wird dich dein liebender Prinz noch beim Herumschnüffeln in seinem Palast erwischen.«

Ich recke das Kinn hoch, aber seine Worte treffen mich kaum. Natürlich hat er recht. Ganz offensichtlich bin ich zu mehr fähig, als ich mir in der Welt der Menschen je hatte erträumen können, aber noch immer habe ich nicht die leiseste Ahnung, wie ich es kontrollieren soll. Bis jetzt hat mich das Training nur müde gemacht. Wenn ich es allerdings mit *ihm* in der Nähe versuchen könnte …

»Ist es das, was du dir wünschst?«, fragt er. »Deine Suche gezwungenermaßen abbrechen, damit du es dir in deinem neuen Leben bequem machen kannst?«

So eine Frechheit.

»Du hast es ja offenbar nicht nötig, mir deine Hilfe beim Lernen anzubieten.«

Er neigt den Kopf zur Seite. »Das ist eine ziemlich passiv-aggressive Art, um Hilfe zu bitten.«

»Ich –« Ich balle eine Faust und öffne sie wieder. Er ist so ein arrogantes Arschloch. »Du bist es doch, der darauf besteht, mir zu helfen, aber jetzt wo ich hier bin, überlässt du es Pretha.«

»Sie ist eine hervorragende Lehrerin. Du solltest dankbar sein, dass sie sich die Zeit nimmt, Prinzessin.«

»Warum nennst du mich ständig so?«, schnauze ich ihn an. »Ich bin keine Prinzessin.«

»Du bist nur wenige süße Versprechungen und zärtliche Augenblicke davon entfernt, die Braut dieses Jungen zu werden, und alle wissen das.«

Ich muss mir auf die Zunge beißen, um ihm nicht zu widersprechen. Aber es spielt keine Rolle, was er über mich und meine Beziehung zu Sebastian denkt. Wichtig ist nur, dass ich die Gegenstände für den König beschaffe und dass ich Jas zurückbekomme.

Aber Finn stichelt weiter. »Ist ein Leben im luxuriösen Goldenen Palast nicht alles, was sich dein sterbliches Herz je ersehnt hat?«

»Wie kommst du darauf«, erwidere ich verächtlich, »dass sich *mein sterbliches* Herz überhaupt irgendetwas ersehnt hat?«

»Träumen nicht alle sterblichen Mädchen davon, einen gut aussehenden Fae-Prinzen zu heiraten?«

»Du bist so ein arrogantes Arschloch!« Auf meiner Hand erscheint eine Kugel aus Schatten und ich schließe die Finger um sie. »*Dieses* sterbliche Mädchen hier hat jedenfalls nie davon geträumt. Ich wollte nicht hierherkommen. Ich wurde dazu gezwungen, weil der König *deines Hofs* meine Schwester gekauft hat.«

»Dann irrt sich Pretha also? Und du empfindest *nichts* für den Prinzen?«

»Ich …« Doch. Und ich tue es immer noch. Aber meine komplizierten Gefühle für Sebastian gehen Finn nichts an. Meine Wut lässt die Schattenkugel pulsieren. »Mir liegt nichts daran, eine Fae-Prinzessin zu sein. Hätte ich gewusst, dass Sebastian ein Fae ist, hätten wir niemals Freundschaft geschlossen. Und das wusste er auch.«

Finn geht langsam im Kreis um mich herum, und ich komme mir vor wie ein Pferd auf dem Markt, das aus jeder Blickrichtung taxiert wird. »Da hast du ihm sicher seine Lügen verziehen, wenn du darauf hoffst, ihn zu heiraten und den Bund mit ihm einzugehen.«

»Ich hoffe nicht darauf, ihn zu heiraten«, schnauze ich ihn an. Ich muss die Finger spreizen, um die wirbelnde Schattenkugel, die immer größer wird, festzuhalten. »Und ich will keine Prinzessin werden. Ich will auch keinen Bund mit einem Fae eingehen – mit *niemandem*.«

Er bleibt vor mir stehen und sieht mir in die Augen. »Dann bist du also an niemanden gebunden?«

Ich verdrehe die Augen. »Nicht, dass dich das überhaupt etwas angeht, aber nein. So etwas würde ich nicht zulassen.«

Finn lässt die Schultern sinken. Wenn ich es nicht besser wüsste, würde ich sagen, dass er erleichtert ist. Aber es gibt keinen Grund, warum diesen Unseelie-Prinzen so etwas überhaupt kümmern sollte. »Irgendwann wird Sebastian dich bitten, den Bund mit ihm einzugehen«, sagt er.

»Er weiß, was ich von euch Fae und euren Verbindungen halte, mit denen ihr uns Menschen kontrolliert. Es wird nicht dazu kommen.« Selbst wenn ich es wollte, könnte ich mit Sebastian keinen Bund eingehen. Ich kann ihm diese Vertrautheit mit mir gar nicht zugestehen, solange ich auf meiner Suche nach Jas herumschnüffeln muss.

»Auch Mordeus wird danach fragen. Vergiss nicht, der Bund kann nur eingegangen werden, wenn *du* es zulässt. Und du solltest das *niemals* tun, wenn dir an deinem sterblichen Leben gelegen ist.«

»Soll das eine Drohung sein, Finn?«

»Es ist eine Warnung, Prinzessin.«

»Ein Bund ist in unserer Abmachung nicht enthalten.«

»Noch nicht, aber hüte dich vor Mordeus' Tricks.«

Mordeus' Tricks? Und was ist mit Finns Tricks?

Er bläst die Luft aus. »Ich kann versuchen dir zu helfen. In Wahrheit wissen Pretha und ich aber überhaupt nichts über Sterbliche, die Magie besitzen – oder wie die Magie bei euch funktioniert.«

»Warum sollte das bei uns anders sein?«

Er runzelt die Stirn. »Weil *du* anders bist.« Er kommt heran und fasst mich am Arm. Mit der Fingerspitze fährt er vom Ellenbogengelenk innen bis zu meinem Handgelenk herunter, fast bis zu der Schattenkugel, die ich in der Hand halte. Ein Schauer läuft mir über den Rücken.

Finn hebt den Blick, sieht mir in die Augen und öffnet den Mund. Für einen Moment ist mir, als würde er es auch spüren – diese pulsierende Energie zwischen uns, dieses Bewusstsein, wacher und lebendiger zu sein denn je. *Das ist nichts als Magie,* sage ich mir, aber ich bin eine lausige Lügnerin.

Wieder fährt er mir mit der Fingerspitze über die Haut. Ich atme langsam und kontrolliert ein und wünsche mir, dass er mich loslässt. Er wird das tun, wenn ich darum bitte – da bin ich mir sicher –, aber ich will mir die Wirkung, die er auf mich hat, nicht anmerken lassen.

»Was passiert, wenn ich dich schneide?«, fragt er.

»Dann blute ich.«

Er nickt. »Und wenn die Wunde heilt, wird dein Körper frisches Blut erzeugen, während du dich erholst. Ist der Schnitt aber zu tief und zu lang, dann blutest du zu stark und kannst nicht schnell genug frisches Blut bilden, das durch deine Adern fließt und das deinen Körper erhält, und du stirbst.«

»Ich weiß, wie das funktioniert«, maule ich.

Er sieht mich finster an. Wieder zieht er die Spur über meinen Arm, aber diesmal kann ich das Schaudern nicht überspielen. »Für die Fae ist Magie wie Blut.«

»Das verstehe ich nicht. Blutet ihr denn nicht?« Das kann nicht sein. Ich habe Sebastian schon bluten gesehen – und sogar selbst bei ihm kleine Schrammen versorgt.

»Wir bluten, aber es ist die Magie in unserem Blut, die uns heilen lässt, die Magie, die uns am Leben erhält, nicht das Blut. Dir schenkt das Blut das Leben. Bei uns ist es die *Magie*, die das Leben schenkt.« Sein Blick senkt sich zu meinem Mund und mir stockt der Atem.

So plötzlich, wie er ihn ergriffen hat, lässt Finn meinen Arm wieder los und tritt zurück. Er sieht aus dem Fenster und fährt sich mit der Hand durchs Haar, streicht es aus seinem Gesicht und bindet es dann nach hinten, als würde er sich zum Training bereit machen. »Die Analogie ist nicht perfekt, aber eine bessere kann ich nicht bieten. Die Magie ist nicht unendlich. Sie ist an unsere

Lebensquelle gebunden, und wir müssen uns mit unseren Fähigkeiten vertraut machen, um uns nicht zu überlasten. Aber so wie sich Blut neu bildet, wenn man ein wenig davon verliert, sollte sich auch die Magie eines Fae regenerieren. Wie viel man verlieren und ohne dauerhafte Schwächung wieder neu bilden kann, hängt von der Macht eines Fae ab.«

»Was geschieht, wenn ein Fae zu schnell zu viel Macht verliert?«

»In den meisten Fällen verliert man das Bewusstsein, bevor man dauerhaft Schaden nimmt, aber wenn die Magie in voller Absicht und großer Heftigkeit abgegeben wird –« Er wendet sich wieder zu mir um, und in seinen schönen Augen ist etwas wie Trauer zu lesen.

»Wenn sie zu schnell abgegeben wird, kann ein Fae an der Nutzung von Magie sterben?«

»Es ist eine Entscheidung. Eine so große und dem Fae so wichtige magische Handlung, dass es ihm den Preis wert ist.«

»Glaubst du, *ich* könnte sterben, wenn ich zu schnell zu viel Magie abgebe?«

Er legt den Kopf auf die Seite und betrachtet mich. »Du hast noch nicht einmal begonnen, die Tiefe deiner Macht zu ergründen.«

Der Schatten auf meiner Hand platzt wie eine Seifenblase und löst sich auf.

Finn mustert mich von oben bis unten und schüttelt angewidert den Kopf. »Für jemanden mit solch einer Gabe ist es beinahe eindrucksvoll, wie wenig du sie benutzt. Deine Macht ist gewaltig wie der Ozean, und doch beschränkst du dich auf das, was du davon in der Hand halten kannst.«

»Ich tue genau das, was Pretha von mir *verlangt* hat.«

»Und es gelingt dir nicht«, knurrt er und bläht die Nasenflügel.

»Was willst du von mir?« Ich halte mich an meiner Wut fest. Mit dieser Feindseligkeit zwischen uns fühle ich mich viel wohler als bei diesen ... *anderen* Gefühlen, die er in mir auslöst. »Willst du mir nun helfen oder mich doch nur entmutigen?«

Er verschränkt die Arme. »Also gut. Zeige mir, was du kannst. Aber nicht diesen Unsinn mit einer Handvoll Dunkelheit. *Beeindrucke* mich.« Als ich die Handflächen nach oben drehe zum Zeichen, dass ich keine Ahnung habe, wie ich etwas Beeindruckendes zustande bringen soll, schnaubt er: »Der Raum hier ist im Zwielicht. Du hast also jede Menge, womit du arbeiten kannst. Hör auf, zu viel darüber nachzudenken, und zeige es mir.«

Ich trete etwas aus dem Licht, konzentriere mich und versuche zu verschwinden, doch nur meine Finger verblassen kurz und erscheinen dann wieder. Aber ich spüre es – wie ich es immer spüre, wenn er in der Nähe ist – Macht pulsiert in meinem Blut und fleht danach, auszubrechen. »Sag mir, wie.«

»Du kämpfst dagegen an. Lass es einfach geschehen.«

Ich starre auf meine Hand und versuche ... es nicht zu versuchen. Als die Dunkelheit wieder wegflackert, stöhne ich enttäuscht auf. »Ich werde immer schlechter.«

»Ich habe eine Idee«, sagt er und sieht aus dem Fenster. »Komm mit.«

Ohne sich umzudrehen, geht er hinaus – nicht nach vorn, wo Pretha und ich jeden Tag hereinkommen, sondern zur Hintertür, die ich noch niemanden habe benutzen sehen.

Sie führt hinaus auf eine mit Möbeln bestandene Terrasse. Wir folgen einer schwach erleuchteten Gasse und gehen um ein paar Gebäude herum. Als er schließlich stehen bleibt, befinden wir uns auf einem riesigen Friedhof. Es ist ein schöner Abend, die Gräberreihen gepflegt, wenn auch ein bisschen morbide. »Warum hier?«, frage ich.

Finn reißt den Blick los von einer Schar Raben am Himmel und blickt mich fragend an. »Sag du es mir.«

Weil ich mich draußen am wohlsten fühle. Weil ich mich bei Einbruch der Dunkelheit aus einem unerklärlichen Grund zuversichtlicher fühle. »Die Nacht nährt meine Magie, ist es deswegen?«

»Das könnte man sagen. Was hast du bisher gefühlt, wenn du erfolgreich deine Fähigkeit benutzt hast?«

»Wut? Verzweiflung? Ich weiß nicht.« Ich beiße mir auf die Lippe und sehe zu ihm auf. Ich hasse es, mir wie eine Idiotin vorzukommen. »Kann man Wut dazu verwenden, um Magie zu bewirken?«

»Natürlich.« Er zuckt mit den Schultern. »Es ist eine relativ schwache Empfindung, kann aber durchaus weniger bedeutsame Magie auslösen. Wut allein genügt aber nicht, um die volle Tiefe deiner Macht zu erkunden.«

Ich verdrehe die Augen. »Jetzt sagst du mir bestimmt gleich, dass dazu *Liebe* nötig ist?«

Seine Silberaugen flackern auf und ich erschrecke fast, als er lächelt. Ich glaube, das geschieht zum ersten Mal, ohne dass er sich über mich lustig macht. Er ist … überwältigend. Ich will das gar nicht wahrnehmen, aber diese scharf gezeichneten Wangenknochen und faszinierenden Augen, die vollen Lippen, die sich fast unmerklich öffnen, wenn er mich beobachtet. Nun, ich kann mir nicht vorstellen, dass Finns Schönheit jemandem mit halbwegs funktionierenden Augen entgehen könnte.

»Man könnte sagen, dass sich das Ausüben magischer Kraft ein wenig wie Liebe anfühlt«, erklärt er. »Aber es ist eher wie …« Er schließt die Augen, wedelt mit den Fingern und atmet tief ein. »Es fühlt sich eher wie Hoffnung an.«

»Dann bin ich verloren.«

Er reißt die Augen auf, wippt auf den Fersen nach hinten und mustert mich. »Warum das?«

»Ich hoffe nicht. Reine Zeitverschwendung. Wenn nicht sogar gefährlich.«

Er neigt den Kopf zur Seite. »Dann irrst du dich. Was soll an der Hoffnung gefährlich sein?«

Ich stoße die Luft aus. »Was, wenn da nichts ist, worauf man hoffen könnte?«

Sein Mund zuckt, und das spöttische Lächeln ist zurück. »Belügst du dich auch selbst, oder nur mich?«

»Ich lüge nicht.«

Er kichert. Dieser Arsch *lacht mich aus*. »Du wohnst in diesem Palast, suchst nach den Artefakten der Unseelie und hältst an diesem heuchlerischen Hof deine Stellung, du kommst hierher und trainierst nach Kräften – und warum das alles?«

»Um meine Schwester zu retten.«

Er dreht beide Hände nach oben, als wolle er sagen *Da siehst du es*.

»Das ist nicht dasselbe. Ich handle aus Logik, nicht aus Verzweiflung.«

»Wer behauptet denn, dass Hoffnung verzweifelt sein muss?« Er kommt heran, fasst meine Hand, und sofort ist da wieder diese Verbindung zwischen uns zu spüren, während die Dämmerung fortschreitet und am Himmel die ersten Sterne erscheinen.

Mir stockt der Atem. Die Dunkelheit lindert alles Scharfe und Raue, auch meine Ängste, und da bemerke ich, dass das gar nicht der Abendhimmel ist, sondern nur eine Kugel, die uns umgibt. »Du hast es dunkel werden lassen«, sage ich. »Das ist schön.«

»Es ist in *dir*«, sagt er leise und beinahe traurig.

»Es ist nicht meine Macht, die du hier siehst. Es ist deine. Ich bin nichts als eine Verbindung, ein Werkzeug, um die Tür zu öffnen, weil du dir unglücklicherweise selbst im Weg stehst.«

Ich strecke die andere Hand nach oben, und sie verbindet sich mit der Dunkelheit. Während ich mich in der Nacht auflöse, während ich zu Dunkelheit werde, weiß ich, wie ich es kontrollieren kann.

»Spürst du es?«, fragt Finn und zieht meine Aufmerksamkeit wieder auf sich. Seine Augen mustern mich, als würde er nach einem Geheimnis forschen. Und ich spüre es tatsächlich. Jeder Blick aus diesen silbernen Augen fühlt sich wie eine intime Berührung an. Als er wieder etwas sagt, klingt seine Stimme tiefer und ein bisschen heiser. »Spürst du die Möglichkeiten, die in deinem Blut pulsieren?«

Ich sehe ihm in die Augen und schlucke. Ist es das, was ich fühle, wenn er mich berührt? Möglichkeiten? Es fühlt sich nämlich an wie … *Lust*. Ich würde aber lieber noch eine Nacht in Mordeus' Verlies zubringen, als das zuzugeben, und nicke.

Finn lässt die Hand wieder sinken, die Blase aus Nacht löst sich wieder auf, und an ihre Stelle tritt der goldene Schein der untergehenden Sonne.

Finn blickt zu dem Schwarm Raben hinauf. »Wir sollten hineingehen.«

»Warum?«, will ich wissen. Ich will nicht wieder hineingehen. Noch nicht.

»Siehst du die Vögel dort?«

Einer der Vögel kräht, als hätte er es gehört, und das Geräusch zerschneidet förmlich die stille Abendluft.

»Ja?«

»Wenn die Raben so schwärmen, ist das ein Anzeichen dafür, dass die Sluagh in der Nähe sind.«

»Slu-was?«

»Sluagh. Es sind die Geister von Toten, die niemals den Übergang geschafft haben. Aus irgendeinem Grund sind sie auf halbem Weg gefangen.«

»Sind sie Geister?«

Er verzieht das Gesicht und betrachtet weiter die Raben. Ich frage mich, was er sieht, während er sie beobachtet. Es ist, als würde er versuchen, aus ihren Bewegungen Antworten herauszulesen. »Auf ihre Art wohl schon. Sie sind verfluchte Tote, vorzeitig getötete Fae, denen zu wenig Macht blieb. Jetzt müssen sie in ihrem Reich herumwandern, bis ihr Tod gesühnt ist. Und manche werden Unschuldige in den Tod locken, um ihre eigene Wut zu lindern.«

Mir läuft ein Schauer des Entsetzens über den Rücken und ich schlucke. »Treiben sie sich immer in der Nähe von Friedhöfen herum?«

»Sie bleiben in der Nähe der Orte, wo sie ermordet wurden, und wenn du nicht eine ausführliche Unterrichtsstunde darüber haben möchtest, schlage ich vor, dass wir rasch hineingehen.«

KAPITEL 15

Die nächtliche Brise weht zum Fenster herein und verschafft mir kühle Linderung nach dem heißen Tag.

Ich habe Kopfschmerzen vorgeschützt und das Abendessen mit den anderen Mädchen ausgelassen. Nach meiner kleinen Trainingsrunde mit Finn bin ich geistig erschöpft, obwohl ich vielleicht noch ein paar Stunden durchgehalten hätte. Offen gestanden habe ich keine Lust, mitanzusehen, wie die anderen Mädchen Sebastian umschwärmen. Und ich will auch nicht sehen, wie er mit ihnen flirtet. Will nicht sehen, wie er sie anlächelt, so wie er mich früher angelächelt hat, und ich will auch nicht an seine gemeinsame Zukunft mit einer von ihnen denken.

Ich blicke zum Sternenhimmel hinauf, als es an der Tür klopft. *Drei Schläge. Pause. Zwei Schläge.*

Ich muss über Sebastians Klopfzeichen lächeln. »Komm rein.«

Die Tür geht einen Spalt auf und er streckt den Kopf herein. »Bist du allein?«

»Ja, die Dienstmädchen sind schon fort.«

Er schiebt sich ganz ins Zimmer. Er trägt eine rostbraune Lederhose und ein weißes, am Hals offenes Hemd, das die goldene Haut seiner Brust zur Geltung bringt. Das weiße Haar hängt ihm lose über die Schultern. Als Reaktion auf sein Lächeln zieht sich meine Brust zusammen, vor Sehnsucht nach Dingen, die ich nicht haben kann, mir nicht wünschen sollte. Mit ausladender Geste zaubert er etwas hinter seinem Rücken hervor, und meine Augen weiten sich, als ich den silbernen Spiegel erkenne. Er sieht haargenau aus wie der, den ich unter der Matratze versteckt habe. »Ist das … ist er das wirklich?«

»Der Spiegel der Entdeckung.« Er streckt ihn mir mit beiden Händen hin.

Als sich meine Finger um das kühle Metall schließen, pocht mein Herz heftig. *Jetzt bin ich einen Schritt näher, Jas.*

»Du siehst … überwältigt aus«, sagt er.

Ich reiße mich von meinem Spiegelbild los und sehe ihn an. »Wer wäre das nicht?«

Schüchtern lächelt er. »Jetzt überraschst du mich aber. Bis jetzt hast du dich immer so abfällig über meine Welt geäußert. Ich hatte nicht erwartet, dass du dich so für unsere heiligen Gegenstände interessierst.«

Genau. Ich muss schlucken. »Ich glaube, je länger ich hier bin, desto mehr liegt mir daran, euer Reich zu verstehen?« Es gelingt mir nicht, das nicht wie eine Frage klingen zu lassen.

Er schweigt eine ganze Weile. Befangen lächle ich ihn an und will mich gerade von ihm wegdrehen, als er meint: »Ist es denn so schlimm?«

»Was?«

Mit ausgebreiteten Armen deutet er das Zimmer, den Palast, ja wahrscheinlich seinen ganzen Hof an. »Hier zu sein. Ich weiß, du wolltest niemals hierherkommen, aber bist du … unglücklich?«

»Ich werde erst glücklich sein, wenn Jasalyn in Sicherheit ist.«

Er zieht den Kopf ein und reckt dann den Hals. »Natürlich. Das verstehe ich.«

Ich bin wirklich unmöglich. »Tut mir leid, Sebastian. Ich wollte nicht …«

Geradezu gequält fragt er: »Wirklich?« Ich will schon widersprechen, als er die Hand hebt. »Möchtest du ihn ausprobieren?« Er nickt in Richtung Spiegel. Ohne es zu wissen, drücke ich ihn immer noch fest an meine Brust.

Ich muss schlucken, halte ihn von mir weg und betrachte mein Spiegelbild. Ich hatte die Mägde am Abend gebeten, mein Haar herunterzulassen; meine Locken bilden ein wildes Durcheinander um mein Gesicht – gar nicht die gezähmten, vollkommenen Locken, die sie mir legen, wenn mich die beiden morgens für den Tag bereit machen. Aber mein Gesicht … mein Gesicht hat sich in den neun Tagen seit meiner Ankunft hier verändert. Nahrung im Überfluss und regelmäßiger Schlaf haben ihm gutgetan. Die dunklen Ringe unter den Augen sind verblasst, und meine Wangen längst nicht mehr so eingefallen. Mir geht es hier wirklich gut, aber was ist mit Jas? Bis zu diesem Moment war gar nicht klar, wie sehr ich mich vor der Antwort auf diese Frage fürchte. »Wie funktioniert er denn?«

»Er zeigt dir, was du sehen willst. Oder das sollte er. Ich weiß nicht, ob ihn je eine sterbliche Person benutzt hat.« Sein Blick ist überaus freundlich und er nickt mir aufmunternd zu. »Sag ihm, was er dir zeigen soll.«

»Zeige mir Jasalyn«, sage ich leise.

Die Luft um den Spiegel beginnt vor Magie zu flimmern, und er scheint in meiner Hand zu vibrieren, während mein Spiegelbild verblasst. Das Glas zeigt jetzt eine prächtige Schlafkammer. Es ist, als würde man durch ein Fenster blicken. Jasalyn sitzt vor einer

Frisierkommode und lächelt ihr Spiegelbild an, während Dienstmädchen ihr das Haar bürsten. Das Geräusch, das mir über die Lippen kommt, ist zur Hälfte Schrei und zur Hälfte Ächzen. Sie sieht *gut* aus. Ihre Wangen sind vor Lachen gerötet und ihr Gesicht wirkt voller, als hätte sie, genau wie ich, in Faerie besser gegessen als je zuvor.

»Ich vermisse meine Schwester«, sagt Jas lächelnd zu ihren Dienstmädchen. »Sie würde euch beide mögen.«

Die Magd, die ihr das Haar bürstet, sieht ihr im Spiegel in die Augen und lächelt. »Ich habe keinen Zweifel, dass ihr bald wieder vereint sein werdet.«

Jas beißt sich auf die Unterlippe. »Ich hoffe es. Ich muss ihr so viel erzählen.«

Das Bild verschwindet, und ich sehe wieder mich selbst im Spiegel.

»Und?«

Ich sehe auf zu Sebastian, der mich erwartungsvoll mustert. »Hast du das nicht gehört?«, frage ich.

Kopfschütteln. »Ich kann nicht sehen, was du siehst. Und wenn ich ihn halte, könntest du nicht sehen, was ich sehe. Hat es funktioniert?«

Ich nicke und gebe mir keine Mühe, mein Lächeln zu verbergen. »Es geht ihr gut. Ich fehle ihr, aber es geht ihr gut und sie scheint es bequem zu haben. Sie ist nicht« – mir schnürt es die Kehle zusammen, und es fühlt sich an, als müsste ich das Wort durch eine sehr enge Stelle hindurchpressen – »alleine.«

Sebastian atmet erleichtert durch. »Gut«, murmelt er, fast für sich. »Dann haben wir wohl noch etwas Zeit.«

Ich presse den Spiegel wieder an meine Brust. »Danke, Sebastian. Vielen Dank dafür.«

»Gern geschehen«, antwortet er leise. »Ich möchte doch nur, dass du hier glücklich bist, dich sicher fühlst und darauf vertraust, dass ich alles dafür tue, um Jas zurückzuholen.« Er kommt näher, blickt mich eindringlich an, und mein Herz pocht aufs Neue. »Machst du einen Spaziergang mit mir?«

Ich hole tief Luft. »Natürlich.« Ich rede mir ein, dass ich ihm nur die nötige Aufmerksamkeit gebe, damit ich bleiben darf, rede mir ein, dass ich das Nötige tue, um auch den nächsten Gegenstand für den König zurückzuholen, aber während der vergangenen Tage hat mir Sebastian wirklich gefehlt. Ich habe ihn nicht mehr gesehen, seit ich ihn beim Trainingsplatz besucht und um den Spiegel gebeten habe.

Ich war bei Pretha, während er Gott weiß wo war, und mir hat sein aufmunterndes Lächeln gefehlt. Seine Wärme.

Ich hebe den Spiegel hoch. »Den lasse ich besser hier, damit ihn niemand sieht.«

»Natürlich.« Er nickt.

Ich ziehe an meinem Sekretär eine Schublade auf und lege den Spiegel behutsam hinein. Dann fällt mir meine Nachtkleidung ein und ich recke verlegen den Rücken gerade. »Ich sollte mir etwas anziehen.«

»Du siehst bestens aus.«

Passend zum lauen Sommerabend trage ich weite, fließende rosafarbene Hosen, die tief auf meinen Hüften sitzen, und das dazu passende ärmellose Schlafoberteil mit U-Ausschnitt und nichts als weicher Spitze um die Taille. Ich runzele die Stirn. »Würden es die Bediensteten nicht seltsam finden, wenn ich im Schlafanzug mit ihrem Prinzen spazieren gehe? Außerdem sehe ich furchtbar aus.«

Sein Blick wandert zärtlich wie eine Liebkosung über mich hinweg. »Du bist wunderschön, ganz egal was du trägst.« Mir steigt die Hitze in die Wangen und tief in meinem Bauch sammelt sich Wärme. Als er noch näher kommt, ist jede Zelle meines Körpers in Habachtstellung. »Wenn du willst, könnte ich einen Verhüllungszauber verwenden, damit uns niemand sieht.«

»Du … du kannst so etwas tun?« Außer seinem Kampf gegen den Barghest und dem Betäuben meiner Wunde danach habe ich Sebastian noch nicht viel von seiner Fae-Magie einsetzen sehen.

Grinsend schnippt er mit den Fingern. »Schon geschehen.«

»Aber ich kann dich immer noch sehen«, sage ich verwundert.

»Und ich dich auch.« Sein Blick wandert langsam über mich, als wolle er damit sagen, dass er es gar nicht anders haben möchte. »Aber niemand sonst kann uns sehen oder hören, wenn wir miteinander reden. Vertraust du mir?«

Das ist eine Fangfrage, die ich so noch nicht beantworten kann. Bevor ich hierherkam und herausfand, wer er ist, habe ich ihm bedingungslos vertraut, aber dieses Vertrauen hat er verletzt. Und jetzt? Er hat mir den Spiegel gegeben, damit ich nach Jas sehen kann, und er sucht nach ihr. Es wäre leicht, ihm wieder zu vertrauen. Vielleicht zu leicht.

Als könne er die Richtung meiner Gedanken spüren, schiebt er das Kinn vor. »Wir schaffen das. Ich werde es mir wieder verdienen. Versprochen.« Er reicht mir die Hand und ich ergreife sie, nehme die Wärme seiner Haut wahr, seine rauen Finger, die sich mit meinen verflechten.

Händchen haltend gehen wir hinaus auf den Flur, vorbei an Wachleuten und Dienern, die den Palast für die Nacht fertig machen. Keiner sieht durch Sebastians Trugzauber hindurch und ich frage mich, was er wohl davon halten würde, wenn er wüsste, dass ich so etwas ebenfalls kann – wenn auch weniger wirkungsvoll und dauerhaft. Früher wäre er der Erste gewesen, dem ich von meinen

Fähigkeiten hätte erzählen wollen. Inzwischen bin ich froh, dass ich meine Gabe damals in Fairscape noch nicht als solche erkannt habe. Ich hätte ihm sofort alles erzählt, und meine Aufgabe hier wäre unmöglich zu erfüllen gewesen.

»Wollen wir hinaus in die Gärten?«, fragt er.

Mit einem Blick auf meine nackten Füße beiße ich mir auf die Lippe. »Sollte ich mir nicht lieber ein Paar Schuhe holen?«

»Die Gärten sind makellos. Man kann dort ohne Gefahr barfuß laufen.«

Eigentlich kann ich mir nichts Schöneres vorstellen, als an einem warmen Abend im Mondschein spazieren zu gehen und das kühle Gras unter den Zehen zu spüren. Ich drücke seine Hand und lasse mich von ihm durch eine Glastür hinaus in einen weitläufigen Gartenhof führen. Davon gibt es im Palast unzählige, auch an diesem bin ich schon vorbeigekommen, habe ihn aber noch nicht besucht.

Wir schlendern bis zur Mitte und ich bleibe unter der silbernen Sichel des abnehmenden Mondes stehen. Mit geschlossenen Augen atme ich durch die Nase den Duft von Rosen und Lilien ein. Beinahe könnte ich schwören, das Mondlicht zu riechen.

Als ich die Augen wieder aufschlage, beobachtet mich Sebastian. »Was denn?«, frage ich verblüfft.

Er schluckt. »Ich sehe es wirklich sehr gern, wenn du so loslassen kannst. Du lässt dich nicht oft gehen, aber wenn du es tust …« Er hebt die Hand und berührt meinen Hals. »Du bist atemberaubend.« Seine Finger verweilen bei meinem Ohr, und für einen Augenblick glaube ich, er würde sie in mein Haar schieben … und vielleicht endlich seinen Mund zu meinem herabsenken. Doch er reißt sich wieder los und betrachtet einen Brunnen, der mitten in einem Rosenbeet plätschert.

Enttäuschung nagt an mir. Ich senke den Kopf und versuche mich zusammenzureißen und mich daran zu erinnern, was ich will – was ich von Sebastian *brauche* – und das ist kein Kuss.

»Ich weiß, dass du dir nie ein Leben in Faerie gewünscht hast«, sagt Sebastian, den Blick immer noch auf den Brunnen gerichtet. »Aber … ich möchte wissen, ob du dir vorstellen kannst, hier glücklich zu sein. Ich muss wissen, ob … ob ich vielleicht das Glück haben kann, dich zu einem Leben mit mir zu überreden.«

Ein Leben mit ihm. In Faerie. Für immer. Er fragt mich, ob ich als verhätschelte Prinzessin leben möchte, eingesperrt in einem Schloss. Blind für die vielen menschlichen Bediensteten, die ein solches Leben ermöglichen? Selbst wenn die Diener im Goldenen Palast ein besseres Leben führen, als ich es mir je hätte vorstellen können, wie soll ich selbst Teil einer Welt werden, in der so viele Menschen als Ware behandelt werden?

Hat Finn recht, wenn er glaubt, ich wäre so leicht dazu zu bringen, ein solches Leben zu akzeptieren?

Nein. Auch wenn ein Teil von mir Sebastian wiederhaben will – immer noch? –, ist es nicht das Leben, das ich mir wünsche.

Wenn ich aber weiter im Schloss bleiben will, muss ich Sebastian wohl glauben machen, dass ich es mir vorstellen könnte. Auch wenn etwas Zerbrechliches in meiner Brust zerdrückt wird, wenn ich ihn anlüge. »Das ist schwierig für mich«, flüstere ich, und die Wahrheit der Worte schwingt in meiner Stimme mit. »Ich müsste lügen, wenn ich behauptete, ich wäre für ein Leben in Faerie bereit.«

Er lässt den Kopf hängen. Wenn er mich doch ansehen würde.

»Aber verlassen möchte ich dich auch nicht«, sage ich. Und selbst das stimmt, wie mir klar wird. »Kannst du mir noch etwas Zeit geben?«

Mein Herz pocht heftig und befeuert mein schlechtes Gewissen. Ich will so aufrichtig wie möglich sein. »Es fällt mir leicht, mir ein Leben mit *dir* vorzustellen, Bash. Es ist all das andere, das mir Probleme macht.«

Er schüttelt den Kopf und in seinen Augen steht so etwas wie Verwunderung. »Danke.«

»Wofür?«

»Dass du mir verzeihst. Dass du jetzt mit mir hier bist. Ich nehme das nicht für selbstverständlich hin.«

Ich schlucke. Ich verdiene dich nicht. Du solltest mir nicht vertrauen.

Als er wieder meine Hand ergreift, führt er mich zu einer steinernen Bank, auf die wir uns setzen, das Mondlicht in uns aufsaugen, über nichts sprechen und einfach nur den Duft der Blumen einatmen. Die Nacht war mir von allen Tageszeiten schon immer die liebste, aber hier in Faerie bringt sie die Kraft unter meiner Haut zum Summen und gibt mir das Gefühl, fliegen zu können. Und hier neben Sebastian fühlt es sich an, als könnte ich *glücklich* sein.

»Meine Mutter liebt diese Gärten«, sagt er. »Als sie jünger war, hat sie jede freie Minute bei den Blumen verbracht. Vater fand sie manchmal mitten in der Nacht hier und musste sie zurück ins Bett zerren.«

»Deine Mutter hat deinen Vater erwähnt, als ich ihr vorgestellt wurde. Sie sagte, du hättest das weiche Herz von König Castan geerbt. Ich wette, er wäre stolz auf dich.«

Sebastian legt den Kopf schief. »Das wäre schön.«

»Was ist mit ihm geschehen?«

»Er wurde vor einigen Jahren bei einem Attentat auf meine Mutter getötet.«

Mir stockt der Atem. »Von wem?«

»Von einer Gruppe abtrünniger Fae aus unserem Reich, die nun für die Unseelie kämpfen.«

Mich schaudert in der nächtlichen Brise, aber es ist mein schlechtes Gewissen, nicht die milde Luft, das mir die Haut kribbeln lässt. Ich sollte nicht meine Zeit mit Gedanken an eine gemeinsame Zukunft mit Sebastian verschwenden. Wenn er wüsste, dass ich mit dem Unseelie-Prinzen und seiner Bande von Außenseitern zusammenarbeite, wäre von dieser Zukunft keine Rede mehr. »Das tut mir leid«, flüstere ich, aber ich weiß, eine Entschuldigung ist nicht genug für einen solchen Verrat.

Er seufzt. »Der Krieg mag vorüber sein, aber die Spannungen zwischen unseren Höfen sind ernster denn je. Manche glauben, sie sind nur aufzulösen, wenn die Monarchie an beiden Höfen abgeschafft wird und ein Neubeginn stattfindet.«

»Und was glaubst du?«

Er betrachtet mich lange. »Ich glaube, dass Veränderungen bevorstehen. Und dass der richtige Anführer beide Höfe vereinigen könnte.« Er schüttelt den Kopf und blickt auf. »Aber das ist genug Politik für einen Abend. Bringen wir dich wieder nach drinnen.«

Schweigend gehen wir zurück in den Palast. Ich spüre sofort, wie mir die Nachtluft und die Einsamkeit des Gartens fehlen.

Drinnen passiert uns eine Gruppe Mädchen in aufreizenden Kleidern auf dem Weg zum Ballsaal. Da die Königin unterwegs ist und meine Anwesenheit nicht erforderlich ist, hatte ich ganz vergessen, dass heute Abend ein Tanz stattfindet. Meine Mägde sind wahrscheinlich schon in meinem Zimmer und hoffen, dass sich meine Kopfschmerzen gebessert haben, damit sie mich wie eine Puppe verkleiden können.

»Solltest du nicht dort mit dabei sein?«, frage ich Sebastian und hoffe, dass er meinen eifersüchtigen Unterton nicht bemerkt.

»Ich glaube, wir wissen beide, dass ich den Abend lieber mit dir verbringe.«

Wieder fühle ich dieses Flattern im Bauch, aber ich beachte es nicht und stoße ihn stattdessen mit der Schulter an. »Du bist wirklich schamlos beim Flirten.« Ich beiße mir auf die Lippe und versuche, mir die Frage zu verkneifen, die mich schon den ganzen Tag beschäftigt.

»Was denn?«, fragt er. »Ich kenne diesen Blick. Woran denkst du?« Lächelnd hakt er sich bei mir unter und führt mich zur Küche. Wenn er mich so ansieht, ist es nur zu leicht, in ihm wieder den Jungen von früher zu sehen und alles andere zu vergessen.

»Du sagtest, du würdest zu mir nach Fairscape zurückkommen.«

»Das habe ich ernst gemeint.« Wir gehen in die Küche. Wie beim letzten Mal ist niemand hier, aber es riecht nach Brathähnchen, Kürbisgemüse und Eintopf – eine bittersüße Erinnerung daran, wie leicht das Leben hier ist.

»Aber wie hätte das gehen sollen, Bash? Hattest du vor, nach Hause zu gehen, dir eine Frau zu suchen und dann als verheirateter Mann zu mir nach Fairscape zurückzukehren?«

Er streckt den Rücken durch. »Ich habe Hunger. Du auch?«

»Geh der Frage nicht aus dem Weg.«

»Tue ich nicht. Aber ich muss etwas essen.« Er lächelt und zeigt mit dem Finger auf den großen Kühler an der Wand. »Es gibt Eis. Frisch zubereitet.«

Mir läuft das Wasser im Mund zusammen. Ich kenne Eiscreme noch aus meiner Kindheit. In Fairscape ist das etwas ganz Besonderes. Frische Milch ist teuer, und wenn das Eis zubereitet ist, muss man es sofort essen, denn nur in den reichsten Haushalten von Elora gibt es Eisschränke, in denen Gefrorenes ständig zur Hand ist. Ist so das Leben in Faerie? Eiscreme in jeder Küche? Jeden Tag mit cremiger Süße auf der Zunge ausklingen lassen? Ich runzele die Stirn und gebe vor, darüber nachzudenken und mir nicht anmerken zu lassen, wie sehr ich mich danach sehne. »Welche Sorte?«

»Wir haben alle möglichen Sorten, aber wenn ich mich recht erinnere, muss bei dir auf jeden Fall Schokolade dabei sein.«

Bei diesen Worten fühle ich mich plötzlich verletzlich, und aus irgendeinem Grund sind mir mein Schlafanzug und die nackten Füße plötzlich wieder sehr bewusst. Letztes Jahr hat Sebastian mir zum Geburtstag Schokolade mitgebracht. Nur eine kleine Portion von einem Händler auf dem Markt. Es war ein solcher Genuss … ich war einfach überwältigt, aber diese kleine Geste nahm ihn damals noch mehr für mich ein. »Schokolade hört sich gut an.«

Als er aus dem Schrank zwei Schälchen nimmt, muss ich lachen.

Er grinst. »Was ist denn?«

»Was mühselige Tätigkeiten wie das Portionieren von Eiscreme betrifft, habe ich immer gedacht, die Fae würden dazu ihre Magie benutzen.« *Oder ihre Diener.*

»Das wäre pure Angeberei«, antwortet er augenzwinkernd.

Und wenn Magie Leben ist, wie Finn es beschrieben hat, vielleicht benutzen sie sie dann gar nicht so gedankenlos.

Sebastian löffelt eine ordentliche Portion Schokoladeneis in die beiden Schälchen und reicht mir eines.

Wir essen schweigend, an gegenüberliegende Arbeitsflächen gelehnt wie zuletzt beim Tee, und meine Schüssel ist schon halb leer, als er wieder etwas sagt. »Ich wollte zurückkommen, sobald ich in der Lage war, dich aus deinem Vertrag zu befreien. Um ehrlich zu sein, habe ich mir nie erlaubt, zu weit in die Zukunft zu planen. Ich wusste, dass du mich hassen würdest, sobald du erfährst, wer ich bin, aber ich habe mir geschworen, dir zu helfen, sobald es in meiner Macht steht, ob du mich nun haben willst oder nicht.«

Eigentlich möchte ich darauf hinweisen, dass er ein Prinz ist, und ihn fragen, warum er uns nicht früher geholfen hat, aber nach allem, was er für mich getan hat, würde ich dabei wie eine undankbare Göre klingen. So rühre ich nur in der schmelzenden Eiscreme in meinem Schälchen. »Wenn wir Jas zurückholen, könntest du dafür sorgen, dass sie für eine Weile hierbleiben kann? Vielleicht nicht sofort, wenn du dann immer noch auf Brautschau bist, aber … irgendwann vielleicht? Ich hätte gerne, dass sie weiß, wie es hier ist, denn wenn wir erst wieder im Reich der Menschen sind, kann ich ihr so etwas wie hier nicht einmal annähernd bieten.«

Dass Sebastian näher kommt, spüre ich eher, als dass ich es sehe. Mit einem Finger hebt er mein Kinn an, sodass ich ihn ansehe. »Wenn ich König bin, könnt du und deine Schwester jederzeit hier im Palast wohnen.« Der Rest steht ungesagt im Raum: Wenn ich seine Braut werde, brauche ich nicht zu warten, bis er König ist. Und vielleicht …, wenn ich ehrlich mit mir bin, klingt das wirklich verlockend. Wenn da nicht meine Abmachung wäre.

Gefangen in meinen Gedanken, genieße ich schweigend den Rest Schokoladeneis. Als ich fertig bin, stellt Sebastian das Geschirr in die Spüle und bringt mich zurück zu meinem Zimmer.

»Danke für diesen Abend«, sagt er, als wir vor meiner Tür stehen bleiben. »Es war schön, dich für mich zu haben, auch wenn die Minuten allzu schnell vergangen sind.«

»Das war wirklich schön«, räume ich ein. »Danke.«

Sein Blick sinkt auf meinen Mund und seine Lippen öffnen sich.

Finns Worte klingen mir im Ohr. Du bist nur wenige süße Versprechungen und zärtliche Augenblicke davon entfernt, die Braut dieses Jungen zu werden, und alle wissen das.

Ich weiche zurück. »Gute Nacht, Sebastian.«

***

Mit dem Spiegel unter meinem Kopfkissen lege ich mich schlafen und rechne damit, dass Mordeus' Kobold irgendwann während der Nacht in meinem Zimmer auftaucht. Aber das tut er nicht.

Morgens nach dem Frühstück schiebe ich wieder Kopfschmerzen vor als Ausrede, die Ausbildung mit meiner »Lehrerin« ausfallen zu lassen, und warte stattdessen mit dem Spiegel in meinem Zimmer. Ich möchte ihn so schnell wie möglich dem König übergeben, damit ich mit der Suche nach dem nächsten Gegenstand beginnen kann.

Offenbar folgt Mordeus' Kobold aber seinem eigenen Zeitplan.

Ich verbringe viel Zeit damit, Jas im Spiegel zu beobachten, und während ich im Bett weiter auf den Kobold warte, genehmige ich mir einen weiteren Blick. Heute ist sie am Nähen, sie trinkt Tee und lacht mit ihren Dienstmädchen.

Ich schließe die Augen und presse den Spiegel an meine Brust. Ist es wirklich möglich, dass so gut für sie gesorgt wird? Ich möchte es glauben, aber etwas in meinem Hinterkopf warnt mich, dieser Magie nicht zu leicht zu vertrauen. Selbst Sebastian war sich nicht sicher, ob der Spiegel bei mir funktionieren würde. Woher weiß er, dass ich dem trauen kann, was ich sehe? Ich muss wirklich wissen, ob es Jas gut geht.

Ich setze mich im Bett auf. Es muss ja gar nicht so kompliziert sein. Ich habe immer noch den Spiegel, also kann ich ihn testen.

»Zeige mir Sebastian.«

Mein Spiegelbild verblasst und ich sehe den Goldenen Prinzen. Er sitzt in seinen Gemächern am Schreibtisch und konzentriert sich mit ernster Miene auf das Buch, das er liest.

Ich springe vom Bett auf, tausche den Spiegel gegen die Nachbildung und laufe dann durch den Palast.

Auf halbem Weg kommen mir Bedenken. Wenn er nun woanders hingeht, bevor ich bei ihm ankomme? Und was, wenn er den Spiegel als Fälschung erkennt, wenn ich ihn zurückgebe? Jeder Zweifel lässt mich noch schneller laufen und als sich seine Tür erreiche, bin ich außer Atem.

Als der Wachmann, der vor Sebastians Gemächern postiert ist, mich entdeckt, verbeugt er sich lächelnd. »Lady Abriella.«

»Ist er hier?«

Der Mann nickt. »Ja, Mylady. Ich kann Euch sofort hineinführen. Er sagte, Ihr seid immer willkommen.« Er hält mir die Tür auf und ich trete ein. Seit der Nacht, als ich von dem Barghest angegriffen wurde, bin ich nicht mehr hier gewesen. Inzwischen habe ich mich ein bisschen an die Pracht des Schlosses gewöhnt, damals hatte ich aber keine Gelegenheit, den Raum in seiner ganzen Schönheit wahrzunehmen – die dunklen Holzmöbel, die Sitzgruppe, die allein so weitläufig wie das ganze Erdgeschoss von Madame Vivias' Haus ist, die raumhohen Fenster an der Hinterwand.

Ich finde Sebastian am Schreibtisch sitzen, genau wie ich es im Spiegel gesehen habe, und vergehe fast vor Erleichterung. Es funktioniert also. Jas geht es gut.

Sebastian blickt von seinem Buch auf und lächelt mich an. »Hallo, du.«

Ich gebe mir keine Mühe, mein Grinsen zu verbergen. Dass ich Jas gut versorgt weiß, nimmt mir eine ungeheure Last von den Schultern. Ich könnte tanzen vor Freude. »Hey!«

Er schließt sein Buch und drückt sich aus seinem Stuhl hoch. »Die Diener sagten, du wärst krank und hättest bei deiner Lehrerin für den Tag abgesagt. Alles in Ordnung?«

Ich nicke, fast ein bisschen aufgedreht. »Ich war einfach müde.«

Er streicht mir eine kürzere Haarlocke aus dem Gesicht hinters Ohr. Sie bleibt nicht dort, aber ich glaube, ihm ist die Gelegenheit, mich zu berühren, nicht unangenehm. »Du bist meinetwegen zu lange aufgeblieben. Das tut mir leid.«

»Du brauchst dich nicht zu entschuldigen.« Ich strecke ihm den falschen Spiegel hin. »Ich habe gestern vergessen, dir das zurückzugeben.«

»Stimmt. Ich war … abgelenkt.« Er lächelt und nimmt ihn mir aus der Hand, wobei seine Finger meine Haut streifen. »Ich will das hier wirklich nicht abkürzen, wenn ich dich gerade für mich habe, aber ich muss jetzt dringend zu einer Besprechung.«

Ich trete zurück. »Natürlich. Entschuldigung. Ich wollte dich nicht aufhalten.«

»Ich habe einen Hinweis, was Jas betrifft.« Er verstaut den Spiegel in einer Schublade. »Ich muss mich jetzt mit einem meiner Informanten treffen.«

»Was wirst du tun, wenn du weißt, wo sie ist?«

Seine meergrünen Augen erstarren zu Eis. »Was immer nötig ist.«

Mir presst es das Herz zusammen. Ich werde weiterhin alles tun, um Jas zu befreien, aber wenn es Sebastian gelingen sollte, bevor ich alle drei Gegenstände besorgt habe, umso besser. »Sei vorsichtig«, flüstere ich. »Ich habe gehört, der König sei sehr gerissen und könnte deine eigenen Leute gegen dich aufhetzen. Pass auf dich auf.«

»Vorsichtig?« Er legt seine große Hand an mein Gesicht und

lächelt zu mir herunter. »Sollte sich Abriella Kincaid möglicherweise um das Schicksal eines boshaften Fae Sorgen machen?«

»Du bist nicht boshaft«, widerspreche ich. Und dann verschwinde ich rasch aus seinem Zimmer, weil ich mich tatsächlich sorge. Ich sorge mich zu sehr.

***

Wüsste ich nur, wie ich zum König Kontakt aufnehmen kann. Fast den ganzen Tag habe ich allein in meinem Zimmer zugebracht, und noch immer ist der Kobold nicht aufgetaucht, um den Spiegel zu holen. Dann kommt mir der Gedanke, dass der Kobold vielleicht nicht ins Schloss kommen kann, und ich sage den Mägden, dass ich spazieren gehen möchte.

Ich verlasse das Schloss und spaziere durch die Gärten zu dem Ort, wo mich Mordeus' Kobold beim letzten Mal zurückgelassen hat.

Ich halte die Augen offen. Ich gehe auf und ab. Ich liege im Gras, starre hinauf in die Wolken und lasse mir von der Sonne das Gesicht wärmen.

Er taucht nicht auf.

KAPITEL 16

»Wer hat dir beigebracht, ein Schwert so zu halten?«, fragt Jalek spöttisch.

»Niemand.« Egal, wie oft ich meinen Griff um den Bambusstab auch korrigiere, schaffe ich es nicht, ihn so zu halten, wie der Seelie-Rebell sein Schwert gepackt hält.

Nachdem ich drei Tage vergeblich im Goldenen Palast auf Mordeus' Kobold gewartet habe, bestand Pretha heute darauf, dass ich wieder mit ihr mitkomme. Der Kobold, versprach sie, würde mich schon finden, wenn er das wolle – und keinen Moment früher.

Als ich heute Morgen bei Finns Haus ankam, erhielt ich andere Kleidung – Hosen ausnahmsweise, den Göttern sei Dank – und man brachte mich in einen Übungsraum im Keller und sagte, ich müsse jetzt lernen, wie ich mich verteidigen kann. »Ich habe noch nie zuvor ein Schwert gehalten.«

Jalek mustert mich mit finsterem Gesicht. »Wir hätten gleich am ersten Tag hier mit ihrem Kampftraining anfangen sollen«, sagt er zu Pretha, ohne den Blick von mir zu wenden. »Schau dir nur diese Arme an. Sie sind kaum mehr als Zweige. Sie könnte sich nicht einmal gegen einen Elementargeist verteidigen.«

»Ich höre auch, was du sagst«, schimpfe ich.

»Wenn sie ihre Fähigkeit erst meistert, wird sie keine Schwerter mehr brauchen«, antwortet Pretha und verschränkt die Arme vor der Brust.

»Ich habe ohnehin nicht vor, in einen Schwertkampf zu geraten«, murmele ich.

Jalek mustert meine Haltung kritisch. »Schultern zurück, Kinn hoch. Die Füße schulterbreit auseinander.« Mit dem Schwert tippt er meinen Bambusstock an, und ich humple zur Seite. »Weich in den Knien bleiben.«

»Pretha!«

Wir reißen die Köpfe herum und sehen Finn und Tynan, der gerufen hat, auf der Treppe. Finns Gesicht ist leichenblass und schmerzverzerrt. Er ist zur Seite gesunken und Tynan hält ihn mit einem Arm aufrecht.

Jalek lässt das Schwert fallen und eilt mit Pretha ihrem Prinzen zu Hilfe. Gemeinsam mit Tynan bugsieren sie ihn in der Ecke auf einen Stuhl.

»Ich habe ihn oben an der Treppe ohnmächtig gefunden«, berichtet Tynan.

Finn hält sich die Seite, und seine Augenlider flattern, während er versucht, bei Bewusstsein zu bleiben.

»Was ist passiert?«, fragt Pretha und geht vor ihm auf die Knie.

»Ich war unvorsichtig«, flüstert Finn.

»Sag bloß!«, bellt Jalek. »Was zum Teufel hattest du dort draußen zu suchen? Wenn du etwas erledigt haben willst, schickst du einen von uns, verdammt noch mal, und machst das nicht alleine.«

»Ich hatte Kane dabei.« Finns Hose ist voller Blut, aber erst als er sich zurücklehnt, sehe ich all das hellrote Blut an seinen Fingern.

»Kane?«, bellt Jalek. »Na großartig. Das ganze Reich in den Händen von *zwei* Unseelie-Idioten.«

»Wir hatten einen Hinweis«, presst Finn heraus, »und keiner von euch war verfügbar. Ich werde nicht einfach auf meinem Hintern herumsitzen, bis ich an Altersschwäche sterbe.«

»Was für ein Wesen hat das getan?«, fragt Jalek. »Könnte die Wunde vergiftet sein?«

Finn schüttelt den Kopf. »Schwert –«, hustet er. »Kane und ich wollten gerade eine Gruppe aus dem Lager der Königin im Norden herausschmuggeln. Die Wachen, die um das Gelände postiert waren, trugen die Kleidung der königlichen Garde, und wir haben angenommen, dass es Seelie sind. Bis jetzt hat sie noch nie Wilde Fae in ihre heiligen Farben gekleidet, aber wie es scheint, hat die alte Hexe dazugelernt.«

»Einer von uns soll das getan haben?«, fragt Tynan mit einem Blick auf Pretha.

»Dreckige Verräter«, faucht Pretha verächtlich.

Tynan holt tief Luft. »Wo ist Kane?«

»Kane hat es zusammen mit der Gruppe rausgeschafft, während ich die Wachen erledigt habe«, erklärt Finn. »Dara und Luna sind bei ihm. Sie sollten in ein paar Stunden zurück sein, nachdem er die Flüchtlinge durch das Portal geschafft hat.«

»Dann ist der Bastard tot, der das getan hat?«, fragt Jalek, und es funkelt in seinen dunkelgrünen Augen.

»Durch mein eigenes Schwert«, sagt Finn.

Lager? Flüchtlinge? Verräterische Wilde Fae? »Warum sind die Wilden Fae gefährlicher als die Wachleute der Seelie?«, frage ich, weil ich überhaupt nichts begreife.

Keiner beachtet mich. Pretha schiebt Finns Hände zur Seite, um die Wunde zu untersuchen. Sie ist tief, aber erst gestern habe ich gesehen, wie sich Riaan beim Training mit Sebastian den ganzen Arm aufgeschlitzt hat. Die Wunde heilte so schnell, dass ich praktisch zusehen konnte, wie sich das Fleisch wieder schloss, aber so etwas ist bei Finns Wunde hier nicht zu sehen. »Warum heilst du nicht?«

Finn ignoriert meine Frage und hebt sein Kinn in Jaleks Richtung. »Im Safe liegt Verbandszeug. Bring es mir.« Seine Stimme ist ganz rau vor Schmerz.

»Finn?« Ich warte darauf, dass er mich – meine Frage – wahrnimmt, aber er schließt die Augen und lehnt sich zurück.

Pretha unterdrückt ein Schluchzen, während sie ihre Hand über der Wunde in der Schwebe hält.

»Verschwende nicht deine Kraft, Pretha«, sagt Finn sanft. Er berührt zärtlich ihr Gesicht, und ich spüre einen unangenehmen Stich in der Brust. Ich bin sauer auf mich selbst. Ihre Beziehung sollte mir egal sein, abgesehen davon, wie sie mein Training und meinen Handel mit dem König beeinflusst. »Das ist kein Todesstoß«, sagt er. »Es *wird* heilen.«

Pretha schluckt schwer und nickt. Ich kann sehen, wie sie sich zusammenreißt. »Du verlierst zu viel Blut.«

Jalek zieht einen kleinen Tisch neben Finns Stuhl und legt das Verbandszeug darauf. »Wir müssen einen menschlichen Heiler einstellen, der uns zeigt, wie dieser sterbliche Mist hier funktioniert«, murmelt er mit einem Blick auf die Tinkturen und Salben.

Finn hebt den Kopf und sieht mich an. »Kennst du dich mit dem Nähen von Wunden aus, Prinzessin?«

»Ein bisschen.« Ich habe mich selbst schon ein paarmal genäht, aber keine Wunde dieser Größe. »Aber es wird wehtun, und bei mir wird von der Naht eher eine hässliche als eine schöne Narbe zurückbleiben.«

Finn grunzt. »Hörst du, Tynan.« Er haucht mehr, als er spricht, und krümmt sich dabei vor Schmerzen zusammen. »Vielleicht wird meine sogar hässlicher sein als die von Kane, und dann hat es mit seiner Prahlerei endlich ein Ende.«

»Ich werde euch Männer nie verstehen«, murmelt Pretha, stemmt sich hoch und dreht sich zu mir um. »Was brauchst du, Abriella?«

Ich gehe die Heilmittel durch und finde eine Salbe zum Desinfizieren, eine für die Wundheilung und eine zur Schmerzlinderung. Bei einer solchen Wunde kann ich leider keine von ihnen brauchen, bevor ich ihn wieder zusammengenäht habe.

»Kannst du etwas gegen die Schmerzen tun?«, frage ich sie. »Nach dem Biss des Barghest hat Sebastian mein Bein betäubt, bis der Heiler übernehmen konnte. Könntest du so etwas auch tun?«

Pretha presst die Lippen zusammen und schüttelt den Kopf. »Ich könnte es versuchen, aber es wird nicht helfen.«

»Finn ist zäh«, bemerkt Jalek und lässt dabei zum ersten Mal, seit er Finn auf der Treppe entdeckt hat, so etwas wie ein Lächeln aufblitzen. »Er hat das nicht nötig.«

»Ich hole dir was zu trinken«, sagt Tynan, und auf dem kleinen Tisch erscheint eine Karaffe mit einer bernsteinfarbenen Flüssigkeit und ein Glas. Mit zitternden Händen schenkt er ein und reicht es Finn; der kippt das Ganze, ohne zu zögern, in zwei Schlucken hinunter.

»Dann los, Prinzessin.«

Ich nehme mir Nadel und Faden aus dem Kästchen, aber als ich auf meine Hände blicke, zittern sie ebenso sehr wie die von Tynan. »Kann ich vielleicht auch ein bisschen haben?«, frage ich ihn. »Nur um meine Nerven zu beruhigen.«

»Aber gern.« Tynan lässt ein weiteres Glas erscheinen. Er gießt für mich nur halb so viel ein wie für Finn und reicht es mir.

Ich trinke einen großen Schluck und muss husten, als der brennende Alkohol durch meine Kehle rinnt. »Das ist genug für mich«, murmele ich. Ich nicke Finn zu. »Wir müssen die Wunde säubern.«

Finn setzt sich vorsichtig auf, und Pretha hilft ihm bei den Knöpfen und zieht ihm das Hemd aus. Sein dunkler muskulöser Oberkörper ist mit Runentattoos übersät. Bei dem Anblick bekomme ich einen ganz trockenen Mund und wende mich ab. Schlimm genug, ihn anzuglotzen, während er verletzt ist, aber dann auch noch in Gegenwart seiner … Was ist Pretha? Seine Frau? Seine Partnerin? Nur eine Freundin?

Bin ich etwa eifersüchtig? Nicht, weil er ihr gehört, sondern wegen der Verbindung zwischen ihnen und des Vertrauens und der Aufrichtigkeit, die sie teilen – und die ich mit Sebastian nicht haben kann, auch wenn ich ihm wieder vertrauen könnte. Mein Handel mit Mordeus hat das unmöglich gemacht.

Trotzdem wende ich mich ab und nutze die Zeit, während Pretha die Wunde säubert, um Nadel und Faden vorzubereiten. Meine Mutter hat mir gezeigt, wie man näht, aber ich habe nie so Gefallen daran gefunden wie Jas. Allein ihrer Ausdauer ist es zu verdanken, dass ich wenigstens gelernt habe, feste, saubere Stiche zu setzen.

Als Pretha mit den Vorbereitungen fertig ist, tauschen wir die Plätze und ich knie mich neben Finn. Die gesäuberte Wunde sieht nicht mehr so entsetzlich aus wie zuvor, aber sie ist tief und ich zögere, bevor ich die Nadel in seine Haut steche.

»Tu es«, sagt Finn. Beim ersten Stich zuckt er ein wenig, rührt sich aber nicht.

Mir dreht es beim Anblick des heraussickernden Blutes den Magen um, aber ich atme tief durch und nähe weiter. *Ich kann das schaffen.* »Erzählt mir jetzt jemand etwas über diese Lager der Königin?«, frage ich, ohne von meiner Aufgabe aufzublicken.

Ich spüre, wie sie sich ansehen und eine stumme Unterhaltung darüber führen, was sie mir erzählen sollen.

»Lass dich von dem Wort *Lager* nicht täuschen«, erklärt Jalek. »Es sind Gefängnisse.«

»Für Verbrecher?«, frage ich.

Jalek schüttelt den Kopf. »Ihr einziges Verbrechen ist, dass sie mit Unseelie-Blut auf Seelie-Gebiet erwischt wurden.«

»Was meinst du mit Gefängnis?« Ich habe nie an die Mär von den »guten« Seelie geglaubt, weil ich den Fae insgesamt misstraut habe, aber es fällt mir schwer zu glauben, dass sie ohne Grund grausam zu ihresgleichen sind, selbst wenn die fraglichen Fae einem anderen Hof angehören.

»Die Erwachsenen stecken sie in Arbeitslager, wo sie bei minimaler Verpflegung achtzehn Stunden am Tag schuften müssen«, sagt Jalek mit so ernster Miene, dass ich ihm einfach glauben muss. »Wenn sie sich nicht fügen, werden sie hingerichtet.«

Weiß Sebastian darüber Bescheid?

»Dein Prinz hat versucht, seine Mutter davon zu überzeugen, die Lager zu schließen – wenigstens in ihrer jetzigen Art«, erklärt Finn, der mich wie immer durchschaut, trotz seiner Schmerzen. »Aber sie weigert sich.«

Erleichtert stoße ich den Atem aus. Sebastian ist vielleicht nicht der Mann, für den ich ihn früher gehalten habe, aber ich könnte eine Welt nicht ertragen, in der der gütige und fürsorgliche Magierlehrling, nach dem ich mich einst gesehnt habe, für solche Gräueltaten verantwortlich ist.

»*Versucht!* Dass ich nicht lache!«, brummt Jalek. »Wenn er dieser Grausamkeit wirklich ein Ende machen wollte, würde er die Königin höchstpersönlich umlegen, aber dazu fehlt ihm der Mumm. Ich dachte, er wäre vielleicht so weit, als er das mit den Kindern erfuhr, aber –«

»Was ist mit den Kindern?«, frage ich.

Pretha blickt Finn kurz in die Augen, als würde sie die Erlaubnis einholen, bevor sie es mir erklärt. »Sie trennen die Kinder von ihren Eltern. Sie sagen, das sei, um die Familien davon abzuhalten, auf Seelie-Land hinüberzuwechseln, aber sie nehmen bei ihnen eine Gehirnwäsche vor, füttern sie mit Propaganda über die Königin und bringen ihnen bei, dass sie von Geburt an unter den Seelie stehen und ihnen daher dienen müssen.«

Ich halte meine Hände für einen Augenblick still, um kurz die Augen zu schließen, als ich an diese Kinder denke. Ich weiß, wie es ist, wenn man ohne seine Eltern ist und jenen dienen muss, die einem Nahrung und Obdach geben. Wie naiv war es von mir zu glauben, dass alle Fae ein schönes Leben haben?

Als es mir diesmal den Magen umdreht, hat das nichts mit dem Blut zu tun.

»Sieh mal einer an!«, haucht Pretha.

»Prinzessin«, sagt Finn. Ich öffne die Augen und sehe, dass ich uns beide in Dunkelheit getaucht habe. Das einzige Licht zwischen uns funkelt aus diesen hinreißenden Silberaugen. »Wir finden die Kinder und bringen sie auf dem Gebiet der Wilden Fae in Sicherheit. Während wir hier sitzen, ist Kane mit zwei Dutzend von ihnen unterwegs.«

Ich halte seinem Blick stand, während ich meine Macht wieder in mich zurückhole. Sie rauscht in meinem Blut wie ein wildes Tier, das sich gegen seine Käfigstäbe wirft. »Warum kommen Unseelie dann überhaupt her, wenn es hier so schlimm ist?«

»Weil ihr Leben unter der Herrschaft von Mordeus so schrecklich ist, dass sie das Risiko eingehen«, sagt Pretha. »Er ist gierig und eigennützig, und es interessiert ihn überhaupt nicht, sich um sein ganzes Königreich zu kümmern. Seine Gesetze bevorzugen die Reichen und Mächtigen und bestrafen jene, die weniger Glück haben.«

Als ich Finn betrachte, kommt mir unwillkürlich der Gedanke, dass der Schmerz in seinem Gesicht weniger mit der Wunde oder der Nadel in seiner Haut zu tun hat, sondern mit dem Zustand seines Königreichs.

»Viele fliehen lieber, als unter solchen Umständen zu bleiben«, ergänzt Jalek. »Das Land der Unseelie ist aber auf allen Seiten von gewaltigen und gefährlichen Meeren umgeben – bis auf die Seite, die an Seelie grenzt. Wie Finn schon sagte, nehmen die Wilden Fae Flüchtlinge auf, aber die Unseelie müssen erst dorthin gelangen – entweder auf einer langen Wanderung durch das ganze Seelie-Gebiet oder indem sie ein Portal finden.«

Ich nähe weiter, muss mich aber konzentrieren, damit die Wut in mir nicht das ganze Zimmer mit Dunkelheit füllt. »Warum benutzen sie nicht Kobolde für den Transport?«

Jalek schnaubt angewidert: »Diese Wesen sind sogar noch eigennütziger als Mordeus. Die Flüchtlinge haben nichts zu bieten, das es für Kobolde wert wäre, es mit Mordeus und Arya zu verderben.«

»Und außerdem«, bemerkt Pretha, »kann ein Kobold höchstens zwei auf einmal mitnehmen. Für große Gruppen ist das Gebiet der Wilden Fae am leichtesten über ein Portal zu erreichen.«

Tynan hat sich so still verhalten, dass es mich beinahe überrascht, als er etwas sagt. »Der König und die Königin der Wilden Fae tun ihr Bestes, um die vertriebenen Unseelie aufzunehmen – aber nur vorübergehend, bis Finn den ihm zustehenden Platz auf dem Thron einnehmen kann. Aber wegen der Sicherheit ihrer eigenen Grenzen können sie Portale direkt von Mordeus' Gebiet in ihr Land nicht zulassen. Der Thronräuber würde das sofort ausnutzen und seine schrecklichsten Ungeheuer hinüberschicken, um unschuldige Wilde Fae zu quälen.« Das Netz auf seiner Stirn leuchtet bei seinen Worten auf und pulsiert, bis er den Kopf wendet und tief durchatmet. »Deshalb haben wir nahe der Grenze zum Seelie-Gebiet Portale eingerichtet und versuchen, die Unseelie dort durchzuschleusen, bevor die Wachen der Königin sie erwischen.«

»Die Portale müssen ständig geöffnet, geschlossen und verriegelt werden, um Aryas Wachen aus dem Weg zu gehen«, erklärt Pretha und gießt sich selbst ein Glas ein. »Für unsere Leute ist das sehr anstrengend, aber eine bessere Lösung ist uns bis jetzt noch nicht eingefallen.«

Ich setze die letzten Stiche, und als ich wieder zu Finn aufblicke, beobachtet er mich. Ich gebe mir gar keine Mühe, meine Verzweiflung vor ihm zu verbergen. Schweigend streiche ich die nötigen Tinkturen auf die Naht, aber meine Gedanken arbeiten auf Hochtouren. *Die Kinder.*

»Wird er sterben?« Die leise, unter Tränen geäußerte Frage kommt von der Treppe her. Ich frage mich, wie lange das Mädchen schon dort gestanden und ob es einen Blick auf die Wunde geworfen hat. Ohne zu überlegen, stehe ich auf und gehe zu ihr hin.

Ich bin noch nicht weit gekommen, da hat Tynan sie schon in den Arm genommen. »Aber nein, Kleine. Bald ist er wieder gesund. Siehst du?« Er trägt sie zu Finn hinüber, der den Arm ausgestreckt hat und sie am nackten Fuß kitzelt. Sie kichert und wischt sich die Tränen ab.

Wäre sie ein Menschenkind, würde ich sie auf fünf oder sechs schätzen. Sie hat hellbraune Haut und seidiges dunkles Haar wie

Pretha. Auf ihrer Stirn sind schon Spuren des silbernen Netzes zu sehen, das auch Pretha und Tynan haben, aber ihre großen Augen sind silberfarben, und ihr Lächeln – ist genau wie bei Finn.

»Lark, ich sagte dir doch, du sollst oben bleiben, wenn wir Gäste haben«, sagt Pretha und wirft mir einen Blick zu. Die Bedeutung ist klar. Wir helfen einander zwar, aber das Wissen um ihr Kind vertraut man mir nicht an. Obwohl ich ihren was immer Finn für sie ist gerade verarztet habe.

»Aber ich habe sie in einem Feuer gesehen«, sagt Lark und deutet auf mich. Sie reckt den Kopf vor, als wolle sie ein Rätsel lösen. »Deine Schwester ist nicht dort drin.«

»Lark, hör auf!« Pretha nimmt Tynan das Mädchen aus den Armen und vergräbt das Gesicht in ihrem Haar. »Was hat Mami dir über das Hellsehen gesagt?«

»Pretha«, sagt Jalek mit sanfter Stimme. »Wir sollten vielleicht etwas über dieses Feuer erfahren, wenn –«

»Dann sucht euch einen richtigen Hellseher«, faucht sie. Sie hat Tränen in den Augen. »Nicht meine Tochter.«

»Es tut mir leid, Mami.« Lark legt ihrer Mutter die kleinen Hände an die Wangen. »Ich versuche es nicht. Ich *sehe* einfach. Und ich will nicht, dass sie in dem Feuer stirbt. Das ist sie schon.«

Die Sorge in ihrer kindlichen Stimme schnürt mir das Herz ein. »Ich bin nicht gestorben.« Ich strecke die Arme aus. »Siehst du? Vor langer Zeit war ich in einem Feuer, aber ich habe es überlebt.«

Lark achtet aber nicht auf mich. Sie sieht zu ihrer Mutter und sagt: »Wenn sie das nächste Mal stirbt, muss es während einer Verbindungszeremonie geschehen. Sonst wird sie niemals Königin werden.«

Mir gefriert das Blut in den Adern. *Wenn sie das nächste Mal stirbt …*

»Königin?«, bellt Jalek.

»Bitte hör auf, Baby.« Pretha laufen Tränen über die Wangen. Sie ist völlig außer sich.

Jalek dreht sich zu mir um. »Und du liebst den Goldenen Prinzen *doch!*« Er murmelt einen Fluch. »Du musst es *uns erzählen,* bevor du ihm irgendetwas versprichst.«

Ich beachte Jalek gar nicht und tue so, als würde ich Finns durchdringenden silbernen Blick nicht bemerken. »Ich bin nicht gestorben«, erkläre ich Lark. »Und ich werde nicht Seelie-Königin werden.«

Sie kichert. »Du könntest niemals die Seelie-Königin werden.«

Eigentlich sollte ich erleichtert sein. Und doch sind die Worte ein kleiner Splitter im wehmütigen Teil meines Herzens, den ich vor der Welt – und vor mir selbst – verborgen halte. Dem Teil, der Sebastian haben möchte, dem Teil, der gut genug dafür sein will …

Nein. Ich will das *nicht.*

Jalek wirft Finn einen ernsten Blick zu, bevor er wieder das Gesicht des Kindes studiert. »Du meinst die *Unseelie-Königin,* Lark?«

Pretha wirft ihm einen so wütenden Blick zu, dass alle im Raum zurückschrecken, aber Lark lächelt. »Sie könnte, wenn sie das wollte, aber sie hat keine Chance, wenn sie in dem Feuer stirbt.«

»Tynan«, sagt Pretha und drückt ihm ihre Tochter in die Arme. »Bring Lark bitte in ihr Zimmer.«

Tynan nickt und das Mädchen schlingt die Arme um seinen Hals. »Du hast mir versprochen, dass du mir beibringst, wie man euer Kartenspiel spielt. Können wir das jetzt machen?«, fragt Tynan, während er die Treppe hinaufgeht.

»Also schön, aber ich kann das wirklich gut«, antwortet sie. »Du darfst dich nicht ärgern, wenn ich gewinne.«

»Ich verspreche, ein guter Verlierer zu sein«, sagt er, und dann sind ihre Stimmen nicht mehr zu hören.

»Nun, das war … aufschlussreich«, sagt Jalek.

Pretha blickt ihn böse an.

»Lark kann nichts dafür«, sagt Finn leise. »Ihre Magie ist anders als deine, Pretha. Bei ihr gibt es kein An und Aus. Sie *kommt* einfach.«

»Sprechen wir jetzt über das, was sie gesehen hat?«, fragt Jalek.

»Genau, der feurige Tod.« Finn sieht mich an, und seine Augenbrauen verschwinden fast hinter seinen dunklen Locken. »Irgendwelche Ideen, Prinzessin?«

»Ich glaube, sie ist einfach nur ein Kind, und all das hat nichts zu bedeuten.« Ich strecke die Arme aus. »Seht ihr? – Ich bin nicht tot. Menschen können nicht weiter herumlaufen, wenn sie gestorben sind.«

Jalek grunzt. Ich habe keine Ahnung, was das bedeutet.

Pretha wischt sich die Tränen ab, holt tief Luft und sammelt sich, bevor sie sich an Finn wendet. »Lass deine Spione am Hof von Unseelie nachsehen, ob sie etwas über einen Angriff auf den Goldenen Palast herausbekommen. Vielleicht etwas mit Feuer und Explosionen.« Mit einem gezwungenen Lächeln wendet sie sich mir zu. »Und du? Stehen bleiben, auf den Boden fallen lassen und wegrollen, verstanden?«

Nur mit größter Mühe kann ich mir verkneifen, die Augen zu verdrehen. »Können wir jetzt wieder über die Lager und die Flüchtlinge reden?« Finn sieht zerschlagener und erschöpfter denn je aus, aber ich muss das jetzt wissen. »Das würde alles aufhören, wenn du auf dem Schattenthron sitzen würdest, oder?«, frage ich ihn.

»Die Gesetze der Seelie kann ich nicht ändern«, antwortet Finn,

»aber ich könnte die Lebensbedingungen in meinem Reich verbessern. Ich würde alles dafür tun, damit mein Volk nicht fliehen muss. Was ich tue, tue ich zum Schutz meines Volkes, damit es eine sichere Heimat hat.« Dabei sieht er mich so eindringlich an, dass man meinen könnte, ich alleine besäße die Macht, ihm den Thron seines Vaters zurückzugeben. »Das ist die Verantwortung eines wahren Königs.«

Ich muss Jas zurückbekommen, und das bleibt auch mein wichtigstes Ziel, aber ich muss immer noch an diese Unseelie-Kinder denken, die praktisch im Gefängnis sitzen und denen man erzählt, sie wären aufgrund ihrer Geburt weniger wert. Wenn Finn Mordeus stürzen sollte, wäre unser Handel hinfällig. Finn würde mir dann meine Schwester zurückgeben. Da bin ich mir sicher. »Sag mir, wie ich helfen kann.«

Finns Gesicht versteinert, und er wendet sich an Jalek. »Hilfst du mir in mein Zimmer?«

»Das Mädchen will *helfen*«, sagt Jalek.

Unter Schmerzen stemmt sich Finn aus dem Stuhl. »Sonst schaue ich eben, wie ich es alleine schaffe.«

»Also schön.« Jalek mustert mich lange, aber dann hilft er seinem Prinzen die Treppe hinauf.

»Habe ich etwas Falsches gesagt?«, frage ich Pretha.

Sie schüttelt den Kopf. »Ich glaube, das war genug Aufregung für heute. Schauen wir, dass wir etwas früher zum Schloss zurückkommen.«

KAPITEL 17

Es ist eine Woche her, dass mir Sebastian den Spiegel gegeben hat. Eine Woche warte ich nun schon im Schloss, vertreibe mir die Zeit mit Finns Außenseitern und frage mich, ob Mordeus mich und unseren Handel vergessen hat. Seit einer Woche nun bitte ich wie besessen den Spiegel, mir meine Schwester zu zeigen. Sie glücklich und gut versorgt zu sehen ist das Einzige, das mir das Warten erträglich macht. Obwohl der Goldene Palast voller Leben ist, fühle ich mich hier einsam. Die einzige Person, der ich entfernt vertraue, ist Sebastian, aber ihm kann ich mich nicht anvertrauen.

Ich fange an mich zu fragen, ob der König den Spiegel überhaupt zurückholen will, trotzdem lasse ich inzwischen keine Trainingsstunde mehr ausfallen. Womöglich brauche ich diese seltsamen Fähigkeiten für das nächste Artefakt. Obwohl, wenn ich ehrlich bin, hat es nicht nur mit meinem Handel zu tun, dass ich meine Zeit lieber mit Finns Verbündeten verbringe. Immer wenn mich Pretha vom Palast zu Finns Haus mitnimmt, beende ich den Tag mit einem Lächeln und fühle mich weniger … hoffnungslos.

Heute habe ich den ganzen Morgen geübt, im Schatten zu verschwinden und durch Schutzzauber und Wände zu gehen. Ich kann das alles jetzt besser kontrollieren, aber als Pretha mich aufgefordert hat, *sie* in Schatten zu verwandeln, sind wir gegen eine Wand gelaufen. Wörtlich und im übertragenen Sinn.

»Machen wir Mittagspause«, sagt Pretha jetzt und verlässt vor mir die Bibliothek. »Jalek macht belegte Brote.«

In der Küche sitzen Jalek und Tynan schon zusammen mit Finn am Tisch. Es sind drei weitere Teller gedeckt, aber von ihrem rotäugigen Unseelie-Freund ist nichts zu sehen.

»Keine Ahnung, wo sich Kane heute Morgen herumtreibt«, murmelt Jalek, als er bemerkt, dass ich zur Diele hinausspähe. »Wir sind zu hungrig, um auf ihn zu warten, also setz dich.«

Pretha wirft mir einen Blick zu. »Beachte ihn nicht. Er wird unausstehlich, wenn er Hunger hat.«

»Ich werde unausstehlich«, schnauzt Jalek, »wenn das Litha-Fest so nahe ist und dieses Miststück immer noch auf dem Thron sitzt. Ich werde *unausstehlich,* wenn der Prinz, dem ich Treue geschworen habe, Fieber hat und nicht das Nötige tut, um gesund zu werden.«

Ich drehe den Kopf zu Finn herum. Bei unserer Ankunft heute Morgen hatte ich gefragt, wie es ihm geht, aber er hat mir eine Abfuhr erteilt und gesagt, ich solle nicht die Glucke spielen. Die Schweißperlen auf seiner Stirn hatte ich vorher nicht bemerkt.

»Nun, das lässt sich alles nicht ändern, solange du Hunger hast«, sagt Pretha zu Jalek und setzt sich auf den Platz neben Finn. »Also iss erst einmal.« Sie tupft Finn die Stirn, aber er schlägt ihre Hand weg.

»Mir gehts bestens«, knurrt er.

»Du hast Fieber?«, frage ich Finn. »Hast du die Salbe benutzt?«

»Damit hat es nichts zu tun.« Sein Kiefer zuckt; er hat es satt, das immer wieder zu erklären. »Es ist ein ganz normales Fieber.«

»Wie sieht die Naht aus?«, frage ich. »Ist sie gerötet und geschwollen?«

»Ich habe sie mir heute Morgen angesehen.« Pretha weicht meinem Blick aus. »Wir kommen damit klar. Setz dich.«

Widerwillig nehme ich neben Pretha Platz, Tynan reicht einen Teller mit belegten Broten herum, während Jalek sprudelndes Wasser in unsere Gläser füllt, das nach Sonnenschein und Zitronen schmeckt – eine Beschreibung, die ich vor meiner Ankunft in Faerie lächerlich gefunden hätte, weil ich einfach nicht verstanden hätte, dass sie … passt.

Ich habe mein Brot zur Hälfte gegessen, und die Männer sind schon beim zweiten, als unvermittelt Kane in die Küche kommt, zusammen mit einer Frau.

Die Unterhaltung verstummt und alle hören auf zu essen.

Finn rückt vom Tisch ab und steht auf. Die Wölfe, die ich gar nicht bemerkt habe, tauchen aus dem Schatten auf und nehmen ihre Plätze an seiner Seite ein. »Was soll das?« Finns Stimme ist bedrohlich leise.

Kane macht eine Verbeugung. »Ich habe einen Tribut für dich gefunden.«

Das Wort habe ich schon gehört. Leute in Elora werden dafür bezahlt, als Tribute nach Faerie zu gehen. Meine Cousinen würden kichern über das, was das ihrer Meinung nach bedeutet, aber ich weiß nur eines sicher – dass Tribute niemals wieder zurückkommen. Ich schiebe meinen Stuhl zurück und gehe auf das Mädchen zu, aber Pretha packt mich am Handgelenk und hält mich fest. »Brie. Nicht.«

»Ich habe nicht nach einem verdammten Tribut verlangt«, bellt Finn. Wut strömt aus jedem seiner Worte. »Bring sie nach Hause.«

»Finn.« Kanes Stimme klingt beinah ebenso hart wie Finns. »Sei vernünftig.«

Das Mädchen tritt vor. Sie ist nicht viel älter als ich und sehr hübsch.

Ihr langes blondes Haar ist mit Kämmen aus dem Gesicht zurückgesteckt, sodass ihre hohen Wangenknochen und ihre leuchtenden blauen Augen zur Geltung kommen. Ich frage mich, wie sie heißt. Ich frage mich, ob sie eine Familie hat, die sie vermisst.

Erfolglos versuche ich mich aus Prethas Griff zu befreien. »Sie tut nichts, was sie nicht tun will, Abriella.«

Das Mädchen neigt den Kopf. »Bitte, mein Prinz. Ich bin Mordeus' Hof entkommen. Ich lebe schon mein ganzes Leben in Faerie und ich habe … ich habe genug gesehen, um zu verstehen, was ich tue.« Sie fällt auf die Knie – eine Verbeugung, wie mir klar wird. »Bitte.«

Finn blickt erst sie lange und eindringlich an, dann Kane. Dann schüttelt er entschieden den Kopf und stürmt aus dem Zimmer, während ihm seine Wölfe leise folgen.

Pretha krümmt sich zusammen, Kane murmelt einen Fluch vor sich hin. Das Mädchen vergräbt das Gesicht in den Händen und schluchzt.

»Ich werde mit ihm reden«, sagt Jalek.

Pretha hält ihm die Hand vor die Brust. »Nein. Ich mache das.« Sie folgt ihnen in die Bibliothek und schließt hinter sich die Tür.

»Tut mir leid«, sagt Kane zu den Mädchen. »Lass ihm eine Minute Zeit.«

»Möchte mir mal jemand erklären, was hier geschieht?« Ich sehe Jalek und Tynan dabei eindringlich an.

Jalek schüttelt den Kopf und fängt an, den Tisch abzuräumen. Tynan geht in die Hocke, hilft dem Mädchen wieder auf die Beine und murmelt leise Aufmunterungen.

»Ich gehe hinten raus«, erkläre ich. Niemand nimmt von mir

Notiz, als ich durch den Flur gehe und nach draußen trete. Ich heiße die warme Sommerluft in meinem Gesicht bekommen, die Tür hinter mir fällt laut zu.

Ich habe es so satt, dass man mich im Unklaren lässt. Ich habe es so satt, dass die Leute, denen ich vertrauen muss, mir rein gar nichts anvertrauen.

Die Fenster der Bibliothek stehen offen. Ich schleiche auf die Terrasse hinüber, um zu lauschen, kann aber von der Unterhaltung drinnen nichts verstehen. Pretha hat den Raum wahrscheinlich gegen Lauscher abgeschirmt … gegen mich.

Ich sammle mich. Wenn ich wissen will, was dort geschieht, dann bin ich dazu in der Lage.

Ich schließe die Augen und fühle, wie ich mich im Schatten, im Dunkeln, in nichts auflöse.

Ich öffne sie erst wieder, als ich mich langsam durch die Wand geschoben habe, durch die Schutzzauber, die das Haus umgeben, durch Prethas Schutzschild, und weiter, hinein in die Bibliothek.

Finn liegt ausgestreckt auf der Couch, eine Hand hängt über der Lehne, mit der anderen massiert er sich die Schläfen. »Abriella ist noch nicht bereit. Wenn ich sie jetzt frage, dann riskiere ich, dass sie Verdacht schöpft.«

Pretha geht vor ihm auf und ab. »Also gut. Dann musst du das tun.«

»Warum? Weil ich eine kleine Infektion habe? Glaubst du, *das* wird mich daran hindern, diesen Krieg zu gewinnen?«

»Nein. Ich glaube, es ist dein starrköpfiger Stolz, der *uns* daran hindert, diesen Krieg zu gewinnen.« Als sie sich über die Wangen wischt, wird mir klar, dass sie weint. »Hast du überhaupt eine Vorstellung, wie schwer es für mich war, Vexius dahinsiechen zu sehen?«

Vexius? Habe ich diesen Namen schon einmal gehört?

»Hast du eine Vorstellung, wie es sich anfühlt, Tag für Tag in dem Wissen zu leben, dass es nicht so sein müsste?«

»Du tust, als wäre es so einfach«, sagt Finn, »aber wenn ich einen Tribut nach dem anderen nehme, bin ich dann überhaupt noch besser als *er?*«

Wer ist er? Mordeus? Nimmt er Tribute? Was machen Tribute? Und warum?

»Ich glaube, du trauerst immer noch Isabel nach, und –« Sie dreht sich in meine Richtung und mustert die im Schatten liegenden Bücherregale.

Finn setzt sich auf. »Was ist denn?«

»Ich hatte gerade das Gefühl, dass wir nicht alleine sind.«

Mist.

Mit einem Schnipsen lässt sie ihr Handgelenk herumschnellen, und an ihren Fingerspitzen erscheint eine Lichtkugel. Mit einem weiteren Schnipsen schwebt diese auf mich zu.

Ich schlüpfe wieder rückwärts durch die Wand, bevor Pretha mich entdecken kann.

»Ich sehe nichts«, höre ich Finn noch sagen. »Bist du dir sicher?«

»Du solltest dich nicht im Dunkeln aufhalten, wenn sie in der Nähe ist.«

***

Ich soll nicht wissen, dass das Mädchen immer noch hier ist. Ich soll auch nicht sehen, dass sie in die Bibliothek kommt, wo Finn den ganzen Nachmittag gegrübelt hat. Und ich soll ganz bestimmt nicht meine Schatten dazu benutzen, hinter ihr herzuschleichen und sie zu belauschen.

Seit mich Pretha über Schutzzauber und Schutzschilde aufgeklärt hat, ist mir klar geworden, dass ich mich unwissentlich durch diese hindurchbewegt habe, wenn ich in die Schatten geschlüpft bin, und nun ist mir diese zusätzliche magische Barriere sehr viel deutlicher bewusst. Als ich hindurchschlüpfe, kann ich es spüren – diesen zusätzlichen Schutzschild, den jemand um die Bibliothek gelegt hat.

Die junge Frau steht mit gesenktem Kopf vor Finn. »Bitte schick mich nicht zurück.«

»Du verstehst nicht, was du anbietest.« Finn hat den Kopf gehoben und beobachtet sie.

»Doch, das tue ich. Ich bin in Faerie zur Welt gekommen und aufgewachsen, und ich weiß, wie das funktioniert. Ich bin kein typischer Mensch.«

»Was, wenn ich dich zu den Wilden Fae schicken würde?«, fragt er und neigt den Kopf zur Seite. »Wäre dein Leben dort so schlimm?«

Das Mädchen schluckt. »Ich tue das für meinen Bruder – meinen Halbbruder. Er war Unseelie, und der Einzige, dem ich wirklich etwas bedeutet habe.«

»Und wo ist er jetzt?«

Sie zieht den Kopf ein. »Er ist gestorben, mein Prinz. Das hätte nicht passieren dürfen, aber der Fluch …«

»Ich verstehe.«

Sie holt eine Handvoll Steine aus der Tasche. »Bitte.«

»Was kann ich dir im Austausch geben?«

Sie schüttelt den Kopf. »Ich sehe, was Ihr alles für die Unseelie tut. Ich kann auf diese Art helfen. Ich möchte das für Euch tun, und für sie.«

»Es muss doch etwas geben?« Seine Stimme klingt belegt.

Ein kleines Lächeln. »Nein, es gibt nichts.«

Sie legt die Hand an Finns Wange und beugt sich näher, sodass ihre Lippen nur Zentimeter von seinen entfernt sind. Ihre Augen sind geöffnet, während er langsam seinen Mund auf ihren senkt.

In dem Augenblick, als sich ihre Lippen berühren, fährt etwas Stumpfes und zugleich Scharfes durch mein Inneres.

Ich kehre ihnen den Rücken zu und verlasse die Bibliothek. Ich sage mir, dass ich für Pretha wütend bin. Obwohl ich nicht einmal weiß, ob die beiden … zusammen sind. Aber das ist der einzige Grund, weshalb ich etwas fühlen sollte, wenn ich sehe, wenn Finn jemand anderen küsst.

Im Garten beobachte ich, wie die Sonne langsam zum Horizont hinuntersinkt. Zum ersten Mal an diesem Tag möchte ich zum Palast zurückkehren. Ich möchte nicht hier sein, während Finn seinen … *Tribut* nimmt. Ich möchte dieses Gefühl in meiner Brust ignorieren, das ich nicht benennen kann. Ist es Eifersucht? Nein. Ich will keinen grüblerischen Fae-Prinzen.

Ich will ihn nicht.

Aber warum tut es mir dann so weh, zu sehen, wie er eine andere zärtlich berührt?

Es wäre leicht, meine Gefühle als Dankbarkeit für jemanden abzutun, der mir in einer verzweifelten Lage hilft, aber was ist mit der Verbindung, die ich zu ihm spüre? Und warum scheint meine Macht immer dann zu wachsen, wenn er in der Nähe ist, warum fühlt sie sich so anders an, wenn wir uns berühren?

Wenn das nun alles eine *Bedeutung* hat? Wenn Finn für mich nun mehr ist als ein Lehrer und ein Freund?

Allein dieser Gedanke kommt mir wie ein solcher Verrat an Sebastian vor, dass ich mir wünsche, ich könnte ihn wie einen Gegenstand aus meinem Bewusstsein herausreißen.

»Bist du jetzt bereit zurückzufahren?«, fragt Pretha, die in der Tür steht. Schon den ganzen Nachmittag hat sie versucht, mich zur Rückkehr zum Palast zu bewegen.

»Macht es dir denn nichts aus, dass er da drin dieses Mädchen *berührt?*«

Pretha blinzelt kurz, sie scheint die Schultern hängen zu lassen vor … Erleichterung? »Ich habe es nicht einmal gespürt, dass du durch meinen Schutzschild geschlüpft bist«, murmelt sie. »Eindrucksvoll.«

»Er hat sie geküsst. Ich dachte, das würde dir vielleicht etwas ausmachen.« Weil ich mich genauso gehässig und grausam anhöre wie meine Cousinen, schüttele ich den Kopf und rede mit sanfter Stimme weiter. »Ich dachte, du würdest das wissen wollen.«

Verwundert blickt sie mich an, scheint dann aber zu begreifen. »Du glaubst, *ich* bin mit *Finn* zusammen?« Sie lacht. »Wie kommst du nur auf diese Idee?«

Ich werde rot und versuche, meine Verlegenheit hinunterzuschlucken, aber es gelingt mir nicht. Ich habe Vermutungen angestellt, und jetzt sehe ich wie eine Idiotin aus. »Aber Lark hat doch seine Augen.«

Sie schüttelt den Kopf. »Lark hat die Augen ihres Vaters. Finn ist ihr Onkel, und er darf küssen, wen er will.« Sie murmelt etwas vor sich hin, das sich ziemlich anhört wie *Denkt wahrscheinlich an jemand anderen.*

»Was sind Tribute? Warum braucht ihr sie, und was geschieht mit ihnen? Warum hatte das Mädchen eine Handvoll Steine in der Tasche?«

Pretha verschränkt die Arme. »Wir versuchen, deine Freunde zu sein, Brie. Freunde belauschen einander nicht.«

KAPITEL 18

»Feuermädchen. Wach auf«, flüstert mir eine Reibeisenstimme ins Ohr.

Nachdem Pretha mich in den Palast zurückgebracht hatte, war ich sofort zu Bett gegangen – ich ärgerte mich über mich selbst, weil ich Leute belauscht hatte, die mir vertrauten. Noch mehr ärgerte ich mich nur über …, na ja, über die seltsamen Gefühle, die in mir aufgestiegen waren, als ich sah, wie Finn dieses Mädchen küsste.

»Feuermädchen.« Ein spitzer Fingernagel kratzt über meine Ohrmuschel und ich reiße die Augen auf.

König Mordeus' Kobold kauert über meinem Kissen.

Na endlich.

»Warum hast du so lange gebraucht?«, zische ich und schwinge die Beine über die Bettkante.

»Der König war beschäftigt, Mädchen. Er arbeitet nach seinem eigenen Zeitplan.«

Ich schnaube verächtlich. Alle Fae scheinen nach ihrem eigenen Zeitplan zu arbeiten. Ich gebe der Unsterblichkeit die Schuld daran, dass ihnen jedes Gespür für Dringlichkeit zu fehlen scheint. »Ich muss mich noch anziehen.«

Er schüttelt den Kopf. »Keine Zeit.«

Ich schaue auf mein dünnes Nachthemd herab. »Soll das ein Witz sein? So gehe ich auf keinen Fall.«

»Entweder jetzt gleich, oder du wartest noch eine Woche. Wie du willst.«

Mit einem wütenden Blick in seine Richtung schnappe ich mir meine Tasche, die ich unter meine Matratze geschoben habe. Noch bevor ich mich wieder zu dem Kobold umdrehen kann, haben sich seine rissigen Finger schon um mein Handgelenk gekrallt. Das Zimmer verschwindet.

Keine Sekunde später sind wir im Palast des Mondes angelangt, aber nicht, wie ich erwartet hätte, im Thronsaal. Stattdessen stehe ich im Eingang eines kleinen Wohnzimmers. Der König fläzt sich lässig auf einem roten Armsessel. Der Kobold lässt meinen Arm los, das Zimmer beginnt sich zu drehen, und ich plumpse auf den Boden, weil ich mein Gleichgewicht noch nicht wiedergefunden habe.

Saure Galle steigt mir in die Kehle, und ich presse mir den Handrücken auf den Mund.

»Abriella, du siehst ganz bezaubernd aus«, sagt der König. Heute ist er komplett in Schwarz gekleidet – seine Hose, die gestärkte Tunika und der Samtumhang, der seine Schultern umhüllt. Sogar seine Fingernägel sind schwarz lackiert. Zu seiner Linken und Rechten stehen jeweils drei Wachen, die gelegentlich ihre gespaltenen Zungenspitzen hervorstrecken, als könnten sie Gefahr in der Luft schmecken.

Mir ist speiübel, aber ich strecke das Kinn nach vorn. Ich werde vor diesem Fae keine Schwäche zeigen – obwohl ich es, ehrlich gesagt, ganz amüsant fände, mich auf den König zu übergeben. »Ich habe Euren Spiegel seit einer Woche. Es gefällt mir nicht, wenn man mich warten lässt.«

»Mir auch nicht«, sagt er in gelangweiltem Tonfall. »Und du hast länger gebraucht, als ich erwartet habe. Meine Spione sagen, du hättest schließlich den Goldenen Prinzen direkt darum gebeten – das war wirklich clever. Ich hätte zu gern gesehen, welche Bezahlung er für diesen Gefallen gefordert hat. Hoffentlich hat er sie voll und ganz ausgekostet.«

Meine Übelkeit wird von Wut abgelöst, aus meinen Fingerspitzen sickern Stränge aus Dunkelheit in den Marmorboden. Die Wachen des Königs greifen nach ihren Schwertern, und ich betrachte die endlosen Abgründe, die sich in dem zerbröckelnden Marmor auftun.

Was genau meine Macht auch sein mag, im Unseelie-Palast *blüht* sie geradezu auf.

»Na so was.« Die Augen des Königs verdunkeln sich, und er betrachtet mit geblähten Nüstern, was ich angerichtet habe. »Wie ich sehe, hast du noch nicht gelernt, deine Magie zu kontrollieren.«

Ich habe offenbar noch nicht einmal gelernt, was meine Magie alles *vermag*. Dass ich so etwas kann, wusste ich bisher definitiv nicht. Aber ich balle die Faust und konzentriere mich darauf, die Kraft wieder in mich selbst zurückzuziehen. Ich stelle mir vor, wie sie sich in meinen Eingeweiden zusammenrollt, dort aber nicht einschläft, sondern wie eine Schlange wartet – wachsam, jederzeit bereit zum Angriff.

Der König mustert mich aufmerksam.

»Für eine solche Gabe würde ich einiges geben.«

Mir ist egal, was er über meine Kräfte denkt, und ich will hier nicht länger bleiben als unbedingt notwendig. Nicht der Hof selbst ist mir unangenehm, sondern Mordeus. Er sieht mich an, als wolle er in mein Gehirn kriechen und sich dort ausgiebig umschauen. Mich gruselt es vor ihm. Ich rappele mich vom Boden auf und ziehe so gut es geht mein Nachthemd zurecht. »Lasst mich meine Schwester sehen.«

»Du weißt, dass das nicht geht.«

»Lasst mich sie sehen, dann gebe ich Euch den Spiegel.«

»Wie du bereits gemerkt hast, kannst du deine Schwester *in dem Spiegel* sehen«, sagt er.

Ich will gar nicht wissen, woher er das weiß. Bei der Vorstellung, dass seine Spione mich in meinem Zimmer bespitzelt haben könnten, läuft es mir eiskalt den Rücken hinunter. Aber nein. Das war bestimmt nur ein Schuss ins Blaue. »Das genügt mir nicht.«

»Das muss es aber«, erwidert er achselzuckend. »Mehr kann ich dir nicht anbieten. Hat es dir gefallen? Letzte Woche alles sehen zu können, was du dir gewünscht hast?«

Ich schüttele den Kopf. »Ich will sie sehen. Von Angesicht zu Angesicht.« Es ist zu lange her, und ich spüre ihre Abwesenheit wie ein Loch in meiner Seele.

»Setz dich.« Mordeus greift in die Luft und holt aus dem Nichts eine Karaffe mit dunkelroter Flüssigkeit hervor. »Trinken wir auf deinen Erfolg.«

Fae-Wein trinken? *Nie im Leben.* »Nein, danke.«

»Ich bestehe darauf.« Er schenkt zwei Gläser ein und deutet auf den leeren Sessel neben sich. »Wir trinken, und dann erzähle ich dir von dem nächsten Artefakt, das du für mich aufspüren sollst, damit du deine Schwester ganz schnell wieder von *Angesicht zu Angesicht* sehen kannst.«

Katz und Maus. Er spielt Katz und Maus mit mir. Mit meinem letzten Rest Geduld – und nur, weil mir keine andere Wahl bleibt, betrete ich das Zimmer und setze mich. Das Glas, das er mir reicht, akzeptiere ich. Vielleicht kommt er so schneller zum Wesentlichen.

Mordeus erhebt sein Glas. »Auf die Macht«, sagt er. Ich ziehe die Augenbraue hoch, und er hält inne, das Glas auf halbem Weg zum Mund. »Nein?«

»In meiner Welt bedeutet Macht die Fähigkeit, jemanden um sein Leben zu betrügen, ihm alle Wahlmöglichkeiten zu nehmen und seinen freien Willen zu brechen.« Seine durchdringenden grauen Augen hängen wie gebannt an mir, und ich habe das Gefühl, dass er zu vieles sehen kann. Ich drehe das Glas zwischen den Händen und betrachte die Flüssigkeit darin. »Auf Macht will ich nicht trinken.«

»Worauf dann?«

Ich halte seinen Blick und lasse das Schweigen zwischen uns noch einen Moment andauern. Dann erhebe auch ich mein Glas. »Auf gehaltene Versprechen.«

»Ah, natürlich. Du sorgst dich immer noch um deine Schwester.« Er nickt. »Darauf trinke ich, denn ich freue mich schon darauf, dass du deines hältst.« Sein Lächeln jagt mir kalte Schauer über den Rücken, als wir anstoßen. Während er trinkt, beobachte ich ihn und rühre meinen Wein ein paar endlose Minuten lang nicht an, bis er einen genervten Seufzer von sich gibt. »Wir reden erst über die Informationen, auf die du wartest, wenn du getrunken hast, Mädchen.«

Ich will mich wehren, aber was würde das bringen? Diesem Fae geht es nur um Macht, und den größten Teil seiner eigenen hat er gestohlen. Er wird nicht den geringsten Widerstand dulden. Ich nehme ein winziges Schlückchen. Der Wein ist süß und samtig, und in meiner Brust breitet sich angenehme Wärme aus. »Was ist das zweite Artefakt?«, dränge ich dann.

Er grinst. »Du machst wirklich nie Pause, was? Willst du nicht erst mal deinen Wein genießen?«

Wütend starre ich ihn an.

Mordeus lehnt sich in seinem Sessel zurück. »Das zweite Artefakt nennt sich Grimoricon, und es wird wesentlich schwieriger zu beschaffen sein als der Spiegel.«

Natürlich. Ich kann schließlich nicht erwarten, dass Sebastian mir alles beschafft, was ich brauche, um meine Schwester zurückzubekommen. Obwohl ich allmählich glaube, dass er es tun würde – für mich, und für Jas. Aber leider kann ich ihm nichts davon erzählen, sonst ist mein Handel mit Mordeus hinfällig. »Was ist das Grimoricon?«

»Du kennst es vielleicht als das Große Buch. Es ist die Heilige Schrift von Faerie, darin finden sich die frühesten Zauberformeln und die Magie der Alten.«

»Ein Buch?«

Er trinkt einen weiteren Schluck Wein. »Mehr oder weniger. Etwas so Mächtiges kann nicht von Buchseiten allein gebändigt werden, also kann das Grimoricon seine Form und sein Aussehen verändern. So ist das bei allen bedeutenden magischen Texten.«

»In was kann es sich verwandeln?« Der Schluck Wein scheint mir bisher nicht geschadet zu haben, also wage ich einen zweiten. Er schmeckt wirklich köstlich. Außerdem wird er mich ja wohl kaum unter Drogen setzen, wenn er will, dass ich ihm dieses Buch besorge.

»In *alles Mögliche*, Mädchen. Es kann und wird sich in alles Mögliche verwandeln, wenn es Gefahr spürt.«

Ein Buch, das Gefahr spürt und seine Form verändert. Sieht so aus, als hätten wir mit dem einfachsten Artefakt angefangen. »Wo ist es?«

»Das kann ich dir nicht sagen. Die Seelie haben es während des Kriegs gestohlen und bewachen es seitdem, obwohl es meinem Hof gehört und die Goldenen Fae seine Magie nicht nutzen können.«

»Warum haben sie es dann gestohlen?«

Er nimmt einen weiteren Schluck und starrt ins Leere, als würde er innerlich die Erinnerungen von Jahrtausenden durchgehen, um eine Antwort zu finden. »Aus demselben Grund, aus dem sie auch alles andere gestohlen haben. Um uns zu schwächen.«

»Ihr wollt also, dass ich ein Buch für Euch finde, das sich an einem unbekannten Ort im Seelie-Reich befindet und aussehen kann wie *alles Mögliche?*« Eine Nadel im Heuhaufen suchen ist ein Kinderspiel dagegen. Wenn man die gefunden hat, weiß man wenigstens, dass sie das Gesuchte ist. Es wäre durchaus möglich, dass ich jede Nacht neben dem Grimoricon schlafe und keine Ahnung davon habe. »Du darfst den Spiegel behalten«, sagt er und senkt den Blick auf meinen Schoß, wo ich den Spiegel so stark umklammere, dass meine Knöchel weiß hervortreten.

Bisher habe ich jeden Gedanken daran, dass ich den Spiegel – meine einzige Verbindung zu Jas – abgeben muss, beiseitegeschoben, weil ich ihn nicht ertragen konnte. Jetzt, da ich weiß, dass ich immer nach ihr sehen kann, sacke ich vor Erleichterung in mich zusammen.

»Viel Glück.«

***

Mordeus' Kobold bringt mich in einem Augenblick vom Unseelie-Palast zurück in den Schlossgarten der Königin.

»Warum konntest du mich aus meinem Zimmer holen, mich aber nicht dorthin zurückbringen?«, frage ich ihn und kämpfe gegen die Übelkeit, die Koboldreisen mit sich bringen.

»Weil in deinen Gemächern ein Besucher wartet«, sagt der Kobold. »Ich habe kein Interesse daran, heute einen Kopf kürzer gemacht zu werden.«

»Aber woher weißt du das?«, frage ich.

Der Kobold wirft mir ein Grinsen zu, das all seine gelben, spitzen Zähne entblößt. Dann verschwindet er.

Ich hatte nicht das Gefühl, länger als ein paar Stunden im Unseelie-Palast verbracht zu haben, aber die Sonne steht bereits hoch am Himmel. Die Gärten sind voller Dienstboten, die sich um die Blumen kümmern, und der Duft von Lavendel und Rosen lockt mich auf dem Weg zum Palasteingang. Es wäre so schön, sich hier ein Weilchen hinzusetzen, vielleicht kurz die Augen zu schließen, mein Gesicht von der Sonne wärmen und mich von dem Gezwitscher der Vögel in den Schlaf singen zu lassen. Aber ich widerstehe der Versuchung. Wenn in meinem Zimmer wirklich jemand auf mich wartet, dann will ich wissen, wer es ist.

»Er wartet schon den ganzen Morgen dort«, sagt eine sirupsüße Stimme hinter mir. »Der Prinz könnte aber Verdacht schöpfen, wenn du auf einmal im Nachthemd dort auftauchst.« Als ich mich umdrehe, entdecke ich »Eurelody«, die vor einer Kutsche steht und mich zu sich winkt. »Ich habe deine Dienstmädchen schon darüber informiert, dass du heute den ganzen Tag mit mir trainieren wirst.«

Ich verziehe das Gesicht. »Ich bin zu müde zum Trainieren.«

»Und meine Ohren sind zu hübsch, um sich Gejammer anzuhören, aber so ist es nun mal. Na, komm.«

Ich wehre mich nicht – mit dem Nachthemd hat sie nämlich recht. Aber als wir das Haus betreten, landen wir im Chaos.

»Lass mich durch, Tynan«, blafft Jalek.

»Nein.«

»Das ist doch lächerlich. Ich gehe auf Patrouille und nicht …«

»Erstens glaube ich das nicht«, sagt Tynan. »Und zweitens ist es völlig egal, wo du hingehen willst. Hier bist du am sichersten.« Pretha schiebt mich durch die Tür, an den Streithähnen vorbei.

Streitigkeiten sind hier nichts Ungewöhnliches, aber dies ist kein typisches Wortgefecht. Jalek trägt seine Lederkluft und hat sein Breitschwert auf den Rücken geschnallt. Er starrt Tynan, dessen Emotionen sein silbernes Netztattoo glühen lassen, wütend an. Finn steht breitbeinig zwischen ihnen und schaut zwischen seinen Freunden hin und her.

»Bitte, Jalek.« Tynan flüstert jetzt. »Sei doch vernünftig.«

»Es war nur ein Traum«, sagt Jalek. Er verschränkt die Arme und schaut Finn an.

»Bitte erklär ihm, dass ich nicht bis in alle Ewigkeit in meinem Zimmer bleiben werde, nur weil ich einen Albtraum hatte.«

»Das war nicht nur ein Albtraum. Ich habe sie *gehört.*« Tynan vibriert beinahe vor Frustration. »Schau mir in die Augen und sag mir, dass die Banshee nicht auf deiner Brust saß, als du aufgewacht bist. Schwör mir, dass du heute nicht mehr Angst davor hast, durch diese Tür zu gehen, als an jedem anderen Tag.«

»Du musst nicht gehen, Jalek«, sagt Finn. »Ich werde Kane schicken.«

»Kane braucht eine Pause«. Er war die halbe Nacht unterwegs, um das neue Portal zu schützen.

»Was ist eine Banshee?«, frage ich, und drei Köpfe drehen sich zu mir um. Jalek schaut Tynan genervt an. »Unsinn ist das.«

»Eine Frau, die dich im Schlaf heimsucht und sich auf deine Brust setzt«, sagt Tynan. »Sie erscheint sowohl in der realen Welt als auch in deinem Traum und …«

»Eine Frau?«, frage ich.

»Ein Geist«, seufzt Pretha. »Wenn sie dich heimsucht, sitzt sie auf deiner Brust und sagt wieder und wieder deinen Namen. Das gilt als Zeichen dafür, dass du dem Tod geweiht bist.«

»Geradezu ein Wunder, dass trotz ihrer Warnungen noch Leute sterben«, höhnt Jalek. Doch ich sehe die Furcht in seinen Augen. Er will zwar nicht an den Ruf der Banshee glauben, aber er ist ziemlich verstört.

Tynan schluckt mühsam. »Die Sonnenwende steht kurz bevor.«

»Genau deshalb will ich ja gehen«, sagt Jalek. »Heute Nacht ist sie am schwächsten.«

»Ha! Ich wusste doch, dass du etwas vorhast«, knurrt Tynan.

»Ich schicke Kane«, sagt Finn. »Das Risiko ist zu groß.«

Jaleks Gesicht wird hart. »Hör auf, mich in Watte einzupacken. Ich bin kein Kind mehr und kann meine eigenen Entscheidungen treffen.«

»Du gehörst zu dieser Gruppe und hast mir die Treue geschworen. Meine Entscheidung steht fest«, sagt Finn. Seine Stimme ist so leise, dass ich seine Worte kaum verstehe, aber sein Befehlston ist unüberhörbar.

Pretha nimmt meine Hand. »Komm mit. Ich gebe dir etwas zum Anziehen und bringe dich dann zurück zum Schloss. Der Prinz wird langsam ungeduldig.«

»Du wolltest nur, dass ich mir etwas anderes anziehe? Das hätten wir doch auch in der Kutsche erledigen können!«

»Vergib Pretha«, sagt Finn und schaut Jalek nach, der wütend die Treppe hinaufstürmt. »Sie wusste nicht, dass bei uns zu Hause heute ein Bürgerkrieg ausbrechen würde. Aber du solltest tatsächlich lieber gehen. Jaleks Laune wird sich erst bessern, wenn die Sonne am Tag der Sommersonnenwende untergegangen ist.«

***

Tatsächlich ist meine Tür nur angelehnt, als ich in meine Gemächer im Goldenen Palast zurückkehre. Ich lege eine Hand auf meine Tasche – in der immer noch der Spiegel liegt – und die andere auf meinen Oberschenkel, wo mein Messer festgeschnallt ist. »Hallo?«, rufe ich und gehe hinein.

Sebastian sieht mich, springt aus seinem Sessel auf und ist in drei langen Schritten bei mir. »Wo warst du denn?«

Ich schlucke und lege die Tasche aufs Bett. »Ich habe mit Eurelody trainiert.«

»Ich war schon vor dem Frühstück hier, und du warst schon weg.«

»Sie … wollte heute früh anfangen.«

Er verzieht das Gesicht und ich frage mich, ob er weiß, dass ich lüge. »Ich hatte schon Angst, du hättest dich dafür entschieden, in die Welt der Sterblichen zurückzukehren.«

Ich lege eine Hand auf Sebastians Brust und spüre sein Herz unter meiner Handfläche rasen. Er ist warmherzig und stark, und ich vermisse es, mich ihm anzuvertrauen und das Gefühl zu haben, dass ich seine Güte und Freundlichkeit verdiene. Wenn ich nur mit diesen Lügen aufhören könnte. In meinem Herzen lodert der Hass auf den Schattenkönig – dafür, was er meiner Schwester angetan und mit meinem Leben angerichtet hat. »Es tut mir leid, dass ich dir Sorgen gemacht habe.«

Sebastians große Hand legt sich unter mein Kinn und er mustert mein Gesicht. »Geht es dir gut?«

»Ja, alles in Ordnung.«

Er senkt den Kopf, sein Mund legt sich auf meinen – eine zärtliche Berührung seiner Lippen, die schnell suchend und intensiv wird. Mir stockt augenblicklich der Atem, und ich habe überhaupt keine Lust dazu, ihn wieder in Gang zu bringen. Es ist unser erster

Kuss, seit ich weiß, wer er wirklich ist, und er ist voller Leidenschaft. In seinem Kuss spüre ich all seine Sorge und seine Angst um mich, spüre sie bis ins Mark. Vielleicht sollte ich mich von ihm lösen. Vielleicht sollte ich ihm sagen, dass er nicht das Recht hat, mich zu küssen. Vielleicht sollte ich immer noch wütend auf ihn sein, weil er mich zwei Jahre lang angelogen hat. Aber ich kann mich nicht selbst belügen: Sein Kuss ist Balsam für meine Seele und lässt meine Einsamkeit und Angst verschwinden.

Seine Hitze, seine Stärke lösen einen Knoten irgendwo in mir. In seinen Armen bin ich sicher. Solange er bei mir ist, kann mich niemand verletzen, und ich kann ihn nicht verletzen. Wenn wir diesen Kuss niemals enden lassen, dann muss er nie erfahren, dass ich ihn benutzt, ihn belogen und ihn verraten habe.

Sein Mund wird nachgiebig an meinem, und seine Hand gleitet über mein Haar zu meinem Hals. Sein großer Daumen streichelt meinen Kiefer entlang, während seine andere Hand zu meiner Taille wandert und mich dann fest an sich drückt. Ich presse mich noch enger an ihn. Er seufzt auf, und ich lächle an seinem Mund. Ich fühle mich machtvoll, und das gefällt mir. Ich will jeden Zentimeter seiner Stärke spüren und mir jeden rauen Atemzug ins Gedächtnis brennen.

Ich weiß nicht, wie lange wir uns küssen, aber es ist nicht lang genug. Schließlich ist es Sebastian, der sich löst. Er legt seine Stirn an meine, und wir ringen beide um Atem. Ich schaue auf seine Hand an meiner Taille, mit der er meinen Rock in seiner Faust zusammengeknüllt und damit meine Oberschenkel entblößt hat. Und das Messer. Falls es ihm auffällt, lässt er es sich nicht anmerken.

Heftig atmend lockert er seinen Griff und tritt einen Schritt zurück. »Entschuldige.« Er wischt sich mit der Hand über das Gesicht, schließt die Augen und flucht leise. »Ich bin nicht hierhergekommen, um dich zu verführen. Ich wollte dich eigentlich zum Litha-Ball heute Abend einladen.«

Ein Ball. Noch mehr Kleider, noch mehr Tänze und noch mehr gespielte Gleichgültigkeit demgegenüber, dass andere Mädchen Sebastian vor meinen Augen anflirten. Mädchen, die noch nicht wissen, aus welchem Grund sie ihn verlieren werden. »Ich glaube, du weißt, welche Option ich reizvoller finde.« Zaghaft strecke ich die Hand aus und streiche mit der Fingerspitze über seine Handknöchel. »Du musst dich nicht dafür entschuldigen, dass du mich geküsst hast.«

Sein Mund verzieht sich zu einem schiefen Lächeln. »Nein?«

»Ich habe den Kuss schließlich erwidert.«

»Ich weiß, aber …« Er atmet tief aus und tritt noch einen Schritt von mir zurück, als traue er sich selbst nicht. »Es ist alles so kompliziert geworden.«

Da hat er durchaus recht. Und doch … »Warum sagst du das?«

»Als ich dich am ersten Abend hier in den Gärten sah, war ich so glücklich. Ich wusste, dass du nur wegen Jas hier warst, aber …« Er schluckt. »Allein, dich in meiner Welt zu sehen, war unvorstellbar schön für mich. Als du dann vor mir geflohen bist, habe ich begriffen, dass ich alle Hoffnung, die ich in jenem Augenblick verspürt hatte, aufgeben musste. Du hasst die Fae viel zu sehr – und in jenem Augenblick hast du mich auch gehasst.«

»Ich habe dich nicht gehasst«, flüstere ich. »Ich war schockiert und verletzt. Ich wollte dich hassen, das gebe ich zu, aber ich konnte es nicht.«

Mühsam schluckt er und weicht zurück. Nur einen weiteren Schritt, aber es fühlt sich an wie eine Meile. »Als du gesagt hast, dass du hierbleiben willst, hoffte ich, du würdest deine Meinung vielleicht ändern. Und mit jedem Tag, den ich dich hier in meinem Palast mit meinen Leuten sehe, fällt es mir schwerer, diese Hoffnung zu ignorieren.«

Ich greife nach seiner Hand. Das, was er mir zu sagen versucht, will ich nicht akzeptieren. Aber ich muss.

Er spielt mit meinen Fingern. »Ich weiß, du bist nicht hier, um meine Braut zu werden. Und ich weiß, dass du auch nicht meinetwegen hierbleibst. Als ich dich heute Morgen nicht finden konnte, hat mich das schmerzlich daran erinnert, dass du nicht für immer in meinem Reich bleiben willst. Wenn du dein Ziel erreicht hast, wirst du mich verlassen. Aber ich kann mir nicht vorstellen, mein Leben mit irgendjemand anderem zu verbringen. Du bist die Einzige, die mich zum Lachen bringt. Du gibst mir das Gefühl, dass ich immer noch ich selbst sein kann, dass meine Pflichten der Krone gegenüber mich nicht mit Haut und Haaren verschlingen werden. Und doch kann es sein, dass eben diese Pflicht von mir verlangt, dich aufzugeben.«

Vor lauter Schuldgefühlen dreht sich mir der Magen um. Weiß er etwas? Hat er Verdacht geschöpft, dass ich sein Königreich bestehle? »Wie … warum sagst du das?«

»Meine Mutter drängt darauf, dass ich mir bald eine Braut suche«, sagt er mit gesenktem Blick, als würde er ein beschämendes Geständnis ablegen. »Sie hat mich gestern Abend darüber informiert, dass ich nur noch bis zum nächsten Neumond Zeit habe, mich zu entscheiden.«

»Das ist ja schon in drei Wochen.« Mein Herz schmerzt so sehr in meiner Brust, dass mir das Atmen schwerfällt. Er wird seine Braut wählen, und obwohl ich mich darauf konzentrieren sollte, was das für meinen Zugang zum Schloss bedeutet, frisst mir die

Eifersucht ein Loch in die Eingeweide und verlangt nach meiner Aufmerksamkeit. »Warum denn so bald?«

»Sie will eine Königin an meiner Seite wissen. Jemand, der mich unterstützen kann. Zu herrschen …« Er lässt den Blick zum Fenster schweifen und starrt in den Garten hinaus. »… ist ziemlich einsam. Und sie will, dass ich eine Partnerin gefunden habe, bevor sie ihre Macht an mich abgibt.«

»Hast du dich schon entschieden?« Eigentlich will ich es gar nicht wissen. Ich habe nicht das Recht, irgendwas in Bezug auf Sebastians Braut zu empfinden, aber die Eifersucht droht mich von innen heraus zu zerreißen.

Endlich dreht er den Kopf und begegnet meinem Blick wieder. »Ich rede mir ein, dass es nichts ausmacht. Unter Adligen werden Ehen geschlossen, um Macht zu vergrößern und Allianzen zu festigen. Um Liebe geht es meistens nicht. Aber dann denke ich daran, dass du fortgehen wirst und … Brie, wenn es eine Chance darauf gäbe, dass du hier glücklich sein könntest, dann wäre es das, was ich will. Ich will, dass *du* meine Königin wirst.«

Die Wände um mich herum schrumpfen zusammen. Ein solches Leben kann ich mir nicht vorstellen. Die Prinzessin eines Königreiches zu sein, das Menschen einsperrt, die aus einem feindlichen Land fliehen mussten. Aber wenn Sebastian und ich regieren würden, könnten wir all das ändern.

Könnte ich in dieser Welt tatsächlich Gutes bewirken? Nicht nur als eine weitere Königin, die im Überfluss lebt und über ihre Untertanen herrscht, sondern als Königin des Wandels? Als ob ich eine Wahl hätte. Sobald Sebastian die Wahrheit erfährt, wird er mich nicht mehr wollen. Das hat Larks Vision mir klargemacht.

Du könntest niemals Seelie-Königin werden.

Und das ist er, der Beweis für meine Niederträchtigkeit. Sebastian will mich für immer, und ein Teil von mir will einwilligen, obwohl ich ihn gerade verrate. Ich bin eine Diebin, die das Königreich bestiehlt, das ich an seiner Seite regieren soll.

Und dann sind da noch meine Gefühle für Finn – die Art, wie meine Macht erwacht, wenn er in meiner Nähe ist, die Anziehungskraft, die ich nicht will, aber gleichzeitig nicht verleugnen kann. Würde Sebastian mich immer noch wollen, wenn er all das wüsste? Und selbst wenn, beweist das nicht, dass ich ihn nicht verdiene? Mein Schweigen hat zu lange gedauert, und Sebastian schließt die Augen. Der Schmerz in seinem Gesicht trifft mich wie ein Schlag in die Magengrube.

»Okay …«, flüstert er. »Wenigstens weißt du jetzt, wo ich stehe.«

Er dreht sich auf dem Absatz um und geht in Richtung Tür.

»Bash«, rufe ich und folge ihm. Er bleibt stehen, den Rücken zu mir. Ich traue mich nicht, ihm in die Augen zu sehen, also spreche ich seine breiten Schultern an, statt ihn zu bitten, sich umzudrehen. »Ich wollte nie einen Prinzen heiraten.« Am liebsten würde ich meine Hand zwischen seine Schulterblätter legen, um seine beruhigende Stärke, seine Wärme zu spüren. Oder die Arme um ihn schließen, mich an seinen Rücken schmiegen und die Hand auf seine Brust legen, um seinen Herzschlag zu fühlen. Aber ich tue es nicht. »Aber Sebastian, den Zauberlehrling, hätte ich sofort geheiratet.«

»Du kannst den einen nicht ohne den anderen haben, Brie.«

»Hm«, mache ich leise. »Der Prinz wächst mir allmählich auch ans Herz.«

Als er sich umdreht, schneidet mir die Hoffnung in seinen Augen wie ein Messer ins Herz, und ich weiß nicht, was ich mehr verabscheue: dass ich ihn manipuliere oder dass jedes meiner Worte wahr gewesen ist.

KAPITEL 19

Seit meiner Aussprache mit Sebastian heute Nachmittag lastet die Schuld schwer wie Blei auf mir, als ich den Spiegel aus meiner Tasche hole und meine Suche nach dem Grimoricon beginne. Wenn Sebastian sich bis zum nächsten Neumond für eine Braut entschieden haben muss, bleiben mir nur noch ein paar Wochen, um das zweite und dritte Artefakt für Mordeus zu finden und Jas zurückzubekommen.

Zum zehnten Mal wandert mein Blick zur abgeschlossenen Zimmertür, bevor ich in den Spiegel sehe. »Zeig mir das Grimoricon«, flüstere ich.

Eine große, hell erleuchtete Bibliothek erscheint, wie ich sie noch nie zuvor gesehen habe. Sie ist riesig, mit einer gewölbten Decke aus buntem Glas und unzähligen Reihen von Büchern, die sich von einem Podest in der Mitte des Raums aus auffächern. Auf diesem Podest liegt auf einem Sockel ein dickes, in Leder gebundenes Buch.

Als das Bild verblasst, wiederhole ich meine Frage, und das Glas zeigt mir dasselbe.

Warum versteckt die Königin die Heilige Schrift der Unseelie in einer Bibliothek? Wenn es in einem Regal stünde, würde ich das Ganze für einen Trick halten, da niemand es dort unter all den anderen Büchern vermuten würde. Aber es ist unübersehbar, das Herzstück des Raums.

Nachdem ich den Spiegel verstaut habe, klingele ich nach meinen Dienstmädchen. Ich habe jeden Zentimeter dieses Palastes abgesucht und nirgendwo einen Raum wie den im Spiegel gesehen. Womöglich ist er versteckt, oder die Bibliothek befindet sich im gut bewachten Wintergarten der Königin. Das würde bei einem so wertvollen Gegenstand Sinn ergeben, macht die Sache aber für mich umso komplizierter.

»Lady Abriella«, sagt Emmaline und macht einen Knicks. »Was können wir heute Abend für Euch tun?«

Sonst lasse ich die beiden nie rufen, also ist sie entsprechend überrascht. »Der Prinz hat mir gesagt, dass heute Abend besondere Feierlichkeiten stattfinden.«

»Ja, Mylady. Heute Abend feiern wir Litha.«

»Ich würde gerne zum Ball gehen. Könntest du mir beim Anziehen helfen?«

Emmaline blinzelt verwirrt. Das kann ich ihr nicht verübeln. In meinen zweieinhalb Wochen hier habe ich mich noch nie um die scheinbar endlosen Tanzveranstaltungen gekümmert, die ständig im Schloss stattfinden. Ich gehe nur hin, wenn es unbedingt erforderlich ist, und sonst habe ich so viele Ausreden parat, dass die Zwillinge aufgehört haben, mich zur Teilnahme zu überreden. »Natürlich. Entschuldigung, wir hätten Euch fragen sollen.«

Ich winke ab. »Ich habe mich ganz spontan entschieden.« Sie strahlt und ich zwinge mich dazu, ihr Lächeln zu erwidern. »Mir ist auf einmal nach Tanzen zumute.«

Mit dem Spiegel habe ich nur meine Zeit verschwendet, aber diesen Fehler mache ich nicht noch einmal. Das kann ich mir nicht leisten. Ich werde meine Schuldgefühle tief in mir vergraben und Sebastian so viele Informationen entlocken wie nur möglich. Und sollte er mich für immer hassen, wenn er erfährt, wie ich ihn ausgenutzt habe, dann … dann bin ich bereit, diesen Preis zu bezahlen, wenn ich Jas damit retten kann.

★★★

Als meine Dienstmädchen mich in ein Abendkleid in hellem Violett mit Glockenärmeln gesteckt und mein Haar in Löckchen auf meinem Kopf aufgetürmt haben, sind die Musik und die Festlichkeiten schon so laut, dass ich dem Lärm problemlos bis zu der Feier auf dem Rasen vor dem Palast folgen kann. Als ich aus dem Tor trete, bleibe ich oben auf dem Treppenabsatz stehen, überwältigt von dem Anblick, der sich mir bietet.

Wie ich von Emmaline und Tess erfahren habe, dauert das Litha-Fest die ganze Nacht vor dem Tag der Sommersonnenwende, von der Abend- bis zur Morgendämmerung. Rings um das Schloss werden Sonnwendfeuer entzündet, um die Sonne zu ehren und die längsten Tage des Jahres einzuläuten.

Auch in der Menschenwelt finden in kleinerem Rahmen solche Feierlichkeiten statt, aber ich habe mich nie dafür interessiert oder begriffen, warum die Massen Segnungen in einer Welt feiern wollen, die nur so wenige zu segnen scheint. Aber unter dem kühlen Glanz des Sichelmondes, mit Essen und Trinken im Überfluss und so viel Musik und Gelächter kann ich beinahe verstehen, woher das Bedürfnis kommt, ein solches Spektakel zu veranstalten.

Langsam steige ich die Schlosstreppe hinab und wage mich auf den Rasen hinaus. Die Feuer sind riesig und strahlen Hitze aus. Gerade als mir der Schweiß auf die Stirn tritt, reicht mir ein Dienstbote ein kaltes Glas Wein und ist schon wieder verschwunden, bevor ich ablehnen kann.

»Du bist hier«, sagt Sebastian leise hinter mir.

Sofort angespannt drehe ich mich zu ihm um. Ich bin mir durchaus bewusst, wie sehr ich ihn verletzt habe. »Ich kann wieder in mein Zimmer gehen, wenn dir das lieber wäre.«

»Ich bin ziemlich sicher, dass mein größtes Problem ist, dass mir das ganz und gar nicht lieber wäre.« Er mustert mich ausgiebig. »Obwohl du darauf aus zu sein scheinst, mich mit deiner Schönheit zu foltern.« Seine Stimme klingt entspannt, und er lächelt mich an. »Ich bin froh, dass du gekommen bist.« Ich mustere ihn ebenfalls und muss schlucken. Er ist nicht der Einzige, der hier gefoltert wird. Sein weißblondes Haar ist in seinem Nacken zusammengebunden, und in seiner goldenen Tunika wirken seine Schultern beinahe unwirklich breit. Kurz wandert mein Blick nach unten, doch ich wende ihn schnell wieder von seinen kräftigen Oberschenkeln in den ledernen Hosen ab.

»Das mit vorhin tut mir leid. Ich hatte kein Recht dazu …«

»Nein. Mir tut es leid«, unterbreche ich ihn. Und das ist wahr. Es ändert vielleicht nichts an meinen Gefühlen oder daran, was ich tun muss, aber ich hasse es, dass ich ihn verletzen muss. Ich hasse es auch, dass das, was ich jetzt tun werde, ihn noch mehr verletzen wird. »Ich weiß, dass ich viele Vorurteile hatte, als ich nach Faerie gekommen bin. Aber jetzt habe ich begriffen, wie unfair das war. Mir wird allmählich klar, dass hier vieles anders ist, als ich es mir vorgestellt habe.«

Er betrachtet mich forschend. »Und … ist das gut?«

»Größtenteils.« Mühsam versuche ich, meine geänderte Einstellung in Worte zu fassen. »Es fällt mir immer noch schwer, den Leuten hier zu vertrauen, aber das ist mir auch zu Hause noch nie leichtgefallen. Faerie mag seine eigenen Probleme haben, aber die Fae sind auch nicht grausamer und selbstsüchtiger als Menschen.«

Sebastian studiert mein Gesicht so intensiv, als könne er all meine Lügen und Geheimnisse darin lesen. »Und was bedeutet das für uns?«

Ich mache einen Schritt auf ihn zu, und als ich seine Hand ergreife, fühle ich mich bis ins Mark wie die Verräterin, die ich bin. »Es bedeutet, dass ich hoffe, du gibst mich noch nicht auf.«

Er atmet scharf ein und schaut mich mit großen Augen an. »Ich weiß nicht, wie ich dich aufgeben könnte, Abriella.«

Zu feige, um dem Blick seiner schönen Augen standzuhalten, lasse ich seine Hand los und schaue lieber mein Weinglas an. »Das ist also Litha?«, frage ich, um das Schweigen zu füllen.

»Richtig. Aber wie dir sicher aufgefallen ist, nutzen wir jede Gelegenheit, zu tanzen und zu viel Wein zu trinken.«

»Darf ich fragen, warum ein Fest, das den Tag ehren soll, in der Nacht gefeiert wird?«

Er blickt auf die Menge, die Feuer, die Musiker. »Weil es den längsten Tag des Jahres ohne die kürzeste Nacht des Jahres nicht gäbe. Und weil wir die Sonne ehren, indem wir mit Feuern die Nacht erhellen. Sie werden entzündet, bevor die Sonne untergeht, und brennen, bis sie wieder aufgeht. So erleuchten sie symbolisch sogar die kurzen Stunden der Dunkelheit.«

»Und was symbolisieren der Wein und die Tänze?«

»Unsere Lebensfreude.« Grinsend schaut er auf den unberührten Wein in meinem Glas. »Ist der nicht gut?«

»Ich habe ihn noch nicht probiert.« Winzige Luftperlen haften an den Seiten des Glases und glitzern im Feuerschein. »Stimmt es, dass Fae-Wein uns Sterbliche enthemmt?«

Er lacht. »Wie beim Wein der Menschen kommt das allein darauf an, wie viel davon man trinkt.« Unsere Finger berühren sich. Die winzige Berührung versetzt mich zurück in mein Zimmer, als sein Mund auf meinem und seine Hand an meiner Taille lag. Meine Haut beginnt zu prickeln.

Prüfend riecht er an meinem Wein, bevor er mir das Glas zurückgibt. »Der ist harmlos. Falls du ihn probieren willst.«

Jetzt rieche ich auch an der goldenen Flüssigkeit. Sie duftet nach sonnengereiften Kirschen. Ich halte Sebastians Blick fest, als ich das Glas an die Lippen setze. Die Süße und der Geschmack des Weins explodieren auf meiner Zunge, und in meiner Brust breitet sich sofort angenehme Wärme aus. Ich brumme anerkennend und trinke das halbe Glas in einem Zug aus. »Wow. Der ist so gut, dass ich am liebsten darin *schwimmen* würde.«

»Sommersonnwendwein schmeckt mir auch am besten.« Wir beobachten die Feuer und die Gäste, während ich das Glas leer trinke. Weil ich nicht zu neugierig wirken und Sebastian misstrauisch machen will, zögere ich, jetzt schon nach der Bibliothek zu fragen. Mit Sebastian Zeit zu verbringen, ist keine Bürde, und zu meiner Überraschung stört uns auch niemand. Nicht einmal, als die Musik langsamer wird und überall auf dem Rasen Paare zu tanzen beginnen.

»Ich hätte eigentlich damit gerechnet, dass dich die anderen Mädchen sofort in Beschlag nehmen«, sage ich mit einem Stirnrunzeln.

Als meine Dienstmädchen mir vorhin beim Ankleiden geholfen haben, sagten sie, dass sechs der zwölf Mädchen, die ursprünglich ins Schloss eingeladen wurden, bereits wieder nach Hause geschickt worden sind. Heißt das, Sebastian ist an den Mädchen interessiert, die noch hier sind? Wird er sich leichten Herzens für eine von ihnen entscheiden, sobald er von meinem Betrug erfahren hat?

Er löst seinen Blick von den Tänzern, die er beobachtet hat, und schaut mich an. »Ich habe uns mit einem Trugzauber belegt, sodass die Menschen uns hier nicht sehen können.« Er grinst. »Ich wollte mir heute Abend meine Zeit mit dir nicht nehmen lassen.«

Am liebsten würde ich ihn schütteln und ihm sagen, dass ich die Zuneigung in seinen Augen nicht verdiene. Ich bin furchtbar. Eine Lügnerin. Eine Diebin. Eine Verräterin. Stattdessen gebe ich mein Glas einem vorbeikommenden Dienstboten und lege Sebastian die Arme um den Hals.

»Dann sollten wir vielleicht tanzen, solange wie die Chance dazu haben.«

Die Hände um meine Taille gelegt, zieht er mich an sich. Ich lege meinen Kopf an seine Brust und wiege mich im Takt der Musik. An meinem ersten Abend in Faerie war die Musik ein berauschender Rhythmus, der mich in seinen Bann gezogen hat. Dies ist anders. Sie erinnert mich beinahe an zu Hause, an meine Mutter, die Klavier spielte, während Jas und ich mit unseren Puppen spielten. Sie erinnert mich an die Bälle, auf die meine Cousinen gehen durften, während ich damit beschäftigt war, zu putzen und meine Schulden bei Madame V zu bezahlen. Sie erinnert mich daran, was Sebastian und ich uns gemeinsam aufbauen könnten, wenn ich ihn nicht verraten müsste, um meine Schwester zu retten.

Die Musik ist gleichzeitig kostbare Erinnerung und verpasste Chance, Bitteres und Süßes in einem.

Sebastian spürt, wie sich meine Stimmung ändert. Er löst sich von mir und schaut auf mich herab. »Woran denkst du?«

Das ist deine Gelegenheit, Brie. Ich zögere, weil ich gerne noch ein Weilchen einfach Bash und Brie geblieben wäre. Aber ich habe keine Zeit zu verlieren. »Ich habe daran gedacht, dass ich nach einem Abend wie heute am liebsten den ganzen Tag im Bett liegen und lesen würde.« Obwohl ich mich dafür verabscheue, den Moment auszunutzen, zwinge ich mich dazu, ihn anzulächeln. »Könntest du mir irgendwann vielleicht die Bibliotheken zeigen? Dann könnte ich mich in ein Buch vertiefen, wenn du mich das nächste Mal tagelang alleine lassen musst.«

»Du weißt hoffentlich, dass ich dich nicht gerne allein lasse«, erwidert er amüsiert. »Aber vor meinen Pflichten kann ich mich leider nicht drücken.« Sein Gesicht wird ernst und seine Hand reibt sanft in kreisförmigen Bewegungen über meinen Rücken. »Auch wenn unsere gemeinsame Zeit begrenzt ist.«

Begrenzt, weil ich ihn nicht heiraten will. Begrenzt, weil er sich bis zum nächsten Neumond eine Braut suchen muss.

Als mich der Schmerz überwältigt, schließe ich die Augen. Ich hätte nie gedacht, dass ich einmal wegen eines Fae Liebeskummer haben würde, aber so ist es nun mal.

»Ich kann nicht zulassen, dass du an Litha so traurig aussiehst. Das geht wirklich nicht.« Bevor ich seine Sorgen zerstreuen und ihm vorspielen kann, dass alles in Ordnung ist, nimmt er meinen Arm und führt mich zurück in den Palast.

»Wohin gehen wir?«

»Du hast dir in deiner Zeit hier so wenig von mir gewünscht. Wenn du die Bibliothek sehen willst, dann bringe ich dich jetzt sofort dorthin.«

Mein Herz beginnt zu rasen, und ich bemühe mich gar nicht erst, mein Lächeln zu verbergen. Dass er mich schon heute Nacht dorthin bringt, hätte ich nicht erwartet. Vielleicht kann ich mir das Buch schnappen, solange alle von der Party abgelenkt sind.

»Weißt du«, sagt er, als wir durch die Gänge wandern, »als ich dich das erste Mal in diesem scheußlichen Abstellraum besucht habe, in dem du in Fairscape schlafen musstest, hast du auch gelesen.«

»Das weißt du noch?« Ich erinnere mich überdeutlich daran. Damals kannte ich Sebastian noch nicht lange, und es war mir unglaublich peinlich, dass Jas den attraktiven Zauberlehrling in unseren schäbigen Keller gebracht hatte. Ich wollte nicht, dass er sah, wie wir leben mussten.

»Du lagst zusammengerollt auf deinem Bett und warst vollkommen in dein Buch vertieft, als wäre es total egal, dass dein Leben so brutal und schwierig war und du nur diesen winzigen Abstellraum dein Eigen nennen konntest. Als wäre es total egal, dass du für alles so hart schuften musstest. Beim Lesen warst du in einer anderen Welt. Du warst ein ganz anderer Mensch.«

Er weiß so viel mehr über mich, als mir jemals bewusst war. »Meine Mutter hat uns Lesen beigebracht und uns die Macht von Geschichten gelehrt«, sage ich. »Als sie nicht mehr da war, konnte ich Jas nur mit Geschichten beruhigen, wenn sie unsere Mutter vermisst hat. Die Geschichten haben uns beiden geholfen, mit ihrem Verlust klarzukommen.«

Sebastian schaut mich neugierig an. »Du hast schon seit Längerem nicht mehr nach deiner Schwester gefragt.«

»Ich …« Ich starre auf meine Füße. *Richtig.* Weil er glaubt, dass ich ihm den Spiegel zurückgegeben habe, weiß er nicht, dass ich Jas jeden Tag beobachten kann. »Ich versuche, möglichst wenig daran zu denken.«

»Hey.« Er drückt mir die Hand. »Ich wollte dich nicht traurig machen, sondern dir nur sagen, dass ich weiterhin alles tue, um sie zu finden. Meine Spione haben eine ungefähre Ahnung davon, wo sie gefangen gehalten wird, und ich habe bereits Soldaten dorthin geschickt. Ich will dir keine falschen Hoffnungen machen, aber …«

Ich bleibe stehen. Ich weiß nicht genau, wann ich die Hoffnung darauf aufgegeben habe, dass Sebastian Jas vielleicht retten könnte. Typisch für mich. »Wirklich?«

Seine Miene ist ernst. »Der König ist gerissen. Er hat deine Schwester gefangen genommen, weil er sie für wertvoll hält, also wird er sie auch nicht so einfach aufgeben. Ich habe zwar das Gefühl, dass wir ihr näher sind als jemals zuvor, aber bis Jas sicher zu Hause ist und unter meinem Schutz steht, kann sich alles jederzeit ändern. Er ist zu mächtig.«

Der König ist wirklich mächtig, das habe ich selbst gesehen. Finn hingegen habe ich noch nie seine Kräfte nutzen sehen. Ist seine Magie irgendwie unterdrückt, weil er nicht auf dem Thron sitzt, auf den er gehört? Konnte er sich nach dem Kampf mit den Verrätern der Wilen Fae deshalb nicht heilen?

»Verleiht der Thron Mordeus seine Macht?« Sebastian stutzt. »Nein. Die Macht des Königs gehört ihm selbst.«

»Wenn jemand anderes den Thron besteigt, würde diese Macht dann auf ihn übertragen?«

Er schüttelt den Kopf. »Du denkst wahrscheinlich an die Krone, aber die hat Mordeus bisher nicht finden können. Tatsächlich kann er ohne sie nicht einmal auf dem Thron sitzen, und solange er sie nicht hat, kann er auf diese Macht auch nicht zugreifen.«

Die verlorene Krone. Könnte es sein, dass Finn zwar Kräfte hat, sie aber nicht benutzen will? Spart er sie für den Moment auf, in dem er die Krone wiedergefunden hat? Nein, das ergibt alles keinen Sinn. Offenbar fehlen mir ein paar wichtige Informationen.

»Hier sind wir.« Sebastian stößt die hohen Türflügel auf, die zur

Bibliothek der Königin führen. Die ich schon gesehen und bereits mehrmals durchsucht habe.

»Hier war ich schon«, sage ich bewusst leichtherzig. »Sie ist großartig, aber wenn du mich heute Abend richtig verwöhnen willst, bring mich doch in eine größere.«

Er schüttelt den Kopf und lacht leise. »Eine andere gibt es nicht – weder größer noch kleiner. Aber da du Bücher so liebst, sollte ich vielleicht die Palastarchitekten damit beauftragen, einen neuen Bibliotheksflügel für dich zu bauen.« Sein Lächeln verrutscht, als würde auch er daran denken, wie wenige Tage mir hier noch bleiben.

Ich schiebe all meine Schuldgefühle beiseite, nehme seine Hand und wandere in die Bibliothek, zwischen den hohen Regalen hindurch. Da ich nach Lesestoff gefragt habe und es hier Tausende von Büchern gibt, würde er misstrauisch werden, wenn ich mir keines aussuche. Zum Glück fällt es mir sehr leicht, diese Rolle zu spielen. Bücher liebe ich wirklich und ich habe schon halbes Dutzend gesehen, das ich am liebsten sofort verschlingen will.

»Darf ich mir ein paar ausleihen?« Mit den Fingern fahre ich andächtig über die Buchrücken.

»Nimm, so viele du willst«, sagt er. Seine Stimme klingt ein bisschen rau.

Ich beschränke mich auf vier, aber als ich mich wieder zu ihm umdrehe, sieht er mich mit einem beinahe ehrfürchtigen Ausdruck in den Augen an. »Warum siehst du mich so an?«, frage ich lächelnd.

»Vor alldem konnte ich mir nicht vorstellen, wie du hierher passen könntest. Jetzt, da du ein Teil meines Lebens hier geworden bist, wird es mir umso schwerer fallen, dich wieder gehen zu lassen.«

Ich umklammere meinen Bücherstapel fester. Auch ich kann mir ein Leben ohne Sebastian nicht vorstellen. In Fairscape war er es, der meinem eintönig grauen Leben Farbe verlieh. Auch wenn jeder Tag nur eine endlose Abfolge von Arbeit, Diebstählen und Scheitern bedeutete, konnte ich mich zumindest auf ihn freuen. »Ich will dich auch nicht verlassen«, gestehe ich. *Ich wünschte nur, dass ich nicht hier mit dir leben müsste.*

Die Wahrheit ist, dass ich es nicht ertragen könnte, mit der Königin unter einem Dach zu leben. Ich möchte nicht die Art von Person werden, die ihre Grausamkeiten ignorieren kann. Egal, was ich für Sebastian empfinde, ich weigere mich, diesen Teil von mir aufzugeben.

Sebastian nimmt mir die Bücher aus der Hand und legt sie auf einen Tisch neben uns. Als er wieder auf mich herabblickt, ist sein Gesichtsausdruck weich und zärtlich. »Mach die Augen zu.«

Ich schaue mich in der Bibliothek um. Hoffentlich hat er hier drin keine Überraschung für mich vorbereitet. Meine Schuldgefühle erdrücken mich auch so schon. »Warum?«

»Tu's einfach.«

Ich kann nicht einmal ein Lächeln vortäuschen. »Okay.« Ich schließe die Augen und spüre, wie er sich zu mir beugt.

»Mach sie noch nicht auf.« Er pustet mir sanft ins Ohr. Ich rekele mich beinahe, weil es sich so gut anfühlt, lasse aber die Augen geschlossen. Er pustet auch in das andere Ohr, und dann höre ich es – zuerst leise, dann lauter. Eine süße Melodie erfüllt meine Ohren – erfüllt den ganzen Raum. »Hörst du es?«

»Was ist das?«, frage ich.

»Das sind die Bibliotheks-Feen. Sie lieben Bücher und leben zwischen ihnen. Wenn man weiß, wie, kann man sie singen hören.«

Bibliotheks-Feen, die zwischen Büchern leben und singen. Ich frage mich, ob ich die Fae jemals gehasst hätte, wenn ich gewusst hätte, dass so etwas existiert.

»Warum können wir sie nur mit geschlossenen Augen hören?«

»Ich kann sie auch so gut hören, aber du bist sterblich. Deine Ohren sind nicht so empfindlich wie unsere.«

Er hat seine Magie benutzt, um mich einen besonderen Teil seiner Welt hören zu lassen, den meine menschlichen Ohren ohne ihn niemals wahrgenommen hätten.

»Tanz mit mir«, flüstert er und schließt mich in die Arme. Die Augen geschlossen, meinen Kopf an seiner Brust geborgen, wiegen wir uns zu den ätherischen Klängen des Feengesangs. Vielleicht liegt es an dem Lied, aber irgendwie fühle ich mich Sebastian näher, während wir uns wiegen. Für einen Moment stelle ich mir vor, ich könnte annehmen, was er mir anbietet. Ich könnte seine Frau werden und ein Leben voller romantischer Küsse und Tänze in der Bibliothek führen.

»Prinz Ronan.«

Sebastian bleibt stehen und ich löse mich widerwillig aus seinen Armen, während er sich Riaan zuwendet, der die Bibliothek betreten hat.

»Verzeiht mir, Eure Hoheit, aber Ihr wolltet benachrichtigt werden, sobald es Neuigkeiten über …« Sein Blick wandert kurz zu mir, bevor er zum Gesicht seines Prinzen zurückkehrt. »Über den Verräter gibt.«

Mein ganzer Körper wird eiskalt. *Der Verräter.*

Sebastian schnaubt ärgerlich. Seine eigene Reaktion ist wahrscheinlich der einzige Grund, warum er die meine nicht bemerkt. Als er sich wieder mir zuwendet, versuche ich, ein möglichst neutrales Gesicht zu machen. »Ich muss kurz etwas erledigen. Wenn du hierbleiben möchtest, kann ich dich später gerne abholen, aber das könnte eine Weile dauern.«

Mein Stapel Bücher wartet auf dem Tisch. Aber ich will unbedingt herausfinden, wen Riaan gemeint hat, als er von dem Verräter sprach. »Ich glaube, ich gehe ins Bett.«

»Deine Gemächer liegen auf meinem Weg. Ich begleite dich noch dorthin.«

Er bietet mir seinen Arm an, und ich hake mich bei ihm unter, versuche, mit ihm Schritt zu halten und mich möglichst entspannt zu bewegen, obwohl ich innerlich total verkrampft bin. Riaan geht hinter uns her, entfernt sich aber nie weit.

Vor meiner Tür bleibt Sebastian stehen. »Gute Nacht.« Er führt meine Hand an seine Lippen und küsst meine Fingerknöchel. »Schlaf gut.«

»Gute Nacht, Seb…« Ich bemerke, dass Riaan mich misstrauisch beobachtet. Kann er mit seinem empfindlichen Gehör mein rasend schnell klopfendes Herz hören?

Sebastian zumindest scheint nichts aufzufallen, und ich schenke ihm ein Lächeln und nicke ihm zu. »Eure Hoheit.«

»Träum süß.« Sebastian zwinkert mir zu.

Ich ziehe mich in meine Gemächer zurück, ohne die Tür zu schließen, und beobachte, wie die beiden sich auf den Weg machen, um sich um einen Verräter zu kümmern.

Sobald sie so weit entfernt sind, dass sie mich wahrscheinlich nicht mehr sehen können, tauche ich in die Schatten ein und folge ihnen.

KAPITEL 20

»Bist du sicher, dass er es ist?«, fragt Sebastian, gerade als er und Riaan in einen Flur im hinteren Bereich des Palastes einbiegen, der glücklicherweise nur schwach beleuchtet ist. Falls sie zu den Gemächern der Königin wollen, müsste ich meine Mission abbrechen.

»Ja. Die Königin hat ihn auch bereits identifiziert.«

Sebastian strafft die Schultern und biegt dann in einen Flur ein, den ich noch nie zuvor gesehen habe. Die Königin muss ihn mit einem Zauber verborgen haben. »Wir werden ein Exempel an ihm statuieren.«

Der Flur ist eher eine Art Tunnel, mit so niedrigen Decken, dass die Fae beim Gehen den Kopf einziehen müssen. Er endet nach kurzer Zeit an einer dunklen Treppe, und Riaan zaubert einen Lichtball herbei, der ihnen den Weg weist. Ich halte mich in sicherer Entfernung und konzentriere mich darauf, mit den Schatten zu verschmelzen.

Mit jedem Schritt nach unten wird die Luft kühler und bald bekomme ich Gänsehaut an den Armen. Am Fuß der Treppe bleibt Sebastian schließlich stehen und blickt mit verschränkten Armen durch das Gitter einer Zelle. Von hier aus kann ich nicht hineinsehen, aber ich bin nahe genug, um sie sprechen zu hören.

»Jalek«, sagt Sebastian, und mein ohnehin schon nervöser Magen zieht sich krampfhaft zusammen. Ist das etwa Finns Jalek? Der Fae, der mir seit einiger Zeit beibringt, ein Schwert zu führen? »Wie nett von dir, dass du über die Feiertage nach Hause gekommen bist.«

Der Mann hinter dem Gitter spuckt Sebastian an. »Verpiss dich«, knurrt er und ich erkenne seine Stimme sofort.

»So solltest du den Mann, der über dein Schicksal entscheidet, vielleicht lieber nicht behandeln.«

Jalek lacht freudlos auf. »Als gäbe es irgendeine Chance darauf, dass du mich freilassen wirst.«

Sebastian steckt die Hände in die Hosentaschen und lehnt sich mit dem Rücken gegen die Wand gegenüber der Zelle. »Vielleicht schon. Wenn du mir sagst, mit wem du zusammenarbeitest und wo wir ihn finden können.«

»Ich arbeite allein.«

Sebastian schnaubt. »Ich bin kein Idiot. Ich weiß, dass du mit Prinz Finnian zusammenarbeitest. Hat er dich geschickt? Verrate mir seine Pläne, dann werde ich dich nicht bestrafen.«

»Im Gegensatz zu deiner Königin verrate *ich* meine Leute nicht.« Er zischt *Königin*, als wäre es eine Beleidigung, und Sebastian hechtet nach vorne, packt ihn durch die Gitterstäbe am Hemd und hebt ihn vom Boden hoch.

»Du verräterischer Bastard.«

Jalek schnappt nach Luft, öffnet und schließt den Mund wie ein Fisch ohne Wasser. Sein Gesicht wird rot, dann violett, als würde ihn jemand erwürgen. Am liebsten würde ich wegschauen. Diese Seite von Sebastian will ich nicht sehen, will nicht glauben, dass er zu solcher Grausamkeit gegen einen Fae fähig ist, den ich als gut und freundlich kennengelernt habe. Aber ich zwinge mich dazu, meinen Blick keinen Augenblick lang abzuwenden.

Sebastian hebt Jalek immer noch am Hemdkragen hoch, aber der keucht plötzlich auf, als hätte der Druck auf seine Luftröhre nachgelassen.

»Nenn mir einen Grund, dich jetzt nicht zu töten«, knurrt Sebastian.

»Wenn du mich tötest, dann wird sie dir niemals die Krone geben.«

Seltsam. Würde die Königin Sebastian wirklich sein Geburtsrecht verweigern, weil er einen Verräter getötet hat?

Sebastian lässt Jalek fallen und weicht mit vor Wut verzerrtem Gesicht zurück. »Was weißt du darüber?«

»Ich weiß genug«, kontert Jalek mit einem Lachen. »Schon bald wird sie dich durchschauen.«

Ein Lichtblitz trifft Jalek und wirft ihn zu Boden. »Du schläfst heute Nacht hier«, blafft Sebastian. »Wenn du bis morgen früh deine Einstellung geändert haben solltest, können wir vielleicht einen Handel machen. Wenn nicht, werde ich ein Exempel an dir statuieren. Ich werde dem ganzen Königreich zeigen, welche Konsequenzen es hat, meine Familie zu bedrohen.«

Sebastian stürmt, ganz dicht an mir vorbei, die Treppe hinauf. Riaan folgt ihm.

Ich warte, bis sie am oberen Ende der Treppe in den Flur abbiegen und nicht mehr zu sehen sind. Erst dann löse ich mich aus den Schatten und finde zu meiner körperlichen Form zurück.

Ich nähere mich der Zelle und rubbele mir dabei die Arme. Es ist so kalt hier unten. »Jalek?«

Bei meinem Anblick richtet er sich auf. »Brie. Wie lange bist du schon hier?«

»Lange genug.«

Er erblasst. »Wie viel hast du gehört?«

»Genug, um zu kapieren, dass er dich wahrscheinlich töten wird, wenn du Finn nicht verrätst.« Und das kann ich aus unzähligen Gründen nicht riskieren. »Ich muss dich hier rausholen.« Mit den Händen streiche ich über die Gitterstäbe und suche nach dem Schloss.

»Es ist eine magische Zelle. Die Tür erscheint nur dann, wenn Prinz Ronan es will.«

Inzwischen bibbere ich vor Kälte. »Du wirst heute Nacht erfrieren. Irgendwie muss es doch gehen. Was ist mit deiner Magie?«

Er lacht – leise, bitter und … hoffnungslos. »Sie haben mir sofort ein Gift injiziert, das meine Kräfte blockiert.« Den Kopf zur Seite gelegt, schließt er die Augen. »Es fühlt sich an, als hätte man mir Blei in die Adern gespritzt.«

»Wirkt es lang? Vielleicht kann ich Sebastian morgen früh ablenken, damit du …«

»Ich weiß das Angebot zu schätzen, aber das wird nichts. Du könntest den Prinzen tagelang ablenken, und sie würden mich trotzdem weiterhin mit diesem Gift vollpumpen.«

»Ich hätte nie geglaubt, dass Sebastian so sein könnte. Wenn ich es nicht selbst gesehen hätte …«

»Der Krieg bringt das Schlimmste in uns allen ans Licht. Sag Finn, dass es mir leidtut. Sag ihm …« Er vergräbt seinen Kopf in den Händen und flucht halblaut vor sich hin. »Sag ihm, dass er recht hatte, was die Königin betrifft. Sie hat nicht mehr lange zu leben, aber es wird nicht schnell genug gehen.«

Mit beiden Händen packe ich die Gitterstäbe. Wenn ich ihn doch nur irgendwie beruhigen könnte. Aber alles, was ich habe, sind Fragen. »Wird die Königin Sebastian wirklich die Krone verweigern, wenn er dich tötet? Falls das stimmt, dann hält er dich vielleicht am Leben, solange sie noch lebt.«

Er schenkt mir ein trauriges Lächeln. »Du weißt gleichzeitig zu viel und nicht genug.«

»Dann sag mir, was ich wissen muss!«

Er scheint förmlich in sich zusammenzusinken, als er flüstert: »Flüche bestehen zu gleichen Teilen aus Geheimnissen und Opfern. Solange sie den Preis bezahlt, werden wir leiden müssen.«

***

Als ich mich aus dem Palast schleiche, ist das Litha-Fest noch in vollem Gange, und es ist kinderleicht, ein Pferd aus den Ställen zu schmuggeln. Ich bin schon so oft zwischen dem Palast und Finns Haus hin- und hergefahren worden, dass ich die Strecke in- und auswendig kenne.

Ich reite schnell, halte mich im Schatten und verbiete mir, darüber nachzudenken, was in der Dunkelheit hinter den Bäumen lauern könnte.

Als ich bei Finn ankomme, binde ich das Pferd vor dem Haus fest und klopfe gar nicht erst an. Stattdessen eile ich zur Hintergasse, gleite in den Schatten und gehe so durch die Mauern in den hinteren Teil des Hauses. Leise Stimmen kommen aus der Bibliothek und werden lauter, als ich näherkomme.

Eine gehört Finn, und als ich vor der Tür stehe, höre ich, dass er mit Pretha spricht. Ich könnte ungesehen ins Zimmer schlüpfen und sie belauschen – erfahren, was sie sagen, wenn sie sich unbeobachtet fühlen –, aber das bringe ich heute Abend einfach nicht fertig. Zu sehen, wie Sebastian Jalek beinahe erwürgt hat, wie Jalek sich in dieser Zelle zusammengerollt hat, die Niederlage in seinen Augen, wie ein Mann, der auf seine Hinrichtung wartet, hat etwas in mir zerbrochen.

Ich kann mich einfach nicht überwinden, diese Leute zu täuschen, die meine … Pretha sagte, sie wollten meine Freunde werden. Sind sie das? Ich weiß es nicht. Ich weiß nicht, ob ich überhaupt noch Freunde habe, aber ich weiß, dass ich Jalek nicht dort lassen kann. Auch wenn er mich oder Finn nicht verraten wird, könnte ich es mir nicht verzeihen, wenn er stirbt. Also tauche ich aus den Schatten auf, öffne die Türen der Bibliothek und gehe hinein.

Finn und Pretha verstummen abrupt und drehen sich zu mir um. »Was ist passiert?«, fragt Pretha.

»Jalek. Er wurde gefangen genommen. Sebastian droht damit …« Mir wird klar, dass ich nicht genau weiß, was Sebastian tun wird, wenn Jalek ihm die gewünschten Informationen nicht liefert. Ihn töten, nehme ich an. Vielleicht noch Schlimmeres. »Sebastian sagte, er werde an ihm ein Exempel statuieren.«

»Das wissen wir schon«, sagt Pretha leise und wirft Finn einen vielsagenden Blick zu. »Wir haben gerade darüber gesprochen, wie wir ihn finden und befreien können. Niemand weiß, wie man in die Kerker der Königin kommt.«

»Ich schon.« Ich schlucke. »Ich bin Sebastian heute Nacht dorthin gefolgt, aber ich konnte Jalek nicht befreien. Seine Zelle hat keine Tür – nur Gitterstäbe.«

»Nur Sterbliche sind so dumm, ihren Gefangenen Türen zu geben, Prinzessin«, sagt Finn.

Pretha kaut an ihrem Daumennagel. »Wir tauschen ihn gegen irgendetwas ein.«

»Und gegen was?«, fragt Finn.

»Ich habe eine Idee.«

»Informationen«, sagt Pretha, als hätte ich gar nichts gesagt. »Irgendetwas muss es doch geben.«

Finn schüttelt den Kopf. »Ich habe keine Informationen, die für Prinz Ronan so wertvoll sein könnten, dass er auf einen Tausch eingehen würde.«

»Ich weiß, was wir tun können«, versuche ich es noch einmal.

»Aber da wäre doch …«, sagt Pretha und sieht mich kurz an.

»Nein«, knurrt Finn. »Dafür haben wir zu hart gearbeitet.«

»Hört mir doch endlich mal zu!« Meine Stimme ist so laut, dass sie durch den hohen Raum hallt.

Finn zieht eine Augenbraue hoch. »Entschuldigung, Prinzessin. Wir wollten Euch nicht verärgern. Erzählt uns von Eurer Idee.« Herablassung trieft aus seinen Worten und am liebsten würde ich einfach wortlos verschwinden, nur um ihn zu ärgern, aber … Jalek. Ich kann ihn nicht dort lassen.

»Wir können seine Zelle nicht öffnen, also gehen wir mit ihm durch die Wände.« Prethas Augen leuchten auf und sie dreht sich zu Finn um. »Könntest du …«

»Nein«, unterbricht er sie. »Nicht einmal an einem guten Tag, und schon gar nicht jetzt.«

»Ich glaube … ich denke, ich kann es.«

Pretha macht mit gefurchter Stirn einen Schritt auf mich zu. »Warum hast du es dann nicht getan, als du heute Abend dort warst?«

Finn schnaubt verächtlich. »Weil sie es *nicht kann*.« Er dreht sich zu mir um. »Dein Optimismus ist charmant, aber wir sind noch nicht weit genug mit deinem Training. Du kannst bisher nur einen Bruchteil deiner Kraft kontrollieren, und wenn sie dir entgleitet, während du durch die Schutzzauber der Königin brichst, hättest du sofort die gesamte königliche Garde auf den Fersen.«

Meine Wangen brennen. Das, was ich jetzt gleich zugeben muss, ist mir extrem unangenehm, aber ich zwinge mich dazu. »Du hast recht. Ich kann es nicht allein, aber meine Kraft … ist stärker, wenn du in der Nähe bist. Und wenn du mich berührst …« Sofort bereue ich meine Worte. Sie klingen viel, *viel* zu intim. Mein Gesicht ist bestimmt knallrot, aber ich recke trotzig das Kinn und spreche weiter. »Ich glaube, wenn du mit mir gehst, wird der Energieschub von dir mir genug Kraft und Kontrolle geben, um es zu schaffen.«

Finn starrt mich wortlos an.

Pretha schüttelt den Kopf. »Das ist zu riskant. Was passiert, wenn ihr in der Zelle angekommen seid und es dann nicht klappt? Dann steckt ihr alle drei dort fest. Mal abgesehen von dem Ärger, den uns das einbringen würde: Brie, willst du wirklich riskieren, dass dein Prinz herausfindet, was du vorhast?«

»Zeigen wir es ihr.« Finn tritt auf mich zu und bietet mir seine Hand an.

Den Rücken gestrafft, ergreife ich sie, als meine Kraft in mir erwacht. Der Raum wird völlig dunkel, und Pretha stößt einen Fluch aus, bevor ich ihre Hand nehme und wir drei durch die Wand in die Hintergasse treten.

***

»Wach auf, fauler Sack«, sagt Finn und stupst Jalek mit seinem Stiefel an. »Oder willst du, dass dich die Königin morgen zum Frühstück verspeist?«

Bestürzt schaue ich Finn an. In der pechschwarzen Zelle kann ich seine Gesichtszüge selbst mit meiner ausgezeichneten Nachtsicht kaum erkennen. »Zum Frühstück? Ist sie etwa Kannibalin?«

»Sie ist ein Monster.« Jalek rappelt sich vom Boden auf und sieht uns finster an. »Wie zum Teufel seid ihr zwei hier reingekommen? Seid ihr Irren lebensmüde?«

Finn neigt seinen Kopf in meine Richtung und sagt achselzuckend: »Die Prinzessin hat darauf bestanden. Und da sie Lust auf ein Abenteuer hatte, wollte ich sie nicht enttäuschen.«

»Wenn du dich für mich opferst«, murmelt Jalek, »dann bringe ich dich um, bevor die Königin die Chance dazu hat.«

Plötzlich höre ich das Geräusch scharrender Füße, drehe mich zu den Gitterstäben um und versuche zu erkennen, wer kommt. Aber der Winkel macht es mir unmöglich. Als wir uns an der immer noch rauschenden Party draußen vorbei und ins Schloss geschlichen haben, waren zwei Wachen in dem Flur mit dem verzauberten Eingang und zwei weitere oben auf der Kerkertreppe stationiert. »Es kommt jemand«, flüstere ich.

Blitzschnell dreht Finn den Kopf zur Treppe, und bevor ich seinem Blick überhaupt folgen kann, reißt er mich mit sich in die hinterste Ecke der Zelle. Dort werden wir zur Dunkelheit.

Jalek reißt die Augen auf. »Bei den Göttern der Ober- und Unterwelt«, murmelt er.

Ich sehe das Licht, bevor ich den Wachposten sehe. Der Fae trägt die traditionelle Kleidung von Aryas Garde und hält eine Lichtkugel in seiner Handfläche.

»Sprichst du mit dir selbst, Verräter?«, fragt er.

Eine Maske aus Gleichgültigkeit legt sich über Jaleks Züge, als er sich den Gitterstäben zuwendet.

Mit der Kugel leuchtet der Wachposten zunächst in Jaleks Gesicht, dann in die Zelle dahinter. Finn hält meine Hand fest und zieht mich so dicht an sich, dass mein Rücken an seinen Bauch gepresst ist. Bei seiner Berührung stockt mir der Atem, und mein Körper verspannt sich.

»Psst«, Finns Atem ist heiß an meinem Ohr, und seine freie Hand liegt flach auf meinem Bauch.

Ich schließe die Augen und schlucke mühsam. Ich hasse es, dass ich so auf ihn reagiere. Hasse es noch mehr, dass ein Teil von mir wünscht, er würde seine Hand bewegen und über meine Haut streicheln, die unter seiner Berührung brennt. »Du genießt das viel zu sehr«, flüstere ich.

Seine Brust vibriert an meinem Rücken, als er stumm in sich hineinlacht. Seine Lippen streifen meine Ohrmuschel. »Du machst dir keine Vorstellung.«

Die Wache geht an Jaleks Zelle vorbei und patrouilliert durch den Korridor, aber wir bleiben versteckt und warten darauf, dass er zu seiner Station am oberen Ende der Treppe zurückkehrt.

Finns Daumen kreist ganz leicht über meinem Bauch. »Hör auf damit.« Mein Protest ist zu leise, um aufrichtig zu klingen.

»Wie du möchtest.«

Aber das Gefühl seiner gespreizten Finger, die sich flach auf meinen Bauch legen, ist fast noch schlimmer, und ich muss ein zufriedenes Aufseufzen unterdrücken. Die Dunkelheit um uns herum pulsiert.

»Ganz ruhig, Prinzessin, konzentrier dich auf die Magie. Wenn wir hier raus sind, kannst du dir gerne weiter vorstellen, wo du meine Hände noch gerne hättest.«

Gerade will ich ihm sagen, dass er ein ekelhafter Lustmolch ist, der keine Ahnung hat, was ich will oder denke, als der Wachposten zurückkommt. Erneut leuchtet er mit dem Licht in die Zelle hinein. Unsere Ecke bleibt in Dunkelheit gehüllt, und als er seine Aufmerksamkeit wieder Jalek zuwendet, ohne Verdacht geschöpft zu haben, atme ich erleichtert aus.

»Ich erinnere mich an deine Schwester«, sagt der Wachmann mit einem höhnischen Lächeln. »Eine Schande, dass ein so hübsches Ding den Preis für die Verbrechen ihres Bruders zahlen musste, aber das war dir egal, oder? Ich durfte sie höchstpersönlich ins Feuer werfen. Ich werde nie vergessen, wie sie geschrien hat, als die Flammen ihre Haut zum Schmelzen brachten.«

Finn packt mich fester, als hätte er Angst, ich könnte mich auf die Wache stürzen. Jaleks Körper bebt und seine Hände ballen sich zu Fäusten, aber er antwortet nicht.

Seine Schwester wurde lebendig verbrannt? Mir bricht das Herz für ihn, und ich weiß weniger denn je, was ich von diesen angeblich »guten« Seelie-Fae halten soll.

Der Wachposten sieht Jalek mit zusammengekniffenen Augen an, die Lippen zu einem Grinsen gekräuselt. »Ich hoffe, sie lässt dich hier unten verschimmeln.« Dann wendet er sich wieder der Treppe zu, und wir alle halten den Atem an, während wir seine Schritte zählen, bis er oben ankommt.

Finn lässt mich los, wobei seine Finger viel langsamer als nötig über meinen Bauch gleiten. Über meine Schulter werfe ich ihm einen bösen Blick zu.

Er grinst kurz, bevor er seine Aufmerksamkeit Jalek zuwendet. »Wenn wir dich hier rausbringen, musst du direkt an ihm vorbeigehen.«

Jalek wirbelt herum, und selbst in der Dunkelheit kann ich die Qual in seinen Augen sehen.

Finn durchquert die Zelle und schaut seinem Freund eindringlich in die Augen. »Ich weiß, dass du ihn am liebsten in Stücke reißen würdest, aber das musst du ein andermal tun. Verstehst du?«

Jalek schluckt seine Emotionen hinunter und nickt knapp. »Und wie funktioniert das jetzt?« Seine Stimme ist heiser.

Finn nimmt meine Hand und streckt die andere seinem Freund entgegen. »Halt dich einfach fest und folge uns.«

KAPITEL 21

Als wir wieder bei Finns Haus ankommen, bin ich so erschöpft wie damals, als meine Mutter gegangen ist. Noch nie habe ich so viel Magie auf einmal eingesetzt, und die Ereignisse von heute Nacht haben mich emotional ausgelaugt.

Während Jalek sich mit seinen Freunden austauscht, gehe ich nach draußen und sinke in einen der Stühle auf der Terrasse, die sich über die gesamte Rückseite des Hauses erstreckt. Die Morgendämmerung steht kurz bevor, und ich muss zurück zum Palast, bevor jemand mein Fehlen bemerkt. Aber ich kann mich nicht dazu aufraffen, zu gehen. Noch nicht.

Ich hebe mein Gesicht zu den Sternen und schließe die Augen. Schon seit einiger Zeit weiß ich jetzt, dass die Unseelie keine Dämonen sind, wie sie in den Mythen dargestellt werden, aber heute Abend hat mir die Augen geöffnet und ich weiß jetzt, wie grausam Sebastians Hof sein kann. Eine Unschuldige lebendig verbrennen, um ihren Bruder zu bestrafen? Wenn ich nur daran denke, wird mir schlecht.

Als ich das Klicken der Hintertür höre, weiß ich, ohne mich umzudrehen, dass es Finn ist. Ich *spüre* ihn … noch eine Sache, über die ich nicht zu viel nachdenken möchte.

»Bist du okay?«

Okay? Was heißt schon okay? »Ja. Ich bin nur müde. Meinst du, heute Abend bestand die Gefahr, dass ich ausbrenne? Ich fühle mich total ausgelaugt.«

Er schüttelt den Kopf. »Du hast bisher nur einen Bruchteil deiner Kraft ausgeschöpft. Dir fehlt nur etwas Übung. So viel Kraft zu verbrauchen, bist du einfach nicht gewohnt. Vielleicht wirst du dich ein paar Tage … nicht auf der Höhe fühlen. Ich sage Pretha, dass du morgen nicht trainieren kannst. Gönn dir eine Pause.«

Ich betrachte den Mond, der langsam in Richtung Horizont sinkt. »Du meinst wohl heute.«

»Von mir aus. Heute, Morgen … nimm dir so viel Zeit, wie du brauchst. Du hast das heute Abend toll gemacht. Sobald wir deine Blockade überwunden haben, wirst du …«

»Werde ich was?«

Sein Gesicht ist ernst, als er meinem Blick begegnet. »Wirst du nicht mehr aufzuhalten sein.«

»Warum hat Jalek das Seelie-Reich verlassen?«, frage ich. »Wenn er zugelassen hat, dass sie seine Schwester verbrennen, damit er …«

»Er hat überhaupt nichts zugelassen. Er wusste nicht, was sie Poppy angetan hatten, bis es zu spät war.« Als ich ihn weiter stumm anstarre und auf eine Antwort auf meine Frage warte, seufzt er. »Jalek ist gegangen, weil er der Königin nicht mehr dienen wollte, aus Protest. Aber auch, weil er mir dabei helfen wollte, sie vom Thron zu stoßen.«

»Wann war das?«

Finn lässt sich auf dem Stuhl neben mir nieder und lehnt sich zurück, sein Gesicht zum Himmel gewendet. »Vor zwanzig Jahren.«

»Und sie regiert immer noch«, flüstere ich. Das ist kein Vorwurf, und als Finn nickt, vermute ich, dass er das weiß. »Wie soll ich in diesem Palast Fröhlichkeit vortäuschen, nachdem ich gesehen habe, wie grausam die Königin sein kann?«

Er grunzt. »Du hast noch gar nichts gesehen.«

»Im Kerker sagte Jalek zu Sebastian, die Königin würde ihm niemals die Krone geben, wenn er ihn umbringt. Aber gleichzeitig klang es so, als hätte die Königin vorgehabt, Jalek selbst zu töten. Also ich verstehe das nicht.«

Endlich wendet Finn seine Aufmerksamkeit mir zu. »Bist du dir ganz sicher, dass er von Arya gesprochen hat?«

»Ja, er …«

Finn zieht eine Augenbraue hoch und wartet darauf, dass ich mich erinnere. Nein. Nicht Arya, sondern *die Königin*.

»Wen hat er dann gemeint?«

»Du hast mein gesamtes Team mit dem beeindruckt, was du heute Abend geleistet hast«, sagt er. »Mit dem Risiko, das du eingegangen bist.«

Ich sollte ihn dazu bringen, meine Frage zu beantworten, aber ich weiß bereits, dass es zwecklos ist, und ich bin viel zu müde zum Streiten. »Ihr hättet dasselbe getan, wenn ich in dieser Zelle gesteckt hätte.«

Finn holt tief Luft. »Ich weiß nicht, ob das vor heute Abend gestimmt hätte, Prinzessin. Vielleicht bist du besser als wir alle.«

Ich runzle die Stirn und erinnere mich an die Nacht in König Mordeus' Verlies und meinen Traum von Finn. Ist er zu mir gekommen? Ist das seine Fähigkeit? Die Frage liegt mir auf der Zunge, aber ich schlucke sie hinunter. Auf keinen Fall will ich offenbaren, welchen Einfluss er schon seit unserer ersten Begegnung auf mich hat. Dieses Geheimnis werde ich wohl mit ins Grab nehmen, und sei es nur deshalb, weil es unglaublich peinlich wäre, wenn sich herausstellen sollte, dass es doch nur ein Traum war.

»Bist du bereit, in den Palast zurückzukehren?«

»Noch nicht, wenn es dir nichts ausmacht. Ich will …« Ich hole tief Luft und atme lautstark aus. »Ich brauche noch ein paar Minuten.«

»Kein Problem.«

Beinahe erwarte ich, dass er aufsteht und wieder hineingeht, aber er bleibt bei mir, und als ich zu ihm hinübersehe, spielt er mit den Locken an seinem Hinterkopf und starrt in den Nachthimmel hinauf.

»Früher habe ich oft nachts mit meiner Mutter draußen gesessen«, sage ich. Ich weiß nicht, warum ich ihm das erzähle, aber ich möchte mich im Moment einfach an sie erinnern. »Sie hat die Dunkelheit, den Mond und die Sternbilder geliebt. Sie sagte immer, ich solle mir einen Stern aussuchen und mir dann etwas wünschen.«

Finn sieht mich nicht an. Er schließt die Augen, als stelle er es sich vor. »Sie klingt großartig.«

»Manchmal wünschte ich, sie wäre es nicht gewesen. Wenn sie nicht so wunderbar gewesen wäre, hätte es vielleicht nicht so wehgetan, als sie fortgegangen ist. Was ist mit deiner Mutter? Lebt sie noch?«

»Meine Mutter starb vor vielen, vielen Jahren bei der Geburt meines jüngeren Bruders. Ich kann mir vorstellen, dass sie deiner in vielerlei Hinsicht ähnlich war.« Seine Stimme wird rau. »Auch sie liebte die Nacht, und ihre Kinder waren ihr wichtiger als alles andere.«

Meiner Mutter leider nicht. Sie hat uns verlassen. Aber ich korrigiere ihn nicht. Er nimmt meine Hand und drückt sie sanft. Die

Kraft, die seine Verbindung zu meiner Magie in mir weckt, durchströmt mich, und die Sterne scheinen heller zu leuchten. »Such dir einen Stern aus«, sagt er. »Wünsch dir was.«

Ich schüttele den Kopf. Selbst mit dem Energieschub, den seine Berührung mir schenkt, bin ich so verdammt müde und den Tränen zu nah. Bloß nicht weinen. »Ich weiß nicht, ob ich noch daran glaube.«

»Oh doch, das tust du. Ich bin ein Fae. Wir haben ein Gespür für solche Dinge.«

»Als ich noch ein kleines Mädchen war, hatte ich so viele Gründe, an etwas zu glauben, so viele Gründe, zu hoffen. Aber mit jedem Tag, mit jeder Woche, jedem Jahr, das Mama nicht mehr da war …« Mit einem schweren Schlucken löse ich meine Hand aus seiner. Dieses Gefühl – was auch immer ich fühle, wenn er mich berührt – ist zu verwirrend. Heute Abend möchte ich mich nicht auch noch damit auseinandersetzen. »Nachdem sie gegangen war, konnte ich die Sterne immer noch sehen, aber es kam mir so vor, als wären immer weniger von ihnen für mich bestimmt. Wünsche waren etwas für Mädchen, die Eltern hatten, für Menschen, die nicht in unmöglichen Verträgen feststeckten. Wenn ich Jas verlieren sollte, dann wird es wahrscheinlich nie wieder einen Stern am Himmel geben, der sich anfühlt, als würde er mir gehören.« Aber in diesem Moment, jetzt, da ich hier sitze zu den Sternen hinaufblicke, neben diesem Fae, der mir dabei hilft, eine Kraft auszuschöpfen, die ich nicht einmal ansatzweise verstehe, eine Kraft, die mir womöglich dabei helfen kann, meine Schwester zu retten, weiß ich wieder, was Hoffnung ist, weiß wieder, dass man einen Wunsch an die Sterne richtet. Und ich glaube fast, dass ich das noch sehr, sehr lange tun werde.

Finn steht auf und lässt seinen Blick auf der Hand ruhen, die ich ihm entzogen habe. »Abriella, alle Sterne in diesem Himmel leuchten für dich.«

Erst als die Tür hinter ihm zuschlägt, wird mir klar, dass er mich gerade beim Namen genannt hat.

***

Die Tage nach Jaleks Rettung aus den Kerkern der Königin ziehen sich endlos lange hin. Finn hält sein Versprechen und gönnt mir eine Pause vom Training, aber den ganzen Tag im Palast festzusitzen, fühlt sich eher wie eine Bestrafung als eine Gnade an, besonders ohne Sebastian. Als ich Riaan bei seinem Training auf dem Dach besuche, sagt er mir, sein Prinz sei »unterwegs«. Da ich Sebastian seit Litha nicht mehr gesehen habe, weiß ich nicht, was er oder die Königin über das Verschwinden ihres Gefangenen denken – Sebastian würde mir sowieso nicht davon erzählen.

Am zweiten Abend nach Litha laufe ich zu Tode gelangweilt in meinem Zimmer auf und ab und bin frustriert darüber, dass ich mit der Suche nach dem Buch keinen Schritt weitergekommen bin. Fieberhaft überlege ich, Pretha irgendwie zu kontaktieren, beschließe aber dann doch, den Spiegel zu bitten, mir Jas noch einmal zu zeigen. Wie jedes Mal, wenn ich meine kleine Schwester durch den Spiegel sehe, zieht sich mir das Herz in der Brust zusammen.

Sie näht und erzählt die Geschichte der Fae-Prinzessin, die sich in den Schattenkönig verliebt hat. »Als die Eltern der Goldenen Prinzessin erfuhren, dass ihre Tochter den Schattenkönig im Reich der Sterblichen getroffen hatte, vereinten sie ihre magischen Kräfte, um alle Portale zwischen der Menschenwelt und Faerie zu verschließen – damit ihre Tochter ihren Geliebten nicht erreichen und der Schattenkönig nicht in seine Heimat zurückkehren konnte.«

Als das Bild verblasst, will ich den Spiegel schon weglegen, da fällt mir etwas ein. Einen Versuch ist es wert.

»Zeig mir meine Mutter.« Ich starre so lange mein eigenes Spiegelbild an, dass ich bereits glaube, dass es nicht funktionieren wird, aber dann erscheint sie.

Seit neun Jahren habe ich meine Mutter nicht mehr gesehen, aber die Frau im Spiegel sieht genauso aus wie in meiner Erinnerung – groß und anmutig, mit den gleichen kastanienbraunen Haaren wie Jasalyn. Es ist zu Zöpfen geflochten, die wie eine Krone um ihren Kopf gewickelt sind. Sie geht über einen Friedhof, bleibt vor einem Grabstein stehen und sinkt auf die Knie. Die untergehende Sonne lässt die roten Glanzlichter in ihrem Haar aufleuchten, und meine Brust schmerzt auf einmal vor unerwarteter Sehnsucht. Sie war eine so gute Mutter. Wir haben viel zusammen gelacht, und sie hat uns Geschichten erzählt. Immer wollte sie mit uns spielen oder lange Spaziergänge machen. Wir standen immer an erster Stelle für sie.

Bis es nicht mehr so war.

Das ist der eigentliche Grund, aus dem ich mein Herz vor Sebastian schützen muss. Einen Fae zu lieben kann dazu führen, dass man sich selbst verliert und vergisst, was im Leben am wichtigsten ist. So ist es meiner Mutter ergangen.

Warum ist sie auf diesem Friedhof? Könnte das Grab dem Fae gehören, den sie geliebt hat? Wieder und wieder lasse ich meinen Blick über das Bild im Spiegel wandern. Irgendwie kommt mir dieser Ort bekannt vor, und dann begreife ich, warum. Dies ist der Friedhof, zu dem Finn mich gebracht hat, als er mir zeigen wollte, wozu meine Kraft fähig ist. Er liegt ganz in der Nähe des Palastes.

Das Bild im Spiegel verblasst, und ich treffe eine spontane Entscheidung. Ich schlinge mir eine Ledertasche über die Schulter und verstaue den Spiegel darin. Dann renne ich los in Richtung Friedhof, während die Sonne ihre letzten Strahlen über den Horizont wirft.

Wenn meine Mutter so nah bei mir ist, kann sie mir vielleicht helfen, Jas zurückzubekommen. Ich weiß, dass ihr Fae-Geliebter eine wichtige Person war – ein Adliger, der, wie sie immer sagte, seine Leute liebte und sich so gut um sie kümmerte, dass er sogar sein eigenes Glück um ihretwillen geopfert hat. Vielleicht steht er ja irgendwie in Verbindung mit Mordeus. Vielleicht könnten Mutter oder ihr Geliebter ihn dazu bringen, Jas freizulassen, bevor ich die anderen Artefakte für ihn gestohlen habe. Aber auch wenn sie keinen Einfluss hat, wäre es eine ungeheure Erleichterung, sie bei mir zu wissen. Jemanden zu haben, dem ich mich anvertrauen kann, damit ich mich nicht mehr so allein fühlen muss.

Meine dünn besohlten Tanzschuhe sind nicht dafür gemacht, auf diesem rauen Steinboden zu rennen. Kiesel schneiden mir in die Fußsohlen, aber ich werde nicht langsamer, bis ich die Gräber erreiche, die ich im Spiegel gesehen habe.

Der Friedhof ist verlassen, und ich drehe mich suchend in alle Richtungen.

»Mutter!«, rufe ich. »Mom?« Meine Stimme bricht, und mit ihr die Mauer, die ich um mein Herz gezogen habe.

Ich ziehe den Spiegel aus der Ledertasche. »Zeig mir meine Mutter.«

Ein Grab erscheint, darin eine verwesende Leiche, die mit vor der Brust überkreuzten Armen in der Dunkelheit liegt.

Ich lasse den Spiegel fallen, als wäre er glühend heiß.

Nein. Sebastian sagte, dass der Spiegel für Sterbliche möglicherweise nicht funktioniert. Nur weil es bisher geklappt hat … Nein. Das bedeutet gar nichts.

Ein kalter Wind weht zwischen den Grabsteinen, und die letzten Strahlen der Sonne sind verschwunden, aber ich bin noch nicht bereit, in den Palast zurückzukehren.

Entschlossen zwinge ich mich dazu, den Spiegel wieder aufzuheben und ihn in meine Tasche zu stecken. *Dieses Bild war nicht real.*

»Brie!« Der Schrei kommt aus dem Wald, und diese Stimme … sie klingt wie … »Brie! Hilf mir!« Schon als ich längst in die Richtung losgerannt bin, aus der sie kommt, versuche ich mir einzureden, dass sie mir fremd ist. Diese Stimme, die ich besser kenne als meine eigene.

Erneut ertönt der Schrei – gefolgt von einem verängstigten Schluchzen. Während meine kleine Schwester verzweifelt kreischt, renne ich so schnell ich kann zwischen die Bäume. Dichtes Unterholz, Zweige, Stöcke und Blätter bedecken den Waldboden. Mein Rock verfängt sich an einem dornigen Busch, und meine nutzlosen Schuhe fallen mir von den Füßen, aber ich renne weiter.

»Hilfe! Brie? Brie, hilf mir!«

Auf dem Weg zu Jas' Stimme umrunde ich Bäume und breche durch Unterholz, ihren Schreien folgend, die immer lauter und panischer werden. Ich renne, bis meine Beinmuskeln und Kehle brennen. Als mein Elternhaus vor mir auftaucht, bin ich nicht einmal überrascht – dasselbe Haus, aus dem wir vor beinahe zehn Jahren nur knapp entkommen sind. Das Haus, in dem mein Vater gestorben ist.

Flammen flackern an den Wänden, züngeln am Dach und lodern höher und höher. Genau wie in jener Nacht.

Ich weiche einen Schritt zurück. *Das ist nicht real.*

Das Feuer knistert und knackt, und Rauch dringt mir in die Nase. Die Hitze der Flammen verbrennt mir die Wangen.

»Brie, bitte!«

Ohne nachzudenken, renne ich nach drinnen.

Als Jas das nächste Mal meinen Namen ruft, röhrt das tosende Feuer in meinen Ohren, und ich kann sie kaum noch hören. Ich weiß, dass ihre Stimme immer leiser werden wird. Ich weiß es, weil ich dies alles schon einmal durchlebt habe. Und ich weiß auch, dass sie komplett verstummen wird, bevor ich sie erreichen kann. Sie wird bewusstlos auf dem Boden unter ihrem Bett liegen.

Ein Teil meines Verstands sagt mir, dass dies alles eine Illusion ist. Unser Haus ist niedergebrannt. Es kann nicht hier sein. Aber ich kann sie nicht verlassen. Ich bin das Mädchen, das ins Feuer gerannt ist, um seine kleine Schwester zu retten. Wenn ich das nicht mehr bin, dann bin ich nichts.

Jas schreit wieder, und ein lautes Krachen zerreißt die Luft, als die Deckenbalken einstürzen.

Der Rauch ist unerträglich. Er füllt meine Lungen, während ich über den Schutt klettere und den Flammen ausweiche. Ein Balken fällt mir aufs Bein, und ich breche auf dem brennenden Boden zusammen.

»Jas«, flüstere ich.

»Abriella!« Eine tiefe Stimme schreit vor dem Haus meinen Namen.

»Abriella!«

»Ich bin hier hinten.« Meine Stimme ist schwach, meine Lungen zu sehr mit Rauch gefüllt. Er kann mich auf keinen Fall gehört haben, das Getöse des Feuers um mich herum ist viel zu laut.

Mit aller Kraft rüttele ich an dem Balken, aber er bewegt sich nicht. Der Gestank meines eigenen brennenden Fleisches steigt mir in die Nase. Ich kann den Kopf nicht mehr oben halten. Ich kann nicht einmal mehr Jas hören.

»Du dummes Menschenkind!«

Bewusstlosigkeit legt sich wie eine schwere Decke auf mich. Ich versuche, mich darunter hervorzuziehen, schaffe es aber nicht.

»Ich hätte sie retten müssen«, flüstere ich. Und dann wird alles dunkel.

KAPITEL 22

»Was ist passiert?« Die leise Stimme dringt kaum in mein Bewusstsein vor lauter Schmerz, der in meinem Kopf wie eine Bestie schreit.

»Die Sluagh haben sie in den Wald gelockt. Sie war von Flammen und Rauch umgeben. Ihr Bein sieht übel aus, und ihr Geist …«

»Sie hat sich auch noch gegen uns gewehrt, als wir die Sluagh schon längst verjagt hatten«, sagt eine andere Stimme. »Sie sagte nur immer wieder, sie könne ihre Schwester nicht verlassen.«

Mühsam reiße ich die Augen auf und versuche, die Realität festzuhalten. »Jas?« Meine Stimme ist ein heiseres Krächzen. *Es war alles echt.* »Habt ihr meine Schwester gerettet?«

»Schhh. Sprich lieber nicht.« Silberne Augen blicken forschend in mein Gesicht. Finn. Er wendet sich ab. »Heil sie.«

»Willst du mich verarschen?«, fragt eine andere männliche Stimme. *Kane?* »Das ist ein Segen. Ein Geschenk von den alten Göttern. Nimm es an!«

Finn knurrt eine leise Warnung, die ich nicht verstehe.

»Mach, was du willst, aber ich werde nicht hierbleiben und mitansehen, wie du alles wegwirfst.« Schritte. Türknallen.

»Mir gefällt es auch nicht«, sagt Pretha. Ich will die Augen öffnen, aber so viel Kraft habe ich nicht mehr. »Nach allem, was sie für Jalek getan hat, geht es uns allen so, aber du musst damit aufhören, die gleichen selbstgerechten Fehler zu machen, wegen denen ich zur Witwe geworden bin.«

»Ich bin nicht Vexius«, knurrt Finn.

»Und sie ist nicht Isabel.«

»Wag es ja nicht«, blafft Finn wütend.

»Dein Reich ist ohne dich dem Untergang geweiht, begreifst du das denn nicht? Und diese Verletzungen …«

»Erzähl mir nichts über mein Reich, Pretha. Sie jetzt sterben zu lassen, obwohl wir die Möglichkeit haben, sie zu retten, wäre schlichtweg Mord. Willst du, dass die Magie sich gegen uns wendet?« Dann folgt Schweigen. Ein so langes, drückendes Schweigen, dass ich es beinahe schaffe, die Augen zu öffnen. »Heile sie. Jetzt.«

Blinzelnd sehe ich Pretha neben dem Bett knien. Sie legt mir ihre Hand auf die Stirn, die andere auf meine Brust. »Schlaf jetzt. Wenn du wieder aufwachst, wirst du dich besser fühlen.«

***

Stimmen durchdringen meine Träume. Finn. Pretha. Sie streiten sich wieder. »Sie wird sich erholen«, sagt Pretha. »Sie muss sich nur ausruhen.«

»Dank dir wird sie es schaffen«, sagt Finn. Seine Stimme klingt leblos, Erschöpfung tropft von jeder Silbe.

»Wir müssen über die Entscheidung reden, die du heute Abend getroffen hast«, sagt Pretha.

»Das müssen wir nicht. Ich stehe dazu.«

»Schläfst du mit ihr?«

»Nein«, zischt Finn.

»Aber du bist dabei, dich in sie zu verlieben. Ich habe gesehen, wie du sie angeschaut hast, als ihr mit Jalek zurückgekommen seid. Ich habe euch beide auf der Veranda beobachtet, und ich habe gesehen, dass …«

»Du hast gar nichts gesehen.«

»Bist du dir da ganz sicher? Du solltest dich nämlich eigentlich darauf konzentrieren …«

»Ich kenne meine Pflichten. Vielleicht ist es an der Zeit, dass du dich an deine erinnerst.«

Der Schlaf zieht mich wieder in seine Arme, als ich Pretha noch sagen höre:

»Du bist nicht der Einzige, für den viel auf dem Spiel steht, Finn.«

***

Ich träume von einem Fae-Kind mit großen Silberaugen und einem verschmitzten Lächeln. Wir spazieren durch eine Blumenwiese, sie hat einen Lolli im Mund und hüpft neben mir her. Der Sonnenschein ist wunderbar, und die Blumen duften himmlisch. Mit ihren Pausbäckchen sieht sie wie ein kleiner Engel aus. Vielleicht ist sie das ja auch. Vielleicht bin ich ja in dem Feuer gestorben – den Tod, vor dem Lark mich gewarnt hat.

»Bin ich gestorben?«, frage ich.

»Nur einmal, aber diesmal nicht.« Sie strahlt mich an, ihr Mund ist mit rosa Zuckersaft verschmiert. »Das macht mich froh. Der andere Pfad ist für alle besser.«

»Welcher andere Pfad?«

»Na ja, einer von ihnen. Manche sind nicht gut. Manchmal stirbst du endgültig, und dann frohlockt die Goldene Königin.

Aber manchmal wirst du eine Fae. Manchmal wirst du sogar Königin.« Sie wirft den abgelutschten Lollistiel beiseite, und ein Ballen rosa Zuckerwatte erscheint in ihrer Hand.

»Was für eine Königin?«

Sie lächelt, als habe sie nur auf diese Frage gewartet. »Eine andere. Eine neue.« Kurz schließt sie die Augen, und ihr Gesicht wird ernst, als versuche sie, sich auf etwas zu konzentrieren.

»Und manchmal auch eine böse. Manchmal ist deine Wut zu groß und du lässt zu, dass sie dein Inneres hässlich macht. Tu das nicht. Ich mag dich dann nicht. Finn wird es dir erklären, wenn du ihn lässt.«

Sie spricht in Rätseln, und ich verstehe nur Bahnhof. »Und was ist, wenn ich weder eine Fae noch eine Königin werden will?«

»Warum solltest du keine Fae werden wollen?« Mit gerunzelter Stirn kaut sie auf einem Bissen Zuckerwatte herum. »Möchtest du lieber tot sein?«

Was soll ich darauf antworten? »Ich weiß gar nichts darüber, wie man eine Königin wird. Mir gefällt der Gedanke nicht, so viel zu besitzen, während andere gar nichts haben.«

»Das trifft sich aber gut«, sagt sie. »Denn du wirst alles verlieren.« Sie reißt ein bisschen Zuckerwatte von dem Bausch ab und bietet es mir an.

Mit einem Kopfschütteln lehne ich ab, und sie schiebt sich den Bissen strahlend in den Mund. »Täuschst du dich nie in der Zukunft?«, frage ich.

»Doch, natürlich. Denn manchmal täuscht sich die Zukunft auch in dir.« Sie wendet sich ab. »Ich muss gehen. Sag meiner Mutter bitte nicht, dass ich hier war.«

KAPITEL 23

Ich liege in einem mir unbekannten Zimmer in einem großen Himmelbett. Die Vorhänge sind zugezogen und im Raum ist es dunkel, aber als sich meine Augen daran gewöhnt haben, erkenne ich Finn, der in einem Polstersessel auf der anderen Seite des Zimmers sitzt, flankiert von seinen Wölfinnen.

Tief einatmend richte ich mich mühsam auf. »Was ist passiert?« Meine Stimme ist heiser. Ich erinnere mich an das Feuer. Daran, dass ich Jas retten wollte. An das alte Haus, das nicht dort gewesen sein kann, weil es niedergebrannt ist, als ich acht war. Es sah alles so echt aus. Und meiner rauen Kehle nach zu urteilen, war es zumindest das Feuer auch.

Ich schlage die Decken zurück und begutachte meine Beine, in der Erwartung, Bandagen, Verbrennungen oder noch Schlimmeres zu erblicken, aber es sind keine Verletzungen zu sehen. Ich schüttele den Kopf und versuche, Illusion von Realität zu trennen.

»Die Sluagh haben dich in den Wald beim Militärfriedhof der Goldenen gelockt.«

Ich schlucke im Versuch, das Brennen in meiner Kehle loszuwerden. »Wie?«

»Mit Wahnvorstellungen. Illusionen.« Er klappt das Buch auf

seinem Schoß, das mir bisher gar nicht aufgefallen ist, zu, klemmt es sich unter den Arm und steht auf. »Sie zapfen deine schlimmsten Erinnerungen an und sperren dich darin ein.« Er entzündet eine Kerze auf dem Nachttisch und bedenkt mich mit einem prüfenden Blick, während ich ihn mustere. Seine dunkle Haut ist bleicher als je zuvor, und als er zum Sessel zurückgeht, sehe ich, dass er hinkt.

Hat er sich bei meiner Rettung verletzt? Irgendwas sagt mir, dass ich lieber nicht nachfragen sollte. »Wie lange war ich bewusstlos?«

»Einen ganzen Tag. Pretha hat dich geheilt, so gut sie konnte, und danach haben wir einen echten Heiler geholt, der den Rest erledigt hat. Dein Bein war gebrochen, und du warst von Verbrennungen übersät – die meisten nur oberflächlich, den Göttern sei Dank. So viel Magie ist anstrengend für Menschen, also hat der Heiler dich in einen tiefen Schlaf versetzt, damit du dich erholen kannst.«

Also hat Pretha mich geheilt, nicht er. Hat er keine Magie oder lässt er einfach nur gern andere für sich arbeiten? Dass jemand wie Finn, der so viel Macht über die magischen Wesen um sich herum hat, keinerlei magische Fähigkeiten besitzt, kann ich mir kaum vorstellen.

»Wie hast du mich gefunden?«

»Dara und Luna haben gespürt, dass du in Schwierigkeiten steckst. Sie haben mich zu dir geführt.«

Ich nicke, als würde das alles perfekten Sinn ergeben. Als wäre es total alltäglich für mich, Monstern zu begegnen, die meine schlimmsten Erinnerungen Realität werden lassen können, und ganz normal, dass ein Paar Wölfinnen meine Schutzengel geworden sind.

»Du hattest Glück. Ein paar Minuten länger, und …«

»Ich weiß!« Ich will den Rest gar nicht hören, weil ich weiß, was danach passiert wäre. Moms Heiler-Freund hat vor neun Jahren zwar meine Verbrennungen geheilt, aber die Erinnerung an die Flammen, die über meine Haut züngeln, oder den Rauch in meinen Lungen hat er nicht ausgelöscht. Ich weiß nur zu genau, wie es sich anfühlt, in einem Inferno zu sterben. »Aber … es war alles nicht real, oder doch?«

»Die Illusionen der Sluagh werden dann real, sobald du dich auf sie einlässt. Das Feuer war sehr real, weil die Sluagh selbst das Feuer wurden, sobald du ihnen geglaubt hast. Und du bist direkt hineingerannt.«

»Ich habe Schreie gehört.«

»Deine Schwester?«, fragt er. »Deshalb hast du dich in die Flammen gestürzt?«

Ich nicke. »Es wirkte alles so … echt.« Zum Glück liege ich noch im Bett, gestützt von den Kissen. Meine Hände zittern dennoch. »Das Feuer war also echt, aber sie nicht?«

»Außer dir war niemand im Wald. Nachdem wir die Sluagh verjagt hatten, warst du allein dort.«

»Meine Tasche?«, frage ich und mache Anstalten aufzustehen.

»Bleib liegen.« Finn bückt sich und holt etwas unter seinem Sessel hervor. Als er wieder an meinem Bett steht, legt er mir meine Tasche sanft in den Schoß. »Ich habe dich davor gewarnt, den Spiegel zu benutzen.«

»Das hast du.« Trotzig strecke ich das Kinn vor, aber ehrlich gesagt habe ich im Moment nicht allzu viel Vertrauen darin, dass ich die richtigen Entscheidungen getroffen habe. Der Spiegel hat mich auf den Friedhof geführt. Direkt in die Falle der Sluagh.

»Du kannst ihm nicht trauen.«

»Ich weiß«, gebe ich zähneknirschend zu. Aber eigentlich weiß ich es nicht. Manchmal scheint er zu funktionieren, wenn auch offensichtlich nicht immer. Erst hat er mir meine Mutter gesund und lebendig gezeigt und dann als Leiche in einem Grab. Beides zugleich kann nicht stimmen.

»Warum warst du dann dort draußen?« Finn hält meinen Blick fest und wartet. »Wonach hast du gesucht?«

»Nach nichts. Das … das spielt keine Rolle.« Ich schaue weg. Ich habe allen bewiesen, dass ich eine leichtsinnige Menschenidiotin bin, und ein Teil von mir wünscht, er würde gehen, damit ich mich unter der Bettdecke verstecken kann. Ein anderer Teil von mir würde ihn anflehen, bei mir zu bleiben, sollte er gehen. *Er hat mir das Leben gerettet. Schon wieder.*

»Der Spiegel funktioniert schon seit Jahren nicht mehr richtig«, sagt Finn. »Er wurde vor Äonen geschaffen, als die Herrscher der Seelie und der Unseelie Verbündete waren. Sie erschufen mit ihren magischen Kräften gemeinsam mehrere magische Gegenstände und teilten sie als Geste guten Willens zwischen den Reichen auf. Aber diese Magie wurde verunreinigt, als die Seelie sie für sich selbst gestohlen haben.«

»Manchmal funktioniert sie.« Ich klinge wie ein bockiges Kind.

Er schüttelt den Kopf. »Bitte den Spiegel ruhig, dir etwas oder jemanden zu zeigen, aber du darfst dem, was du siehst, nicht trauen. Verunreinigte Magie ist gefährlich. Die Bilder, die der Spiegel dir zeigt, können dich in gefährliche Situationen locken.«

»Das hättest du ruhig schon früher erwähnen können.«

»Mir war nicht klar, dass der Satz *Benutz ihn nicht* zu komplex für dich war.« Er seufzt und sein Tonfall wird weicher. »Ein solcher Spiegel ist für jemanden wie dich sehr gefährlich.«

»Weil ich ein Mensch bin?«

»Nein. Weil du so viel Hoffnung im Herzen trägst.«

So viel Hoffnung? Kennt er mich denn gar nicht? Ich bin der hoffnungsloseste Mensch, der mir je begegnet ist.

Dann wird mir plötzlich bewusst, wo ich mich befinde. In einem Bett. In seinem Haus. »Ist das dein … Zimmer?« Beinahe hätte ich *Bett* gesagt, konnte es aber gerade noch verhindern. Irgendwie ist mir das sogar noch peinlicher.

»Ja. Hier konnten wir am besten auf dich aufpassen, und das Bett ist so groß, dass der Heiler Platz zum Arbeiten hatte. Aber jetzt bist du ja wach und mehr oder weniger geheilt, also kann ich dich auch ins Gästezimmer verlegen lassen, falls du das willst.«

Warum ist er so gut zu mir? Ich habe das Gefühl, er schwankt mir gegenüber zwischen Hass und … dem Gefühl zwischen uns, über das ich nicht nachdenken will.

»Ich muss zurück zum Palast.« Ich kämpfe mich aus dem Bett, und das Zimmer beginnt sich zu drehen. Schnell setze ich mich wieder und lasse mich dann zurück in die Kissen sinken.

»Bleib liegen«, sagt Finn. »Du bist zwar geheilt, aber du wirst noch ein paar Tage ziemlich schwach sein.«

»Ich kann nicht einfach so verschwinden. Man wird nach mir suchen.«

»Darum hat sich Pretha gekümmert.«

Das gefällt mir nicht. Vielleicht verpasse ich etwas Wichtiges und verärgere die Königin damit. Was, wenn sie mich nicht mehr im Palast haben will und mich nach Hause schickt, bevor ich das letzte Artefakt für Mordeus gefunden habe?

»Als deine Tutorin konnte sie die Erlaubnis einholen, ein paar Tage lang außerhalb des Palastes mit dir zu trainieren«, erklärt Finn. »Du bist gerade in einer Stadt im Süden, die für ihre Konzerte bekannt ist.«

»Oh.« Ich sacke in den Kissen zusammen. Ich bin wirklich sehr müde, und die Vorstellung, in den Palast zurückkehren und so tun zu müssen, als sei alles in Ordnung? Ich glaube, das würde ich einfach nicht schaffen.

»Pretha hat mir von deinem Bruder erzählt. Vexius? Es … es tut mir sehr leid.«

Er nickt, weicht aber meinem Blick aus. »Mir auch.«

Prethas Warnung an Finn hallt in mir nach. *Du musst damit aufhören, die gleichen selbstgerechten Fehler zu machen, wegen denen ich zur Witwe geworden bin.* Ich würde gerne wissen, was sie damit gemeint hat, aber ich weiß, dass Finn mir nicht antworten würde.

»Hast du noch weitere Geschwister?«

»Keine, die mir wichtig sind.« Er lässt seine Schultern kreisen, als hätte er auf einmal bemerkt, wie verspannt er nach seiner Nacht auf dem Sessel ist.

»Ruh dich aus, Prinzessin. All deine Probleme sind morgen auch noch da.«

Ich will ihm nicht wie ein braves Hündchen gehorchen, kuschle mich aber trotzdem in meine Kissen und spüre, wie mir die Augenlider schwer werden.

»Du musst hungrig sein. Ich lasse dir etwas zu essen bringen.«

»Finn?« Er bleibt an der Tür stehen und dreht sich zu mir um. »Danke. Dafür, dass du mich schon wieder gerettet hast.«

Sein Adamsapfel bewegt sich, als er schluckt. »Ich hoffe, das, was du dort gesucht hast, war die Sache wert.« Sein Blick wandert zu meiner Tasche. »Trau diesem Spiegel nicht.«

***

»Irgendwelche Hinweise auf das Grimoricon?«, fragt Finn am nächsten Morgen. Wir sitzen in der Bibliothek, und seine Wölfinnen schlafen links und rechts von ihm auf dem Boden – was ihr Lieblingsplatz zu sein scheint.

Da er mich gerade erst aus den Schwierigkeiten gerettet hat, in die ich geraten bin, weil ich dem Spiegel vertraut habe, will ich ihm nicht von der Bibliothek erzählen, die der Spiegel mir gezeigt hat. »Nichts Eindeutiges. Hast du eine Idee, wo es sein könnte?«

»Die Königin hat Angst vor dem Grimoricon, also glaube ich nicht, dass sie es in ihrer Nähe aufbewahrt. Meine Quellen sind der Meinung, dass es sich noch nie im Goldenen Palast befunden hat.«

Na super. »Na, dann sag deinen *Quellen* doch mal, dass es hilfreich wäre, wenn sie sich nicht so verdammt vage ausdrücken würden.«

»Wird gemacht«, grunzt er.

Inzwischen fühle ich mich schon wieder so gut, dass ich meine Kräfte ausprobieren möchte, aber Finn bremst mich aus. Bisher habe ich nur gelernt, Gegenstände in Schatten einzuhüllen, sodass ich sie bei mir verstecken kann. Viel lieber würde ich üben, andere in Schatten zu verwandeln, aber Finn sagt, das sei zu anstrengend, also begnüge ich mich eben mit immer größeren Gegenständen. Ich habe ein Schwert umgeschnallt und hülle es in Schatten. Dann schaue ich Finn an.

»Gut gemacht«, sagt er, wirkt aber nicht besonders beeindruckt. Nichts, was ich mit meiner Magie vermag, beeindruckt den Schattenprinzen. Nicht, dass es mich kümmern würde.

»Sag, behandelt dich der Junge anständig? Erlaubt ihm sein Terminplan überhaupt, dir angemessen den Hof zu machen?«

»Welcher Junge?«, frage ich verwirrt.

»Prinz Ronan, der Goldene – ich glaube, du nennst ihn Sebastian?«

Ich schnaube amüsiert. »Warum nennst du Sebastian einen Jungen? Er ist einundzwanzig.« Finn ignoriert mich, aber ich denke noch einmal über meine eigene Frage nach. »Wie alt bist *du* eigentlich?«

»Älter als er.«

»Das ist keine Antwort.«

Abwesend krault Finn den Kopf seiner schlafenden Wölfin. »So alt, dass ich im Großen Krieg der Fae gekämpft habe, und so jung, dass ich mich nicht an eine Zeit erinnern kann, in der unsere Reiche nicht fest entschlossen waren, einander zu zerstören.«

Das macht ihn irgendetwas zwischen fünfzig und fünfhundert. Auch keine Antwort, aber zumindest mehr Informationen, als ich vorher hatte. Ich lege den Kopf schief und mustere ihn. Ganz offensichtlich ist er älter als Sebastian, sieht aber exakt gleich alt aus. Arya und Mordeus hingegen wirken älter. Wären sie Menschen, würde ich sie auf das Alter meiner Mutter schätzen. Und dann ist da noch Lark, die wie ein Menschenkind zu altern scheint. »Wie genau funktioniert das bei euch Fae eigentlich mit dem Altern?«

Finn seufzt. »Das kommt auf die Spezies an. Manche haben nur sehr kurze Lebensspannen. Die meisten Elementargeister leben zum Beispiel höchstens fünf Jahre. Andere Fae können Jahrtausende alt werden.«

Warum muss er sich immer so blöd stellen? »Ich habe nach Fae wie dir gefragt, und das weißt du ganz genau.« Als er sich weiterhin ziert, füge ich hinzu: »Wenn du mir nicht antwortest, frage ich einfach Sebastian.«

»Fae wie ich altern bis zur Pubertät normalerweise wie Menschen, und danach bedeutend langsamer. Einige Jahrhunderte Lebenszeit können für eure menschlichen Augen wie ein Jahrzehnt wirken.«

»Normalerweise? Und wann altert ihr abnormal?«

»Arya ist zum Beispiel näher an meinem als an Mordeus' Alter«, sagt er achselzuckend.

»Jalek sagte, sie wird bald sterben. Sieht sie deshalb so viel älter aus?«

»Jetzt bist du mit dem Antworten an der Reihe«, weicht er aus. »Wie behandelt dich der Goldene Prinz?«

»Sebastian ist sehr gut zu mir.« Dann furche ich die Stirn, weil mir auf einmal klar wird, dass ich nicht viel darüber weiß, wie er seine Zeit verbringt. »Es stimmt zwar, dass er viel zu tun hat, aber falls du glaubst, ich verrate dir etwas, das du gegen ihn verwenden kannst, dann hast du dich gründlich in mir getäuscht.«

»Oh, ich weiß sehr genau, dass du ihn beschützen wirst«, sagt er und kneift die silbernen Augen zusammen. »Das hast du sehr deutlich gemacht. Fairerweise muss ich zugeben, dass er dich bisher auch beschützt hat.« Er deutet auf mein Handgelenk, meine Narbe dort ist noch immer durch einen Trugzauber verborgen. Anfangs hat es mich irritiert, sie nicht mehr zu sehen, aber inzwischen vergesse ich sie die meiste Zeit über.

»Wie beschützt es mich, dass meine Narbe verborgen ist?«

Für einen Moment erstarrt Finn, dann schüttelt er den Kopf. »Ich meinte die Barghest-Attacke.«

Aber stimmt das wirklich?

»Hat er dich schon davon überzeugen können, seine Königin zu werden?«

»*Nein!* Warum gehst du davon aus, dass ich meine Meinung ändern werde?«

»Weil du in ihn verliebt bist.«

»Und was hat das eine mit dem anderen zu tun?« Ich forme eine weiche Kugel aus Schatten in meiner Hand und werfe sie ihm gegen die Brust.

Er fängt sie und hält sie in der Handfläche, dann lässt er sie um sich selbst kreisen. »Normalerweise findet man einen Weg, um mit der Person zusammen zu sein, die man so sehr liebt.«

»Wenn er erfährt, dass ich ihn bestohlen habe, dann wird er mich mit ziemlicher Sicherheit ohnehin nicht mehr wollen.«

Die wirbelnde Schattenkugel löst sich in nichts auf. »Aha! So kommt die Wahrheit ans Licht. Es ist nicht so, dass du ihn nicht heiraten willst. Du glaubst nur, dass er dir nicht verzeihen wird, was du getan hast, um deine Schwester zu retten.«

»Warum hackst du immer noch darauf herum? *Willst* du etwa, dass ich seine Königin werde?«

»Ich will bloß keine Überraschungen erleben«, presst er heraus. Dann steht er auf und geht in Richtung Tür. »Pretha bringt dich zurück in den Palast.«

»Warum benutzt du deine Magie nicht?«, platze ich heraus.

Finn dreht sich langsam zu mir um. Eine dunkle Locke fällt ihm in die Stirn. »Ich benutze meine Magie.«

»Das habe ich noch nie gesehen.«

»Meine Fähigkeiten dienen nicht deiner Unterhaltung, Prinzessin.«

Ich verdrehe die Augen. Ich weiß genau, was seine Reaktion ist – ein Ausweichmanöver. Finn will mir nicht verraten, warum er seine Kräfte nicht einsetzt. Und warum sollte er auch? Wenn er sie aus unerfindlichen Gründen wirklich nicht einsetzen kann, wäre das ein empfindlicher Schwachpunkt. Es könnte ihn das Leben kosten, wenn seine Feinde es herausfänden.

Doch ich glaube noch immer, dass es etwas mit der Krone

seines Vaters zu tun hat, und damit, dass ein Usurpator auf dem Thron der Schatten sitzt.

»Finn, du verdienst den Schattenthron. Wenn ich meine Schwester gefunden und sicher nach Hause gebracht habe, dann würde ich dir gerne dabei helfen, die Krone deines Vaters zu finden.«

Er weicht zurück, als hätte ich ihn geschlagen. Seine Augen lodern auf, er öffnet den Mund und ich erwarte, dass gleich eine Schimpfkanonade auf mich niedergeht. Aber dann dreht er sich auf dem Absatz um und stürmt aus der Bibliothek.

Seine Wölfinnen erheben sich von ihren Schlafplätzen, und ich könnte schwören, dass sie mir angewiderte Blicke zuwerfen, bevor sie ihrem Herrn folgen.

Entmutigt lasse ich mich in einen Sessel sinken und schlucke meine Tränen hinunter. Ich will helfen, aber niemand vertraut mir genug, um das zuzulassen. Klar, die Artefakte, die ich suche, werden seinem Königreich langfristig von Nutzen sein, aber ich tappe in so vieler Hinsicht im Dunkeln, dass ich nicht einmal weiß, wie.

Ich hole den Spiegel heraus und starre mein Spiegelbild an. Schon seit längerer Zeit weiß ich, dass die Krone verschollen ist, also warum habe ich ihn bisher nicht danach gefragt?

Weil du ihm nicht vertrauen kannst.

Und dennoch hat er manchmal recht. Vielleicht ja dieses Mal auch.

»Zeig mir König Oberons Krone«, sage ich leise. Aber das Bild verändert sich nicht, sooft ich auch frage. Der Spiegel zeigt mir nur mein eigenes Gesicht.

KAPITEL 24

»Ratet mal, wer wieder zurück im Palast ist und Euch gern sehen möchte?«, neckt mich Emmaline, während sie mein Haar bürstet.

»Sebastian?« Ich drehe mich um und schaue in ihre großen blauen Augen.

Seit gestern Nachmittag bin ich wieder zurück im Palast. Aber nachdem ich bei meiner Rückkehr erfahren habe, dass Sebastian seit Litha nicht mehr hier gewesen ist, sorge ich mich, dass er verletzt sein könnte, dass er irgendwie herausgefunden hat, dass ich seinen Gefangenen befreit habe, dass er weiß, dass ich bei Finn gewesen bin. Niemand wusste, wo er war, und mein Verstand war nur allzu gern bereit, sich schreckliche Szenarien auszumalen, egal wie unwahrscheinlich und paranoid sie auch sein mochten.

»Ja, natürlich Sebastian.« Emmaline grinst. »Er hat uns gebeten, Euch auszurichten, dass er nach dem Sonnenuntergang in Eure Gemächer kommen und Euch gerne zu einem *Spaziergang* abholen möchte.« So wie sie quiekt, könnte man fast meinen, Spaziergang sei ein Codewort für irgendetwas wesentlich Unanständigeres.

»Hat er … sich darauf gefreut, mich zu sehen, oder war er ernst?«

Ich beobachte Tess, die hinter mir mein Bett macht, im Schminkspiegel. »Er hat sich ernsthaft gefreut«, sagt sie mit einem Augenzwinkern.

Okay, also ist er nicht sauer – das ist immerhin etwas. Vor allem, weil ich jetzt weiß, wo das Buch ist, und ihn noch einmal um einen Gefallen bitten muss.

»Habt ihr während eurer Zeit bei der Königin schon viel von Faerie gesehen?«, frage ich Emmaline.

Sie lächelt, während sie mir das Haar auf dem Hinterkopf zusammendreht. »Wir dienen dem Seelie-Palast, also gehen wir überall dorthin, wo der Hofstaat hingeht.« Stirnrunzelnd blickt sie auf die kurze Haarlocke in meinem Nacken. »Wenn ich den inkompetenten Stümper erwische, der Euch die Haare geschnitten hat, kann er was erleben.«

»Ich sagte doch, das war ein Unfall«, unterbreche ich sie, bevor sie zu ihrer üblichen Tirade ansetzen kann. »Steck meine Haare einfach nicht auf, dann sieht man das gar nicht. Hat die Königin noch weitere Paläste?«

»Natürlich«, sagt Tess. »Einige«, nickt Emmaline.

Das sollte eigentlich keine Überraschung für mich sein, aber noch gestern – als Finn sagte, das Buch sei nicht in diesem Palast – war ich nicht auf den Gedanken gekommen, dass das auch für die Bibliothek, die ich suchte, gilt.

Einerseits sollte ich dem Spiegel nach meiner Begegnung mit den Sluagh nicht mehr trauen. Andererseits habe ich sonst keinerlei Hinweise darauf gefunden, wo das Grimoricon sein könnte, also bleibt mir keine Wahl. Neue Strategie: Den Spiegel nur mit allergrößter Vorsicht benutzen.

Als ich heute Morgen wieder nach dem Buch fragte, studierte ich das Bild sorgfältiger als beim ersten Mal, und die Antwort lag direkt vor meinen Augen. Hinter den Fenstern der Bibliothek sah ich eine Küste, an der sich Wellen brachen. Wenn mir das schon beim ersten Mal aufgefallen wäre, hätte ich keine Zeit mit der Suche nach einer zweiten Bibliothek in diesem Palast verschwendet. Danach zu urteilen, was ich bisher von der Gegend gesehen habe, sind wir ziemlich weit vom Meer entfernt. Tess schenkt mir eine Tasse Tee ein, und Emmaline versucht weiter, meine Locken zu bändigen und dabei die abgesäbelten Strähnen zu verstecken. »Die Königin besitzt mehrere Paläste in ihrem Reich. Dies ist ihr Hauptwohnsitz, aber sie verbringt nur ungefähr sechs Monate pro Jahr hier. Die anderen sechs teilt sie zwischen ihren drei anderen Palästen auf.«

Ich stoße einen gespielt dramatischen Seufzer aus. »Wenn ich eine mächtige Königin wäre, dann würde ich meine Zeit am liebsten am Meer verbringen.«

Die Zwillinge lachen. »Vielleicht, weil das Meer Euch an die Augen eines gewissen Prinzen erinnert?«, kichert Emmaline.

»Wenn Ihr erst Königin seid«, sagt Tess, »werdet Ihr Euch aussuchen können, wo Ihr Eure Zeit verbringt.«

»Der Palast der Gelassenheit, das Schloss an der Küste, ist wunderschön, aber nicht für den gesamten Hofstaat gedacht. Es ist mehr ein Feriendomizil für die königliche Familie«, sagt Emmaline. »Aber das könntet Ihr sicherlich ändern.«

»Es gibt also wirklich ein Schloss am Meer?«

»Natürlich. Die Südküste gilt schließlich als schönster Teil des Seelie-Reiches. Die Eltern der Königin sollen den Palast der Gelassenheit besonders geliebt haben.«

»Vielleicht geht sie deshalb so selten dorthin.«

Emmaline wirft Tess einen scharfen Blick zu, und die senkt den Kopf. »Warum meidet sie einen Ort, der sie an ihre Eltern erinnert?«, hake ich nach. Trauer kann nicht der einzige Grund sein, wenn die beiden nicht darüber reden dürfen.

»Das wissen wir nicht, Mylady.« Emmaline schüttelt den Kopf. »Wir stehen erst seit zehn Jahren in ihren Diensten. Die Eltern der Königin sind vor einundzwanzig Jahren gestorben.«

Sie tauschen einen weiteren besorgten Blick aus. Ich bin mir sicher, dass sie noch mehr wissen und nur aus Angst nichts sagen, aber ich dränge sie nicht.

***

»Ich habe eine Idee«, sage ich, als Sebastian und ich später durch die Gärten schlendern. »Versprichst du mir, nicht zu lachen?«

Der heiße Tag ist mit der Abenddämmerung kühler geworden, und ich zittere in meinem ärmellosen Sommerkleid. Sebastian zieht mich dichter an seine Seite und wärmt mich mit seinem Körper. »Das kommt ganz auf die Idee an«, grinst er.

Heute Morgen hat er mir gesagt, dass er fort war, um wichtige Verhandlungen zu führen. Ich glaube ihm, trotzdem frage ich mich, was er vom Verschwinden seines Gefangenen hält. Ich will nicht glauben, dass er Jalek wirklich umgebracht hätte, aber sicher bin ich mir nicht und das macht mir zu schaffen.

»Verrat mir deine Idee«, drängt er sanft.

»Meine Dienstmädchen haben von einem schönen Palast am Meer gesprochen, den deine Mutter nur selten nutzt. Der an der Südküste? Ich dachte, es wäre für uns beide vielleicht nett, eine Zeit lang dem ganzen Druck und den Pflichten hier am Hof den Rücken zu kehren und ein paar Tage miteinander zu verbringen, an denen wir uns voll und ganz auf uns konzentrieren können.«

»Ach, ehrlich?« Sebastian wackelt grinsend mit den Augenbrauen.

Ich stoße ihm mit dem Ellbogen in die Seite. »So habe ich das nicht gemeint, und das weißt du auch.«

»Schade«, schmunzelt er.

»Sagt der Mann, der sich kaum dazu überwinden kann, mich zu küssen«, necke ich ihn, aber als die Heiterkeit aus seinem Gesicht verschwindet, fällt mir wieder ein, dass er kein Mensch ist. Seltsam, dass ich das so schnell vergesse, wenn wir beide allein sind. »Fae, meine ich. Sorry.« Ich überspiele den peinlichen Moment mit einem Lächeln.

Er seufzt. »Mann oder Fae, das ist doch egal. Nach den zwei Jahren, in denen ich als Mensch gelebt habe, ist mir das korrekte Etikett nicht mehr so wichtig. Mir ging es um etwas anderes …«

Verständnislos schaue ich ihn an.

»Du glaubst also, dass ich dich nicht küssen *will?*«

»Na ja …« Ich beiße mir auf die Unterlippe, und sein Blick heftet sich auf meinen Mund. »Ich kann ziemlich oft an nichts anderes denken, Brie.«

»Aber du tust es nicht«, sage ich leise und denke an mein Gespräch mit Finn. Er hat mir unterstellt, dass ich Sebastian will, aber nicht riskieren möchte, von ihm zurückgewiesen zu werden, wenn er die Wahrheit erfährt. Finn hatte recht, auch wenn es mir schwerfällt, das zuzugeben.

»Merkst du nicht, dass ich mich nur interessant machen will?« Sebastian grinst.

Ich lache. »Oh, das habe ich schon längst gemerkt. Das machst du offenbar schon seit zwei Jahren.«

Er legt die Hand auf meine Wange und streicht mit dem Daumen über meine Lippen. Der Kontakt ist wie der erste Schluck aus einem Sektglas: süß, berauschend und macht Lust auf mehr. »Und, funktioniert es?«

Ich schlucke. »Vielleicht.«

»Willst du wirklich mit mir verreisen? Nur wir zwei?«

»Ich fände es schön, wenn wir irgendwo hinfahren könnten, wo wir nicht dauernd unter Beobachtung stehen.«

»Brie, mein Leben ist nun mal so, dass ich ständig beobachtet werde. Ich würde dir gerne versprechen, dass ich dir alles geben kann, was du willst, aber die Wahrheit ist, dass man als Herrscher leider kein Privatleben hat.«

Und wenn ich bei ihm bleiben will, muss ich diese Realität akzeptieren. *Aber das ist unser kleinstes Problem, Bash.* »Mir würde es schon reichen, wenn wir den Scharen von Höflingen ein paar Tage lang entfliehen könnten. Das Meer habe ich schon immer geliebt, und ich würde gerne sehen, wie es in deiner Welt aussieht.«

Sein Blick wird weich, und er drückt einen Kuss auf mein Haar. »Wenn ich ehrlich bin, ist die Vorstellung, dich ein paar Tage lang ganz für mich allein zu haben, extrem reizvoll. Ich versuche das zu regeln. Morgen muss ich allerdings in aller Frühe weg und bin wahrscheinlich den ganzen Tag lang unterwegs.«

Mein Herz wird schwer, aber ich weiß nicht, ob es daran liegt, dass ich möglichst schnell an das Buch kommen möchte, oder daran, dass ich nicht will, dass er schon wieder weggeht. »Wo musst du diesmal hin?«

»Es gab ein paar Probleme an der Ostgrenze.« Er runzelt die Stirn. »Unsere Grenzen sind nicht mehr so sicher wie früher.«

»Redest du von den Lagern?« Sein Gesicht verschließt sich und ich zögere weiterzusprechen, aber ich habe ohnehin schon zu viel gesagt, also mache ich weiter. Außerdem ist die Sache zu wichtig. »Du hilfst aber nicht dabei, diese unschuldigen Menschen einzusperren, oder?«

»Was weißt du über die Lager?«

»Ich … nicht viel. Nur, dass dort Unseelie leben, die vor der Unterdrückung durch Mordeus fliehen und … Sie wollen nur ein besseres Leben, Bash.« Ich sehe seinem Gesicht an, dass ich all das absolut nicht wissen sollte. »Ich habe nicht geglaubt, dass du irgendetwas damit zu tun haben könntest. Ich dachte, du willst den Schwachen helfen – egal, woher sie stammen.«

»Natürlich will ich das. Aber du musst verstehen, dass …« Er schüttelt den Kopf. »Vergiss es. Die Details brauchst du nicht zu wissen. Wer hat dir von den Lagern erzählt?«

»Ich habe … gehört, wie Leute darüber geredet haben.«

»Welche Leute?«

Die Wut in seinem Blick macht mir Angst – nicht um mich, sondern um alle, die meine Antwort in Gefahr bringen könnte. Nachdem ich ihn mit Jalek gesehen habe, bin ich nicht länger sicher, mit wem ich es eigentlich zu tun habe. »Das weiß ich nicht mehr.«

»Ich kann dir doch vertrauen, oder, Brie?«

Vertraue nie einer Diebin, die du in dein Heim eingeladen hast.

»Natürlich.« Die Lüge schmeckt bitter in meinem Mund.

Sebastian lässt erleichtert die Schultern sinken. »Ich vertraue dir, weißt du? Bedingungslos.« Er hebt meine Hand an seine Lippen und küsst meine Knöchel. Dann bringt er mich zurück in den Palast zu meinem Zimmer.

Die halbe Nacht lang liege ich wach und der bittere Geschmack in meinem Mund lässt meinen Magen verkrampfen.

***

Pretha holt mich kurz nach dem Frühstück in meinen Gemächern ab, und mein schlechtes Gewissen drückt mich mit jedem Schritt zur Kutsche und jeder Kurve, die uns zu Finns Haus führt, stärker.

Ich kann dir doch vertrauen, oder, Brie?

Er kann mir nicht vertrauen, und dieses Geheimnis muss ich mit mir herumtragen, bis Jas wieder sicher zu Hause ist. Wenn ich zwischen Sebastians Gefühlen und Jas' Freiheit wählen muss, gibt es für mich nur eine richtige Entscheidung. Und die ist überhaupt nicht schwierig zu treffen. Warum fühle ich mich dann so mies?

»Was ist los mit dir?«, fragt Pretha, als die Kutsche im Dorf hält.

»Nichts.« Ich steige nach ihr aus und wir laufen schweigend zum Haus.

An der Eingangstür bleibt sie stehen. »Lüg mich nicht an, Brie. Das wäre Zeitverschwendung.«

»Ich will nur meine Schwester zurück. Das heißt, ich muss dieses verdammte Buch finden, damit Mordeus mir den nächsten Auftrag geben kann. Ich habe genug davon, dass alle so tun, als hätten wir alle Zeit der Welt. Ich will endlich diesen Handel erfüllen, meine Schwester holen und nach Hause gehen.« Bei meinen letzten Worten bricht meine Stimme. Ist dort wirklich mein Zuhause? In Fairscape können wir nicht bleiben. Gorst wird nie aufhören, mich zu verfolgen, weil ich ihn bestohlen habe, und nach Elora zurückzukehren, egal wohin, bedeutet, von Sebastian Abschied zu nehmen … und von Finn, von Pretha und dem Rest der bunt zusammengewürfelten Fae-Bande.

Als ich aufschaue, mustert Pretha mich aufmerksam. Vielleicht liegt es an Eurelodys Gesichtszügen, aber sie wirkt beinahe mitfühlend. »Hast du Streit mit Sebastian?«

»Nein, gar nicht.« Ich schüttele den Kopf und schaue weg. Auf der anderen Seite der Kopfsteinpflastergasse fegt eine Fee mit durchsichtigen Flügeln und geschwungenen Hörnern ihre Vorderveranda. »Das Problem ist, dass er mir vertraut und dass ich sein Vertrauen brauche. Doch ich fühle mich jedes Mal wie ein Stück Dreck, wenn ich das ausnutze.«

»Die Situation, in die du gebracht wurdest, ist aber auch ziemlich unmöglich, Brie«, sagt sie mit gerunzelter Stirn.

Ich warte darauf, dass sie mir einen weisen Ratschlag dazu gibt, wie ich dieser unmöglichen Situation entkommen kann, aber sie drückt nur stumm die Tür auf und bedeutet mir, sie hinter mir zu schließen. Dann wechselt sie zu ihrer wahren Gestalt und geht mir voraus zur Bibliothek.

Die Türen am Ende des Flurs sind geschlossen, und davor steht Kane mit verschränkten Armen Wache. Seine roten Augen glühen in dem dämmrigen Korridor.

Pretha schaut zwischen ihm und den geschlossenen Türen hin und her. »Ist mein Bruder schon da?«, fragt sie dann seufzend.

»Der König und die Königin sprechen gerade mit Finn und Tynan, aber die Königin besteht darauf, dass du mit ihnen zu Mittag isst.« Kane zieht eine Grimasse. »Soll ich mir eine Ausrede für dich einfallen lassen?«

Pretha schüttelt den Kopf. »Ich wusste, dass mir das bevorsteht. Mittagessen oder Abendessen, ist doch egal, oder?« Ihre Stimme klingt gelassen, aber das Tempo, mit dem sie sich auf dem Absatz umdreht und ins Wohnzimmer stürmt, ist es ganz und gar nicht. Hilflos schaue ich zwischen Kane und der Tür hin und her, durch die Pretha gerade verschwunden ist. »Soll ich sie allein lassen, oder …«

Kane streckt mir abwehrend die Handflächen entgegen. »Kannst du nicht das Frauendings machen?«

Ich blicke ihn skeptisch an. »Das *Frauendings?*«

Er wedelt nervös mit der Hand. »Du weißt schon, das Ding, wo du nette Sachen sagst und sie tröstest, obwohl ihr Herz gebrochen und die Liebe eine Plage ist?«

»Oh, ich … hey, warum ist das ein Frauendings?«

Er grunzt. »Meinst du wirklich, ich wäre ein guter Kandidat für den Job? Ich kann Leuten nicht mal einen guten Tag wünschen, ohne so zu klingen, als wünschte ich mir insgeheim, dass sie sterben.«

Da hat er nun auch wieder recht. Ich überlege. »Sie hat ein gebrochenes Herz? Wegen wem?«

Kane wippt auf den Fersen zurück. »Wenn du das wissen willst, dann solltest du zu ihr gehen und dieses Dings machen.«

An der Art, wie er ihr nachsieht, erkenne ich, wie gerne er die Art Freund für sie wäre, die sie jetzt braucht. Aber ob ich wirklich eine geeignete Kandidatin für diese Aufgabe bin?

Trotzdem mache ich mich auf den Weg ins Wohnzimmer. Pretha steht am vorderen Fenster und starrt auf die Straße hinaus. Ihr Gesicht ist ausdruckslos, die Augen kalt.

»Willst du darüber reden?«

»Zuzugeben, dass es etwas zu reden gibt, fühlt sich wie Verrat an meinem Mann an.«

Oh. Na gut … »Wann ist Vexius gestorben?«

»Vor vier Jahren. Er wurde verletzt, als er eine Gruppe Unseelie-Flüchtlinge zu einem Portal gebracht hat, das sie ins Reich der Wilden Fae bringen sollte.« Sie schluckt. »Er hat sich nicht wieder erholt.«

Kein Wunder, dass sie so entsetzt war, als Finn unter ähnlichen Umständen verletzt wurde. »Vier Jahre sind eine lange Zeit. Es ist durchaus verzeihlich, dass du jetzt Gefühle für jemand anderen entwickelt hast.«

Sie reißt ihren Blick von der Straße los und begegnet meinem. »Was ich für Amira empfinde, habe ich schon lange vor meiner ersten Begegnung mit Vexius gefühlt. Lange bevor sie und ich unsere Ehemänner geheiratet haben.«

Als sie den Namen nennt, klingelt es bei mir. Das ist das Treffen, vor dem sie solche Angst hatte. »Amira ist die Königin der Wilden Fae?«

Pretha nickt und schaut wieder nach draußen. »Und die Frau meines Bruders.«

»Oh.« Mein Herz zieht sich zusammen, als ich versuche, mir ihre Situation vorzustellen. »Oh, Pretha. Das tut mir so leid.«

»Ja, mir auch.« Ihr Atem hinterlässt einen Nebelfleck auf der Fensterscheibe.

»Amira und ich waren beide in deinem Alter, als sie in den Palast meiner Familie gebracht wurde. Sie sollte sich dort darauf vorbereiten, Mishas Braut zu werden, aber ich habe mich auf den ersten Blick in sie verliebt.«

»Das klingt schön.« Meine Stimme verrät meine Traurigkeit. Ich weiß, wie diese Geschichte enden wird. »Aber dann hat sie sich für ihn statt für dich entschieden?« Oje, was für eine taktlose Frage. Wenn Kane gewusst hätte, wie unfähig ich in solchen Situationen bin, hätte er sich vielleicht doch selbst darum gekümmert.

Pretha schnaubt. »Das wohl kaum. Wir hatten nie die Wahl, weder sie noch ich. Die Wilden Fae sind Leuten wie Amira und mir gegenüber toleranter als die Seelie. Meine Eltern haben uns immer gesagt, dass Liebe in all ihren Formen schön ist. Aber ich wusste immer, dass diese Akzeptanz vor den Palasttüren endet. Für Mitglieder der königlichen Familie gelten andere Regeln.«

»Aber warum denn?«, frage ich. »Wo liegt der Unterschied?«

»Sie würden sagen, dass es darum geht, die Blutlinien zu erhalten, aber in Wahrheit geht es nur darum, den Anschein zu wahren. Und darum, dass ihnen die Vorstellung unangenehm war, ihre Tochter könnte eine Frau lieben.« Sie seufzt. »Immerhin durften Amira und ich drei Jahre lang zusammen sein, während sie auf ihr Leben als Königin vorbereitet wurde. Misha war das egal. Er hat sie nicht aus Liebe geheiratet, sondern nur, um das Bündnis zwischen unseren Familien zu stärken. Aber als unsere *Eltern* es herausfanden?« Ihre Lippen zucken – amüsiert? Sarkastisch? Zornig? Vielleicht ist es eine Kombination. »Na ja. Du kannst dir vielleicht vorstellen, wie entsetzt ich war, als sie mich fortschickten, um den jungen Bruder des Schattenprinzen zu heiraten.«

»Vexius«, sage ich leise. Ich kann mir nicht vorstellen, wie es wäre, jemanden aus politischen Gründen heiraten zu müssen. Unvorstellbar, dass Liebe in der Liste der Gründe, aus denen man sich dafür entscheidet, sein Leben mit jemandem zu verbringen, einen so geringen Stellenwert einnimmt. Doch genau damit wird Sebastian fertigwerden müssen, falls ich mich entscheide, nicht bei ihm zu bleiben. »Irgendwann ist er dir dennoch ans Herz gewachsen, richtig?«

»Manchmal wünschte ich, es wäre nicht so«, sagt sie und presst eine Faust auf ihre Brust, als wolle sie den Schmerz in sich zurückpressen. »Aber es war so verdammt einfach, ihn zu lieben.«

***

»Du wirst besser«, sagt Finn.

Ich starre ihn erstaunt an. »War das etwa ein Kompliment?«

Wir sind oben, während Pretha mit ihrem Bruder und der Königin der Wilden Fae zu Mittag isst. Zwar hatte ich nicht damit gerechnet, dass sie mich dazu einladen würden, war aber davon ausgegangen, dass zumindest Finn dabei sein würde, um seine Schwägerin moralisch zu unterstützen. Aber nein. Der König und die Königin hatten um Privatsphäre gebeten.

»Konzentriere dich einfach«, sagt Finn.

Tynan verschränkt seine Arme und hebt in einer Geste der Herausforderung sein Kinn. Meine Aufgabe ist es, ihn in Schatten zu hüllen – nicht wie ich es tue, wenn ich jemanden durch eine Wand mitnehmen will, sondern um ihn dort *einzusperren*. Ein Verteidigungsmanöver, das Jalek als meine einzige Hoffnung in einem Kampf bezeichnet hat, da meine Schwertkünste erbärmlich sind.

Ich lasse meine Magie fließen, richte sie auf Tynan und hülle ihn in Schatten – die sofort von ihm abfallen, als er mit den Schultern zuckt.

»Funktioniert ausgezeichnet«, sagt Tynan mit blitzenden Augen. »Solange deine Feinde absolut bewegungslos stehen bleiben.«

Ich mache eine vulgäre Geste in seine Richtung, lache aber dabei. Gut bin ich noch lange nicht, aber wenigstens mache ich Fortschritte.

»Finn.« Kane steht in der Schlafzimmertür. »Wir haben ein Problem. Prinz Ronan steht vor der Tür.«

Mit der Nennung dieses Namens löst sich meine gute Laune in Luft auf. Mein Magen verkrampft sich. Genau das hatte ich befürchtet. Er wird herausfinden, dass ich ihn hintergehe. Aber … wie hat er mich hier gefunden?

Finn scheint die gleiche Frage zu haben. »Hast du ihm gesagt, wo du deine Tage verbringst?«

Ich schüttele den Kopf. »Nein. Er weiß nur, dass ich bei meiner Tutorin bin.«

»Wir haben gewusst, dass das passieren kann«, sagt Finn zu Kane. »Deshalb sind wir ja hier, richtig? Also schickt Eurelody nach unten, um mit ihm zu sprechen. Amira und Misha werden die Unterbrechung verzeihen.«

»Das hatten wir vor, aber …« Kane räuspert sich. »Der Prinz hat die echte Eurelody bei sich. Er hat sie aufgespürt und sie hat zugegeben, dass sie schon vor Jahren aus dem Dienst der Königin ausgeschieden ist.«

Finn flucht halblaut.

Tynan verzieht das Gesicht. »Wir müssen ihn abwimmeln, bevor er merkt, dass Misha und Amira hier sind.«

»Ich kann mit ihm reden«, biete ich an, obwohl ich keine Ahnung habe, was ich ihm sagen soll. Ich will einfach dieses ungute Gefühl im Magen loswerden. Was soll aus Jas werden, wenn Sebastian mich nach Hause schickt?

Finn zieht die Augenbrauen so weit hoch, dass sie in seinen Locken verschwinden. »Willst du, dass er den Beweis dafür bekommt, dass du hier bist und mit uns zusammenarbeitest?« Seine Worte sind wie ein Schlag.

»Das habe ich mir gedacht. Bleib, wo du bist.« Er folgt Tynan aus dem Raum und schließt die Tür hinter sich.

Ich lausche den gedämpften Geräuschen von unten.

Ich höre Finns und Sebastians tiefe Stimmen, aber ich kann nicht verstehen, was sie sagen.

Noch einmal tiefes Gemurmel, dann Stille. Ich ertrage es nicht mehr.

Die Schlafzimmertür quietscht, als ich sie öffne, und ich verziehe das Gesicht. Dann schleiche ich mich zum oberen Ende der Treppe.

»Lass mich rein …« Sebastians wütendes Knurren lässt das Haus förmlich erzittern. Er steht dicht vor Finn, der Tynan an seiner Seite hat. Die beiden Prinzen bieten einen beeindruckenden Anblick, breitschultrig und bedrohlich, und sie starren einander finster an. »Ich weiß, dass du sie hier hast.«

»Vielleicht lässt deine Magie nach, Prinz. Aber ich bin sicher, dass du das bald genug in Ordnung bringen wirst, bei all den reifen Früchten, die in deinem Palast auf dich warten.« Ich kann Finns Gesicht nicht sehen, aber den Hohn in seiner Stimme höre ich. »Halt die Klappe«, zischt Sebastian. »Tu bloß nicht so, als wärst du besser als ich.«

»Geh weg, Kleiner. Geh zurück ins Schloss zu deiner liebenden Mutter. Geh zurück zu deiner Herde Menschenfrauen, die ganz wild darauf sind, ihr Leben in deine Hände zu legen.« Finn macht zwei Schritte rückwärts und zieht sich ins Haus zurück, aber Tynan bleibt mit geblähter Brust stehen, als sei er bereit zuzuschlagen.

»Finnian, du bist ein noch größerer Mistkerl, als ich dich in Erinnerung habe.«

Finn verbeugt sich spöttisch, und Sebastian macht auf dem Absatz kehrt und stapft davon. Tynan schlägt die Tür hinter sich zu und dreht sich mit angespanntem Gesicht zu Finn um. »Ich dachte, wir könnten ihr vertrauen.«

»Das können wir auch«, sagt Finn.

»Wie erklärst du dir das dann?«

»Stell keine Vermutungen an. Ich kümmere mich darum.«

Mir wird klar, dass Finn auf dem Weg zur Treppe ist, und ich eile zurück ins Schlafzimmer und ziehe die Tür hinter mir zu. Am Fenster suche ich die Straße nach Sebastian ab, aber er ist nicht mehr da. Wahrscheinlich ist er mit seinem Kobold hierhergekommen und hat sich von ihm zum Schloss zurückbringen lassen.

Die Schlafzimmertür quietscht, als sie geöffnet wird. »Versuchst du, einen Blick auf deine große Liebe zu erhaschen?«, fragt Finn.

Ich drehe mich nicht um. »Schon mal von Anklopfen gehört?«

»Nicht in meinem eigenen Haus.«

»Dann sollte ich vielleicht einfach …« Ich habe keine Gelegenheit, meine leere Drohung zu beenden, bevor er mich herumwirbelt und mein Amulett, das ich unter meinem Kleid versteckt habe, hervorzieht.

»Warum hast du mir das verschwiegen?« Finn ist häufiger gereizt und launisch, aber so habe ich ihn noch nie gesehen. Wut lodert in seinen Augen und lässt das Silber um seine Pupillen beinahe weiß glühen.

»Weil es dich nichts angeht?«

»Bullshit. Da ich mich hier um dich kümmere und meine eigenen Leute riskiere, um dich zu beschützen, geht es mich sehr wohl etwas an. Wo hast du das her?«

Ich kann nicht riskieren, das Amulett zu verlieren. Seit meiner Ankunft in diesem gottverlassenen Reich bin ich schon zweimal beinahe gestorben. Ich brauche jeden Schutz, den Sebastians Amulett mir bieten kann. »Meine Mutter hat es mir geschenkt.«

Er macht eine Faust um das Amulett und zieht so heftig daran, dass die Kette reißt. Dann dreht er sich auf dem Absatz um und geht zur Tür. »Hey! Was zum Henker soll das?« Ich marschiere auf ihn zu. Seine Freunde mögen vielleicht Angst vor ihm haben, aber ich nicht. »Das gehört mir. Du hast kein Recht dazu …«

»Kein Recht dazu, das *Aufspüramulett* von Prinz Ronan zu zerstören? Kein Recht dazu, ihn und die Königin daran zu hindern, dir nachzuspionieren?« Finn hält das Schmuckstück so fest umklammert, dass seine Knöchel hervortreten.

»Was redest du da für einen Blödsinn? Das ist ein *Schutz*-Amulett.«

»Ach ja? Wie gut hat es dich denn beschützt, als du in die Fänge der Sluagh geraten bist? Und wie, glaubst du, hat dich dein Prinz in der Nacht gefunden, in der dich der Barghest im Wald erwischt hat?«

»Ich …« Aller Kampfgeist entweicht aus mir und ich sinke zitternd aufs Bett. Ich habe tatsächlich nie hinterfragt, wie Sebastian mich in jener Nacht gefunden hat. Ich war einfach so erleichtert darüber, dass er mich gerettet hatte, und ich dachte … ich dachte, er sei eben ein magisches Wesen und hätte mich mit seinen magischen Kräften aufgespürt.

Finn öffnet seine Handfläche, damit ich das Amulett sehen kann. Das einst glänzende, funkelnde Schmuckstück ist schmutzig braun geworden, seit Finn es mir vom Hals gerissen hat. »Er hat dir damit nachspioniert und ist dir bis zu meiner Tür gefolgt.«

»Es tut mir leid«, flüstere ich. Sebastian hat mich *bespitzelt*. Er hat mir gesagt, das Amulett würde mich beschützen, dabei wollte er mich nur im Auge behalten. Mir kommt ein schrecklicher Gedanke, und ich schaue Finn angstvoll an. »Der Unseelie-Palast! Ich habe das Amulett bei beiden Treffen mit Mordeus getragen.« Wenn Sebastian klar wird, dass ich ihn hintergehe, dass ich mit Mordeus zusammenarbeite, um sein Reich zu bestehlen …

Finn schüttelt den Kopf. »Dieses Amulett ist zu schwach, um über solche Distanzen zu wirken. Er kann nicht wissen, dass du bei Mordeus warst – zumindest nicht durch das Ding hier.« Er geht zum Fenster. »Pretha wird dich bald zum Palast zurückbringen lassen. Sebastian sucht bestimmt schon nach dir, weil er den Verdacht hegt, dass du bei uns warst. Ich kann nicht riskieren, dass er von unserer Allianz erfährt. Pretha wird eine der anderen Tutorinnen verzaubern und ihr einreden, dass du die ganze Zeit von ihr unterrichtet wurdest.«

Ich nicke. Natürlich. Wir brauchen eine glaubwürdige Story. Aber wird das reichen, um Sebastian zu überzeugen?

»Such nicht nach uns. Wir müssen umziehen. Pretha wird zu dir kommen, sobald es sicher ist.«

Finn wird umziehen und all seine Leute entwurzeln müssen, auch Lark. Und alles nur wegen mir. »Es tut mir leid.«

Er winkt ab, aber ich sehe, wie müde er aussieht. »Das war ohnehin nur eine vorübergehende Bleibe. So ist das Leben im Exil nun mal. Wir haben das schon häufiger mitgemacht.«

»Du und Sebastian … ihr habt nicht miteinander gekämpft.«

Als er sich umdreht, wirkt er extrem erschöpft. »War das für dich etwa ein *freundlicher* Austausch?«

»Nein, aber ich hatte den Eindruck, ihr hasst euch bis aufs Blut. Ich dachte, ihr versucht, euch gegenseitig umzubringen, sobald ihr euch gegenübersteht.«

Er betrachtet das Amulett in seiner Handfläche. »Ich weiß nicht, was er dir über mich erzählt hat, aber ich wünsche deinem Prinzen nichts Böses. Seiner Mutter hingegen …« Wut flackert in seinem Gesicht auf, ist aber genauso schnell wieder verflogen. »Sebastian ist nicht mein Feind.«

Es erleichtert mich, das zu hören, und als ich zum Palast zurückgekehrt bin, habe ich mich beinahe davon überzeugen können, dass alles gut ausgehen wird.

Doch als ich die Tür zu meinen Gemächern öffne, wartet Sebastian am Fenster auf mich. »Wie geht es Prinz Finnian?«

KAPITEL 25

Ich kann an seiner Körperhaltung erkennen, dass er wütend ist. »Bash?«, sage ich leise. Schuld und Scham überschwemmen mich. Sonst sind sie ein konstanter Strom, gegen den ich mühsam anschwimmen muss, aber jetzt sind sie zu einer reißenden Flut geworden, die mich zu ertränken droht. »Was … was meinst du …«

»*Prinz. Finnian.* Ich weiß, dass du Zeit mit ihm verbracht hast.« Seine Stimme ist heiser, als hätte er geschrien.

Ich schlinge meine Arme um mich. »Ich …« Soll ich versuchen, es zu leugnen, oder würde das alles nur noch schlimmer machen? »Spielt das eine Rolle? Er ist ein Freund.«

Sebastians Augen sind gerötet, sein Kiefer angespannt. Wie lange hat er hier in meinem leeren Schlafzimmer gewartet und die Wahrheit darüber gewusst, wo ich war? »Bist du in ihn verliebt?«

»Was?«, keuche ich. »Wie kommst du denn darauf?« Aber möglicherweise ist die Frage gar nicht so abwegig, denn ich würde am liebsten wegrennen. Vor Sebastian, vor diesen meergrünen Augen, die zu vieles zu sehen scheinen. Vor meinem eigenen Gefühlschaos. Ich *liebe* Sebastian. Ich werde ihn wahrscheinlich niemals heiraten können, aber ich liebe ihn. Es zerreißt mir das Herz, dass er vor mir stehen und mich fragen muss, ob ich in einen anderen

Fae verliebt bin. Es zerreißt mir das Herz, weil ich Finn zwar nicht liebe, aber dennoch irgendetwas für ihn empfinde. Mehr, als ich sollte.

»Er ist mein *Feind*, Abriella.«

»Du bist aber nicht seiner, also solltest du das vielleicht noch einmal überdenken«, blaffe ich ihn an. Ein Teil von mir weiß, dass jetzt nicht der richtige Zeitpunkt dafür ist, aber ich ertrage diese Geheimnistuerei nicht mehr. Ich will nicht mehr ständig das Gefühl haben, dass nicht die Zeit dafür ist, aber ich will die Geheimnisse nicht mehr. Ich will nicht länger zwischen zwei Prinzen stehen, die beide nur das Beste für ihre Völker wollen.

»Hat er dir das gesagt? Hat er dich so dazu gebracht, ihm zu vertrauen? Indem er so getan hat, als wären wir Freunde?«

»Von Freundschaft war nie die Rede, so naiv bin ich nicht. Aber er ist kein Monster wie Mordeus, und wenn dir das Wohl deines Volkes wirklich am Herzen liegt, dann solltest du dein Möglichstes dafür tun, Finn auf den Schattenthron zu bringen, wo er hingehört.«

Er zuckt zusammen. *Zuckt zusammen.*

»Sebastian.« Er sieht mich nicht an und ich gehe langsam und vorsichtig durch das Zimmer auf ihn zu. Als ich meine Hand auf seinen Arm lege, schließt er die Augen – genießt er meine Berührung oder erträgt er sie nur? Ich weiß es nicht. »Schau mich an. Bitte.«

»Ich kann nicht.« Sebastians Miene wird finster. »Du hast Zeit mit meinem Feind verbracht, während du unter meinem Dach gelebt und mich glauben gemacht hast …« Er schüttelt den Kopf und hält den Blick abgewandt, als er fragt: »Denkst du überhaupt über meinen Vorschlag nach oder tust du nur so, damit du ihm Informationen geben kannst, um mein Königreich zu Fall zu bringen?«

»Nein.« Ich schüttele den Kopf. Ich mag ein schrecklicher Mensch sein und Sebastian getäuscht und verraten haben, aber ich würde niemals versuchen, Finn dabei zu helfen, das Seelie-Reich zu zerstören. »Das würde ich niemals tun. Aber das will Finn auch gar nicht.« Meine Stimme zittert.

»Was machst du dann mit ihm?«

Sebastian ist am Boden zerstört, und es bricht mir das Herz. Meinen schlimmsten Verrat ahnst du nicht einmal, Sebastian. Ich verdiene dich nicht.

Wegen meiner Vereinbarung mit Mordeus kann ich Sebastian nicht die volle Wahrheit darüber erzählen, was mich mit Finn verbindet – wie und warum er mir hilft. Aber selbst, wenn ich es könnte, weiß ich nicht, ob ich es tun würde. Manchmal bin ich davon überzeugt, dass Sebastian alles tun würde, um mir zu helfen, Jas in Sicherheit zu bringen, aber manchmal … als ich in der Litha-Nacht gesehen habe, wie er Jalek in dieser Zelle misshandelt hat, ist mir klar geworden, wie wenig ich noch über diese Welt und die Rolle, die Sebastian hier spielt, weiß. Ich verstehe noch viel zu wenig von der Dynamik zwischen den beiden Reichen und von ihren inneren Strukturen.

Sebastian dreht sich zu mir um und ich sehe gleichzeitig Wut und Verzweiflung in seinen wunderschönen Augen flackern.

»Antworte mir.«

»Er trainiert mich«, platze ich heraus. »Er bringt mir bei, die Kräfte zu nutzen, die sich seit meiner Ankunft in Faerie manifestieren.«

»Kräfte.« Er sieht ein bisschen weniger gequält aus. »Was genau meinst du damit?«

Ich befeuchte meine Lippen. Wie kann ich es ihm nur so erklären, dass er mir verzeiht, dass ich Zeit mit seinem Feind verbracht habe? »Du weißt ja, dass ich mich im Dunkeln schon immer gut bewegen konnte, aber seit ich hier bin, ist es mehr als das, ich *werde* zu Dunkelheit und Schatten. Ich könnte in ihnen verschwinden.«

Sebastian mustert mein Gesicht mit unergründbarer Miene. »Weißt du, woher diese Kräfte stammen?«

»Nein. Sie sind einfach da, auch wenn ich noch nicht sehr gut mit ihnen umgehen kann. Finn hat mir seine Hilfe angeboten.«

»Und was bekommt er dafür?«

Ich schließe die Augen. Diese Frage kann ich nicht beantworten, ohne meine Vereinbarung zu brechen. »Ich weiß es nicht«, flüstere ich, und als mir die Lüge über die Lippen fließt, wird mir klar, dass ich alle Lügen dieser Welt erzählen und alle magischen Gegenstände stehlen würde, um Jas zu retten.

»Warum hast du nicht mich gefragt?«

Weil ich nicht wollte, dass du von meinen Kräften erfährst. Ich wollte nicht, dass du weißt, dass diese Kräfte es mir erlauben, durch deinen Palast zu schleichen, zu stehlen, zu spionieren und Gefangene zu befreien. Ich senke den Kopf. »Es tut mir leid.«

Sebastian streichelt meine Wange und hebt mein Kinn an, bis ich ihn wieder ansehe. »Ich bin ganz *verrückt* vor Eifersucht. Ich dachte, ich verliere hier den Verstand, weil ich geglaubt habe, er könne versuchen, dein Herz zu stehlen. Ich wollte mir einreden, dass mir nur die Sicherheit meines Königreichs wirklich wichtig ist, aber in Wahrheit …« – er beugt sich vor und legt seine Stirn an meine – »in Wahrheit bist du mir schon längst mehr wert als mein Reich.« Mit seinem rauen Daumen streicht er über die Linie meines Kiefers, und ich schmiege mich in diese Berührung – ihre tröstliche Wärme. »Kann ich dir wirklich vertrauen, Abriella?«

Wenn er das könnte, müsste er mich das gar nicht fragen. Aber es hat sich nichts geändert. Ich brauche Sebastians Vertrauen. Er muss mich zum Sommerpalast bringen, und er muss mir auch weiterhin erlauben, in Faerie zu bleiben, damit ich das dritte Artefakt aufspüren kann.

»Natürlich.«

»Wirklich?« Er seufzt abgrundtief. »Du verstehst die Situation zwischen Finn und mir, zwischen unseren Familien nicht. All diese Jahrhunderte der Feindschaft. Ich habe dich die ganze Zeit beschützt, während du deine Zeit *ihm* geschenkt hast. Ich kann nicht so tun, als würde ich das nicht als Verrat empfinden.«

»Bash, du kannst mir vertrauen. Was kann ich tun, um es dir zu beweisen?« *Wie kann ich dich dazu bringen, diese schreckliche Lüge zu glauben?*

»Du – wir könnten –«, er schluckt und scheint etwas sagen zu wollen, aber dann schüttelt er den Kopf. »Ich will dich zu nichts drängen, wozu du nicht bereit bist.«

Ich lege beide Hände in seinen Nacken und stelle mich auf die Zehenspitzen, um meine Lippen auf seine zu drücken. Sollte ich mich jemals gefragt haben, was ich für Sebastian empfinde, dann ist dieser Kuss die Antwort. Eine simple Berührung seiner Lippen und ich möchte mit ihm verschmelzen.

Aber wieder ist Sebastian derjenige, der sich zurückzieht. Verlangen verschleiert seinen Blick, aber er holt tief Luft, reißt sich zusammen und weicht zurück.

Ich greife nach seiner Hand. »Wo gehst du hin?«

Seine Lippen verziehen sich zu einem schiefen Lächeln. »Wenn ich nicht gehe, dann wird es nicht bei diesem Kuss bleiben.«

Ich gehe auf ihn zu. »Das klingt gut.«

Seine Augen verdunkeln sich. »Spiel keine Spielchen mit mir, Brie. Das könnte ich nicht ertragen.«

Ein weiterer Schritt und meine Handfläche berührt seine Brust. »Ich spiele keine Spielchen.« Zu jedem anderen Zeitpunkt wäre das vielleicht eine Lüge, aber in diesem Moment ist es wahr. Alles, was ich will, ist sein Kuss, seine Berührung, seine Zuneigung. Ich möchte so viel wie möglich von ihm in mich aufsaugen, bevor er die Wahrheit erfährt und mich für immer von sich stößt.

Langsam senkt er seinen Mund auf meinen. »Mein Herz liegt in deinen Händen, Abriella«, sagt er, einen Atemzug bevor sich unsere Lippen treffen.

Ich weiß nicht, ob es seine Worte sind oder die sanfte Art, wie er meine Lippen liebkost, aber in diesem Moment lasse ich alle Hemmungen fahren. Mein Verstand verabschiedet sich und mein Körper erwacht zum Leben. Sebastians Hände streicheln meine Arme von den Schultern bis zu den Handgelenken, und jede Berührung seiner schwieligen Hände sendet elektrische Impulse durch mich. Es wäre so schön, ihm das Ruder zu überlassen. Er tut alles, was in seiner Macht steht, um Jas zurückzuholen und mich zu beschützen. Ich will ihn nicht mehr täuschen oder hintergehen. Ich möchte diese Last nicht mehr alleine tragen.

Bald. Dieses Versprechen gebe ich mir selbst. Stumm gebe ich es auch Sebastian. Sobald mein Handel mit Mordeus erfüllt und meine Schwester in Sicherheit ist, werde ich keine Geheimnisse mehr vor ihm haben. Ich werde einen Weg finden, der Liebe würdig zu sein, die er mir anbietet. Wenn er mich dann noch haben will.

Ich vergrabe meine Finger in seinem Haar, und das Lederband, das es zusammenhält, löst sich. Ich taste mit meiner Zunge über seine und er seufzt in meinen Mund – die Vibration des Geräusches jagt mir elektrische Schauer über den Rücken. Der Kuss wird tiefer und fordernder.

Er bedeckt meinen Hals mit Küssen, küsst die Wölbung meiner Brüste, lässt seine Zunge unter den Stoff meines Kleides gleiten. Meine Haut brennt vor Verlangen nach mehr, nach ihm.

Er führt mich rückwärts, bis meine Oberschenkel die Bettkante berühren. Ich lasse mich fallen, meine Hände an seinen Hüften fordern ihn dazu auf, mir zu folgen.

»Ich kann nicht klar denken, wenn es um dich geht, Brie«, sagt Sebastian, sein Atem heiß an meinem Hals. »Ich habe so viele Pflichten meiner Familie und meinem Volk gegenüber – aber wenn ich dich koste, will ich alles andere vergessen.«

Ich fasse sein Gesicht mit beiden Händen und bringe ihn dazu, mich anzusehen. Seine Augen sind dunkel und verhangen vor Lust, er betrachtet mein Gesicht mit leicht geöffneten Lippen.

»Dann lass uns vergessen. Jetzt, in diesem Moment. Lass uns so tun, als gäbe es nur uns beide.«

Er atmet heftig ein, dann senkt er den Kopf und saugt meine Unterlippe zwischen seine Zähne. Aufstöhnend packt er meinen Rocksaum, und ich hebe die Hüften an, um ihm zu helfen, ihn bis zu meiner Taille hochzuziehen. Er drängt sich zwischen meine Beine, und ich kann spüren, wie sehr er mich will. Ich verliere mich in dem süßen Gewicht seines Körpers auf mir, in der zehrenden Lust, die seine Hand auf meiner Hüfte und sein meine Haut streichelnder Daumen in mir entfacht.

Er senkt den Kopf und schließt die Lippen um meine Brust unter dem Stoff meines Kleides. Ein Wimmern entfährt mir und ich wölbe mich ihm entgegen. Meine Hände sind überall – auf seinen Schultern, dann auf seiner muskulösen Brust, auf seinen Hüften, dann an seinem Gürtel. Ich kann nicht genug von ihm bekommen.

Er löst sich von mir und schaut mir in die Augen. »Sag mir, dass du mir gehörst«, murmelt er. »Sag mir, dass du bei mir bleibst.«

»Ich bin jetzt hier bei dir.« Trauer mischt sich mit meiner Leidenschaft, und meine Stimme bricht, als ich ihm das einzige Versprechen gebe, das ich kann.

»Heute Nacht gehöre ich dir.«

Sebastian reißt sich los, und plötzlich liegt er nicht länger auf mir, sondern sitzt schwer atmend mit hängendem Kopf auf der Bettkante. »Es tut mir leid.«

Ich stütze mich auf meine Ellbogen. »Warum? Was ist denn los?«

Er schluckt mühsam und steht auf. »Zu schnell. Das geht alles viel zu schnell.«

Wirklich? Es hat sich überhaupt nicht zu schnell angefühlt. Ich fand es genau richtig. Mühelos. Wenn er nicht aufgehört hätte, wäre ich mit ihm bis zum Ende gegangen, das weiß ich. Wäre das denn so schlimm?

Ich rappele mich vom Bett auf, ziehe mein Kleid glatt und stelle mich vor ihn. »Hey.« Ich lege eine Hand auf seine Wange und er dreht seinen Kopf, um mir einen Kuss in die Handfläche zu drücken. »Ich fand es nicht zu schnell. Komm zurück ins Bett.«

Sebastian schaut mir so lange in die Augen, dass ich mir sicher bin, dass er dort all meine Geheimnisse sehen kann. Meinen Verrat. »Ich will mehr als deine Küsse, Brie.«

Ich verkneife mir ein Lächeln. »Ich kann dir versichern, wenn du wieder mit mir ins Bett steigst, werde ich dir viel, viel mehr bieten als nur meine Küsse.«

Seine Nasenflügel flattern und seine Augen werden dunkel. »Götter der Ober- und Unterwelt, du führst mich in Versuchung, Mädchen.«

Ich seufze. »Nicht gut genug, falls du wirklich vorhast zu gehen.«

Er schaut zur Tür, dann wieder zu mir. »Ich will nicht gehen, aber ich muss … zu einer Konferenz.«

Ich versuche, mir meine Enttäuschung nicht anmerken zu lassen, aber das scheint mir nicht zu gelingen, denn er sagt: »Es tut mir leid, dass ich immer so beschäftigt bin. Ich mache es wieder gut.« Er greift mein Kinn mit Daumen und Zeigefinger. »Was hältst du davon, wenn wir den Kurzurlaub im Sommerpalast machen, den du dir so sehr gewünscht hast?«

Ich bin noch ganz benommen von seinen Küssen, und es dauert einen Moment, bis ich mich daran erinnere, warum ich in den Sommerpalast gehen will und was ich dort tun muss. »Wirklich?«

»Wirklich. Ich glaube, du hast recht. Es wäre gut für uns, mal rauszukommen und Zeit für uns zu haben.« Er drückt einen süßen Kuss auf meine Lippen. »Wenn ich dich endlich lieben darf, dann will ich es ohne Zeitdruck genießen.«

Ich bin gleichzeitig aufgeregt und verzweifelt. Er will Zeit nur für uns beide, will mit mir im Sommerpalast Liebe machen und unsere Beziehung vertiefen, während ich diese Zeit brauche, um in der Bibliothek seiner Mutter nach einem heiligen Gegenstand zu suchen und ihn zu stehlen.

Sebastian muss die Qual in meinem Gesicht bemerkt haben. Er runzelt die Stirn. »Falls du deine Meinung über den Palast geändert hast … oder über … uns beide …«

»Nein«, platze ich heraus. »Weder noch. Ich bin nur … ungeduldig. Aber du hast wichtige Dinge zu tun. Das ist okay. Danke dir.« Für Jas werde ich ihn noch eine Zeit lang hintergehen. Ich werde nicht die Frau sein, für die er mich hält.

Aber bald kann ich alles wiedergutmachen. *Bald*.

Er sieht mir so forschend ins Gesicht, als wolle er ein Puzzle zusammensetzen.

»Vielleicht kannst du die Wartezeit ja dazu nutzen, über … uns nachzudenken. Und über die Zukunft.«

»Sebastian …« Ich beiße mir auf die Lippe. *Sag mir, dass du mir gehörst.* Ich will nicht Nein sagen. Ich will ihm nicht einmal sagen, dass ich es noch nicht weiß. Denn ich weiß genau, was ich sagen will, aber das, was ich tun muss, steht mir im Weg. Also kann ich auch nicht Ja sagen. Noch nicht.

Bald.

Mit leicht gequältem Grinsen legt er mir einen Finger auf die Lippen. »Du brauchst nichts zu sagen. Ich weiß, dass du noch nicht bereit bist.« Er verlässt mein Zimmer und schließt die Tür hinter sich.

***

Sebastian wird mich in den Sommerpalast bringen, und bis dahin kann ich nichts tun … außer trainieren.

Als ich wieder allein bin, gleite ich in die Schatten und erkunde den Palast, wie ich es schon so oft getan habe. Ich gehe an Riaan und ein paar Mitgliedern der königlichen Garde vorbei, die sich im Flüsterton über irgendetwas streiten. Kurz überlege ich, bei ihnen stehen zu bleiben, aber ich bin heute nicht daran interessiert, Sebastians Wachen auszuspionieren. Nicht, solange mir das schlechte Gewissen so sehr zusetzt. Aber ich muss meine Fähigkeiten testen.

Sonst gehe ich nie in den Ostflügel des Schlosses, wo die Gemächer der königlichen Familie liegen. Er ist immer zu hell erleuchtet, aber ich muss meine Grenzen testen und versuchen, meine Gabe in helleren Bereichen einzusetzen. Wenn ich den gut beleuchteten Flur verdunkeln kann, der zu Sebastians Zimmern führt, bringe ich vielleicht auch den Mut auf, etwas noch Schwierigeres zu wagen.

Ich lächele, als ich die zweite Wache passiere und mich zu seiner Tür schleiche. Ich lächele noch mal, als ich mich daran erinnere, dass Sebastian jetzt von meinen Fähigkeiten weiß. Ein Geheimnis weniger. Ich könnte ihm eine Nachricht hinterlassen, damit er weiß, dass ich hier gewesen bin. Ich könnte vorschlagen, dass wir uns treffen, wenn seine Regierungsgeschäfte vorbei sind.

Stimmen dringen an mein Ohr und ich schlüpfe durch die Tür, ohne sie zu öffnen. Oder ich überrasche ihn einfach jetzt.

Weibliches Gelächter begrüßt mich im Zimmer und die dazugehörige Stimme sagt: »Prinz Ronan, Ihr seid ein Dämon.«

Der Anblick, der sich mir bietet, fährt mir wie ein Messer in die Brust. Ich schnappe nach Luft, aber ich kann nicht atmen. Meine Lungen haben keinen Platz, sich zu entfalten, denn mein Herz ist in tausend Splitter zerborsten. Sebastian und ein Menschenmädchen stehen eng umschlungen vor mir. Seine Stimme ist tief und rau, als er ihr etwas ins Ohr murmelt. Ihr Rock ist bis zu den Hüften emporgeschoben, und sie hat ein blasses Bein um seine Schenkel gelegt. Sein Mund öffnet sich an ihrem Hals, und sie stöhnt leise und lustvoll.

»Nein!« Das Wort bricht aus mir heraus, bevor ich es verhindern kann, aber sie sind zu sehr aufeinander konzentriert, um mich zu hören. Ich weiche zurück und knalle gegen die Tür, die ich nie geöffnet habe. Die Schatten sind mir entglitten, und ich brauche all meine Konzentration, um wieder in sie zu schlüpfen und auf den Flur zurückzugleiten, und all meine Kraft, um meine Magie zu beherrschen, während ich zurück zu meinen Zimmern haste. Schon im Flur des Gästetrakts bin ich wieder körperlich sichtbar, und als ich endlich in meinem Zimmer bin, schließe ich nicht einmal die Tür hinter mir, bevor ich wie Espenlaub zitternd zu Boden sacke.

Das kann nicht sein. Das würde er niemals tun. Das war nicht Sebastian.

Vielleicht gibt sich ja ein Fae mit Formenwandler-Magie als Sebastian aus, um sich an die Mädchen heranzumachen, oder vielleicht … vielleicht …

Vielleicht glaubt Sebastian nicht daran, dass ich ihn heiraten werde, und er tut genau das, was er mir angekündigt hat. Vielleicht versucht er, eine Braut zu finden. Seine königliche Pflicht zu erfüllen.

Doch … hätte ich niemals auch nur im Traum daran gedacht, dass er mit einer anderen zusammen sein könnte, wenn er nicht gerade bei mir ist und mich umwirbt und küsst. Schläft er mit den anderen Mädchen? War es unglaublich naiv von mir, das nicht einmal in Betracht zu ziehen? Ich wusste, dass er sich darauf vorbereiten würde, eventuell eine andere Braut zu wählen, aber dieser Schmerz, der mich zerreißt, rührt nicht daher, dass er sie geküsst hat, sondern daher, dass er nicht aussah, als wolle er damit aufhören. Was ich gerade gesehen habe, war keine Pflichterfüllung im Dienste der Krone, sondern Leidenschaft und Vergnügen – genau das, was ich ihm angeboten hatte, bevor er mich wegen einer »Konferenz« abgewiesen hat.

Ich fühle mich wie ausgehöhlt, und ich kann mich nicht entscheiden, ob ich lieber haltlos weinen oder in sein Zimmer stürmen und ihn anschreien will. Ich weiß nur, dass ich irgendetwas tun muss. Ich kann nicht einfach wie ein trauriges kleines Mädchen hier untätig sitzen, bis er zurückkommt und mir eine Erklärung dafür liefert, warum er gelogen hat. Warum er aus meinem Bett in die Arme einer anderen Frau geflüchtet ist.

Es tut weh. Ich drücke meine geballte Faust an meine Brust und flehe verzweifelt darum, dass dieser Schmerz aufhört. Ich will nicht zu den Mädchen gehören, die wegen eines Mannes zerbrechen, doch wie soll ich akzeptieren, was ich gerade gesehen habe? Keuchend ringe ich um jeden Atemzug. Ich werde nicht zulassen, dass Sebastian mich in ein jämmerliches Häufchen Elend verwandelt. Ich dachte, er wolle mich. Es war so dumm, zu glauben, ich sei etwas Besonderes.

Ich hatte nicht erwartet, dass ich ihn ganz für mich haben wollte, auch nachdem ich wusste, wer er wirklich war. Mir war nicht klar gewesen, dass die Vorstellung, er könnte sich für eine andere entscheiden, mir so wehtun würde. Trotz der Lüge über seine wahre Identität glaubte ich ihm, als er mir sagte, ich sei diejenige, die er wollte. Ich zweifelte keinen Moment lang daran.

Ich sollte mit ihm reden. Zumindest sollte ich ihm sagen, was ich fühle, aber ich kann mir keinen Streit erlauben. Er darf unseren Ausflug zum Palast der Gelassenheit nicht absagen, und er darf sich auch nicht darüber wundern, warum ich trotz meiner Wut immer noch hierbleibe und so tue, als wäre alles in Ordnung. Sebastian *kennt* mich. Niemals würde er mir glauben, dass es mir nichts ausmacht, ihn mit einer anderen Frau zu erwischen.

Ich stehe auf. Ich muss mich unbedingt zusammenreißen. Ich bin nur aus einem einzigen Grund hier: um meine Schwester zu retten. Irgendwann habe ich angefangen zu glauben, dass daraus mehr werden könnte, dass Sebastian und ich eines Tages …

Egal. Wenn Sebastian abhaut, sobald es zwischen uns leidenschaftlich wird, nur um kurz danach eine andere zu knutschen, dann soll er doch. Wir reisen zum Palast der Gelassenheit, das ist alles, was zählt. Und bis es soweit ist, werde ich nicht hier im Zimmer sitzen und mir wegen eines Jungen die Augen ausheulen.

Alles, was ich brauche, ist ein bisschen Tanzmusik und ein Glas Fae-Wein. Heute Abend werde ich versuchen, mich abzulenken und mich zu verlieren. Ab morgen werde ich mich wieder auf meine Aufgabe konzentrieren. So ist es besser. Gut, dass ich jetzt weiß, woran ich bin. Gut, dass ich mich nicht mehr von Sebastian und den Träumen von einer unmöglichen Zukunft ablenken lasse.

Als ich in den Ballsaal komme, wo laute Musik dröhnt und sich tanzende Körper winden, sehe ich Riaan. Ich zwinge mich, Sebastians goldblondem Freund ein Lächeln zu schenken.

»Guten Abend.«

»Abriella«, strahlt er. »Wie schön, dass du hier bist. Wo ist Sebastian?«

»Mit einer anderen Frau beschäftigt.« Die Antwort platzt aus mir heraus, bevor ich es verhindern kann, aber ich kaschiere die Worte mit einem Lächeln, als wären sie nicht das Messer, das sich in meiner Brust dreht. Jedes Mal, wenn ich blinzele, sehe ich Sebastians Hand unter den Rock dieses Mädchens gleiten. Es ist, als würde ich wieder und wieder an der gleichen Stelle geschlagen. In eine offene Wunde, die mit jedem Schlag tiefer und klaffender wird.

Sein Lächeln erstirbt. »Ich bin sicher, er wäre lieber bei dir.«

»Oh, sicher nicht.« Seinem wissenden Blick ausweichend beobachte ich die Party. »Er hat mich sitzen lassen, um sich mit ihr zu treffen. Aber das macht nichts. Zumindest weiß ich jetzt, woran ich bin.«

»Das weißt du eben nicht«, sagt er kopfschüttelnd. »Er würde dir alles geben. Abriella, schau mich an.« Als ich seiner Aufforderung nachkomme, geht er ein bisschen in die Knie, bis wir auf Augenhöhe sind. »Mein Prinz will dich mehr als alles andere. Wenn er gerade mit einer anderen Frau zusammen ist, dann nur, weil es ihn so verletzt hat, dass du Zeit mit Finnian verbracht hast.«

Ich bin fassungslos. Riaan weiß davon? Habe ich denn überhaupt keine Privatsphäre mehr?

»Er erzählt mir alles«, sagt er. »Wenn er dir etwas bedeutet und du nicht verlieren willst, was ihr beide habt, dann musst du sein Vertrauen zurückerringen.«

»Das will ich«, sage ich, aber mit Wollen hat das nichts zu tun. Meinem Herzen ist Sebastians Vertrauen im Augenblick scheißegal, aber für meine Mission … *brauche* ich sein Vertrauen. »Aber als ich Sebastian gefragt habe, was ich dafür tun muss, sagte er, er wolle mich nicht zu etwas drängen, wozu ich nicht bereit sei.«

»Es gibt nur einen ultimativen Vertrauensbeweis zwischen einem Menschen und einem Fae.«

»Der Bund«, flüstere ich. Das hat Sebastian gemeint. Er will, dass ich einen Lebensbund mit ihm eingehe. Aber das kann ich nicht, solange ich Mordeus' Artefakte noch nicht gefunden habe. Wäre ich an Sebastian gebunden, wüsste er immer – sei es auch nur vage –, wo ich bin und was ich tue. Aber sobald Jas in Sicherheit ist und ich Sebastian endlich die Wahrheit sagen kann – wäre ich dann wirklich bereit, mich an ihn zu binden, um ihm zu beweisen, dass er mir vertrauen kann? Wobei das ehrlich gesagt im Moment nicht das größte Problem ist. Nach dem, was ich heute gesehen habe, weiß ich nicht, wie sehr ich Sebastian noch vertraue.

»Du brauchst keine Angst davor zu haben«, sagt Riaan und lächelt mir beruhigend zu. »Es ist eine Intimität, die deine Vorstellungskraft übersteigt. Eine Verbindung, die so innig ist wie keine andere sonst. Denk … einfach darüber nach.« Er richtet sich auf, als jemand nach ihm ruft. Er winkt kurz, dann wendet er sich wieder mir zu. »Und jetzt sag mir, wie ich dir helfen kann, diese schöne Party zu genießen.«

»Geh nur. Mir gehts gut.«

»Sicher?« Er mustert mich einen Moment.

»Ja. Ich gehe jetzt *tanzen*«, sage ich mit gezwungenem Lächeln.

»Kluges Mädchen.« Er stupst mir mit dem Zeigefinger auf die Nase, dreht sich um und geht zu seinen Freunden.

Im Seelie-Palast findet jede Nacht eine Party statt. Anscheinend verbringen die meisten Bewohner ihre Abende am liebsten mit Trinken und Tanzen, aber abgesehen von Litha wollte ich noch nie mitmachen. Ich habe immer Ausreden gefunden. Wenn meine Anwesenheit doch mal erforderlich war, ließ ich mich nur kurz auf dem Ball blicken und ging dann sofort wieder. Aber heute lehne ich den Fae-Wein, den man mir anbietet, nicht ab. Ich reiße ihn dem Kellner förmlich aus der Hand und leere ihn in zwei Zügen, bevor ich mir das nächste Glas nehme.

Ich will wieder die Zügellosigkeit spüren, mit der ich an meinem ersten Abend hier getanzt habe. Die tröstliche Wärme, die Mordeus' Wein mir geschenkt hat. Ich will all meine Sorgen und meinen Liebeskummer vergessen. Ich will, dass mir der Wein die nächsten Stunden raubt, damit ich dieses niederdrückende Gefühl der Enttäuschung nicht länger ertragen muss – enttäuscht von Sebastian und von mir selbst.

Als ich das zweite Glas an die Lippen setze, tanze ich schon. Meine Glieder fühlen sich leichter an, und meine Sorgen verflüchtigen sich. In diesem Augenblick bin ich frei. Ich bin wie die Vögel, die durch den Nachthimmel fliegen. Der Drachen ohne Schnur, der auf einer Brise tanzt.

Um mich herum nehme ich verschwommen den Jubel, die lächelnden Gesichter und das Lachen der anderen Gäste wahr, aber größtenteils bin ich ganz woanders. Gleichzeitig hier und nirgendwo. Ich bin frei.

Die Zeit hat ihre Bedeutung verloren, als Riaan wieder an meiner Seite auftaucht. Sein Lächeln ist breit. »Wie fühlst du dich, Abriella?«

Ich lege den Kopf schief und grinse. »Schön.«

Er senkt seinen Mund an mein Ohr und flüstert: »Versag dir nicht den Mann, den du willst. Hab keine Angst vor diesem Leben.«

»Heute Abend habe ich vor nichts Angst.« Ich strecke die Arme über dem Kopf aus und schwinge meine Hüften im Takt der Musik.

»Gut.« Riaan fasst mich um die Taille und drehte mich in Richtung Ausgang. »Er hat das Mädchen nach Hause geschickt und ist allein in seinen Gemächern. Vielleicht könnt ihr heute Nacht beide bekommen, was ihr wollt.«

Ich entwinde mich seinem Griff. »Meinst du den Bund?«

Er wirft mir einen vielsagenden Blick zu und verzieht den Mund zu einem schiefen Grinsen. »Unter anderem.«

»Aber das geht nicht«, jammere ich. Oh, ich lalle. Ich glaube, ich tanze immer noch. Ich weiß nicht, wie ich aufhören soll. Ich will auch nicht aufhören. »Ich kann dir nicht mal sagen, wieso, sonst verliere ich meine Schwester für immer.«

Ein unergründlicher Ausdruck huscht über sein Gesicht, und seine Augen wirken einen Moment lang sehr ernst. »Sebastian wird immer einen Weg finden, um deine Wünsche zu erfüllen.«

»Gerade will ich nur tanzen!« Von einem vorbeigehenden Kellner nehme ich mir ein neues Glas Wein.

»Dann tanz.« Riaan stößt sein Glas gegen meins. »Es ist mir ein Vergnügen, meiner zukünftigen Königin zu Diensten zu sein.«

Seine Worte bringen Erinnerungen an Sebastian und das Mädchen zurück, ineinander verschlungen in den Schatten seines Zimmers. Ich will diese Gedanken nicht zulassen und die schlechten

Gefühle, die mit dieser Erinnerung verbunden sind, nicht spüren. Also kippe ich mir das dritte Glas in den Mund und trinke so schnell, dass ich husten muss.

Die Musik verändert sich … oder vielleicht bin es auch ich? Mein schwereloser Körper fühlt sich auf einmal völlig anders an. Ich bin mir mit jeder Faser meines Seins bewusst, wie meine Glieder durch die Luft gleiten und meine Hüften sich im Takt schwingen. Warum ist mir bisher nie aufgefallen, wie schön es ist, einen Körper zu haben? Arme und Hände? Die Luft an meiner Haut zu spüren. Ich will mehr davon.

Ich greife hinter mich, um mein Mieder aufzuschnüren, aber jemand hält mich auf. »Abriella, lass das«, sagt Emmaline und packt mich an den Schultern.

Ein paarmal blinzele ich meine Zofe an, aber sie verschwimmt vor meinen Augen, und wenn ich genauer hinsehe, dann ist sie kein Mädchen, sondern *Pretha*. »Preeethaaa«, krähe ich ausgelassen. Ich streiche über ihr glattes Gesicht und versuche, ihre wahre Gestalt auszumachen. »Du bist so schön. Warum verwandelst du dich immer in etwas, das du nicht bist?«

»Wir gehen«, sagt sie. »Hör auf damit!« Sie schlägt meine Hände von den Schnürbändern meines Mieders ab.

»Wir sollten unsere Kleider ausziehen und die Luft auf unserer Haut spüren«, flüstere ich ihr verschwörerisch zu. »Es ist schön, eine Haut zu haben, die so viel *fühlt*. Ich will nur noch mit meiner Haut fühlen, nicht mehr mit meinem dummen Herzen.«

»Du stehst unter Drogen«, sagt sie. »Du weißt nicht, was du willst.«

»Da hast du recht.« Weil es einfacher ist, ihr zu folgen, als mich gegen sie zu wehren, lasse ich mich aus dem Saal führen. Ich will dieses wundervolle Gefühl nicht durch Streit ruinieren.

Bisher haben wir den Palast immer in einer Kutsche verlassen, aber heute führt sie mich zu einer neuen Tür im Flur. »Wo kommt die denn her?«, frage ich, da hat sie mich bereits hineingezogen, und auf einmal stehen wir in dem stillen Wohnzimmer eines warmen Hauses.

KAPITEL 26

Leicht schwankend bleibe ich stehen. »Magie schmeckt wie ein Regenbogen«, seufze ich. »Oh Götter«, murmelt Pretha.

Auf dem Boden liegt ein Teppich und in den Wandleuchtern brennen Kerzen. Ein wunderbarer Platz, um in einem Buch zu schmökern, aber heute Nacht will ich nicht lesen. Heute Nacht will ich *fühlen*.

Ich packe Pretha am Arm. »Ist das euer neues Haus? Es tut mir so leid, dass ihr wegen mir umziehen musstet. Es tut mir leid, dass er wegen mir eine andere Frau küsst.« Kopfschüttelnd wendet Pretha sich ab. Zu schade. Sie hat wieder ihre eigene Gestalt angenommen, und sie ist so hübsch, aber dann sehe ich, wen sie anschaut, und ich verstehe.

»Finn.« Ich stolpere auf ihn zu. »Du bist auch schön. So schön, dass du mich immer ablenkst, wenn du in der Nähe bist. Habe ich dir das schon mal gesagt? Sebastian wäre so sauer, wenn er das wüsste.« Ich kichere. »Vielleicht sollten wir es ihm gleich sagen. Würde ihm recht geschehen.«

»Man hat sie unter Drogen gesetzt«, sagt Pretha.

»Eindeutig«, sagt Finn. Seine schönen Silberaugen funkeln amüsiert. »Bring sie nach oben.«

Finn geht vor uns eine breite Treppe hinauf, gestützt von Pretha folge ich ihm bis zum oberen Treppenabsatz und in ein großes Schlafzimmer. Ich nehme alle Details in mich auf – die großen, alten Teppiche, das Kerzenlicht, das riesige Bett. Mein Blick bleibt am Bett hängen und verharrt dort, bis mein Gehirn anfängt, sich auszumalen, wie Finn dort liegt, seitlich auf einen Ellbogen gestützt. Er würde auf mich herunterlächeln und ich würde die kühlen, weißen Laken auf meiner nackten Haut spüren, ein aufregender Kontrast zu der Wärme seiner Fingerspitzen, die genau so über meinen Bauch streicheln wie in der Nacht, als wir uns in der hintersten Ecke der Kerkerzelle versteckt haben.

Meine Augenlider schließen sich, und ich lasse mich in die Fantasie hineinfallen.

Vage wird mir bewusst, dass ich zu Boden sinke.

Wärme an meiner Seite, als jemand mich in den Armen auffängt. Es sind Finns Arme, er hat mich vom Boden aufgehoben, und seinen Duft so aus nächster Nähe zu riechen, legt einen Schalter in mir um. Das dumpf schmerzende Lustgefühl in meinem Inneren erwacht zum Leben und wird immer intensiver, bis ich vor Verlangen zittere. Ich schlinge ihm die Arme um den Hals und vergrabe mein Gesicht an seiner Brust.

Er erstarrt und murmelt dann ein heiseres »Danke«.

Habe ich etwas gesagt? Vielleicht darüber, wie gut er riecht und dass ich manchmal an seine großen Hände denke und mich frage, wie seine hypnotischen Augen wohl vor Erregung geweitet aussehen könnten – nein, das sicher nicht. Dafür würde er sich bestimmt nicht bei mir bedanken.

»Was hast du getrunken? Und wie viel?«

Der Klang seiner Stimme lässt mich die Augen aufreißen – wann habe ich sie denn zugemacht? Sein Gesicht ist mir so nah, wenn er mich auf diese Art trägt. Diese Lippen schweben ganz dicht über meinen. »Nur ein Glas, zwei, drei Gläser«, sage ich. »Ich möchte noch mehr, bitte.«

»Davon bin ich überzeugt«, grummelt er und löst seinen Blick von meinem. Das macht mich traurig. Ich will, dass er nur mich ansieht. »Es ist schon zu spät für das Elixier.«

»Liege ich im Sterben?« Ich muss in Todesgefahr schweben, denn Finn hält mich in den Armen, und er berührt mich so zärtlich. Eine seiner Hände hat er auf meinen unteren Rücken gelegt, die andere streichelt mir über den Hals.

»Du liegst nicht im Sterben. Du bist nur *berauscht*.« Aber er schaut mich nicht einmal an. »Der Prinz war nirgends zu sehen«, sagt Pretha. »Und die Königin ist seit Litha nicht mehr im Palast gewesen, obwohl wir immer noch keine Hinweise darauf haben, dass sie weiß, wer Abriella ist.«

»Wer war es dann?« Seine Stimme klingt bedrohlich, und ich weiß, dass mir das Angst machen sollte – dass er mir Angst machen sollte –, stattdessen verstärkt der Klang das Pulsieren zwischen meinen Beinen nur noch mehr.

High. Betrunken. Unter Drogen gesetzt. Was auch immer mir widerfahren ist, ich bin dafür dankbar, weil ich endlich anders bin als sonst. *Diese* Brie hat keine Angst. *Diese* Brie muss sich nicht mit einem gebrochenen Herzen und dummen Schuldgefühlen herumplagen. Sie darf sagen und machen, was immer sie will, und jetzt will sie Finns Haar zwischen ihren Fingern spüren.

»Deine Locken sind weich.« Ich zwirbele eine um meinen Finger.

Finn flucht. »Sie ist völlig überhitzt.«

Ich drehe mich in seinen Armen und lasse meine Hand von seinem Haar zu seinem Nacken gleiten. Dann lege ich den Mund an sein Ohr. »Ich muss dir ein Geheimnis verraten.«

»Wird sie es überstehen?«, fragt Pretha.

Finn atmet tief ein. Ich bin so fest an ihn gepresst, dass ich mich im Rhythmus seines Atems bewege.

»Ich kümmere mich um sie. Versucht, so viel herauszufinden wie möglich.«

Meine Haut sehnt sich nach seiner Berührung, und ich reibe meine Nase an seinem Hals.

»Brie.« Seine Stimme ist tief und leise. Das heisere Timbre kribbelt über meine sensiblen Nervenenden, aber dennoch registriert ein ferner Teil meines Verstandes seinen warnenden Tonfall.

»Ich habe euch gesehen.«

»Wovon redest du?« Er trägt mich irgendwohin. Weg vom Bett, wie ich enttäuscht feststelle, aber da er mich immer noch in den Armen hält, protestiere ich nicht.

»Sie war mit dir in der Bibliothek. Du hast sie geküsst, das habe ich gesehen.«

»Wer? Kyla?«

»Ist das ihr Name? Was ist mit ihr passiert?«

Behutsam stellt er mich auf die Füße. »Du bist ganz schön neugierig, Prinzessin.«

»Ich habe nach Antworten gesucht. Hat aber nicht funktioniert.« Ich kichere und stolpere dann über die Ecke eines Teppichs. Im letzten Moment fängt er mich auf, dabei streifen seine Daumen die Unterseite meiner Brüste. Ich lehne mich in die Berührung und schaue ihm in die Augen – heute Nacht sind sie eher grau als silbern. Mit dem Zeigefinger fahre ich die Konturen seiner Lippen nach. »Du bist schön. Ich glaube, ich möchte dich küssen. Nur ein einziges Mal.«

Finns Gesichtsausdruck verändert sich, und einen Augenblick lang glaube ich, etwas gesehen zu haben. Begehren? Aber dann ist es schon wieder verschwunden. »Du stehst unter Drogen und bist nicht du selbst.«

»Das stimmt. Ich bin nicht ich selbst. Abriella ist verantwortungsvoll. Stark. Und *langweilig.*« Ich schließe die Augen, lege meine Hand um seine und führe sie über meinen Bauch. »Und einsam«, flüstere ich.

»Wir müssen dich abkühlen.«

Ich liebe den Klang seiner Stimme. Wie eine sanfte Massage prickelt er auf meiner Haut. Er redet weiter – langweiligen Nonsens über Körpertemperatur und Wasser und blablabla –, doch ich schmiege mich enger an ihn und halte seine Hand auf meinem Bauch fest.

»Brie! Abriella!«

Ich reiße die Augen auf. Wir stehen in einem riesigen Badezimmer. Wie sind wir hier reingekommen? Und wann? Finn dreht an den Reglern in der Dusche und nickt dann. »Steig rein.«

Ich schaue ihn an, während ich mein Kleid aufschnüre. Dann lasse ich es an mir herabgleiten, bis es wie ein Satintümpel um meine Füße liegt und ich beinahe nackt bin. Er hält den Blick stur auf mein Gesicht gerichtet. »Sei doch nicht so langweilig«, necke ich ihn und gehe einmal um ihn herum. »Was hat Kyla, das ich nicht habe? Was hat Sebastians Mädchen, das ich nicht habe?«

Ein Muskel in seiner Wange zuckt. »Geh unter die Dusche.«

Leicht schwankend mache ich gehorsam einen Schritt auf die Dusche zu. Ich trage immer noch meine Unterwäsche, die zarte, spitzenbesetzte, die Emmaline und Tess mir immer aufdrängen, aber ich will sie nicht ausziehen. Ich will, dass er sie mir auszieht. Ich will ihn dort drin bei mir haben, das heiße Wasser auf unserer Haut und seine Hände auf meinem Körper spüren. Sebastian ist nicht der Einzige, der sich anderweitig amüsieren kann.

Aber als ich in die geflieste Duschkabine steige, trifft eiskaltes Wasser meine Haut und ich zucke zurück.

Finn versperrt mir breitbeinig und mit verschränkten Armen den Weg. »Es ist eiskalt«, bibbere ich.

»Nein. Deine Körpertemperatur ist nur viel zu hoch.«

Ich blinzele zu ihm auf, während das Wasser auf mich herabströmt, mein Haar und meine Unterwäsche durchnässt. »Lass mich sofort raus.«

»Das geht nicht.«

»Na gut.« Ich hake zwei Finger in seinen Gürtel und ziehe ihn zu mir in die Kabine.

Er schließt die Augen, und ich sehe in seinen verkrampften Gesichtszügen die Wahrheit.

Er begehrt mich. Finn *begehrt mich* und wehrt sich dagegen.

Unter dem nassen Stoff seines Hemdes kann ich seine Tattoos erkennen. Mit beiden Daumen fahre ich die Runen auf seinen Brustmuskeln nach. »Ich mag deine Tattoos.«

»Hör auf damit.«

Soll ich damit aufhören, ihn zu berühren, oder … »Womit?« Probeweise streiche ich über ein Tattoo in Form einer Flamme. »Soll ich damit aufhören?«

Seine Brust hebt und senkt sich so schnell, als wäre er lange gerannt. »Du sollst meine Tattoos nicht mögen«, flüstert er. »Hör auf, Dinge zu romantisieren, von denen du nichts verstehst.«

»Ah, da ist mein mürrischer Schattenprinz ja wieder.« Meine Finger gleiten über die festen mit Tattoos bedeckten Muskeln seines Unterleibs. »Magst du sie nicht?«

»Nicht besonders.«

»Warum hast du sie dir dann machen lassen?« Ich hebe sein T-Shirt an und betrachte eine Rune, die in seinem Hosenbund verschwindet. Sie sieht aus wie ein fünfzackiger Stern, der von einer geschwungenen Linie durchschnitten wird. Ich presse meinen Daumen dagegen und schaue ihm dann direkt in die Augen. »Ich will wissen, wie diese hier schmeckt.«

Seine Augen weiten sich. Mit einem unterdrückten Stöhnen packt er meine Handgelenke und drückt meine Hände gegen die Wand hinter meinem Kopf. »Brie. Beweg dich nicht.«

»Warum nicht? Finn …« Ich wispere seinen Namen wie ein Geheimnis. Weil meine Hände fixiert sind, kann ich ihn nur berühren, wenn ich meinen Rücken wölbe und so meinen Körper gegen ihn drücke, also tue ich das. »Bitte. Ich will begehrt werden. Bedingungslos und ohne Erwartungen. Ich will einen Kuss ohne Forderungen nach einem Versprechen, das ich nicht geben kann. Nur ein einziges Mal.«

Finn schaut mich stirnrunzelnd an. Mit diesem Gesichtsausdruck sieht er jünger aus, weniger ernst. Das ist doch bizarr. Wer sieht denn mit gefurchter Stirn *weniger* ernst aus als sonst?

»Sebastian hat das Mädchen begehrt, das er geküsst hat. Aber mich will er nicht. Jedenfalls nicht so.«

»Glaub mir, Sebastian will dich. Unbedingt.« Bei diesen Worten umspielt seine Lippen ein verächtliches Grinsen, aber als ich meine Hüften kreisen lasse und mich noch fester an ihn dränge, verschwindet es genauso schnell wieder, wie es erschienen ist. Sein Adamsapfel hüpft, als er mühsam schluckt.

»Alle wollen etwas von mir, mich selbst will niemand. Er geht jedes Mal fort, wenn ich ihn küsse. Wahrscheinlich, weil ich ihm nicht versprechen will, seine Braut zu werden. Aber von *ihr* wollte er nicht fortgehen. *Sie* wollte er weiter küssen.«

»Er ist ein Idiot«, presst Finn zwischen zusammengebissenen Zähnen heraus.

Das bringt mich zum Lächeln, aber ich versuche, es zu unterdrücken. »Aber du … manchmal siehst du mich an, als würdest du mich begehren – wenn du nicht gerade aussiehst, als würdest du mich verabscheuen. Finn …« Ich atme aus, und es klingt wie ein Wimmern. »Berühre mich.«

»Ich werde nicht mit dir ins Bett gehen, weil dein Prinz deine Gefühle verletzt hat.«

Ich versuche, meine Hände zu befreien, aber er packt mich nur fester. »Kannst du nicht so tun, als ob?«, frage ich. »Einen Moment lang? Mich küssen, wie du sie geküsst hast?«

»Wen?« Seine Brust hebt und senkt sich im Rhythmus seines schweren Atmens, und sein Blick wandert immer wieder zurück zu meinem Mund.

»Das Menschenmädchen, das Kane als Tribut zu dir gebracht hat. Ich habe sie in deinen Armen gesehen und … hätte am liebsten den Platz mit ihr getauscht.«

Einen endlosen Moment lang erstarrt Finn. Nur seine Kehle zittert, als er schluckt.

Meine Haut ist so heiß. Viel zu heiß. Und das Wasser ist zu kalt. Und mein Körper fühlt sich nur an den Stellen genau richtig an, die ihn berühren. Wenn Sebastian wüsste, was ich für Finn empfinde, wenn er wüsste, dass ein Teil von mir Finn begehrt, dann würde er mir das niemals verzeihen. Aber was zählt schon eine weitere Sünde gegen ihn? Würde es einen Unterschied machen? Er hat mich heute Nacht zurückgewiesen. Warum sollte er sich für mich entscheiden, nachdem er die Wahrheit erfahren hat?

»Er würde sich immer noch für dich entscheiden«, sagt Finn stirnrunzelnd. Wie viel davon habe ich laut gesagt? Im Moment kann ich mir darüber aber beim besten Willen keine Sorgen machen, denn meine Haut kribbelt, als wäre sie dazu gemacht, berührt zu werden. Finn hat seinen Griff um meine Hände gelockert und streichelt jetzt sanft mit den Daumen über die Innenseiten meiner Handgelenke.

»Ich will dich berühren.« Ich winde mich an ihm.

Mit seinem Körpergewicht drückt Finn mich gegen die Wand, um meine Bewegungen zu stoppen, einen muskulösen Oberschenkel hat er zwischen meine Beine geschoben. Sein Mund senkt sich in meine Halsbeuge. Meine Haut ist so glühend heiß, dass sich sein Atem wie eine kühle Liebkosung anfühlt. »Be… beweg dich einfach nicht. Dieses Gefühl geht vorbei.«

Auf der Suche nach Erlösung reibe ich mich an ihm. »Es tut weh.« Mir ist vollkommen egal, wie erbärmlich ich klinge. Verzweifelt. Es zählt nur die sengende Hitze, die in meinem Leib brennt, und das Verlangen, das in meinem Blut brodelt.

»Ich weiß.« Finn hat sein Gesicht an meinem Hals vergraben und ich höre seine gemurmelten Worte durch das Rauschen in meinen Ohren kaum.

»Liegt es an mir?« Meine Stimme bricht. *Es liegt an mir. Ich bin nicht genug.*

»Niemals.«

»Dann beweis es.«

Als er seine Zähne in meinen Hals gräbt, schnappe ich nach Luft, aber dann schnellt seine Zunge über meine Haut und verwandelt den stechenden Schmerz in pures Vergnügen. Mein Blut pulsiert an der Stelle und fleht stumm um noch mehr Aufmerksamkeit.

Ich gebe mich ganz meinem Instinkt hin – und meinem Bedürfnis, meinen wild kreisenden Gedanken zu entkommen. Meine Hüften bewegen sich wie von selbst und reiben mein Zentrum an seinem muskulösen Schenkel, mein Körper bettelt um *mehr*. Aber

Finn hält meine Handgelenke weiter fest umklammert und lässt nur seinen Mund und seine Zunge meinen Hals hinaufwandern, bis er sanft in mein Ohrläppchen beißt. Meine Welt schrumpft auf den Punkt zusammen, an dem unsere Körper sich berühren, und ich reite die Welle meiner Lust, bis sie sich pulsierend in mir bricht.

Finn stöhnt auf. »Brie«, flüstert er, sein Atem eine heiße, zärtliche Geste auf meiner rapide abkühlenden Haut. »Verdammt.«

Ich sacke schlaff und zitternd gegen die Wand, und Finn trägt mich zum Bett.

KAPITEL 27

Benommen drehe ich mich um und drücke mir die Hand auf die Stirn. Mein Mund fühlt sich an, als wäre er voller Sand. All meine Muskeln schmerzen. Ich krümme mich seitwärts zusammen und wimmere.

»Jetzt mach nicht so ein Theater«, sagt Finn.

Sofort bin ich hellwach und setze mich so schnell im Bett auf, dass der Raum sich zu drehen beginnt. Die Erinnerung kommt in Wellen zu mir zurück. Die Party. Das Tanzen und der Wein. Emmalines – nein, Prethas Hand um mein Handgelenk, als sie mich wegzerrte.

Dann Finn. Die Dusche. *Mein Gebettel.* Oh, Götter … so viel Gebettel. Mein Gesicht brennt, und Finn grinst. »Ist was, Prinzessin?« Amüsiert wippt er auf seinen Fersen zurück.

Ich hätte am liebsten den Platz mit ihr getauscht. Nicht einmal mir selbst habe ich es eingestanden, aber letzte Nacht habe ich es ihm gesagt. Schlimmer noch – ich habe mich ihm an den Hals geworfen und er hat mich abgewiesen. Hat mich festgehalten, während ich um seine Berührungen bettelte. Aber trotz meiner Demütigung lässt der Gedanke an seine Lippen auf meiner Haut meine Wangen noch heißer werden.

Ich lasse mich zurück aufs Bett fallen und lege mir die Hände aufs Gesicht. »Geh weg.«

Finn kichert. »Gestern Nacht wolltest du nicht, dass ich weggehe. Genauer gesagt hast du mich angebettelt zu bleiben, als ich dich ins Bett gebracht habe. Die Versprechen, die du mir dabei gemacht hast, waren ziemlich interessant, das muss ich zugeben.«

Ich blinzele ihn zwischen meinen Fingern hindurch an und wie erwartet lächelt der Mistkerl. Sonst lächelt er nie, aber natürlich ist der peinlichste Morgen meines Lebens genau die richtige Gelegenheit für sein breitestes Grinsen. »Ich hasse dich.«

»Gestern Nacht klang das noch ganz anders.«

Ich drehe mich auf den Bauch und vergrabe mein Gesicht im Kissen. »Das war der Fae-Wein. Ich habe das alles nicht so gemeint.«

Meine Worte sind gedämpft, aber seinem Glucksen nach zu urteilen, hat er sie trotzdem gehört.

»So funktioniert das nicht, Prinzessin. Der Wein hat dich enthemmt und erregt, das stimmt, aber wie dir vielleicht aufgefallen ist, hast du nicht *Pretha* in die Dusche gezogen und angefleht, dich zu berühren.«

Richtig. Ich wollte ganz ausdrücklich Finn, und er hat mein erbärmliches Gebettel ertragen müssen. »Das beweist nur, dass ich keinen Funken Geschmack habe«, murmele ich. Ich drehe mich wieder auf den Rücken und denke nach. »Komisch. Fae-Wein hatte noch nie eine solche Wirkung auf mich.«

»Es lag auch nicht am Wein. Sondern daran, was in dem Wein war.« Er stellt drei Fläschchen auf den Nachttisch. »Wenn du dich jemals wieder so fühlen solltest, nimm beim ersten Anzeichen eine davon und zieh dich an einen sicheren Ort zurück. Das Elixier hebt die Wirkung der Droge auf, aber du musst es so bald wie möglich nehmen. Als Pretha dich gestern Abend gefunden hat, war das Zeug schon in deinem Körper und wir mussten abwarten, bis die Wirkung von alleine nachlässt. Viele Fae hätten deinen Zustand ausgenutzt, wenn sie dich so gefunden hätten. Sie hätten dich dazu bringen können … Entscheidungen zu treffen, zu denen du nüchtern nicht bereit gewesen wärst.«

Aber Finn nicht. »Danke«, sage ich.

Er wirft Kleider auf mein Bett. »Hör auf, dir selbst leidzutun, und zieh dich an.«

Ich werfe ihm mein Kissen ins Gesicht. Mit einer Hand fängt er es ab und grinst mich an. Nein, das ist kein Grinsen. Er *lächelt*. Lächeln. Etwas zwischen uns hat sich verändert, also riskiere ich eine Frage. »Wer ist Isabel?«

Seine hellbraune Haut wird blass, aber ausnahmsweise weicht er der Frage nicht aus. »Isabel war die Frau, die ich geliebt habe. Ich wollte sie heiraten und ihr Kinder schenken.« Er schluckt. »Aber sie ist gestorben.«

»Was ist mit ihr passiert?«

Seine silbernen Augen wirken verschleiert, als er sagt: »Sie war ein Mensch.«

»Das tut mir leid, Finn.«

»Aber dass du endlich ein paar Informationen aus mir herausbekommen hast, tut dir nicht leid, richtig?« Ich verdrehe die Augen und er zeigt auf die Kleider auf meinem Schoß. »Du solltest dich anziehen.«

»Warum?«

»Der Prinz will heute Abend mit dir zum Sommerpalast abreisen.«

Ich will gar nicht wissen, woher Finn mehr über meine Pläne mit Sebastian weiß als ich.

»Du willst doch noch dorthin, oder?« Er neigt den Kopf zur Seite. »Zum Palast gehen, das Buch finden und deine Schwester befreien?«

»Natürlich.«

Er verschränkt die Arme vor der Brust. »Also zieh dich an.«

»Erst, wenn du gegangen bist«, kontere ich und zeige auf die Tür.

Seine perfekten Lippen verziehen sich zu einem spöttischen Lächeln, und ich erinnere mich daran, wie sie sich auf meiner Haut angefühlt haben – so weich nach dem Biss seiner scharfen Zähne. »Gestern Nacht hattest du nichts dagegen, dich vor mir auszuziehen.«

»Raus jetzt!«

***

Das Haus ist mir zwar fremd, aber es ist kein Problem, den Weg in die Küche zu finden. Finn wartet mit Kane auf mich, als ich nach unten komme. Sie tragen lederne Reithosen und Lederwesten, haben sich Schwerter auf den Rücken und Messer an die Oberschenkel geschnallt. Ich muss mich zwingen, meinen Blick von Finns kräftigen Beinen abzuwenden – mich dazu zwingen, mich nicht daran zu erinnern, wie nahe ich diesen Muskelsträngen gestern Nacht gekommen bin.

Finn hebt seine Tasse und schaut mich mit lachenden Augen an. »Es gibt Kaffee.« Verlegenheit, Schuld und Scham vermischen sich in mir zu einem Cocktail, der meine Wangen noch heißer brennen lässt als letzte Nacht.

Ich nicke. Mein Kopf tut immer noch weh und mein Verstand ist benebelter, als mir lieb ist. »Danke.« Ich durchquere die Küche und gieße mir eine Tasse des dampfenden, dunklen Gebräus ein.

»Ich habe gehört, du hast eine aufregende Nacht hinter dir.« Kane wackelt mit den Augenbrauen. »Jetzt bereue ich es beinahe, dass ich auf Patrouille gegangen bin, obwohl Finn meine Schicht übernehmen wollte. Ich hätte dir gerne dabei geholfen, das Schlimmste durchzustehen.« Er zwinkert und Finn wirft ihm einen bösen Blick zu.

Ich halte Kanes anzüglichem Grinsen stand. »So viele Drogen gibt es auf der ganzen Welt nicht.«

»Dein Pech«, murmelt er. »Ich weiß wenigstens, wie man sich um jemanden kümmert, dem man Fae-Gras verabreicht hat. Ein richtiger Mann hätte dich nicht vergeblich betteln lassen.«

Entsetzt wirbele ich zu Finn herum, aber er hebt abwehrend die Hände. »Ich habe kein Wort gesagt.«

Kane grinst. »Jalek konnte dich durch die Wände hindurch hören. Altes Haus.«

Als ich aufgewacht bin, glaubte ich, demütigender könnten die Erinnerungen an letzte Nacht nicht werden. Aber da habe ich mich getäuscht.

»Woran kannst du dich erinnern?«

Ich schaue erst Finn, dann Kane an und will gerade den Mund öffnen, um ihm zu sagen, dass ich dieses Gespräch auf keinen Fall vor anderen führen werde, vor allem nicht vor Kane. Egal, wie dünn die Wände sind. Aber dann merke ich, dass beide sehr ernst geworden sind.

»*Bevor* Pretha dich hergebracht hat«, erklärt Finn ungeduldig. »Wer hat dir den Wein gegeben?«

Ich trinke meinen Kaffee und warte darauf, dass meine Erinnerungen an die letzte Nacht in mir hochsteigen. Teile davon sind noch immer verschwommen, aber … »Es waren sehr viele Leute da. Ich habe meinen Wein von einem Kellner bekommen, wie alle anderen auch.« Könnte es sein, dass der gesamte Wein mit Drogen versetzt war?

Finn scheint den Gedanken von meinem Gesicht abzulesen. »Ich habe nichts davon gehört, dass noch irgendjemand nach dem Wein Probleme hatte«, sagt er. »Falls noch jemand anderes unter Drogen gesetzt wurde, hat man die Information unter Verschluss gehalten. Das wäre unmöglich, wenn alle auf der Party Fae-Gras im Wein gehabt hätten.«

Scharf ziehe ich die Luft ein, als mir ein Gedanke kommt, aber dann schüttele ich den Kopf. Das kann nicht sein.

»Was ist?«, fragt Finn. »Verdächtigst du jemanden? Sag es mir.«

»Sebastians Freund Riaan hat auf der Party mit mir gesprochen.«

Kane murmelt einen Fluch. »Natürlich. Hält die Weste seines Prinzen blütenweiß.«

»Was? Nein. Bash hätte nie gewollt, dass ich unter Drogen gesetzt werde, aber Riaan hat mich angesprochen, nachdem ich schon ein paar Gläser hatte und …«

»Und was?«, Finns Stimme ist sanft.

Ich schüttele den Kopf. »Das ist zu persönlich.«

Finns schaut mich so konsterniert an, als wolle er sagen: *Letzte Nacht etwa nicht?*

»Es spielt keine Rolle.«

Kane grunzt. »Doch, das tut es. Was hat er getan?«

»Er hat gar nichts getan.« Meine Wangen werden heiß, als ich mich an das Gespräch erinnere. An Riaans Vorschlag, ich solle versuchen, die Dinge zwischen mir und Sebastian wieder in Ordnung zu bringen. »Er hat versucht, Sebastian ein guter Freund zu sein.«

»Was genau hat er gesagt?«, fragt Finn.

»Ich war sauer, weil ich Sebastian mit einem anderen Mädchen gesehen hatte – einer seiner potenziellen Bräute.«

Finn verschränkt die Arme. »Das hast du gestern Nacht schon erwähnt.«

»Ich bin zu der Party gegangen, um mich abzulenken, aber dann traf ich Riaan und habe ihm erzählt, was passiert ist. Später kam er wieder und hat mir gesagt, das Mädchen sei weg und jetzt wäre ein guter Zeitpunkt, um ... Sebastians Vertrauen zurückzugewinnen.«

Kane starrt mich an. »Warum zum Teufel musst du *sein* Vertrauen zurückgewinnen, wenn er mit einer anderen Frau zusammen war?«

Ich senke den Kopf. »Er soll sich eine Braut aussuchen. Da ich die Position nicht annehmen werde, ist es ziemlich unfair, dass ich mich über sein Verhalten aufgeregt habe.«

»Wie praktisch für ihn.« Kane schnaubt.

Tausend Ausreden für Sebastians Verhalten liegen mir auf der Zunge, aber sie schmecken auch heute noch ziemlich schal, also schlucke ich sie wieder herunter. Ja. Ich wünschte, er hätte offener mit mir über seine körperlichen Beziehungen zu den anderen Mädchen gesprochen. Ja, es tut weh, dass er mein Zimmer verlassen und sich sofort danach eine andere in seins geholt hat. Doch meine komplizierten Gefühle für Sebastian sind durch das, was letzte Nacht mit Finn passiert ist, noch komplizierter geworden ... genauer gesagt, was zwar nicht passiert ist, aber sehr leicht hätte passieren können.

»Hat Riaan vorgeschlagen, dass du dich an den Prinzen bindest?«, fragt Finn durch zusammengebissene Zähne.

»Ja, aber ich war zu verletzt, und ich kann das natürlich nicht tun, ohne die Rettung meiner Schwester zu gefährden.«

»Sieh an. Warst du nicht felsenfest dazu entschlossen, den Bund niemals einzugehen?«

»Kein Wunder«, murmelt Kane. »Der Goldene Prinz hat sie genau da, wo er sie haben will.«

»Ach, verpiss dich, Kane«, sage ich wütend. Dann schaue ich Finn an. »Warum interessiert es dich so sehr, an wen ich mich binde? Oder ob ich das jemals tun werde?«

»Weil so ein Bund Konsequenzen hat, Prinzessin«, sagt er, und die Wut in seiner Stimme verschlägt mir die Sprache. »Wenn du nur einen Augenblick lang denkst …« Das Zuschlagen der Haustür schneidet ihm das Wort ab.

Pretha eilt in die Küche, Lark in den Armen. Blut läuft an ihrem Bein herunter, und das Mädchen schluchzt, als seine Mutter es auf die Küchentheke setzt.

Behutsam legt Finn seiner Nichte eine Hand auf die Schulter. »Alles halb so schlimm. Das ist nur ein Kratzer. Der ist bald verheilt.« Lark nickt, schluchzt aber weiter. Finn macht ein Handtuch nass und drückt es sanft auf das verletzte Knie.

Pretha bemerkt, dass ich ihnen zusehe, und verschränkt die Arme. »Sie kann sich nicht heilen.«

»Der Kratzer wird von selbst heilen«, sagt Finn mit einem Blick über die Schulter zu mir. Dann dreht er sich wieder zu seiner Nichte um und schenkt ihr ein beruhigendes Lächeln. »Stimmts?«

Lark nickt wieder und wischt sich die Tränen ab. Sie hat sich eindeutig dazu entschlossen, für ihn tapfer zu sein.

»Sie heilt wie eine *Sterbliche*«, sagt Pretha, und das Wort klingt in ihrem Mund wie eine üble Beleidigung.

Finn wirft ihr einen warnenden Blick zu, bevor er seine Aufmerksamkeit wieder auf Larks Schramme richtet. »Tut das weh?«

»Die Wunde könnte sich infizieren – so wie bei dir – und was wird dann, Finn?« Ich habe Pretha noch nie so in Panik gesehen.

»Abriella, tu mir einen Gefallen und bring Pretha nach draußen, während ich Larks Kratzer säubere, okay?«

Lieber würde ich bleiben und in Erfahrung bringen, warum Pretha wegen eines aufgeschlagenen Knies das Leben ihres unsterblichen Kindes in Gefahr sieht, aber ich verstehe, warum Finn mich braucht, um sie von hier wegzubringen. Mit jedem aufgeregten Wort aus Prethas Mund wird Larks Gesicht noch trauriger und ihre Tränen fließen stärker.

»Na komm«, sage ich und ergreife sanft ihren Arm.

»Mir geht es gut«, sagt Pretha. Sie reckt das Kinn und ich sehe, dass sie sich in diesem Moment noch mehr um Tapferkeit bemüht als Lark. »Ich verspreche, mich zu beruhigen.«

»Macht einen Spaziergang«, sagt Finn, den Blick auf Larks Knie gerichtet. »Ich habe alles im Griff. Die Wunde blutet nur stark, aber sie ist gar nicht tief.«

Ich ziehe an der Hand meiner Freundin und führe sie zur Hintertür hinaus. Widerwillig folgt sie mir, aber nicht ohne einen letzten verzweifelten Blick auf ihre Tochter zu werfen, bevor wir gehen.

»Warum heilt Lark wie eine Sterbliche?«, frage ich Pretha, als wir auf der Terrasse sind.

»Es ist … eine Art Krankheit. Sie war schon ihr ganzes Leben lang so.« Für jemanden wie Pretha, deren Verletzungen immer schnell und spurlos verheilt sind, muss es schrecklich sein, ihre Tochter nach menschlichen Maßstäben heilen zu sehen. »Gibt es denn kein Heilmittel?«

Sie lacht kurz auf, aber ihr Blick ist ernst, als sie sich die Tränen abgewischt hat. »Was, denkst du, machen wir hier?«

Offenbar weiß ich es nicht. Eigentlich dachte ich, sie suchen Oberons Krone, damit Finn seinen rechtmäßigen Platz auf dem

Thron einnehmen kann. Nur was sollte das mit Lark zu tun haben? Aber dann sehe ich die offensichtliche Verbindung und mein Herz wird schwer. »Diese Krankheit – Finn hat sie auch, nicht wahr?«

Langsam hebt Pretha den Kopf. Sie betrachtet mich lange und scheint mit sich zu ringen. Dann trifft sie eine Entscheidung. »Abriella, alle Unseelie altern und heilen wie Sterbliche. Das ist schon seit zwanzig Jahren so.«

»Aber ich bin mir sicher, dass ich Fae gesehen habe, die schnell heilen.«

Sie nickt und wirkt jetzt ruhiger, aber gleichzeitig resignierter. »Ja, aber die Unseelie nicht.«

»Benutzt Finn deshalb seine Magie nicht? Und soll Lark deshalb ihre nicht benutzen? Weil es irgendwie gefährlich ist und sie jetzt … sterblich sind?«

»Ja und nein. Für Fae sind Magie und Leben eins und bedingen sich gegenseitig. Solange die Unseelie wie Sterbliche altern und heilen, ist der Einsatz von Magie für sie einfach zu kostspielig.«

Leben ist Magie. Magie ist Leben. Finn hat versucht, mir das zu erklären, als er anfing, mich zu trainieren. Kein Wunder, dass Pretha in Panik gerät, wenn sie Lark beim Zaubern erwischt. Damit verkürzt sie unwissentlich ihr eigenes Leben.

»Aber warum? Wie ist das passiert?«

Pretha kommt näher, und das silberne Netz auf ihrer Stirn glüht, als sie meine Schultern ergreift. »Ich wünschte, ich könnte dir mehr erzählen, Abriella, aber es geht nicht.«

»Wie soll ich euch denn helfen, wenn keiner mir etwas sagt? Wie oft habe ich schon nach Finn und seiner Magie gefragt? Oder warum er nicht heilt?«

»Wir haben dich in unser Zuhause gebracht, obwohl der Mann, den du liebst und mit dem du lebst, am liebsten das gesamte Unseelie-Reich vernichten würde. Wie hätten wir dir die Wahrheit anvertrauen können? Wie hätten wir dir unseren größten Schwachpunkt verraten können?«

»Aber jetzt …«, flüstere ich. »Jetzt vertraust du mir?«

Ihr Griff um meine Schultern lockert sich und sie streicht mir über die Arme. »Obwohl ich weiß, dass du dein Leben und dein Herz möglicherweise dem falschen Prinzen anvertrauen wirst, vertraue ich dir. Und, Abriella, das ist keine Kleinigkeit.«

Dem falschen Prinzen? Das würde ja bedeuten, dass Finn mein Herz will. Ist das wahr? Es dürfte keine Rolle spielen. Ich liebe *Sebastian*. Aber … »Erzähl mir alles. Erklär es mir. *Bitte*.«

»*Ich kann nicht*. Wenn ich es versuche …« Sie öffnet den Mund, aber es kommt kein Ton heraus, und sie greift sich an den Hals, als würde sie ersticken.

Ich trete vor. »Pretha? Alles okay?«

Pretha lässt die Hände sinken und erschaudert am ganzen Körper. »Wie ich schon sagte«, krächzt sie mit heiserer Stimme, »ich kann nicht.«

»Ist das ein Zauber? Ist es dir verboten, darüber zu sprechen?«

Sie nickt nicht, aber ich erkenne ihre Antwort daran, wie sie meinen Blick festhält. Zu mehr ist sie körperlich nicht fähig.

»Okay.« Ich will nicht, dass sie sich noch mehr verletzt. »Ich verstehe. Sag mir, was ich tun kann, um euch zu helfen.«

»Finde das Grimoricon und bringe es zum Unseelie-Palast.« Das Unseelie-Königreich. Mordeus. »Mordeus hat aber Magie«, sage ich. »Ich habe schon oft gesehen, dass er seine Fähigkeiten benutzt hat. Ist er von der Krankheit verschont geblieben?« Denn sicherlich würde er sein eigenes Leben nicht dadurch verkürzen, dass er seine Magie auf so unwichtige Dinge verschwendet, wie eine Karaffe Wein in seiner Hand erscheinen zu lassen.

»Mordeus ist zu allem bereit, um seine Macht aufrechtzuerhalten – und er würde noch viel mehr tun, um noch mehr Kraft zu bekommen. Magie ist ein großer Teil davon.«

»Das verstehe ich nicht.«

»Das weiß ich.« Seufzend dreht sie sich zur Tür um. »Früher fand ich das besser so, aber jetzt bin ich mir nicht mehr so sicher.«

»Pretha«, sage ich, als sie eine Hand um den Türknauf legt. »Nachdem ich die letzten Artefakte für Mordeus gestohlen habe, muss ich mir über eine Menge Dinge klar werden, aber wie auch immer ich mich entscheide, verstehst du … versteht ihr alle hoffentlich, dass das Ganze für mich nicht einfach ist. Seit zwei Jahren habe ich Gefühle für Sebastian, aber Finn …« Ich schlucke. Mein Blick wandert zum Küchenfenster. Drinnen säubert Finn Larks Knie und bringt sie dabei zum Lachen. Ich denke daran, wie er mich letzte Nacht abgewiesen hat, als ich ihn im Drogenrausch wie von Sinnen anbettelte. An sein freches Grinsen heute Morgen. »Finn ist mein Freund. Ich möchte keinen von beiden verlieren.«

Als Pretha sich wieder mir zuwendet, ist ihr Lächeln traurig. »Irgendwann wirst du dich aber entscheiden müssen.«

Ich denke an Sebastian und daran, wie sehr es mich verletzt hat, ihn mit diesem anderen Mädchen zu sehen. Ich denke daran, wie einfach es wäre, sein Verhalten zu entschuldigen, nur damit ich die wenige Zeit nicht opfern muss, die mir noch mit ihm bleibt, bevor er herausfindet, dass der schändlichste Verräter von uns beiden wohl nicht er gewesen ist.

Pretha weiß nicht, wie falsch sie liegt. Eine Wahl wird es für mich nicht geben.

KAPITEL 28

Ich zerbreche einen Strang meines Armbands, und noch bevor ich eine Haarlocke für Bakken abschneiden kann, sitzt er bereits mit übereinandergeschlagenen Beinen vor mir, die Augen geschlossen und die Handflächen auf den Knien. Ich glaube, ich habe ihn beim Meditieren erwischt.

Er seufzt abgrundtief und zeigt dann seine spitzen Zähne in einem scheußlichen Grinsen, als er mich sieht. »Feuermädchen. Ich habe dir doch gesagt, du sollst mich nicht in den Palast der Königin rufen.«

So ist es, aber das hatte ich vergessen. »So ein Jammer«, sage ich achselzuckend.

Überraschend anmutig steht er auf und streckt eine Hand aus. »Bezahlung, bitte.«

Ich ziehe eine Haarlocke vom Haaransatz an meinem Nacken, dicht neben der Stelle, wo ich das letzte Mal eine Strähne abgeschnitten habe. Ich säbele sie ab und gebe sie ihm. »Was machst du eigentlich mit den Haaren?«

»Ist *das* deine Frage für heute?«

»Nein!« Das wäre eine schreckliche Verschwendung. Und es ist mir eigentlich auch egal. Wahrscheinlich bin ich besser dran, wenn ich es nicht weiß. »Ich habe eine andere Frage. Was weißt du über die Krankheit, welche die Unseelie wie Sterbliche altern und heilen lässt?«

»Es ist keine Krankheit.«

»Dann sag mir den Grund! Warum heilen sie so langsam wie Sterbliche?«

Er zieht mein orangerotes Haar zwischen den Fingern durch und sagt halblaut: »Sie wird klüger.«

»Vor allem wird sie ungeduldig«, sage ich und behalte meine Schlafzimmertür im Auge. Heute Abend soll ich mit Sebastian zum Sommerpalast aufbrechen. Als ich in den Palast zurückgekehrt bin, habe ich meine Dienstmädchen hinuntergeschickt, um ihm zu sagen, dass ich noch eine Stunde brauchen würde, um mich auf die Abreise vorzubereiten. Ich kann nicht riskieren, dass Bakken noch hier ist, wenn Sebastian vor meiner Tür steht, aber ich kann auch nicht länger auf Antworten warten. »Sag schon.«

»Als König Oberon vor zwanzig Jahren aus der langen Nacht im Reich der Menschen zurückkehrte, eilte Königin Arya zu ihm. Sie sehnte sich danach, endlich wieder mit ihrer ersten und einzigen Liebe vereint zu sein. Aber Oberon wies sie zurück. Während seiner Gefangenschaft im Reich der Sterblichen hatte sich der König in eine menschliche Frau verliebt. Er sagte, er könne nicht mit der Königin zusammen sein, da seine Liebe einer anderen gehöre. Mit gebrochenem Herzen und voller Zorn darüber, dass er eine schwache Sterbliche ihr vorgezogen hatte, verfluchte die Königin den Unseelie-König und sein ganzes Volk. Von nun an würden sie nicht länger unsterblich, sondern altern und genauso schwach wie Menschen werden.«

»Warum hat Mordeus dann so viel Macht? Ist er kein Unseelie?«

»Weißt du, die Königin war sehr rachsüchtig. Sie wollte nicht nur Oberon und sein Volk bestrafen, sondern auch die Sterblichen. Also gab sie den Unseelie eine Möglichkeit, ihre Kräfte und ihr Leben zu erhalten. Wenn der König nicht sterben oder schwach werden wollte, musste er einem Menschen das Leben nehmen – vielen Menschen, wenn er ein langes Leben haben wollte, und noch vielen mehr, wenn er während dieses Lebens seine Magie benutzen wollte.«

Ein Schauer überläuft mich. Warum wünschen Menschen sich Magie, wenn so viel Böses damit angerichtet werden kann? Ich will mir nicht vorstellen, wie unsere Welt aussehen würde, wenn die Gierigsten meiner Art solche Macht ausüben könnten. Aber dann wird mir klar, was dieser Fluch wirklich bedeutet, und ich muss meine Arme um mich schlingen, um die Fassung nicht zu verlieren. Die Unseelie müssen Menschen das Leben nehmen, um sich zu heilen oder ihre Magie einsetzen zu können. Das ist der Grund, warum das Mädchen als menschlicher Tribut zu Finn kam, als er krank war. Aber nein, das kann nicht sein. Finn würde das niemals tun. Er ist kein Mörder. Er muss irgendeinen Weg gefunden haben, um den Fluch zu umgehen.

Ich dränge den Gedanken beiseite und reibe mir kräftig die Arme, um wieder warm zu werden. »Und warum … verfluchen sie die Königin im Gegenzug nicht auch?«

»Selbst wenn sie unzählige Menschen opfern würden, wäre ihre Macht dafür nicht groß genug.« Sein Blick ist abwesend, als wäre er ganz woanders. Als sähe er nur die weit zurückliegende Vergangenheit, und nicht mich.

»Wie ist so etwas überhaupt möglich? Und warum ist es nicht schon früher passiert, wenn es so einfach ist, ein ganzes Königreich außer Gefecht zu setzen?«

»Weil der Preis für solche Macht viel zu hoch ist. Die Königin war wahnsinnig vor Eifersucht, als sie diesen Fluch aussprach, und zusätzlich zu ihrem jährlichen Opfer zur Sommersonnenwende gab sie noch etwas auf, um die Magie ihrem Willen zu unterwerfen. Sie hat den Seelie die Fähigkeit genommen, die Unseelie zu verletzen – und deshalb endete der Große Fae-Krieg.«

»Das kann nicht wahr sein«, sage ich kopfschüttelnd. »Finn wurde von einer der Wachen der Königin verletzt. Ich habe ihm seine Wunde selbst genäht.«

»Die Wache mag zwar im Dienst der Königin stehen, aber die Seelie können die Unseelie nicht verwunden.«

Ich denke daran, was Finn mir gesagt hat: Die Wachen, die ich für Seelie gehalten hatte, seien in Wahrheit Wilde Fae, die für die Goldene Königin arbeiteten. Damals konnte ich nicht verstehen, warum die Wilden Fae für ihn gefährlicher waren als die Seelie. Jetzt weiß ich es.

»Warum hat mir das niemand gesagt?«

»Der Fluch hindert die Fae daran, über ihn zu sprechen – ein cleveres Schlupfloch, das die Königin eingebaut hat, damit die Menschen die Wahrheit nicht erfahren.«

»Warum kannst du dann darüber reden?«

»Wir Kobolde sind die Hüter der Reiche. Wir sammeln die Geheimnisse, die Geschichte und die Erzählungen. Kein Fluch oder Zauber kann uns davon abhalten, Informationen zu sammeln oder weiterzugeben, aber meine Sippe und ich hüten uns davor, die Königin zu verärgern, indem wir ihre Geheimnisse weithin preisgeben. Ihr Zorn ist schrecklich. Frag mal die Sluagh, die um den Sommerpalast herumlungern.« Bakken grinst.

»Aber warum hat die Königin den Unseelie erlaubt, durch die Lebenskraft von Menschen ihre Magie zurückzubekommen? Die

Fae achten menschliches Leben so wenig, dass sie dadurch doch kaum beeinträchtigt werden.«

»Weil die Königin wollte, dass die Unseelie genau zu jenen Monstern werden, die sie der Sage nach sowieso schon sind. Sie will, dass die Unseelie Menschen töten. So bestraft sie die ganze Menschheit dafür, dass eine sterbliche Frau König Oberons Herz gestohlen hat.«

»Und trotzdem will sie, dass ihr eigener Sohn eine Menschenfrau heiratet.« Ich habe die Königin noch nie gemocht. In meiner ersten Nacht hier habe ich sie vielleicht bemitleidet, als ich die Leere in ihren Augen sah, aber seit ich von den Lagern erfahren habe, verabscheue ich sie. Es ist immer noch kaum vorstellbar, dass der nette Zauberlehrling, in den ich mich verliebt habe, von einer so bösartigen Frau abstammt.

»Sie will, dass ihr Sohn triumphiert, ihr auf den Thron nachfolgt und noch mächtiger wird, als sie es jemals sein könnte. Ihr Sohn selbst ist es, der eine Menschenfrau heiraten will – eine ganz bestimmte Menschenfrau mit wunderschönem, feuerrotem Haar.«

Er stopft meine Haare in den Beutel an seiner Taille. »Ich habe dir mehr gegeben, als für deine Gabe gerechtfertigt ist.« Er hebt die Hand, presst die Finger zusammen und will mit einem Schnipsen verschwinden.

»Warte!«

Bakken lässt seine Hand wieder sinken. »Ja?«

»Kann der Fluch gebrochen werden?«

»Du forderst dein Glück heraus. Gute Nacht, Feuermädchen.«

»Stopp!« Ich ziehe eine weitere Strähne aus meinem Haar nach vorne. »Wenn ich dir noch mehr Haare gebe, sagst du mir dann, wie ich den Fluch brechen kann?«

Wortlos streckt er die Hand aus und öffnet sie langsam.

Ich schließe meine Augen, während ich eine weitere Locke abschneide. Meine Kammermädchen werden einen Anfall bekommen, wenn sie sehen, wie ich mich zugerichtet habe. Aber wenn ich Finn und die Kinder in den Lagern retten kann, wenn ich Lark beschützen und Pretha davor bewahren kann, wegen einer simplen Schramme Todesängste ausstehen zu müssen …

Ich lege die Strähne in seine faltige Handfläche.

»Du bist die Einzige, die den Fluch brechen kann. Die Unseelie haben es zwanzig Jahre lang vergeblich versucht, aber du bist einzigartig, weil es für dich zwei Wege gibt, die Qualen der Unseelie zu beenden.«

Er fängt an, mein Haar einzupacken, aber ich halte das Ende fest, bevor er damit fertig ist. »Und wie?«

Seine Augen blitzen vor Wut und er reißt mir die Haare aus der Hand. »Der Fluch entspringt dem schwarzen, bitteren Herzen der Königin. Solange sie jedes Jahr eine der Ihren opfert, um den Fluch zu nähren, hat er Bestand.«

»Solange sie … eine der Ihren opfert?«

»Zu jeder Sommersonnenwende muss eine Goldene Fae geopfert werden, um den Fluch zu erhalten.«

Mein Magen verkrampft sich. *Jaleks Schwester.* Und wen hat sie dieses Jahr geopfert? Die Unseelie-Flüchtlinge können es sich nicht leisten, noch ein Jahr zu warten, aber … »Wenn dieses Opfer verhindert werden könnte, wäre dann der Fluch gebrochen?«

»Geschwächt, aber nicht gebrochen.«

Ich hasse es, wie Kobolde um die Dinge herumreden.

»Sag mir, wie ich den Fluch brechen und den Unseelie ihre Kräfte zurückgeben kann.«

»Feuermädchen, es liegen zwei Pfade vor dir. Welchen möchtest du beschreiten? Den, auf dem du stirbst, oder den, auf dem du am Leben bleibst?«

Ein kalter Schauer kriecht mir über den Rücken, und ich schlucke. »Den, auf dem ich am Leben bleibe.«

»Wenn dies der Pfad ist, für den du dich entscheidest …« Sein Lächeln ist boshaft. »Dann musst du, um den Fluch zu brechen, die Königin töten.«

Es klopft an meiner Tür. Nicht einmal eine Stunde gönnt man mir.

Ich öffne den Mund, um Bakken zu sagen, dass er verschwinden soll, aber er ist bereits nicht mehr da.

»Abriella?« Der Klang von Sebastians Stimme auf der anderen Seite der Tür wärmt und kühlt mich zugleich. Ich habe den Moment gefürchtet, in dem ich ihn nach letzter Nacht wiedersehen würde, aber trotz meiner immer noch verletzten Gefühle brauche ich ihn mehr denn je.

Weiß Sebastian von dem Fluch? Er muss davon wissen – offenbar wissen alle Fae von ihm –, aber weiß er auch, dass seine Mutter dafür verantwortlich ist? Begreift er, dass Unzählige sie tot sehen wollen – nicht nur wegen der Feindschaft zweier Königreiche, sondern weil sie buchstäblich ihre Kinder dem Tod preisgibt? Ich kann mir nicht vorstellen, dass er es gutheißen würde, Angehörige des eigenen Volkes zu opfern, nur um diesen Fluch zu nähren. Andererseits ist so vieles an Sebastian anders, als ich es mir vorgestellt habe, und deshalb kann ich ihm nicht vertrauen. Ich verstaue den Spiegel der Entdeckung unter meinen Röcken und hülle ihn in Schatten. Dann hole ich tief Luft, öffne die Tür und stehe vor Sebastians schönen Augen in seinem lächelnden Gesicht. Alle Gedanken an Flüche und Opfer werden von den Bildern von Sebastian in den Armen dieser anderen Frau vertrieben.

Reiß dich zusammen, Brie. Konzentrier dich.

Ich schlucke und bitte ihn mit einer Geste herein. »Hi.« Nur eine Silbe, und selbst dabei wackelt meine Stimme. Ich weiß nicht, ob ich es schaffen werde, so zu tun, als wäre die letzte Nacht nicht passiert.

»Wir müssen reden.«

»Okay …« Ich senke den Blick. Ich habe es so satt, Geheimnisse vor ihm zu haben, doch wenn ich das Grimoricon aus dem Sommerpalast stehlen kann, bin ich dem Ende dieser Lügen und all dieser Täuschungen schon so viel näher. Und auch so viel näher daran, Finn und seinen Leuten zu helfen – und langsam wird mir klar, dass ich das wirklich tun möchte.

Ich muss nicht aufschauen, um zu wissen, dass Sebastian näher kommt. Ich bin mir seiner immer *bewusst*, wenn er in der Nähe ist. Er hebt mein Kinn an und sucht meinen Blick. »Ich habe gehört, was gestern Abend passiert ist«

Mein Herz setzt einen Schlag aus, als die Bilder der letzten Nacht vor mir aufblitzen. Die Dusche, so kalt auf meiner heißen Haut, und der feste, unerbittliche Druck von Finns Körper an meinem, sein Mund in meiner Halsbeuge. Wie ich ihn *angefleht* habe …

»Riaan hat mir gerade Bescheid gegeben. Er hätte es mir schon viel früher sagen müssen, aber aus irgendeinem Grund war er der festen Überzeugung, dass du gestern Abend nach der Party in mein Zimmer gekommen bist.« Er schüttelt den Kopf. »Ich wünschte, du hättest es getan.«

Oh. *Oh*. Ich kann ihn nur stumm anstarren. Mein Kopf ist ein einziges Durcheinander von Fragen und Kränkungen und Rechtfertigungen, die ich ihm nicht abnehmen sollte. Aber während ich mich in diesen meergrünen Augen verliere, komme ich in Versuchung, ihm einfach zu vergeben. Alles wäre so viel einfacher, wenn wir an den Punkt zurückkehren könnten, an dem wir waren, bevor er gestern mein Zimmer verließ.

»Das mit dem anderen Mädchen tut mir leid«, flüstert er. »Ich wollte dich auf keinen Fall verletzen.«

»Bash, ein paar Minuten vorher warst du hier drin und hast *mich* geküsst.« Darauf hinzuweisen erfüllt mich mit tiefer Scham. Ich bin eine Heuchlerin. Nur Stunden später habe ich Finn angefleht, mich zu berühren und mich zu küssen. Es ist völlig egal, dass es nicht passiert ist. Ich hätte mich ihm hingegeben, wenn er mich gewollt hätte, und das ist Verrat genug. Ich könnte natürlich dem Cocktail aus Drogen und Liebeskummer die Schuld daran geben, aber …

Sebastians Augen blitzen, als er zurückweicht. Ich sehe so viel in diesem schönen Gesicht – Frustration, Wut, vielleicht sogar einen Anflug von Selbsthass. »Ich habe dir doch gesagt, dass von mir erwartet wird, dass ich eine Braut wähle. Und während du darüber nachdenkst, mein Angebot wenigstens in Betracht zu ziehen, gibt es hier Frauen, die mich heiraten *wollen*.«

»Ich habe dich in mein Bett eingeladen, und du bist abgehauen und hast dir sofort eine andere gesucht.«

Sebastian kneift die Augen zu. »Ich glaube, ich wollte mir einreden, dass das, was ich mit dir empfinde, nichts Besonderes ist. Dass ich dasselbe auch mit einer von ihnen spüren könnte.«

Seine Worte treffen mich wie ein Faustschlag.

»Und? War es so?«

Sein Blick findet meinen Mund, und er schüttelt langsam den Kopf. »Nein. Es ist nie so, egal, wie sehr ich es mir auch wünschen würde.«

Ich drehe mich um und gehe zum Fenster. Ich hasse es, dass er sich wünscht, er würde nicht so viel für mich empfinden, aber gleichzeitig verstehe ich ihn. Das ist das Schlimmste daran: Ich weiß, wie es ihm geht. Ich verstehe zwar nicht, warum er so dringend eine Frau finden muss, und ich verstehe auch diese Welt nicht, in der solche Entscheidungen normalerweise nicht von Gefühlen geleitet werden. Aber wie schwer es sein muss, zu jemandem eine Verbindung aufzubauen, während das Ultimatum seiner Mutter wie ein Damoklesschwert über ihm schwebt? Das verstehe ich. »Es sah aber so aus, als würdest du dich gut fühlen«, sage ich.

»Ich wollte es, aber es ging nicht.« Sebastian atmet tief aus. »Wenn ich für sie dasselbe empfunden hätte wie für dich, dann hätte ich sie nicht nach Hause geschickt.«

»Okay.« Nicht nur mein Schmerz, sondern auch meine Schuldgefühle zerreißen mir das Herz. Gestern Nacht habe ich Finn förmlich angebettelt. Heute Morgen habe ich das Lachen in seinen Augen geliebt, als er mich geneckt hat. Und heute Nachmittag habe ich versucht herauszufinden, wie ich ihn retten kann.

Und ich weiß nicht, was das für Sebastian und mich bedeutet.

»Können wir das alles nicht einfach für einen Abend vergessen?« Seine warme Hand gleitet meinen Arm hinunter, bis sich seine Finger um mein Handgelenk legen. »Ich möchte mich die nächsten zwei Tage nur auf uns beide konzentrieren. Ich will nicht daran denken, dass du mit Finnian trainierst, oder wie stark meine Mutter mich unter Druck setzt, eine Braut zu wählen, oder wie bald schon ich den Thron besteigen muss. Können wir ein Weilchen nur an uns denken?«

»Das fände ich schön.« *Lügnerin.* Er denkt, dass er mich zum Palast der Gelassenheit bringt, damit wir eine schöne Zeit miteinander verbringen können. Währenddessen werde ich mich darauf konzentrieren müssen, das Grimoricon zu finden und es zu Mordeus zurückzubringen.

Er lächelt. »Fühlst du dich gut?«

Misstrauisch kneife ich die Augen zusammen. Weiß Sebastian, dass mich letzte Nacht jemand unter Drogen gesetzt hat? War Riaan etwa doch daran beteiligt? »Ja, warum?«

»Ich bin nach dem Frühstück in dein Zimmer gekommen, aber deine Zofen sagten, du schläfst noch. Das sieht dir gar nicht ähnlich.«

Pretha muss mein Zimmer mit einem Trugzauber belegt haben, damit meine Dienstmädchen glauben, ich wäre hier und würde schlafen … vielleicht hat sie auch eine Fae verzaubert, wie ich auszusehen, die meine Rolle gespielt hat.

»Ich habe gestern Abend auf der Party ein paar Gläser Wein getrunken«, sage ich.

»Ich bin froh, dass du ein bisschen gefeiert hast.« Sein Blick wird weicher. »Ich finde es schön, wenn du an den Veranstaltungen teilnimmst, die im Palast stattfinden.«

Vielleicht sollte ich lieber ein bisschen ehrlicher sein. »Bash, ich glaube, jemand hat mir Drogen verabreicht.«

Er wird blass, und seine wunderschönen Augen werden so stürmisch wie ein tobendes Meer. »Was?«

»Ich habe mich total komisch gefühlt. Mir war heiß und ich war irgendwie enthemmt.« Meine Wangen brennen vor Scham. Gott sei Dank hat nur Finn das Schlimmste miterlebt. »Als meine – meine Zofe mich auf der Party gefunden hat, war ich gerade dabei, mich auszuziehen.«

Er knirscht mit den Zähnen und seine Augen lodern vor Wut. »Ich muss dich etwas fragen, und du musst jetzt ehrlich zu mir sein.«

Wie sollten er und ich jemals eine Chance haben, wenn schon simple Ehrlichkeit eine Bedingung ist, der ich niemals zustimmen kann?

Sebastian fasst mich an den Schultern, sein Gesicht ist ernst. »Hast du gestern Abend Finn oder einen seiner Kumpane auf dem Fest gesehen?«

»Glaubst du etwa, sie haben mich unter Drogen gesetzt?«

»Ich glaube, Finn würde nur zu gern dein Vertrauen gewinnen und dann deine Hemmschwelle senken, damit du etwas Leichtsinniges machst … wie zum Beispiel, dich an ihn zu binden.«

»Ich habe mich gestern an niemanden gebunden.«

»Ich weiß.« Sanft drückt er meine Schultern. »Ich möchte nur wissen, ob jemand es versucht hat.«

Gestern Nacht war ich nur einmal versucht, den Bund einzugehen, und zwar mit Sebastian. Nur mein Handel mit dem König hat mich davon abgehalten, diesem Wunsch nachzugeben. »Aber … warum? Warum ist euch allen dieser Bund so wichtig? Ihr alle tut so, als sei er wichtiger als …« Wichtiger als ich. Das war der eigentliche Grund dafür, dass ich Finn in der Dusche angebettelt habe, richtig? Ich hatte den Eindruck, dass Sebastian ohne das Versprechen auf einen Bund nicht mit mir schlafen wollte, und ich sehnte mich nach dem Gefühl, dass ich auch ohne den Bund genug sein konnte. Daran kann ich den Drogen nun wirklich nicht die Schuld geben.

»Weil er wichtig ist.« Sebastian schaut mich durchdringend an. Er will mir damit noch irgendetwas sagen. Aber vielleicht kann er nicht. Vielleicht hat es etwas mit dem Fluch zu tun?

»Ich würde es Finn und seiner Bagage durchaus zutrauen. Mit einer simplen Bindungszeremonie könnte er dich mir für immer wegnehmen.«

Hatte Finn mich nicht in ganz ähnlichen Worten vor Mordeus gewarnt, kurz nachdem ich hierhergekommen war? Warum glauben beide, mich auf diese Weise warnen zu müssen? Finn war heute Morgen richtig wütend, als ich ihm gestand, dass nur der Handel mit Mordeus mich wirklich daran hindert, mich an Sebastian zu binden. Was hätte er wohl noch gesagt, wenn Pretha nicht mit Lark hereingestürmt wäre?

Ich kann mir jetzt keinen Ärger mit Sebastian leisten, und Finn und seine Freunde zu verteidigen, würde diesen Streit nur verlängern. Also verkneife ich es mir und schüttele den Kopf. »Ich weiß nicht, wer mich unter Drogen gesetzt hat.«

Sebastian drückt meine Hand in seiner. »Wenn wir einander verbunden wären, würde ich sofort wissen, wenn du in Schwierigkeiten steckst. Ich hätte dich letzte Nacht gefunden und dafür gesorgt, dass niemand deine Hemmungslosigkeit zu seinem Vorteil nutzen kann. Ich hasse es zu wissen, wie verwundbar du bist.«

»Ich bin nicht verwundbar – zumindest nicht mehr so wie früher. Ich werde immer besser darin, meine Kräfte einzusetzen.«

Aber Sebastian wirkt nicht beruhigt. »Manchmal ist es gerade deine Magie, die dich so verwundbar macht.«

»Warum sagst du das?«

»Ach, das spielt keine Rolle.« Er drückt mich an seine Brust und ich kann sein Herz rasen hören. »Alles, was zählt, ist, dass du in Sicherheit bist.«

»Ist es wirklich so selten, dass ein Mensch über magische Kräfte verfügt?«

Er stößt ein Lachen aus. »In der Tat.« Er lehnt seine Stirn an meine. »Du bist absolut einmalig, und Finn weiß das. Auch wenn es nicht er gewesen sein sollte, der dich gestern Nacht unter Drogen gesetzt hat, wird er dich auf jeden Fall davon überzeugen wollen, den Bund mit ihm einzugehen. Aber du musst dich weigern, komme, was wolle. Niemand kann dich in einen Bund zwingen. Er muss von beiden Seiten aus freien Stücken eingegangen werden.«

»Aber warum sollte Finn das wollen? Was hätte er denn von einem Bund mit mir?«

Kopfschüttelnd lässt er seine Hände über meinen Rücken zu meiner Taille gleiten und zieht meine Hüften dicht an seine. »Er hätte dann … Zugang zu deiner Magie.«

Und da Finn seine eigene Magie nicht nutzen kann, ohne sein Leben zu verkürzen oder zum Serienmörder zu werden, braucht er meine Magie. Hat er deshalb heute früh mit mir geflirtet und war gestern Nacht so gut zu mir? Ist das der wahre Grund, aus dem er mich trainiert? Ist all dies von langer Hand geplant, um sich mein Vertrauen zu erschleichen und mich zu seiner Marionette zu machen?

Ich kann mich nicht dazu bringen, das zu glauben. Aber Finn hat mir einmal selbst gesagt, dass er alles tun würde, um sein Volk zu beschützen. Warum sollte sein Verhalten mir gegenüber andere Motive haben?

»Ich würde mich nicht an Finn binden«, sage ich halblaut zu mir selbst.

Sebastian schluckt und lächelt mich unsicher an. »Sobald du dazu bereit bist, wird es mir eine Ehre sein, mit dir den Bund zu knüpfen. Ich würde ihn dazu nutzen, um dich zu beschützen, und ich würde niemals zulassen, dass dir etwas passiert.« Er senkt den Kopf und berührt meine Lippen in einem sanften Kuss. »Bist du bereit?«

»Bash … ich kann nicht. Ich brauche mehr Zeit, wenn …«

»Für unseren Ausflug zum Sommerpalast, meinte ich.« Mit den Handknöcheln streichelt er über meine Wange. »Der Bund kann noch warten.« Er dreht sich zum Flur um und gibt ein leises Pfeifen von sich.

Ein Kobold humpelt mit gesenktem Kopf ins Zimmer. Abrupt

schaut er zur Seite und bläht die Nüstern. Er schnüffelt, dann schaut er mich anklagend an. Kann er Bakken riechen? Weiß er, dass ein anderer seiner Art hier war?

»Bring uns zum Sommerpalast«, sagt Sebastian.

»Sehr wohl, Eure Hoheit«, sagt der Kobold, aber als er nach meiner Hand greift, grinst er mich an – diese gefährliche Kreatur, die mein Geheimnis kennt. Sebastian packt die knochige Hand des Kobolds, und ich tue es ihm nach.

Bevor ich tief einatmen und mich auf den schwindelerregenden Koboldtransport einstellen kann, höre ich schon das Geräusch von Wellen, die sich am Ufer brechen. Dann sehe ich das Mondlicht auf dem Wasser glänzen und spüre den Sand unter meinen Füßen.

Salzige Luft kitzelt meine Nase, und das Rauschen der Wellen erfüllt meine Sinne, als ich den Sommerpalast erblicke. Als klein kann man ihn beim besten Willen nicht bezeichnen. Seine vielen Türme scheinen über dem Meer zu schweben, aber direkt vor mir sehe ich die großen Panoramafenster, die, wie ich weiß, zur Bibliothek führen. Und zum Grimoricon.

KAPITEL 29

»Danke«, sagt Sebastian und lässt die Hand des Kobolds los. »Zu Diensten, Eure Hoheit.« Der Kobold schürzt die Lippen und wirft mir ein letztes, verschwörerisches Lächeln zu, bevor er verschwindet. Auch in Elora gibt es Strände, aber ich habe das Meer nur einmal, in meiner Kindheit, gesehen. Ich kann mich kaum noch an diesen Ausflug erinnern. Nur daran, dass ich mit meiner Mutter auf einem Pferd saß und mein Vater neben uns herritt, an meine ersten vorsichtigen Schritte ins Wasser und mein Gelächter, als die Wellen mich umwarfen. Sebastians weißes Haar weht im Wind, er blickt auf den Horizont und die im Meer versinkende Sonne. »Gehen wir ein Stück?«

Ich wende mich vom Palast ab, dem Meer zu. »Das wäre schön.«

Er führt mich am Strand entlang und hält meinen Arm die ganze Zeit an seiner Seite fest, als hätte er Angst, ich könnte verschwinden. Wir gehen mit langsamen Schritten. »Dies ist der Ort, an dem ich am liebsten bin«, sagt er. »Das Rauschen der Wellen hat mich schon immer getröstet. Im Goldenen Palast wimmelt es überall von Dienern und Höflingen. Ich war schon von klein auf lieber hier, durfte aber nicht annähernd so oft herkommen, wie ich wollte.«

»Es ist wunderschön hier. So friedlich.«

Sebastian nickt. »Ich bin in den Wochen, seit du im Palast bist, ein paar Mal hierhergekommen.« Er sieht mich lange an. »Ich musste viel nachdenken.«

Meine Augen brennen. Ich stehe so kurz davor, Jas zu retten, und mehr denn je habe ich schreckliche Angst davor, dass ich in dem Moment, in dem ich sie rette, alles andere verlieren werde. Oder schlimmer noch, dass Mordeus sich irgendwie aus unserem Handel herauswindet und ich auch sie verliere. Waren das nicht Larks Worte in meinem Traum? Ich hatte ihr gesagt, dass ich keine Königin sein will, die im Überfluss lebt, während andere nichts haben. Sie hat mir prophezeit, dass ich alles verlieren würde. War das alles nur ein Traum oder hat sie mich wirklich besucht?

»Hey«, flüstert Sebastian. »Warum diese Tränen?«

Ich schlucke meinen Kummer herunter. »Jas würde es hier gefallen.«

»Es tut mir leid, dass ich sie bisher nicht retten konnte. Mordeus … er hat seine Essenz benutzt, um deine Schwester zu verstecken.« Er sagt das, als wäre es eine schreckliche Nachricht.

»Und was bedeutet das?«

»Das bedeutet, dass wir sie körperlich nicht erreichen können, solange er am Leben ist. Es bedeutet, dass ich deine Schwester nur retten kann, wenn jemand den König tötet.«

»Aber du kannst das nicht machen«, nicke ich, ohne nachzudenken. »Weil die Seelie den Unseelie nichts anhaben können.« Als seine Augen groß wie Untertassen werden, wird mir klar, was ich da gerade gesagt habe. »Nicht wahr?«

Sein Atem geht schneller und er befeuchtet sich die Lippen. »Sag mir, was du weißt.«

Was kann es schaden, wenn ich zugebe, was ich erfahren habe?

Ich verabscheue es, Sebastian anzulügen, und nach dem, was mir gerade herausgerutscht ist, wäre es sinnlos, Unwissenheit vorzutäuschen. »Ich weiß, dass die Unseelie ihre Magie und ihre Unsterblichkeit durch den Fluch deiner Mutter verloren haben.«

Während ich das sage, beobachte ich ihn genau, aber er reagiert nicht. In seinem Gesicht erkenne ich weder Widerspruch noch Bestätigung. Er kann nicht über den Fluch sprechen.

»Ich habe immer geglaubt, die Unseelie seien böse«, fahre ich fort. »Aber das glaube ich nicht mehr. Manche Unseelie sind böse, andere gut. Und manche Goldene Fae sind böse und andere sind gut. Aber vielleicht ... vielleicht versuchen die Unseelie, die uns besonders böse erscheinen, nur das Beste aus ihrer unmöglichen Situation zu machen.«

Sebastian bleibt stehen und schaut auf den Ozean hinaus. »Ich habe dir das nie erzählt, aber in der Litha-Nacht gab es einen versuchten Anschlag auf meine Mutter – durchgeführt von einem Adligen aus dem Hofstaat meiner Großeltern, der übergelaufen war, nachdem meine Mutter den Thron bestiegen hatte.« Er schüttelt den Kopf. »Wir konnten den Verräter festnehmen, bevor er Schaden anrichten konnte, aber irgendwie ... irgendwie ist es Finns Leuten gelungen, in das Schloss einzudringen, an all meinen Wachen und unseren Schutzzaubern vorbeizukommen und den Verräter zu befreien, der seiner eigenen Königin eine Klinge ins Herz stoßen wollte.«

Ich schaue zu Boden, weil ich Angst habe, dass er meine Schuld riechen könnte. »Aber ... offenbar wusstest du das schon.« Der Schmerz in seiner Stimme nagt an meinem Gewissen. »Du wusstest, dass Jalek meine Mutter umbringen wollte, aber du hast mir nichts davon gesagt.«

»Ich wusste nichts von Jaleks Plänen.« Das ist die Wahrheit, und dennoch … Ich senke die Stimme, als ich weiterspreche. »Aber ich werde nicht so tun, als hätte ich ihn aufgehalten, wenn ich davon gewusst hätte.« Ich hebe den Kopf und schaue ihm fest in die Augen. »Ich weiß genau, wie es ist, ununterbrochen zu arbeiten und trotzdem als Gefangener seiner Umstände zu leben. Die *Lager deiner Mutter?* Es ist schwierig, einer Königin, die Unschuldigen so etwas antut, nicht Schlimmeres als den Tod zu wünschen.«

»Ich werde diese Lager nicht verteidigen«, sagt er mit zitternder Stimme. »Aber als so viele Unseelie vor Mordeus' Herrschaft geflohen sind, haben sie unser Königreich überrannt. Unser Volk leidet, und die Königin stellt ihre Untertanen an erste Stelle und beschützt sie vor den Unseelie.«

»Obwohl die Unseelie diejenigen sind, die am dringendsten Schutz benötigen?«

»Finnian hat dir von den Lagern erzählt, aber hat er dir auch erzählt, dass in meinem Reich Hunderte kaltblütig abgeschlachtet worden sind, weil diejenigen, die aus dem Schlamassel in *seinem* Reich geflohen sind, ihre Häuser übernehmen wollten?«

Und wegen des Fluchs der Königin waren diese Goldenen Fae nicht in der Lage gewesen, sich vor den Unseelie zu schützen. Es ist eine scheußliche Vorstellung. »Ich behaupte ja nicht, dass alle Unseelie gut sind«, sage ich. »Und schreckliche Situationen bringen manchmal das Schlimmste in Leuten zum Vorschein, aber …«

»Sie haben immer noch ihren freien Willen. Sie treffen ihre eigenen Entscheidungen, und damit haben sie bewiesen, wer sie wirklich sind.«

»Aber du kannst ein Volk doch nicht anhand dessen verurteilen, was die Schlimmsten unter ihnen angerichtet haben. Ich glaube daran, dass Finn gut ist.«

Sebastian dreht sich mit blitzenden Augen wieder zu mir um.

»Wenn du ihn für so gut hältst, dann solltest du deine Kräfte einsetzen, um seine Katakomben im Land der Wilden Fae zu finden. Schau dir an, was er dort aufbewahrt, und sag mir danach, ob du ihn immer noch für einen edlen Helden hältst.«

Was könnte in Finns Katakomben zu finden sein, das beweisen würde, dass er wirklich so böse ist, wie Sebastian mich glauben machen will?

»Ich kann es nicht ertragen, wie er dich eingewickelt und dich davon überzeugt hat, dass du ihm vertrauen kannst.«

»Er ist mir … ein Freund geworden.«

»Genau das ist es, was er dir weismachen will. Fall nicht darauf herein, ich bitte dich.«

»Ich verstehe einfach nicht, wie du so gegen Finn und sein Volk sein kannst, obwohl deine eigene Mutter für ihr Leid verantwortlich ist?«

»Ich bin nicht gegen die Unseelie.« Sebastian schüttelt den Kopf. »Überhaupt nicht, Brie. Ich hasse es, was unter Mordeus' Herrschaft mit ihnen passiert. Faerie kann ohne Licht und Dunkelheit, ohne Sonne und Schatten nicht existieren. Meine Mutter wusste das, und wenn sie nicht gewesen wäre, dann würden weiterhin jeden Tag Tausende im Großen Fae-Krieg ihr Leben lassen.«

»Hat sie diesen Krieg beendet?«

»Durch *ihr* Opfer haben die Kämpfe aufgehört.«

Er will an das Gute in Arya glauben. Kann ich ihm das wirklich vorwerfen? Sie ist seine Mutter. Aber er ist eigentlich zu klug, um sich all ihre Taten schönzureden. »Ich sehe das anders als du.«

»Du kennst eben nicht die ganze Geschichte.«

»Dann erzähl sie mir – erzähl mir, soviel du kannst.«

Sebastian holt tief Luft. »Einst war meine Mutter die Goldene Prinzessin. Sie war jung und unerfahren und ließ sich von König

Oberon verführen. Sie verliebte sich in ihn, aber ihre Königreiche bekämpften sich seit Hunderten von Jahren, und ihre Eltern waren erbitterte Feinde des Königs und seines Reiches. Solange die Goldene Königin und der Goldene König an der Macht waren, konnte die Prinzessin nie offen mit ihrem Schattenkönig zusammen sein. Aber sooft es ihnen möglich war, nahmen sie menschliche Gestalt an und trafen sich im Reich der Sterblichen, wo man sie nicht für ihre Liebe verurteilte. Ihre Macht war so groß und ihre Magie so stark, dass ihre Liebe die Sonne und den Mond bewegte und das bewirkte, was die Menschen eine Sonnenfinsternis nennen.«

Ich kenne diese Geschichte. Meine Mutter hat uns immer vom Schattenkönig und der Goldenen Prinzessin erzählt. Da Sebastian nicht weiterspricht, fahre ich fort. »Eines Tages ging Oberon allein in das Reich der Menschen, aber Arya konnte nicht zu ihm gehen. Ihre Eltern hatten ihre Liebschaft entdeckt, und sie vereinten ihre magischen Kräfte, um alle Portale zwischen der Menschenwelt und Faerie zu verriegeln. So hinderten sie ihre Tochter daran, ihren Geliebten zu erreichen, und machten es dem Schattenkönig unmöglich, nach Hause zurückzukehren. Die Menschen opferten inzwischen bereits Unschuldige, um ihre Götter zu besänftigen und die Sonne zurückzubekommen.«

War es diese Zeit, die Bakken gemeint hatte, als er von der langen Nacht sprach?

Derselben langen Nacht, über die ich in meiner Kindheit so viele Geschichten gehört hatte?

»Aber trotz all ihrer Gebete und all ihrer Opferungen konnten die Menschen die lange Nacht nicht beenden. Sie hatten keine Macht über die Portale, und der Schattenkönig blieb außerhalb seiner Welt eingesperrt und suchte vergeblich nach einem anderen Weg nach Hause. Von Tag zu Tag wurde seine Magie immer schwächer, bis er schließlich sein wahres Wesen nicht mehr verbergen konnte. Ohne die Magie, die ihn vor den Menschen und ihren Vorurteilen geschützt hatte, war er ihnen ausgeliefert, wurde geschlagen und misshandelt, die Spitzen seiner Ohren abgeschnitten und sein Gesicht mit Fäusten malträtiert.

Und da traf er die Menschenfrau. Sie fand ihn vor ihrem Haus und hatte Mitleid mit ihm. Weil sie es nicht ertragen konnte, ein lebendes Wesen leiden zu sehen, behandelte sie ihn mit Heiltränken, die sie hatte. Sie ließ ihn bei sich wohnen, kümmerte sich um ihn und pflegte ihn gesund. In der langen Nacht, die immer noch andauerte, verliebten sie sich ineinander. Er vergaß die Goldene Prinzessin nie, aber seine Liebe zu der Sterblichen war zu groß, um sie zu leugnen. Als die Portale sich wieder öffneten, wusste er, dass er nach Hause zurückkehren musste. Aber die Sterbliche weigerte sich, ihm zu folgen. Sie wollte ihre Welt nicht verlassen. Dennoch wusste der Schattenkönig, dass er nicht länger mit der Prinzessin zusammen sein konnte. Sein Herz gehörte der Sterblichen.«

Sebastians Augen blitzen wütend auf, und er setzt die Geschichte fort. »In der Zwischenzeit hatte im Reich des Mondes der Bruder des Schattenkönigs dessen Abwesenheit ausgenutzt, um die Macht an sich zu reißen und das Königreich zu übernehmen. Oberon stellte nach seiner Rückkehr fest, dass der halbe Hof seinem Bruder die Treue geschworen hatte, und er konnte nicht auf seinen Thron zurückkehren, ohne einen Bürgerkrieg zu riskieren, den sich sein Volk nicht leisten konnte, während der Große Fae-Krieg weitertobte.

Im Reich der Sonne hatte meine Mutter ihren Platz als Königin der Goldenen Fae eingenommen. Sie flehte den Schattenkönig an, sie zu heiraten, wie sie es einst geplant hatten – wenn nicht aus Liebe, dann wenigstens zum Wohle ihrer Königreiche. Sie versprach ihm, dass sie ihm helfen würde, seinen Bruder zu stürzen, wenn er sie heiraten würde. Danach könnten sie ihre Königreiche vereinigen und so den Krieg zwischen ihnen ein für alle Mal beenden. Aber Oberon weigerte sich. Nicht einmal zum Wohl ihrer beiden Völker wollte er sie zur Frau nehmen. Er liebte sie nicht mehr, und er glaubte immer noch daran, eines Tages seine sterbliche Liebe davon überzeugen zu können, ihm in seine Welt zu folgen.«

An dieser Stelle verstummt Sebastian, also beende ich die Geschichte für ihn. »Daraufhin verfluchte die Königin die Unseelie.«

Ich warte darauf, dass er es bestätigt, aber er starrt nur stumm vor sich hin.

»Du weißt also von dem Fluch«, sage ich, »aber du kannst nicht darüber sprechen, richtig?«

Wieder kann er nicht einmal bestätigend nicken. »In Faerie besitzen die Königsfamilien die mächtigste Magie«, sagt er. »Meine Mutter war die mächtigste Königin, die je den Thron bestiegen hat, aber so große Kräfte zu nutzen, hat einen Preis. Einen Preis, der viel höher ist als der Hass eines ganzen Königreiches.«

»Wie sollten sie deine Mutter denn nicht hassen?«, frage ich so sanft wie möglich.

»Sie hat letztendlich Tausenden von Fae das Leben gerettet, indem sie den Krieg beendet hat«, sagt Sebastian. »Oberon hat sich nur um sich selbst anstatt um sein Volk gekümmert. Er hätte den Krieg dadurch beenden können, dass er meine Mutter heiratete, wahrlich ein kleines Opfer. Aber er hat sich geweigert. Das Opfer, das meine Mutter gebracht hat, war enorm und hat tausende Leben gerettet, aber jetzt liegt sie im Sterben, weil sie den Preis des …« Er zuckt zusammen und schluckt dann mühsam.

Sie hat die Unseelie verflucht und ihr eigenes Volk ihnen gegenüber wehrlos gemacht, denke ich im Stillen, aber ich halte meinen Mund. Die Königin ist seine Mutter, und sie liegt im Sterben. Ich kann ihm jetzt nicht vorwerfen, dass er ihre Fehler nicht wahrhaben will, wenn er Angst hat, sie zu verlieren, und ihren Tod nicht verhindern kann. »Warum hebt sie den Fluch denn nicht einfach auf?«

Als er mich nur stumm anstarrt und nicht antwortet, fällt mir ein, dass er den Fluch nicht so direkt ansprechen kann. Die Qual in seinen Augen bedrückt mich, und ich schlinge ihm die Arme um die Taille.

Sebastian vergräbt seine Hände in meinem Haar, stutzt aber, als seine Finger die kurzen Strähnen berühren, die ich immer unter meinen dicken Locken verstecke. »Was ist denn hier passiert?« Ich schaue zu Boden, aber er hebt mein Kinn an, bis ich ihn ansehe. »Du musst mir nichts verheimlichen.«

Ich habe ihm bereits gesagt, was ich über den Fluch weiß, also kann ich ihm genauso gut erklären, woher ich das alles weiß. »Ich habe Bakken ein paar Strähnen von meinem Haar gegeben, damit er mir von dem Fluch erzählt.« Wieder lässt ihn das Wort *Fluch* zusammenzucken – als wäre es ein Messer, das ihn jedes Mal in den Rücken sticht.

Seine Hände streichen über mein Gesicht und spielen mit den kürzeren Haarsträhnen, die mein Gesicht umrahmen. »Und diese hier?«

»Das war noch in Elora. Er hat mir erzählt, dass Mordeus Jas gekauft hat.« Als er die Stirn runzelt, sage ich achselzuckend: »Es gibt Dinge, die du mir nicht sagen kannst, und manchmal habe ich Dinge getan, von denen ich dir nicht erzählen wollte.« Und das gilt auch jetzt noch. »Außerdem vertraue ich Bakken.«

»Die Geheimnisse der Kobolde sind normalerweise nicht so günstig zu kaufen. Er muss … er muss der Ansicht sein, dass es ihm nutzen wird, wenn er sich mit dir gut stellt. Aber verlass dich nicht zu sehr auf die Kobolde. Wenn sie deine Schwachpunkte finden, dann nehmen sie dich aus, bis du ihnen nichts mehr geben kannst.«

Sanft kneife ich ihn in die Seite. »Schau nicht so besorgt drein, Sebastian. Ich habe noch reichlich Vorrat.«

»Nicht alle Geheimnisse lassen sich mit einer Haarsträhne kaufen, Brie.«

Ich verschränke meine Finger mit seinen und lächele wehmütig, während ich an einer Locke ziehe. »Das wäre aber schön.« Sebastian schaut zum Horizont, wo die goldenen und roten Strahlen der Abendröte tief über dem Wasser leuchten. »Wir sollten jetzt reingehen.« In seiner Stimme liegt ein Hauch von Dringlichkeit.

»Warum?«

Er zeigt auf den Strand, und ich sehe in der Ferne einen Schwarm Raben aufsteigen.

»Die Sluagh?«

»Ja. Nachts streifen sie über den Strand. Das ist einer der Gründe, aus denen meine Mutter nicht mehr oft hierherkommt.«

»Warum gibt es hier Sluagh? Wer ist an diesem Strand gestorben?«

Etwas blitzt in seinen Augen auf. Und als er nicht antwortet, weiß ich, dass es nicht daran liegt, dass er es nicht weiß. Er kann oder will es mir nicht sagen. Auch jetzt noch stehen so viele Geheimnisse zwischen uns, aber wenigstens weiß ich nun, dass er zumindest einige nicht aus freiem Willen für sich behält.

»Na komm.« Er zieht mich in Richtung Palast, und ich folge ihm. Ich weiß nur zu gut, dass es nicht klug ist, dort zu verweilen, wo es Sluagh gibt.

***

Sebastian sagt den Dienstboten, dass er mich herumführen wird, während sie unser Abendessen vorbereiten.

»König Mordeus gehört nicht auf den Thron der Schatten«, sagt er, als wir allein sind, und führt damit unser Gespräch von draußen fort. »Und seinetwegen leidet ganz Faerie. Aber er wird alles dafür tun, um sich die Krone zu sichern, damit der Thron ihn akzeptiert.«

Er nimmt meine Hand und führt mich eine hell erleuchtete Treppe hinab. Nachdem er eine schwere Tür aufgeschoben hat, sehe ich, dass wir uns in einer Art Waffenkammer befinden. Mit großen Augen betrachte ich all die Waffen hier – zahllose Messer und Schwerter, die Reihen von Rüstungen und die an der Wand aufgehängten Langbögen.

Ohne Umwege geht Sebastian zur hinteren Wand und nimmt einen glänzenden, schwarzen Dolch aus einer Halterung, bevor er sich wieder zu mir umdreht und ihn mir anbietet. »Dieser Dolch ist aus Adamant und Eisen geschmiedet. Er wurde vom Schmied der Königin mit Diamantklingen geschärft, und seine Magie hinterlässt Spuren von Eisen in all denen, gegen die du ihn einsetzt.«

Ich nehme den Dolch an mich. Er ist schwer, aber nicht klobig. Als ich meine Finger um den Griff schließe, durchfährt mich ein seltsamer Kraftstoß. Er ist wie geschaffen für meine Handfläche.

»Nur dieser Dolch kann den König töten«, sagt Sebastian. »Trag ihn am besten immer bei dir.«

Überrascht schaue ich ihn an. Er weiß nicht, dass ich für den König arbeite, warum also gibt er mir einen Dolch, mit dem ich ihn töten kann?

»Riaan hat mir gesagt, worüber ihr beide gestern gesprochen habt«, sagt er leise. »Er sagte, du hättest gestanden, dass du Geheimnisse hast. Geheimnisse, die du für dich behalten musst, um deine Schwester nicht zu gefährden.« Er zieht eine Scheide aus einer Schublade und öffnet den schmalen Gürtel, der daran befestigt ist. »Vielleicht dieselben Geheimnisse, die dich dazu gebracht haben, den Spiegel der Entdeckung für dich zu behalten und mir eine Fälschung zurückzugeben.«

Ich schnappe nach Luft. »Das wusstest du?«

»Ja. Und ich habe darauf gewartet, dass du es mir erzählst – dass du dich mir anvertraust –, aber jetzt verstehe ich, dass du das nicht kannst.«

»Ich …« *Er hat es gewusst.* »Wieso hast du dann nichts gesagt?«

»Weil ich dir vertraue, Brie. Egal, ob du mir auch vertraust oder nicht.«

Mit schwerem Herzen sehe ich zu, wie er vor mir niederkniet und den Saum meines Rocks vom Boden aufhebt. Seine Finger streichen über meine Haut, als er die Scheide um meine Wade legt und die Schnalle schließt. Als er mir die Hand hinhält, reiche ich ihm vorsichtig den Dolch. »Du solltest ihn zu deinem Schutz immer bei dir tragen. Verbirg ihn mit deiner Magie, wenn du kannst.«

»Ich …« Wie viel weiß er über meine Magie? Über meine Geheimnisse? »Ich kann es. Ich bin besser geworden.«

Er steckt den Dolch in seine Hülle, und der eng sitzende Gurt und das Gewicht der Klinge an meiner Wade haben etwas Tröstliches. Als er wieder aufsteht, ist sein Gesicht sehr ernst.

»Diese Klinge kannst du auch gegen Finn einsetzen.«

Ich schlucke den Kloß in meinem Hals hinunter. Vielleicht hat er mir den Dolch ja aus diesem Grund gegeben – nicht unbedingt, weil er glaubt, ich könne ihn gegen Mordeus einsetzen, sondern weil er hofft, dass ich ihn gegen Finn richte. »Du hast doch gesagt, dass du Mordeus nicht auf dem Schattenthron sehen willst. Aber wer sollte ihm denn nachfolgen, wenn nicht Finn?«

»Faerie ist schon zu lange geteilt, und es wird Zeit, dass beide Hälften unter einem Herrscher vereint werden.«

Ich beiße mir auf die Lippe. Ich will nicht über Finn streiten, und auch nicht darüber, wer nun auf dem Schattenthron sitzen sollte und wer nicht. Mir geht es nur darum, meine Schwester zu retten.

Aber das stimmt nicht mehr. Vielleicht stimmt es schon lange nicht mehr.

Mir liegt etwas an der Welt, die ich früher so verachtet habe, und an den Wesen, die hier zu Hause sind. Und jetzt stehe ich zwischen zwei verfeindeten Königreichen, denen ich mich nie verbunden fühlen wollte.

»Willst du den Rest des Palastes sehen?«, fragt Sebastian. Ich nicke, aber während der gesamten Führung denke ich nur an die Adamant-Klinge an meiner Wade und an Sebastians geflüsterte Worte: *Diese Klinge kannst du auch gegen Finn einsetzen.*

In Gedanken versunken, bin ich völlig überrumpelt, als er mich in die Bibliothek im obersten Stockwerk des Palastes führt.

»Dies ist das Schmuckstück des Palastes der Gelassenheit«, sagt er, als wir durch die Tür gegangen sind. »Am schönsten ist es hier, wenn die Sonne durch die Dachfenster scheint, also bringe ich dich morgen noch mal hierher.«

Aber mir gefällt sie jetzt, wo das silberne Mondlicht durch die Scheiben glitzert und das Innere des Raumes schwach erhellt. Ich könnte die Bücherregale im Dunkeln erkunden. Ich glaube, ich hätte dabei das gleiche Gefühl wie damals, wenn meine Mutter mich in die Bibliothek mitgenommen hat – ein Gefühl von Sicherheit und endlosen Möglichkeiten.

Gespielt ziellos schlendere ich durch den Raum, schaue mich ausgiebig um und schenke dem Podest in der Mitte des Raumes nur einen flüchtigen Blick. Ich will nicht zu interessiert daran wirken, aber Sebastian scheint mich durchschaut zu haben. »Das ist das Grimoricon«, sagt er.

Er nimmt meine Hand und führt mich ins Zentrum des Raumes, bis wir direkt vor dem Podest stehen. Ich bin dem Buch so nah, dass ich die Hand ausstrecken und es berühren könnte.

»Was ist das?«, frage ich, als ob ich das nicht längst wüsste.

»Es ist das Heilige Buch unseres Volkes. Das Reich des Mondes hat es früher für sich beansprucht, aber ich mag mir gar nicht vorstellen, welches Unheil Mordeus in unserer Welt anrichten würde, wenn er es in den Händen hätte.«

Oh nein. Ich mag mir über vieles unklar sein, aber Mordeus' Charakter kenne ich. Er ist bösartig, grausam und hinterlistig, und Faerie wird Übles bevorstehen, wenn ein solcher Fae noch mehr Macht bekommt. Meine Mission ist es, Jas um jeden Preis zu retten, aber zum ersten Mal wird mir bewusst, dass ich für das Leben meiner Schwester eine ganze Welt in Gefahr bringe. Aber die Alternative wäre unvorstellbar. Meine frisch erwachten Zweifel beiseiteschiebend, konzentriere ich mich wieder auf das Buch.

»Was steht denn drin?«

»Es enthält die Zauberformeln unserer Ahnen und Anleitungen dazu, wie man ihre Macht erweckt. Wenn ich den Thron besteige, dann wird dieses Buch mir dabei helfen, mein Königreich zu regieren. Meine Großeltern haben es mit viel Mühe hierher geholt und dabei das Leben vieler guter Fae geopfert. Und jetzt ist das Buch das Einzige, was meine Mutter am Leben erhält.«

Ich reiße den Kopf herum und starre ihn entsetzt an. »Wie bitte?«

»Magie ist Leben. Und das hier …« Er deutet auf das Buch, »enthält unsere mächtigste Magie. Meine Mutter siecht schon seit

Jahren dahin. Sie ist wahrscheinlich nur noch deshalb am Leben, weil ihre Lebenskraft magisch an dieses Buch gebunden ist.«

Langsam strecke ich meine Hand danach aus, aber er ergreift sie, bevor ich das Buch berühren kann. »Mach das bitte nicht.« Seine Augen sind weit geöffnet, sein Puls schlägt schnell.

»Ist es gefährlich?«

»Ich weiß nicht, was mit dir passieren würde, wenn deine sterbliche Haut mit solch großer Magie in Berührung käme. Und wenn das Buch geweckt wird …« Er schluckt. »Wenn das Buch geweckt wird, fürchte ich um das Leben meiner Mutter.«

Ist das der wahre Grund, aus dem ich es für Mordeus stehlen soll? Wegen der mächtigen Magie, aber auch, weil er weiß, dass es mit dem Leben der Königin verknüpft ist? Ist das der Grund, aus dem Finn will, dass ich es stehle?

Ich habe schon wieder einen Kloß im Hals. »Du liebst deine Mutter sehr, stimmts?«

Er blinzelt, und ich sehe Schmerz in seinen Augen. Und einen inneren Kampf. »Ich weiß durchaus, dass sie Fehler hat, aber sie ist meine Mutter, und sie hat so viel für unser Reich geopfert … und noch viel mehr für mich.«

Wenn ich das Buch Mordeus gebe und Arya deswegen stirbt, wird der Fluch gebrochen und Jas ist in Sicherheit. Doch Sebastian wird mir das niemals verzeihen. Und falls Mordeus das Buch dazu missbraucht, auch anderen unschuldigen Fae das Leben zur Hölle zu machen, dann werde auch ich mir niemals verzeihen.

***

Während die Palastdiener uns das Abendessen servieren, denke ich immer noch an Finn, an den Thron der Schatten und an Sebastians Warnung davor, dass das, was Finn in seinen Katakomben verbirgt, seinen wahren Charakter zeigen wird.

»Brie?«

Als ich meinen Namen höre, hebe ich den Kopf und sehe, dass Sebastian mich über den Tisch hinweg anstarrt. Wie lange wartet er schon darauf, dass ich ihm antworte? Seinem halb leeren Teller nach zu urteilen, bin ich schon eine ganze Weile lang abgelenkt.

»Worüber denkst du denn so angestrengt nach?«

Ich atme hörbar aus. »Es tut mir so leid, Sebastian. Ich bin heute Abend mit meinen Gedanken ganz woanders.« Ich schaue mich im Speisesaal um und merke, dass mir die Details dieses romantischen Abendessens, das mich wahrscheinlich beeindrucken sollte, bisher gar nicht aufgefallen sind.

Kerzen erleuchten den Tisch, und Taglilien prangen in den Vasen, die in allen Zimmerecken verteilt sind. Bisher habe ich mein Essen hauptsächlich auf dem Teller hin und her geschoben, statt es zu genießen, und ich ekle mich mehr als ein bisschen vor mir selbst. Auch mein früheres Ich wäre von mir entsetzt gewesen. Nicht nur, weil ich hier köstliche Speisen kredenzt bekomme, während im Menschenreich Kinder verhungern, sondern weil ich mit Sebastian hier bin. Wie oft habe ich mir gewünscht, mehr Zeit mit ihm verbringen zu dürfen, bevor ich durch das Portal gegangen bin? Endlich einmal mit ihm allein zu sein? Früher war meistens entweder Jas in unserer Nähe, oder meine Cousinen, die ganz wild darauf waren, alles, was sie sahen und hörten, brühwarm meiner Tante zu erzählen.

»Und woran denkst du gerade?«

»Ich denke daran, wie selbstverständlich all dieser Luxus inzwischen für mich geworden ist.« Ich mache eine Handbewegung in Richtung meines Tellers. »Ich weiß, dass ein voller Bauch ein echter Segen und ein Privileg ist, aber in diesen wenigen Wochen ist es schon so weit gekommen, dass ich hier sitzen und mein Essen zu mir nehmen kann, ohne zu bemerken, wie köstlich alles ist. Während meine Schwester …« Meine Kehle wird eng und ich verstumme.

Sebastian greift über den Tisch hinweg nach meiner Hand. »Trotz all seiner Bemühungen, seine Macht zu erhalten, ist der König schwächer als je zuvor. Es ist nur eine Frage der Zeit, bis wir nahe genug sind, um zu handeln. Ich habe noch nicht aufgegeben.«

Und was wird aus uns, sobald Jas in Sicherheit ist? Ich spreche die Frage nicht aus. Er wartet genauso begierig auf eine Antwort wie ich, aber ich kann ihm noch keine geben. Will ich bei Sebastian bleiben? Will ich unter demselben Palastdach leben wie die Königin, die für den Fluch und das schreckliche Leid der Unseelie in ihren Lagern verantwortlich ist? Wenn das, was Sebastian sagt, stimmt und sie tatsächlich im Sterben liegt, dann wird der Fluch vielleicht bald aufgehoben werden. Wenn das Grimoricon das Einzige ist, was sie am Leben hält …

Um den Fluch zu brechen und am Leben zu bleiben, musst du die Königin töten. Bei der Erinnerung an Bakkens Worte wird mir schlecht. Wenn ich zu allem anderen noch Sebastians Mutter umbringe, dann werde ich ihn ein für alle Mal verlieren.

»Ich kann geradezu sehen, wie du in deine Gedanken abdriftest.« Schmunzelnd wischt Sebastian sich den Mund mit einer Serviette ab. Dann greift er nach einer Karaffe mit Wein und füllt daraus unsere Gläser. »Trink mit mir und entspann dich eine Stunde lang.«

Wenn er zu Bett gegangen ist, muss ich in die Bibliothek gehen und mir überlegen, wie ich das Grimoricon stehlen kann. Eigentlich wollte ich es sofort an mich nehmen – die Warterei macht mich wahnsinnig –, aber Sebastian würde sofort Verdacht schöpfen, wenn er mich morgen zurück in die Bibliothek bringt und es nicht mehr dort ist. Und da ich keine Replik dieses Artefaktes besitze, muss ich eben warten.

Eine Stunde kann ich ihm schenken. Nach allem, was er für mich getan hat, verdient er noch viel mehr. Und vielleicht verdiene ich sie ja auch, diese eine Stunde.

Ich setze mein Glas an die Lippen und trinke. Und beinahe sofort fallen alle meine Sorgen von mir ab.

KAPITEL 30

Sebastian wirbelt mich herum und presst mich gegen eine hohe Holztür. »Das ist dein Zimmer«, flüstert er an meinen Lippen.

Meine Haut ist warm, meine Wangen sind vom Wein gerötet und mein Herz ist erfüllt von unserem Gespräch. Aus einer Stunde wurden zwei, und es war wieder wie in alten Zeiten – nur wir beide, die redeten und lachten.

»Jetzt sollte ich dir eine gute Nacht wünschen.« Seine Hände gleiten langsam an meinen Seiten hinab – seine Fingerspitzen hinterlassen eine Spur aus Glut. Als er meine Hüften erreicht, umfasst er sie mit sanftem Druck.

Ich lege ihm eine Hand in den Nacken und studiere sein Gesicht. Ich liebe die klaren Linien seines Kiefers, die durchdringende Schönheit dieser meergrünen Augen, seine leicht geöffneten, sinnlichen Lippen.

»Jetzt schon?«

Lächelnd legt er seinen Mund auf meinen. Einmal, zweimal. Beim dritten Mal lässt er seine Zunge über meine Unterlippe gleiten, und ich schmelze dahin. »Danke für heute Abend. Ich weiß, dass gerade alles schrecklich kompliziert ist, aber ich bin froh, dass wir hier sind.«

Ich auch. Ich weiß, dass das am Wein liegt, aber im Moment bin ich über alles froh, angefangen mit seiner Körperwärme bis hin zu der Tatsache, dass auf der anderen Seite dieser Tür ein Bett steht. »Ich muss dir ein Geheimnis verraten«, flüstere ich. Er löst sich ein wenig von mir und sucht mit ernster Miene meinen Blick. »Ja?«

»Ich verdiene dich gar nicht.« Ich dachte, ich könnte einen Witz daraus machen, aber auf einmal habe ich Tränen in den Augen. »Und eines Tages wirst du das erkennen.« *Du wirst erkennen, dass ich dich benutzt habe, um Mordeus zu geben, was er will. Du wirst erkennen, dass ich dein Königreich geschwächt habe, um meine Schwester zu retten. Und du wirst erfahren, dass ich das alles genauso wieder tun würde, wenn ich Jas damit retten kann. So leid es mir tut, dass ich dich damit verletzen werde.*

»Hey.« Er streicht sich mit dem Daumen über das Kinn. »Schluss damit. Es war so ein schöner Abend, und diese Tränen machen mich total fertig. Ich bin derjenige, der dich nicht verdient hat, aber ich bin zu egoistisch, um dich gehen zu lassen.«

Ich vergrabe mein Gesicht an seiner Brust und schüttele den Kopf. »Lass mich bitte nicht gehen. Bitte halt mich auch weiter fest.«

Sein hörbares Schlucken ist das einzige Geräusch in diesem stillen Flur.

»Ich dachte, ich könnte mich von dir fernhalten, bis es sicherer ist, aber ich habe mich getäuscht.«

»Bis es sicherer ist?« Ich hebe den Kopf.

»Du schwebst pausenlos in Gefahr, solange du in meinem Reich bist, aber ich kann mich nicht dazu überwinden …« Er sucht meinen Blick. »Du verstehst es noch nicht, aber ich *brauche* dich, Brie.«

»Bash …« Ich stelle mich auf die Zehenspitzen und presse meinen Mund auf seinen.

Ich will ihn in mein Bett schleifen und ihn so anbetteln, wie die Drogen mich Finn anbetteln ließen. Wenn Sebastian mich berührt, fühlt sich das an wie die Strahlen der Sonne nach einer Woche in Madame Vs Keller. Ich vergesse all meine widersprüchlichen Gefühle für den Unseelie-Prinzen. Ich vergesse Finns Geheimnisse und seine Tribute. Die Königin und das Buch. Die Prophezeiung eines kleinen Mädchens und die boshafte Freude, mit der ein Kobold mir verraten hat, dass ich die Königin töten muss, wenn ich den Unseelie-Fluch brechen will, ohne dabei zu sterben.

Sebastian erwidert meinen Kuss leidenschaftlicher als je zuvor. Er vergräbt die Hände in meinem Haar und zieht meinen Mund zu sich. Ich will ihn in mich einsaugen. Ich will in diesen Momenten schwelgen, bis ich in ihnen untergehe. Egal wie mein Leben auch aussehen mag, nachdem er die Wahrheit herausgefunden hat, ich möchte mich an dieses Gefühl erinnern können – das Gefühl, von Sebastian geliebt und beschützt zu werden. Nicht von Prinz Ronan, nicht vom zukünftigen König der Seelie, sondern von meinem Bash.

Als Sebastian sich schließlich von mir löst, geht sein Atem stoßweise. Er legt seine Stirn an meine. »Ich kann in mein eigenes Zimmer gehen oder mit dir in deines kommen.« Er schluckt. »Aber wenn ich bleiben soll, musst du es mir sagen. Ich muss wissen, dass du es auch willst. Dass du bereit bist.«

Mit den Fingerspitzen streichle ich über sein Kinn und genieße das Kratzen der kurzen Bartstoppeln. Meine Gefühle mögen so kompliziert sein wie meine Loyalitäten, aber was ich in diesem Augenblick von ihm will, ist ganz und gar nicht kompliziert. »Ich möchte, dass du reinkommst. Ich möchte, dass du bei mir bleibst.«

Seine Brust hebt und senkt sich mit einem tiefen Atemzug, hinter dem möglicherweise noch mehr liegt. Vielleicht navigiert er sich gerade, genau wie ich, durch Emotionen, die schwieriger und komplizierter sind als die Liebe, die wir aus Büchern kennen. Ich nehme seine Hand und führe ihn in mein Zimmer.

Er macht eine Bewegung, und eine sanfte Brise schließt die Tür hinter uns. »Bist du ganz sicher?«

»Ja, das bin ich.« Vielleicht bin ich egoistisch. Vielleicht wird das hier alles nur noch schlimmer machen, wenn er die Wahrheit herausfindet, aber … »Ich will es.«

Sebastian macht einen Schritt auf mich zu, greift um mich herum und schnürt langsam und sorgfältig mein Kleid auf. Ich lasse es von meinen Schultern gleiten und stehe nur mit einem dünnen Spitzenhemdchen, dem passenden Höschen und dem um meine Wade geschnallten Dolch vor ihm. Ich lasse ihn mich ansehen, und als er den Blick zu meinem erhebt, sind seine Augen wild und dunkel. Ich fühle mich schön. Die Schuldgefühle, die an einer Ecke meines Geistes nagen, sperre ich unbarmherzig weg und konzentriere mich nur auf ihn.

»Du bist perfekt«, flüstert er. »Du hast ja keine Ahnung, wie lange ich mich schon nach dir sehne.«

»Warum tun wir es dann erst jetzt?«

Sobald ich die Worte ausgesprochen habe, sehe ich die Verletzlichkeit in seinen Augen und hasse mich selbst für die Frage. Er hat mich erst an unserem letzten Tag in Fairscape geküsst, weil er wusste, dass ich die Fae hasste. Er war überzeugt davon, ich würde auch ihn hassen, wenn ich die Wahrheit über ihn herausfand.

Ich muss nicht lange über diese Erkenntnis nachdenken, denn er schlingt seine Arme um mich und senkt seinen Mund auf meinen. Sein Kuss ist fordernd, seine Hände wandern über die gesamte Länge meines Rückens, über meine Schultern und meine Brüste, über meinen Bauch. Seine großen Hände umfassen meine Hüften und er bedeckt meinen Hals mit Küssen, knabbert und saugt an der empfindlichen Haut und setzt meinen weinerwärmten Körper mit jedem Kuss, jedem Kratzen seiner Zähne und jedem Zungenschlag noch mehr in Flammen.

Seine Finger wandern rastlos unter mein Hemdchen und verweilen dort. Der dünne Träger reißt, als er es nach unten zieht und mich seinem Mund und seiner geschickten Zunge preisgibt. Mit geschlossenen Augen lasse ich den Kopf in den Nacken sinken. Nichts zählt mehr außer dem Gefühl seiner Küsse, seiner Hände auf meinem Körper, dem Kribbeln, als seine Zähne über die empfindliche Spitze streichen. Mein Inneres zieht sich vor Genuss und Verlangen zusammen, und ich drücke mich an ihn und sage ihm mit der Wölbung meines Rückens und den leisen Seufzern, die von meinen Lippen tropfen, was ich brauche, was ich will.

Ich ziehe an seinen Haaren, bis sein Mund wieder auf meinem liegt und unsere Zungen sich finden und liebkosen. So hat er mich noch nie geküsst. Rau, wild und hungrig. Ich knöpfe seine Tunika auf und lasse sie von seinen Schultern gleiten. Ich will diese sonnengebräunte Haut überall auf mir spüren. Aber dann weicht er zurück und ich wimmere protestierend.

Seine Lippen verziehen sich zu einem schelmischen Grinsen. »Ich gehe nicht weit weg, versprochen.« Er legt einen einzelnen Finger auf mein Brustbein, und meine Haut prickelt, als ein Licht in seiner Hand aufleuchtet. Er lässt seinen Finger nach unten gleiten, zwischen meine Brüste, über meinen Bauch, über beide Hüften. Seine Berührung hinterlässt einen leuchtenden Pfad auf mir. Als das Licht verblasst, fällt der Stoff von mir ab, und sogar mein Dolch landet mit einem dumpfen Knall auf dem Boden. Jetzt stehe ich vollkommen nackt vor ihm, und meine Unterwäsche liegt in Fetzen neben mir.

Er verschlingt mich mit den Augen, seine Lippen sind geöffnet und er atmet keuchend.

»Angeber«, sage ich und strecke mit einem Grinsen die Arme nach ihm aus.

Seine geschickten Finger streicheln über meinen Rücken, über meine Hüften und wieder nach oben. »Was hätte ich von meiner Magie, wenn ich damit die Frau, die ich liebe, nicht beeindrucken kann?«

Mein Herz zieht sich bei seinen Worten zusammen und ich erstarre. Ich weiß schon lange, dass ich Sebastian liebe, aber ich habe niemals richtig daran geglaubt, dass er diese Gefühle erwidern könnte. Ich war überzeugt davon, seiner Liebe nicht würdig zu sein, und jetzt, da meine Taten bewiesen haben, dass es wirklich so ist, schenkt er sie mir. »Ich liebe dich wirklich, weißt du?« Seine Augen sind halb geschlossen, als er auf mich herabblickt. »Macht dir das Angst? Jetzt, wo du weißt, wer … was ich bin?«

Meine Schuldgefühle brechen aus ihrem Käfig aus und durchbohren mich.

»Ich war so ignorant, Sebastian, und so viele meiner Vorurteile hatte ich nur wegen der Entscheidungen meiner Mutter. Aber du …« Mit den Fingerspitzen streiche ich über sein Ohr und verweile bei dem spitzen Ende der Muschel. Ein Schauer durchläuft ihn und er schließt die Augen. »Ich habe dich in Fairscape geliebt, als Zauberlehrling, der mich vor der Verzweiflung bewahrt hat, und ich liebe dich jetzt. Als Goldenen Fae-Prinzen, der seine Familie liebt und einen Weg finden will, zwei verfeindeten Reichen wahren Frieden zu bringen.« Ich schaue ihm in die Augen und schicke ein seltenes Gebet zu den Göttern hinauf: Was auch immer nach dieser Nacht geschehen mag, was auch immer aus Sebastian und mir wird, er soll nie Anlass dazu haben, an meinen Worten zu zweifeln. »Es tut mir so leid, dass du jemals geglaubt hast, ich könnte dein wahres Ich nicht wollen. Ich liebe dich so, wie du bist.«

Er öffnet eine Handfläche und ein Haufen glänzender Juwelen erscheint dort. Dann öffnet er die andere, aus der seidige, rote Rosenblätter auf den Boden fallen. »Du bekommst alles, was du willst, Brie. Alles, was ich dir geben kann, gehört dir.«

Ich fege den Inhalt beider Hände weg, lasse die Juwelen auf den Boden klirren und die Blütenblätter um uns herumwirbeln. Dann mache ich einen Schritt und lege seine Arme wieder um mich. »Ich brauche weder Blumen noch Juwelen. Ich will nur dich.« Ich presse meinen Mund auf seinen, streichele über seinen Rücken, genieße das Gefühl seiner warmen Haut unter meinen Händen und an meinen Brüsten. »Ich will dich.«

Er schmiegt sein Gesicht an meinen Hals und atmet tief ein. »Hast du das schon einmal gemacht?«

Ich nicke. Letztes Jahr ein paar Mal, mit einem jungen Mann, der in einem der Häuser arbeitete, die ich putzte. Große Gefühle gab es nicht zwischen uns, es war eine rein körperliche Verbindung. Eine Flucht aus der Realität. Es war gut, aber mit Sebastian wird es so viel mehr sein. »Ist das okay für dich?«

Er lacht leise, ein tiefes und warmes Geräusch, das meinen Bauch mit Verlangen erfüllt. »Natürlich. Erspar mir einfach die Details, in Ordnung?«

»Nichts davon spielt jetzt noch eine Rolle.«

Er umfasst mein Gesicht, und ich merke, dass er wie Espenlaub zittert. »Sebastian.« Ich nehme seine Hände in meine. Sie sind so groß und breit, so rau und schwielig. »Hast du denn schon Erfahrung?«

»Nein. Ich meine, ja …« Sebastian schüttelt den Kopf und holt tief Luft. »Das ist nicht mein erstes Mal, aber das erste Mal mit jemandem, den ich liebe.« Er schluckt. »Ich habe noch nie für jemanden so viel empfunden, und es macht mir ein bisschen Angst – was ich für dich fühle. Wie sehr ich dich brauche. Es macht mir Angst, wie … wie alles sich zusammengefügt hat.«

Ich lächle. »Und hier sind wir nun. Aller Wahrscheinlichkeit zum Trotz.« Ich öffne seinen Hosenknopf, und unsere Hände verheddern sich, als wir gemeinsam versuchen, ihn aus seiner Hose zu schälen.

Ich habe keine Scheu, ihn anzusehen – seine gebräunte Haut und seine kräftige Brust, seine straffen Bauchmuskeln, seine kräftigen Schenkel und … den Rest von ihm. Ich werde dabei rot, aber ich habe keine Scheu. Ich weiß, was ich will. Ohne ihn aus den Augen zu lassen, gehe ich rückwärts Richtung Bett und lasse mich auf die federweiche Matratze sinken, krümme dann einen Finger und winke ihn zu mir.

Er betrachtet mich ausgiebig von Kopf bis Fuß, und meine Haut wird unter seinem Blick von Sekunde zu Sekunde heißer. Als er endlich aufs Bett klettert, legt er sich neben mich und stützt sich auf einen Ellbogen. Mit seiner freien Hand streichelt er über meinen Körper, wandert bis kurz unter den Nabel, was mich nach Luft schnappen lässt, und dann wieder nach oben, zwischen und über meine Brüste.

Ich halte seinen Blick fest, wölbe mich seiner Berührung entgegen und führe seine Finger dorthin, wo ich sie haben will. »Davon habe ich geträumt«, flüstere ich und greife nach ihm. »Von dir habe ich geträumt. Aber ich hätte nie geglaubt, dass es wirklich passieren könnte. Geh jetzt nicht fort, okay?«

»Glaub mir, das könnte ich gar nicht.« Seine Augen werden dunkel, und er bewegt sich, um sich schließlich auf mir niederzulassen. Sein Gewicht sendet köstliche Schauer in meinen Unterleib. Ich ziehe die Knie an und dirigiere ihn zwischen meine Oberschenkel. Als er gegen meine sensible Mitte drückt, entringt sich mir ein Stöhnen.

»Alles okay?«

Ich nicke, aber okay ist das falsche Wort. Ich bin verrückt nach ihm und vergehe fast vor Verlangen. Vor lauter Angst, was die Zukunft wohl bringen wird, bin ich so dankbar für diesen Moment. Ich liebe und werde geliebt, obwohl ich es nicht verdiene. Ich bin nicht okay, aber ich will das hier. »Und du?«

Er muss lächeln. »Besser denn je.« Traurigkeit verdunkelt dieses Lächeln, als würde er die Gedanken spüren, die durch mich hindurchwirbeln. »Ich will mehr als nur heute Nacht, aber wenn dies alles ist, was ich bekommen kann, dann nehme ich es.«

»Ich will auch mehr«, flüstere ich, dann wiederhole ich seine Worte, für ihn und die Götter, die mir diesen Moment des Glücks geschenkt haben. »Wenn heute Nacht alles ist, was ich bekommen kann, dann nehme ich es.«

Ich umfasse sein Gesicht und halte seinen Blick fest, während ich meine Hüften bewege und ihn zu mir führe. Mein Körper spannt sich an und sein Atem stockt. Jetzt umfasst auch er mein Gesicht. Dann beginnt er, sich langsam zu bewegen, aber ich spüre, wie er sich zurückhält, und ich brauche mehr als diese zaghafte Vorsicht. Ich packe sein Gesicht fester und küsse ihn so lange, bis er die Beherrschung verliert und nichts mehr tun kann, außer loszulassen und uns beiden zu geben, was wir brauchen. Schon bald ist jegliche Schuld oder Traurigkeit verschwunden und wir werden zu unserer Lust, zu nichts anderem als der Verbindung zwischen uns – und dem Hoffnungsschimmer, dass diese Liebe genug sein könnte.

***

Ich. Bekomme. Keine. Luft.

Ich reiße die Augen auf, und eine geisterhafte Frauengestalt starrt auf mich herab. Ich öffne meinen Mund, um zu schreien oder nach Luft zu schnappen, aber sie sitzt auf meiner Brust und meine Lungen weigern sich, sich auszudehnen.

Sie beugt sich vor wie eine Geliebte, die einen Kuss einfordern will. Ich kann sie nicht aufhalten. Meine Arme bewegen sich nicht. Ich möchte mich drehen, um mich schlagen, nach ihr treten und sie wegstoßen, doch mein Körper gehorcht mir nicht mehr. Ich bin gelähmt. Gefangen.

»Abriella«, sagt sie, und ihr Atem tanzt über meine Wange. Mein Name ist ein Lied auf ihren Lippen, und ihr silbernes Haar schwimmt um ihr Gesicht, als schwebte sie im Wasser. »Abriella, Abriella, Abriella.«

Dieses Lied, das nur aus meinem Namen besteht, ist tieftraurig, aber wunderschön. Ich bin so gebannt davon, dass ich vergesse, dass ich Luft brauche. Vergesse, dass ich mich nicht bewegen kann. Ich betrachte ihre Lippen und lasse mich von der Melodie durchströmen.

Mein Bewusstsein entgleitet mir, und ich wehre mich nicht dagegen. Sie singt weiter meinen Namen, während die Welt im Dunkel versinkt.

***

Lark starrt mich mit ihren großen, silbernen Augen an. Wir sind unter Wasser, gefangen in einem tiefen, dunklen Abgrund, und ihr Haar schwebt um ihr Gesicht wie das der Banshee. Die einzige Lichtquelle hier unten sind Larks leuchtende Silberaugen, und sie streichelt mein Gesicht. Ich atme immer noch nicht, aber ich glaube, dass muss ich auch nicht tun. Jemand in einer anderen Welt ruft meinen Namen. Nicht die Banshee. *Sebastian.* Er ruft meinen Namen weit oben über diesem Abgrund. Verzweifelt. Flehentlich. Ich schaue nach oben, aber die Oberfläche ist zu weit weg, um sichtbar zu sein.

Larks kleine Finger zeichnen einen Weg von meinen Schläfen zu meinem Kinn und meinem Rücken. Als sie meinen Blick einfängt, spüre ich ihre Worte eher in meinem Kopf, als dass ich sie höre. »Ich sehe drei Wege vor dir. Auf jedem ist der Ruf der Banshee eindeutig. Fürchte dich nicht.«

Mein Körper zuckt im Wasser, als hätte mich eine unsichtbare Hand geschüttelt. Larks Augen huschen hoch zur Oberfläche. Ich sehe sie jetzt auch – Lichtstrahlen, als die Oberfläche näherkommt.

»Erinnere dich an deinen Handel mit dem falschen König. Er wird zu seinem Wort stehen. Wähle deinen Weg weise, Prinzessin.« Ihre Augen funkeln vor Vergnügen, als sie sich vorbeugt und mir ins Ohr flüstert: »Und jetzt atme.«

KAPITEL 31

»Atme!«, ruft Sebastian laut und inständig. Er hat mich an den Schultern gepackt und schüttelt mich. »Hörst du, Abriella? Du musst atmen!« Ich hole Luft, und das brennt – wie Wasser einzuatmen, aber ich atme weiter. Und weiter. Mit jedem Atemzug lässt der Schmerz ein wenig nach.

Sebastian drückt mich an seine Brust und streicht mir übers Haar. »Ich habe sie gehört«, sagt er.

Seine Arme sind beinahe zu fest um mich geschlungen, aber ich kann seine Angst spüren und wehre mich nicht gegen diese Umklammerung. »Ich habe gehört, wie sie deinen Namen gesungen hat.«

Die Banshee. Es war kein Traum. »Sebastian.« Meine Stimme klingt wie zerborstenes Glas.

»Psst, ich hab dich.« Er wiegt mich, und ich spüre, dass er zittert. Ich kann die Trauer spüren, die ihn überwältigt. Als hätte er mich schon verloren. »Ich hab dich. Ich werde nicht zulassen, dass der Tod das Ende ist, das verspreche ich dir.«

»Wie bitte?« Ich lege ihm die Hand flach auf die Brust und schiebe ihn von mir weg. »Was meinst du damit?«

»Hast du sie gesehen?«

Ich nicke. »Bedeutet das wirklich … Manchmal täuscht sie sich.« Wir haben Jalek gerettet. Er ist nicht gestorben.

Sebastian schüttelt den Kopf. »Ich weiß es nicht. Es ist nur …«

»Du hast gesagt, du wirst den Tod nicht das Ende sein lassen. Was hast du damit gemeint?«

Er sackt in sich zusammen. »Ich hätte mir nie vorstellen können, wie hilflos es mich machen würde, eine Sterbliche zu lieben. Aber es zehrt an mir, Brie. Jedes Mal, wenn ich nicht weiß, wo du bist und ob es dir gut geht. Ich könnte dich so leicht verlieren. Und dann bin ich davon aufgewacht, dass sie deinen Namen gesungen hat und …« Vor Schmerz kneift er die Augen zusammen. »Wenn du stirbst, kann ich dich nicht zurückbringen. Wenn du erst fort bist, wirkt der Trank des Lebens nicht mehr.«

»Du meinst, dann kannst du mich nicht mehr in eine Fae verwandeln.« Meine Stimme klingt müde und brüchig. Er umfasst mein Gesicht mit den Händen. »Ich habe sie deinen Namen singen gehört«, flüstert er. »Und ich konnte nur daran denken, dass der Trank nicht wirken würde, weil wir nicht verbunden sind.«

Ich erstarre. »Menschen müssen an Fae gebunden sein, um den Trank des Lebens zu benutzen?«

Er atmet schwer aus. »Wer immer den Trank erschaffen hat, glaubte, die Menschen könnten ohne den Bund unsere Magie stehlen.«

»Ich …« Ich will einfach nur ich selbst sein. Ihm genügen, auch ohne eine Fae zu werden. Ich wollte noch nie eine Fae sein, und ich hätte auch nie gedacht, dass sich an dieser Einstellung etwas ändern könnte. Aber jetzt, wo die Stimme der Banshee in meinem Kopf widerhallt, sieht die Welt ein bisschen anders aus. »Ich habe Angst, Bash.«

Sein Gesicht verschließt sich. »Vor dem Bund?«

»Vor allem, was ich tun muss. Davor, dich zu verlieren. Vor dem Klang meines Namens aus dem Mund der Banshee. Davor, dass ich nie die Chance dazu bekommen werde, dir den Bund zu schenken, den du dir so wünschst.«

Ohne auf eine Antwort zu warten, legt sich Sebastian mit mir zurück ins Bett, streichelt meine Arme und zieht mich dicht an sich, um uns beide zu beruhigen.

Als sich mein Herzschlag wieder normalisiert hat, drehe ich mich in seinen Armen zu ihm um. »Sag mir, wie diese Verbindungszeremonie funktioniert.«

Er hält meinen Blick lange Zeit fest, bevor er antwortet, und ich habe das Gefühl, dass dieses Gespräch nach dem Besuch der Banshee für ihn noch bedeutender geworden ist als zuvor.

»Es ist eine elegante Zeremonie«, sagt er schließlich. »Wie es einem so heiligen Anlass angemessen ist. Sie beginnt damit, dass wir die Rune auswählen, die unseren Bund symbolisieren wird, und dann spreche ich ein paar Sätze, die du wiederholst.«

»Findet sie vor Publikum statt?«

»Nicht unbedingt, aber meine Eltern haben ihren Bund gleichzeitig mit ihrer Hochzeit vor dem halben Hofstaat gefeiert.« Er lächelt. »Ich war fünf, und ich weiß noch, wie peinlich es mir war, wie lange sie sich vor aller Augen geküsst haben, bis der Bund sich gefestigt hatte.«

»Du warst schon fünf, als deine Eltern sich gebunden haben?«

Sein Lächeln verschwindet. »Mein Vater sagte immer, er habe Jahre gebraucht, um meine Mutter davon zu überzeugen, dass er ihrer würdig sei. Seit einiger Zeit verstehe ich genau, wovon er geredet hat.«

Ich pike ihn mit dem Ellbogen und muss ein bisschen lächeln. »Willst du ein Publikum?«

»Nein. Ich fände es schöner, wenn wir allein wären – schon allein deshalb, weil wir eine … eine körperliche Verbindung aufrechterhalten müssen, bis der Bund vollständig ist.«

Ich beiße mir auf die Lippen. »Sprichst du von Sex?«

Er grinst und kneift mich in die Seite. »Nicht zwingend. Die Magie verlangt nach einer physischen Repräsentation des emotionalen Bundes. Manche Partner halten sich einfach an den Händen, aber die meisten Paare, die romantische Gefühle füreinander hegen, lassen sich einfach von der Intimität des Moments leiten. Die Magie ist … intensiv. Kraftvoll.«

»Ich hoffe, dass ich das eines Tages erleben werde.« Ich bin selbst überrascht davon, wie sehr sich meine Einstellung dazu, den Bund einzugehen, geändert hat, aber ich meine das ernst. Ich will einfach nur bei ihm sein und alles andere hinter mir lassen, um überhaupt die Möglichkeit zu haben, den Bund mit ihm einzugehen. Selbst das wird vielleicht nie passieren.

Als ich sagte, dass ich wenigstens heute Nacht mit ihm zusammen sein will, hatte ich das todernst gemeint.

»Das ist mein größter Wunsch.« Er drückt mir einen Kuss aufs Haar. »Aber bis es so weit ist … bleib in meiner Nähe. Ich werde dich beschützen.«

Er hält mich noch fester, und ich merke, dass er glaubt, ich mache mir über den Tod Sorgen. Darüber, dass er uns zu bald trennen könnte. Schon bald wird er verstehen, dass meine Geheimnisse uns schneller auseinanderreißen werden, als es der Fluch einer Banshee jemals tun könnte.

***

Ich schlafe nicht wieder ein. Als ich mir sicher bin, dass Sebastian in einen tiefen Schlaf gefallen ist, winde ich mich vorsichtig unter seinem Arm hervor und steige aus dem Bett.

Ich ziehe meine seidene Pyjamahose und das dazu passende Oberteil an, das meine Zofen mir eingepackt haben. Sonst haben sie mir nur Röcke mitgegeben, und ich muss mich so frei wie möglich bewegen können.

Jedes Mal, wenn ich die Augen schließe, sehe ich diese geisterhafte Frau mit dem wehenden Haar in ihrem weißen Fetzenkleid vor mir. Und auch mit geöffneten Augen kann ich sie hören. Der Klang meines Namens in ihrer Stimme ist ein makabres Lied, das ich nicht mehr aus dem Kopf bekomme.

Sebastian ist eingeschlafen, ohne mich loszulassen. Er will mich beschützen, aber ich kann nicht zulassen, dass er mir nahe genug bleibt, um es zu versuchen. Das unerbittliche Ticken einer Uhr schlägt in meinem Kopf den Rhythmus zum Lied der Banshee.

Ich weiß, was ich tun muss, und ich bin so verängstigt wie noch niemals zuvor. In diesem Augenblick ist es extrem verlockend, Jas' Schicksal in Sebastians Hände zu legen. Wenn er jemanden finden könnte, der Mordeus tötet, könnten seine Soldaten Jas zurückholen. Ich würde gern glauben, dass er das schaffen könnte – aber inzwischen weiß ich, dass Seelie den Unseelie nichts anhaben können, und es ist schon zu viel Zeit vergangen. Ich muss jetzt handeln.

So schrecklich ich es finde, dass Sebastian durch meine Entscheidung seine Mutter verlieren könnte, kann ich darüber hinaus keine Reue empfinden, was der Königin aufgrund meiner Handlungen passieren wird. Sie hat ein ganzes Volk foltern und versklaven lassen. Ihr Fluch ist die Hauptursache dafür, dass unzählige Menschen verkauft und ermordet wurden, und das alles nur, weil ein Fae ihr das Herz gebrochen hat. Dass Sebastian um sie trauern wird, tut mir unendlich leid, aber ich weiß, was ich tun muss.

Ich wickele den Spiegel aus meinen Schatten. »Zeig mir Jasalyn.« Ich muss sie sehen, brauche die Erinnerung daran, warum ich Sebastian verrate. Warum ich gerade zweifellos auf meinen eigenen Tod zusteuere.

Jas liegt auf einem steinernen Boden, ihr Kopf ist im Schlaf zur Seite gefallen, ihre ausgetrockneten Lippen sind leicht geöffnet. Ich umklammere den Spiegel fester, und das Bild kräuselt sich wie eine Reflexion in einem Teich. Als es wieder klar wird, zeigt es Jas friedlich schlafend in einem großen Bett. Sie schläft auf der Seite, in flauschige Decken gehüllt und die Arme um ein Kissen geschlungen, während ihr Kopf auf einem zweiten ruht.

Welches Bild ist echt? Welchem kann ich vertrauen?

So oder so, ich brauche das Buch. Nachdem ich den Spiegel wieder verstaut habe, gleite ich in die Schatten und gehe zur Bibliothek. Mit ein bisschen Glück bin ich wieder zurück, bevor Sebastian aufwacht, und kann so tun, als hätte ich nichts mit dem Verschwinden des Buches zu tun. Wenn ich Pech habe, werde ich schon bald verstehen, was der Ruf der Banshee zu bedeuten hatte.

Aus meinem Zimmer schleiche ich mich an den Posten vorbei, die das Ende des Flures bewachen. In Gedanken gehe ich wieder und wieder meinen Plan durch. *Vertrau mir noch ein bisschen, Sebastian. Und wenn du die Wahrheit herausfindest, vergib mir bitte.*

Die Türen der Bibliothek sind geschlossen, verriegelt und ohne Zweifel durch Zauber gesichert, aber ich schlüpfe als Schatten durch sie hindurch und in die Bibliothek. Weiß Sebastian, dass ich das kann? Wird er erkennen, wer dafür verantwortlich sein muss, dass das Buch weg ist, obwohl die Türen nie geöffnet wurden?

Das Mondlicht taucht den schönen Raum in kühlen Silberschein. Ich kann die Feen hier nicht singen hören. Würde ich die Augen schließen, könnte ich mich bestimmt an den Gesang der Bibliotheks-Feen im Goldenen Palast erinnern, und daran, wie es sich angefühlt hat, als Sebastian mich in seinen Armen gehalten und sich mit mir zum Klang ihrer engelsgleichen Melodie gewiegt hat.

Ich schließe meine Augen nicht, denn ich kann mir diese Erinnerung nicht leisten. Ich gehe direkt zum Buch.

Bevor ich es mir anders überlegen kann, strecke ich meine Hände aus und lege sie auf die offenen Seiten. Sebastians Warnung habe ich nicht vergessen. Aber ich spüre nichts. Keinen magischen Schock, keine Gefahr. Vorsichtig schließe ich das Buch mit einem leisen Schlag. Ich hebe es vom Sockel, um es in Schatten zu hüllen und Mordeus zu bringen.

Aber in dem Moment, in dem ich das Buch anhebe, bewegt es sich in meinen Händen – windet und verdreht sich. Reflexartig lasse ich es beinahe fallen.

Das Buch in meiner Hand hat sich in eine riesige, zischende Schlange verwandelt, die so groß ist, dass ich sie kaum mit den Händen umfassen kann. Ihre Reißzähne und die hervorschnellende, gespaltene Zunge jagen mir schreckliche Angst ein, aber ich denke an Jas und packe noch fester zu. Ich wusste, dass das Buch seine Gestalt verändern kann. Ich hätte mir vorher überlegen sollen, welche Form es annehmen würde, wenn ich versuche, es zu stehlen.

Die Schlange schnappt nach meinem Gesicht, aber ich weigere mich, loszulassen. *Das ist ein Buch. Nur ein Buch. Ein Buch kann dir nicht schaden.*

Dann beißt die Schlange zu. Als ihre Zähne sich in meine Schulter graben, durchhallt mich der Schmerz wie ein großer Gongschlag. Alle Adern meines Armes brennen, während mein Herz das Gift durch meinen Körper pumpt.

Die Türen der Bibliothek fliegen auf und die Deckenlichter gehen an. Ein halbes Dutzend Wachen rennt auf mich zu. Ich muss einen stummen Alarm ausgelöst haben.

»Lasst das Buch fallen!«, ruft ein Wachposten und zieht sein Schwert.

Die Schlange löst ihre mächtigen Kiefer von meiner Schulter, und falls das möglich ist, pocht meine Haut noch heftiger als zuvor. Ich blende den Schmerz aus, lege mir die Kreatur um den Hals und stürze mich in die Schatten und will in ihnen verschwinden, aber selbst in den dunklen Korridoren zwischen den Regalreihen versagt meine Magie.

Fluchtbereit wirbele ich herum und finde mich vor einer Schwertspitze wieder, die direkt auf mein Gesicht gerichtet ist. »Lasst das Buch jetzt fallen, Mylady.«

Ich sehe, wie verstört der Wächter aussieht. Zweifellos hat ihm sein Prinz befohlen, mich zu beschützen, und von seiner Königin wurde ihm befohlen, das Buch zu schützen.

»Das kann ich nicht.« Ich rufe mir ins Gedächtnis, wie es sich angefühlt hat, mit Finn an meiner Seite einen Raum in Dunkelheit zu tauchen, und ich beschwöre dieses Gefühl herauf. Den brennenden Schmerz in meiner Schulter ignoriere ich, nur die Dunkelheit zählt in diesem Augenblick. Ich konzentriere mich auf die beruhigende Kühle pechschwarzer Nacht.

Der Raum wird dunkel und die Wachen rufen erstaunt durcheinander. Nicht einmal das Mondlicht aus den Oberlichtern dringt durch meinen Schild aus Dunkelheit.

Ich laufe in die ungefähre Richtung der Fenster, und plötzlich bin ich im freien Fall. Ich kann nur die Schlange festhalten und meine Knie lockern. Meine Zähne schlagen aufeinander, als ich auf dem Sand aufpralle, und es reißt mir ruckartig den Kopf in den Nacken, aber ich rappele mich sofort wieder auf und renne so schnell ich kann vom Palast weg. Hinter mir herrscht Chaos. Als ich den Ozean um meine Füße schwappen spüre, bewegt sich die Schlange in meinem Griff.

Ich packe fester zu, aber sie ist nicht länger um meinen Hals geschlungen.

Ein kleiner Junge zerrt an meiner Hand. Er hat silberne Augen und dunkles Haar – ein Kind des Schattenreiches. Tränen strömen über sein Gesicht und ich verspüre den Drang, mich vor ihn zu knien und seinen Kummer zu lindern. »Bring mich nach Hause, Feuermädchen. Bitte bring mich nach Hause.« Mit der freien Hand greift er sich an die Brust und zwischen seinen Fingern sickert Blut hervor. »Du bringst mich um.«

Das Buch. Das ist das Buch. Lass dich nicht manipulieren.

Leichter gesagt als getan. Das Pochen in meiner Schulter beweist, dass nicht alles an dieser Verwandlung Illusion ist. Ich zerreiße einen Strang meines Koboldarmbands und rede schon, bevor Bakken sich vollständig materialisiert hat. »Bring mich zum Unseelie-Palast.«

»Ich habe dir doch gesagt, dass ich dich nicht aus Lebensgefahr retten kann.«

Wachposten stürmen an den Strand, sie kommen direkt auf mich zu. Zwischen ihnen kann ich Sebastian erkennen. Ich hole all meine Macht aus meinem tiefsten Inneren heraus, werfe eine Decke aus Dunkelheit über sie und halte sie darin gefangen. »Welche Lebensgefahr?«

Der Kobold grinst. »Bezahl mich, Feuermädchen.«

Der Junge blutet stark und wird von Sekunde zu Sekunde blasser. »Sie bringt mich um«, schluchzt er.

Ich wage nicht, loszulassen, aber ich weiß, dass Bakken nichts ohne Bezahlung tut, also greife ich mit meiner freien Hand nach einer Haarsträhne. »Schneid sie ab.«

Mit einem Lächeln folgt er meiner Aufforderung. Die Wachen haben sich schon fast aus meiner Dunkelheit befreit, aber dann sind wir verschwunden, und ich stehe vor dem König. In meiner Hand nicht mehr die Hand eines kleinen Jungen, sondern ein schweres, uraltes Buch.

Mordeus' silberne Augen weiten sich und ich strecke ihm meine Beute entgegen. »Bitte sehr.«

Mit einem magischen Windhauch lässt er das Buch in seine Hand schweben und streichelt ehrfürchtig den Einband. Seine Augen schließen sich und er holt tief Luft. Seine Haut glüht, und ich kann die Kraft spüren, die von ihm ausgeht. Habe ich auch so ausgesehen, als ich es berührt habe?

»Lass uns trinken.« Er schnippt mit den Fingern, das Buch verschwindet, und plötzlich hält er eine Weinflasche in der Hand. In meiner Hand befindet sich auf einmal ein Weinglas. Er lächelt mich an, während er beide Gläser füllt, und hebt seins empor. »Auf meine schöne Diebin.«

Mit zitternden Händen und schmerzhaft pochender Schulter stoße ich mit ihm an, aber ich trinke nicht. Das Adrenalin verschwindet langsam aus meinem Körper. »Ach komm schon. Du weißt doch, dass ich dir erst dann das nächste Artefakt verrate, wenn du mit mir trinkst. Das ist unsere Tradition.«

Da ich keine Spielchen mit ihm spielen will, leere ich das halbe Glas in einem Zug. »Sagt mir, welchen Gegenstand ich als letztes stehlen soll. Ich muss zurück zu Sebastian.« Zu ihm zurück – aber was dann? Die Wachposten des Palastes der Gelassenheit haben mich mit dem Buch gesehen. Selbst wenn das am Strand nicht Sebastian gewesen sein sollte, haben seine Leute ihm inzwischen alles verraten. Ich senke den Kopf, als ich mich daran erinnere, wie er mich in unserer Liebesnacht angesehen hat. An die Trauer auf seinem Gesicht, weil er die Banshee meinen Namen singen gehört hat. An die Aufrichtigkeit in seinen Augen, wenn er von seiner Mutter sprach.

Sie hat so viel für unser Königreich geopfert … und noch mehr für mich.

Meine Schulter pocht, und dieses nutzlose, kaputte Stück Fleisch in meiner Brust gibt mir das Gefühl, als wäre ich kurz davor, zu implodieren. Ich trinke den Wein aus, aber er betäubt weder den einen noch den anderen Schmerz.

»Du stehst so kurz davor, unsere Abmachung zu erfüllen«, sagt der König. »Warum siehst du aus, als hätte man dir das Herz gebrochen?«

Trotzig strecke ich das Kinn vor. Ich darf mir vor ihm nichts anmerken lassen, er sieht zu viel. »Der Prinz lässt mich vielleicht nicht zurück ins Schloss. Ich werde mein Bestes tun, um das dritte Artefakt zu besorgen, aber …«

Mordeus grinst übers ganze Gesicht und seine Augen funkeln. »Du brauchst nicht zum Schloss zurückzukehren, mein Mädchen. Der dritte Gegenstand, den ich brauche, ist König Oberons Krone. Ohne sie werde ich den Schaden, den Königin Arya meinem Reich zugefügt hat, niemals heilen können.«

Ich muss beinahe lachen. Alle brauchen verzweifelt diese Krone. Wie soll ausgerechnet ich sie ihm bringen, wenn selbst Finn – der Schattenprinz, rechtmäßiger Herrscher der Unseelie – sie nicht finden kann? Doch inzwischen habe ich schon so vieles verloren, dass mir alles egal ist. »Okay, von mir aus. Sagt mir, wo die Krone ist, dann hole ich sie Euch sofort.« *Lass diesen Albtraum bitte enden. Gib mir einfach meine Schwester zurück und schick uns nach Hause.*

»Dieses Heiligtum wirst du nicht stehlen müssen. Du hast es nämlich schon – woher sollten sonst deine magischen Kräfte kommen?«

Das Lachen bricht schallend aus mir hervor. Ich soll die Krone haben? Das ist doch lächerlich. Ich pruste, bis ich mich vor Lachen krümme bei der Vorstellung, dass sowohl Mordeus als auch Finn das Objekt ihrer Begierde die ganze Zeit vor Augen gehabt haben könnten. »Wenn Finn das bloß gewusst hätte«, sage ich immer noch lachend.

»Oh, aber das weiß er ganz genau. Und Prinz Ronan ebenfalls. Warum, glaubst du, liegt beiden so viel an deinem Wohlergehen? Warum versuchen die beiden wohl mit allen Kräften, dein Herz zu erobern?«

Abwehrend hebe ich die Hände. »Na gut. Und wo ist sie?« Ich habe ein für alle Mal genug. Mir bricht das Herz, wenn ich an Sebastian denke, dessen Mutter im Goldenen Palast vielleicht gerade im Sterben liegt – oder sogar schon tot ist. Wie schnell wird der Verlust des Buches die Königin töten? Ich habe noch nie jemanden getötet. Bin ich jetzt eine Mörderin?

Nein, ich will an nichts davon mehr denken. Ich will die Sache einfach nur beenden.

Die Augen des Königs funkeln vor Spott. »Wo trägt man denn üblicherweise eine Krone? Auf deinem Kopf, wo sonst?«

Mein Gelächter wird zu einem ungläubigen Schnauben. »Nun, in diesem Fall …« Mit übertrieben dramatischer Geste nehme ich mir eine unsichtbare Krone vom Kopf und reiche sie dem König. »Bitte schön.«

»Wenn es nur so einfach wäre.« Er schnippt mit den Fingern und das Lachen bleibt mir im Hals stecken, als es im Thronsaal dunkel wird. »Schau dich im Spiegel der Entdeckung an.«

»Im Dunkeln?« Mordeus antwortet nicht, aber ich folge seiner Anweisung, nehme den Spiegel in die Hand und erwarte, darin nur pechschwarze Leere zu sehen. Aber als ich mein dunkles Spiegelbild betrachte, läuft mir ein eiskalter Schauer über den Rücken. Dort, auf meinem Kopf, sitzt ein Band aus Sternenlicht, das sich durch mein Haar windet, in Form einer … leuchtenden Krone.

KAPITEL 32

Die Krone auf meinem Kopf funkelt in Schattierungen von Lila und Blau und allem, was dazwischen liegt.

Mit zitternder Hand greife ich nach oben und berühre meinen Kopf – versuche, die Krone zu ertasten, die ich im Spiegel sehe. Aber ich kann sie nicht spüren. Ich beobachte mein Spiegelbild, während ich versuche, die Krone zu verrücken. Doch sie bleibt an Ort und Stelle.

»Es ist eine magische Krone«, sagt König Mordeus. »Dieses Reich stirbt, solange sie von einem sterblichen Wesen getragen wird. Nur ein Fae mit Unseelie-Blut kann hier regieren.«

»Ich …« Ich kann den Blick nicht von meinem Spiegelbild abwenden. Diese Krone ist nicht nur schön, sondern unglaublich faszinierend. »Aber … aber *wieso?*«

»Mein Bruder Oberon hat deine Mutter geliebt.«

Vor Schreck lasse ich fast den Spiegel fallen. *»Was?«* Es ist so dunkel, dass ich Mühe habe, Mordeus' Gesichtsausdruck zu erkennen. Das muss ein schlechter Scherz sein.

Mordeus schnippt mit den Fingern, und die Kerzen in den Wandleuchtern flackern auf, werfen lange Schatten durch den Raum und verändern mein Spiegelbild. Ich sehe die Krone jetzt nicht mehr. »Oberon war einst im Reich der Sterblichen gefangen und verliebte sich dort in deine Mutter«, sagt der König. »Aber als er endlich nach Faerie zurückkehren konnte, weigerte sie sich, mit ihm zu gehen. Während er sich bemühte, mir seinen Thron wieder abzujagen, blieb sie im Reich der Sterblichen, lernte deinen Vater kennen und verliebte sich in ihn. Als Oberon die Portale stabilisiert hatte und gefahrlos zu ihr zurückkehren konnte, war deine Mutter bereits verheiratet und hatte zwei kleine Mädchen geboren – dich und deine Schwester.«

Es war einmal ein Schattenkönig, der war in der Welt der Sterblichen gefangen. Dort traf er eine sterbliche Frau, die sich unsterblich in ihn verliebte …

Es waren nicht einfach Gutenachtgeschichten, die Mutter uns erzählt hat. Sie hat uns ihre eigene Geschichte erzählt.

»Oberon gab ihr damals ein Windspiel«, fährt Mordeus fort. »Er sagte ihr, falls sie ihn jemals brauchen sollte, müsse sie es nur in die Mitternachtsbrise hängen und die Musik werde ihn zu ihr rufen. Sie hatte Oberon nie vergessen, aber sie war glücklich mit ihrem Leben im Reich der Sterblichen, mit ihrem Mann und ihren Töchtern. Doch eines Nachts, während ihr alle schlieft, ist euer Haus in Flammen aufgegangen.«

Ich schließe die Augen und erinnere mich. Die Hitze. Das Knistern des brennenden Holzes in den Wänden. Wie meine Lunge brannte, als ich verzweifelt nach Atem rang. Das Gefühl von Jasalyn in meinen Armen. Mein Vater starb in diesem Feuer, und auch wir hätten es beinahe nicht überlebt.

»Ihr Mädchen seid beide schwer verbrannt worden, aber du hast beim Versuch, deine Schwester zu schützen, die schlimmsten Verbrennungen erlitten. Dein Leben hing am seidenen Faden. In ihrer Verzweiflung hängte deine Mutter das Windspiel auf und flehte ihren einstigen Liebhaber um Hilfe an. Es war Oberon, der deine Schwester geheilt und sie ohne eine einzige Narbe zurückgelassen hat. Aber deine Wunden waren so schrecklich, dass selbst der beste Heiler nichts mehr hätte ausrichten können. Doch mein Bruder war blind vor Liebe zu deiner Mutter.« Mordeus' Stimme trieft vor Verachtung.

»Oberon wollte ihr das Leid ersparen, ihr Kind zu verlieren, also hat er dich auf die einzige Art gerettet, die ihm blieb.«

Ich starre auf die Stelle, wo Sebastians Zauber immer noch die Narbe an meinem Handgelenk verbirgt. Sie ist das einzige Überbleibsel dieses Feuers, in dem ich eigentlich hätte sterben müssen. Irgendwie habe ich das immer gewusst. »Wie hat er das gemacht?«, frage ich.

»In deinem letzten Augenblick hat er sein eigenes Leben aufgegeben, um deines zu retten.«

Ich kann noch genau hören, wie meine Mutter den Heiler mit der tiefen Stimme angefleht hat. *Bitte rette sie.*

Wie verzweifelt sie war, wie untröstlich, als sie den Preis für mein Leben zu begreifen schien. *Ich tue das für dich.*

All diese Jahre habe ich die Fae gehasst, ohne zu wissen, dass ihre Magie der einzige Grund ist, aus dem ich am Leben bin.

»Und was hat das mit seiner Krone zu tun?«

»Wenn ein Fae-König stirbt, entscheidet er, welcher seiner Nachkommen ihm auf den Thron folgen wird. Sobald er gewählt hat, geht seine Macht auf den Erben über, und nur mit dieser Macht erkennt das Land den neuen König oder die neue Königin wirklich an. Aber Oberon hat seine Kräfte nicht an einen Sohn oder eine Tochter vererbt. Er hat sie dir gegeben – es war der einzige Weg, dich zu retten, dich zu heilen und das sterbliche Herz deiner Mutter zu beschützen.«

Mit den Fingerspitzen streiche ich über meine Kopfhaut, und diesmal kann ich die Krone spüren – nicht den physischen Gegenstand, sondern das Summen ihrer Macht, ihre Vibrationen. Ich kann es immer noch nicht fassen. Kann nicht begreifen, dass ein Fae – Geschöpfe, die ich für egoistisch und grausam hielt – meine Mutter so sehr geliebt hat, dass er starb, um mich zu retten.

Aber mit der staunenden Ehrfurcht im Angesicht der Wahrheit überfällt mich auch der Schmerz über das, was ungesagt geblieben ist. Mordeus braucht die Krone. Er hat mich darum gebeten, sie ihm zu geben. Und das bedeutet, dass Finn die ganze Zeit, während er vorgab, mir zu helfen – vorgab, mein Freund zu sein –, nur ein Ziel hatte: der Krone näher zu kommen.

»Wenn ihr alle diese Krone unbedingt haben wollt, warum habt ihr sie mir nicht einfach abgenommen?« Ich habe bei Finn übernachtet – war verletzt und bewusstlos, stand sogar unter Drogeneinfluss. Er hatte Gelegenheit genug. »Warum tötet Ihr mich nicht einfach und nehmt sie an Euch?«

»Die Alten Könige, die die Krone des Sternenlichts geschmiedet haben, belegten sie mit einem Zauber, damit ihre Nachkommen sie nicht töten konnten, um die Macht zu ergreifen. Sie kann niemals genommen, sondern nur gegeben werden, so wie mein Bruder sie dir gegeben hat. Würde ich dich umbringen, um mir die Krone zu nehmen, wird sie mich ablehnen. Aber du kannst sie mir geben – deine Krone, und deine Macht. Solange du diese Krone trägst, wirst du niemals Frieden finden. Gibst du sie mir aber in einer Verbindungszeremonie freiwillig, gehört die Krone danach rechtmäßig mir. Und dabei rettest du gleichzeitig deine Schwester.«

»Ich muss nur … den Bund mit Euch eingehen, und dann ist alles vorbei?« Eine lebenslange Verbindung mit der dunkelsten, hässlichsten Seele, der ich je begegnet bin. *Niemals.*

»Ja, mein Mädchen.«

Die Bindungszeremonie – Sebastian hat mich erst letzte Nacht davor gewarnt, als er mich davon überzeugen wollte, dass Finn versuchen würde, sich an mich zu binden.

Mit einer simplen Bindungszeremonie könnte er dich mir für immer wegnehmen. Er hat es gewusst. Er hat gewusst, dass Finn nur hinter der Krone her war. Kein Wunder, dass er so überzeugt davon war, dass Finn nicht mein Freund ist.

Doch nicht nur Sebastian hat mich davor gewarnt, mich an einen Unseelie zu binden. Auch Finn hat mich vor einem Bund mit Mordeus gewarnt.

Vergiss nicht, dass du aus freien Stücken in den Bund einwilligen musst. Aber wenn dir etwas an deinem sterblichen Leben liegt, dann solltest du das niemals tun.

Das war keine Drohung, sondern eine Warnung. Eine Warnung, die beide Prinzen wegen des Fluches nicht direkt aussprechen konnten. Aber Finn hat mich auch davor gewarnt, mich an Sebastian zu binden. Weil das seine Chance darauf ruinieren würde, sich selbst an mich zu binden … oder weil Sebastian so die Krone an sich bringen könnte? Aber nein, Mordeus hat gesagt, dass nur ein Fae mit Unseelie-Blut auf diesem Thron regieren kann.

»Ruft Euren Kobold«, sage ich dem König. Er kneift misstrauisch die Augen zusammen. »Warum?«

»Ihr wollt diese Krone? Ihr wollt, dass ich in einen Bund mit Euch einwillige? Dann. Ruft. Euren. Kobold.«

Mordeus schnipst mit den Fingern und sein Kobold erscheint vor mir und schnüffelt interessiert.

»Du stinkst nach meinen Verwandten«, murmelt er.

»Sterben Menschen, wenn sie sich an Fae binden?«, frage ich.

Der Kobold schaut seinen Herrn an. »Antworte dem Mädchen«, sagt Mordeus widerwillig.

»Nicht immer«, sagt der Kobold und streicht sich durch sein schütteres weißes Haar. »Aber manchmal.«

Nicht immer, weil nicht alle Fae verflucht sind. »Wenn sich ein Mensch an einen Seelie bindet, stirbt er dann?«

Wütend starrt mich der Kobold an. »Nein.«

»Und wenn sich ein Mensch an einen Unseelie bindet?«

Der Kobold schaut wieder auf Mordeus, aber er muss gar nicht mehr antworten. Jetzt kenne ich die Wahrheit. Dieser Fluch ist wirklich zu grausam. Um Oberon daran zu hindern, sich an seine menschliche Geliebte zu binden, hat die Königin die Unseelie so verflucht, dass sie den Menschen töten, an den sie sich binden wollen.

Ich wirbele zu Mordeus herum. »Ihr sagt, ich müsse mich an Euch binden? Dabei meint Ihr doch eigentlich, dass ich sterben muss.«

Der Kobold kichert leise, und Mordeus schaut ihn so lange grimmig an, bis er in einem Lichtblitz verschwindet.

»Oberons Krone hat dir das Leben gerettet«, sagt Mordeus. »Sie hat dir Lebenskraft gegeben, als deine bereits erloschen war. Du kannst dein sterbliches Leben ohne die Krone also nicht fortsetzen, das stimmt. Durch den Bund würdest du mir die Krone auf dieselbe Art geben, auf die Menschen seit zwanzig Jahren ihre Lebenskraft auf die Unseelie übertragen.«

Das also wollte Finn von mir – und davor hat Sebastian mich gewarnt, als er mir sagte, Finn könne mich ihm für immer nehmen, wenn ich den Bund mit ihm eingehen würde.

Ein Bund mit Finn würde meinen Tod bedeuten. Ich schüttele den Kopf, und der Thronsaal beginnt sich zu drehen. »Gesetzt den

Fall, ich wäre bereit zu sterben, um meinen Teil der Abmachung zu erfüllen – wie könnte ich sichergehen, dass Ihr meine Schwester wirklich freilasst?«

König Mordeus lächelt. »Ich habe es bei meiner Magie geschworen, also werde ich dieses Versprechen halten.«

Ich starre auf meine Füße. Ich muss *nachdenken,* aber die Schmerzen in meiner Schulter und der Schock nach all den Enthüllungen vernebeln mir den Verstand.

»Doch weil du so schlau bist«, sagt Mordeus langsam, »könnte ich dir eine Alternative anbieten. Ein Geschenk.«

Ich hebe den Kopf. Meine verzweifelte Hoffnung auf eine andere Lösung steht mir ins Gesicht geschrieben, fürchte ich.

»Wenn du partout nicht sterben willst, aber dennoch dein Versprechen halten möchtest, die Krone zurückzugeben, dann … Wie wäre es, wenn du nicht deine Existenz aufgeben müsstest, sondern nur deine Sterblichkeit?«

»Wie bitte?«

»Schenk mir dein Leben und damit die Krone, dann werde ich dir den Trank des Lebens geben, um dich zu retten.« Er steigt vom Podium herunter und nimmt meine Hand, und ich stehe noch so sehr unter Schock, dass ich es zulasse. »Dieser Bund muss nicht das Ende sein. Wenn du es zulässt, wird er ein Neuanfang.« Ein Häufchen mit Runen bedeckter Steine erscheint in seiner offenen Handfläche. »Du musst dich nur an mich binden.«

Der Thronsaal verschwimmt vor meinen Augen. Mordeus lächelt, und ich beuge mich näher zu ihm.

»Wähle den Stein, der unseren Bund repräsentiert, und füge dich in dein Schicksal, mein Mädchen.«

Es ist so einfach. Einen Stein wählen. Mein Schicksal akzeptieren.

Ich strecke die Hand nach den Steinen aus, die er mir entgegenhält, und ich habe das Gefühl zu schweben. Ein seltsam vertrautes Gefühl. Ich kenne es …

Aus dem Goldenen Palast. Als man mir Drogen verabreicht hat.

»Ich muss aufs Klo«, stammele ich.

Ärger huscht über das Gesicht des Königs, aber er glättet seine Züge sofort wieder. »Natürlich. Meine Dienerin wird dir helfen.«

Ich nicke dankbar. Er darf auf keinen Fall merken, dass ich von den Drogen weiß.

Eine junge Dienerin, eine Menschenfrau mit vernarbtem Gesicht, kommt herein und führt mich unter den wachsamen Blicken von mehreren Dutzend königlichen Wachposten aus dem Thronsaal. Mit gesenktem Kopf öffnet sie die Tür zum Waschraum und folgt mir hinein.

»Ich möchte allein sein, bitte.«

Das Mädchen wirft einen furchtsamen Blick über die Schulter und zögert. »Ich sollte … Ich meine, dem König würde es nicht gefallen, wenn ich …«

»Es dauert nicht lang, versprochen«, sage ich, um mein Gleichgewicht kämpfend.

»Okay.« Mit gesenktem Kopf verlässt das Mädchen den Waschraum.

Als die Tür zufällt, ziehe ich Finns Elixier aus meiner Dunkelheit. Nach einem kurzen Blick zur Tür trinke ich es komplett aus. Ich sinke zu Boden und versuche, einen Weg aus dem Schlamassel zu finden, in den ich hier geraten bin.

Ich kann Mordeus die Krone nicht geben, das kann ich weder Finn noch Sebastian antun. Die beiden sind sich in einer Sache einig: der Überzeugung, dass Mordeus Faerie nichts als Unheil bringen wird. Aber ich kann auch Jas nicht im Stich lassen. Auch wenn … auch wenn sie bisher in Sicherheit war. Vielleicht kann sie noch ein bisschen länger warten. Wenn ich nur etwas mehr Zeit hätte, könnte ich eine Lösung finden, die nicht damit endet, dass diese Krone auf Mordeus' Kopf landet. So wie es im Spiegel aussah, geht es Jas …

Der Spiegel.

Die ganze Zeit habe ich geglaubt, dass meine Schwester in Mordeus' Obhut sicher und glücklich ist, aber nur wegen der Szenen, die mir der Spiegel gezeigt hat. Nur einmal habe ich Jas für einen kurzen Augenblick lang in einem Kerker gesehen. Aber dann hat sich das Bild verändert und mir das gezeigt, was ich unbedingt glauben wollte. Und als ich mir so sehnlich gewünscht habe, das nicht alleine durchstehen zu müssen, zeigte mir der Spiegel meine Mutter – nicht weil sie wirklich da war, sondern weil ich wollte, dass sie da ist.

Hat Finn mir nicht gesagt, ich solle dem Spiegel nicht trauen? Er sagte, es sei gefährlich für jemanden, der so viel Hoffnung in seinem Herzen habe. Ich habe seine Warnung missachtet. Hat der Spiegel mir nicht tatsächlich meist genau das gezeigt, was ich mir erhofft habe?

Ich habe ihm geglaubt, als er mir zeigte, dass Jas glücklich in Sicherheit ist, weil ich es glauben wollte. Doch heute Abend war das Bild, das sie zeigte, einen Moment lang düster und trostlos.

Ich dachte, dass Finn mich völlig falsch eingeschätzt hatte, weil er mich für hoffnungsvoll hielt, aber er hatte recht. Für meine Schwester, ja sogar für meine Mutter hatte ich Hoffnung. Aber jetzt nicht mehr. Bislang habe ich das Gefühl gebraucht, meine Schwester in Sicherheit zu wissen, und der Spiegel hat mir genau das gegeben. Jetzt hebe ich ihn mit zitternden Händen hoch, starre mein Spiegelbild an, befreie meinen Geist von Erwartungen und konzentriere mich auf meinen Wunsch nach der Wahrheit. »Zeig mir Jasalyn.«

Da ist kein verschwenderisch ausgestattetes Zimmer mit feiner Bettwäsche. Keine lachenden Dienstmädchen. Keine Tabletts mit Essen oder Panoramafenster, die eine wunderschöne Aussicht überblicken. Da ist nur Jas, angekettet in einem Kerker. Auf dem Boden ein Haufen Stroh, in der Ecke ein Eimer. Sie ist dünn und blass und nippt mit aufgesprungenen Lippen an einem Becher Wasser.

Ich presse mir die Hand auf den Mund, um mein entsetztes Keuchen zu dämpfen. Dann lege ich mich flach auf den Boden und streiche mit den Fingern über das Bild, bis es verschwindet. Während ich wie eine Königin gegessen und Freunde gefunden habe, während ich getanzt und gelacht und mich verliebt habe, war meine Schwester die ganze Zeit über …

Mordeus wusste, dass ich unbedingt glauben wollte, es gehe ihr gut. Und er wusste auch, dass der Spiegel mir zeigen würde, was ich zu sehen hoffte.

Ein weiterer Schluchzer bricht aus meiner Brust.

»Es tut mir so leid, Jasalyn. Es tut mir so leid.«

Der Spiegel hat mir einmal geholfen, Sebastian zu finden, als ich damit nichts Besonderes verband. Er hat mir Sebastian an seinem Schreibtisch in einem Buch lesend gezeigt. Und später habe ich mit seiner Hilfe das Buch gefunden. Aber ich wusste nicht genug über das Buch, und auch nicht über Sebastians Leben, um Hoffnung in diese Dinge zu setzen – im Gegensatz zu meinen Hoffnungen für meine Familie. Sogar in meine Mutter, von der ich glaubte, sie hätte mich verlassen, hatte ich noch Hoffnung.

»Zeig mir meine Mutter«, flüstere ich. Als ich das Grab mit der Leiche darin vor mir sehe, zerbricht in meiner Brust etwas. Ich weiß nicht genau, was es ist, aber ich fürchte … ich fürchte, es ist der letzte Rest Hoffnung, der mir noch geblieben ist.

Ich atme langsam und regelmäßig und warte darauf, dass das Elixier zu wirken beginnt, aber meine Gedanken hören nicht auf zu kreisen. *Ich trage die Krone.*

Mühsam stemme ich mich vom Boden hoch und straffe die Schultern. Ich habe die Banshee, die mich letzte Nacht besucht hat, nicht gebraucht. Ich habe auch Lark, die mich in meinem Traum besucht hat, um mir zu sagen, dass ihr Ruf unausweichlich war, nicht gebraucht. Auch ohne sie wusste ich, wie die Geschichte enden würde, als ich durch das Portal ging. Ein Teil von mir … ein Teil von mir wusste, dass ich nicht wieder nach Hause zurückkehren würde.

Die Frau, die mich zur Toilette begleitet hat, atmet erleichtert auf, als ich auf den Flur zurückkehre. Gerne würde ich sie fragen, warum sie für den König arbeitet. Wartet sie darauf, als sein nächster Tribut ausgewählt zu werden? Wofür hat sie sich an ihn verkauft? War es das wenigstens wert?

Wie lächerlich, dass ich tatsächlich geglaubt habe, ich würde lange genug leben, um Frauen wie sie zu retten. Wie lächerlich, dass ich, als Lark mich eine Königin nannte, geglaubt habe, dann hätte ich die Chance, vielleicht etwas zu bewirken.

Ich bin wie betäubt, als ich dem Mädchen zurück in den Thronsaal folge, aber das liegt nicht an dem vergifteten Wein. Nein. Ich muss das Elixier rechtzeitig genommen haben, weil ich die Wirkung der Droge nicht mehr spüre. Diese Taubheit ist etwas anderes.

Resignation. Enttäuschung.

Ein hoffnungsloses Herz.

Der König wirkt wachsam, als er mir zusieht, wie ich mich

seinem Thron nähere. Sieht er an meinen Bewegungen, dass ich nüchtern bin? An meinem Gesicht?

Ich schwanke ein wenig von Seite zu Seite. Er soll nicht merken, dass er seinen Vorteil verloren hat. »Wenn ich tue, was nötig ist, um meinen Teil unserer Abmachung zu erfüllen, werdet Ihr dann Euren auch einhalten?«, frage ich.

Mordeus' Augen leuchten so hell, dass das Silber beinahe weiß wirkt. *Gierig.*

»Ja, das werde ich.«

Mein Blick schweift zum Thron, auf dem er nie sitzt. Den Thron, der ihm seine Macht verweigert, solange er die Krone nicht trägt.

»Bis Sonnenaufgang kann alles vorbei sein«, verspricht er mir. »Die Zeremonie ist simpel. Wir wählen eine Rune aus, wir sagen ein paar Worte, und ich habe den Trank des Lebens für dich vorbereitet.«

In meinem Traum sagte mir Lark, ich solle mich an unseren Handel erinnern. Dass Mordeus unserer Abmachung treu bleiben würde. Was war der genaue Wortlaut noch mal? Ich muss ihm die Artefakte zurückbringen und … Nein. Nicht ihm. Ich habe sein ursprüngliches Angebot bewusst umformuliert, weil ich schon damals vermutete, dass sein Königreich der Objekte würdiger ist als er selbst.

»Wenn die drei Gegenstände wieder hier am Hof zurück sind, wo sie hingehören, werde ich deine Schwester sicher an einen Ort deiner Wahl im Reich der Menschen bringen lassen.«

Dort, wo sie hingehören.

Ich mache einen Schritt auf das Podium zu, dann einen zweiten. »Das Grimoricon wurde an seinen rechtmäßigen Platz im Unseelie-Reich zurückgebracht«, sage ich.

Mordeus' gierige Augen weiten sich aufgeregt. »Ja.«

Ich halte ihm den Spiegel entgegen.

»Und der? Wo gehört der hin?«

Er schnippt mit den Fingern, und der Spiegel schwebt von meiner Hand zu einer Vitrine hinter dem Thron.

»Jetzt muss nur noch Oberons Krone an ihren angestammten Platz zurückgebracht werden«, sage ich mit wild klopfendem Herzen. »Aber ich werde heute nicht sterben.«

Mordeus öffnet seine Handfläche und bietet mir noch einmal die Runensteine an. »Du wirst eine wunderschöne Fae abgeben, aber zuerst müssen wir die Bindungszeremonie vollziehen. Andernfalls ist der Trank wirkungslos.«

Ich hebe meine Röcke und steige die drei Stufen zum Podium hinauf. Mordeus strahlt mich an. »Braves Mädchen.«

Ich schicke ein Stoßgebet an alle Götter. Mögen sie mir gnädig sein, falls ich mich getäuscht habe. Dann drehe ich mich leicht zur Seite, weiche dem falschen König aus und nehme auf dem Thron Platz.

KAPITEL 33

Die Macht des Throns, der Krone und des Königreiches durchdringt mich.

Die Krone ist zurück an ihrem rechtmäßigen Platz am Hof des Mondes.

Mordeus' Augen sind so groß wie Untertassen. Er weicht zurück und stolpert rücklings die Treppe hinunter. »Was hast du getan?«

»Jetzt seid Ihr dran«, sage ich, all meinen Mut zusammennehmend. Ich habe keine Ahnung, ob mein Plan funktionieren wird. »Bringt meine Schwester lebendig und sicher in das Reich der Sterblichen zurück – schickt sie zu Magier Trifen, damit er sich um sie kümmern kann.«

Mordeus' Mund ist wutverzerrt, aber er schnippt mit den Fingern, während er mich böse anstarrt. »Es ist vollbracht.« Er kommt wieder auf mich zu, aber ich bin immer noch zu gefühllos, um es ihm zu verbieten. »Du hältst dich offenbar für sehr clever«, höhnt er. »Aber es war nie Teil unserer Abmachung, dass ich auch *dich* ins Reich der Sterblichen zurückbringen muss, und gerade hast du dein eigenes Todesurteil unterschrieben. Lieber würde ich meinen bauernfreundlichen Neffen auf diesem Thron sehen, als mein Reich einer *Menschenfrau* zu überlassen.«

»Ich habe keine Angst vor dir.«

Mordeus richtet sich auf und öffnet die Hand. Plötzlich steht das Dienstmädchen mit dem vernarbten Gesicht, das mich zur Toilette gebracht hat, zwischen uns. Er hält ihr eine Klinge an die Kehle. »Du nicht. Sie aber schon«, flüstert er. »Und wie ich gehört habe, hast du genau wie mein Neffe eine Vorliebe dafür, die Schwachen zu beschützen.«

Ein dünner Blutsfaden rinnt an der Stelle, an der sich das Messer in ihre Haut drückt, über die glänzende Klinge. Das leise Wimmern des Mädchens ist herzzerreißender als der lauteste Hilferuf.

»Du glaubst, du könntest mich austricksen, aber deine dilettantische Magie ist meiner nicht gewachsen. Deine Sterblichkeit und dein Mitgefühl machen dich schwach. Wenn du den Bund mit mir eingehst, verschone ich sie. Lehnst du ab, darfst du zusehen, wie sie und unzählige andere wie sie wegen dir ihr Leben verlieren.«

Das Blut rinnt jetzt schneller über die Klinge.

»Lass sie frei.« Meine Stimme bebt. Was soll ich jetzt tun? Der Thronsaal ist von Mordeus' Wachposten gesäumt, die alle nur darauf warten, mich auf seinen Befehl in Stücke zu reißen. Wenn mein Plan funktioniert hat, ist Jas jetzt zwar in Sicherheit, aber ich könnte der Grund sein, dass dieses unschuldige Mädchen stirbt. »Bitte.«

»Willigst du in den Bund ein?«

Ich kann nicht sterben, ohne sicher zu wissen, dass es Jas gut geht, und ich kann den Bund nicht zulassen und damit einer so grausamen Kreatur die Kontrolle über meine Macht geben. Ich kann die unschuldigen Unseelie, die bereits so sehr unter seiner Herrschaft gelitten haben, nicht im Stich lassen.

»Verbinde dich mit mir«, knurrt Mordeus. »So kannst du all das beenden.«

»Nein.« Meine Stimme schafft es nicht, die einzelne Silbe ohne mehrfaches Zittern auszusprechen, aber ich habe den Kopf trotzig erhoben.

Mordeus zieht die Klinge quer über ihre Kehle, und Blut sprudelt ihr aus Mund und Hals und besudelt seine Hand, bevor sie zu Boden fällt.

Seine Magie flackert auf, er öffnet die Hand und ein weiteres Mädchen erscheint zwischen uns. Sie kann nicht älter als zwölf sein. Sie wehrt sich gegen seinen Griff, und das Messer an ihrem Hals gräbt sich in ihre Haut, während sie sich verzweifelt im Thronsaal umsieht.

»Mir stehen Dutzende von Menschen zur Verfügung, die alle dank der Gier eurer Art gekauft und bezahlt wurden«, sagt Mordeus kalt. »Wie viele von ihnen willst du für deinen Egoismus opfern? Wie viele Menschenleben sind dein Stolz und deine Sturheit wert?«

Die blauen Augen des Mädchens sind wild, bevor sie auf mir landen. Ich erfasse den Moment, in dem sie mich wahrnehmen. Und ich sehe etwas in ihnen aufblitzen: Hoffnung.

Hoffnung.

Obwohl ein anderes Mädchen tot vor ihr liegt und eine Klinge gegen ihre Halsschlagader drückt, hat sie noch Hoffnung.

Ich zehre von ihrem Gefühl und hülle den Raum in Dunkelheit. Sie ist Mordeus' Element, aber auch meins, und ich bin stärker als zuvor. Unsichtbare Ranken aus purer Magie binden mich an den Thron und das Reich. Ich bediene mich all dieser Magie, als ich die Nacht um seine Wachen wickle und sie in enge Käfige aus Schatten sperre, während ich in meine eigenen schlüpfe. Das Mädchen windet sich aus dem Griff des Königs, als er vorwärtshechtet, um mich aufzuhalten. Doch ich tauche hinter ihm wieder auf, den

Griff des Adamant-Dolches von Sebastian fest in der Hand. In dem Moment, in dem Mordeus sich zu mir umdreht, stoße ich ihn mitten in sein Herz.

Mordeus brüllt vor Schmerz und alles scheint sich zu verlangsamen – sein Knurren, als er eine Handvoll meiner Haare packt, das heiße, klebrige Blut, das über meine Finger strömt, und der klagende Aufschrei des jungen Mädchens, das hinter ihm neben der toten Frau auf die Knie gefallen ist.

Mit seiner blutigen Klinge zielt er auf meinen Bauch und sticht zu. Er schneidet mich, aber er sackt leblos auf dem Boden zusammen, bevor er mir das Messer in die Eingeweide treiben kann.

Mit zitternden, blutigen Händen helfe ich dem Mädchen auf die Beine. »Gibt es einen sicheren Ort, an dem du warten kannst, bis ich zurückkomme und dich und die anderen hole?« Unzählige Menschen, hat Mordeus gesagt. Die alle nur darauf warten, seine Magie zu nähren und sein verfluchtes Leben zu verlängern.

Sie nickt. Tränen laufen ihr über die Wangen. »Meine Schwester«, würgt sie heraus und schaut auf die Leiche des ersten Mädchens auf dem Boden. Des Mädchens, das ich nicht retten konnte, weil ich nicht entschlossen genug gehandelt habe.

»Es tut mir so leid«, flüstere ich. So viel habe ich geopfert, um meine Schwester zu retten, aber ihre habe ich sterben lassen. »Es tut mir so schrecklich leid.«

Sie sinkt zu Boden und streicht ihrer toten Schwester das Haar aus dem Gesicht. Der Anblick droht mich aus meiner Betäubung zu reißen, aber ich habe nicht den Luxus, den Schmerz und den Schrecken zuzulassen, die mich überwältigen wollen. Ich muss hier weg.

Ein weiterer Strang des Koboldarmbandes zerreißt unter meinen Fingern.

Bakkens Augen weiten sich beim Anblick der Szene, die sich ihm bei seiner Ankunft bietet. Sein Blick bleibt an der Leiche des falschen Königs hängen, die auf dem Boden in einer Lache seines eigenen Blutes liegt.

»Bring mich zu Finns Katakomben.« Ich wische meine Hände an meiner Hose ab. Von dem Geruch des Blutes, das unter meinen Fingernägeln klebt und meine seidene Kleidung durchnässt, wird mir übel.

»Du verlangst zu viel.« Bakken weicht zurück und schüttelt den Kopf.

»Ich bezahle dich immer angemessen«, presse ich zwischen zusammengebissenen Zähnen hindurch. Ich umklammere den Griff des Dolches in meiner Hand so fest, dass die Verzierungen mir in die Handflächen schneiden.

»Bring mich zu den Katakomben des Schattenprinzen.«

»Der Standort ist ein streng gehütetes Geheimnis. Das ist keine gewöhnliche Information.«

Ohne nachzudenken, wickle ich mein Haar um meine Faust und säbele mit dem blutigen Messer alle langen Strähnen ab. Ich strecke ihm die Handvoll Haar entgegen. »Hier.«

Ihm fallen fast die Augen aus dem Kopf und Sabber tropft ihm aus dem Mund, als er sie an sich reißt. »Jawohl, Feuermädchen.«

Ich schließe die Augen. Inzwischen weiß ich, dass es mir Übelkeit bereitet, mit einem Kobold durch die Welt zu reisen, aber das hilft mir auch nicht. Als die Welt schließlich aufhört, sich um mich zu drehen und ich die Augen öffne, bin ich von einer Dunkelheit umgeben, die so tief ist, dass selbst meine Nachtaugen nicht genau erkennen können, wo wir sind.

»Ich verlasse dich jetzt, Feuermädchen.«

Ich sehe ihn nicht, spüre aber, dass er verschwindet. Ich mache nicht einmal den Versuch, ihn aufzuhalten. Die Luft ist kalt, und es riecht nach feuchter Erde. Wir müssen tief unten sein.

Mordeus hat mich unter Drogen gesetzt, um mich davon zu überzeugen, mich an ihn zu binden. Danach hat er Unschuldige benutzt, weil er mich erpressen wollte. Mordeus ist also genauso verlogen, wie alle sagen, und genauso hinterhältig, wie ich befürchtet habe. Aber darauf war ich vorbereitet.

Nicht vorbereitet war ich darauf, dass Finn auch so ist.

Finn hat mir die ganze Zeit nur aus einem Grund geholfen. Sein Plan war, dass ich mich in ihn verliebe und ihm irgendwann genug vertraue, um mich an ihn zu binden. Auf diesem Weg wollte er mir die Lebenskraft nehmen und damit auch die magische Krone, von deren Existenz ich nicht einmal wusste.

Ich dachte, ich hätte hier Freunde gefunden, habe mich tatsächlich hier weniger einsam gefühlt als in Fairscape. Aber Sebastian ist hier wirklich mein einziger Freund, und ich habe sein Vertrauen unzählige Male gebrochen.

Langsam gewöhnen sich meine Augen an die Dunkelheit, und mühsam unterdrücke ich das Aufschluchzen, das mir in der Kehle aufsteigt. Ich weiß nicht, was ich erwartet habe. Ich bin in Finns Katakomben. Natürlich werden hier Tote zur Ruhe gebettet. Aber so etwas hätte ich trotzdem niemals erwartet.

Reihenweise gläserne Särge erstecken sich vor mir. Die Frau im ersten Sarg ist jung – wahrscheinlich in meinem Alter – und ihr langes blondes Haar ist über eine Schulter gelegt. Ihre Augen sind geschlossen, ihre Hände über dem Bauch gefaltet.

Sie trägt ein weiches, weißes Spitzenkleid und sieht aus wie eine Braut kurz vor ihrer Hochzeit. Ich lege meine Hände auf den Glasdeckel – um ihn beiseitezuschieben, sie aufzuwecken, sie zu … retten vielleicht? –, aber er bewegt sich nicht.

Ich presse meine Hand gegen das Glas. »Nein.«

Im nächsten Sarg liegt ein junger Mann mit eingefallenen Wangen und fahler Haut. Wahrscheinlich war er kurz vor dem Verhungern, als er sich Finn angeboten hat. Vielleicht war er wie ich und hatte eine jüngere Schwester, für die er verantwortlich war. Vielleicht gab er sein Leben hin, damit jemand, den er liebte, überleben konnte.

Sarg um Sarg, Mensch um Mensch erzählen diese Katakomben die Geschichte eines Monsters, das bereit war, das Leben von Männern und Frauen auszulöschen, um sein eigenes zu schützen. Plötzlich stehe ich vor einem Sarg, in dem sich eine bekannte Gestalt befindet. Mit einem unterdrückten Aufschluchzen lehne ich mich dagegen.

Kyla. Ich habe gesehen, wie sie sich Finn angeboten hat. Sich geopfert hat, weil das Leben, das sie führen musste, schlimmer war als dieses Schicksal – eine Ewigkeit in einem gläsernen Sarg.

Ich wollte glauben, dass Finn gut ist. Als Bakken mir von dem Fluch erzählt hat, wollte ich glauben, dass Finn niemals ein Menschenopfer akzeptieren würde, sondern lieber seine Magie aufgeben und auf seine Unsterblichkeit verzichten würde, als die schreckliche Entscheidung zu treffen, die der Fluch ihm aufzwingt. Ein Teil von mir wusste es – ein Teil von mir hat schon lange gewusst, was es heißt, ein Tribut zu sein.

Ich wollte glauben, dass unsere Freundschaft echt war und dass die Verbindung, die ich bei jeder Berührung gespürt habe, etwas bedeutet hat. Aber diese Verbindung war nichts weiter als die Krone, die ich nicht will. Die Krone, die er braucht. Die Krone, für die er mich töten wollte.

»Ich bahre sie hier auf, um sie zu ehren.«

Ich wirbele in der Dunkelheit herum. Hinter mir steht Finn, die

Lichtkugel, die an seiner Seite schwebt, beleuchtet sein verboten schönes Gesicht. Seinen verlogenen Mund. Seine betrügerischen Silberaugen.

»Was ist? Willst du mich nicht endlich bitten, mich an dich zu binden? Dir die Krone nehmen? Schließlich habt du und deine Freunde alles getan, um mich davon zu überzeugen, sie dir zu geben. Oder bist du zu feige dazu?«

Er lehnt sich mit der Schulter gegen die Steinmauer und schließt die Augen, als wäre er unendlich müde. »Dann weißt du jetzt also alles.«

»Ich weiß, dass du schon bei unserem allerersten Tanz vorhattest, mich zu töten.« Der Schmerz in meiner Stimme lässt sich nicht verbergen. »Alles, was du getan hast, um mich für dich zu gewinnen, hast du für die Krone getan – um mich dazu zu bringen, mich an dich zu binden. Nur so konntest du sicher sein, dass die Krone am Ende dir gehören wird.«

Frustriert fährt er sich mit den Händen durchs Haar. »Ich kann die Probleme meines Hofes nicht aus dem Exil lösen.«

Meine Hände zittern, aber ich habe keine Angst vor ihm. Ich bin … verletzt.

Mein Blick schweift über die Sargreihen, und der Raum beginnt sich zu drehen. Ich presse eine Hand auf meinen Bauch und spüre die klebrige Wärme von Mordeus' Blut. Von meinem Blut, das immer noch aus der oberflächlichen Wunde sickert.

»Und während du dir alle Mühe gegeben hast, mich zu manipulieren, hast du all diese unschuldigen Menschen getötet, weil du der Ansicht warst, dein Leben sei mehr wert als ihres.«

Ich wende mich ihm wieder zu und sehe, dass er es nicht leugnet. Eine Maske aus Resignation bedeckt sein Gesicht, und Trauer verschleiert seine silbernen Augen. Nein, *er ist nicht traurig*. Er will mir das nur weismachen, aber ich lasse mich von ihm nicht manipulieren. Nicht mehr.

Ich schlucke mühsam, aber der Schmerz in meiner Brust lässt sich nicht bändigen. »Hast du sie alle getötet?«

»Nein, aber einige.« Finn geht zum ersten Sarg und legt sanft die Fingerspitzen auf das Glas, während er die Frau darin betrachtet. »Zu viele.«

»Kennst du überhaupt ihre Namen?«

»Jeden einzelnen.«

Ich deute auf den Sarg, auf dem seine Hände ruhen, den Sarg mit der Braut. »Wer ist sie?«

»Ihr Name war Isabel.« Seine Stimme bricht und er hebt den Kopf, um mir in die Augen zu sehen.

Ich erinnere mich, dass ich ihn nach Isabel gefragt habe – wer sie war, was mit ihr passiert ist. Ich erinnere mich an den Schmerz in seinen Augen, als er mir geantwortet hat: *Sie war sterblich.*

»Du hast sie getötet«, flüstere ich. »Du hast deine eigene Verlobte getötet.«

»Ja.«

Es ist schwer, ihn zu hassen, wenn er so todtraurig aussieht, aber die Wahrheit erleichtert es mir. Finn ist *nicht* der Fae, für den ich ihn zu halten begonnen habe.

»Der König ist tot.« Ich will, dass er nicht vergisst, wozu ich fähig bin – dass ich nicht so leicht zu manipulieren oder zu besiegen bin. Ich will es vor allem selbst nicht vergessen.

»Ich weiß.«

Ich löse den Dolch von meiner Wade und nehme ihn, in Schatten gehüllt, in die Hand. »Ich habe ihn getötet.«

»Ich weiß. Er hat dich von Anfang an unterschätzt. Aber deine Mutter nicht.«

Ein Bild ihres Lächelns leuchtet in meinem Kopf auf. »Sprich nicht von meiner Mutter.«

Meine Augen brennen. Daran kann ich jetzt nicht denken. Nicht, wo ich die letzten neun Jahre so wütend auf sie war, weil sie uns verlassen hat. Ich kann nicht an all die Wut in mir denken, die sie nicht verdient hat. Kann nicht daran denken, wie viel sie für mich geopfert hat. *Noch nicht.*

»Den Betrug hätte ich dir verzeihen können, aber das hier?« Ich zeige auf die Särge. »Ich habe mein ganzes Leben in einer Welt verbracht, in der Menschen gekauft und benutzt worden sind. Ich werde die Krone niemals jemandem geben, der Teil dieses Problems ist.«

Ein Muskel in seiner Wange zuckt, als er mich von Kopf bis Fuß mustert. »Dann solltest du den Dolch benutzen, den du in deiner Hand versteckst, und mich jetzt töten. Denn solange ich lebe, bin ich meinem Volk verpflichtet. Solange ich lebe, werde ich deshalb um die Krone kämpfen, die du trägst.«

Meine Hand zittert, als ich den Dolch fester greife. Ihn zu töten würde zwar all diese Menschen nicht zurückbringen, aber damit gäbe es einen Unseelie weniger, der Unschuldigen das Leben nimmt.

Ich mache einen Schritt nach vorne und er bewegt sich nicht.

Würde er sich überhaupt gegen mich wehren, oder würde er einfach stehen bleiben und sich von mir umbringen lassen? Ich habe ihm *vertraut*.

Und Sebastian habe ich verraten. Für meine Schwester, ja, aber auch für Finn.

Für sein Königreich. Für seine Chance, den Thron zurückzuerobern.

Ich versuche, den Dolch so zu halten, dass ich zustechen kann, aber ich schaffe es nicht. Meine Finger weigern sich zuzupacken. Also renne ich los. Ich finde die Treppe und die endlosen Stufen hinauf, immer weiter weg von ihm. Ich spüre, dass er mir nachschaut, aber er folgt mir nicht. Meine Lungen und Beine brennen, während ich hinaufsteige, doch ich werde von einer unbändigen Kraft getrieben. Ich renne weiter, bis ich die frische Luft des Tages rieche und das Licht der Sonne durch eine offene Tür scheinen sehe.

Mit letzter Kraft krieche ich ins Sonnenlicht und lasse mich auf den Teppich aus Tannennadeln auf die Lichtung fallen. Ich kann kaum noch atmen, und das liegt nicht nur an meinem wild klopfenden Herzen, dem schmerzenden Schlangenbiss und der Wunde in meinem Bauch. Alles schlägt über mir zusammen.

Finn hat mich verraten, ich habe Sebastian verraten, und all das schmerzt mehr, als ich ertragen kann.

KAPITEL 34

»Lady Abriella«, sagt Emmaline leise. »Es tut mir leid, Mylady, aber Ihr müsst aufwachen.«

Vergeblich versuche ich, die Augen zu öffnen. Ich drehe mich um und ziehe mir das Kissen über meinen Kopf. »Nein. Ich muss schlafen.«

Emmaline quiekt besorgt, und ich bin mir vage bewusst, dass sie und Tess ein leises Gespräch führen, während der Schlaf mich wieder überwältigt. »Habe sie gerade hier gefunden.« »Blutet zu stark.«

»Hol den Prinzen.«

»Brie?« Sebastians Stimme. Der Geruch von Leder, Salz und Meer. Sonnenschein auf grünem Gras. »Brie, wach auf.«

Ich will meine Augen nicht öffnen. Von Decken umhüllt liege ich in einem weichen Bett. Ich kann Sebastians Duft überall um mich herum riechen, und ich weiß nicht mehr, warum, aber ich weiß, dass ich diesen sicheren Ort nicht verlassen möchte.

»Der Heiler muss dich untersuchen«, sagt Sebastian leise.

Mit diesen Worten wird mir auf einmal alles so klar, als hätte jemand den Vorhang mit einem Ruck beiseitegezogen und einen sonnigen Tag enthüllt. Ich möchte der Realität dessen, was ich getan habe, nicht ins Gesicht sehen. Ich kann den Gedanken nicht ertragen, dass Sebastian mich hasst.

»Abriella, mach die Augen auf.« Warum klingt seine Stimme so sanft? Weiß er es denn nicht? Warm und rau liegt seine Hand an meiner Wange, und ich schmiege mich dagegen, als er mit seinem Daumen über meinen Kiefer streicht. »Du hast mir Todesangst eingejagt, weißt du? Bitte mach einfach die Augen auf, damit ich weiß, dass es dir gut geht.«

Aber ich will meine Augen nicht öffnen. Ich möchte diesen Traum nicht beenden, in dem er sich immer noch um mich kümmert. Sein warmer Atem flattert gegen meine Lippen, und dann liegt sein Mund auf meinem, sanft und zärtlich. Mein Herz zieht sich zusammen. *Sebastian.*

»Es tut mir so leid«, flüstere ich gegen seine Lippen und öffne zögernd die Augen. »Was tut dir leid?« Sein Gesicht ist von Sorge gezeichnet, aber er beugt sich immer noch dicht über mich und lässt mich nicht aus den Augen.

»Dass ich das Buch gestohlen habe. Dass ich dich betrogen habe. Ich konnte dir nichts über meinen Handel mit Mordeus erzählen. Ich musste Jas retten. Es tut mir auch leid, dass ich Finn vertraut habe, obwohl du mich davor gewarnt hast. Es tut mir leid. Es tut mir alles so leid.«

Die Matratze senkt sich, als er sich neben mich aufs Bett setzt. Er zieht mich in seine Arme, seine Berührung und Wärme sind eine solche Erleichterung, dass mir die Tränen übers Gesicht laufen. »Lass dich vom Heiler untersuchen. Danach kannst du mir alles erzählen.«

Also mache ich das.

***

Wir verbringen den größten Teil der Nacht damit, zu reden. Ich erzähle ihm von meinem Handel mit Mordeus, von dem Spiegel und dem Buch. Ich erzähle ihm von meinem Training mit Finn und von der Nacht, in der ich unter Drogen gesetzt wurde und Pretha mich aus dem Schloss gezerrt hat. Ich erzähle ihm von der Krone und von dem Schlupfloch, das ich in meinem Handel entdeckt habe. Ich erzähle ihm von Finns Katakomben und davon, wie dumm es war, zu glauben, dass Finn mir helfen wollte.

Sebastian hört sich das alles an, ohne zu urteilen, ohne die Wut, die ich verdient hätte. Und als ich erschöpft bin – als die Geschichte erzählt ist und meine Worte versiegt sind, als sich mein Körper vor Erleichterung und Erschöpfung schwach anfühlt –, lasse ich mich von ihm umarmen und schlafe ein.

***

Erst als Licht in mein Schlafzimmer scheint, wache ich wieder aus. Sebastian liegt immer noch mit mir im Bett, die Arme um mich geschlossen.

»Hast du überhaupt geschlafen?«, frage ich.

»Ein bisschen. Wie fühlst du dich heute Morgen?«

Ich setze mich auf und reibe mir die Augen. »Besser. Immer noch etwas überrascht darüber, dass du meinen Anblick ertragen kannst.«

»Du warst in einer unmöglichen Situation und hast getan, was du tun musstest.« Mit dem Handrücken streichelt er über meine Wange. »Meine Liebe ist nicht so wankelmütig, dass sie keiner Belastungsprobe standhält.«

Ich schmiege mich enger an ihn. »Was wäre mit der Krone passiert, wenn ich gestorben wäre, ohne zu wissen, dass ich sie trage? Wer hätte sie bekommen, wenn ich mich nie an einen Fae gebunden hätte?«

»Wir wissen es nicht genau«, sagt er. »In meinem Reich gab es noch nie zuvor eine ähnliche Situation, aber eines ist sicher: Jeder Unseelie, der dich dazu gebracht hätte, ihm die Krone zu geben, hätte auf den Thron der Schatten steigen können.«

»Und was wäre, wenn ich mich an einen Fae vom Hof der Sonne binden und sie ihm nach meinem Tod übergeben würde?«

Sebastian atmet scharf ein und seine Augen leuchten hoffnungsvoll auf. Mein Bash will aus unerfindlichen Gründen immer noch sein Leben mit mir teilen, auch nach allem, was ich ihm angetan habe. »Nur ein Fae mit Unseelie-Blut kann auf dem Thron der Schatten regieren, aber dazu bräuchte er einzig und allein diese Krone. Ich hoffe, du verstehst jetzt, warum ich nicht wollte, dass du hierherkommst.«

Er hat mich gewarnt. Sebastian hat mich vor dieser Welt gewarnt – vor Finn –, doch ich habe nicht auf ihn gehört.

»Ich war so viele Jahre lang wütend auf meine Mutter«, sage ich, auf einmal wieder müde, »aber allmählich beginne ich zu glauben, dass sie alles für mich geopfert hat.« Selbst nach dem Schlafen ist meine Stimme noch rau und mein Hals schmerzt. »Deshalb hat sie uns verlassen, nicht wahr? Auf irgendeine Art ist sie gegangen, um mich zu beschützen.«

Sebastian streicht mir die Haare hinters Ohr. »Nachdem Oberon dich gerettet und dir seine Krone vermacht hatte, wurde ihr sehr schnell klar, dass es immer Fae geben würde, die dir nachjagen würden – die nach der Krone suchen und versuchen würden, sie dir abzuluchsen.«

»Kann ich sie irgendwie … loswerden? Wenn ich sie nicht will, kann ich sie irgendwie …«

»Sie ist mit deinem Leben verbunden und wird bis zu deinem Tod ein Teil von dir bleiben.« Er schluckt mühsam, und mir fällt ein, dass Mordeus dasselbe gesagt hat. Die Krone hat mir das Leben geschenkt, und sie ist an mein Leben gebunden. »Deine Mutter hat das Einzige getan, was sie konnte. Sie hat sich verkauft, um dich zu beschützen. Ihr Leben war der Preis dafür, dass sie dich sieben Jahre lang vor ihnen verstecken konnte. Deshalb hat sie dich bei deinem Onkel Devlin gelassen. Bestimmt hat sie gehofft, dass du nach sieben Jahren klug genug sein würdest, jeden auszutricksen, der versuchen könnte, sie dir zu stehlen.«

»Und ich bin seit neun Jahren wütend auf sie.«

»Du kanntest die Wahrheit nicht.« Er streicht mir durch das Haar und mustert die ausgefransten Enden. »Ich kann immer noch nicht glauben, dass du diesem Kobold all deine Haare gegeben hast.«

Verlegen fahre ich mit den Fingern durch meine kurzen, wilden Locken. Ich war noch nie besonders eitel, aber mein Haar ist das einzige Merkmal an mir, das ich schon immer schön fand.

»Jetzt kann ich sicher nicht mehr mit den anderen Mädchen konkurrieren.«

Sebastian stoppt mich, indem er nach meiner Hand greift und meine Finger drückt. »Ich habe alle Mädchen nach Hause geschickt.«

»Wirklich? Aber ich dachte …«

»Seit Wochen versuche ich schon, mir einzureden, dass ich auch eine von ihnen wählen könnte. Ich habe mit ihnen gesprochen, mit ihnen getanzt und …« Er atmet tief aus, offenbar unwillig, den Rest auszusprechen.

»Und was?«

»Sie sind nicht du. Sie werden niemals du sein. Und ich habe es satt, so zu tun, als könnte ich damit leben.«

Wärme erfüllt mich und ich lehne mich an seine Brust. »Bash …«

»Und wenn du noch nicht bereit für eine Hochzeit bist, muss meine Mutter eben damit klarkommen.«

Als er die Königin erwähnt, stockt mir der Atem. »Wie geht es ihr?«

»Meiner Mutter? Sie ist stärker, als alle denken. Niemand am Hofe der Schatten weiß, dass das Buch mit ihrem Leben verbunden ist, also haben sie es bisher nicht gegen sie verwendet.«

»Aber was wird passieren, wenn sie es herausfinden?«

Sebastian legt mir die Hände um die Taille, vergräbt seine Nase in meinem Haar, atmet tief ein. »Sie hat die besten Heiler des Reichs. Sie werden einen Weg finden, ihre Kräfte zu stärken, und wenn sie es nicht schaffen sollten …« Sein Schweigen dauert so lange, dass ich mich von seiner warmen Brust löse, um sein Gesicht mustern zu können. Was ich dort sehe, ist keine Trauer, sondern Nachdenklichkeit.

»Was ist dann?«, hake ich nach.

»Mutter hat immer gewusst, dass ihre Entscheidungen Konsequenzen haben.«

»Aber was ist mit dir? Sie ist immer noch deine Mutter.«

Er atmet langsam aus. »Ich hatte viele Jahre Zeit, mich darauf vorzubereiten. Alles, was ich tun kann, ist Vorkehrungen zu treffen, um mich so gut wie möglich um ihr Königreich zu kümmern.«

»Du scheinst für dein Alter sehr reif zu sein, Prinz Ronan Sebastian. Ich kann mir vorstellen, dass du zu gegebener Zeit einen großartigen König abgeben wirst.«

Sein Lächeln ist traurig und ich kann die unausgesprochene Frage fast in seinen Augen sehen – er wird König werden, aber werde ich seine Königin sein? Ich weiß nicht, was als Nächstes auf mich zukommt, und mir ist die Zeit zum Nachdenken ausgegangen. Doch als er den Mund öffnet, kommt eine ganz andere Frage heraus. »Willst du deine Schwester besuchen?«

Ich atme scharf ein. »Ja. Geht das? Wäre das möglich?«

»Ich lasse meine Leute ein Portal vorbereiten und wir reisen gleich morgen früh zu Niks Haus.«

»Ich habe Mordeus gebeten, sie zu Magier Trifen zu schicken.«

»Ich musste eine andere Unterkunft für sie finden«, erklärt Sebastian. »Magier Trifen tut nichts aus Wohltätigkeit.«

Das ist wahr. »Nik wird sie ganz bestimmt bei sich wohnen lassen, bis Jas sich eine eigene Wohnung leisten kann.«

Einen langen Augenblick schweigt er. »Du sagst das, als ob du nicht vorhast, bei ihr zu wohnen.«

Ich will ihm widersprechen, aber ich habe keine Einwände mehr. Sanft lege ich ihm die Hände ums Gesicht. »Die schrecklichen Dinge, die ich über dich und die Deinen gesagt habe, tun mir so leid.« Ich schlucke. »Ich liebe dich, Sebastian. Ich kann nicht in Fairscape leben. Es ist nicht länger mein Zuhause.«

Sein Gesicht ist gewollt ausdruckslos, als er seine Frage stellt: »Und wo ist dein Zuhause?«

»Ich bin mir nicht sicher, ob ich noch eins habe.«

Sebastian neigt den Kopf und küsst mich sanft. »Ich kann dir eines geben … wenn du mich lässt.«

Ich schmiege mich an ihn, genieße seine Wärme und seine schützende Kraft. Vielleicht mache ich das tatsächlich.

KAPITEL 35

Nach den Wochen, die ich in Faerie verbracht habe, wirkt in Fairscape alles grau. Vom Himmel bis zu den Häusern, vom Gras bis zu den Bäumen – alles sieht irgendwie leblos aus, als läge ein Film aus Trübsal über der Welt der Menschen.

Niks Mietshaus sieht genauso aus, wie ich es in Erinnerung habe, und Sebastian drückt meine Hand, als wir uns ihrer Wohnung nähern. Weiß er, wie krank mich die Zustände hier machen?

Nik trifft uns an der Tür. Sie nimmt meine Hand, zieht mich hinein und schließt sofort die Tür hinter uns. »Sie suchen immer noch nach dir, Brie.«

»Wer …« *Gorst*. Es scheint ein halbes Leben lang her zu sein, dass ich in seinen Tresor eingebrochen bin, um Geld für die monatliche Rate an Madame Vivias zu stehlen.

»Ich habe mir solche Sorgen um dich gemacht. Wenn Gorsts Männer dich nicht immer noch suchen würden, hätte ich gedacht, du wärst ihnen ins Netz gegangen.« Sie zieht mich fest an sich. Ihr Duft nach Seife und Rosenblättern ist genau wie in meiner Erinnerung. Ich bin mir nicht sicher, ob ich bis zu diesem Moment realisiert habe, wie sehr ich sie vermisse. Sie löst sich von mir, hält aber weiterhin meine Schultern fest und mustert mich von Kopf bis Fuß. »Du siehst fantastisch aus. Ich habe dir doch gesagt, dass in Faerie nicht alles schlecht ist.« Ihr Blick landet auf Sebastian, und sie runzelt die Stirn, bevor sie zu mir zurückschaut.

Die Frage »Wie viel weiß er?« steht ihr ins Gesicht geschrieben.

Ich muss beinahe lachen. Sebastian hat sich für unseren Besuch in der Welt der Sterblichen verzaubert, um menschlich auszusehen, und Nik weiß nicht, dass er ein Fae ist, geschweige denn der Seelie-Prinz höchstpersönlich.

»Ich weiß alles«, sagt er leise und ich nicke bestätigend. »Wie geht es ihr?«, frage ich.

»Wieder ganz gut. Sie war ziemlich dehydriert und verstört, aber es geht ihr besser. Magier Trifen hat ihr geholfen, als sie bei ihm war.«

»Vielen Dank.«

Nik dreht sich zum Schlafzimmer um. »Sie schläft, aber ich bin mir sicher, dass sie dich gerne sehen möchte.« Bevor ich widersprechen kann, öffnet sie die Tür und lässt das Licht aus dem Wohnzimmer in das winzige Schlafzimmer strömen. »Jas? Deine Schwester ist hier.«

Meine Kehle ist wie zugeschnürt, als ich vorwärtsgehe. Wie oft habe ich in den letzten Wochen den Spiegel gebeten, mir meine Schwester zu zeigen, damit ich mich weniger allein fühle? Wie oft wollte ich aufgeben, habe aber um ihretwillen weitergemacht? Ich hechte auf sie zu, als sie aus dem Bett springt, und wir treffen uns auf halber Strecke im Schlafzimmer.

Jas zittert, als sie sich an meine Brust schmiegt und leise schluchzt. »Ich wusste, dass du kommst. Ich wusste, dass du mich finden würdest.«

»Es tut mir leid, dass es so lange gedauert hat.« Sie sieht anders aus – immer noch ein junges Mädchen, aber eins, das zu viel gesehen hat. Dunkle Ringe liegen unter ihren Augen, aber im Gegensatz zu dem letzten Mal, als ich sie im Spiegel gesehen habe, sind ihre Wangen rot. »Ich muss dir so viel erzählen.«

Jas schaut über meine Schulter. »Sebastian«, sagt sie lächelnd. »Hast du auch geholfen?«

»Deine Schwester hat es alleine geschafft.« Seine Stimme ist voller Emotionen. »Sie hätte alles getan, um dich zu retten. Hätte alles gegeben.« In seinen Worten steckt Trauer und ein bisschen Liebeskummer.

Sebastian bleibt an meiner Seite, während ich Jas alles erkläre. Ich erzähle ihr, wer er ist und wie ich es herausgefunden habe. Ich erzähle ihr von meinem Handel mit Mordeus und meiner fehlgeleiteten Freundschaft mit dem im Exil lebenden Prinzen und seiner Bande von Außenseitern. Ich erzähle ihr von unserer Mutter, und Sebastian drückt meine Hand etwas fester, als ich ihr den Fluch erkläre.

Falls meiner Schwester das alles zu viel wird, lässt sie es sich nicht anmerken. Als ich mit meiner Geschichte fertig bin, küsst Sebastian meine Stirn und lässt meine Hand los. »Ich lasse euch beide reden.«

Er verlässt das Zimmer und schließt die Tür hinter sich. Ich drücke meine Handfläche auf mein verräterisch klopfendes Herz, während ich ihm nachschaue.

»Hast du es ihm schon gesagt?«, fragt Jas.

Ich wende mich wieder meiner Schwester zu. »Was meinst du?«

Sie lächelt, zwar schwach, aber ich sehe ein Echo meiner hoffnungsvollen kleinen Schwester in ihren hochgezogenen Mundwinkeln. »Dass du in ihn verliebt bist.«

Ich schlucke. »Er weiß es.«

Sie legt den Kopf zur Seite. »Warum siehst du dann so traurig aus?« Weil ich nie geglaubt hätte, dass ich einem Fae-Prinzen vertrauen würde, geschweige denn zweien. Weil ich endlich ein paar Freunde gefunden zu haben glaubte und herausfinden musste, dass sie mich nur benutzt haben. Weil ich Sebastian verletzt habe und mir schwerfallen wird, mir selbst zu vergeben.

»Brie.« Jas drückt mir die Hand. »Was ist los?«

»Ich glaube, ich kann nicht in Elora bleiben.«

»Was? Wieso denn nicht? Wenn wir Fairscape verlassen, wird Gorst uns sicherlich nicht …«

»Ich werde hier niemals in Sicherheit sein, solange ich diese Krone trage.«

»Du willst nach Faerie zurückgehen?«

Vor Wochen war es noch ich, die voller Verachtung über das magische Reich gesprochen hat, während Jas unbedingt dort hinwollte. Inzwischen haben wir die Rollen getauscht.

»Sebastian wird bei mir sein«, versuche ich so zu klingen, als würde ich nicht nur vor meinen Problemen fliehen wollen. »Ich will tun, was ich kann, um … dort zu helfen.« Mit gesenktem Kopf schaue ich sie von unten herauf an. »Willst du vielleicht mit uns gehen?«

Ihre Augen werden groß. Ihre Angst ist so stark, dass ich sie fast riechen kann. Ich kann es ihr nicht verübeln. Alles, was sie über Faerie weiß, hat sie als Gefangene des Unseelie-Reiches gelernt. »Brie …«

»An den Hof der Sonne. Wir würden dich beschützen.«

Ihre Hände zittern immer stärker, bis ihr ganzer Körper vor Angst vibriert. »Was ich in den Kerkern gesehen habe … die schrecklichen Dinge, die ich dort gehört habe …«

»Du musst nicht mitkommen«, versichere ich ihr. Der Kummer in ihrem Gesicht tut mir beinahe körperlich weh. »Ich liebe dich so sehr«, flüstere ich. »Wenn du mich hier brauchst, bleibe ich.«

»Ich liebe dich auch.« Sie schlingt ihre Arme um meine Taille. »Du verdienst es, glücklich zu sein, Brie. Du hast so lange so hart gearbeitet. Du hast alles getan, um mich zu beschützen, und ich kann es nicht ertragen, dass du dich noch einmal für mich opferst.«

»Aber ich will dich nicht verlassen.«

»Gib mir einfach ein bisschen Zeit. Ich muss eine Weile hierbleiben, und wenn es mir besser geht, komme ich zu dir.« Sie versucht zu lächeln, aber ihre zitternden Lippen können keiner von uns vorgaukeln, dass das der Wahrheit entspricht.

»Ich werde dich besuchen, sooft ich kann«, sage ich, aber ich weiß bereits, dass es weniger häufig sein wird, als wir beide es möchten. Die heißen Tränen auf meinen Wangen sind nur ein schwacher Vorgeschmack auf das, was unser Lebewohl für mich bedeutet.

Es klopft an der Tür, dann öffnet Nik sie einen Spalt und steckt den Kopf hinein. »Brie, es ist Zeit. Es tut mir leid, Schatz, aber ich kann nicht riskieren, dass Gorst dich hier findet.«

Ich nicke, lasse Jas aber nicht aus den Augen. »Geh«, sagt sie. »Ich komme schon klar.«

»Ich werde dich jeden Tag vermissen.«

»Besuch mich in meinen Träumen, wie damals, als wir Kinder waren.« Sie grinst und winkt zum Abschied, aber als Sebastian mit mir zum Portal eilt, erinnere ich mich an den alten Witz. Nachdem wir bei Onkel Devlin eingezogen waren, wachte Jas manchmal morgens auf und dankte mir für die Abenteuer, auf die ich sie in ihren Träumen mitgenommen hatte. Waren es wirklich nur Träume gewesen, oder habe ich schon als Kind im Menschenreich Zugang zu diesem Teil meiner Macht gehabt?

KAPITEL 36

Zurück im Goldenen Palast, bin ich in Gedanken immer noch in Fairscape bei Jas.

Sebastian begleitet mich in mein Zimmer, und als ich an der Tür stehen bleibe und mich zu ihm umdrehe, betrachtet er mich aufmerksam. »Ich bringe dich bald wieder zu ihr«, sagt er.

»Danke, Sebastian.«

»Das ist doch selbstverständlich.«

»Nein, danke für … alles. Dafür, dass du mir beigestanden hast, wenn mich alle anderen weggeschickt hätten.« Ich schließe die Augen. »Dafür, dass du mir vergeben hast, dass ich das Buch gestohlen habe, und dafür … dass du die Entscheidungen verstehst, die ich treffen musste.«

Ich fühle seine Fingerspitzen an meinem Kinn, sie gleiten über meinen Kiefer und in mein Haar, und als ich meine Augen öffne, stehen seine voller Qual. »Ich liebe dich, Abriella. Für mich zählt nur, dass du jetzt hier bei mir bist. Alles andere finden wir heraus. Zusammen.«

Ich betrachte seine schönen Augen, seine kräftigen, aber feinen Gesichtszüge. »Ich möchte den Bund mit dir eingehen.«

Sebastian schluckt und seine Augen weiten sich. »Bist du sicher?«

Ich nicke. Ich kann nicht aufhören, an die Banshee zu denken – den Tod auf meiner Brust. An die Krone, die auf meinem Kopf sitzt, und den falschen König und den Unseelie-Prinzen, die versucht haben, sie mir zu stehlen. Den Prinzen, der bereit war, mich sterben zu lassen, um seinen Thron zu besteigen. »Mordeus hatte in einer Sache recht. Solange diese Krone auf meinem Kopf ist, wird mein Leben nicht mir gehören. Wenn es nicht Finn ist, der mir die Krone nehmen will, dann irgendein anderer Unseelie. Bis wir herausfinden, wie wir sie gefahrlos loswerden können, brauche ich den Bund, damit du mich beschützen kannst.«

»Ich dachte, du wärst dagegen, dass sich Menschen an Fae binden.« Ich nehme seine Hände in meine. »Ich vertraue dir.«

Sebastian führt meine Hände an seine Lippen und küsst beide zweimal. »Ich gelobe, alles in meiner Macht Stehende zu tun, um dir ein gutes Leben zu ermöglichen. Um dich glücklich zu machen und dich zu beschützen.«

***

Die Bindungszeremonie soll in der Abenddämmerung auf dem Balkon vor Sebastians Gemächern stattfinden, und meine Zofen sind vor Entzücken außer sich, als sie mich auf diesen Anlass vorbereiten. Sie frisieren meine kurzen Locken so gut wie möglich und verwenden besondere Sorgfalt auf mein Make-up.

Als sie mein Kleid herausbringen, stockt mir der Atem. »Seine Hoheit hat uns das Musselin-Modell Eurer Schwester gegeben, und wir haben damit unser Bestes getan. Ist es so, wie Ihr es Euch vorgestellt habt?«

»Ja.« Ich betrachte den dünnen, smaragdgrünen Samtstoff mit von Tränen getrübtem Blick. Nur Sebastian wäre auf die Idee gekommen, mich an diesem besonderen Abend etwas von meiner Schwester Entworfenes tragen zu lassen. Das Kleid ist eigentlich überhaupt kein Kleid, sondern das Outfit, das Jas für meinen geplanten Ausflug nach Faerie entworfen hat. Das Outfit, das sie nicht fertig nähen konnte, weil Madame V sie verkauft hat.

»Jetzt nicht weinen«, sagt Tess und wischt sich über die Augen. »Sonst fange ich auch noch an.«

Ich steige in die weit geschnittene Hose, und der Samt fühlt sich auf meiner Haut geradezu dekadent an. Emmaline hilft mir in das taillierte Top mit tiefem V-Ausschnitt.

Sie legt mir eine passende Smaragdkette um den Hals. »Auch vom Prinzen«, sagt sie.

Ich schließe meine Augen. Hat er die ganze Zeit das Musselin-Modell dieses Kleides aufbewahrt? Nur für diesen Anlass?

»Warum seid Ihr so traurig?«, fragt Emmaline. »Ihr seht umwerfend aus.«

»Ich bin nicht traurig.« Tief und entschlossen hole ich Luft. »Ich bin bereit.«

★★★

Der Blick auf den Sonnenuntergang von Sebastians Balkon aus ist atemberaubend, aber nichts im Vergleich zu dem Fae, der davor steht.

In seiner weißen Tunika und der Hose aus feinstem Leinen sieht er strahlend schön aus. Heute Nacht hat er keine Waffen bei sich, er hält nur eine einzige Taglilie in der Hand. Seine Augen sind voller Zärtlichkeit, als er mir die Blume hinters Ohr steckt. »Du bist so schön.«

Ich ziehe meinen Kopf ein, fühle mich auf einmal unerklärlich schüchtern und sehe ihn durch meine Wimpern hindurch an. »Danke für das Kleid. Und die Halskette.«

Er bietet mir ein Glas Wein von einem Tisch in der Nähe an, und ich nehme es, dankbar dafür, etwas zu haben, um meine Nerven zu beruhigen.

»Ich ließ das Personal eine Flasche Sonnenwendwein aufbewahren. Normalerweise wird er nur an Litha serviert, aber da er dir so gut geschmeckt hat ...« Er hebt sein Glas und wir stoßen an. »Auf dich, Abriella. Nicht mal in meinen kühnsten Träumen hätte ich mir vorstellen können, mit einer so unglaublichen Frau den Bund schließen zu dürfen.«

Mir schießen schon wieder Tränen in die Augen. »Und auf dich«, flüstere ich. »Auf einen Neuanfang für uns beide.«

Wir leeren beide unsere Gläser, aber meine Hände zittern immer noch, als wir sie wieder auf den Tisch stellen.

Sebastian beschwört einen Haufen Runensteine in seine offene Handfläche und reicht sie mir.

Ich zögere, bevor ich mir einen aussuche, da ich mir nur allzu gut bewusst bin, wie groß das ist, was wir gleich tun werden. Ich bin bereit für diese lebenslange Bindung, und doch –

Nein. Keine Zweifel und keine Geheimnisse mehr. Ich vertraue Sebastian, und ich muss ihm diese Verbindung erlauben, damit er mich bei allem, was als Nächstes kommt, beschützen kann.

Bevor ich es mir anders überlegen kann, greife ich nach einem länglichen Alabasterstein. In dem Moment, in dem meine Finger ihn berühren, verschwinden die restlichen Steine. Ich drehe ihn in meiner Handfläche, um das Symbol zu studieren. Eine lange, dicke Linie erstreckt sich von oben nach unten auf der längsten Seite des Steins, eine weitere Linie biegt nach rechts davon ab, und ein Wirbel kreuzt die Mitte.

»Er ist wunderschön«, flüstere ich und streiche mit meinem Daumen über die Gravur. Ich lasse meinen Blick an Sebastian hochwandern. Seine Augen sind auf den Stein gerichtet und seine Miene ist düster. »Was ist los?«

Er schluckt und schüttelt den Kopf. »Gar nichts. Das ist gut.«

»Was bedeutet diese Rune?«

»Sie kann Trauer und Verlust bedeuten.« Seine Hand legt sich auf meine und drückt den Stein fest zwischen unsere Handflächen. »Aber sie bedeutet auch die Wiedergeburt danach. Einen Neuanfang, wie du gesagt hast.« Er neigt seinen Kopf und küsst mich, während er unsere Hände umeinander schließt. »Bist du bereit?«

Ich betrachte sein Gesicht. Ich finde es wunderbar, dass er die Sache nicht überstürzt, dass er versteht, was es für mich bedeutet. »Ich bin bereit.«

»Abriella Kincaid, ich binde mein Leben an deines. Ich werde deine Freude spüren und deinen Schmerz kennen. Ob nah oder fern, wir werden immer im Herzen vereint und im Geist verbunden sein.«

»Prinz Ronan Sebastian«, wiederhole ich das Gelübde, wie es mir aufgetragen wurde. »Ich binde mein Leben an deines. Ich werde deine Freude spüren und deinen Schmerz kennen. Ob nah oder fern, wir werden immer im Herzen vereint und im Geist verbunden sein.«

Sebastian senkt den Kopf und wir besiegeln unser Gelübde mit einem Kuss. Er hält meine Hand immer noch fest, fast so, als hätte er Angst, dass ich mich zurückziehen könnte.

»War es das?«, frage ich. Ich dachte, ich würde mich jetzt irgendwie anders fühlen, aber das tue ich nicht.

»Es dauert einen Moment«, sagt Sebastian. Er verteilt zarte

Küsse auf meinem Hals und zieht mich enger an sich. Vergnügen und Vorfreude durchströmen mich. Wir küssen uns wieder und wieder, bis die Abendluft uns umhüllt wie ein Band, das uns zusammenhält.

Und dann spüre ich etwas – eine Verbindung zwischen uns, knisternd und aufgeladen, eine Kraft, die in einer Endlosschleife von mir zu ihm und wieder zu mir zurückfließt.

»Sebastian«, flüstere ich. Der Runenstein liegt nicht mehr zwischen unseren Handflächen. »Wo ist er hin?«

Er schiebt den grünen Samt an meinem Dekolleté zur Seite und lächelt. Dort, in meine Haut gezeichnet, ist die Rune, die aus unseren gefalteten Händen verschwunden ist.

Der Anblick erinnert mich an all die Runen, die ich auf Finns Brust gesehen habe. Repräsentieren sie all die Menschen, mit denen er den Bund geschlossen und deren Leben er gestohlen hat?

Ich verdränge den Gedanken aus meinem Kopf. Heute Abend geht es nur um Sebastian und mich. Um uns. »Hast du auch eins?«

Er schluckt, nickt und dreht unsere gefalteten Hände, um mir das Symbol auf der Innenseite seines Handgelenks zu zeigen. »Wir sind verbunden.«

Plötzlich werden mir die Knie weich und die Welt verschwimmt vor meinen Augen. »Ich glaube, ich muss mich setzen.«

Sebastians Gesicht wird blass, aber er nimmt meinen Arm und führt mich zu einem Stuhl in seinen Gemächern. »Du musst das hier trinken«, sagt er und zieht ein Fläschchen aus einem Beutel an seiner Seite.

Schmerz schießt durch meine Brust, und meine Lunge verkrampft sich. »Sebastian …« Ich schnappe nach Luft und ziehe die Knie an meine Brust, als mich der Schmerz erneut durchfährt. »Ich glaube, jemand hat den Wein vergiftet.«

»Du musst trinken.« Er hat mir seine Hand auf den Arm gelegt. Als ich meine Augen wieder öffnen kann, beobachtet er mich, sein schönes Gesicht ist besorgt. »Ich bin hier, Abriella. Ich bin bei dir.«

»Was passiert mit mir?«

»Das ist eine Reaktion auf den Bund. Und jetzt trink.«

Schmerz durchzuckt mich. Sebastians Lippen bewegen sich, aber seine Worte sind kaum mehr als die Musik zu meiner Folter. Ich versuche zuzuhören, versuche, mich auf irgendetwas anderes zu konzentrieren als auf diesen entsetzlichen Schmerz, der mich in Stücke reißt, aber ich kann nicht. Ich möchte nur schlafen, bis die Schmerzen verschwunden sind.

Die Welt blitzt auf – hell vom Sonnenuntergang, der vom Balkon ins Zimmer leuchtet, dann die beruhigende Dunkelheit der Bewusstlosigkeit. Hell, dunkel, hell, dunkel. Es ist, als würde man mich vor eine Wahl stellen – Leben und Schmerz oder Erleichterung und Nichts.

»Brie!«

Ich reiße meine Augen auf.

Sebastian hat mir das Fläschchen an die Lippen gedrückt. »Du stirbst. Uns bleibt keine andere Wahl.«

»Ich sterbe?« Ich habe mir immer vorgestellt, der Tod würde mich packen und in die Tiefe ziehen. Nie hätte ich gedacht, dass er gezackte Krallen in meine Brust bohren und mich niederzwingen würde. Nie hätte ich gedacht, dass ich die Chance haben würde, mich gegen ihn zu wehren.

»Bitte trink. Der Trank des Lebens ist der einzige Weg, wie ich dich retten kann.« Ich höre seine Tränen, bevor ich meine Augen lange genug öffnen kann, um sie zu sehen. »Sei ein einziges Mal in deinem Leben nicht so verdammt stur.«

Der Trank des Lebens.

Der Raum dreht sich um mich. Meine Lider sind so schwer, und es ist anstrengend, wach zu bleiben, wo ich doch so gern weggleiten würde. *Hell oder dunkel. Dunkel oder hell.*

Das Echo von Larks Worten dringt durch den Schmerz.

Wenn sie das nächste Mal stirbt, muss es während einer Bindungszeremonie geschehen.

Ich sehe drei Wege vor dir. In jedem ist der Ruf der Banshee eindeutig.

Das Fläschchen liegt kühl an meinen Lippen. Wenn ich trinke, endet dieser Schmerz? Wenn ich nicht trinke, erwartet mich der Tod?

»Bitte.« Sebastians Stimme ist nur noch ein abgehacktes Schluchzen. »Das ist der einzige Weg.« Er leidet, und das ist noch schlimmer als die Krallen, die mich durchbohren. Um seinen Schmerz zu lindern, würde ich alles tun, also öffne ich meine Lippen. Ich trinke.

Der Trank fühlt sich seidig auf meiner Zunge an und gibt mir das Gefühl, zu schweben. Jeder Schluck löst eine weitere Klaue aus meiner Brust, befreit mich Stück für Stück von dem Schmerz.

»Braves Mädchen«, flüstert Sebastian. »Du musst alles austrinken. Das ist mein Mädchen.«

Mit meinem letzten Schluck sind die Krallen verschwunden. Wärme durchströmt meine Adern, dann Hitze, dann … »Sebastian!«

Feuer lodert in meinen Adern, und ich winde mich in seinen Armen. Bitte, Götter, nicht Feuer. *Alles, nur kein Feuer.*

»Was ist los mit ihr?«, fragt Sebastian.

»Das ist die Verwandlung«, antwortet ihm eine mir unbekannte Frauenstimme. »Man kann nicht ohne Schmerzen zu einer Fae werden.«

»Bring das in Ordnung«, knurrt er. »Tu etwas, um sie vor dieser Qual zu bewahren.«

»Magie hat ihren Preis«, sagt die Frau. »Und Unsterblichkeit auch. Sie muss das aushalten, sonst wirkt der Trank nicht. Wenn sie es nicht ertragen kann, verlierst du sie für immer.«

»Ich bin hier«, flüstert er. »Ich beschütze dich.«

Aber das tut er nicht. Nichts kann mich vor diesem Schmerz bewahren. Die Zeit springt vorwärts und bleibt dann stehen. Ich sehe meine Kindheit blitzschnell verstreichen, erlebe das Feuer in Zeitlupe. Die Zeit quält mich, erst vergehen die Sekunden wie im Flug, dann hält sie mich gefangen, während sie wieder langsamer wird und schließlich ganz stillsteht.

Plötzlich wird die Welt schwarz. Ich lasse mein Bewusstsein hinter mir und heiße die Dunkelheit willkommen, die mich wie eine weiche Decke einhüllt.

KAPITEL 37

Noch nie waren die Sterne so hell und klar, der Nachthimmel noch nie so samtig schwarz. Kühle Nachtluft weht um meine Haut, streift meine Ohren und Wangen wie die leichtesten, süßesten Küsse.

Vor mir steht ein großer Mann mir breiten Schultern und dunklen Locken. Er hat mir den Rücken zugewandt und den Kopf in den Nacken gelegt, um die Sterne zu betrachten, als suche auch er in ihnen nach Antworten.

»Finn?«

Als er sich mir zuwendet, bin ich erneut von seiner Schönheit gefesselt. Die obersten Knöpfe seines schwarzen Hemds stehen offen, und seine weiche Lederhose ist so dunkel wie die Nacht hinter ihm. Wie aus weiter Ferne kommt mir der Gedanke, dass ich eigentlich nicht bei ihm sein sollte, aber ich kann mich nicht erinnern, aus welchem Grund …

»Ich glaube …« Ich schaue mich um. Um uns herum ist keine Landschaft, nur der endlose Nachthimmel. »Ist das echt?«

Mit den Fingern fahre ich über die scharfe Spitze meiner neuen Fae-Ohren. »Ich bin gestorben«, flüstere ich, als mir wieder alles einfällt.

»Gestorben und neu geboren. Du schläfst gerade. Die Verwandlung … sie ist niemals einfach, aber dein sterbliches Fleisch hat außergewöhnlich entschlossen dagegen angekämpft.«

Weil ich nie eine Fae sein wollte. *Eine Reaktion auf den Bund.* Sebastian hatte den Trank des Lebens schon vorbereitet, sodass er mich retten konnte, als der Bund meiner sterblichen Existenz ein Ende machte. Doch der Fluch bedeutet keine Gefahr für Sterbliche, die sich an Seelie binden. Wie konnte er also wissen, was geschehen würde? Beim Versuch, den Gedanken festzuhalten, entgleitet er mir und verliert sich in der unendlichen Dunkelheit.

Ich schaue an mir herunter. Ich trage noch immer das grüne Kleid, das Jas entworfen hat, aber unter meinen nackten Füßen ist nichts. Wir schweben zwischen den Sternen. »Das ist ein Traum.« Selbst wenn das Fehlen jeglicher Landschaft es nicht verraten hätte, hätte mir das klar sein müssen, weil ich nichts von der Wut verspüre, die ich Finn gegenüber empfinden sollte. Ich fühle mich … friedlich.

Finn nickt und streckt seine Schultern zurück, während er den Himmel betrachtet. »Ein Traum. Einer der besten, die ich seit Jahren hatte.«

»Ich will nicht zurück.« Ich beiße mir auf die Unterlippe. »Da ist so viel Schmerz.«

»Der Schmerz wird verschwunden sein, wenn du aufwachst.« Seine silbernen Augen sehen trauriger aus, als ich sie je gesehen habe. »Bist du jetzt glücklich?«

»Ich bin mir nicht sicher, ob ich weiß, wie man glücklich ist. Es ist so lange her, seit ich den Luxus hatte.«

»Jetzt hast du dein ganzes unsterbliches Leben, um es herauszufinden.«

Ich sehe mich in dem sternenklaren Nachthimmel um, der uns

hier zu wiegen scheint – außerhalb der Realität, außerhalb der Zeit. Sogar meine Gedanken scheinen in diesem Moment zu schweben. »Was ist passiert, nachdem ich ohnmächtig geworden bin?«

»Als du meine Katakomben verlassen hast, habe ich Pretha gebeten, dich zurück in den Goldenen Palast zu bringen. Ich wusste, dass du nicht mit uns gehen würdest, aber ich konnte dich nicht allein und blutend im Land der Wilden Fae zurücklassen.«

Finn. Finn war derjenige, der mich in Sicherheit gebracht hat. Irgendwie überrascht mich das nicht. »Ich meine, was ist danach passiert?«

»Den Rest wirst du bald genug verstehen.«

»Noch mehr Geheimnisse«, sage ich, bin aber zu entspannt, als dass die Worte ärgerlich klingen könnten.

»Ich weiß, dass das nichts ändert, aber – es tut mir leid. Ich hätte nie erwartet …« Finn reibt sich unsicher den Nacken.

»Ich habe versucht, einen Ausweg zu finden. Auch nachdem der Schutz deiner Mutter seine Wirkung verloren hatte und ich wusste, wo ich dich finden kann, habe ich nach einer anderen Möglichkeit gesucht. Ich sah dich in einem Keller leben, sah dich arbeiten, bis deine Finger blutig waren, deine Schulden bezahlen und dich um deine Schwester kümmern. Ich habe wirklich verzweifelt nach einem anderen Weg gesucht. Mein Vater hat mich in eine unmögliche Lage gebracht, als er einem sterblichen Mädchen seine Krone gab.«

Ich denke über seine Worte nach. So habe ich das noch nie betrachtet. Finn musste an ein ganzes Reich denken … all diese Flüchtlinge. *Die Kinder.* »Hasst du ihn dafür?«

Seine Lippen verziehen sich zu einem Lächeln. »Das habe ich früher getan.« Sein Blick wandert zu mir. »Bevor ich dich getroffen habe.«

Wieder studiere ich die Sterne. »Ich dachte, ich hätte keine Hoffnung mehr und ich könnte an nichts mehr glauben, aber wenn ich an deine Leute und die Lager denke … dann habe ich Hoffnung. Und ich glaube immer noch, dass du ihnen helfen kannst.«

Beschämt schließt er diese hypnotisierend schönen silbernen Augen und senkt den Kopf. »Trotz allem, was ich dir angetan habe? Was ich davor getan habe?«

»Trotz alledem.« Seufzend lasse ich die Sterne für mich singen. »Mir gefällt es hier. Es erinnert mich an eine Geschichte, die meine Mutter immer erzählt hat, wenn sie nachts mit mir draußen war.« *Etwas, das ich bis jetzt vergessen hatte.*

»Was denn?«, fragt er. »Was hat sie gesagt?«

»Egal wie hoffnungslos ich mich fühle, es gibt immer noch ein bisschen mehr Hoffnung in mir. Egal, für wie ungläubig ich mich halte, es gibt immer noch etwas, woran ich glauben kann.« Als ich mich umdrehe, um ihn anzusehen, starrt er mich mit weichem Blick und leicht geöffnetem Mund an. »Für einen Unsterblichen mag das dumm klingen.«

»Gar nicht. Mögest du immer einen Stern haben, von dem du dir etwas wünschen kannst, Abriella. Und einen Grund, den Glauben nicht aufzugeben.« Er beginnt in der Dunkelheit zu verschwinden.

»Finn, warte.« Er materialisiert sich wieder vor mir und wartet schweigend. »Warum benutzt du deine Magie, um meine Träume zu besuchen? Ist der Preis dafür nicht zu hoch?«

»Ah – törichte Träume und schreckliche Albträume – dafür sind Unseelie doch wie geschaffen.« Sein Blick wandert über meine Gestalt – von meinen Augen zu meinen Schlüsselbeinen, über mein Kleid und zu meinen nackten Füßen, bevor er ihn auf meinem Handgelenk ruhen lässt. Ich folge seinem Blick. Meine Narbe ist verschwunden. Nicht weggezaubert, sondern endgültig fort. Ihr Fehlen ist ein Echo in meinem Geist. Denn es war überhaupt keine Narbe, sondern das Zeichen dessen, der die Unseelie-Krone trägt. »Jetzt, da der Fluch aufgehoben wurde, kostet es uns nichts mehr, aber es ist nicht meine Macht, die uns hierhergebracht hat. Ich benutze meine Magie gerade nicht.«

»Wie ist das dann möglich?«

»Du benutzt deine.« Dann verschwindet er, und der Traum löst sich auf.

***

»Der Heiler sagt, sie braucht Schlaf.«

Puzzlestücke tanzen einen Reigen in meinem Kopf, wirbeln herum und fügen sich zusammen. Antworten, die geradeso außerhalb meiner Reichweite liegen.

»Nun, natürlich, aber sie kann ja nach der Krönung weiterschlafen.«

»Der Prinz wird sie bei sich haben wollen.«

Der Prinz. Sebastian. Sebastian, der vor zwei Jahren plötzlich in meinem Leben aufgetaucht ist. Er zog ins Haus nebenan und hat mich schon mit seinem ersten Lächeln verzaubert. Sieben Jahre nach dem Verschwinden meiner Mutter. Beinahe auf den Tag genau.

»Dies sind die ersten Tage unserer neuen Zeit. Wenn sie seine Königin sein soll, dann muss sie an seiner Seite stehen.«

»Sie hat zu viel durchgemacht. Ich glaube nicht, dass sie schon bereit ist, aufzustehen. Der Trank hat seinen Tribut gefordert.«

Der Trank. Der Trank, den Sebastian bei sich hatte. Als hätte er gewusst, dass er ihn brauchen würde.

Ich spüre, dass hier eine Erkenntnis auf mich wartet. Wie ein Wort, das mir auf der Zunge liegt. Aber mein Bewusstsein gleitet mir durch die Finger, und damit auch die Antwort, die ganz knapp außerhalb meiner Reichweite liegt.

»Sie wacht auf. Schaut euch nur diese Augen an.«

»Prinzessin Abriella?« Jemand schüttelt sanft meinen Arm. »Prinzessin, Ihr müsst aufwachen. Wir müssen Euch für die Krönung vorbereiten.«

Mühsam öffne ich die Augen, setze mich auf und schaue mich im Zimmer um. Ich bin immer noch in Sebastians Gemächern, aber alles sieht ein bisschen anders aus als vorher. Leuchtender? Irgendwie … detaillierter?

»Oh, Prinz Ronan wird es gar nicht gefallen, dass er verpasst, wie sie die Welt zum ersten Mal mit ihren Fae-Augen sieht«, sagt Emmaline mit entzückter Piepsstimme. »Lasst ihn schnell hierherrufen.«

»Ihr seid eine wunderschöne Fae, Mylady«, sagt Tess. »Als wärt Ihr so geboren worden.«

Fae … ich bin … eine Fae?

Und da fällt mir alles wieder ein.

Die Wahl des Runensteins, unser Gelübde, das Sebastian und ich abgelegt haben, der zehrende Todesschmerz … *Der Trank des Lebens.*

»Es tut mir sehr leid, dass wir Euch hetzen müssen, Eure Hoheit, aber wenn Ihr noch rechtzeitig zu Prinz Ronans Krönungszeremonie kommen wollt, müssen wir Euch schnellstmöglich ins Bad bringen.«

Gestorben. Ich bin gestorben. Aber warum? Woher wusste Sebastian, dass ich so auf den Bund reagieren würde? Er wusste, dass der Bund mich umbringen würde. Er wusste, dass er mich zur Fae machen musste, wenn er mich nicht für immer verlieren wollte.

Eine Dienerin nimmt meine Hand und hilft mir aus dem Bett.

Ich schwanke auf Beinen, die sich mir fremd anfühlen.

Eine andere Zofe hält mir ein Kleid entgegen. »Ihr werdet an der Seite des neuen Königs wunderschön aussehen.«

Noch immer fühle ich mich ganz benebelt vom Trank des Lebens. Ihre Worte ergeben überhaupt keinen Sinn. »Des neuen Königs?«

Die Hofdamen lachen. »Prinz Ronan, Euer Sebastian, wird heute mit Eurer Hoheit an seiner Seite den Thron besteigen. Es gibt so viel Anlass zum Feiern.«

Ich schließe die Augen, als mich ihre Worte treffen. Finn hat in meinem Traum gesagt, der Fluch sei gebrochen. *Die Königin ist gestorben und ich bin daran schuld.*

Es ist zu viel.

Ich öffne meine Augen wieder – und zucke zurück. Emmaline und Tess sind nicht länger die Frauen, die ich kenne. Sie sind Fae, mit spitzen Ohren, leuchtender Haut und grünen Ranken-Tattoos auf den Armen. »Ihr seid gar keine Menschen?«

»Der Prinz hat uns verhüllt«, sagt Emmaline. »Damit Ihr Euch wohler mit uns fühlt.«

»Aber jetzt können wir Euch in unserer wahren Gestalt gegenübertreten«, fügt Tess hinzu. »Warum seht Ihr so traurig aus? Ihr werdet eine wundervolle Königin sein.«

»Und wunderschön«, nickt Emmaline.

Warum ich so traurig aussehe? Wieso sind sie so fröhlich? »Ist Königin Arya …« Ich zögere. »Verschieden, während ich geschlafen habe?«

Emmaline reißt die Augen auf, und sie und Tess wechseln einen langen Blick, bevor sie mich wieder ansieht. »Nein, nein, Mylady. Der Königin geht es gut. Prinz Ronan wird den Thron der Schatten besteigen.«

Ich taumele rückwärts, bis meine Beine gegen das Bett stoßen. Kopfschüttelnd sinke ich auf die Matratze zurück. Oberons Krone muss auf Sebastian übergegangen sein, als ich gestorben bin, aber … ich verstehe das nicht.

»Ich dachte, nur Unseelie könnten den Thron der Schatten besteigen?«

»So ist es, Mylady«, sagt Tess. »Und Sebastian trägt das Blut beider Königshäuser in sich, Seelie und Unseelie.«

Emmaline nickt. »Wir konnten nicht davon sprechen, bis er die Krone seines Vaters trug und damit den Fluch gebrochen hat, aber nun können wir endlich feiern, wer er ist.«

»Ein Freudentag«, sagt Emmaline, und alle anderen Dienstmädchen im Zimmer murmeln ihre Zustimmung.

Die Krone *seines Vaters*? Wut steigt in mir auf, noch während ich versuche, diese Information zu verarbeiten, die Puzzlestücke neu zu ordnen und zu begreifen, wie sie zusammengehören.

»Ich dachte, König Castan wäre der Vater des Prinzen.«

»König Castan, er ruhe in Frieden, hat den Prinzen großgezogen«, sagt eine Dienerin hinter Tess. Sie hat Hörner, und ihre großen blauen Augen leuchten wie der Sommerhimmel. »Aber Prinz Ronan ist von Oberons Geblüt. Unser Prinz wurde während der Sonnenfinsternis in der Menschenwelt gezeugt und vereint Tag und Nacht in sich. Hell und Dunkel. Er ist der neue König, dazu bestimmt, unsere Königreiche zu vereinen.«

Sebastian ist ein Unseelie.

Er ist ein Unseelie, und er wusste, dass ich sterben würde, wenn ich den Bund mit ihm schließe.

Er wusste, dass ich keine andere Wahl haben würde, als den Trank des Lebens zu trinken, obwohl ich nie eine Fae werden wollte.

»Eine Antwort auf all unsere Gebete«, sagt eine dritte Dienerin. »Er und seine Mutter haben lange und unermüdlich nach der Krone seines Vaters gesucht. Und dann hat er Euch gefunden.«

»Er …« Ich schlucke und denke an Sebastians gewispertes Versprechen. *Ich schwöre, dass ich alles in meiner Macht Stehende tun werde, um dir ein gutes Leben zu ermöglichen. Um dich glücklich zu machen und dich zu beschützen.*

Er hat mich belogen. *Mich manipuliert.* Er hat mich glauben gemacht, nur Finn wolle mich aus Eigennutz in einen Bund locken, hat mich glauben lassen, *er* wolle mich nur lieben und beschützen. »Er hat es gewusst.« Meine Worte sind scharf und bitter, aber sie können die Wut, die in meinem Blut kocht, nicht einmal ansatzweise ausdrücken.

»Wir konnten nicht davon sprechen, bis die Krone seines Vaters wieder zu ihm zurückgekehrt war«, sagt Tess. Die Freude auf ihrem Gesicht ist einem besorgten Ausdruck gewichen. »Soll … ich ihn zu Euch bringen?«

»Ihr solltet Euch jetzt anziehen«, sagt Emmaline. Sie geht vorsichtig auf mich zu und streckt die Hand aus, als sei ich ein verängstigtes Tier. »Nach der Krönung werdet Ihr den neuen König heiraten. Ihr werdet eine wunderschöne Braut und eine ehrenhafte Königin sein.«

Die Königin eines Fae, der urplötzlich in mein Leben getreten ist, nur knapp einen Monat nachdem der Schutzzauber meiner Mutter seine Wirkung verloren hatte. Eines Fae, der seit Jahren geplant hat, mir die Unseelie-Krone zu entlocken. Eines Fae, der meine Macht gestohlen und mich über seine belogen hat.

In meiner Brust zerbricht etwas, und die Dienerinnen schreien auf, als Dunkelheit sich über den Raum legt. *Meine* Dunkelheit.

Die Krone mag Sebastian bekommen haben, aber aus unerfindlichen Gründen gehört diese Macht – die Macht, die mit Oberons Leben, mit seiner Krone verbunden war – immer noch mir. *Magie ist Leben. Leben ist Magie.* Vielleicht hat Sebastian diese Kraft unwissentlich an mich gebunden, als er mir den Trank des Lebens eingeflößt hat.

Die Dienerinnen versuchen verzweifelt, Licht zu machen. Eine ruft nach den Wachposten auf dem Flur, aber ich bringe sie zum Schweigen, indem ich sie alle in Schatten einwickle.

Sie alle erwarten, dass ich mich hübsch mache und meinen Platz als seine Königin einnehme.

Doch ich bin nicht länger ein hübsches Ding, das sich manipulieren lässt. Ich bin die Dunkelheit, und die Macht, die durch meine Adern strömt, ist stärker als jemals zuvor. So ist es also, als Fae Zauberkräfte zu haben. *Magie ist Leben.*

Und jetzt, wo die Dunkelheit durch das Zimmer wirbelt und meine Schatten eins mit ihr werden, fühle ich mich so lebendig wie noch niemals zuvor.

Ich gehe an den in Panik geratenen Dienerinnen vorbei, an Wachen, die verzweifelt versuchen, Licht herbeizubeschwören. Ich passiere Riaan und die königliche Leibgarde, die versuchen, die Dunkelheit zu bannen. Ihre Magie versagt kläglich vor der meinen. Wut pulsiert in meinem Blut, verlangt nach Rache und Vergeltung.

Aber … da. Unter diesem Zorn spüre ich etwas anderes. Eine Emotion, die nicht mir gehört. Eine Spur von Panik, ein Band, das sich enger zieht und mir, eine Sekunde bevor ich ihn sehe, verrät, dass Sebastian gleich um die Ecke biegen wird. Er rennt den

Flur entlang auf mich zu. In der Dunkelheit, in die ich den Palast getaucht habe, funkelt die Krone des Sternenlichts sichtbar auf seinem silberblonden Haar. Ich sehe ihn viel klarer als vorher, und ich starre auf die Tattoos auf seinem Hals und seiner Brust. Dutzende von Runen-Tattoos, die ich noch nie zuvor gesehen habe. Noch ein Trugzauber. Noch ein Weg, die Menschenfrau zu täuschen.

Dicht vor mir kommt er zum Stehen und dreht sich einmal um sich selbst. »Abriella.« Seine Panik summt in meinem Blut. Er kann mich spüren, aber er sieht mich nicht. Aber ich sehe ihn. Ich sehe ihn und ich spüre ihn. Ich bin Schatten und Dunkelheit, und stärker als das Mädchen, das er für diese Krone geopfert hat. »Hör auf damit, Brie. Lass die Dunkelheit los. Wir müssen reden.«

Aber er kann mich nicht zwingen aufzuhören. Schon gar nicht kann er mich davon abhalten, den Goldenen Palast hinter mir zu lassen, mit nichts außer meiner Dunkelheit und dem Verrat, der sich wie ein eisernes Band um mein unsterbliches Herz gelegt hat.

DANKSAGUNG

Vielen Dank an all meine Freunde, die selbst schreiben und mich unterstützt haben – danke für eure Begeisterung und dass ihr mich nicht davon abgehalten habt, in ein neues Genre einzutauchen. Mira Lyn Kelly, du bist die beste Freundin, Brainstorming-Partnerin, Königin im Aufmuntern – vielen Dank, dass du für mich da warst, als ich diese Geschichte konzipiert habe, und all meine Unsicherheiten entkräftet hast. Carrie Ann Ryan, Jeffe Kennedy, Kyla Linde, Lisa Maxwell, Meghan March, Sawyer Bennett, Zoe York und alle anderen, die ich geplagt habe, wenn mich die Geschichte einfach nicht losgelassen hat, vielen Dank für euren Enthusiasmus. Danke auch an Rhonda Merwarth, die mir schon Feedback gegeben hat, als das Buch nur eine Idee war. Vielen Dank an meine Faulpelze, die ihr mich jeden Tag mit eurer Arbeitsmoral und Unterstützung vom Hocker haut. Das macht mich besser!

Vielen Dank auch an all meine Freunde aus der realen Welt, die vielleicht nicht verstehen, was publizieren bedeutet, aber mich immer anfeuern. Mein besonderer Dank gilt auch Lisa Kuhne, die die zweifelhafte Ehre hat, sowohl meine liebe Freundin als auch meine persönliche Assistentin zu sein, und darüber hinaus meisterhaft mit meinen Neurosen umzugehen weiß. Danke auch an Emily Miller, meine ganz persönliche Elfenberaterin, die ein genauso großer Fae-Fan ist wie ich.

Vielen Dank an meine Familie – an meine Mum, die du dich um mich sorgst, wenn ich mich zugrunde arbeite, und mir immer eine Pause zugestehst, wenn ich mir sie selbst nicht erlauben würde; an meine Schwestern Deb und Kim, dafür, dass ihr für mich immer ein offenes Ohr habt und mich auf eine Weise erreicht, wie andere es wahrscheinlich nie werden; und natürlich an meine vier großen Brüder, Eric, Aaron, Danny und Josh, die mir beigebracht haben, an Elfen, Drachen und Monster im Wald zu glauben. Aaron, danke dir für die Landkarte von Faerie, ich liebe sie so sehr.

An meinen Agenten, Dan Mandel, der schon von dem Buch begeistert war, als es lediglich aus einem einsätzigen Pitch in einer E-Mail und ein paar groben Szenen auf meiner Festplatte bestand. Danke für dein Vertrauen in mich und meine Arbeit.

Ich bin dankbar, mit Nicole Sclama eine so wunderbare Lektorin gefunden zu haben. Jeder redaktionelle Tipp, den sie mir gab, entsprach genau meiner Vorstellung von dieser Geschichte. Sie hat mir dabei geholfen, dieses Buch so zu schreiben, wie ich es mir erdacht habe und das ich nun so stolz mit euch teile.

Es war mir eine Ehre, mit dem ganzen Team von HMH Books for Young Readers zu arbeiten, vor allem Gabriella Abbate, Emilia Rhodes, Helen Seachrist, Maxine Bartow und Romanie Rout. Danke für alles, was ihr tut!

Ein riesiges Dankeschön an all meine Leser*innen! An meine Romance-Leser*innen, die sich an weniger Bücher von mir gewöhnen mussten, während ich mir Zeit für dieses Herzensprojekt genommen habe, danke für eure grenzenlose Begeisterung für alles, was ich veröffentliche. Ich fühle mich geehrt von eurer Unterstützung! Danke an all die Blogger*innen und Rezensent*innen, die sich schon vorab an dieses Buch herangewagt haben. Ich weiß eure Zeit zu schätzen und eure lieben Nachrichten haben mich bestärkt – immer her mit Emojis und Ausrufezeichen!

Zum Abschluss und am wichtigsten, muss ich meinem Mann Brian danken, und meinen Kindern Jack und Mary. Brian, du bist mein Fels in der Brandung, meine Stimme der Vernunft, mein Sparring-Partner – danke, dass du mich bei jedem Buch und allen Höhen und Tiefen, die dieser Job mit sich bringt, immer unterstützt. Wenn du meine Hand hältst, fühlt es sich an, als sei alles möglich. Jack und Mary, ihr seid die allercoolsten Kinder, danke, dass ihr mich daran erinnert, dass ich mehr als eine Autorin bin. Früher habe ich geglaubt, die besten Seiten von mir würden in meinen Büchern stecken, aber jetzt weiß ich, dass sie in Wahrheit in euch stecken.

COURT OF MOON

Der fesselnde 2. Band

Völckersstraße 14-20
22765 Hamburg

Originaltitel: *These Hollow Vows*
Illustration Karte: © Aaron Stratten
Umschlaggestaltung und -typografie: formlabor
Umschlagabbildungen: shutterstock.com © robin.ph, Dejan Novakov, Helga Chirk
Aus dem Englischen von Friedrich Pflüger und Violeta Topalova
Lektorat: Stefanie Liske
Herstellung: Björn Liebchen
Satz: Dörlemann Satz, Lemförde
ISBN 978-3-551-58503-5